Lanas Schuld

BRENDA JOYCE

Lanas Schuld

ROMAN

Aus dem Amerikanischen
von Katharina Volk

Weltbild

Die amerikanische Originalausgabe erschien 2003 unter dem Titel
Double Take
bei St. Martin's Press, New York.

Besuchen Sie uns im Internet:
www.weltbild.de

Genehmigte Lizenzausgabe für Verlagsgruppe Weltbild GmbH,
Steinerne Furt, 86167 Augsburg

Ein Unternehmen der Droemerschen Verlagsanstalt
Th. Knaur Nachf. GmbH & Co. KG, München
Übersetzung: Katharina Volk
Umschlaggestaltung: Atelier Seidel, Neuötting
Umschlagmotive: Mauritius Images (© Stock Image), Mittenwald;
Corbis (© Richard Cummins), Düsseldorf
Gesamtherstellung: Oldenbourg Taschenbuch GmbH,
Hürderstraße 4, 85551 Kirchheim
ISBN 3-8289-7501-1

2007 2006 2005 2004
Die letzte Jahreszahl gibt die aktuelle Lizenzausgabe an.

Dieses Buch ist wieder einmal Elie gewidmet.
Das Leben steckt voller Überraschungen … Danke, dass du immer für mich da bist.

Prolog

Der Anruf kam um ein Uhr nachts.
Er sollte ihr Leben verändern.
Sie legte verwirrt den Hörer auf. Einen Moment lang war Kait wie gelähmt. Nach so vielen Jahren – wie lange war es her? – kam Lana einfach so wieder in ihr Leben spaziert.
Kait rang nach Luft und versuchte nachzudenken. Lana hatte sich verängstigt und gehetzt angehört, was überhaupt nicht ihrer Art entsprach. Was wollte sie? Sie hatte nur gesagt, sie müsse Kait treffen, jetzt gleich, und dass ihr kaum Zeit bliebe. Du lieber Himmel. Es musste etwas Schreckliches passiert sein, wenn ihre Schwester auf diese Weise plötzlich in ihr Leben platzte.
Kait sprang aus dem Bett; sie schwitzte, obwohl die Herbstnacht angenehm kühl war. Erinnerungen begannen sie zu umtanzen – aufreizend, quälend, voller Erwartungen. Sie fürchtete sich – und machte sich dennoch Hoffnungen.
Wie oft hatte sie nachts im Bett gelegen, und ihre Gedanken waren um die Zwillingsschwester gekreist, die sich davongeschlichen, sich praktisch in Luft aufgelöst hatte? Wie oft hatte sie mit dem Gedanken gespielt, einen Privatdetektiv zu beauftragen, um in Erfahrung zu bringen, wo Lana war, ob es ihr gut ging? Doch immer, wenn sie ganz kurz davor stand, genau das zu tun, rief Lana sie an, erzählte ihr, sie sei in Paris oder in Rio, fragte, wie es Kait ging, und versicherte ihr, es sei alles in Ordnung. Diese Anrufe waren selten und kamen in großen Abständen. Sie

waren oberflächlich und nichts sagend. Doch sie hatten Kait stets aufs Neue mit Hoffnung erfüllt, an die sie sich klammern konnte.
Und nun war Lana hier, in Manhattan, und bestand darauf, sie sofort zu sehen.
Kait sauste zum Kleiderschrank und nahm die nächstbeste Jeans heraus. Sie *musste* hingehen. Nie wäre sie auch nur auf die Idee gekommen, Nein zu sagen, weil dieser Anruf, im Gegensatz zu allen vorherigen, ihr deutlich vermittelte, dass etwas ganz und gar nicht in Ordnung war.
Fünf Minuten später eilte sie am Central Park West entlang, vorbei an einigen Portiers in Livree, die sie durch die verschlossenen Glastüren der Häuser, welche sie bewachten, mit müden Augen anstarrten. Sie bog links ab, nun hellwach und nicht mehr wie betäubt, sondern angespannt vor Sorge. Zahllose Möglichkeiten schwirrten ihr im Kopf herum. Was wollte Lana? Wann hatte sie zuletzt mit ihr gesprochen? Dieser überraschende Anruf in der Nacht wirkte auf sie wie ein emotionaler Raubüberfall. Kait wusste weder, was sie sich denken, noch, wie sie sich fühlen sollte. Sie hatte Angst, aber, bei Gott, diesmal würde Lana nicht wieder einfach so aus ihrem Leben verschwinden.
Trotz der Tränen, die ihr in den Augen brannten, war Kait fest entschlossen. Sie würde diesen Anruf ihrer Schwester zu einem neuen Anfang für sie beide machen.
Das Café an der Columbus Avenue war hell erleuchtet und überraschend gut besucht. Immer langsamer näherte sie sich der Tür, und ihr Herz machte einen kleinen Satz, um dann vor Aufregung zu rasen. Aus Angst vor neuerlicher Ablehnung hätte sie sich am liebsten umgedreht, um fortzulaufen, doch statt-

dessen schob Kait entschlossen die Tür auf. Wenn Lana nur die Absicht hätte, die Beziehung zu ihrer Schwester wieder aufleben zu lassen, dann hätte sie nicht mitten in der Nacht angerufen. Offensichtlich wollte sie etwas anderes. Was immer das sein mochte, Kait war entschlossen, es ihr zu geben, denn das könnte sie vielleicht wieder zusammenbringen. Doch ihre Entfremdung reichte schon so viele Jahre zurück, in ihre späte Kindheit und frühe Jugend. Und Kate hatte nie den Grund dafür verstanden.

Sie holte tief Luft und trat durch die Glastür in das allzu grell erleuchtete Café. Dabei erhaschte sie einen Blick auf ihr beängstigend bleiches Gesicht in einem Spiegel an der Wand – sie hatte sich selbst noch nie so gespenstisch weiß gesehen, dass der Kontrast zu ihrem dunklen, knapp schulterlangen Haar beinahe erschreckend wirkte. Und selbst aus dieser Entfernung war die Furcht in ihren blauen Augen unverkennbar.

Was konnte Lana nur von ihr wollen? Was war bloß geschehen? Und warum konnte dies nicht ein fröhliches Wiedersehen sein, am helllichten Tag?

Sie drehte sich um und ließ den Blick über die Leute im Café schweifen. Die meisten Gäste waren um die zwanzig, hatten ein, zwei Gläser zu viel getrunken und versuchten nun, ihren Magen mit Essen zu beruhigen. Die Atmosphäre war eigenartig festlich, und es war sehr laut, das krasse Gegenteil ihrer eigenen Stimmung.

Lana stand von einem Tisch auf, an dem sie allein gesessen hatte. Kait entdeckte sie und erstarrte.

Die Worte hallten durch ihren Kopf, so laut, dass sie halb erwartete, die anderen Gäste würden sich nach ihr umdrehen. *Bitte – habe ich jetzt endlich eine Schwester?*

Sie sagte sich, dass Menschen sich änderten, und auch wenn das auf Lana nicht zutreffen sollte, brauchte diese doch vielleicht ihre winzige Familie ebenso sehr wie Kait.

Lana war ihre Schwester, ihre Zwillingsschwester, und Kait hatte nie aufgehört, sie zu lieben, obwohl der Schmerz sie lange gequält hatte – die Wunde war so mikroskopisch klein, dass es viele Jahre gedauert hatte, bis Kait sich ihrer überhaupt bewusst geworden war.

Tränen verschleierten ihr die Sicht. Aber Lana war da; sie war wirklich hier.

»Kait«, flüsterte Lana. »Kaitlin!«

Kait schluckte und riss sich irgendwie zusammen, um auf die umwerfend gut aussehende Frau zuzugehen, die sie selbst hätte sein können. »Hallo, Lana.« Vor dem Tisch in der Nische blieb sie stehen.

Lana trat rasch hinter dem Tisch hervor – ihre rastlose Energie war immer noch dieselbe, dachte Kait. Auch schien ihre Schwester kaum gealtert – sie sah noch immer aus wie Ende zwanzig, und zum letzten Mal hatten sie sich vor etwa sieben Jahren gesehen, als beide fünfundzwanzig gewesen waren.

Lana war knapp einen Meter sechzig groß, ihr Gesicht ein makelloses Oval, ihr Teint von Natur aus hell, nun jedoch mit einem bronzenen Hauch überzogen, der auf ein gesundes Leben und viel frische Luft schließen ließ. Ihr dunkles Haar war zu einem gut schulterlangen Bob geschnitten, ihre Figur, noch immer schlank und zierlich, hatte dennoch aufregende Kurven zu bieten. Kait war dünner, und sie hatte sich das Haar fast knabenhaft kurz schneiden lassen, mit koketten Stufen und trendigen Fransen, die hier und da hervorlugten. Sie merkte, dass auch Lana sie musterte.

»Mit dieser Frisur siehst du aus wie ein Teenager«, bemerkte Lana mit einem knappen, gezwungenen Lächeln.
»Und du bist immer noch wunderschön«, hörte Kait sich antworten. Dies war nicht der richtige Zeitpunkt für Tränen.
»Hasst du mich?« Lana sah Kait direkt und furchtlos in die Augen.
»Ich habe dich doch nie gehasst«, erwiderte Kait wahrheitsgemäß. »Ich freue mich, dich zu sehen!«
Lana entspannte sich sichtlich. Sie lächelte und war nicht mehr wunderschön, sondern atemberaubend. »Du fehlst mir, Kait.«
Hoffnung loderte auf, verzehrte sie beinahe. »Du fehlst mir auch.« Es gab so vieles, das Kait ihre Schwester fragen wollte, doch sie fand nicht die richtigen Worte. Wo wohnte Lana? Wovon lebte sie? Aber vor allem wollte sie wissen, warum sie nicht wie richtige Schwestern waren, warum sie keine Freundinnen waren. Ihre Mutter war recht früh an Krebs verstorben; vor einigen Jahren war auch ihr Vater gestorben, und Lana war nun die einzige Familie, die Kait geblieben war.
»Kait? Setzen wir uns doch. Ich habe nicht viel Zeit.«
Kait rührte sich nicht. »Aber – du bist doch gerade erst angekommen«, stammelte sie.
Lana ergriff ihre Hände. »Ich stecke in furchtbaren Schwierigkeiten und brauche deine Hilfe. Ich weiß, dass ich dir keine gute Schwester war, aber das wird jetzt alles anders, Kait, ehrlich. Ich brauche deine Hilfe, nur ein paar Tage.« Plötzlich ließ sie Kaits Hände los und zog einen verschlossenen Umschlag aus ihrer Handtasche. »Dieser Brief wird alles erklären.«
Kait war schwindlig. »Wie meinst du das, du steckst in Schwierigkeiten? Was ist denn passiert? Natürlich helfe ich dir, du weißt doch, dass du immer auf meine Hilfe zählen kannst, Lana,

immer!« Doch obwohl sie jedes dieser Worte ehrlich meinte, wurde ihr bange, denn Lana würde sie gleich wieder verlassen, und das war zu früh, es war ihr alles zu viel – Kait konnte kaum begreifen, was hier geschah.

»Du musst für zwei Tage meinen Platz einnehmen, Kait«, sagte Lana knapp.

Kait keuchte auf. »Was?«

»Du musst für mich einspringen. So wie früher, als wir noch klein waren. Es steht alles in dem Brief, Kait.« Ihre blauen Augen starrten sie forschend an. »Ich *muss* gehen!«

Kait packte sie am Arm. »Du willst, dass wir die Plätze tauschen? Für zwei Tage? Ich verstehe das nicht!«

»Wirst du mir helfen?«, drängte Lana.

Kait schaute ihr in die Augen und sah verzweifelte Entschlossenheit. »Natürlich helfe ich dir …«, begann sie.

»Gut!« Lana zog Kait die Handtasche von der Schulter und reichte ihr stattdessen ihre eigene Gucci-Handtasche. Dann holte sie eine Tasche voll Kleidung unter dem Tisch hervor und drückte sie Kait in die Arme. »Erzähl einfach allen, ich hätte mir die Haare schneiden lassen«, sagte sie barsch. »Hier in der Stadt, bei Bergdorf's.«

»Warte!« Kait packte Lana am Handgelenk, als sie merkte, dass diese schon gehen wollte. »Ich muss wissen, was hier los ist. Ich muss wissen, wann ich dich wieder sehe!« Panik überkam sie, die weniger von dem Rollentausch herrührte als daher, ihre Zwillingsschwester wieder einmal so plötzlich zu verlieren.

»In drei Tagen«, erwiderte Lana mit knappem, beruhigendem Lächeln. »Es steht alles in dem Brief, Kait. Ich muss jetzt gehen. Ein Wagen wartet auf mich. Mir bleibt keine Zeit mehr.«

Mit Kaits Handtasche über der Schulter drückte Lana ihre

Schwester an sich und ging durch das Café zur Tür. Kait erwachte aus ihrer Starre und eilte ihr nach. Das durfte doch alles nicht wahr sein! Plötzlich wurde ihr klar, wie schlimm ihre Schwester offenbar in der Klemme steckte. Es musste etwas wirklich Furchtbares vor sich gehen, denn sonst hätte Lana sie nicht angerufen, und sie würde sich nicht so einfach wieder davonmachen.

»In was für Schwierigkeiten steckst du denn?«, rief sie und folgte Lana zur Tür hinaus in die nächtliche Kühle New Yorks.

In einem Lincoln, der mit laufendem Motor am Straßenrand stand, wartete ein Fahrer. Lana riss die Beifahrertür auf und drehte sich noch einmal um. »In mörderischen«, sagte sie nur.

Eins

Kait fuhr schon seit einer Weile auf einer kurvenreichen, schmalen Nebenstraße durch Virginia. Das hübsche Städtchen Three Falls lag etwa achtzehn Kilometer hinter ihr. Es war Nachmittag, nur gut zwölf Stunden nach Lanas Anruf, und sie war ganz steif vor Sorge und Angst. Diese Anspannung hatte seit dem Moment nicht nachgelassen, da sie Lana versprochen hatte, mit ihr die Plätze zu tauschen. Sie war sogar noch gewachsen, und Entsetzen hatte sich hinzugesellt, als Kait gestern Nacht Lanas Brief immer wieder gelesen hatte. Ihre Hände umklammerten das Lenkrad. *War sie tatsächlich im Begriff, das zu tun?*

Konnte sie das überhaupt tun?

Abrupt fuhr Kait an den Straßenrand und brachte Lanas Porsche zum Stehen. Die sanft gewellten Hügel Virginias waren atemberaubend schön und umgaben sie schon eine ganze Weile; es war Frühherbst, und das Land schillerte in lebendiger, feuriger Farbenpracht. Kait stellte den Motor ab und stieg aus dem silbernen Sportwagen. Die Felder vor ihr waren von makellosen weißen Gattern umgeben. Pferde grasten ganz in der Nähe, und weiter entfernt sah sie einige weiße Scheunen und Nebengebäude, mit üppigen, immergrünen Ranken bewachsen, und dahinter auf einem Hügel ein großes Haus im Kolonialstil. Ein Felsbrocken schien auf ihrer Brust zu liegen, und sie bekam kaum Luft. Tränen traten ihr in die Augen.

Dies war Fox Hollow. Lanas Zuhause. So vollkommen wie aus einem Bilderbuch.

Kait stützte sich auf die oberste Latte eines Zauns, um sich zu beruhigen und zu sammeln, denn sie wurde jeden Moment in Fox Hollow erwartet; sie hatte die Anweisungen in Lanas Brief haargenau befolgt. Sie hatte die Haushälterin, Elizabeth Dorentz, angerufen und ihr gesagt, sie käme gegen ein Uhr heute Nachmittag. Dann hatte sie den Elf-Uhr-Flug von LaGuardia aus genommen und Lanas Porsche am Reagan National Airport aus dem Parkhaus geholt. Sie trug Lanas Kleidung, ihr Make-up, ihren Schmuck – einen hellbraunen Hosenanzug von Armani, Schuhe mit hohen Absätzen, Lanas roten Lippenstift, ihre entzückende, mit Diamanten besetzte Chopard-Uhr, ihre Ringe und Ohrringe sowie Lanas Gucci-Handtasche mitsamt deren Geldbörse, Führerschein und Handy. Kait hatte sich im Büro krankgemeldet und erklärt, sie könne ein paar Tage nicht kommen – Kait war stellvertretende Geschäftsführerin bei einer kleinen PR-Agentur mit Sitz in der Madison Avenue. Ja, sie würde tatsächlich einige Tage lang so tun, als sei sie ihre Schwester; sie machte sich wirklich zur Mittäterin bei einer unfasslichen Täuschung.

Doch sie hatte keine Wahl, denn Lana steckte in Schwierigkeiten, und sie hatte nicht übertrieben, als sie behauptet hatte, diese seien mörderisch.

Kait holte tief Luft, doch sie konnte nicht aufhören zu zittern. Lanas Brief hatte eingeschlagen wie eine Bombe, und sie wusste immer noch nicht, wie sie damit fertig werden sollte, wie sie mit diesem Grauen weiterleben sollte. *Lana war verheiratet. Und sie hatte eine Tochter, ein vierjähriges Mädchen namens Marni.*

Die flammend orangeroten Bäume und dunkelgrünen Wiesen

verschwammen ihr vor den Augen. Lana war verheiratet, und das schon seit sechs Jahren. Vor sechs Jahren hatte sie also geheiratet, ohne Kait ein Sterbenswort davon zu sagen, ohne sie anzurufen, ihr zu schreiben oder sie zur Hochzeit einzuladen.

Warum?

Sie fühlte sich schrecklich betrogen und ausgeschlossen. So viele Jahre lang hatte Lana nur eine kurze Flugstrecke entfernt gelebt. Sie war die Hausherrin eines traditionsreichen, sehr wohlhabenden Gestüts und die Ehefrau von Trevor Coleman, der aus einer alteingesessenen Familie stammte. Kait meinte, sich nie wieder von dem Schmerz zu erholen, dass Lana sie so völlig aus ihrem Leben ausgeschlossen hatte. Die Frage – warum? – würde sie auf ewig verfolgen.

Sie hatten sich nie so nahe gestanden wie andere Schwestern, nicht einmal als kleine Kinder. Als Erwachsene hatte Kait sich das damit zu erklären versucht, dass sie eben sehr verschieden waren, dass sie einfach andere Freunde, Interessen und Hobbys gehabt hatten und einander deshalb so fremd geworden seien. Lana war schon als Kind der Wildfang gewesen, Kait der Bücherwurm. Lana hatte Sport und Turnen geliebt und war darin auch sehr erfolgreich gewesen, während Kait sich jedes Mal gewunden hatte, wenn sie einen Schläger in die Hand nehmen musste oder die Mannschaften für ein Spiel aufgestellt wurden. In vielerlei Hinsicht war Lana die Draufgängerin gewesen, und Kait die Schüchterne.

Ihre Eltern hatten der ehrbaren Mittelschicht angehört, und sie waren in Darien, Connecticut, aufgewachsen. Beide Mädchen waren schon damals verrückt nach Pferden und arbeiteten in einem Reitstall, um sich ihre Reitstunden zu verdienen. Als ihre Mutter an Krebs starb, waren die Zwillinge knapp dreizehn;

Lanas wilde Natur änderte sich, plötzlich trug sie Lipgloss und enge Tops mit Spaghettiträgern zu ihren Jeans. Kait hingegen war eine gute Schülerin, die auf jedem Zeugnis nur Einser vorweisen konnte. Die Jungs begannen sich für ihre Schwester zu interessieren; Kaits bester Freund war ihr Nachbar Tom, ebenfalls Einserschüler und ein wenig verschroben, der sich damals schon hauptsächlich mit Computerprogrammen und -spielen beschäftigte. Andere Mädchen blickten zu Lana auf und wollten sein wie sie. Miniröcke traten auf den Plan. Sie ließ sich Ohrringe stechen und schnitt sich das Haar kurz. Kait ging nun seltener in die Ställe, Lana häufiger. Sie hatte ihren ersten Freund, kurz nachdem ihre Mutter gestorben war. Sie erzählte Kait, sie werde nicht aufs Ganze gehen, bis sie sechzehn war.

Der Tod ihrer Mutter hätte die Schwestern einander näher bringen sollen. Doch so war es nicht, im Gegenteil. Lana umgab sich mit immer mehr Jungs, und dann kamen die nächtlichen Partys und kleine Lügen, um alles zu vertuschen. Kait stürzte in Verwirrung, Ängste und Orientierungslosigkeit. Die Schule wurde ihr noch wichtiger – sie hatte sehr spät die erste Verabredung mit einem Jungen, in ihrem ersten Jahr auf dem College. Und es überraschte Kait kaum mehr, dass Lana sich ein ganz anderes College aussuchte, und noch weniger, als sie im zweiten Jahr das College wieder verließ. Ihr Vater, der sich seit dem Tod seiner Frau so gut wie möglich um die beiden kümmerte, hatte es längst aufgegeben, Lana unter Kontrolle zu behalten oder ihr auch nur gut zuzureden. Sie erzählte niemandem, dass sie das College geschmissen hatte, und Kait erfuhr erst über ein Jahr später, dass Lana in New York City lebte und als Kellnerin arbeitete, um ihre Schauspielschule zu finanzieren.

Kait wusste, dass sie sich nie nahe gestanden hatten, weil sie von

Natur aus grundverschieden waren; aber andere Schwestern waren doch auch verschieden und standen sich trotzdem so nahe wie gute Freundinnen. Lanas Gleichgültigkeit hatte sie immer schon heimlich geschmerzt. Kait wusste nicht, wann diese Wunde geschlagen worden war, doch nun schwärte sie schon ewig in ihr, winzig und tief, ein kleiner, unerbittlicher Stich, der nie ganz verheilte.

Und nun die Sache mit Lanas Ehe, Lanas Kind. Das tat weh. Aber zugleich empfand Kait eine seltsame Freude. *Sie hatte eine Nichte.* Und in ein paar Minuten würde Kait Marni kennen lernen. Sie konnte es kaum noch erwarten.

Doch jetzt musste sie erst einmal die Fassung wiedergewinnen, und zwar schnell. Sie kniff die Augen fest zu, versuchte ruhig zu atmen. Es war unmöglich, denn in wenigen Minuten würde sie über Colemans Schwelle treten. Er war geschäftlich verreist, und dennoch fürchtete Kait sich ebenso sehr davor, entdeckt zu werden, wie ihr davor graute, erfolgreich seine Familie und seine Freunde zu täuschen.

Welch eine Laune des Schicksals, dass Lana Trevor Coleman geheiratet hatte. Vor einigen Jahren hatte Kait sich mit ihm in Verbindung gesetzt – sie wollte ihn bitten, sein Anwesen für eine Wohltätigkeitsveranstaltung nutzen zu dürfen, die einer ihrer größten Firmenkunden ausrichtete. Sie hatte sogar einmal ein Foto von ihm im Hochglanzmagazin *Town and Country* gesehen, im Gesellschaftsteil bei einem Bericht über eine Gala in Virginia, und er hatte ihre Aufmerksamkeit auf sich gezogen, weil er ein großer, gut aussehender Mann mit außergewöhnlicher Ausstrahlung war – sein Teint wirkte dunkel, doch er hatte mittelbraunes Haar, das von vielen Stunden in der Sonne golden funkelte. In seinem Smoking hatte er zugleich elegant

und sehr männlich gewirkt, eine weitere ungewöhnliche Kombination. Ein paar Wochen später hatte eine Kollegin sein Anwesen vorgeschlagen, als sie den Auftrag bekommen hatten, den Wohltätigkeitsball zu organisieren. Bei dem Gedanken, Coleman anzusprechen, überkam Kait eine sonderbare Erregung. Sie machte ihre Hausaufgaben und fand heraus, dass er seit kurzem Witwer war. Und am Telefon zeigte er sich ihrer Idee gegenüber recht aufgeschlossen; das Gespräch wurde schließlich sogar sehr freundlich und beinahe persönlich, sodass Kait sich albern vorkam, weil sie ganz atemlos vor Aufregung war. Sie freute sich eine Woche lang auf den vereinbarten Besprechungstermin und malte sich aus, wie er wohl sein mochte, wenn man ihm persönlich begegnete; ebenso albern war, dass sie am Abend zuvor stundenlang überlegte, was sie anziehen sollte, doch es kam schließlich gar nicht zu ihrem Treffen. Er erschien nicht zu ihrer Verabredung zum Mittagessen. Sie wartete über eine Stunde lang im Le Cirque, in ihren brandneuen Sergio-Rossi-Mules und einem schlichten schwarzen Kleid. Er hatte sich nicht einmal die Mühe gemacht, abzusagen. Kait war verärgert gewesen. Und obendrein hatte sie sich gedemütigt gefühlt, wie sie da in einem Fünf-Sterne-Restaurant saß und Mineralwasser trank, als hätte ihr Freund sie versetzt, und nicht, als habe ein möglicher Geschäftspartner ihre kostbare Zeit als PR-Managerin vergeudet.
Schließlich hatten sie für die Veranstaltung ein kleineres, aber ganz zauberhaftes Anwesen am Hudson River ausgesucht.
Lana war jetzt seine Frau. Und Kait war im Begriff, in die Rolle ihrer Schwester zu schlüpfen und so zu tun, als sei sie Colemans Frau, Marnis Mutter. Das war völlig falsch, wie man es auch betrachtete, und Kait sträubte sich innerlich heftig dagegen, doch sie hatte keine andere Wahl.

Kait schob die Hand in die Tasche ihrer beigefarbenen Wollhose und zog Lanas Brief heraus. Sie faltete die zerknitterten Seiten auseinander und las sie noch einmal, wobei die Worte vor ihren Augen flimmerten.

Liebe Kait,
ich bereue so vieles, vor allem aber, dass ich dir nie die Schwester war, die du dir immer gewünscht hast und die du verdient hättest. Ja, Kait, ich kenne dich ebenso gut wie mich selbst, und ich weiß, dass du dich immer nach meiner Zuneigung gesehnt hast, die ich dir absichtlich vorenthalten habe. Bitte, versteh das, Kait – ich war immer eifersüchtig auf dich, weil du die perfekte Schülerin und die perfekte Tochter warst, weil Mom und Dad dich mehr geliebt haben als mich. Aber das ist jetzt vorbei. Kait, ich schwöre dir, wenn das hier ausgestanden ist, werde ich alles wieder gutmachen, jeden einzelnen Augenblick, den wir versäumt haben. Wenn das hier vorbei ist, werden wir endlich die Chance haben, richtige Schwestern und die besten Freundinnen zu werden.

Kait blinzelte gegen heiße Tränen an, noch immer fassungslos darüber, dass Lana – die sie immer so bewundert hatte, der all die Jungs zu Füßen gelegen hatten, die immer eines der beliebtesten Mädchen in der Schule gewesen war – eifersüchtig auf sie gewesen sein sollte. Sie las weiter:

Ich stecke in Schwierigkeiten, Kait. Das ist eine sehr ernste, ja todernste Sache. Ich habe hinter dem Rücken meines Mannes eine riesige Summe Geld geliehen, um ihm seine

Gläubiger vom Hals zu halten und zu verhindern, dass Fox Hollow, unser Gut, gepfändet wird. Das ist mir zwar gelungen, aber anscheinend habe ich mich an die falschen Leute gewandt, und nun hat Paul Corelli nicht nur mein Leben, sondern auch das meiner Tochter bedroht, wenn ich ihm das Geld nicht bis Ende dieser Woche zurückzahle. Da ist jemand, den ich seit Jahren nicht mehr gesehen habe, der mir einmal sehr nahe stand und mir hoffentlich aus diesem Dilemma heraushelfen wird. Ich brauche nur zwei Tage, und diese zwei Tage lang musst du für mich einspringen. Das klappt bestimmt, denn ich habe niemandem von dir erzählt. Niemand weiß, dass ich eine eineiige Zwillingsschwester habe, daher kann auch niemand Verdacht schöpfen. Und wenn ich zurückkomme, wenn ich Corelli sein Geld beschafft habe, werde ich dich meiner Familie vorstellen, und wir können einen ganz neuen Anfang machen – wenn du das noch möchtest.

Kait klammerte sich an den Zaun, den zerknitterten Brief in der Hand, und zitterte noch immer. So weit sie sehen konnte, zogen sich sanft gewellte grüne Hügel bis zum Horizont, eingerahmt von den flammend orangerot und gelb gesprenkelten Eichen und Ulmen. In einiger Entfernung lag zu ihrer Rechten ein dunkelblauer See, über den ein paar Enten flogen; offensichtlich trächtige Zuchtstuten grasten am Ufer. Der Himmel über ihr war strahlend blau, der Herbsttag vollkommen.

Nicht nur Lanas Leben war in Gefahr, sondern auch Marnis. Kait hatte schreckliche Angst um die beiden.

Was bedeutete, dass sie tun würde, worum Lana sie gebeten hatte, weil ihr gar nichts anderes übrig blieb.

Meinte Lana es wirklich ernst damit, dass sie die Fehler der Vergangenheit bereute? Hatte sie ehrlich die Absicht, mit Kait ganz neu anzufangen und die Freundschaft aufzubauen, die sie bisher verschmäht hatte? War Lana nach all diesen Jahren endlich klar geworden, dass sie ihre Schwester als einen Teil ihres Lebens brauchte? Kait schöpfte neue Hoffnung. Doch es waren schon so viele Jahre verstrichen, dass sich auch Zweifel meldeten. Kait *wollte* glauben, dass ihre Schwester es diesmal ehrlich meinte. Unter dem Druck der Drohungen von diesem Corelli hatte Lana vielleicht begriffen, dass es höchste Zeit war, ihrer Schwester einen Platz in ihrem Leben einzuräumen. Vielleicht war ihr endlich klar geworden, wie wichtig eine Familie war.

Aber wie viel Geld schuldete Lana diesem Kerl? Und wer war das, dem sie so viel bedeutete, dass er ihr aus einer solchen Klemme helfen würde? Kait fand das ausgesprochen merkwürdig.

Lana hatte ihr Handy. Kait wollte sie anrufen, sobald sich eine Möglichkeit dazu ergab – sobald sie sich in Lanas Heim häuslich niedergelassen hatte, ohne dass jemand Verdacht schöpfte. Sobald sie einen Augenblick für sich allein war, würde sie Lana anrufen und versuchen, Genaueres über ihre Schwierigkeiten herauszufinden. Lana hatte ihr ja gar keine Chance gegeben, ihr auf andere Weise zu helfen, als für sie einzuspringen – offensichtlich sollte ihr Mann auf keinen Fall erfahren, dass sie in der Klemme steckte –, aber Kait wusste: Wo ein Wille war, war auch ein Weg, und bestimmt konnte sie Lana dabei helfen, das Geld zu beschaffen und sich diesen Paul Corelli vom Hals zu halten. Außerdem konnten sie immer noch zur Polizei gehen. Kait war es unbegreiflich, dass ihre Schwester nicht längst die Behörden eingeschaltet hatte. Das allein ergab schon keinen Sinn.

Kait entspannte bewusst ihre Gesichtszüge, die sehr besorgt wirken mussten, zwang sich zu einem schwachen Lächeln und kehrte zu Lanas Sportwagen zurück. Der extravagante, kostspielige Porsche war ein Cabrio, doch Kait hatte das Verdeck nicht geöffnet. Sie schlängelte sich auf den tief liegenden Sportsitz und ließ den Motor an, dann klappte sie die Sonnenblende herunter, um im Spiegel nach ihrem roten Lippenstift zu sehen. Er war nicht verschmiert oder verblasst. Einen Moment lang starrte Kait sich selbst in die Augen, die nun mit Lanas mandelbraunem Lidschatten betont waren. Kait bevorzugte Lipgloss und Wimperntusche in natürlichen Farben, und sie trug selten viel Make-up, nicht einmal im Büro; und in ihrer Freizeit lief sie fast ausschließlich in Jeans und T-Shirts herum. Jetzt war sie schon mehr als schick, sie war geradezu glamourös; in dieser Aufmachung und bei der Vorstellung, die sie gleich würde abliefern müssen, fühlte sie sich ausgesprochen unwohl – als wäre sie irgendwie aus ihrer eigenen Person herausgetreten und in eine andere Haut geschlüpft. Und genau so war es ja auch. Lana war schon immer modischer gekleidet gewesen, diejenige, die sich richtig schick anzog, und Kait sah ihrer Schwester nun so ähnlich, dass es ihr unwirklich vorkam.

Konnte sie das wirklich tun? Wie könnte sie es nicht *tun?*

Kait legte den ersten Gang ein und fuhr zurück auf die Straße. Sie begriff einfach nicht, warum Lana ihre Sorgen nicht mit ihrem Mann geteilt hatte. Kait an ihrer Stelle hätte ihrem Mann alles gestanden und dann, mit seiner Hilfe, irgendwie einen Weg gefunden, das Geld aufzutreiben und die Probleme zu lösen. Aber sie war ja immer schon eine hoffnungslose Romantikerin gewesen; obwohl bereits zweiunddreißig Jahre alt und immer noch Single, glaubte Kait fest daran, eines Tages dem Richtigen zu begegnen – hoffentlich ziemlich bald. Sie wollte mehr als einen Ehemann, sie wollte einen besten Freund, und sie wollte Kinder.

Ihre Auffassung von der Ehe drehte sich darum, alles zu teilen und füreinander da zu sein. Das bedeutete, sowohl Gutes als auch Schlechtes zu teilen und auch dann zu seinem Partner zu stehen, wenn Probleme auftauchten. Aber Kait kannte schließlich auch Lana – Lana glaubte zweifellos, dass sie es am besten wusste und ihr Weg der einzig mögliche Weg war. Sie glaubte ernsthaft, sie könnte alles allein regeln.

Kait spürte, dass sie schon wieder das Gesicht verzogen hatte. Während sie all diese Jahre allein gelebt hatte und ihr Leben mit niemandem teilen konnte, außer mit einer Hand voll nicht so toller Männer und ein paar Freundinnen, die sie von der Arbeit kannte, hatte Lana eine richtige Familie gehabt, und sie hatte Kait nicht eingeladen, daran teilzuhaben – das schmerzte sie am meisten.

Aber Lana hatte es in ihrem Brief versprochen. Wenn das hier vorbei war, würde Kait Trevor Coleman und Marni offiziell vorgestellt werden und an ihrem Leben teilhaben dürfen.

Sofern Kait an Marni, deren Stiefschwester und der Haushälterin vorbeikam, ohne sofort aufzufliegen.

Die Straße beschrieb eine Kurve. Und plötzlich fuhr Kait zwischen zwei gemauerten Torpfosten hindurch, mit Messingschildern daran. Auf dem einen stand die Adresse des Anwesens – 1296 Northwoods Road. Das andere verkündete: *Fox Hollow.*

Kait stand kurz davor, das Lenkrad herumzureißen und zu flüchten. Doch die letzten Zeilen von Lanas Brief schwirrten ihr unablässig durch den Kopf:

Kait, ich bin verzweifelt. Ich würde dich nie um so etwas bitten, wenn ich einen anderen Ausweg hätte. Du bist meine Schwester, mein Zwilling, und ich weiß, dass noch so viele Jahre ein solches Band nicht zerreißen können. Ich weiß, dass ich mich auf dich verlassen kann.

Lana war niemals verzweifelt. Lana war immer cool und gelassen und lächelte voller Zuversicht. Doch nun stimmte das alles nicht mehr. Nun war sie verängstigt.
Und nach allem, was Kait gelesen hatte, war sie das zu Recht.
Kait nahm all ihren Mut zusammen und befahl ihren Nerven, sich zu beruhigen – sie ermahnte sich, dass niemand auch nur den leisesten Verdacht schöpfen durfte, zumindest jetzt noch nicht. Langsam fuhr sie eine lange, kiesbedeckte Auffahrt entlang, gesäumt von weiteren strahlend weißen Weidezäunen und einer Reihe prächtiger alter Eichen. *Konnte sie wirklich alle täuschen?* Würde man ihre oberflächliche Verkleidung nicht ziemlich schnell durchschauen? Schließlich waren sie und Lana zwei völlig verschiedene Persönlichkeiten!
Kait hätte sich übergeben mögen. Aber sie hatte den ganzen Tag noch nichts herunterbringen können, daher wusste sie, dass das nur an ihrer Nervosität lag. Sie musste sich bemühen, mehr wie ihre Schwester zu sein. Sie musste charmant sein, selbstbewusst und sexy.
Doch selbst wenn sie die anderen täuschen konnte, Lanas Tochter würde den Unterschied zwischen ihrer Mutter und ihrer Tante gewiss bemerken, obwohl sie einander so ähnlich sahen. Aber Lana war sicher, dass Marni nichts merken würde, jedenfalls stand das in dem Brief. Da stand außerdem, dass Coleman aus erster Ehe eine Tochter im Teenageralter hatte, Samantha;

sie hatte Kait auch eine Beschreibung des Hauses gegeben, mitsamt der Haushälterin und sämtlichen Angestellten. Kait wollte ja gern wie ihre Schwester glauben, dass sie mit diesem Täuschungsmanöver durchkommen würden; andererseits wollte sie nur noch den Wagen wenden und weit wegfahren. *In welchen Schwierigkeiten Lana auch stecken mochte, was sie hier taten, war furchtbar falsch.*

Doch Kait konnte nicht riskieren, dass Corelli ihrer Schwester oder ihrer Nichte etwas antat, und das war entscheidend.

Auf einmal galoppierte eine Herde schlaksiger, langbeiniger Jährlinge links neben ihr her. Überrascht zuckte Kait zusammen, doch dann fuhr sie langsamer, und bevor sie es recht merkte, war sie ganz versunken in den Anblick der jungen Vollblüter, die im angrenzenden Pferch herumtollten. Die Gruppe Jährlinge, alles Braune bis auf ein schwarzes Tier, machte kehrt und galoppierte mit wehenden Schweifen und flatternden Mähnen davon, und Kait lächelte. Sie konnte nicht anders, als ihnen zuzusehen, bis sie verschwanden. Lana musste die glücklichste Frau auf der Welt sein – ein Mann wie Trevor Coleman hatte sich in sie verliebt, sie hatte eine Tochter, eine Familie, und sie lebte auf Fox Hollow, einem Ort wie aus dem Märchen.

Kait lenkte den Porsche weiter die Zufahrt entlang. Sie hatte das Fenster heruntergelassen und genoss die kühle, frische Landluft. Als sie an einer Reitbahn und sechs gepflegten, weiß getünchten Gebäuden vorbeifuhr, von denen eines vermutlich eine große Reithalle war, schlug ihr Herz schneller, diesmal aus Vorfreude. Sie konnte es kaum erwarten, über die Schwelle zu treten und es sich hier gemütlich zu machen.

Kait musste sich daran erinnern, was sie hier tun sollte und dass dies nicht ihr Zuhause war. Aber andererseits würde sie in ein paar Tagen ein anerkanntes Familienmitglied sein, und von da an zweifelsohne ein steter Gast. Dann sah sie das Haus.

Es war ein Backsteinhaus im Kolonialstil aus dem späten achtzehnten Jahrhundert, mit einem hohen, von sechs prächtigen weißen Säulen gestützten Ziergiebel. Das wunderschöne Herrenhaus lag ein wenig erhöht auf einem Hügel. Während sie darauf zurollte, gewann ihre Angst wieder die Oberhand. Ein staubiger schwarzer Land Rover und ein großer, brandneuer blauer Pick-up standen auf einer Seite der Auffahrt vor einer Garage, die so elegant angebaut war, dass sie wie ein Seitenflügel des Herrenhauses wirkte. Die Motorhaube des Land Rovers stand offen. Ihr Herz machte einen Satz, als sie abbremste und den Motor ausschaltete, denn in diesem Moment knallte ein Mann die Motorhaube zu und sah sie an.

Das war der entscheidende Augenblick.

Ab hier gab es kein Zurück mehr.

Sie hatte den Porsche im Schatten einer riesigen Eiche geparkt; furchtsam hob sie den Blick und sah in zwei starre blaue Augen. Kaits Anspannung ließ ein wenig nach, denn einen Moment lang hatte sie schon das Schlimmste befürchtet – dass Coleman seine Pläne geändert hätte und nun doch zu Hause sei. Aber dieser Mann war nicht Trevor Coleman. Trevor war dunkelblond und braun gebrannt, und Kait wusste, dass er Mitte dreißig war. Dieser Mann musste Anfang vierzig sein und hatte kurzes, dunkles Haar. Er war mittelgroß und hatte die Statur eines Boxers oder Gewichthebers; Coleman war groß und nicht übermäßig muskulös. Außerdem war dieser Mann mit einem abgetragenen, ausgewaschenen blauen T-Shirt (das schwellende Armmuskeln und einen bretthart trainierten Bauch erkennen ließ), fleckiger Jeans und Arbeitsstiefeln bekleidet. Kait war ziemlich sicher, dass Coleman sein Gestüt in Reithosen und kniehohen Reitstiefeln leitete. Dies war also, Gott sei Dank, wohl nicht Lanas Ehemann.

Kait nahm an, das müsse Max Zara sein, der erst vor kurzem als Stallbursche und Mechaniker eingestellt worden war. Kait wurde bewusst, dass sie sich ans Lenkrad klammerte. Sie holte tief Luft, setzte ein gezwungenes Lächeln auf, nahm Lanas Handtasche und stieg aus dem Wagen. Sofort stolperte sie in Lanas hochhackigen Schuhen und verzog das Gesicht.

Ihr wurde klar, dass Lanas Rolle, und sei es nur für zwei Tage, auch ganz praktische Probleme mit sich brachte – wie zum Beispiel die acht bis zehn Zentimeter hohen Absätze, die ihre Schwester am liebsten trug. Kait konnte nur hoffen, dass Zara diesen kleinen Fehltritt nicht bemerkt hatte; sie hängte sich Lanas Gucci-Handtasche über die Schulter und stakste vorsichtig um den Wagen herum, um den Kofferraum zu öffnen.

In ihrem Nacken prickelte es. Kait hatte das scheußliche Gefühl, beobachtet zu werden; automatisch blickte sie sich um. Max Zara starrte sie an. Sein Blick war derart auf sie fixiert, dass Kait zusammenzuckte. Lag in diesem Blick tatsächlich eine gewisse Feindseligkeit?

Vielleicht war das doch nicht Zara.

Der Blick seiner leuchtend blauen Augen erforschte sie kühl. »Angenehme Reise gehabt, Mrs. Coleman?«, fragte er mit einer Aussprache, die auf Brooklyn oder Queens schließen ließ. Er stammte ganz gewiss nicht aus Virginia. Er lächelte nicht einmal ansatzweise, und sein Blick blieb eiskalt.

Kait hatte sich also nicht getäuscht – seine Feindseligkeit war beinahe greifbar. Sie nahm sich zusammen, erstaunt und verwirrt. »Ja, es war sehr schön«, sagte sie so freundlich wie möglich.

Er starrte sie weiterhin an.

Kait zögerte, als er nichts erwiderte. Was war hier los? Sie wusste, dass ihr irgendetwas entging – denn nun trat leichte Verwunderung in seinen abweisenden Blick. Warum hatte Lana nicht erwähnt, dass sie Schwierigkeiten mit ihm hatte? Hatte ihre Schwester sich mit ihm gestritten? Und wenn ja, warum? Er war doch nur ein Angestellter – was konnte Lana schon mit ihm zu tun haben? Kait zwang sich zu lächeln. Lana hatte ihrem Mann erzählt, sie fliege zum Shopping nach New York. »Ich habe ein paar tolle Schnäppchen gemacht«, sagte sie mit falscher Fröhlichkeit. Du meine Güte, sie hörte sich genauso panisch an, wie sie sich fühlte! Sie musste sich zusammennehmen.

Er kam herübergeschlendert, wobei sein Blick nicht ein Mal von ihr wich, und je näher er kam, desto mehr verkrampfte sie sich. »Ziemlich wenige Tüten für eine Shopping-Tour«, bemerkte er, als er endlich den Blick von ihr abwandte und in den Kofferraum spähte, der nur Lanas Reisetasche und eine Einkaufstüte von FAO Schwartz enthielt.

Seine Augen waren so hell, dass sie schon beunruhigend wirkten – vor allem, als er den eisigen Blick wieder auf sie richtete. »Alles andere habe ich schicken lassen«, sagte sie und drehte sich um. Sie zitterte innerlich, denn er hatte sie bei ihrer ersten Lüge ertappt. Mühsam hob sie die Reisetasche aus dem Kofferraum. Sogleich streifte seine Hand die ihre, bevor sie sich um den Griff der Tasche schloss und er Kait das Gepäckstück abnahm. »Seit wann holen Sie denn selbst Ihr Gepäck aus dem Auto?«, fragte er, und seine Augen wurden schmal.

Sie starrten einander an. Kait konnte kaum einen klaren Gedanken fassen, geschweige denn ihm antworten, und dann wurde es ihr schlagartig klar – sie war eine reiche Frau, die von anderen bedient wurde. Sie hatte eine Rolle zu spielen, und damit sollte sie lieber sofort anfangen.

Zaras blaue Augen fesselten sie; er griff nicht nach der Einkaufstüte, sondern wartete geduldig auf ihre Antwort.

Doch was sollte sie ihm nur antworten? »Meine Füße tun weh, und ich will endlich aus diesen Schuhen heraus«, sagte sie rasch und brachte ein Lächeln zustande; sie spürte, dass sie errötete, doch sie hatte sogar die Wahrheit gesagt.

Er zeigte keine Regung. »Ich bringe Ihr Gepäck sofort nach oben, Mrs. Coleman«, sagte er und ließ wieder den Blick über sie gleiten – diesmal voll anzüglicher Geringschätzung.

Kait war so fassungslos ob dieser Grobheit, dass sie sich umdrehte und auf das Haus zu floh, wobei sie erneut in Lanas hochhackigen Schuhen stolperte. Sie hörte, wie die Kofferraumhaube des Porsche zugeschlagen wurde. Am liebsten hätte sie ihre Schwester erwürgt, weil diese sie nicht vor dem Konflikt gewarnt hatte, der offensichtlich zwischen Lana und einem der Angestellten schwelte. Aber war das überhaupt ein Konflikt, oder nicht doch etwas anderes? Dieser Mann hatte sie mit seinen Blicken förmlich ausgezogen, da war sie ganz sicher.

Sie sagte sich, dass ihre aufregende Schwester bei Männern häufig solche Reaktionen hervorrief. Lana hatte schon als kleines Mädchen zu flirten begonnen – als Teenager hatte sie die Avancen ganzer Horden von Jungen genossen. Sie war von Natur aus kokett, und hatte immer schon auf Männer gewirkt, auch ohne eigenes Zutun. Noch während Kait diese Erinnerungen durch den Kopf schossen, kam ihr die soeben gefundene Entschuldigung für ihre Schwester reichlich fadenscheinig vor.

Hoffentlich hatte Lana nicht mit Max Zara geflirtet, direkt vor der Nase ihres Ehemannes.
Kait sammelte sich und blickte auf. Jemand stand unter dem Vordach, eingerahmt von den gewaltigen Säulen, die den tempelartigen Vorbau stützten. Als Kait näher kam, erkannte sie einer große, schlanke ältere Dame in Reithose, Stiefeln und einer frischen weißen Bluse, einen marineblauen Pulli über die Schultern gelegt. Für jemanden, dessen Kleidung so sehr nach Reitstall aussah, war sie makellos sauber. Eine streng wirkende Perlmuttbrille rahmte ihr eckiges Gesicht ein; sie hatte hohe Wangenknochen und charaktervoll gealterte Züge, und ihr ergrauendes blondes Haar war straff zu einem Knoten zurückgebunden. Kait wusste, dass dies die Haushälterin Elizabeth Dorentz sein musste. Die Frau lächelte höflich, aber distanziert.
Kait erwiderte das Lächeln, während ihr Herz vor Angst raste, und stieg die breiten steinernen Stufen empor. »Mrs. Dorentz«, begann sie. »Es freut mich … wieder zu Hause zu sein.« Beinahe hätte sie sich verplappert.
Elizabeth nickte. »Hatten Sie eine angenehme Reise? Ich habe Ihren Imbiss schon vorbereitet.« Ihre Augen wurden schmal, und sie musterte Kait. »Sie haben eine neue Frisur.«
Kait fuhr sich mit der Zunge über die trockenen Lippen und kämmte mit den Fingern ihre Meg-Ryan-Stufen durch. »Ja, ich war bei Bergdorf's. Es war höchste Zeit für etwas Neues.«
Elizabeth erwiderte nichts. Sie drehte sich um und ging ins Haus.
Kait blinzelte, nun völlig perplex. War sie eben schon wieder abgewiesen worden? Aber was hatte sie denn getan? Lana hatte geschrieben, dass Elizabeth schon seit Jahrzehnten für die Familie arbeitete – seit Trev Coleman ein kleiner Junge gewesen war.

Gewiss hatte sie sich die Unhöflichkeit der Frau nur eingebildet. Vielleicht war Elizabeth einfach ein wenig brüsk und kurz angebunden. Plötzlich spürte Kait einen Blick im Rücken, genau zwischen ihren angespannten Schulterblättern. Sie schaute sich um. Max Zaras starrer Blick war ebenso kalt und gefühllos wie vorhin. Kait konnte diese Spannung nicht länger ertragen – schwitzend beeilte sie sich, Elizabeth Dorentz ins Haus zu folgen.

Und in dem Moment, als sie die Schwelle überquerte, trat sie in eine andere Welt, eine andere Epoche.

Kait blieb stehen und atmete tief den Duft von Pinienholz und Flieder ein.

Sie stand in einem großzügigen Foyer. Poliertes Eichenparkett unter ihr, Pinienbalken über ihr, und vor ihr führte eine breite Treppe nach oben. Kait war sicher, dass das Haus in der Kolonialzeit erbaut wurde und dass das gesamte Interieur vor nicht allzu langer Zeit komplett renoviert worden war. Geradeaus ging es in ein riesiges Wohnzimmer – offensichtlich waren mehrere Wände eingerissen worden, um den Vorstellungen des Innenarchitekten Raum zu verschaffen. Die Einrichtung war ganz klassische Eleganz: Antiquitäten wetteiferten mit Tweed und echtem Leder, Gemälde aus dem neunzehnten Jahrhundert in alten, vergoldeten Rahmen zierten die Wände. Da Elizabeth verschwunden war, schlenderte Kait ins Wohnzimmer und blickte durch zahlreiche hohe Fenster in einer Wand hinaus auf die Weiden und Pferde unter ihr, und auf die Hügel, die sich sanft zum blauen Horizont hin wellten.

Ihr war eigenartig beklommen zumute. Es war so schön hier – die Aussicht, dieser Raum, das Haus, und sie konnte sich lebhaft vorstellen, sich abends in diesen riesigen, braunen Ledersessel zu kuscheln, ganz nah an dem steinernen, offenen Kamin, die braun-grüne Decke mit Paisley-Muster über die Beine gezogen, ein Buch in der Hand, ein Glas Wein auf dem Tischchen neben sich. Dieser Raum mochte vor allem für Gäste so elegant eingerichtet worden sein, doch man hatte dabei genauso an gemütliche Abende im Kreis der Familie gedacht. Sie lächelte, als sie ein Spielzeugpferd hinter einem dicken Sofakissen hervorlugen sah. Auf dem Pferd saß ein winziger Spielzeugreiter.

Marni war jetzt bestimmt im Kindergarten.

Kait musste die Augen schließen und sich in den Arm kneifen. *Lanas Leben war ein wahr gewordener Wunschtraum.*

Das volle, tiefe Timbre einer Männerstimme drang durch das Haus bis zu ihr. Diese Stimme hatte sie erst ein Mal vor vielen Jahren gehört, doch sie würde sie niemals vergessen. Kait erstarrte vor Entsetzen und riss die Augen auf, ihr Herz klopfte wie wild. Der Mann, den sie durch das Foyer kommen hörte, war Lanas Ehemann, Trevor Coleman, da war Kait ganz sicher.

Ihre Kehle war wie ausgedörrt. Soeben war ihre schlimmste Befürchtung wahr geworden. Sie stand da wie angewurzelt.

Er würde einen einzigen Blick auf sie werfen und fragen, wer, zum Teufel, sie sei und was sie mit seiner richtigen Ehefrau angestellt habe.

Nun konnte sie verstehen, was er sagte. »Das ist mein Ernst … Ohne dich hätte ich das nie geschafft … Wenn ich dir je … Ja … Also, noch mal vielen Dank. Gut gemacht.« Seine Stimme war ein wenig rau, sehr prägnant und umwerfend sinnlich.

Während seine Stimme deutlicher wurde, seine Schritte immer näher kamen, spürte sie, wie sie sich in einen Eisblock verwandelte. Coleman hatte seine Pläne geändert. Er war hier, auf Fox

Hollow, er war zu Hause. Sie würden sich jeden Augenblick gegenüberstehen. O Gott, was sollte sie nur tun?
Lana stand ihr plötzlich klar vor Augen und sah sie angsterfüllt an.
Seine Schritte verstummten. Kait wusste, dass er hinter ihr stand, auf der Schwelle zum Wohnzimmer. Sie rührte sich nicht – sie konnte nicht. Lana und Marni schwebten in Gefahr. Sie musste das hier durchstehen. Sie verdrängte jeden anderen Gedanken, und obwohl sie kaum noch Luft bekam, drehte Kait sich langsam um.
Er stand in der Tür, von hinten von der Sonne angestrahlt. Zuerst sah Kait nur eine große, breitschultrige Silhouette. Einen Augenblick lang wollte sie mit der Wahrheit herausplatzen. Einen Augenblick lang empfand sie genau wie damals im Le Cirque, als sie in ihrem besten schwarzen Kleid und nagelneuen sexy Schuhen darauf wartete, dass er zur Tür hereinkam und sie anlächelte. Dann trat er aus dem Sonnenschein in den Schatten, und sie sah sein Gesicht. Er bemerkte sie und blieb abrupt stehen, als habe sie ihn überrascht.
Ihre Blicke trafen sich.
Er hatte grüne Augen.
Kait verschlug es den Atem. Die beiden Fotos von ihm, die sie vor Jahren gesehen hatte, waren diesem Mann nicht gerecht geworden. O nein, er sah umwerfend gut aus und hatte die erotische Ausstrahlung eines Filmstars.
Coleman rührte sich nicht. Kait auch nicht. Sie starrten einander unverwandt an, und Kait hatte das Gefühl, ihre Miene müsse vor Staunen ebenso unergründlich geworden sein wie die Colemans.
Trotz der Gefahr, in der Lana schwebte, betete sie beinahe

darum, dass er sie ansehen und sofort erkennen würde, dass sie nicht Lana war. Denn dann würde er die Wahrheit erfahren, die zu kennen er verdiente, und dann konnten er und Lana diese Sache gemeinsam meistern, wie es sich für Mann und Frau gehörte.

Seine Augen waren nicht einfach grün, sie waren so grün wie Irland im Frühling, eingerahmt von dichten, rußig schwarzen Wimpern. Kait wusste, dass sie ihn anstarrte, doch sie konnte den Blick nicht von ihm abwenden. Sein Gesicht war oval, die Nase ein klein wenig schief und unglaublich interessant, die Wangenknochen unverschämt hoch. Er hatte volle Lippen und einen sonnengebräunten Teint. Die Sonne hatte blonde Strähnen in sein hellbraunes Haar gezaubert, denn der blonde Schimmer war ganz offensichtlich natürlich und zeugte von vielen Stunden im Freien. Er trug eine verwaschene Jeans, keine schicke Reithose. Kait schätzte ihn auf etwas über einen Meter achtzig, und seine Beine waren von vielen Jahren des Reitens so muskulös, dass seine Oberschenkel den Jeansstoff dehnten. Ein schlichter Kaschmirpulli mit V-Ausschnitt bedeckte seine breiten Schultern und die kräftige Brust. Er trug ausgebleichte braune Lederstiefel. An einem Handgelenk glitzerte etwas Goldenes – eine schwere, teure Uhr. Weiter trug er keinen Schmuck – nicht einmal einen Gürtel.

Kait fühlte sich wie von einer Lokomotive gerammt.

Irgendwo tief drinnen spürte sie, dass sie nie wieder dieselbe sein würde.

Lana hatte so unverschämtes Glück.

»Du starrst mich an, als hättest du mich noch nie gesehen«, sagte er tonlos, und seine grünen Augen wurden schmal.

Sie erwachte zum Leben. Entsetzt spürte sie ihre Wangen brennen. Schlimmer noch, sie bekam kein Wort heraus – nicht einmal eine angemessene Begrüßung wollte ihr einfallen, und ihre Zunge fühlte sich an wie verknotet.

Er schob das Handy in seine hintere Hosentasche und blickte wieder zu ihr auf. Noch nie hatte ein Augenpaar sie derart fasziniert. »Du bist wieder da«, fügte er ebenso tonlos hinzu. »Und du hast eine neue Frisur.« Beide Sätze klangen völlig gefühllos.

Da begriff Kait erst, dass dieser Mann Lanas Ehemann war. Was war denn das für eine Begrüßung? Wo blieb die Umarmung, das Lächeln, der Kuss? Er schien sich nicht einmal zu freuen, sie wiederzusehen. Er sah überhaupt recht unglücklich aus. Sie zwang ihre Lippen zu einem angespannten Lächeln, und ihr Herz schlug nun so schnell, dass ihr beinahe schwindlig wurde.

»Ja, ich bin wieder da. Und ich habe eine neue Frisur. Gefällt sie dir?« Sie hörte sehr wohl, wie zittrig, unsicher und ängstlich ihre Worte klangen.

Er warf ihr einen ungläubigen Blick zu und machte auf dem Absatz kehrt.

Sie war wie vor den Kopf geschlagen. Er hatte sie einfach stehen lassen, und sie begann zu zittern. Du lieber Himmel! Was war denn hier nur los? Täuschte sie sich – oder hatte sie eben Wut in seinem Blick bemerkt?

Kait fürchtete, es könnte sogar noch Schlimmeres gewesen sein.

Hatte sie Abscheu in Trevor Colemans Blick gesehen?

Sie rang um Fassung. Hätte Lana sie nicht gewarnt, wenn es in ihrer Ehe Probleme gab?

Aber sie hatte ja nur Lanas Brief, der vor allem Anweisungen für Kait enthielt. Und weshalb hätte Lana eventuelle Eheprobleme erwähnen sollen, wenn sie damit rechnete, dass Coleman während Kaits Charade verreist sein würde? Kait holte tief Luft.

Bestimmt hatten sie sich nur gestritten – jede Ehe hatte ihre Höhen und Tiefen. Doch das war auch keine Erleichterung, also schob sie den Gedanken daran, wie kalt Trevor Coleman sie eben behandelt hatte, weit von sich.

Plötzlich stand er wieder draußen im Foyer. Er hielt ihr einen Briefumschlag hin. »Die sind für dich.«

Sie blickte in seine grünen Augen, und erneut verschlug es ihr fast den Atem. In Gegenwart seiner puren Männlichkeit fühlte sie sich klein, zierlich, vollkommen Frau, wie eine zarte Puppe, obgleich sie über einen Meter sechzig groß, gesund und stark war – ein wenig zu dünn, aber straff und fit.

»Ich weiß, das ist vielleicht nicht der beste Zeitpunkt«, sagte er, doch er wirkte keineswegs schuldbewusst. Er sah überhaupt nicht so aus, als täte es ihm Leid – er sah zornig aus … und beinahe hämisch.

Sie kam wieder zu Besinnung und merkte, dass sie einen großen, braunen Umschlag in der Hand hielt. »Was ist das?«, brachte sie mühsam hervor.

»Die Scheidungspapiere«, sagte er.

Und nun endlich lächelte er.

Zwei

*K*ait hätte kaum mehr erschrecken können, wenn neben ihr eine Bombe explodiert wäre.

Coleman wandte sich ab.

»Was?«, brachte sie mühsam hervor und merkte, dass ihr der Mund offen stehen geblieben war. Ihre Gedanken überschlugen sich. *Lanas Ehe war nicht so, wie Lana sie hatte glauben lassen; Lanas Mann wollte sich von ihr scheiden lassen.*

Coleman würdigte sie keines Blickes. »Du hast mich schon verstanden«, sagte er.

Kait konnte ihm nur sprachlos hinterherschauen, als er den Raum verließ.

»Ich bringe jetzt Ihr Gepäck nach oben.«

Kait drehte sich um und begegnete dem kalten, berechnenden Blick von Max Zara. Offensichtlich war ihm nicht entgangen, was sich soeben abgespielt hatte. »Ja, bitte«, flüsterte sie, immer noch wie vor den Kopf geschlagen. »Ich … möchte mich umziehen.«

Zara wirkte verblüfft. Er sah sie überrascht an; sein Blick war nun weniger hart, dafür aber umso forschender.

Kait biss sich auf die Lippe. Sie benahm sich wie ein schüchternes Mäuschen, und ihre Schwester war alles andere als das. Sie räusperte sich und lächelte ihn dankbar an. »Danke«, sagte sie mit festerer Stimme.

Er musterte sie noch einen Moment lang misstrauisch, und plötzlich war Kait ganz sicher, dass er sie durchschaut hatte.

Abrupt drehte er sich um. Betreten sah Kait ihm nach, als er mit Leichtigkeit die beiden Taschen hochhob und auf die Treppe zuging.
Kait lehnte sich an die Wand und rieb sich die Schläfen. O Gott. Was sollte sie jetzt tun? *Warum hatte Lana ihr nichts davon gesagt, dass ihre Ehe zu scheitern drohte?*
Da kam ihr ein neuer Gedanke. *Hatte Lana überhaupt gewusst, dass Trevor Coleman sich von ihr scheiden lassen wollte?*
Furchtsam blickte sie über die Schulter und sah Coleman an seinem Schreibtisch im Arbeitszimmer sitzen – er hatte die Tür offen gelassen. Offenbar suchte er etwas auf dem Tisch, fand es aber nicht; sein markantes Gesicht wirkte angespannt, eine goldene Strähne fiel ihm in die Stirn. Ihr Herz machte einen kleinen Satz. Wie sollte sie damit umgehen … mit ihm?
Das Wichtigste zuerst. Sie musste sich erst einmal wieder fassen, bevor ihre Täuschung aufflog. Schließlich war Lana weder verletzlich noch ängstlich; sie war sehr selbstsicher, sehr gewinnend. Außerdem war sie sehr temperamentvoll und scheute nicht vor Auseinandersetzungen zurück. Kait musste diese Eigenschaften ebenfalls annehmen, und zwar auf der Stelle.
Nur lag es nicht in ihrer Natur, laut und heftig zu werden, und sie konnte dieses Dilemma nicht recht einschätzen. Wie sollte sie auf Trevors Eröffnung reagieren?
Elizabeth Dorentz erschien mit einem Tablett. Darauf standen ein liebevoll angerichteter Salat und eine Tasse Kaffee samt silbernem Milchkännchen und passender Zuckerdose. »Max, wenn Sie wieder unten sind, würden Sie sich bitte mal die Waschmaschine ansehen? Ich wollte es Ihnen vorhin schon sagen, sie macht so ein komisches Geräusch.«
Kait beobachtete, wie Max der Haushälterin mit freundlicher

Miene zunickte. »Kein Problem«, sagte er. Er lächelte Elizabeth Dorentz an, und dieses Lächeln ließ ihn interessant und anziehend erscheinen – er hatte Grübchen; dann ging er mit Kaits Gepäck die Treppe hinauf.
Elizabeth Dorentz warf ihr einen tadelnden Blick zu. Kait merkte, dass sie Zara nachgestarrt hatte. Sie spürte, wie sie errötete, und hoffte, Elizabeth habe ihren Blick nicht falsch aufgefasst. »Ach, ist das schön, wieder zu Hause zu sein«, sagte sie und bemühte sich, zu lächeln. War der Salat für sie? Irgendwie hielt sie das für unwahrscheinlich.
Elizabeth erwiderte nichts.
»Es ging mir nicht besonders gut«, fügte Kait rasch hinzu. »Ich hatte eine böse Grippe und musste in New York zwei Tage im Bett bleiben. Welch ein Jammer! Ich bin immer noch ein bisschen angeschlagen.« Es wurde Zeit, ihre Täuschung zu untermauern. Sie war um eine Kleidergröße dünner als ihre Schwester, und für diesen Unterschied musste sie eine Erklärung liefern.
»Es tut mir Leid, dass Sie krank waren«, sagte Elizabeth höflich. »Ich fürchte, ich werde mich verspäten. Ich habe bereits im Kindergarten angerufen und Bescheid gesagt. Ihr Imbiss steht bereit. Auf dem Esstisch«, fügte sie hinzu, als müsse sie diese Tatsache betonen. »Trev, darf ich reinkommen?«
Trevor schaute auf. Kaits Blick wurde von ihm angezogen wie von einem wandelnden Magneten, und als er der Haushälterin zunickte, fiel sein Blick auch auf Kait. Sie sahen einander kurz in die Augen, dann schaute er rasch weg. »Danke, Elizabeth«, sagte er freundlich.
Elizabeth stellte das Tablett ab. »Ich fahre jetzt Marni holen«, erklärte sie in vollkommen verändertem Tonfall. Ihre Stimme

klang geradezu herzlich. »Kann ich Ihnen etwas aus der Stadt mitbringen?«
»Nein, danke.« Trev lächelte sie an.
Kait blieb beinahe das Herz stehen. Elizabeth würde Marni vom Kindergarten abholen. Marni – ihre Nichte. Lana hatte Kait keinerlei Anweisungen hinterlassen, was sie bei Marni zu beachten hatte oder wie deren Tagesablauf aussah; das kam Kait nun sehr merkwürdig vor. »Ich hole sie«, platzte Kait vor lauter Aufregung heraus. Sie eilte zur Tür des Arbeitszimmers und konnte es kaum mehr erwarten, ihre Nichte kennen zu lernen.
Elizabeth fuhr herum. »Wie bitte?«
Kait sah die völlige Verblüffung in Elizabeth' Gesicht und wunderte sich darüber. Dann sah sie, dass auch Trevor sie mit großen Augen anstarrte. Sie begriff nicht, was sie getan haben könnte, das die beiden so erstaunte. Dann wurde ihr viel zu spät klar, dass sie ja gar nicht wusste, wo Marnis Kindergarten war. Warum hatte Lana ihr denn derart wichtige Sachen nicht aufgeschrieben?
Enttäuscht ruderte sie zurück. »Ich … äh … vermisse sie schrecklich. Aber ich bin noch ganz erschöpft von der Reise«, fügte sie lahm hinzu. Die Reise hatte sich auf einen Vierzig-Minuten-Flug und eine Stunde Autofahrt hierher beschränkt. »Diese Grippe hat mich ziemlich geschwächt. Also, äh, ist es wohl besser, wenn Sie fahren.«
Elizabeth Dorentz starrte sie entgeistert an. »Sie holen Sie doch nie ab. Ich hole sie ab. Ich fahre sie jeden Tag hin und hole sie auch jeden Tag wieder ab.«
Kait hielt ihrem Blick stand. Konnte es sein, dass Elizabeth ein wenig besitzergreifend war, was Marni betraf? Doch zumindest wusste Kait schon etwas mehr über Marnis Tagesablauf. Sie

glaubte allerdings nicht, dass die Haushälterin das Kind tatsächlich jeden Tag abholte – gewiss brachte Lana ihre Tochter gelegentlich selbst zum Kindergarten oder holte sie ab. Offensichtlich hatte Elizabeth einen kleinen Mutterkomplex. »Wissen Sie, was? Es ist sicher besser, ich esse erst einmal etwas und lege mich ein bisschen hin. Aber morgen hole ich sie selbst ab«, sagte Kait sehr bestimmt.

Elizabeth nickte knapp, die Stirn über der Perlmuttbrille gerunzelt. Dann verließ sie mit langen, energischen Schritten das Haus und schloss die Tür hinter sich.

Kait zögerte, hin und her gerissen zwischen dem Wunsch, um ihrer Schwester willen Coleman zur Rede zu stellen, und dem Drang, so schnell und so weit wie möglich vor ihm zu fliehen. Sie hatte den Schock von vorhin immer noch nicht überwunden – nicht nur, dass er ihr die Scheidungspapiere in die Hand gedrückt hatte, er war dabei eiskalt und gemein gewesen. *Lana hatte kein Sterbenswörtchen davon gesagt.* Konnte es wirklich sein, dass sie von den Absichten ihres Mannes nichts ahnte?

Kait fand es unwahrscheinlich, dass ihre Schwester sich über ihre Eheprobleme nicht im Klaren sein sollte. Aber sie wäre nicht die erste Ehefrau, deren Mann aus vermeintlich heiterem Himmel die Scheidung einreichte. Manchmal wollte man einfach nicht sehen, was sich direkt vor der eigenen Nase abspielte.

Ein Stuhl wurde über den Boden gerückt. Kait fuhr zusammen und sah zu Trevor Coleman hinüber, als er gerade aufstand. »Du holst Marni doch nie ab«, sagte er.

»Nie ist ein sehr starkes Wort«, erwiderte sie nervös.

»Das Spiel hat also schon begonnen«, murmelte er böse.

Angst kroch ihren Rücken hinauf. Sie wich zurück. Sie brauchte

Hilfe, dachte sie auf einmal, und Wut flammte in ihr auf. Sie war in der Erwartung in Lanas Rolle geschlüpft, diese für ein paar friedliche Tage auf dem Land zu vertreten; sie hätte nie damit gerechnet, ein solches Kriegsgebiet vorzufinden. Kait erkannte, dass sie so schnell wie möglich mit ihrer Schwester sprechen musste. Lana hatte in ihrem Brief geschrieben, sie werde Kait in zwei Tagen anrufen, auf dem Heimweg nach Fox Hollow. Daraus hatte Kait geschlossen, dass sie bis dahin nichts von ihr hören würde. Doch Kait hatte nicht mehr die Absicht, noch zwei Tage zu warten, um mit ihrer Schwester sprechen zu können – falls Lana tatsächlich nichts von der bevorstehenden Scheidung wusste, musste sie sofort davon erfahren. Und vor allem wollte Kait von ihr wissen, wie sie mit Coleman umgehen sollte.

Kait schluckte schwer. »Was meinst du damit?«

Er schnaubte verächtlich.

Kait floh. Hastig zog sie sich ins Foyer zurück und blieb an einem der Fenster stehen, von wo aus sie die Haushälterin in dem staubigen Land Rover davonfahren sah. Ihre Schläfen pochten. Trug Lana immer noch Kaits Handtasche mitsamt ihrem Handy bei sich? Würde sie ans Telefon gehen? Lieber Himmel, Coleman benahm sich so abscheulich – ihre Schwester hatte doch wissen müssen, was auf sie zukam.

Wie hatte es mit dieser märchenhaften Ehe nur so weit kommen können?

Dann hörte sie seine Schritte auf dem Flur, und die Erleichterung ihres kurzen Alleinseins verflog. Kaits Instinkte schlugen Alarm, und sie blickte auf. Trevor kam auf sie zu. Er sah sie nicht an, und sie musste hilflos zusehen, wie er schnurstracks an ihr vorbei- und zur Tür hinausging, ohne ein Wort zu sagen. Sie

blickte ihm nach, als er in den großen blauen Pick-up stieg, der vor dem Haus geparkt war.
Mit einem scheußlichen Gefühl im Magen wandte sie sich vom Fenster ab, als er davonfuhr. Nun endlich war sie wahrhaftig allein.
Was war hier los? Mochte hier denn niemand ihre Schwester? War das möglich? Immerhin war Fox Hollow auch ihr Zuhause. Aber dieser schreckliche Arbeiter, Max, hegte ganz offensichtlich irgendeinen Groll gegen Lana, und die Haushälterin ebenfalls. Und was Coleman anging, so war er nicht der erste Ehemann, der sich scheiden lassen wollte, doch er schien entsetzlich wütend auf ihre Schwester zu sein und sich nur mühsam zu beherrschen. Warum?
Kait war ebenfalls wütend. Lana hätte sie aufklären müssen, was Kait erwartete, wenn sie in ihre Rolle schlüpfte. Doch Lana hatte ja schon als kleines Kind immer genau gewusst, wann sie die Wahrheit verschweigen musste, um zu bekommen, was sie wollte. Aber sie waren jetzt keine Kinder mehr, und was sie taten, war unmoralisch und furchtbar falsch. Lana hätte aufrichtig zu ihr sein müssen.
Kait atmete tief durch und beruhigte sich. Ihre Schwester hatte immerhin eine gute Entschuldigung für ihr Verhalten – sie wurde von diesem Paul Corelli bedroht, und ihre Tochter ebenfalls. In so einer Lage konnte jeder zerstreut, gedankenlos und wild entschlossen sein, ohne Rücksicht auf andere alles zu tun, was nötig war.
Zumindest hatte Kait die ersten Prüfungen überstanden – niemand ahnte, dass sie für ihre Schwester eingesprungen war. Irgendwie hatte sie es doch geschafft, alle zu täuschen, obwohl sie beide so verschieden waren wie Tag und Nacht.

Die nächste große Prüfung stand ihr bevor, wenn Marni nach Hause kam.
Aber zunächst einmal war sie endlich allein. Bei diesem Gedanken wich die schreckliche Spannung, die sich ihrer bemächtigt hatte. Dies war eine gute Gelegenheit, sich das Haus anzusehen. Lana hatte ihr einen Grundriss aufgezeichnet, aber sie sollte sich trotzdem alle Räume einmal ansehen. Mit diesem Hintergedanken drehte Kait sich langsam um. Coleman hatte die Tür zu seinem Arbeitszimmer weit offen gelassen.
Kait zögerte keinen Moment. Sie legte ihre Handtasche auf die Fensterbank und ging hinein.
Sobald sie über die Schwelle des holzgetäfelten Raumes trat, merkte sie, dass sie Trevor Colemans Refugium betreten hatte. Das Zimmer strahlte förmlich eine männliche Atmosphäre aus. Hier war das Parkett cognacfarben, und dunkle, antike Balken zogen sich an der Decke entlang. Ein großer Kirschholzschreibtisch voller Aktenmappen und Geschäftsbücher stand vor dem gemauerten Kamin, auf dessen Sims viele gerahmte Fotografien aufgestellt waren. Die Fenster dahinter blickten auf das erste der sechs Wirtschaftsgebäude und einige Koppeln hinaus, auf seine grasenden Pferde. Ein geschmackvoller Teppich lag auf dem Boden, vorwiegend beige, blau und grün; das Sofa war mit dunkelgrünem Leder bezogen, die übrigen Sitzmöbel mit dunklem Tweed. Kait bemerkte, dass sie wie angewurzelt stehen geblieben war. Sie konnte Coleman hier drin beinahe spüren, obwohl er nicht einmal im Haus war.
Kait betrachtete den Kamin; darüber hing ein Gemälde, auf dem ein prächtiges, kastanienbraunes Pferd nervös mit den Augen rollte. Auf dem Boden vor dem Sofa lag eine aufgeschlagene Zeitung, ein leeres Whiskeyglas stand auf dem Tischchen

daneben. Sie bemerkte einen Stapel Fachzeitschriften über Pferde auf dem Couchtisch, von denen zwei ebenfalls aufgeschlagen waren. Sie schlang die Arme um sich. Hatte er den vergangenen Abend hier verbracht, allein mit seinen Unterlagen und Magazinen? Hasste er seine Frau? Wollte er sich tatsächlich von ihr scheiden lassen? Vielleicht war er ja nur wütend auf sie, aber wenn ja, warum? Was konnte Lana denn getan haben, dass er so zornig auf sie war, oder war das alles ein schreckliches Missverständnis?

Kait betete, Letzteres möge der Fall sein.

Sie eilte zum Schreibtisch, wo ein schreckliches Durcheinander herrschte. Hier lagen so viele Akten, Mappen, Blöcke und Notizen herum, dass er sich wohl selbst kaum zurechtfinden konnte. Sie streckte gerade die Hand nach dem Telefonhörer aus, als sie die Fotos von Marni entdeckte.

Abrupt ließ sie sich auf seinen Stuhl sinken. Ihr wurde ganz schwindlig, und sie griff nach einem Porträtfoto des hübschesten kleinen Mädchens, das sie je gesehen hatte. Marnis Haar war dunkel wie Lanas und Kaits, doch es kringelte sich zu lebhaften Locken, ihre Augen waren grün und ihr Teint ein wenig dunkel – gewiss Colemans sehr ähnlich, wenn er nicht so braun gebrannt wäre. Sie lächelte schüchtern in die Kamera, und Kait traten Tränen in die Augen vor Rührung.

Wenn sie selbst einmal Kinder hatte, würde ihre eigene Tochter eines Tages auch so aussehen?

Sie konnte es kaum erwarten, ihre Nichte endlich kennen zu lernen und sie in die Arme zu schließen.

Da standen noch mehr Fotos von Marni auf einem schneeweißen Pony, das Kait viel zu groß für eine Vierjährige fand. Auf einem der Bilder, offenbar von einem richtigen Turnier, trug sie

Reitkleidung und war sogar im Begriff, über ein kleines Hindernis zu springen.

Kait nahm ein anderes Foto zur Hand, das nur Trevors Tochter aus erster Ehe zeigen konnte. Lana hatte in ihrem Brief erwähnt, dass Sam sechzehn war, doch auf den beiden Fotos auf seinem Schreibtisch sah sie etwas jünger aus. Sie war hübsch und blond, mit einem strahlenden Lächeln und haselnussbraunen Augen; aber beide Fotos waren Porträts, keine Fotos von ihr zu Pferde. Kait wunderte sich darüber.

Und warum gab es eigentlich keine Fotos von Lana?

Abrupt drehte Kait sich um. Gegenüber der Wand mit den Fenstern stand ein Bücherregal hinter dem Schreibtisch; und tatsächlich, in einem der Fächer fand sich ein Hochzeitsfoto von Braut und Bräutigam; beide lächelten strahlend und wirkten wie Kandidaten zur Wahl »Amerikanisches Ehepaar des Jahres«. Es gab mehrere Fotos des einst glücklichen Paares, darunter eines von Trevor im Smoking, unglaublich elegant und männlich, und Lana in einem gewagten Abendkleid, das jede einzelne ihrer Kurven zur Schau stellte. Er hatte den Arm um sie gelegt und lächelte zufrieden, während sie offenbar über das lachte, was er eben gesagt hatte. Sie gaben ein perfektes Paar ab – zumindest dem Anschein nach.

Sie konnten ihre Probleme bestimmt in den Griff bekommen. Wenn sie einmal so glücklich miteinander gewesen waren, musste es doch möglich sein, dieses Glück wiederzufinden.

Kait schluckte und musste sich von den Fotos abwenden, die ihre Schwester und deren Mann so verliebt zeigten. Sie warf noch einen kurzen Blick auf ein halbes Dutzend Fotos von Lana hoch zu Ross bei verschiedenen Reitturnieren.

Diese Bilder brachten viele Erinnerungen zurück. Lana war

die geborene Sportlerin, und sehr ehrgeizig. Früher hatten die Schwestern in einem Reitstall nahe ihres Elternhauses gearbeitet, um sich ihre Reitstunden zu verdienen. Vom ersten Wettkampf an gewann Lana immer Preise bei den Lokalturnieren, und da gingen die beiden siebenjährigen Schwestern gerade mal in die zweite Klasse. Kait trat damals sehr ungern bei so etwas an – sie nahm nur ein oder zwei Mal an Wettkämpfen teil, denn der Druck, so im Mittelpunkt der Aufmerksamkeit zu stehen, war ihr einfach zu viel. Als ihre Mutter starb, waren die Mädchen dreizehn, und ihr Vater kaufte ihnen beiden große Ponys; inzwischen wusste Kait, dass er gehofft hatte, sie damit von ihrem Verlust abzulenken. Lana hatte weiterhin an Reitturnieren teilgenommen, und das sehr erfolgreich; Kait war nur zum Vergnügen geritten. Das tat sie immer noch am Wochenende, im Central Park und manchmal in Westchester, doch sie hatte keine Ahnung gehabt, dass Lana so tief in die Welt des Pferdesports eingetaucht war. Das war nur ein weiteres Argument dafür, dass Lana die ideale Ehefrau für Coleman war.

Kait wischte sich über die Augen. Sie konnte ihre Traurigkeit nicht verleugnen, doch sie spürte auch, dass der Anlass dafür komplizierter war, als er hätte sein dürfen. Daher weigerte sie sich, ihre Gefühle und Gedanken genauer zu analysieren.

Kait wandte den Fotos von ihrer Schwester den Rücken zu und griff nach dem Telefonhörer, um Lana anzurufen. Rasch wählte sie ihre eigene Handynummer, und während sie darauf wartete, dass Lana dranging, kam ihr der Gedanke, dass es vielleicht doch nicht klug wäre, Lana von Trevors Scheidungswunsch zu erzählen; immerhin konnte ihre Schwester jetzt in dieser Sache überhaupt nichts unternehmen, denn sie wollte ja erst in zwei Tagen zurück sein. Doch Kait fand es auch nicht fair, dass

sie selbst nun in dieser Klemme steckte. Sie brauchte dringend Lanas Rat.
Aber Lana ging nicht ans Telefon. Kaits Mailbox schaltete sich ein.
Da Kait keine Gelegenheit gehabt hatte, Lana die PIN-Nummer zu geben, mit der sie die Mailbox abhören konnte, legte sie beunruhigt wieder auf. Womöglich konnte sie Lana überhaupt nicht erreichen; vielleicht konnte sie nicht mit ihr sprechen, bis sie in zwei Tagen nach Fox Hollow zurückkehrte. Und das bedeutete, dass sie Trevor Coleman und die Frage der Scheidung ganz allein würde meistern müssen.
Sie erschauerte.
Kait fand die Vorstellung entsetzlich, Coleman gegenüberzutreten, bevor sie eine Chance gehabt hatte, mit ihrer Schwester zu sprechen; trotzdem sollte sie sich wohl lieber etwas einfallen lassen, wie sie mit der augenblicklichen Situation am besten umging. Konnte sie Lana vielleicht irgendwie helfen, ihre Ehe zu retten? Das schien Kait der einzig denkbare Weg zu sein.
Sie blickte sich noch einmal in dem Arbeitszimmer um, hatte nun jedoch keine Ausrede mehr, sich länger dort aufzuhalten. Wenn sie ehrlich war, brachte irgendetwas an Coleman sie aus der Fassung – der Gedanke, in seinem Büro erwischt zu werden und sich Schnüffelei oder Schlimmeres vorwerfen lassen zu müssen, behagte ihr gar nicht. Also ging sie wieder hinaus ins Foyer. Ihre Handtasche war weg.
Sie starrte auf das leere Fensterbrett. Sie hatte die Gucci-Tasche hier abgestellt – oder nicht?
Kait war ganz sicher. Panik stieg in ihr auf. Sie versuchte sich zu erinnern, ob sich irgendetwas Verräterisches in dieser Tasche befand – sie glaubte es nicht, doch die Panik ließ nicht nach. Kait

eilte hinüber ins Wohnzimmer, doch auch hier war ihre Handtasche nicht.
Sie konnte sie nicht verlegt haben. Aber sie war doch allein im Haus. Oder? Elizabeth war weggefahren, um Marni abzuholen, und Trevor hatte sie ebenfalls davonfahren sehen.
Aber Max Zara war oben. Nun erst fiel Kait auf, dass sie ihn nicht wieder unten gesehen hatte, und falls er doch wieder heruntergekommen war, dann über eine Hintertreppe oder als sie im Arbeitszimmer telefoniert hatte. Er war ihr vom ersten Augenblick an merkwürdig und verdächtig vorgekommen. Er schien ihre Schwester wirklich zu verabscheuen. Es war offensichtlich, dass er etwas gegen sie hatte. Aber warum, zum Teufel, sollte er ihre Handtasche entwenden?
Kait blickte die Treppe hinauf und rief: »Max?« Sie bekam keine Antwort. Ohne große Schwierigkeiten fand sie die Küche – hinter dem Wohnzimmer lag das Esszimmer, und wiederum dahinter die Küche. Sie würdigte den großzügigen Raum mit dem sonnigen Frühstückstisch und den Edelstahlgeräten keines Blickes, denn sie hörte Geräusche von weiter hinten im Haus. Sie durchquerte einen Vorratsraum und stand dann in der Waschküche mit Waschmaschine, Trockner und einem großen Handwaschbecken.
Max kniete auf dem Boden inmitten seines Werkzeugs und hatte die Waschmaschine von der Wand abgerückt. Er blickte nicht auf, als sie hereinkam.
Ihr Herz hämmerte. Wagte sie es, ihn offen zu fragen, ob er ihre Handtasche genommen habe? Wagte sie es, so direkt zu sein?
Er fragte: »Wünschen Sie etwas, Mrs. Coleman?« Doch er blickte immer noch nicht auf.
Sein Tonfall war zweideutig und so schlüpfrig, dass Kait zurück-

wich. »Anscheinend habe ich meine Handtasche verlegt«, sagte sie vorsichtig.
»Vielleicht haben Sie sie im Auto liegen lassen«, erwiderte er und richtete sich endlich auf, um sie anzustarren. Er hatte sein Flanellhemd ausgezogen und trug nur noch ein dünnes weißes T-Shirt. Er hatte gewaltige Armmuskeln und sehr kräftige Hände. Das abgetragene T-Shirt ließ seinen Waschbrettbauch erkennen. Nervös dachte Kait, dass er vermutlich mit bloßen Händen eine Wassermelone zerquetschen konnte. Wahrscheinlich war er früher bei den Marines gewesen.
Es gefiel ihr gar nicht, wie er sie anstarrte. Atemlos sagte sie: »Nein, ich habe sie mit reingebracht. Und jetzt soll ich wohl annehmen, dass sie ganz allein davonspaziert ist.«
Er schnaubte verächtlich.
Kait fuhr herum und eilte durch die Küche, vorbei an einer großen Arbeitsfläche in der Mitte und einem schicken Edelstahlherd. Sie lief durchs Esszimmer, wo Elizabeth schon den Tisch gedeckt hatte – eine Schüssel Salat und eine Platte mit gegrillten Thunfischfilets. Kait ging weiter und eilte dann die Treppe hinauf.
Max musste ihre Tasche genommen haben. Aber warum?
Es fiel ihr schwer, einen klaren Gedanken zu fassen.
Kait hastete die Stufen hinauf, ging an vier Türen vorbei und bis zum letzten Zimmer im ersten Stock. Rasch trat sie ein und schloss die Tür hinter sich. Sie lehnte sich dagegen und spürte plötzlich, wie erschöpft sie war.
Diese Erschöpfung und die nervliche Anspannung machten sie ganz wirr. Beruhige dich, redete sie sich gut zu. Es musste noch mehr Angestellte auf Fox Hollow geben, ein Hausmädchen, Stallburschen und so weiter. Vielleicht hatte jemand die Tasche

gestohlen, weil sie wertvoll war. Das Verschwinden ihrer Handtasche bedeutete noch lange nicht, dass ihr jemand auf die Schliche gekommen war.

Sie konnte sich einfach nicht entspannen. Selbst wenn Max die Tasche genommen hatte, redete sie sich ein, würde er trotzdem nicht dahinter kommen, wer Kait wirklich war. Lana hatte doch in ihrem Brief geschrieben, dass niemand von ihrer Zwillingsschwester wusste, also konnte auch niemand Verdacht schöpfen, dass sie die Plätze getauscht hatten.

Kait war immer noch nicht ganz erleichtert. Doch sie begann sich umzusehen, und schließlich siegte die Neugier.

Sie starrte auf das riesige Doppelbett, das mitten im Zimmer stand.

Das Bett hatte ein Kopfteil aus massiver, dunkler Eiche und eine Tagesdecke mit Paisley-Muster in Schwarz, Rot und Gold. Mehrere Kissen mit bunten, kostbaren Bezügen ließen es luxuriös und einladend wirken. Ein dunkelroter Orientteppich bedeckte das Eichenparkett, vor dem offenen Kamin stand ein orangerotes Tweedsofa, und antike Möbelstücke waren im ganzen Raum verteilt. *Wie sollte sie dieses Bett mit Trevor Coleman teilen?*

Plötzlich war Kait wütend über die dumme Lage, in die ihre Schwester sie gebracht hatte. Was sollte sie denn tun, die ganze Nacht lang schlaflos daliegen, direkt neben ihm? Er würde ihr gewiss keine erotischen Avancen machen – immerhin wollte er sich scheiden lassen. Aber wenn er doch etwas von ihr wollte, sollte sie dann Kopfschmerzen vortäuschen? Und auch das löste das eigentliche Problem noch nicht – sie konnte auf gar keinen Fall das Bett mit ihm teilen, selbst wenn er keinen Versuch unternahm, sie zu berühren.

Das war schlicht undenkbar.
Kait weigerte sich, auch nur darüber nachzudenken, weshalb ihr das so unmöglich erschien.
Sie wich zurück. Eigentlich wollte sie nicht einmal mit ihm im selben Zimmer schlafen. Doch ihrer Schwester zuliebe wollte sie seinen Zorn besänftigen, also kam es auch nicht in Frage, ihm gerade jetzt getrennte Schlafzimmer vorzuschlagen. Kait hatte das Gefühl, festzusitzen – schlimmer noch, sie hatte das Gefühl, langsam aber sicher zu ertrinken. Sie hätte ihre Schwester erwürgen mögen.
Sie ermahnte sich, dass immerhin Lanas Leben auf dem Spiel stand, und Marnis vielleicht ebenfalls. Und wenn sie dieses Bett mit Trevor teilen musste, dann würde sie sich eben hinter einem Kissen verschanzen. Es war ja nur für zwei Nächte, und ein geringer Preis dafür, dass Lana ihre Schulden bei Corelli bezahlen und dieses Problem lösen konnte.
Kait hatte sich immer noch nicht wieder ganz gefasst.
Als sie aus dem Schlafzimmer eilte und einen begehbaren Kleiderschrank betrat, der so groß war wie bei anderen Leuten das ganze Schlafzimmer, fiel ihr auf, dass nichts in dem Raum an Lana erinnerte. Es war beinahe so, als wohne sie gar nicht hier.
Überrascht blieb Kait im Ankleidezimmer stehen, das in zwei Hälften unterteilt war. Auf der einen Seite hing oder lag Trevors Garderobe, auf der anderen Lanas. Kait betrachtete eine Reihe exquisiter Anzüge, dann Stapel von Jeans und Pullis. Sie blickte auf mehrere Paar Designerschuhe hinab, Seite an Seite mit hohen Reitstiefeln und Joggingschuhen. Und sie konnte nicht anders.
Langsam ging sie hinüber. Sie berührte den obersten Pullover,

der sich herrlich weich anfühlte, und stellte fest, dass er aus Kaschmir war. Dann strich sie über einen Stapel Baumwoll-T-Shirts, die von ebenso hervorragender Qualität waren wie die Pullover. Sie sah Joggingkleidung – Shorts, Trainingshosen, Sweatshirts – und wandte sich noch einmal den glänzenden Reitstiefeln zu, die er offenbar nur zu Turnieren trug. Er hatte gleich zwei Paar. Seine Laufschuhe wirkten oft getragen und waren schmutzig.

Sie ließ ein letztes Mal den Blick über seine Garderobe schweifen und schlüpfte dann hastig aus ihrer Hose und dem Twinset; den Lippenstift wischte sie mit einem Taschentuch ab.

Nur noch mit ihrer Unterwäsche bekleidet – ein hellrosa Baumwoll-BH und passendes Höschen –, wandte sie sich Lanas Seite des begehbaren Kleiderschranks zu, in der Hoffnung, etwas Bequemes zum Anziehen zu finden. Lana hatte in ihrem Brief darauf bestanden, dass Kait nur Lanas Kleidung, Make-up und Schmuck trug, was ja auch sinnvoll war. Doch da niemand Kait in Unterwäsche sehen würde, hatte sie ihre eigene angezogen. Ihre Schwester hatte ihr sogar einen hauchzarten Spitzentanga von La Perla samt passendem BH in die Kleidertasche gepackt, aber ihre Unterwäsche zu tauschen, ging Kait denn doch zu weit, und sie hätte sich in diesen Dingern auch überhaupt nicht wohl gefühlt.

Kait begutachtete Designer-Kostüme, schwarze, braune und graue Hosen, Lederhosen, Ralph-Lauren-Blazer, teure Pullis und Seidenblusen. Sie fand einfach nichts nach ihrem Geschmack. Also wandte sie sich Lanas Trainingskleidung zu – Leggins und ein lockeres Top kämen ihr jetzt sehr gelegen, doch leider wusste Kait, dass Lana sich nie im Leben außerhalb eines Fitness-Studios in derartigen Klamotten sehen lassen würde. Sie

konnte nicht eine einzige Jeans auftreiben. Lana hatte schon als Kind einen ausgeprägt guten Modegeschmack gehabt. Offensichtlich hatte sich da nichts verändert.
Plötzlich wurde Kait alles zu viel. Dass sie es nicht schaffte, eine Jogginghose und ein T-Shirt zu finden, trieb ihr die Tränen in die Augen. Die zwei Tage türmten sich vor ihr auf wie eine kleine Ewigkeit.
»Bringen wir es hinter uns«, sagte Trevor Coleman.
Kait hätte vor Schreck beinahe einen Luftsprung gemacht und fuhr zu Lanas Mann herum, nur mit Höschen und BH bekleidet. Sie spürte ihre Wangen flammend rot werden und schaffte es gerade noch, sich nicht instinktiv hinter irgendetwas zu verstecken. Sie stand beinahe nackt und mit klopfendem Herzen vor ihm und ermahnte sich, dass er schließlich glaubte, sie seien verheiratet. Doch für einen Mann, der die Scheidung wollte, verhielt er sich nicht abweisend genug. Im Gegenteil, der verflixte Kerl starrte sie an.
»Was tust du da?«, fragte er mit ernster Miene.
Sie gab es auf. Sie waren nicht verheiratet, sie war nicht seine Ehefrau, und ihre Oberschenkel mochten ganz gut in Form sein, aber trotzdem bekam er gerade jeden Zentimeter davon zu sehen. Der Blick seiner grünen Augen war auf ihr Baumwollhöschen geheftet. »Würdest du mich bitte allein lassen? Ich ziehe mich gerade um«, sagte sie zitternd.
Sein Blick fuhr hoch zu ihrem Gesicht, ihrem Mund, ihren Augen. Das Blut schien ihm ins Gesicht zu steigen. »Was ist mit deiner Unterwäsche passiert?«, fragte er ebenso angespannt und blickte wieder hinunter.
Am liebsten hätte sie etwas nach ihm geworfen. Stattdessen schnappte sie sich eine Hose vom nächsten Kleiderbügel und

fuhr hinein. »Nichts«, gab sie zurück. Verdammt! Sie hätte doch die sexy Designer-Unterwäsche ihrer Schwester tragen sollen. Er musterte sie gründlich von Kopf bis Fuß. Kait gefiel es gar nicht, wie er sie ansah – als zähle er die Baumwollunterwäsche und die neue Frisur zusammen. Schließlich sagte er in schrecklich beiläufigem Tonfall: »Machst du eine Diät oder so etwas?«

»Ich hatte in New York die Grippe und habe ein paar Tage lang nichts essen können. Ich fühle mich immer noch ein bisschen schwach.«

Endlich hob er wieder den Blick, und sie sah, dass sie ihn doch nicht ganz kalt ließ; seine Augen funkelten.

Abrupt drehte er sich um und verließ das Ankleidezimmer. »Wir müssen uns unterhalten«, sagte er vom Schlafzimmer her. »Komm doch bitte in mein Arbeitszimmer, wenn du angezogen bist.« Nun klang er eigenartig höflich.

Kait sank an die Wand, doch da war gar keine Wand, sondern nur zwei Ständer voller Kleidung, und sie fiel hinein. Sie landete mit einem dumpfen Poltern, hielt sich an einer Kleiderstange fest und zog sich auf die Füße. Sie zitterte wie Espenlaub, und ihre Wangen brannten immer noch.

Fühlte sie sich zu diesem Mann hingezogen?

Sie ermahnte sich, das könne einfach nicht sein.

Er sah gut aus und war sehr sexy, aber das bedeutete noch lange nicht, dass sie ihn begehrte. Er gehörte ihrer Schwester. Sofern Kait nichts anderes hörte, würde sie sogar alles versuchen, um Lana dabei zu helfen, diese Ehe wieder in Ordnung zu bringen.

Plötzlich hatte sie allen Mut verloren. Sie ließ sich auf den Boden sinken. »Verdammt«, murmelte sie und umschlang mit den Armen ihre Knie. Wie war sie nur in diese dumme Lage geraten? Sie sollte ihm alles gestehen, jetzt gleich, bevor es zu spät war.

Doch dann würde Trevor Coleman wissen wollen, warum sie Lanas Stelle eingenommen hatte, und was sollte sie dann sagen? Er würde natürlich auch wissen wollen, wo seine Frau steckte – und Kait konnte Lana nicht in den Rücken fallen. Sie konnte ohne Lanas Einverständnis gar nichts sagen. Wenn sie das täte, das wusste Kait, dann würde es mindestens weitere zehn Jahre dauern, bis sie ihre Schwester je wiedersah.

Nein, sie hatte versprochen, Lana zu helfen, und dieses Versprechen musste sie halten. Wenn das hier vorbei war, würden sie Freundinnen werden, und Kait würde eine richtige Familie haben. Dann würde Marni nicht nur ihre Nichte sein, auch Trevor Coleman wäre dann offiziell ihr Schwager.

Kait fluchte und hielt noch immer ihre Knie umklammert. Nun war ihr richtig schlecht – so schlecht, dass sie sich hätte übergeben mögen.

Sie fürchtete sich vor dem, was Coleman mit ihr besprechen wollte – als wüsste sie nicht, was da auf sie zukam! Sie ergab sich in ihr Schicksal, stand auf und zog sich einen schwarzen Pulli mit V-Ausschnitt über. Für heute hatte sie genug von Lanas hohen Absätzen, also ging sie barfuß hinunter und versuchte, das Begehren in Trev Colemans Blick aus ihren ungehorsamen Gedanken zu vertreiben.

Er fühlte sich auch zu ihr hingezogen.

Nein, er fühlte sich zu Lana hingezogen, zu seiner Ehefrau.

In Kaits schlichter Baumwollunterwäsche.

Seine Tür war offen; sie klopfte trotzdem.

Er stand vor dem Feuer, und als er sich zu ihr umdrehte, sah sie, dass er seine Gefühle sehr gut unter Kontrolle hatte; ein kühler Blick streifte sie. Er bemerkte ihre nackten Füße. »Was soll denn das?«

Sie reckte störrisch das Kinn vor. »Meine Füße tun weh«, sagte sie.
Er starrte sie mit demselben berechnenden Blick an wie schon vorhin.
»Ich bin furchtbar müde«, sagte sie, und das entsprach der Wahrheit. Sie wollte nichts lieber tun, als wieder hinaufzugehen, sich die Bettdecke über den Kopf zu ziehen und ihm für ein Weilchen zu entkommen.
Oder eher sich selbst?
»Tja.« Sein Lächeln wirkte bitter. »Ich auch.«
Sie sah ihn gespannt an. Es gefiel ihr gar nicht, wie er das sagte, und die plötzliche Erschöpfung in seinem Blick verhieß auch nichts Gutes.
»Das ist beschlossene Sache, Lana«, sagte er sanft und sah sie unverwandt an. »Ich habe mich entschieden.«
Grauen erfasste sie. Was sollte sie darauf sagen? Was sollte sie tun? »Eine solche Entscheidung kannst du nicht einfach allein fällen.«
»Einfach allein fällen?« Seine Brauen zogen sich zusammen. »Wovon, zum Teufel, sprichst du eigentlich?«
O-oh, dachte Kait. »Wir können es doch noch einmal versuchen«, sagte sie.
»Bist du verrückt? Hast du es dir etwa anders überlegt? Wir sprechen – nein, streiten – doch schon seit Monaten darüber.«
Kait war fassungslos. Lana hatte gewusst, was ihr bevorstand – und sie hatte kein Wort davon gesagt. Wie konnte sie Kait wissentlich in eine solche Situation bringen? Und bedeuteten seine Worte, dass Lana mit der Scheidung einverstanden war?
»Warum benimmst du dich jetzt, als käme das aus heiterem Himmel?« Er setzte sich und räumte ein paar Unterlagen bei-

seite, als suche er etwas. Dann blickte er auf, und sein Blick bohrte sich in ihre Augen. »Das Ganze kommt wohl kaum überraschend. Du wusstest genau Bescheid.«
Ihre Gedanken überschlugen sich. Wie konnte Lana sie darum bitten, mit ihr die Plätze zu tauschen, wenn sie wusste, dass ihre Ehe vor dem Scheitern stand? Die Frage war leicht zu beantworten – weil sie in furchtbaren Schwierigkeiten steckte und verzweifelt genug war, ihre Zwillingsschwester um alles Mögliche zu bitten. Und es ging ja nur um zwei Tage. Kait begann zu zittern. War ihre Schwester denn verrückt geworden? Sie konnte doch nicht vorhaben, ihre Ehe einfach so wegzuwerfen!
Sollte Kait dennoch versuchen, die Ehe ihrer Schwester zu retten?
Trevor beobachtete sie aufmerksam und hatte die Suche auf seinem Schreibtisch offenbar aufgegeben. Langsam sagte sie: »Eine Ehe wirft man nicht leichtfertig weg.«
Er lehnte sich in seinem Ledersessel zurück. »Leichtfertig?« Seine Miene wurde hart. »Ich bin nicht der Dummkopf, für den du mich gehalten hast, als wir geheiratet haben, Lana«, sagte er leise und drohend.
Sie war noch immer wie gelähmt, doch nicht erstarrt genug, um nicht zusammenzuzucken. »Ich weiß nicht, wovon du sprichst«, flüsterte sie aufrichtig.
»Nein? Ach, bitte! Ich habe es ja schon lange geahnt, aber ich wollte die Wahrheit einfach nicht sehen – ich habe absichtlich weggeschaut. Wegen Marni. Und weil du so verdammt schön bist und genau weißt, wie du mich immer wieder herumkriegst.« Er verzog das Gesicht. »Vor sechs Monaten habe ich endlich das getan, was ich schon vor langer Zeit hätte tun sollen – ich habe den hässlichen, harten Tatsachen über uns, über unsere Ehe, ins Auge geblickt.« Er sah sie angewidert an.

Kait konnte nur stumm zurückstarren. Wovon, zum Teufel, sprach er überhaupt? Welchen Tatsachen hatte er ins Auge geblickt? Warum hatte sie ein so ungutes Gefühl?

»Ich weiß jetzt, dass ich um Marnis willen einfach nicht sehen wollte, was sich direkt vor meiner Nase abspielte«, fuhr er barsch fort. »Und ich habe das letzte halbe Jahr gebraucht, um zu der Überzeugung zu gelangen, dass Marni ohne dich besser dran sein wird.«

»Glaubst du das wirklich?« Kait keuchte und tat impulsiv einen Schritt auf ihn zu. Dies war eine Ungeheuerlichkeit, die sie nicht auf sich beruhen lassen konnte. »Jedes Kind braucht seine Mutter«, sagte sie mit vor Erregung heiserer Stimme. »Wie meinst du das – dass sie ohne mich besser dran wäre?«

»Das gilt nur für vernünftige Lebensumstände und eine vernünftige Mutter«, erwiderte er trocken. »Und dich würde ich nicht unbedingt eine vernünftige Mutter nennen, meine Liebe. Marni bleibt bei mir.«

Kait stieß einen leisen Schrei aus.

Er sprang auf. »Was, zum Teufel, soll denn das? Warum tust du auf einmal so unschuldig? Du weißt doch selbst, dass sie für dich nur ein Klotz am Bein wäre – du bist doch viel zu beschäftigt, um ihr eine Mutter zu sein. Du hattest noch nie Zeit, für sie da zu sein!«

Das Gesicht des entzückenden kleinen Mädchens stand Kait auf einmal klar vor Augen. Wenn Trevor glaubte, er könne ihrer Schwester Marni wegnehmen, dann hatte er sich getäuscht!

»Sie ist ihre … meine Tochter«, stammelte sie und wünschte verzweifelt, sie könnte Lana erreichen. »Du kannst sie mir doch nicht wegnehmen!«

»Sie ist *meine* Tochter«, gab er zurück. »Wenn du nach der

Scheidung finanziell gut dastehen willst, dann gibst du mir das alleinige Sorgerecht. Dieser Punkt ist nicht verhandelbar.« Er fletschte beinahe die Zähne.

Kait konnte gerade noch den Kopf schütteln. »Das sehe ich anders.«

Er starrte sie überrascht und ungläubig an. »Ich werde das alleinige Sorgerecht bekommen«, sagte er, »und ich werde mit allen Mitteln darum kämpfen. Wenn du es so haben willst, erwarte nicht, dass ich mich dir gegenüber finanziell großzügig zeige.«

Sie musste hier raus. »Dein Geld ist mir völlig egal«, herrschte sie ihn an. »Hier geht es doch nicht um Geld! Es geht um ein Kind!«

Er brach in bitteres Lachen aus. »Ach was! Seit wann geht es dir denn nicht um Geld? Das ist doch ein schlechter Scherz!«

Sie starrte ihn an und versuchte seine grässlichen Worte zu begreifen – glaubte er tatsächlich, dass Lana das Geld wichtiger wäre als ihr Kind?

»Meine Liebe, du hast dich von Anfang an nur wegen meines Geldes für mich interessiert, und das wissen wir beide«, sagte er kalt.

»Nein, das ist nicht wahr!« Sie war entsetzt darüber, dass er so etwas auch nur denken konnte.

»Ach?« Er stand auf. »Als hättest du auch nur einen zweiten Blick auf mich verschwendet, wenn ich ein armer Schlucker wäre, der nur ein paar hundert Dollar die Woche verdient. Ich hätte auf Rafe hören sollen. Er hat deine Motive auf den ersten Blick richtig eingeschätzt. Aber ich wollte ja nicht auf ihn hören! Na schön, mein Fehler. Und jetzt bin ich bereit, jeden Preis zu bezahlen, nur um dich loszuwerden.« Er funkelte sie an.

Kait schnappte nach Luft. Einen Moment lang trafen sich ihre Blicke; es war schrecklich – es lag so viel Bitterkeit und Hass in seinem Blick. Kait konnte seine Gegenwart keinen Augenblick länger ertragen – sie konnte seinen Hass nicht mehr ertragen. Sie drehte sich um und eilte hinaus, so erschüttert, dass sie stolperte. Auf dem Flur schlang sie die Arme um sich und rang nach Luft.

Lana holte ihre Tochter vielleicht nicht vom Kindergarten ab, aber das bedeutete noch lange nicht, dass sie eine schlechte Mutter war. Das bedeutete nicht, dass sie ihre Tochter auf diese Weise verlieren sollte. Kait zweifelte nicht daran, dass Lana mit Klauen und Zähnen um das gemeinsame Sorgerecht für ihre Tochter kämpfen würde.

Und gewiss liebte sie Trevor Coleman. Oder hatte ihn zumindest früher geliebt, hatte sich vor sechs Jahren wirklich in ihn verliebt – und das hatte mit seinem Geld nicht das Geringste zu tun gehabt.

Sie konnte kaum mehr aus den Augen schauen. Heiße Tränen machten sie fast blind.

Trev Colemans Miene verfolgte sie.

Langsam richtete sie sich auf. Er wollte wirklich die Scheidung, dachte sie entsetzt, er verabscheute seine Frau. Das hatte sie in seinen Augen gesehen.

Doch sie hatte noch etwas anderes gesehen. Er verabscheute seine Frau nicht nur, er hasste sie abgrundtief.

Er wollte sich an ihr rächen.

Drei

Bevor Kait die Situation ganz erfassen konnte, bevor sie auch nur beginnen konnte, sie mit allen Folgen zu überdenken, wurde die Haustür geöffnet. Kait stand in der Nähe des Fensters, vor dem sie ihre Handtasche zuletzt abgestellt hatte, und schaute hinaus. Der Land Rover war zwischen ihrem Porsche und Trevor Colemans blauem Dodge geparkt.

Elizabeth sprach im Foyer. »Ich habe sie heute Nachmittag frisch gebacken.«

Eine Pause folgte. Dann fragte eine leise Kinderstimme: »Ist Mommy zu Hause?«

Marnis Stimme klang zögerlich und schüchtern; Kait drehte es das Herz im Leibe herum. Sie eilte hinaus ins Foyer. »Marni!«, rief sie.

Das kleine Mädchen blickte mit großen Augen überrascht zu ihr auf.

Kait ermahnte sich, ihre Gefühle nicht allzu offen zu zeigen – sie war jetzt Lana, die ihre Tochter zwar vermisst hatte, aber doch nur drei Tage fort gewesen war. Sie war nicht die Tante, die das Kind noch nie gesehen hatte, nicht die zweiunddreißigjährige, allein stehende Frau, die in ihrem Beruf keine Erfüllung mehr fand und sich nach Liebe und einer Familie sehnte. »Hallo, mein Schatz«, sagte sie mit heiserer Stimme; sie konnte es kaum fassen, dass das entzückende kleine Mädchen, das in einem niedlichen blauen Blazer, Faltenröckchen und Kniestrümpfen an der Tür stand, tatsächlich ihre Nichte war.

»Mommy«, sagte Marni ängstlich und lächelte schwach. Ihre langen, dunklen Locken waren mit einem roten Band zu einem Pferdeschwanz zurückgebunden.

»Du hast mir gefehlt«, flüsterte Kait, kniete sich hin und breitete die Arme aus. »Komm her und nimm mich in den Arm.«

Einen Moment lang blieb Marni reglos stehen; sie erinnerte Kait an ein überraschtes, verwirrtes Reh, das im Scheinwerferkegel eines heranrasenden Autos erstarrt war. Dann lächelte Marni und kam auf sie zu. Kait schloss sie in die Arme und drückte sie viel zu fest an sich, doch das kleine Mädchen wehrte sich nicht. Es klammerte sich an sie.

Kait atmete den Duft von Babypuder und Kindershampoo ein, von frisch gewaschener Baumwolle und Seife. Während sie Marni im Arm hielt, dachte sie, welch ein Schatz die Kleine war, und welches Glück Lana hatte. Nun meinte sie, dass Trev Coleman mit seinen Anschuldigungen gegen Lana stark übertrieben haben musste. Vielleicht wollte er mit seinem Vorwurf, Lana sei eine schlechte Mutter, nichts weiter erreichen, als seine Position in der bevorstehenden Scheidung zu stärken. Kait war jedenfalls überzeugt davon, dass sie Trevors Meinung über ihre Schwester nicht für bare Münze nehmen sollte.

Gewiss liebte Lana das reizende Kind, das Kait in den Armen hielt, über alles.

Kait richtete sich ein wenig auf und sagte: »Ich habe ein Geschenk für dich.« Sobald FAO Schwartz an diesem Morgen geöffnet hatten, war sie hingegangen, um Marni einen Spielzeugstall für all ihre Spielzeugpferde zu kaufen; sie wollte ihn zusammen mit Marni aufbauen.

Marnis große Augen sahen sie forschend an. »Wirklich?« Sie lächelte schüchtern, und ihre Kinderlippen zitterten.

»Es ist oben.« Kait stand auf und nahm Marni bei der Hand. »Möchtest du mir beim Auspacken helfen?« Wie himmlisch sich die kleine Kinderhand in ihrer anfühlte!

Marni blinzelte überrascht und etwas unsicher. Dann nickte sie begeistert.

»Marni muss erst eine Kleinigkeit essen, Mrs. Coleman«, hielt Elizabeth sie barsch zurück.

Kait drehte sich zu der Haushälterin um und sah Missbilligung und Abneigung in ihrer Miene. Sie war nun sicher, dass sie mit ihrer Einschätzung Recht gehabt hatte: Elizabeth war eifersüchtig, was Marni anging. Kait beschloss sofort, neue Grenzen zu ziehen. Sie lächelte die Haushälterin grimmig an. »Wären Sie dann so freundlich, Milch und Kekse nach oben bringen zu lassen?« Wesentlich wärmer lächelte sie darauf zu Marni hinunter. »Wir können ja zusammen etwas essen, während wir auspacken.« Trevors Feindseligkeit, Max' Unverschämtheit, Elizabeth' Kälte – all das war es Kait auf einmal wert, Marni kennen lernen zu dürfen.

Kait wusste, dass sie den Tod in Kauf nehmen würde, um dieses Kind zu beschützen, und was waren da schon die paar Tage, die sie Lana spielen musste.

Als Elizabeth nicht antwortete, blickte Kait sich nach ihr um. Die Frau starrte sie an wie ein Kalb mit zwei Köpfen.

Kait bekam einen Schrecken. Sie hoffte doch, dass Lana nicht tatsächlich eine so schlechte Mutter war, wie Trev behauptete. Aber Elizabeth beäugte sie nun zutiefst misstrauisch. Kait musste an die Schwester denken, die sie gekannt hatte, bevor sie beide an verschiedenen Colleges studiert hatten. Lana hatte es nie zu Hause ausgehalten, sie hatte nie allein sein können und sich immer mit zahlreichen Freunden umgeben – alles Jungs –, und war fast immer zu Pferde anzutreffen gewesen, auf einem Motorrad, einem Skateboard oder Skiern.

Kait hatte nicht angenommen, Lana habe sich in eine Kuchen backende, die Familie bekochende Hausfrau verwandelt, doch viele Mütter waren berufstätig, gingen ihren Hobbys nach und kümmerten sich dennoch sehr gut um ihre Kinder.

»Ich will mit Mommy auspacken gehen«, sagte Marni begierig.

»Was ist hier los?«, fragte Trevor.

Kait fuhr herum und sah ihn mit angespannter Miene unmittelbar hinter ihr stehen. »Marni wird mir beim Auspacken helfen. Außerdem ist ihr Geschenk oben in meiner Reisetasche.« Sie sprach bewusst leichthin, als habe er nicht vor wenigen Minuten seine Absicht erklärt, ihr Marni wegzunehmen, was immerhin einer Kriegserklärung gleichkam.

Seine Kiefermuskeln spannten sich. »Tatsächlich?« Sein Blick wirkte drohend.

Kait zögerte. Noch kein Mann hatte sie so aus der Fassung gebracht wie Trevor Coleman, doch das lag sicher nur daran, dass sie gezwungen war, ihn zu täuschen. »Du hast doch bestimmt nichts dagegen, dass ich Marni etwas mitgebracht habe«, sagte sie so beiläufig wie möglich und mit gezwungenem Lächeln.

»Marni muss in einer Stunde im Stall sein«, erwiderte er, offensichtlich bemüht, sein Temperament zu zügeln. Er schien sehr zornig zu sein.

Kait musste einen Moment nachdenken. »Reitet sie denn heute?«

Er stutzte. »Sie reitet jeden Tag nach der Schule, um vier Uhr. Das weißt du genau.«

Ein Fehler – aber kein fataler. »Aber natürlich!«, rief Kait, ließ Marnis Hand aber trotzdem nicht los. »Ich dachte nur, weil ich verreist war, könnten wir heute Nachmittag ein bisschen mehr Zeit füreinander haben.«

»Ich will bei Mommy bleiben«, sagte Marni auf der Stelle.

Trev zuckte zusammen, als habe sie ihn geschlagen. »Aber wir wollten einen Ausritt machen, mein Schatz. Nur wir beide. Du reitest doch immer gern mit Daddy aus.« Er warf Kait einen eiskalten Blick zu. »Du warst nur drei Tage weg. Daraus hast du doch sonst keine große Sache gemacht.«

Kait wusste, dass ihre Einschätzung richtig war – aus irgendeinem Grund hasste dieser Mann seine Ehefrau. Sie holte tief Luft. »Trev«, sagte sie und musste schlucken. Sie versuchte, ihn mit einem aufrichtigen Lächeln zu besänftigen, doch seine Miene blieb maskenhaft starr. »Ich habe in letzter Zeit über vieles nachgedacht. Wir müssen uns unterhalten.«

»Jederzeit«, erwiderte er knapp.

Marni schüttelte den Kopf. Kait blickte zu ihr hinab und sah einen äußerst störrischen Ausdruck in ihren Augen. »Ich will mit Mommy auspacken gehen.« Sie war anscheinend wild entschlossen.

Kait beugte sich zu ihr hinab. »Ich habe eine tolle Idee!«, rief sie. Sie wollte Trevor nicht noch mehr gegen sich aufbringen. »Wir haben eine ganze Stunde Zeit, da können wir auspacken, und du kannst mit deinem Geschenk spielen, Milch trinken und Kekse essen. Dann bringe ich dich runter zum Stall und schaue dir beim Reiten zu.«

Marni machte große Augen. »Du willst zugucken, wenn ich auf Prince reite?«, fragte sie überrascht.

»Unbedingt«, sagte Kait grinsend. Sie strich Marni über den Kopf und richtete sich auf. Elizabeth und Trevor starrten sie erstaunt, missbilligend und sogar argwöhnisch an.

Kait hielt ihren Blicken stand. Sie wollte nicht glauben, dass Lana nie ihrer Tochter beim Reiten zuschaute. Das konnte doch gar nicht sein – oder?
Marni musste die niedlichste kleine Reiterin der Welt sein! Wer würde nicht zusehen wollen, wenn sie ihr weißes Pony ritt?
»Warum starrt ihr mich denn so an?«, fragte sie leise und furchtsam.
Trevor sah aus, als wolle er sich die Zähne ausbeißen. Er antwortete ihr nicht – er ging einfach hinaus.
Elizabeth hingegen erwiderte: »Weil Sie nie Zeit haben, Ihrer Tochter beim Reiten zuzusehen, Mrs. Coleman. Weil Sie noch nie aus New York zurückgekommen sind und sich benommen haben wie ein völlig anderer Mensch.«

Marni klammerte sich den ganzen Weg die Treppe hinauf an ihre Hand, und sogar, als sie das große Schlafzimmer erreicht hatten, ließ sie Kait nicht los. Die Reisetasche und die große Tüte standen mitten im Zimmer, wo Max sie offenbar hatte fallen lassen. Und trotz allem, was sich eben in Trevors Arbeitszimmer und im Foyer abgespielt hatte, war Kait überglücklich. Über Elizabeth' letzte Bemerkung würde sie sich ein andermal Gedanken machen.
Fröhlich lächelte sie Marni an. »Mach die Augen zu, Schätzchen«, sagte sie.
Marni gehorchte grinsend.
Kait ließ Marnis Hand los, kniete sich neben die Reisetasche und erstarrte. Langsam blickte sie auf.
Am Fußende des Bettes stand eine hübsche, gepolsterte Sitzbank. Auf der Bank lag die vermisste Gucci-Handtasche.
»Mommy?«, flüsterte Marni.

»Gleich, mein Schatz!«, rief Kait. Hastig öffnete sie die Reisetasche und holte eine in Geschenkpapier gewickelte Schachtel heraus. »Hier, Schätzchen«, sagte sie mit erzwungener Heiterkeit.

Marni grinste freudig, als sie das fröhlich bunte Päckchen sah. Kait setzte sich auf den Fußboden und klopfte neben sich auf den Teppich. Marni blinzelte überrascht und ließ sich dann strahlend neben ihr nieder. Kait half ihr, die Schachtel auszupacken, doch ihr Herz raste. Wer auch immer ihre Tasche genommen hatte, er oder sie hatte sie zurückgegeben. Warum? Kait konnte nur schließen, dass es sich hier nicht um einen simplen Diebstahl gehandelt hatte. Sie brannte darauf, die Handtasche zu überprüfen. Aber sie war immer noch ziemlich sicher, dass sich in dieser Tasche kein einziger verdächtiger Gegenstand befunden hatte.

Marni hatte das Geschenkpapier abgewickelt. Sie sah das Foto von dem fertig aufgebauten Stall auf der Schachtel und stieß einen Freudenschrei aus. »Ist das ein Stall für meine Pferde?«, fragte sie atemlos.

»Genau das ist es. Du musst ihn nur noch aufbauen, und das machen wir beide zusammen.« Reine Liebe durchflutete Kait. Es fiel ihr schwer, Marni nicht ständig an sich zu drücken, also strich sie ihr kurz über den Kopf.

Marni riss die Plastikfolie von der Schachtel, und Kait half ihr, den Karton zu öffnen. Sie schütteten den Inhalt auf den Boden. »Schau mal, ein Zaun für die Weide!«, rief Marni aufgeregt. »Und ganz weiß, genau wie Daddys!«

Als Kait ihre Schulter tätschelte, klopfte es an der Tür, die weit offen stand. Kait blickte auf und sah Elizabeth mit einem Tablett in der Tür stehen. Darauf stand jedoch nur ein Glas Milch und ein kleiner Teller mit zwei Keksen. Kait stand auf. »Danke, Elizabeth«, sagte sie freundlich. »Ich hätte auch gern etwas Milch und Kekse.« Sie versuchte es mit einem Lächeln.

Elizabeth verzog keine Miene, als sie das Tablett auf einem kleinen, chinesischen Lacktisch abstellte. Sie warf einen wachsamen Blick auf Marni und ihr Geschenk. »Seit wann essen Sie denn Süßigkeiten?«

Kait schluckte. Ihre Gedanken überschlugen sich; sie ernährte sich zwar recht gesund, aber Schokolade konnte sie nicht widerstehen. Auch das Essen war ein Thema, das Lana in ihrem Brief nicht erwähnt hatte. Kait konnte nur vermuten, dass Lana Schokolade und andere Dickmacher mied wie die Pest. Als Teenager war sie von ihrer Figur ganz besessen gewesen. Sie hatte schon damals mit Diäten angefangen, obwohl das überhaupt nicht nötig gewesen wäre.

Kait wusste, dass sie auf vieles verzichten konnte, aber nicht auf Schokolade. Sie sagte rasch: »Heute ist schließlich ein besonderer Tag, nicht wahr?« Sie lächelte Marni an, die fröhlich grinste. »Wenn das kein Anlass zum Feiern ist, was denn dann?«

Elizabeth starrte sie an und zuckte schließlich mit den Schultern. »Gut. Ich bin gleich wieder da.«

»Mommy? Du kannst einen von meinen Keksen haben!«, rief Marni. Sie stand auf, tapste hastig zu dem Tischchen und griff nach einem Keks. Dabei warf sie das Glas Milch um.

Marni erstarrte. Dann blickte sie mit großen, angsterfüllten Augen zu Kait auf – und erwartete offensichtlich, für dieses Missgeschick ausgeschimpft zu werden.

»So etwas passiert eben«, sagte Kait sanft und legte ihr eine Hand auf die kleinen Schultern. »Das haben wir gleich aufgewischt. Elizabeth? Bringen Sie uns zwei Gläser Milch, bitte. *Voll*milch«, fügte sie hinzu und genoss das Gefühl, etwas Verbotenes zu tun. Lana trank vermutlich nur Magermilch, oder schlimmer noch, Sojamilch.

Elizabeth schien nun völlig die Fassung zu verlieren. Sie drehte sich hastig um, und da erst sah Kait, dass Trev in der Tür stand. Sofort wurde sie wütend – sie wollte ihre kostbare Zeit mit Marni mit niemandem teilen, nicht einmal mit ihm. Sie warf ihm einen kühlen Blick zu und ging ins Bad, um ein Handtuch zu holen.

Als sie wieder herauskam, kniete Trevor neben Marni und zeigte ihr, wie man den Stall zusammenbaute. Marni warf Kait einen ängstlichen Blick zu. »Es tut mir Leid, dass ich die Milch verschüttet habe.«

»Macht doch nichts.« Kait lächelte und fragte sich, wie sie Coleman rauswerfen könnte. Das war nicht fair, vor allem, da sie nur eine Stunde mit dem Kind hatte – da sie nur für zwei Tage auf Fox Hollow war. Er ließ sich auf die Fersen zurücksinken und betrachtete sie. Sie erwiderte zornig seinen Blick und wischte die Milch auf. »Siehst du? Schon ist alles weg, gar nichts passiert.«

»Ich möchte mit dir sprechen«, sagte Trevor ruhig und stand auf.

Sie wandte sich ihm zu und bemühte sich, ihre Wut zu zügeln. Sie beschloss, auch hier sofort Grenzen zu ziehen. »Ich war drei Tage verreist. Ich wäre gern ein bisschen allein mit meiner Tochter.«

Seine Augen weiteten sich. »Seit wann denn das?«

Sie stemmte die Hände in die Hüften, merkte dann, dass das vermutlich albern aussah, und ließ sie wieder sinken. »Das ist nicht fair«, sagte sie gelassen. »Bitte lass uns ein bisschen Zeit miteinander verbringen.«

»Ich weiß, was du im Schilde führst«, erwiderte er tonlos.

»Ich führe überhaupt nichts im Schilde!«, rief sie. Dann verstummte sie und blickte auf Marni hinunter. Sie zwang sich zu lächeln. »Wir streiten nicht, Schätzchen«, sagte sie. »Ehrlich nicht.«

Marni biss sich auf die Lippe. »Aber du streitest doch immer mit Daddy.«

Kait starrte sie entsetzt an.

Trev sah sie an, als wolle er sagen: »Ich hab's dir doch gesagt.«

Kait atmete tief durch. »Wir können uns später unterhalten, beim Abendessen. Oder wann du willst. Aber jetzt möchte ich mit Marni auspacken, und dann bauen wir zusammen den Stall auf.« Sie lächelte ihn so freundlich wie möglich an, was ihr unter diesen Umständen nicht leicht fiel.

»Also dann später«, sagte er und lächelte seiner Tochter zu. »Und wir sehen uns nachher im Stall.« Er ging hinaus.

Marni sah ihm nach und blickte dann mit großen, sorgenvollen Augen zu Kait auf.

Kait setzte sich auf den Boden und zog das Kind auf ihren Schoß. »Du brauchst dir keine Sorgen zu machen.«

Marni sah sie forschend an. »Daddy ist böse auf dich. Richtig schlimm böse.«

Kait verzog das Gesicht. »Ich weiß. Aber auch Mommys machen manchmal Fehler.«

Marni zögerte nachdenklich. »Daddy weiß nicht, dass du eine neue Mommy bist«, sagte sie schließlich.

Kait erstarrte. In ihren Ohren rauschte es, so schnell ging ihr Puls. »*Was?*«

»Er weiß nicht, dass du meine neue Mommy bist«, sagte das Kind lieblich lächelnd. »Meine alte Mommy, die mag er nicht.«

Kait saß da wie vom Donner gerührt. *Marni wusste es.* Irgendwie hatte das Kind gemerkt, dass sie nicht Lana war, dass sie ganz anders war als ihre Schwester.

Es hieß ja oft, Kinder seien sehr aufmerksam und hätten eine Art sechsten Sinn. Sie hatte sogar einmal gelesen, Kinder könnten Dinge sehen, die Erwachsene nicht sahen – Geister zum Beispiel. Kait glaubte das nicht, aber irgendwoher wusste Marni, dass sie nicht Lana war.

Es hatte ihr die Sprache verschlagen. Mühsam rang sie sich ein Lächeln ab. »Auch Mommys können sich ändern.«

Marni grinste und legte eine Hand an Kaits Wange. »Ich hab meine neue Mommy *sehr* lieb.«

Während Marni Lanas Sachen aus der Reisetasche holte und ins Ankleidezimmer brachte, eilte Kait zu der Gucci-Handtasche; sie konnte es noch immer kaum fassen, dass ausgerechnet Marni die Wahrheit sofort erkannt hatte. Sie öffnete die Handtasche und kippte den Inhalt auf den Boden. Als Erstes sah sie das Handy ihrer Schwester, und dann einen zusammengefalteten Zettel.

Sie erstarrte.

Diesen Zettel hatte sie völlig vergessen. Darauf hatte sie sich das Nummernschild des Porsche notiert, und die Worte *Deck 3, zweiter Eingang, zweite Reihe*, damit sie Lanas Auto fand, wenn sie am Reagan National Airport ankam.

Kait versuchte sich einzureden, dass dieser Zettel niemandem etwas sagen würde – sie hatte sich schon oft genug aufgeschrieben, wo sie ihren Wagen in einem dieser riesigen Parkhäuser abgestellt hatte, nachdem sie ihn einmal in einem großen Einkaufszentrum nicht mehr hatte wiederfinden können. Doch ein

Problem konnte sie sich nicht ausreden: Niemand schrieb sich das eigene Kennzeichen auf, als könne er sein eigenes Auto nicht erkennen.

Ängstlich nahm sie die Brieftasche zur Hand und hoffte, dass derjenige, der ihre Tasche entwendet und dann zurückgebracht hatte, den Zettel vielleicht gar nicht bemerkt hatte. All ihre Kreditkarten – Lanas Kreditkarten, um genau zu sein – waren noch da. Lanas Führerschein ebenfalls. Doch die hundert Dollar in bar, die sie dabeigehabt hatte, waren verschwunden.

Sie sank aufs Bett und schloss erleichtert die Augen.

Es war also doch ein gewöhnlicher Diebstahl gewesen.

Es hatte nichts mit dem Rollentausch zu tun.

Sie öffnete die Augen, und ihr war nach Lachen zumute – also lachte sie. Du meine Güte, ihre Nerven flatterten; sie war einfach nur überdreht, deshalb reagierte sie auf jede Kleinigkeit so übertrieben. Plötzlich wurde sie wieder ernst. All das änderte nichts daran, dass ihr Empfang auf Fox Hollow ganz anders verlaufen war, als sie erwartet hatte.

Grimmig und widerwillig stellte Kait sich einer Erkenntnis, die unausweichlich geworden war. Lana hatte ganz offensichtlich ihren Ehemann gegen sich aufgebracht, ganz zu schweigen von ihrer Haushälterin und diesem seltsamen Max Zara. Ihr Verhältnis zu ihrer kleinen Tochter schien auch nicht besonders gut oder liebevoll zu sein. Kait war nicht dumm. Anfangs war Marni ihr gegenüber ängstlich und bedrückt gewesen, und sie hatte erwartet, dass Kait sie für das Missgeschick mit dem Milchglas anschreien würde.

Wenn Lana sie nur besser vorbereitet hätte. Doch ihre Schwester hatte sie in dem Glauben gelassen, ihr Familienleben sei wunderbar und völlig in Ordnung.

Sogleich korrigierte sich Kait, denn das war nicht fair. Lana hatte über ihr Leben auf Fox Hollow überhaupt nichts gesagt. Kait hatte einfach *angenommen*, dass sie hier lebte wie im Märchen. Sie hatte *angenommen*, dass ihre Schwester alles hatte, was eine Frau sich nur wünschen konnte – eine vollkommene Ehe, ein vollkommenes Leben.

Kait liebte ihre Schwester. Sie hatte Lana schon immer beneidet und bewundert. Insgeheim hatte sie sich stets gewünscht, so beliebt zu sein wie Lana, so mutig und furchtlos, so sexy und glamourös. Aber sie war nicht mehr zwölf Jahre alt, auch nicht fünfzehn oder siebzehn. Kait hatte inzwischen viele Erfahrungen gemacht, einige schön, andere ziemlich unangenehm. Das Leben war niemals nur schwarz oder weiß, und sie war klüger, reifer geworden. Sie erlaubte sich nun, den Charakter ihrer Schwester ganz ehrlich zu betrachten. Lana war sehr extrovertiert und lebhaft, doch es war mehr als das. Sie war sehr leidenschaftlich und hatte sich immer schon von aufregenden, prickelnden Abenteuern locken lassen. Deshalb blieb sie auch so ungern zu Hause. Sie musste draußen sein, auf einem Motorrad über eine Motocross-Bahn rasen, auf einem Pferd Hindernisse überspringen, an die sich sonst nur Profis wagten. Sie war schon Fallschirm gesprungen, und Kait würde alles darauf wetten, dass sie sich auch an einem Bungee-Seil in die Tiefe gestürzt hatte. Es lag eben in ihrer Natur, das Leben ganz und gar auszukosten. Doch wenn Lana ihren wildesten Träumen nachjagte und von einem Kick zum nächsten zog, konnte sie dabei manchmal in ihrer Gedankenlosigkeit andere verletzen.

Lana war kein schlechter Mensch. Kait bewunderte sie immer noch. Sie kannte niemanden, der so mutig war wie Lana. Doch wie jeder Mensch hatte auch sie ihre Fehler. Sie war nicht vollkommen. Und offensichtlich hatte sie sich als Ehefrau und Mutter nicht genug Mühe gegeben.

Kait würde ihrer Schwester niemals wünschen, dass sie in eine Situation wie diese geriet, doch das war eben nicht zu ändern; sie hoffte, dass Corellis Drohungen zumindest bewirken würden, dass Lana ihr schönes Leben besser zu schätzen wusste.

Und hatte Lana nicht sehr selbstlos gehandelt, indem sie von einem so gefährlichen Mann Geld geliehen hatte, um Fox Hollow zu retten?

Marni kam mit stolzem Lächeln aus dem Bad. »Ich habe alles aufgeräumt«, sagte sie. »Mommy, komm gucken!«

Kait schluckte. *Es gab keine Entschuldigung dafür, dass Lana Marni nicht beim Reiten zusah und sie nur selten vom Kindergarten abholte; es gab keine Entschuldigung dafür, dass Lanas Kind ängstlich und emotional vernachlässigt wirkte.* »Danke«, erwiderte Kait lächelnd, und ihr wurde warm ums Herz. Sie war bereits jetzt ganz vernarrt in ihre Nichte. Wer wäre das nicht? »Dann schauen wir mal, wie gut du das gemacht hast«, sagte sie, sprang auf und folgte dem kleinen Mädchen in die Ankleide.

Der Gedanke an Lana ließ ihr keine Ruhe. Ihre Schwester wäre nicht die erste Frau, die von ihrem Ehemann ausgebootet wurde, und vielleicht verhielt Elizabeth sich deshalb so feindselig, weil sie bei einer hässlichen Scheidung Stellung für ihren Arbeitgeber bezog. Wenn es irgendwie möglich war, würde sie sich heute Nacht *ausgiebig* mit Lana unterhalten. Ihre Schwester war mit dieser Scheidung gewiss nicht einverstanden, sie würde um ihre Ehe kämpfen wollen. Wenn nicht, würde Kait sie schon dazu bringen. Sie hätte ihre Schwester ohrfeigen mögen, als könnte sie sie damit zu Verstand bringen. Lana hatte ein wundervolles Zuhause, einen märchenhaften Lebensstil und das entzückendste Kind auf der ganzen Welt. Von einem umwerfenden, überaus attraktiven Ehemann ganz zu schweigen. Wie konnte sie mit so kostbaren Geschenken nur so leichtfertig umgehen?

»Siehst du, Mommy? Ich hab deinen Anzug aufgehängt und den Schlafanzug aufgeräumt«, unterbrach Marni ihre Gedanken.

»Das hast du aber toll gemacht!«, rief Kait und beugte sich hinunter, um das Kind an sich zu drücken.

Marni errötete vor Freude. »Du riechst so gut.«

Kait stutzte. Sie hatte überhaupt kein Parfüm aufgelegt, weil sie zarte, leicht süßliche Düfte mochte, Lana ihr jedoch Dolce und Gabbana hinterlassen hatte, und das war Kait viel zu schwer und exotisch. »Ich habe mein Parfüm vergessen. Was du riechst, ist bestimmt die Rosenseife, Schätzchen«, sagte Kait.

»Die gefällt mir«, verkündete Marni. »Können wir noch was auspacken?«

Kait lächelte und zog das Kind an sich. »Ich glaube, wir sind fertig«, antwortete sie.

Um Punkt vier trafen Kait und Marni bei den Ställen ein; Marni sah in ihren Reithosen und Stiefeln sehr niedlich aus. Kait hatte in Lanas Kleiderschrank ein Paar Stiefeletten gefunden, die offenbar noch nie getragen worden waren. Doch sie hatte schon vermutet, dass ihre Schwester sich leider auch zum Reiten perfekt zurechtmachte.

Kait war so klug, Marni vorausgehen zu lassen. Im größten der Nebengebäude, stellte sie fest, war Platz für zwei Dutzend Boxen und eine Reitbahn, und dorthin gingen sie nun. Trevor stand in der Stallgasse zwischen den Boxen, in einem blauen Polohemd, eng anliegender, brauner Reithose und hohen Stiefeln;

das schneeweiße Pony war bereits gesattelt und wartete angebunden auf seine Reiterin. Daneben stand ein älterer Mann. Kait erkannte das Pony von den Fotos auf Trevs Schreibtisch. Ein prächtiger, großer brauner Wallach mit vier weißen Fesseln und einem Stern war ebenfalls in der Gasse angebunden; das musste Trevs Pferd sein. Beide Männer drehten sich um, als sie hereinkamen.

Kait wurde von einer Wärme durchflutet, die sie lieber nicht benennen wollte. Trevors Augen richteten sich auf sie – hastig senkte sie den Blick. Jedoch nicht, ohne sich zu fragen, weshalb er nicht auf Plakaten für Ralph Lauren warb.

»Hallo, Lana«, sagte der ältere Mann mit einem freundlichen Lächeln. Er hatte den schmalen, drahtigen Körperbau eines Jockeys. »Wie war die Reise nach New York?«

Kait war so verblüfft wegen dieser herzlichen Begrüßung, dass sie nur ein mattes »Schön« zustande brachte.

»Ich hab viel mit Pride gearbeitet, damit er Ihnen nicht zu hitzig wird«, fuhr der Mann fort. »Er dürfte recht friedlich sein, wenn wir morgen mit ihm arbeiten.«

Kait musste einen Moment lang nachdenken, bis ihr klar wurde, dass Pride Lanas Pferd war und dass von ihr erwartet wurde, morgen zu reiten, offenbar mit diesem Mann, der Reitlehrer oder Pferdetrainer sein musste. Lana hatte in ihrem Brief mit keiner Silbe erwähnt, dass sie überhaupt ritt. Kait lächelte steif. Sie wusste, dass sie nicht halb so gut ritt wie ihre Schwester. Zweifellos hatte Lana ihr genau deshalb nichts davon gesagt, um Kait nicht zu verschrecken.

»Jim, ich habe Mommy beim Auspacken geholfen«, verkündete Marni stolz.

»Tatsächlich?« Der weißhaarige Mann grinste. »Wie ich höre,

will dein Daddy heute mit dir einen tollen Ausritt machen.« Er nahm die beiden Haltestricke ab und streifte dem Pony das Zaumzeug über.
»Daddy? Mommy will mir beim Reiten zuschauen. Bitte, können wir heute drinnen auf der Bahn reiten?«, bettelte Marni.
Trevor hatte seinen Braunen losgebunden. Er lächelte Marni an, würdigte Kait jedoch keines Blickes. »Wir werden drinnen ein paar Runden zum Aufwärmen drehen«, erwiderte er. »Dabei kann deine Mutter ja zuschauen.«
Gleich darauf hing Kait förmlich am Gatter, während Trev und Marni nebeneinander im Schritt losritten. Während sie ihre Nichte beobachtete, die mit ihren vier Jahren schon sehr gut im Sattel saß, dachte sie, dass sie nirgends lieber wäre als hier, auf Fox Hollow, ans Gatter geklammert, umgeben von Pferden und deren starkem, typischem Geruch, um Marni und ihrem Vater beim Reiten zuzusehen.
Ihr Herz schlug einen kleinen Salto, als sie Coleman ansah. Wie die meisten professionellen Reiter trug er in der Bahn keinen Helm. Das beunruhigte sie, denn sie wusste, dass selbst erfahrene Reiter jederzeit einen ernsthaften Sturz erleiden konnten, weil auch das verlässlichste Pferd eben manchmal scheute oder durchging. Die meisten Männer hätten in enger Reithose und hohen Stiefeln albern ausgesehen. Sie hatten entweder nicht die Figur dazu oder wirkten in dieser Aufmachung effeminiert. Nicht jedoch Trevor Coleman. Selbst zu Pferde strahlte er Männlichkeit und Kraft aus.
Kait zwang sich, den Blick wieder auf Marni zu richten. Ihre Wangen brannten.
»Bereit für einen kurzen Trab?«, hörte sie Trev fragen.
Marni nickte.

Kait sah zu, wie die beiden nun leichttrabten, wobei Trev sein Pferd geradezu quälend langsam laufen ließ, um sich dem kürzeren Tritt des Ponys anzupassen. »Du hältst die Zügel zu lang«, sagte er. »Fass sie kürzer, Schatz.«
Marni gehorchte. Kaits Herz schwoll vor Stolz. Welche Vierjährige konnte schon so gut reiten? Sie tat sich ein bisschen schwer, aber ein Kind in diesem Alter hatte einfach noch keine ausreichend entwickelte Muskulatur. In Gedanken verloren fragte Kait: »Wann hat sie angefangen?«
Jim drehte sich um. »Wie bitte?«
»Wann hat ...« Kait brach ab. Sie spürte, dass sie rot wurde. Lana wusste natürlich, wann Marni zu reiten begonnen hatte. »Ich kann mich nicht erinnern, seit wann sie so schön Leichttraben kann«, rettete sie sich.
»Sie hat in den letzten Monaten fleißig geübt. Diese Haltung hat sie erst kürzlich gemeistert, bevor Sie abgereist sind«, erklärte er. »Alles in Ordnung? Sie kommen mir so verändert vor, Lana.«
Sie drehte sich zu ihm um. »Ich war in New York sehr krank. Ich hatte eine böse Grippe und habe recht plötzlich an Gewicht verloren. Bin immer noch nicht ganz auf dem Posten«, sagte sie. Sie würde einen Rückfall vortäuschen müssen, denn auf einem Pferd konnte sie unmöglich überzeugend Lana spielen, wenn ihr Reitlehrer oder gar Trevor dabei zusah.
Seine Miene verdüsterte sich. »Oh, tut mir Leid, das zu hören. Lassen Sie sich ruhig so viel Zeit, wie Sie brauchen, Lana.«
»Ich glaube, ich werde noch ein wenig warten müssen«, sagte sie. Er sah ihr forschend in die Augen, als wolle er eine tiefere Bedeutung aus ihren Worten herauslesen, und nickte dann.
Kait konnte gerade noch ein erleichtertes Seufzen unterdrücken. Fürs Erste war sie dem Reiten entkommen.

Kait spazierte über den Rasen hinter dem Haus. Marni und Trev waren zu ihrem Ausritt aufgebrochen, und sie fühlte sich, als sei ihr eine schwere Last von den Schultern genommen worden. Sie merkte erst jetzt, dass sie Kopfschmerzen hatte vor lauter Stress seit ihrer Ankunft auf Fox Hollow. Kait starrte zum Haus hinauf, ein prächtiger Anblick. Diese kurze Pause, dachte sie, sollte sie wirklich genießen.

Dies war auch der beste Zeitpunkt, um Lana anzurufen. Vielleicht würde sie diesmal an Kaits Handy gehen – wenn sie es überhaupt bei sich trug.

Kait blickte sich um. Die Stallungen befanden sich links hinter ihr, das Haus links vor ihr auf dem Hügel. Direkt vor ihr erstreckten sich die Weiden bis hin zu sanften Hügeln am Horizont. Der Herbst hatte die Landschaft in spektakuläre Farben getaucht; jede Eiche und Ulme erstrahlte in Gold, Rot und Orange.

Sie war allein. Es war niemand in der Nähe, niemand konnte sie beobachten. Kait holte Lanas Handy aus der Hosentasche und wählte rasch. Mit Bestürzung hörte sie wieder nur ihre eigene Mailbox.

Kait zögerte und fragte sich, ob Lana eine Möglichkeit gefunden hatte, die PIN-Nummer umzuprogrammieren, und so ihre Nachrichten abhören konnte. Das war nicht sehr wahrscheinlich.

»Ich bin's«, sagte sie und blickte sich noch einmal gründlich um. »Du musst mich so bald wie möglich anrufen. Es ist dringend! Sprich mir auf meine – deine – Mailbox, wann du mich anrufen willst, dann sorge ich dafür, dass ich ungestört bin.« Sie zögerte und warf plötzlich noch einen Blick hinauf zur Rückseite des Hauses. Aber wer sollte sich schon die Mühe machen, an einem der Fenster herumzulungern und ihr nachzuspionieren? Sie wurde immer nervöser. »Hier läuft es gar nicht gut«, sagte sie knapp. »Ich *muss* mit dir sprechen.« Sie legte auf, starrte wieder zum Haus hinauf und tippte dann hastig die Handynummer ein, um sie Lana als SMS zu schicken. Diesen Hinweis würde Lana gewiss verstehen.

Sie schaute erneut zum Haus auf und schob das Handy wieder in ihre Hosentasche. Wenn sie jemand von dort oben beobachtete, war er jedenfalls von hier aus nicht zu erkennen. Kait kam zu dem Schluss, dass sie Gespenster sah. Sie wandte sich ab und ließ sich nahe einer großen, alten Ulme im Gras nieder. Sie ging ganz in der Schönheit des Herbsttages und ihrer Umgebung auf. Sie würde später noch einmal versuchen, Lana zu erreichen. Kait fragte sich, wie Lana sich rechtfertigen wollte, wenn sie endlich mit ihr sprechen konnte. Doch einer Sache war sich Kait ganz sicher: Lana würde Marni niemals kampflos aufgeben.

Kait schloss die Augen und sah sofort Trevor Coleman vor sich. Ihre Entspannung verflog. In zwei Tagen würde er die Wahrheit darüber erfahren, wer sie war. Als sie daran dachte, wie sehr er seine Frau verabscheute, ging ihr auf, dass er auch sie verabscheuen würde. Immerhin war sie Lanas Zwillingsschwester, und sie hatte ihn vom ersten Augenblick an belogen und getäuscht.

Kait richtete sich verstört auf und zog die Knie an die Brust. Sie wollte nicht, dass Trevor Coleman sie verabscheute. Nicht jetzt und auch nicht in Zukunft. Weil er Marnis Vater und ihr eigener Schwager war, weil die beiden jetzt auch ihre Familie waren oder zumindest sein würden, wenn Lana zurückgekehrt war und alles aufgeklärt hatte.

Er würde schrecklich wütend sein, sowohl auf Lana als auch auf sie. Kait wusste es. Aber was sollte sie tun?

Dieser ganze Rollentausch war eine Dummheit. Warum hatte Lana sich nicht an die Polizei gewandt?
Allein das war schon unsinnig genug.
Und die Geschichte, dass es da jemanden aus ihrer Vergangenheit gab, der ihr helfen sollte, ihre Schulden bei diesem Kredithai zu bezahlen, ergab eigentlich auch keinen Sinn. Wer sollte das denn sein?
Kait wollte jetzt nicht näher über das Dilemma ihrer Schwester nachdenken. Das Ganze war ihr schon in dem Moment seltsam erschienen, als sie Lanas Brief gelesen hatte, doch da Lanas Leben – und Marnis – in Gefahr war, hatte sie Lanas Plänen nicht widersprochen.
Kait streckte sich im Gras aus. Wie sollte sie Trevor Coleman besänftigen – jetzt und nachdem sie ihm die Wahrheit gesagt hatten? Ihre Angst wuchs. Sie wollte sich entspannen und den herrlichen Nachmittag genießen, doch wie könnte sie das? Der Geruch nach Pferden war hier schwächer, dafür duftete es stärker nach Herbst. Und es war himmlisch, nur hier zu liegen. Sie seufzte, holte tief Luft und blickte in den Himmel hinauf. Eine Schar Gänse flog in Richtung Süden über sie hinweg. Sie sah ihnen lange nach, bis sie am Horizont verschwanden.
Dies war einer der Orte, die niemand bei klarem Verstand freiwillig wieder verlassen würde.
Sie setzte sich auf, löste ihre Schnürsenkel und zog sich Stiefel und Strümpfe aus. Dann legte sie sich wieder ins weiche Gras und starrte durch das orangerote Blätterdach der Ulme in den Himmel hinauf, während Bilder von Trev und Marni in ihr aufstiegen.
Sie schloss die Augen und schlief ein.

Als sie aufwachte, war es dunkel.
Kait sprang auf. Sie konnte kaum glauben, dass sie so fest geschlafen hatte – und so lange. Ohne die Socken anzuziehen, fuhr sie in ihre Stiefel und rannte dann mit den Strümpfen in der Hand den Hügel hinauf. Die Hintertür auf der Veranda war nicht verschlossen, und sie trat leise ins Wohnzimmer.
Ein Licht brannte. Zu beiden Seiten der Vordertür leuchteten zwei Wandlampen. Aber ansonsten lag das Haus im Dunkeln, und es war so still, dass Kait das Gefühl hatte, ganz allein zu sein. Wo waren die anderen?
Und warum fühlte sie sich bei dem Gedanken, allein zu sein, so unwohl?
Sie eilte durch ein sehr förmlich wirkendes Speisezimmer mit einer langen Tafel und lederbezogenen Lehnstühlen. Auch in der Küche brannte eine kleine Lampe. Sie fand einen Lichtschalter und drückte darauf. Sofort erstrahlte die Küche in gleißendem Licht.
Ein rascher Blick auf die Uhr des Backofens sagte ihr, dass es beinahe halb acht war. Wo steckten denn nur alle? Und warum stand das Abendessen noch nicht auf dem Herd – oder auf dem Tisch?
Ihr Magen knurrte laut. Sie hatte den ganzen Tag über nichts zu sich genommen außer zwei Keksen und einem Glas Milch.
Kait ließ das Licht brennen und eilte in den Hauptteil des großen Hauses. Im Vorbeigehen warf sie einen Blick den Flur entlang zu Trevors Arbeitszimmer. Die Tür stand weit offen, und drinnen war es dunkel – dort war er nicht. An der Treppe blieb sie stehen und lauschte angestrengt. Sie war nicht ganz sicher, aber sie meinte von irgendwo einen Fernseher zu hören.
»Hallo? Ist jemand zu Hause?«, rief sie.

Sie bekam keine Antwort. Kait stieg vorsichtig die Treppe hinauf, die nicht beleuchtet war. Das Geräusch wurde deutlicher, offenbar eine Sitcom mit lachendem Publikum. Sie entspannte sich ein wenig. Trevors Tochter aus erster Ehe hatte sie noch nicht kennen gelernt, und dieses Geräusch musste aus Sams Zimmer kommen.

Kait folgte dem Gelächter zur zweiten Tür auf diesem Flur. Der Fernseher war recht laut gestellt. Sie klopfte an. Nichts rührte sich, also klopfte sie noch einmal. Schließlich schob sie die Tür einen Spalt breit auf und steckte den Kopf hindurch.

Sam saß an ihrem Schreibtisch und machte Hausaufgaben. Sie war groß und schlank, und dichtes, vollkommen glattes blondes Haar fiel über ihren Rücken. Sie trug ein schwarzes T-Shirt, eine Weste im Army-Look und Jeans mit Nietengürtel. Der Fernseher lief, doch er stand vor ihrem Bett auf der anderen Seite des Raumes. Sam konnte ihn nicht einmal hören – sie hatte Kopfhörer auf, und während sie etwas in ein Notizbuch schrieb, nickte sie im Takt der Musik mit dem Kopf. »Sam?«, rief Kait leise.

Als Sam keinerlei Reaktion zeigte, durchquerte Kait den Raum und stellte den Fernseher leiser. Dann ging sie zu dem Mädchen hinüber und tippte ihm auf die Schulter.

Sam fuhr herum, stand jedoch nicht auf. »Was soll das?!«, rief sie.

Kait lächelte. Jetzt erst bemerkte sie die drei Ohrringe in einem Ohr. »Hallo! Wie steht's?«, fragte sie zur Begrüßung.

Sam stutzte und erwiderte das Lächeln nicht. Mit missmutiger Miene nahm sie die Kopfhörer ab. »Was?« Dann fiel ihr Kaits Haar auf. »Du hast eine neue Frisur. Scheußlich.«

Kait prallte entsetzt zurück.

»Ich mache Hausaufgaben«, erklärte Sam mürrisch. Sie kehrte

Kait den Rücken zu und beschäftigte sich wieder mit ihrem Heft.

Kait war fassungslos. Lana hatte also einen weiteren Feind in diesem Haus. Das erschien ihr kaum möglich, doch der Beweis saß direkt vor ihren Augen. Sie tippte Sam noch einmal auf die Schulter. »Das sehe ich. Ich wollte nur Hallo sagen.«

»Du machst wohl Witze, oder?« Sam lehnte sich auf ihrem Stuhl zurück und drehte ihn zu ihr herum.

»Nein, ich mache keine Witze«, entgegnete Kait bestimmt. Plötzlich dachte sie, dass es jetzt endgültig zu viel wurde – das war doch gar nicht möglich. Hier lief ja alles schief. Vier Personen hatte sie bereits gezählt, die ihre Schwester hassten – wenn sie Max Zara mit einrechnete.

»Na schön, du hast Hallo gesagt, dann kannst du jetzt Auf Wiedersehen sagen.« Sam drehte sich abrupt um und beugte sich über ein offenes Schulbuch.

Kait seufzte. Mit viel Glück konnte sie Sams Verhalten vielleicht der Pubertät und überschießenden Hormonen zuschreiben. »Wo sind denn alle?«

Sam drehte sich nicht um, sie rührte sich kein Stück, und sagte patzig: »Dad ist ausgegangen. Zum Abendessen. In Middleburg. Mit Alicia.«

Kait blieb fast das Herz stehen. »Wie bitte?«

Sam drehte sich langsam zu ihr um. Sie wirkte belustigt. »Alicia, du weißt schon. Deine beste Freundin. Alicia, die sonst immer mit dir nach New York fährt – und die sogar noch mehr Geld ausgibt als du, wenn ihr beide shoppen geht.«

Lana hatte in ihrem Brief eine beste Freundin namens Alicia erwähnt, doch nur ganz knapp – Alicia hatte rotes Haar, kam öfter spontan vorbei und war mit John Davison verheiratet.

Kait machte sich nun ernsthaft Gedanken. »Aber diesmal ist Alicia nicht mit nach New York gekommen«, sagte sie langsam.
»Nein.« Sam grinste. »Hatte wohl hier was Besseres zu tun – zum Beispiel mit Dad essen gehen.«
Gewiss wollte Sam damit nicht andeuten, was Kait herauszuhören glaubte. Trevor Coleman war bestimmt viel zu anständig, um eine Affäre mit der besten Freundin seiner Frau zu haben – und das vor ihrer Nase! »Sie sind also zusammen essen gegangen?«
Sam seufzte. »John ist auch dabei, was denkst du denn?«
Kait war erleichtert. »Ach so.«
»Dad betrügt niemanden. Im Gegensatz zu gewissen anderen Leuten.« Sam warf ihr einen eisigen Blick zu.
Kait gefiel diese Andeutung noch viel weniger, also ignorierte sie die Bemerkung. »Hast du schon gegessen?«
Sam starrte sie ungläubig an. »Ob ich schon gegessen habe? Ich gehe nach der Schule immer Pizza essen.« Sie wandte sich wieder ab.
»Wo ist Marni? Und Elizabeth?«
»Marni ist im Bett. Für sie ist schon Schlafenszeit.« Sam warf ihr einen bösen Blick zu. »Von welchem Planeten kommst du eigentlich? Und warum trägst du keinen Lippenstift? Wo sind deine hohen Absätze?«
Kait trat entschlossen vor, doch sie merkte, dass sie rot wurde. Dies war nicht das erste Mal, dass jemand aus Lanas Familie die Kleinigkeiten bemerkte, die Kait so sehr von Lana unterschieden. Kait wusste, dass sie sehr müde war, und nahm sich fest vor, sich morgen strenger an ihre Rolle zu halten. »Das reicht jetzt. Es ist nicht nötig, mir gegenüber so patzig zu sein. Ich bin vielleicht nicht die beste Stiefmutter der Welt, aber ich

glaube, es ist Zeit für einen neuen Anfang – ich glaube, du solltest mir noch eine Chance geben.«
»Na klar.« Sam wandte sich ab.
»Ich will eine zweite Chance, Sam.«
Sam antwortete nicht.
Kait starrte ihre schmalen Schultern an und verließ dann das Zimmer, wobei sie die Tür hinter sich zuzog. Gleich darauf hörte sie den Fernseher wieder plärren. Sie erschauerte. Eine vertrauensvolle Beziehung zu Sam aufzubauen, würde gewiss nicht einfach sein. Doch sie merkte, dass sie genau das erreichen wollte – sie konnte gar nicht anders.
Angst durchfuhr sie. Sie schüttelte sie ab.
Weiter hinten auf dem Flur stand eine Tür offen. Kait trat näher und sah Elizabeth am Fußende eines Kinderbetts sitzen, in dem Marni sich unter die Bettdecke kuschelte. Beide sahen Kait im selben Moment.
»Mommy! Wo warst du denn?«, rief Marni, der Tränen über die Wangen liefen.
Kait eilte zu ihr, entsetzt darüber, dass ihr Verschwinden Marni so erschreckt hatte. »Schätzchen, ich bin draußen im Gras eingeschlafen«, sagte sie und nahm sie in die Arme.
Sie hörte Elizabeth ungläubig schnauben.
»Ich dachte, du wärst wieder weggefahren, zurück in die Stadt«, jammerte Marni und brach beinahe erneut in Tränen aus.
»Ich würde doch nie weggehen, ohne dir Bescheid zu sagen«, sagte Kait tröstend und strich über Marnis lange Locken.
Marni sah ihr tief in die Augen.
»Das meine ich ernst. Ich habe dich sehr lieb, und so etwas würde ich nie tun.«
Marni lächelte nun. »Heute war so ein schöner Tag«, flüsterte sie.

»Ich weiß. Und wir werden uns noch viel mehr schöne Tage machen, genau wie heute«, versprach Kait. In dem Augenblick, da sie das ausgesprochen hatte, erstarrte sie.
Dieses Mädchen hielt sie für seine Mutter. Aber Marni wusste auch, dass sie nicht Lana war. Was würde geschehen, wenn sie versuchte, Marni zu erklären, wer sie wirklich war? Wie, um Himmels willen, sollten sie dem Kind erklären, was sie getan hatten? Und wie würde Marni darauf reagieren? Wenn Trevor Coleman wegen dieses Theaters schrecklich wütend auf Kait wurde, wie viele Tage würde sie dann noch mit ihrer Nichte verbringen können?
Die Erkenntnis, dass ihr Täuschungsmanöver möglicherweise kein Happy End nehmen würde, sobald Lana wieder auftauchte, traf sie wie ein Schlag auf den Kopf.
Ihr wurde übel.
Kait hatte endlich die Familie, das Zuhause gefunden, alles, wonach sie sich gesehnt hatte, seit ihre Mutter so früh gestorben war. Sie durfte sie auf keinen Fall wieder verlieren. Das wäre unerträglich.
»Mommy?«
Kait zwang sich zu lächeln. Sie streichelte dem Kind zärtlich den Nacken. »Morgen wird auch ein schöner Tag«, sagte sie und schluckte schwer, denn ihre Stimme hörte sich so traurig an, wie ihr zumute war.
Marni lächelte und kuschelte sich wieder in ihr Bett. Kait deckte sie zu. »Ich schaue später noch mal nach dir«, flüsterte sie und küsste die weiche Wange.
Marni nickte, die Augen schon geschlossen.
Draußen auf dem Flur stellte Elizabeth sie zur Rede. »Das gefällt mir nicht«, herrschte sie Kait an.

Kait konnte nicht mehr – es war ein endlos langer Tag gewesen.
»Sie führen irgendetwas im Schilde, und was immer es ist, es kann nichts Gutes sein. Aber ich werde nicht tatenlos zusehen, wie Sie dieses Kind noch mehr verletzen«, fauchte die Haushälterin. »Glauben Sie denn, er wird es sich noch einmal anders überlegen, wenn Sie jetzt auf einmal die gute Mutter spielen?«
»Haben Sie das Abendessen fertig?«, fragte Kait gelassen.
Elizabeth funkelte sie an. »Ich habe angenommen, Sie würden den Thunfisch essen, den Sie heute Mittag nicht angerührt haben. Ich gehe jetzt zu Bett. Gute Nacht.« Sie marschierte den Flur entlang und stieg die Treppe hinauf.
Kait ließ sich gegen die Wand sinken. Glaubte Elizabeth das tatsächlich? Dass sie Marni benutzte, um Trev bezüglich der Scheidung umzustimmen? Du lieber Himmel! Was, wenn Kait eine schlimme Situation nur noch schlimmer machte?
Aber Lana würde schon morgen Abend oder übermorgen früh zurück sein.
Kait versuchte nachzudenken. Dann könnte ihnen die ganze Situation endgültig um die Ohren fliegen.
Kait rang um Fassung. Nur eines schien ihr klar zu sein. Sie hatte höchstens anderthalb Tage, um Trevor Coleman zu besänftigen, die Ehe ihrer Schwester zu retten und die Brücken wieder aufzubauen, die Lana zerstört hatte.
Aber warum eigentlich?
Weil sie unbedingt all die Brücken wieder aufbauen wollte, die Lana eingerissen hatte, und weil sie den Gedanken nicht ertragen konnte, dass Lana Fox Hollow, Trevor Coleman und ihre Tochter verlieren würde.
Kait schloss zitternd die Augen. Es war nicht ihre Aufgabe, Lanas Familienleben in Ordnung zu bringen. In ein oder zwei

Tagen würde sie abreisen, denn Lana würde zurückkommen, und dann würde hier die Hölle los sein, wenn Trev Coleman erfuhr, was die beiden Schwestern getan hatten.

Warum hatte sie nicht früher daran gedacht? Warum hatte ihre Schwester nicht daran gedacht? Warum hatte Kait blindlings das Versprechen ihrer Schwester geglaubt, dass sie endlich richtige Schwestern und wahre Freundinnen sein würden, wenn Lana zurückkehrte – dass Kait ein Teil ihrer Familie werden würde?

Kait weigerte sich, die Möglichkeit zu bedenken, dass Lana sie mit diesem Versprechen nur hatte manipulieren wollen.

Doch eines wusste Kait ganz sicher und ohne jeden Zweifel. *Sie wollte Fox Hollow nicht wieder verlassen.*

Weder morgen noch übermorgen noch irgendwann in der Zukunft.

Diese Erkenntnis traf sie hart.

Sie wollte hier nicht weg. Sie liebte Fox Hollow. Sie liebte Marni. Sie wollte, dass alle sie gern hier sahen, Trev, Sam, sogar die bissige alte Elizabeth. Sie wollte als Teil dieser Familie anerkannt werden.

Doch das war noch nicht alles. *Sie wollte hier nicht weg, weil sie eigentlich wünschte, Lanas Leben wäre tatsächlich ihres.*

Vier

Das durfte doch nicht wahr sein, dachte Kait erstaunt. Sie drehte sich um und ging wieder nach unten, in Gedanken verloren. Noch nicht einmal einen vollen Tag war sie nun auf Fox Hollow. Und schon wünschte sie sich Lanas Leben?

Ja, das tat sie. Und es war egal, dass Trevor sie hasste, denn er hasste ja gar nicht sie, sondern Lana. Und das war schließlich nicht dasselbe.

Kait fühlte sich wie vor den Kopf geschlagen. War denn ihr eigenes Leben so trübselig geworden, dass sie nur in die Rolle ihrer Schwester zu schlüpfen brauchte, um sich so schnell, so sehnlichst deren Leben zu wünschen?

Sie blieb stehen und dachte darüber nach, denn ihr Leben war gar nicht trübselig. Es war nur … leer.

Ihr Leben war schon seit Jahren leer, und Fox Hollow war für sie ein magischer Ort; da war Marni, die sie jetzt schon liebte wie ihre eigene Tochter, und Trev Coleman …

Aber so etwas durfte sie nicht einmal denken. Trevor Coleman gehörte Lana, und Lana allein.

In diesem Augenblick traf sie eine Entscheidung. In zwei Tagen würde Lana nach Hause kommen – nach Fox Hollow, zu Trev, zu Marni. Diese Vorstellung war erstaunlich unangenehm. Aber das war eine Tatsache. Eine harte, kalte Tatsache. Und wenn Lana zurück war, würde Kait bis zu ihrem letzten Atemzug darum kämpfen, jeden kleinen Riss zu kitten, den Lana in dieser

Familie verursacht hatte. Wie heftig die Colemans auch auf ihren Betrug reagieren mochten, Kait würde stark bleiben – vor allem, wenn es um Trevor Coleman ging. Irgendwie würde es ihr gelingen, ein Teil dieser Familie zu werden. Und was die Scheidung anging – sie würde alles tun, um Lana davon zu überzeugen, dass sie um ihre Ehe kämpfen musste. Wenn Kait nur irgendwie konnte – und sie war so fest entschlossen wie noch nie zuvor in ihrem Leben –, würde sie Trev und Lana helfen, ihre Liebe zueinander wieder zu entdecken. Bestimmt liebte ihre Schwester Trevor Coleman, ganz gleich, wie heftig die beiden sich im Moment streiten mochten. Kait wusste, dass Lana ihn nicht seines Geldes wegen geheiratet hatte. Und am Ende würden sie und Lana die besten Freundinnen und richtige Schwestern sein, und Trev Coleman sowohl ein guter Freund als auch ihr Schwager.

Und sie würde nicht nach New York zurückkehren.

Sie wollte in Three Falls bleiben.

Sie hatte Geld zurückgelegt; sie würde ihren Job kündigen und sich ein hübsches altes Häuschen irgendwo in Skerrit County kaufen, damit sie in Marnis Nähe bleiben konnte. Sie hatte immer schon von zu Hause aus arbeiten wollen, und es war an der Zeit, dass sie eine eigene kleine Firma aufzog. Für den Anfang konnte sie als freischaffende Redakteurin arbeiten – sie hatte aus ihrer Zeit als Redaktionsassistentin viele Verbindungen zu Verlagen und Zeitungen.

Als sie diese Entscheidung gefällt hatte, fühlte sie sich leichter, freier als seit vielen Jahren. Kait ging in die Küche, zittrig, aber erleichtert. Gewiss konnte sie die Ehe ihrer Schwester wieder in Ordnung bringen. Die beiden waren früher glücklich gewesen; sie hatte doch die Fotos gesehen, das war ihr Beweis genug.

Hatte Lana schon zurückgerufen?
Kait machte Licht und holte das Handy aus ihrer Hosentasche. Sie schaltete es ein, musste jedoch bedrückt erkennen, dass sie keine neuen Nachrichten bekommen hatte.
Jetzt konnte Kait nichts mehr tun, als abzuwarten, bis Lana sie anrief oder nach Hause kam. Sie öffnete den Kühlschrank und stand vor einem Teller rohem Thunfisch, der, nun ja, roh aussah. In Manhattan aß sie zwar gern Sushi, doch im Augenblick hatte sie darauf überhaupt keinen Appetit. Sie schlug die Tür wieder zu.
Elizabeth war nach oben in ihr privates Reich gegangen. Sam hatte sich in ihrem Zimmer verschanzt, Marni schlief. Trevor war mit den Davisons essen gegangen. Kait wollte gar nicht daran denken, was passieren würde, wenn er nach Hause kam, also schob sie diesen Gedanken weit fort. Sie hatte am Highway 152 ein kleines Einkaufszentrum gesehen, gleich vor der Abfahrt Northwoods Road, der Landstraße, an der Fox Hollow lag. Da war auch eine Pizzeria gewesen.
Nach einem solchen Tag konnte sie sich nichts Tröstlicheres vorstellen als eine Pepperoni-Pizza und ein paar Gläser kräftigen Rotwein. Leider würde sie nicht im Schlafanzug in ihrem kuscheligen Wohnzimmer essen können, im Schneidersitz auf dem Fußboden, faul ans Sofa gelehnt, während die *Larry King Show* im Fernsehen lief und draußen die Taxis hupten. Leider würde sie allein in Trev Colemans riesiger Villa essen müssen. Kait merkte, dass sie noch immer erschüttert war. Sie brauchte dringend eine Pause, aber die würde sie nicht bekommen, solange sie ihre Schwester spielen musste.
Sie nahm ihre Handtasche, schlüpfte in eine von Lanas herrlichen Lederjacken und eilte hinaus zum Auto. Der Garten um

das Haus herum war nicht beleuchtet, aber auf der Veranda brannte Licht. Draußen kam es ihr erstaunlich dunkel vor, und merkwürdig still, bis auf das Konzert der Grillen. New York schlief niemals, aber die Dunkelheit und Stille der ländlichen Nacht kamen ihr himmlisch vor. Kait hielt inne, bevor sie in den Wagen stieg, und blickte zum funkelnden Sternenhimmel empor. Wer brauchte schon Larry King? Irgendwie würde sie es sich auch in diesem Wohnzimmer gemütlich machen und morgen früh der Situation besser gewachsen sein.
Immerhin hielten fast alle sie für Lana; das Schlimmste war bereits überstanden.

Ein paar Minuten später hätte sie diese Gedanken am liebsten zurückgenommen. Nachts auf breiten Straßen durch eine hell erleuchtete Stadt zu fahren, war eine Sache, den Porsche in völliger Finsternis den Hügel hinabzulenken, eine völlig andere. Die erste Kurve war enger, als Kait sie in Erinnerung hatte, und der Porsche schlitterte von der schmalen Straße in den Graben.
Kait war so erschrocken, dass sie zunächst nur keuchend sitzen blieb; dann erkannte sie, dass die beiden rechten Räder in einer tiefen Furche steckten, während die linken noch auf der Straße standen. Mit der abrupten Vollbremsung hatte sie den Motor abgewürgt, also ließ sie ihn wieder an. Vorsichtig versuchte sie, den Wagen wieder auf die Straße zu lenken.
Der Porsche knirschte und bebte, rührte sich aber kein Stückchen.
Kait gab es auf. Sie konnte es nicht fassen. Sie schaltete die Innenbeleuchtung an und öffnete das Handschuhfach – keine Taschenlampe. Also suchte sie die Fächer in den Türen ab – gähnende Leere.

Sie stieg aus, stolperte auf dem unebenen Boden, und sah sofort, wie gefährlich das Auto zwischen Straße und Graben hing. Letzterer war einen guten halben Meter tief und schlammig. Sie war ein echter Sonntagsfahrer – das hieß, sie war einfach nicht geschickt genug, den Sportwagen aus dem Graben und zurück auf die Straße zu bekommen.

»Verflixt«, schimpfte sie. Das hatte ihr nach diesem Tag gerade noch gefehlt. Dann erstarrte sie. Auf der Straße kam ein Mann auf sie zu.

Sie warf einen Blick zurück zum Haus, doch sie war schon zu weit weg, als dass sie von dort Hilfe erwarten könnte – falls sie Hilfe brauchte. Rasch ging sie um den Wagen herum und öffnete den Kofferraum. Sie riss die Bodendecke hoch und holte darunter einen großen, schweren Wagenheber hervor. Es war etwa halb neun, also nicht gerade mitten in der Nacht, aber wer sollte im Dunkeln hier herumlaufen? Dieses Stück Land war Privatbesitz und gehörte zu Fox Hollow.

Der Mann hatte es nicht eilig, wurde aber auch nicht langsamer. Kait blieb am Kofferraum stehen und beobachtete aufmerksam, wie der Mann schließlich in den Scheinwerferkegel trat. Es war Max Zara.

Zu ihrer Schande war sie erleichtert.

»Gibt's Probleme?«, fragte er.

»Das sehen Sie doch«, erwiderte sie, warf den Wagenheber in den Kofferraum und knallte die Haube zu. »Können Sie mir vielleicht helfen?« Sie klang ängstlich. Hoffentlich hatte sie Lanas kostbaren Wagen nicht beschädigt.

Er schien sie im Dunkeln zu mustern. »Schöner Abend für einen … Ausflug.«

Sie hielt seinem Blick stand. Offenbar fand er es lustig, dass sie halb im Graben steckte, und sein zweideutiger Tonfall gefiel ihr nicht. »Ich wollte mir etwas zu essen holen«, erklärte sie und bemühte sich um einen höflichen Ton. »Gibt es irgendeinen bestimmten Grund, weshalb Sie mich nicht mögen, Max?«

Er wirkte erschrocken. Dann lachte er. »Als wüssten Sie das nicht verdammt gut«, sagte er.

Sie wusste es natürlich nicht. »Wollen wir nicht das Kriegsbeil begraben?«

»Den Teufel werden wir. Wenn ich Ihnen Ihr Auto aus dem Graben hole, was bekomme ich dann dafür?«

Sie erstarrte. »Wie bitte?«

Er grinste. »Sie haben mich schon verstanden.«

»Ich muss Ihnen etwas versprechen, damit Sie einer Dame bei einer kleinen Panne helfen?« Sie war fassungslos; was hatte sie ihm nur getan, dass er sie so verabscheute?

Er kam näher, und Kait reckte das Kinn vor. Er trug ein offenes Flanellhemd über einem weißen Unterhemd. »Ich mag Frauen nicht, die einen anmachen und einem dann die kalte Schulter zeigen, Mrs. Coleman. So was kann ich nicht ausstehen.« Er stemmte die Hände in die Hüften.

Wollte er etwa behaupten, sie habe mit ihm geflirtet?

Er stand nun so dicht vor ihr, dass sie sein Gesicht gut erkennen konnte, und sie bemerkte seinen plötzlich skeptischen Blick. »Was soll das? Es überrascht Sie offenbar, dass ich die Dinge beim Namen nenne. Ich hab es langsam satt, dass Sie mich viel sagend anstarren und in Ihren hauchdünnen Hosen um mich herumtänzeln. Ich hab es satt, dass ich dies und das für Sie reparieren soll, damit Sie bei Ihren komischen Yoga-Stellungen männliches Publikum haben.« Seine Miene verdüsterte sich, und er steigerte sich immer mehr in seine Wut hinein.

»Und jetzt fahren Sie so ganz zufällig in den Straßengraben«, schloss er.
»Sie sind wohl nicht ganz bei Trost!« Zumindest wusste sie nun, dass Lana noch nicht mit Max geschlafen hatte. Und die Tatsache, dass sie darüber so erleichtert war, sagte ihr, wie sehr sie genau das befürchtet hatte. »Vergessen Sie's!«, fuhr sie ihn an, drehte sich um und wollte zum Haus zurückmarschieren.
Er packte sie am Handgelenk und wirbelte sie so heftig herum, dass sie an seine Brust prallte. »Es wird Zeit, dass Sie mir endlich geben, womit Sie mir die ganze Zeit vor der Nase herumwedeln, Mrs. Coleman«, sagte er leise, und sein Atem, der nach Bier roch, streifte ihre Wange.
»Ich geben Ihnen gar nichts – und ich habe nicht das geringste Interesse an Ihnen oder sonst einem anderen Mann außer meinem Ehemann!«, rief Kait, die sich seiner weit überlegenen, brutalen Kraft sehr bewusst war. Sie riss den Arm hoch, und er ließ sie los. Stolpernd wich sie zurück. »Wie können Sie es wagen!« Sie war zutiefst erschüttert.
»Das war ein Test, Mrs. Coleman, und wissen Sie, was? Sie haben bestanden«, knurrte er. »Aber ich komme einfach nicht dahinter, warum.«
Kait war den Tränen nahe. »Dann gehe ich eben zu Fuß«, schimpfte sie. »Und rufe einen Abschleppwagen!«
Bevor sie gehen konnte, sagte er leise: »Ich kann es kaum erwarten, Sie endlich zu kriegen.«
Sie erstarrte. Hatte sie sich vielleicht verhört?
Er lächelte auf eine Art, die ihr sagte, dass er der Jäger war, und sie die Gejagte.
Angst erfasste Kait. Was hatte er damit gemeint? »Dafür kann ich Sie feuern lassen.«

Er lachte. »Das glaube ich kaum.«
Sie wünschte verzweifelt, sie wüsste, was hinter all dem steckte. Denn offensichtlich stimmte hier etwas nicht – sie hatte das sichere Gefühl, dass es dabei nicht nur um Lanas Flirterei ging.
Max musterte sie, drehte sich dann um und setzte sich in den Wagen. Kait sprang zurück, und gleich darauf stand der Porsche sicher auf der schmalen Straße.
Sie zitterte, als er ausstieg. »Und holen Sie sich keine Wanzen in fremden Betten«, sagte er bissig.
Sie ignorierte seine Unterstellung. »Danke für Ihre Hilfe mit dem Wagen«, würgte sie hervor.
Seine Augen wurden schmal vor Misstrauen.
Sie rang sich ein Lächeln ab, stieg ins Auto und knallte die Tür zu. Hier drin fühlte sie sich auch nicht sicher. Sie wusste, dass er sie anstarrte. Entschlossen richtete sie die Augen auf die Straße und fuhr los.
Ein rascher Blick in den Rückspiegel zeigte ihr, dass er noch immer mitten auf der Straße stand und ihr nachschaute.

Niemand sonst war auf dieser Straße unterwegs. Das war unheimlich, aber Kait wusste, dass ihre Nerven wegen der unangenehmen Begegnung mit Max Zara blank lagen. Sie wollte jetzt nicht an ihn denken und fuhr ein wenig schneller, denn sie freute sich schon auf den beleuchteten Highway. Doch es gelang ihr nicht, die bittere Erinnerung an die jüngste Auseinandersetzung zu vertreiben. Sie war immer noch erschüttert und ein wenig verängstigt.
Automatisch hatte sie das Handy auf dem Armaturenbrett abgelegt; sie griff danach und sah, dass sie immer noch keine neuen Nachrichten bekommen hatte. Enttäuscht legte Kait das Handy

wieder weg. Sie hatte das Gefühl, sie stehe auf Treibsand, und ein Anruf von Lana könnte ihr wieder festen Boden unter den Füßen verschaffen.

Vielleicht stand sie ja tatsächlich auf Treibsand. So viel Feindseligkeit umgab sie, und Max konnte sie auch nicht länger als unbedeutend abtun. Auch wenn er nur ein wütender Hilfsarbeiter war – er wirkte gefährlich, und er hatte es auf sie abgesehen. Das hatte er unmissverständlich zum Ausdruck gebracht.

Sie sollte Trevor bitten, ihn rauszuwerfen. Das wäre nicht nur in ihrem Interesse, sondern auch in Lanas.

Gleich darauf blitzten hinter ihr Scheinwerfer auf. Sie war nicht mehr allein auf der Straße, dachte sie und fuhr um eine Kurve. Sie warf einen Blick in den Rückspiegel, als die Straße wieder geradeaus führte, und sah, dass sie sich nicht geirrt hatte; ein Auto fuhr etwa vierzig Meter hinter ihr, etwa genau so schnell wie sie.

Der Highway lag vor ihr. In dieser ländlichen Gegend war er nur zweispurig, zu Kaits Überraschung keineswegs gut beleuchtet, und es war kaum Verkehr. Ein Auto fuhr in der Gegenrichtung vorbei. Am Stoppschild hielt sie an, neben einem Schnellrestaurant, vor dem mehrere Autos standen, und bog dann rechts ab. Gleich darauf sah sie den Wagen hinter sich von der Northwoods Road ebenfalls rechts abbiegen.

Ihr kam der Gedanke, dass er sie verfolgte, aber das war lächerlich. Niemand hatte irgendeinen Grund, ihr zu folgen.

Nur zur Sicherheit beschloss Kait, an der nächsten, menschenleeren Kreuzung links abzubiegen.

Der Wagen hinter ihr bog ebenfalls links ab.

Sie erstarrte vor Angst. Wurde sie tatsächlich verfolgt? Ihr fiel auf, dass das Auto immer denselben Abstand zu ihr einhielt, egal, wie schnell oder langsam sie fuhr. Sie beschleunigte und war für einen Augenblick erleichtert, als das andere Auto zurückfiel, doch dann bekam sie es wieder mit der Angst zu tun. Der Wagen hinter ihr beschleunigte ebenfalls.

Sie wurde verfolgt.

Aber warum?

Die Antwort war offensichtlich. Sie war jetzt Lana, und Lana schuldete einem Mann namens Paul Corelli eine Menge Geld. Was, wenn Corelli ihr jemand auf den Hals gehetzt hatte, der sie einschüchtern oder ihr gar etwas antun sollte? Was, wenn Corelli ihr so lange zusetzen wollte, bis sie endlich bezahlte? Mit klopfendem Herzen wendete Kait scharf, trat aufs Gaspedal und raste in der entgegengesetzten Richtung den Highway entlang. Sie blickte zurück – ihr Verfolger hatte am Straßenrand angehalten, ihr gewagtes Wendemanöver aber bleiben lassen. Offenbar gab er oder sie auf.

Kait begann heftig zu zittern.

Sie hielt an einer Tankstelle an und sank nach vorn über das Lenkrad. Sie schlotterte am ganzen Körper. Nach einer Weile griff sie nach ihrem Handy. Sie versuchte noch einmal, ihre Schwester zu erreichen, doch als sie diesmal ihre Mailbox hörte, schaltete sie sofort das Handy ab, wütend und frustriert.

Ihr kam ein furchtbarer Gedanke.

Lana hatte nie ein Wort davon gesagt, dass Kait in Gefahr geraten könnte, wenn sie ihre Stelle einnahm. Doch nun, da alle Welt sie für Lana hielt, war sie da nicht in Gefahr? Und wenn ja, in welcher?

Kait ermahnte sich, nicht in Panik zu geraten. Corelli wollte schließlich sein Geld zurückhaben, also würde er Lana vielleicht Angst einjagen, doch er würde sie wohl kaum umbringen, denn eine Tote konnte ihre Schulden nicht mehr bezahlen.

Doch er konnte ihr etwas Schlimmes antun, um dafür zu sorgen, dass Lana das Geld auch wirklich auftrieb.
Kait war schlecht vor Angst.

Wieder zu Hause, aber immer noch verängstigt und nun auch noch wütend auf ihre Schwester, schlüpfte Kait in eine blaue Leggins, ein lockeres, kurzes, geriffeltes Top in einem helleren Blau von Lanas Stapel Sportkleidung, und ein Paar dicke Wollsocken von Trev Coleman. Sie entkorkte den Rotwein, den sie im Weinregal im Esszimmer gefunden hatte, schaltete den Fernseher ein und stieg mit dem Pizzakarton ins Bett. Das Wohnzimmer war ihr schließlich doch nicht gemütlich genug gewesen, und dort gab es auch keinen Fernseher. In Colemans Arbeitszimmer stand einer, doch da wollte sie gewiss nicht essen. Das Handy legte sie neben sich. Sie hatte es eigentlich nicht einschalten wollen, solange sie im Haus war, weil sie keine Ahnung hatte, wann Trevor zurückkommen würde, doch sie wollte nun so dringend mit Lana sprechen, dass sie das Risiko einging.
Und damit kehrte sie zu einem anderen Problem zurück. Das Problem des gemeinsamen Schlafzimmers. Dieses Bettes, auf dem sie gerade saß.
Er hatte Lana um die Scheidung gebeten. Nein, genau genommen hatte er ihr nur erklärt, er werde sich scheiden lassen. Da hatte er doch gewiss nicht die Absicht, mit seiner Frau zu schlafen. Oder?
Trotz Pizza und Wein konnte Kait kaum an etwas anderes denken als daran, dass Trev früher oder später nach Hause kommen würde – und was würde dann geschehen?
Die *Larry King Show* lief im Fernsehen; der Showmaster interviewte gerade Mel Gibson. Kait konnte dem Gespräch kaum

folgen, doch nach einer halben Flasche Wein – und zwei Dritteln ihrer Pizza – entspannte sie sich endlich. Ihr fielen sogar schon die Augen zu, als Trevor Coleman wie selbstverständlich das Schlafzimmer betrat.

Sie fuhr hoch, auf der Stelle wieder hellwach.

Er blinzelte sie erstaunt an.

»Was … was machst du hier?«, stotterte sie und merkte dann, dass das eine sehr dumme Frage war.

»Was ich hier mache? Ich habe meine Zahnbürste vergessen«, sagte er. Seine grünen Augen musterten langsam und gründlich jeden Zentimeter ihres Körpers. Er trug einen Anzug, hatte sich also für das Abendessen mit Alicia und ihrem Mann fein gemacht. Leider sah er so sexy aus wie ein Herrenmodel, das soeben einer Modezeitschrift entstiegen war. Und in seinen Schlafzimmeraugen lag ein Ausdruck, der Kait vermuten ließ, dass er ein paar Drinks genossen hatte.

Sie schluckte. »Soll das heißen … dass du nicht hier schläfst?« Sie bemühte sich, beiläufig zu klingen.

»Das bedeutet, dass ich bereits alles Wichtige umgeräumt habe, aber die Zahnbürste habe ich vergessen. Ich schlafe unten im Gästezimmer. Und was tust du da?« Sein Blick war bei ihren Socken angelangt. Nein, bei seinen Socken.

»Ich esse und sehe fern. Ich gehe bald ins Bett.«

Er verschränkte die Arme vor der Brust. »Das ist ja interessant.«

»Ach ja?«

»Seit wann isst du denn Pizza? Seit wann isst du überhaupt etwas im Bett? Seit wann schläfst du in Gymnastiksachen? Und in meinen Socken?«

Kait konnte keinen Moment länger in diesem Bett sitzen bleiben, solange er davor stand. Sie sprang auf und verschränkte ebenfalls die Arme vor der Brust. »Ich glaube, ich bekomme einen Rückfall. Mir geht's nicht gut. Ich glaube, ich habe sogar ein bisschen Fieber«, log sie.

»Tatsächlich?« Seine Brauen waren ein paar Nuancen dunkler als sein Haar. Sie wölbten sich nach oben. »Also trinkst du Rotwein, weil das so gesund ist?«

»Es war ein langer Tag«, jammerte sie.

»Ja, allerdings.« Sein Blick fiel wieder auf das Bett. »Erwartest du noch einen Anruf?«

Ihr Herz setzte einen Schlag aus. Sie folgte seinem Blick und starrte auf ihr Handy hinunter, das auf der zurückgeschlagenen Tagesdecke lag. »Äh …«

Sein Blick bohrte sich in ihren. Er errötete leicht. »Ist mir egal«, fuhr er sie an, marschierte ins Ankleidezimmer und riss sich die Anzugjacke herunter.

Kait ließ hastig das Telefon verschwinden und dachte: Es ist ihm nicht egal. Er ist wütend – er ist furchtbar wütend auf Lana.

Er war sofort wieder da und zerrte nun an seiner Krawatte herum. »Ich weiß, was hier los ist«, sagte er barsch.

Sie erschrak. »Wirklich?«

»Allerdings! Du hast dir eine neue Masche einfallen lassen, weil du glaubst, mit diesen großen, unschuldigen blauen Augen, schlampigen Klamotten und deiner urplötzlich erwachten Mutterliebe zu meiner Tochter könntest du mich umstimmen! Entweder das, oder du versuchst mich damit nur zu verwirren«, knurrte er.

Sie erschauerte. »Das ist alles nicht wahr«, flüsterte sie. »Mir ist kalt. Und du hast schöne warme Socken.«

»Schluss damit!«, brüllte er.

Vor Schreck darüber, dass er sie anschrie, verschlug es ihr für einen Moment die Sprache. Sein Wutausbruch schien ihn allerdings selbst zu überraschen. Sie starrten einander an, und Kait spürte, dass sie ebenso große Augen machte wie er.

Das Handy klingelte.

Kait merkte, dass sie es noch in der Hand hielt, und sie zuckte zusammen. Verwirrt blickte sie darauf hinab. Es klingelte weiter.

»Da ist ein Anruf für dich«, sagte Trevor mit gefährlich leiser Stimme. »Willst du denn nicht drangehen?«

Sie schnappte nach Luft. »Ist nicht so wichtig –«, begann sie.

»Geh endlich dran!«, herrschte er sie an.

Kait gehorchte, starr vor Angst – das war der denkbar ungünstigste Zeitpunkt für einen Anruf von Lana. »Hallo?«, fragte sie vorsichtig.

»Lana, hier ist John. Wir haben dich heute beim Abendessen vermisst, also wollte ich nur mal hören, ob alles in Ordnung ist.«

Einen Moment lang begriff sie nicht, wer da mit ihr sprach. Sie begegnete Trevors kaltem, unverwandtem Blick. Endlich fiel der Groschen – das war John Davison, Alicias Ehemann.

»Da haben Sie sich verwählt«, sagte Kait hastig. Sie legte auf und schaltete das Handy aus.

Coleman starrte sie an, und seine Miene wirkte so hart, dass sie beinahe zu zerspringen drohte. Kait wagte kaum mehr zu atmen. Er konnte ja nicht wissen, dass sie verzweifelt auf einen Anruf von seiner echten Ehefrau wartete, dass sie, Kait, hier nur eine Rolle spielte.

»Du bist wirklich das Letzte«, sagte er. »Je eher das hier vorbei ist, desto besser.« Er drehte sich um.

Kait dachte an ihre Schwester und ihre Nichte. Sie lief ihm nach und griff nach seinem Arm. Es fühlte sich an, als läge ihre Hand auf Eisen. »Bitte, gib mir noch eine Chance!«, rief sie. »Bitte, tu uns das nicht an, und Marni auch nicht!«

»Es gibt kein ›uns‹«, erwiderte er. Und sein Blick glitt mit unverhohlenem Interesse über ihren Körper. »Aber du könntest versuchen, mich mit diesem scharfen Körper umzustimmen.«

Sie wich zurück, als habe sie sich verbrannt, doch sein sinnlicher Tonfall und sein offen geäußerter Wunsch ließen ihren Körper in einer Weise erglühen, die sie schon fast vergessen hatte.

»Nein«, flüsterte sie und fuhr sich mit der Zunge über die Lippen. »Die Ehe ist eine heilige Sache, und nicht –«

Er lachte laut auf. »Du scherst dich einen feuchten Dreck um das Sakrament der Ehe, das hat dir noch nie etwas bedeutet. Aber wir wissen ja beide, dass du wild auf Sex bist.« Seine Augen glänzten.

Sie konnte sich nur zu gut vorstellen, wie er sich im Bett über sie beugte und sie küsste. Sie musste einen klaren Kopf behalten!

»Ich bin die Mutter deiner Tochter, und ich liebe sie«, sagte Kait heiser; sie weigerte sich, sich einschüchtern oder ablenken zu lassen. »Ich weiß, dass ich manchmal nicht die beste Mutter war, aber das ist vorbei. Ich fange ganz neu an. Trevor, ich schwöre es dir. Und ich werde es dir beweisen.«

Seine Augen weiteten sich. »Verdammt noch mal. Du nennst mich doch nie Trevor. Was, zum *Teufel*, soll das?«

Sie zuckte zusammen. Sie durfte jetzt keine weiteren Fehler mehr machen, sonst würde er merken, dass sie nicht Lana war. Nervös fuhr sie noch einmal über ihre Lippen. Sein Blick folgte ihrer Zunge. Sie wich zurück. »Vielleicht können wir uns wieder so lieben wie früher.«

»*Uns so lieben wie früher?*«, wiederholte er ungläubig. »Wir haben uns nie geliebt. Genauer gesagt, du hast mich nie geliebt. Uns

beide hat etwas ganz anderes verbunden, und das weißt du genau.« Er war sehr zornig. Sein Blick streifte ihre Brüste, die sich ohne BH deutlich unter dem Top abzeichneten.
Sie konnte kaum mehr atmen. Sie wollte widersprechen, brachte aber kein Wort heraus.
Schließlich hob er seinen funkelnden Blick. »Meine Entscheidung ist endgültig«, sagte er tonlos.
Das Denken fiel ihr schwer. Wie konnten die bloße Gegenwart eines Mannes, so charismatisch er auch sein mochte, und seine glühenden Augen sie so erregen? Obwohl er ihrer Schwester gehörte, obwohl sie sich mitten in einem hässlichen Streit befanden? Aber auch er starrte auf ihren Mund. »Sag niemals nie«, flüsterte sie.
Sein Kiefer spannte sich. »Weißt du«, sagte er langsam und trat einen Schritt auf sie zu, »diese Aufmachung ist viel verführerischer als die teuren Dessous und Nachthemdchen, die du sonst trägst.«
Er kam immer näher. Sie stand da wie angewurzelt – seine Worte brausten wie ein Wasserfall über sie hinweg –, sie konnte es kaum glauben. »Wirk…lich?«
Er blieb direkt vor ihr stehen. »Ja.« Er hob die Hand und berührte mit dem Daumen ihre harte Brustwarze durch den dünnen Stoff.
Kait stieß einen leisen Schrei aus.
Trev packte sie, presste ihren Körper an seinen und drückte den Mund in ihren Nacken, um sie mit Lippen, Zunge und Zähnen zu liebkosen. Sein Körper schien nur aus Muskeln zu bestehen, und er war sehr erregt. Kaits Körper hingegen verwandelte sich in Watte, und ihr Verstand verzweifelte beinahe. *Das konnte nicht wahr sein …*

Plötzlich schob er ihr Top hoch, senkte den Mund auf ihre Brustwarze und sog daran.

O Gott. *Es geschah wirklich* … Ihr Verstand schaltete ab. Heißes Begehren schoss durch ihren ganzen Körper, durch ihre Adern, und sammelte sich in ihrem Schoß.

Seine Hand fuhr zwischen ihre Beine. Sie war nackt unter den Leggins und konnte seine Handfläche spüren. Sie war groß, hart und warm und ergriff vollkommen Besitz von ihr. Er begann sie rhythmisch zu streicheln, und sie reckte sich ihm entgegen, wollte mehr, mehr; sie wand sich und erbebte unter seinen suchenden Fingern.

Sein Mund und seine Zunge hielten in ihrer köstlichen Folter inne. »Du bist schon bereit für mich?«, keuchte er.

Kait begegnete seinem Blick und sah Überraschung darin. In diesem Moment schaltete ihr Verstand sich wieder ein. Sie dachte: *Das ist Lanas Ehemann!*

Im selben Moment verfinsterte sich sein Blick, und er fluchte. Er schob sie von sich, während sie gleichzeitig zurückwich. Grimmig und mit vor Lust angespanntem Gesicht starrte er sie an, als sei sie der Teufel persönlich.

Ihr Verstand brauchte noch einen Moment, bis er wieder die Oberhand gewonnen hatte. »Vielleicht gehst du jetzt besser.« Sie zitterte und verspürte den albernen Drang, zu weinen.

Seine Augen wurden schmal vor Misstrauen und Abneigung. »Du hast mich mit dieser neuen Masche ganz schön auf Touren gebracht – die großen Augen, die niedliche Frisur, die Mommy-nummer. Diese Runde hast du wohl gewonnen.«

»Nein«, flüsterte Kait gequält. »Ich spiele doch nicht …« Doch genau das tat sie, und es war ein schreckliches Spiel, in dem gelogen und betrogen wurde, wo immer jemand ihr vertrauen wollte.

Plötzlich packte er sie am Arm und schüttelte sie. »Hältst du mich für dumm?« Er war sehr zornig, doch sie wusste nicht, ob auf sie und ihre »Masche« oder auf sich selbst. »Weißt du, was? Ich bin auch nur ein Mann. Und wir sind immer noch verheiratet. Es ist lange her, seit wir miteinander geschlafen haben, meine Liebe. Und im Moment fällt mir kein besserer Abschiedsgruß ein.«

Es war lange her, seit er zuletzt mit Lana geschlafen hatte. »Wie lange?«, fragte sie atemlos, denn sie musste es einfach wissen.

»Was?« Er war fassungslos.

Sie musste es wissen. »Bitte, hilf meinem Gedächtnis auf die Sprünge!«

»In der Nacht nach dem Maiball«, sagte er. »Hast du etwa schon vergessen, dass wir einander auf Sara Lees Bett fast um den Verstand gevögelt haben?«

Sie verschränkte die Arme schützend vor ihrer schmerzenden Brust. »Ich habe es nicht vergessen. Ich wollte nur wissen, ob du dich noch daran erinnerst.« Er hatte also seit etwa einem halben Jahr nicht mehr mit Lana geschlafen.

Er verzog angewidert das Gesicht. »Blödsinn. Du konntest dich nicht daran erinnern, weil du seitdem mit einem Dutzend Kerle geschlafen hast.« Er schüttelte den Kopf, mühsam beherrscht. »Du hast Recht. Das war keine gute Idee.« Er wandte sich abrupt ab.

»Warte!«

Er blieb stehen, wandte sich jedoch nicht zu ihr um.

Sie hatte ganz unwillkürlich nach ihm gerufen. Was tat sie da nur? Sie musste ihn gehen lassen. Sonst würden sie sich gleich hier auf dem Fußboden lieben. Sie schloss die Augen, immer noch glühend vor Begehren, doch nun wieder bei klarem

Verstand – und sie wusste, sie durfte nicht zulassen, dass etwas Derartiges passierte. »Es tut mir Leid«, sagte sie schließlich.
Er verließ das Zimmer.

Sie hatte eine schlaflose Nacht hinter sich, vor allem wegen Trev Coleman, aber auch, weil ihr gestern jemand zur Pizzeria gefolgt war. Kait hatte sich die ganze Nacht lang hin und her geworfen und sich Sorgen gemacht, was wohl als Nächstes passieren würde – mit Corelli, mit Lana, mit Trev Coleman. Um halb sieben stand sie auf, trank einen Kaffee und weckte Marni um sieben. Marni lächelte sie schläfrig an und setzte sich dann blitzartig auf. »Mommy!«, rief sie.

»Zeit zum Aufstehen, mein Schatz«, sagte Kait und strich über Marnis dunkle Locken. Sie hatte herausgefunden, dass Elizabeth das Kind durch einen festen Tagesablauf geleitete. Die Kleine wurde um sieben geweckt und um acht zum Kindergarten gebracht.

Marni strahlte sie an. »Aber was machst du denn hier, Mommy?«

»Ich helfe dir, dich für den Kindergarten fertig zu machen«, antwortete Kait und drückte sie fest an sich.

Jemand räusperte sich an der Tür. Kait wusste, dass dieses Geräusch von einer missbilligenden Elizabeth stammen musste, also setzte sie ein fröhliches Lächeln auf und drehte sich zu ihr um. »Guten Morgen.« Ihr Tonfall war ebenso sonnig wie ihre Miene.

Elizabeth starrte sie mit finsterem Gesicht an. »Soll ich daraus schließen, dass Sie sie heute baden und anziehen wollen?«

Immer noch lächelnd, obwohl sie gemerkt hatte, dass die ältere Frau ihre Abneigung gegen Lana nicht mehr zu verbergen suchte, erwiderte Kait: »Ja«, und reckte kaum merklich das Kinn vor.

Elizabeth machte auf dem Absatz kehrt und ging.
»Na, dann«, sagte Kait fröhlich.
Marni hüpfte aus dem Bett und plapperte lebhaft auf Kait ein.

Kait und Marni verschlangen einen großen Teller Pfannkuchen. Oder vielmehr verschlang Kait ihren, als habe sie gestern Abend nicht fast eine ganze Pizza gegessen. Marni erzählte gerade von ihrer besten Freundin Susie, von Susies Hund, und davon, dass Trev ihr offenbar einen Corgi-Welpen versprochen hatte. Jims Hund würde bald Vater werden.
Die Hintertür knallte zu. Kait musste nicht erst fragen, wer das Haus betreten hatte, sie wusste es einfach. Der Pfannkuchen blieb ihr fast im Hals stecken, und sie erstarrte vor ihrem Teller.
Eine heiße Erinnerung an den vergangenen Abend schoss ihr durch den Kopf. Trev Coleman betrat die Küche, und sie konnte nicht anders, als aufzublicken. Er trug eine verwaschene Jeans, einen beigefarbenen Wollpulli, eine dunkelblaue Windjacke und Stiefel, kam also offenbar von den Ställen, und er sah verboten sexy aus.
Sie versuchte, nicht an ihrem Pfannkuchen zu ersticken, als sein Blick sie traf, doch sie spürte, dass sie knallrot wurde.
Er war eiskalt. Dann lächelte er und beugte sich über Marni, und sein Blick wurde unglaublich sanft, warm und liebevoll. Kaits Herz machte einen kleinen Satz, als sie beobachtete, wie er zart Marnis Haar mit den Lippen streifte. »Wie geht es meinem kleinen Schatz?«, fragte er.
»Mommy hat mich heute früh geweckt! Und sie hat mich gebadet!«, rief Marni aufgeregt. »Schau! Sie hat den rosa Haargummi ausgesucht!«
»Wie schön für dich«, murmelte Trev.

Elizabeth knallte einen Topf auf den Herd.
Kait schluckte mühsam den Klumpen Teig hinunter. Es tat so weh, dass er sie verabscheute, vor allem, weil sie selbst sich für einen freundlichen, rücksichtsvollen Menschen hielt – und er sie nicht einmal kannte.
Dann blickte Trev zu ihr auf.
Kait zuckte zusammen, doch sie hielt seinem Blick stand.
Ein schwaches Lächeln spielte um seine Mundwinkel. »Ich bringe sie zum Kindergarten.«
Kait keuchte auf – und Marni ebenfalls. »Nein, Daddy! Mommy will mich hinfahren! Du machst das doch nie – morgens arbeitest du immer mit Jim und trainierst die Pferde!«, jammerte sie.
»Schätzchen, heute bringe ich dich hin.« Sein Tonfall ließ keinen Widerspruch zu. Zumindest nicht von Kait. Stumm stand sie auf und trug ihren Teller zur Spüle, wo sie mehrere unberührte Pfannkuchen im Abfalleimer verschwinden ließ. Sie hatte keinen Appetit mehr.
»Ich will aber, dass Mommy mich in den Kindergarten bringt«, beharrte Marni.
Kait drehte sich um. Marnis kleines Gesicht strahlte eiserne Entschlossenheit aus, und eine heftige Auseinandersetzung zeichnete sich ab, denn ihr Vater machte genau das gleiche Gesicht.
Bevor Trev etwas sagen konnte, stellte Kait sich zwischen die beiden. »Weißt du, was, mein Schatz? Ich hole dich ab! Da dein Vater dich heute hinbringen möchte«, fügte sie hinzu. Sie drehte sich nicht um, doch sie konnte Trevs Erstaunen förmlich spüren.
Marni blinzelte. »Bestimmt?«
Kait nickte.

»Ist gut.« Marni machte sich wieder über ihre Pfannkuchen her.
Trev drehte sich um.
Kait versuchte ein Lächeln, verlor die Nerven und sagte: »Ich muss kurz verschwinden.« Sie floh.

Das Haus fühlte sich leer an, als Marni und Trev nicht mehr da waren. Kait eilte hinaus und ließ Elizabeth in der Küche zurück, die nach dem Frühstück aufräumte. Sie holte tief Luft, noch immer erschüttert von ihrer kurzen, aber derart feindseligen Begegnung mit Trev; doch sie konnte nicht anders, als den herrlichen Herbsttag zu bewundern. Eine sanfte Brise flüsterte in den golden und rot gefärbten Blättern der Bäume, große Wattewolken trieben gemächlich über den Himmel, und ein Pferd wieherte auf der Weide.
Wenn Trev Coleman sie jetzt schon hasste, wie würde er erst empfinden, wenn Lana zurückkehrte und sie ihm die Wahrheit sagten?
Kait erschauerte. Sie war nicht eben zuversichtlich, aber immer noch wild entschlossen, um die Zukunft dieser Familie zu kämpfen – um Trevs und Lanas, und um ihre eigene. Allerdings fürchtete sie, es könne nicht so laufen, wie sie sich das vorgestellt hatte.
Sie holte das Handy aus der Tasche von Lanas Lederjacke und schaltete es ein. Keine neuen Nachrichten. Lana hatte immer noch nicht zurückgerufen.
Das überraschte sie kaum. Sie war inzwischen ziemlich sicher, dass Lana ihr Handy nicht einmal bei sich trug. Und wenn Kait den gestrigen Tag – und den Abend – überstanden hatte, dann würde sie auch noch diesen Tag überstehen. Sie weigerte sich, an seine Berührung zu denken und an seinen harten, erregten Körper an ihrem.

Lana würde heute Abend oder morgen früh zurückkommen.
Ihr Magen schlug einen ängstlichen Purzelbaum. Plötzlich wünschte sie, ihre Schwester käme nicht so bald, trotz des Verfolgers von gestern Abend. Sie steckte das Handy wieder in die Tasche und ging langsam zu dem großen Stallgebäude, wo sie gestern Marni zugesehen hatte. Sie sagte sich, je eher Lana zurückkam, desto besser, denn je schneller sie dieses Täuschungsmanöver beendete, desto größer waren ihre Chancen auf eine Versöhnung mit Trev. Und so Furcht einflößend Trev Coleman auch sein mochte, sie würde nicht aufgeben und davonlaufen. Sie hatte sich selbst ein Versprechen gegeben, und sie würde es einhalten. Sie würde sich ganz auf die rosige Zukunft konzentrieren, eine Zukunft, in der alle glücklich waren und sie nur ein paar Kilometer von Fox Hollow entfernt wohnte. Eine Zukunft, in der sie oft zu Besuch kommen und Marni sehen würde.
Ihre Hoffnung rang mit ernsten Zweifeln.
Kait ging zum nächsten Stall, wo ein prächtiges, glänzend braunes Pferd durch die Eisenstäbe seiner Box starrte. Es hatte keinerlei Zeichnung, und sein Fell schimmerte wie Satin. »He, du«, murmelte sie und runzelte die Stirn. Wem wollte sie eigentlich etwas vormachen?
Sie schätzte nicht nur die Chancen, dass Trev Coleman sie nach diesem Betrug jemals gern haben würde, ziemlich miserabel ein; obendrein hatte sie sich gestern Nacht wie verrückt zu ihm hingezogen gefühlt. Würde sie vergessen können, wie es war, auch nur ganz kurz in seinen Armen zu liegen?
Wollte sie ihn wirklich mit ihrer Schwester wieder vereint sehen?
Das war eine unangenehme Frage. Kait wagte nicht einmal, sie sich ernsthaft zu stellen. Sie hatte sich doch ihre – und Lanas – Zukunft schon genau ausgemalt. Und darin war keinesfalls

vorgesehen, dass sie erotische oder sonst irgendwelche Gefühle für Trev Coleman hegte, abgesehen von platonischer Freundschaft. Sie hatte plötzlich furchtbare Kopfschmerzen, anscheinend von dem Wein gestern Abend.

»Ist er nicht prächtig?« Jims Stimme erschreckte sie. Er sprach von dem Braunen.

»O ja«, erwiderte Kait.

»Er hat sich ganz gut gemacht, seit Sie weggefahren sind. Sollte in Ocala eine gute Saison für ihn werden.«

Kait nickte, und als sie sich umblickte, sah sie einen hübschen rötlichen Braunen mit einem Stern. Er schnaubte sacht. Auf dem Namensschild seiner Box stand *Pride of Rhodos, Lana Coleman*. Ihr Herz machte einen Satz.

»Sie sehen schon viel besser aus. Nicht mehr so angespannt«, bemerkte Jim.

Sie holte tief Luft und ging zu dem Braunen hinüber wie eine Schlafwandlerin. Er schnaubte freudig, und sie streichelte seine samtweiche Nase. »Ich fühle mich immer noch ein bisschen schwach«, murmelte sie. Was würde sie nicht alles dafür geben, dieses wundervolle Pferd zu reiten? Warum eigentlich nicht? Jim wusste, dass sie krank gewesen war. Und sie musste ja auch nicht mit ihm trainieren. Sie konnte einfach einen gemütlichen kleinen Ausritt machen. Sie fuhr herum. »Jim? Ich denke, ich könnte schon ein bisschen mit ihm ausreiten. Ich habe zu lange nicht mehr im Sattel gesessen.«

Jim grinste. »So ist's recht. Ich habe ihn an der Longe laufen lassen, während Sie weg waren, damit er Ihnen nicht allzu lebhaft wird.«

»Sehr schön!«, rief Kait und umarmte den Mann spontan. Ihr Herz pochte vor Aufregung, doch seine überraschte Miene entging ihr nicht. »Bin gleich wieder da«, erklärte sie und rannte aus dem Stall.

Er lachte. »Immer mit der Ruhe! Pride läuft schon nicht ohne Sie los!«

Während sie hastig Reithosen, einen Rollkragenpulli und eine warme Weste anzog, verscheuchte die Vorfreude auf den Ausritt mit diesem wundervollen Pferd einige ihrer Zweifel und Ängste. Es würde ihr gewiss nicht helfen, ständig über all ihre Sorgen nachzugrübeln. Zu allererst würde sie die herrliche Landschaft genießen, auf einem der schönsten Pferde, das sie seit langem gesehen hatte.

Kait warf Lanas Handy in den Abfalleimer.

Zwanzig Minuten später stand sie wieder im Stall und fand zu ihrer Überraschung Pride schon vollständig gesattelt und gezäumt vor. »Ich hätte das schon selbst gemacht«, murmelte sie, ging sofort zu seinem Kopf, griff nach den Zügeln und tätschelte ihm den langen Nacken.

Jim warf ihr einen verwunderten Blick zu; er pfiff vor sich hin. »Sonst ist Ihnen das immer zu dumm«, sagte er dann.

Sie hätte es wissen müssen. Kait konnte es nicht mehr erwarten, führte das Pferd nach draußen und hinüber zu dem Holzblock, der als Aufsteigehilfe diente. Sobald sie im Sattel saß, hatte sie das sichere Gefühl, alles würde sich irgendwie zum Besten wenden.

Der Sattel passte ihr haargenau, denn sie und Lana waren gleich groß und beinahe gleich schwer. »Bis nachher, Jim.« Sie grinste.

»Viel Spaß!«, rief er und wandte sich ab.

Kait ritt im Schritt zwischen den Stallungen hindurch auf die offenen Felder zu und fiel bald in den Rhythmus ihres Pferdes. Sie sprach mit Pride, während Vögel über ihr weite Kreise zogen, um sowohl ihn als auch sich selbst zu beruhigen. Doch er war ganz gelassen und freute sich sichtlich auf einen schönen Ritt. Schließlich klopfte sie ihm den Nacken. »Dann probieren wir's mal im Trab, mein Schöner.«

Er gehorchte, und sie musste nun ein wenig arbeiten, um ihn in gemäßigtem Tempo zu halten. Er schritt lang, aber fließend aus, und sie merkte, dass sie vor Freude grinste. Vor ihr lag ein dünner Baumstamm quer über dem Pfad.

Sie sollte nicht, aber …

Sie trieb ihn zu einem sachten Handgalopp an, und gleich darauf flogen sie mühelos über den Baumstamm hinweg.

Kait lachte laut auf und ließ ihn ganz nach seinem Geschmack wieder in Trab fallen, während sie ihm lobend den Hals tätschelte.

Dann sah sie einen Bohlenzaun nicht weit vor sich. Offensichtlich waren solche Hindernisse hier zum Vergnügen der Reiter in der Landschaft verteilt.

Sie zögerte, denn der Ranchzaun war fast einen Meter hoch, und sie war aus der Übung. Dann trieb sie Pride an. Mit gespitzten Ohren kanterte er auf den Sprung zu und setzte so locker über den Zaun hinweg, als sei er eine Übungslatte ein paar Zentimeter über dem Boden.

»He, du bist fantastisch!« Kait fühlte sich jetzt sicher auf dem Pferd, und in lockerem Galopp nahmen sie etwa ein halbes Dutzend Zäune. Kait war mit sich zufrieden. Ihr Sitz und ihre Balance waren passabel, und dafür, dass sie das Pferd nicht kannte, harmonisierte sie sehr gut mit ihm. Und Pride war ganz offensichtlich ein großartiger Springer und reagierte sehr willig.

Vor ihnen ragte ein kleiner, rot gestrichener Hühnerverschlag auf. Er war dreieckig und gut zehn Zentimeter höher als alles,

was sie bisher übersprungen hatten. Kait versammelte Pride, als sie näher kamen, und zählte stumm die Entfernung ab.
Vier.
Drei.
Zwei.
Sie wollte gerade »Eins« hauchen, als ein Schuss krachte.
Pride scheute, wich scharf links dem Hindernis aus, und Kait spürte, wie etwas – eine Kugel? – an ihrem Ohr vorbeipfiff. Sie verlor das Gleichgewicht, und dann flog sie über den Kopf des Pferdes und über das Hindernis hinweg.
Sie schlug hart auf dem Rücken auf, ihr Kopf wurde zurückgerissen, und einen Moment lang sah sie nur noch neblige Schatten. Dann blinzelte sie, holte tief Luft, erkannte, dass sie vom Pferd gestürzt und mit dem Kopf auf den Boden geknallt war.
Dann blieb die Welt stehen.
Sie hatte einen Schuss gehört.
Jemand hatte auf sie geschossen.
Sie schnappte nach Luft. Jemand hatte versucht, sie zu erschießen. Sie zitterte vor Panik und konnte kaum mehr klar denken. Einzelne Worte, »Lana«, »Corelli« und »mörderische Schwierigkeiten«, schwirrten ihr durch den Kopf. Langsam und keuchend rollte sie sich auf die Seite und kroch zu dem unbenutzten Hühnerverschlag. Aus dem Augenwinkel sah sie Pride, der sie aus ein paar Metern Entfernung anstarrte.
Sie rührte sich nicht. Jemand hatte eben geschossen. *Sie hatte gespürt, wie die Kugel an ihrer Wange vorbeiflog.*
Das konnte nur eines bedeuten.
Es hatte tatsächlich jemand auf sie geschossen.
Jemand wollte Lana umbringen.
Schweiß rann ihr in die Augen und nahm ihr die Sicht.

Fünf

Kait kroch in den Schutz des keilförmigen Hindernisses. Sie lag auf dem Bauch, drückte das Gesicht in die Arme, und ihr Herz hämmerte so schnell, dass ihr ganzer Körper erzitterte.

Jemand hatte Lana belogen. Sie hatten ihr keine Woche mehr eingeräumt, um ihre Schulden zurückzuzahlen – sie wollten sie jetzt dafür bezahlen lassen, mit ihrem Leben.

Kait wusste nicht, was sie tun sollte. Sie fürchtete sich davor, aufzustehen. Sie hatte Angst, dass jemand dann einen zweiten Schuss auf sie abgeben und diesmal besser zielen würde.

Sie schluchzte erstickt.

Kait ermahnte sich, dass es nichts nützen würde, wenn sie jetzt die Nerven verlor. Sie musste nachdenken.

Lana hatte nie erwähnt, dass Kait in Gefahr geraten könnte, wenn sie ihre Stelle einnahm. Vermutlich hatte Lana nur für den Fall Gefahr gesehen, dass sie das Geld nicht auftreiben konnte. War es möglich, dass ein leichtsinniger Jäger aus Versehen auf Kait und ihr Pferd geschossen hatte?

Das hätte sie gern geglaubt. Und die Leute, die hinter Lana her waren, hätten bestimmt lieber ihr Geld als ihre Leiche. Sie wusste nicht, was sie davon halten sollte.

Wie, zum Teufel, sollte sie hier wieder rauskommen?

Vorsichtig setzte Kait sich auf, lehnte sich mit dem Rücken an die Bretterwand des Verschlags und drückte die Knie an die Brust. Würde Pride herüberkommen, wenn sie ihn rief? Sollte sie versuchen, den siebzehn Hand hohen Wallach vom Boden aus zu besteigen und in vollem Galopp zu fliehen? Was für ein Unsinn! Ohne Hilfestellung oder Aufsteigehilfe würde sie es nie auf dieses Pferd schaffen.

Pride schnaubte.

Kait erstarrte, denn das Schnauben hatte nervös geklungen. Sie blieb stocksteif sitzen und lauschte angestrengt.

Ein Zweig knackte.

Nicht in der Nähe des Pferdes, sondern weiter rechts, in Richtung des Wäldchens – von wo der Schuss abgefeuert worden war.

Sie hörte ein Rascheln im Gebüsch.

Kait ließ sich auf die Knie fallen und kroch durch Gras und Dreck zur anderen Seite der schmalen Bretterwand. Vorsichtig spähte sie um die Ecke.

Sie sah viele silbrig glänzende Birken, ein paar Eichen und goldene Sonnenstrahlen in dem Wäldchen, sonst nichts. Schweiß brannte in ihren Augen, und sie konnte nicht mehr sehr gut sehen.

Pride schnaubte wieder. Sie hörte ihn nervös auf den Boden stampfen.

»Ruhig, ruhig«, sagte sie mit leiser, heiserer Stimme. Auf dem Bauch kroch sie ein Stückchen vor und hielt inne. Der Wald schimmerte und tanzte vor ihr in der Sonne, orange, rot und golden. Kait suchte das Wäldchen ab. Und dann erstarrte sie. Sie ließ den Blick langsam wieder in die andere Richtung gleiten. Ein Schatten. Sie starrte konzentriert auf die Stelle und versuchte die Schemen in dem Wäldchen klarer zu unterscheiden. Der Schatten war dunkelgrün und schmiegte sich an eine mächtige Eiche.

Plötzlich begriff sie.

Das war die Silhouette eines Menschen.

Jemand, der ebenso reglos verharrte wie sie.

Jemand, der sich dort versteckte.

Der nur darauf wartete, dass sie aufstand.

Hastig zog sich Kait hinter den Verschlag zurück. Im Wald knackte wieder ein Zweig, so laut, dass Kait das Geräusch im ersten Moment für einen weiteren Schuss hielt. Pride schnaubte und floh.

Aber der Mann hatte nicht erneut auf sie geschossen. Er hatte nur einen Zweig zerbrochen. Immer noch auf dem Bauch liegend, schob Kait sich zur anderen Seite des Hindernisses und sah Pride in Richtung der Ställe davongaloppieren. Verzweiflung packte sie.

Wieder knackte ein Zweig, aber leiser, und viel näher.

Kait duckte sich. Dann wagte sie es, vorsichtig über den oberen Rand des Verschlags zu spähen. Sie suchte das Wäldchen ab, doch die Silhouette, die sie eben noch gesehen hatte, war verschwunden.

Er war weg.

Oder vielmehr, er hatte sich *bewegt*.

Kait sprang auf und rannte los, wobei sie jeden Moment mit einem krachenden Schuss rechnete. Doch nichts passierte, als sie verzweifelt die kurze Strecke bis zum nächsten Hindernis, einem Bohlenzaun, sprintete. Sie prallte gegen einen der Pfosten und sah sich keuchend um. Immer noch schoss niemand auf sie; keine Kugel traf sie in den Rücken, wie sie schon halb erwartet hatte.

Konnte er tatsächlich verschwunden sein?

Aber wenn ja, warum?

Sollte der Schuss nur eine Warnung sein?
Was, wenn das eine Drohung gewesen war? Wie der Verfolger von gestern Nacht ihr hatte drohen wollen? Kait entspannte sich ein wenig, beschattete die Augen mit der Hand und suchte die Umgebung ab. Ihr Sprint hatte sie mitten auf die offene Weidefläche geführt, weiter weg vom Wald. Es kam ihr vor wie ein Wunder, doch soweit sie sehen konnte, war sie allein.
Sie ließ sich an den Bohlenzaun sinken und nahm den Reithelm ab. Ihr Kopf schmerzte. Sie tastete ihn mit einer Hand ab und verzog das Gesicht. Sie hatte eine dicke Beule.
Sie sah sich wieder nach allen Seiten um und war nun definitiv allein.
Was war hier los? Grimmige Entschlossenheit packte sie. Es war Zeit für ein paar Antworten, und Zeit, zur Polizei zu gehen. Wenn sie nur Lana erreichen könnte. Doch das hatte Kait inzwischen aufgegeben. Die Frage war, konnte sie noch ein paar Stunden durchhalten, bis Lana zurückkam, bis spätestens morgen früh?
War Lanas Leben in Gefahr? Oder Kaits?
Lana war es noch nie schwer gefallen, die Wahrheit auszuschmücken oder zu verschweigen, wie es ihr gerade nützlich erschien. Ein- oder zweimal war sie sogar mit einer Lüge aufgeflogen und in echte Schwierigkeiten geraten. Ihre Fähigkeit, sich zu verstellen, hatte sie jedoch immer wieder gerettet, selbst damals, als sie mit einem Jungen beim Ladendiebstahl ertappt worden war. Aber das war doch alles längst vergangen.
Kait erschrak. Was, wenn Corelli Lana nicht belogen hatte, was die Frist von einer Woche anging? Was, wenn Lana Kait belogen hatte?
Aber es war doch schlicht nicht denkbar, dass ihre Schwester sie wissentlich in Gefahr bringen würde. Oder?

Kait wusste nicht mehr, was sie glauben sollte. Sie begriff immer noch nicht, warum Lana nicht die Polizei eingeschaltet hatte. Und sie konnte sich nicht vorstellen, wer da angeblich aus Lanas Vergangenheit aufgetaucht war und ihr eine riesige Summe leihen würde, damit sie ihre Schulden bezahlen konnte. An der ganzen Sache war irgendetwas faul.
Kait klemmte sich den Helm unter den Arm und begann den langen Heimweg.

Fünf Minuten später tauchte ein Reiter am Rand der Weiden auf. Kait blieb stehen und ahnte sofort, wer das war. Auch der Reiter hatte sein Pferd halten lassen, und obwohl er noch so weit weg war, wusste Kait, dass er sie entdeckt hatte. Gleich darauf trieb er sein Pferd zum Galopp und setzte mühelos über eine Steinmauer von einem Meter zwanzig. Wenig später brachte Trev Coleman seinen großen Wallach vor ihr zum Stehen. Er war ein fantastischer Reiter.
Er sah sie forschend an. »Alles in Ordnung?«
Inzwischen tat ihr Kopf furchtbar weh. Sie nickte vorsichtig und hätte auf der Stelle in Tränen ausbrechen können, doch sie schluckte dagegen an. »Ja.«
Er sprang vom Pferd und ließ sie dabei keinen Moment aus den Augen. »Pride ist allein am Stall aufgetaucht. Bist du gestürzt?«, fragte er ruhig und sachlich. Sein Blick glitt forschend über ihren Körper, und da sie voller Gras und Schmutz war, und außerdem zu Fuß, war die Antwort wohl offensichtlich.
Am liebsten hätte sie sich in seine Arme geworfen, um ihm alles zu erzählen. Stattdessen schluckte sie und klammerte sich an ihren Helm wie an einen Rettungsring. Wie viel von der Wahrheit durfte sie ihm enthüllen? Lana steckte in Schwierigkeiten –

und Trev sollte davon erfahren. »Gibt es hier in der Gegend Jäger?«
Er riss die Augen auf. »Doch nicht auf meinem Privatgrund.«
Das war nur eine halbe Antwort. Sie zögerte.
»Was, zum Teufel, ist eigentlich passiert? Wie bist du bloß vom Pferd gestürzt?«, fragte Trev ärgerlich.
Sie musste es ihm sagen. »Jemand hat auf mich geschossen. Wir wollten gerade über den Hühnerverschlag dort springen. Pride ist links ausgebrochen – und ich rechts.«
Einen Moment lang wirkte er fassungslos. Dann sagte er: »Niemand hat auf dich geschossen.«
»Trev!« Sie begann am ganzen Leib zu zittern – mit ihrer Fassung war es also doch nicht so weit her. »Ich habe deutlich einen Schuss gehört. Und ich habe gespürt, wie die Kugel an meiner Wange vorbeigezischt ist!« Sie sah ihm direkt und herausfordernd in die Augen.
Er schwieg mit undurchdringlicher Miene. Dann sagte er: »Bist du sicher, dass das ein Schuss war – und nicht etwas anderes?«, fragte er so ruhig, dass sie ihn hätte treten mögen.
»Ja!« Tränen stiegen ihr in die Augen.
Er legte ihr eine Hand auf die Schulter. »Nur ruhig. Dir ist ja nichts passiert.«
Sie blickte zu ihm auf, fast schwindlig vor Dankbarkeit. »Ich habe Angst.« Sie wollte ihm erzählen, dass bestimmt ein Kredithai namens Corelli dahinter steckte. Aber das durfte sie nicht – sie hatte ihrer Schwester etwas versprochen, und sie musste sich noch ein paar Stunden daran halten.
»Lana, ich glaube nicht, dass jemand auf dich geschossen hat. Warum denn auch?«
Kait presste die Lippen fest zusammen und antwortete nicht.

»Du bist hier in der Gegend nicht gerade sehr beliebt, aber bestimmt will dich niemand tot sehen.« Er lächelte nicht, sondern sah sie grimmig an. »Zumindest meint es damit niemand so ernst, dass er tatsächlich auf dich schießen würde.«

»Das war nicht sehr nett«, sagte sie knapp.

Er sah sie nachdenklich an. »Du hast mehr Feinde als ein ganzer Bus Polizisten zusammen. Man könnte sagen, du sammelst sie wie Bienen den Honig.«

Kait war entsetzt. »Das ist nicht wahr!«

Er schüttelte genervt den Kopf. »Willst du vielleicht leugnen, dass sämtliche Frauen und die Hälfte der Männer im ganzen County dich hassen? Hast du überhaupt schon mal einen Schuss gehört?«

Warum sollten sämtliche Frauen im County sie hassen? Und die Hälfte der Männer? Kait fürchtete, ahnte, was er damit meinte.

»Nur im Film.«

»Siehst du? Das war kein Schuss, Lana.«

Sie packte ihn am Arm. »Doch, es war ein Schuss!« Ihr wurde bei der heftigen Bewegung schwindlig, doch sie ignorierte das Gefühl. »Jemand hat auf mich geschossen. Ich habe einen Mann gesehen, der sich im Wald herumgedrückt hat! Und dann war er weg.«

Seine Kiefermuskeln spannten sich. »Die Jagdsaison beginnt erst in zwei Wochen. Ich rufe die Polizei an, sobald wir zu Hause sind.«

Sie sah in seine grünen Augen. »Glaubst du das wirklich? Dass jemand auf deinem Grundbesitz jagen wollte – und aus Versehen auf mich geschossen hat?«

»Wenn überhaupt ein Schuss gefallen ist, dann bin ich ganz sicher, dass es so gewesen sein muss«, sagte er bestimmt. Abrupt reichte er ihr die Zügel. »Setz deinen Helm auf, Lana«, fügte er leise hinzu.

Sie erstarrte.

»Und steig auf Scandal.«

Sie konnte sich nicht rühren. Sie konnte nur daran denken, wie sie auf Pride gesessen und sich diesem Hindernis genähert hatte – und dann pfiff die Kugel an ihrem Gesicht vorbei.

Auch er stand ganz still. Sein Blick war stahlhart.

Es gab eine alte Regel, die jeder Reiter kannte – wenn man gestürzt war, musste man sofort wieder aufsteigen, denn sonst tat man es vielleicht nie wieder. Und das war sogar noch wichtiger, wenn der Sturz beim Springen passiert war.

»Du bist eine verdammt gute Reiterin. Dieses Ding ist kein Hindernis für dich, und für Scandal schon gar nicht.«

Sie nickte, versuchte sich zu beherrschen und versagte kläglich. Schlimmer noch, sie fühlte sich jetzt erst richtig zittrig. Sie setzte den Helm auf, verzog vor Schmerz das Gesicht, und als sie den Verschluss festzurrte, begegnete sie seinem Blick. Er nickte und ermunterte sie mit einem schwachen Lächeln.

Ihr wirrer Verstand registrierte, dass er Lana wohl doch nicht hasste.

Dann warf Kait dem Braunen die Zügel über den Kopf, und ihr Puls raste beängstigend. Sie wusste, sie musste sich beruhigen, denn niemand konnte einen solchen Zaun überspringen, wenn er von Stress oder Angst zu abgelenkt war. Trev stellte sich hinter sie, um ihr aufs Pferd zu helfen.

Sofort sah sie ihn wieder als Mann, als Ehemann, Liebhaber und Freund. Sie schloss die Augen und hielt sich am Sattelknauf fest. Er stand nur Zentimeter hinter ihr. Es wäre so leicht, sich umzudrehen und in seine Arme zu sinken. Nicht, weil sie mit ihm schlafen wollte, sondern um getröstet zu werden, um Geborgenheit und Liebe zu fühlen.

Wie konnte ihr das passieren?

Sie riss die Augen auf und blickte sich nicht einmal um, als er ihr in den Sattel half.

»Atme ein paar Mal tief durch«, sagte er, als sie es schließlich wagte, zu ihm hinunterzublicken. »Ganz langsam.« Nun kürzte er ihr den Steigbügel.

Kait gehorchte, während er um das Pferd herumging, um den anderen Steigbügel zu richten und den Sattelgurt zu kontrollieren. Dann schaute er auf, und ihre Blicke trafen sich.

Er musste ihr ihre Angst angesehen haben, denn er legte eine Hand auf ihr Knie. »Du hast diesen Sprung schon hundert Mal geschafft. Du kannst das mit geschlossenen Augen, und Scandal ebenfalls.«

Kait nickte und dachte, er würde wohl genau wie sie vor Angst sterben, wenn er wüsste, dass sie diesen Sprung erst einmal versucht hatte – und dabei gestürzt war. Der Gedanke schoss ihr durch den Kopf, dass dies genau der richtige Zeitpunkt war, ihm alles zu erzählen.

Er sagte: »Du kanterst erst einmal einen kleinen Kreis, hältst ihn schön versammelt und lässt ihn die Entfernung selbst einschätzen. Du brauchst nichts anderes zu tun, als dazusitzen und weiter so hübsch auszusehen. Alles klar?« Er tätschelte ihren Schenkel. »Schön tief sitzen«, fügte er warnend hinzu. »Bleib hinter seiner Bewegung zurück. Du weißt ja, wie es geht.« Er nickte ihr zu und trat zurück.

»Kinderspiel«, krächzte sie. Sein Blick schoss besorgt zu ihren Augen, doch sie schaute weg. Nervös nahm sie die Zügel auf. Das Pferd unter ihr schüttelte den Kopf und wurde allmählich ungeduldig. Oder spürte Scandal, dass sie Angst hatte und dass er eine Fremde trug? Atme!, befahl sie sich. Sie beschrieben einen langsamen Kreis, der Braune spitzte die Ohren und wandte sie aufmerksam nach vorn. Kait versuchte sich zu entspannen, doch selbst mit diesem anmutigen Pferd unter ihr gelang es ihr nicht. Der Sprung ragte immer höher und immer näher vor ihr auf.

Sie verkrampfte sich.

Trev musste es gesehen haben. »Entspann dich! Sitz tiefer! *Auf*richten!«, fuhr er sie an.

Sie waren noch vier Schritte entfernt. Kait folgte seinen Anweisungen. Das Pferd unter ihr bewegte sich fantastisch – es war bequem wie ein Schaukelstuhl. Immerhin etwas. Sie konnte es schaffen. Sie musste es schaffen. Trev Coleman sah ihr zu.

Noch zwei Schritte.

Die Kugel pfiff an ihrer Wange vorbei.

Kait verdrängte den Gedanken.

»Halt dich an der Mähne fest!«, rief Trev barsch.

Scandal hob ab. Kait bekam eine Hand voll Mähne zu fassen. Sie landeten; Kait wurde nach vorn geschleudert und wusste, dass sie damit den Sprung vermasselt hatte, doch zumindest hatte sie nicht gekniffen, und sie waren über den verdammten Hühnerverschlag gekommen – und nicht darum herum.

Sie zügelte den Braunen zum Trab, wendete ihn und brachte ihn errötend vor Trev zum Stehen.

Er starrte sie mit diesem Blick an, den sie nun schon kannte – seine Augen fragten: Was, zum Teufel, ist hier los? Doch er lächelte rasch. »Braves Mädchen. Du hast es geschafft. Das allein zählt.«

»Ich bin als kläglicher Haufen in seinem Nacken gelandet«, erwiderte sie bedauernd und klopfte dem Braunen den Hals, um sich dafür zu bedanken, wie ruhig und zuverlässig er gewesen war. Trevs Blick wich sie aus. Er wusste, dass etwas nicht so war wie sonst. Lana wäre nie so verkrampft, nicht einmal nach einem Sturz. Schon gar nicht würde sie nach einem Sprung so würdelos landen. »Tut mir Leid.«

»Du hattest Angst«, sagte er. Sein Blick bohrte sich in ihren. »Du hattest Angst vor dem Sprung.«

Kait konnte sich nicht rühren. Sie spürte seine Verwirrung, seine Unsicherheit, seine Zweifel. Er versuchte zu begreifen, warum Lana, die sich vor überhaupt nichts fürchtete, sich vor diesem kleinen Hühnerverschlag fürchten konnte. Sie sagte. »Ich habe jeden Moment damit gerechnet, eine Kugel in den Rücken zu bekommen.«

Er wandte den Blick nicht ab. »Das würde es wohl erklären.«

Kait nickte zittrig, doch sie hielt seinem durchdringenden Blick nicht stand; wenn sie den Blick nicht gesenkt hätte, hatte er vermutlich gesehen, dass sie log und dass sie nun mal nicht ihre Schwester war.

Doch das würde er ja sowieso bald erfahren. Sie holte tief Luft. »Trev?« Die Wahrheit lag ihr auf der Zungenspitze.

»Bleib du auf Scandal sitzen. Ich gehe zu Fuß«, sagte er mit gesenktem Kopf. Falls er ihren fragenden Tonfall bemerkt hatte, ignorierte er ihn.

Sie gingen über die Wiese zurück in Richtung Fox Hollow; Trev marschierte neben ihrem Bein. Kaits Herz raste. Warum hatte sie all ihr Mut plötzlich verlassen? Es wurde höchste Zeit, dass sie es ihm sagte, und zum Teufel mit ihrem Versprechen. Kait blickte auf sein edles Profil hinab. Die Worte blieben ihr im Hals stecken. Gerade eben war ihr klar geworden, dass er Lana doch nicht hasste, und darüber sollte sie eigentlich sehr glücklich sein, doch das war sie nicht. Im Gegenteil, sie war traurig. Und das durfte einfach nicht sein. Denn Trev Coleman und ihre Schwester verdienten eine zweite Chance.

Sie schloss die Augen, kämpfte um ihre moralische Überzeugung, öffnete sie wieder und beschloss zu warten, bis Lana wieder da war; sollte ihre Schwester ihm doch diesen Betrug erklären, der schließlich auch ihre Idee gewesen war. Und ihre Ehe – oder was davon übrig war –, das war auch ihre Angelegenheit ... Aber dies war eine gute Gelegenheit, Lanas Fehler ein klein wenig zu korrigieren. Und das hatte einen großen Vorteil – Trev Coleman konnte sehr freundlich und angenehm sein. »Trev?« Schon wieder klang sie ängstlich.

Er blickte zu ihr auf.

»Danke.« Sie lächelte und sah ihm forschend in die Augen.

Seine Miene wurde hart. »Das ändert nicht das Geringste.« Doch er wandte den Blick nicht wieder ab.

»Warum nicht? Mir ist jetzt klar, dass ... ich dir noch etwas bedeute.« Du meine Güte, wie weh das tat!

»Ich bin auch nur ein Mensch, Lana. Ein mitfühlender Mensch, wie du sehr wohl wissen solltest.«

Sie zögerte und spürte, dass sie leicht errötete. Aber sie konnte sich nicht zurückhalten. »Gestern Abend hast du aber mehr empfunden als Mitgefühl.«

Er stolperte. Ruckartig blickte er auf und funkelte sie wütend an. »Erwartest du jetzt, dass ich das abstreite? Ich bin kein Heuchler. Mitgefühl war das Letzte, was ich gestern Abend empfunden habe.«

»Also warum dann? Warum auf einer Scheidung beharren, wenn es noch Hoffnung gibt?«

»Habe ich irgendetwas von Hoffnung gesagt? Mit dir ins Bett zu gehen, hat überhaupt nichts mit Hoffnung zu tun.« Er schien wütend zu sein.

»Warum bist du so wütend auf mich? Was habe ich denn jetzt schon wieder falsch gemacht?«, flüsterte sie. »Herrgott noch mal, jemand hat gerade auf mich geschossen!«

Er blieb vor ihr stehen und hielt das Pferd fest. »Das ist es ja gerade!«, rief er. »Diese großen blauen Augen, die mich so unschuldig und … verletzt anschauen! Du hast *mich* verletzt, nicht umgekehrt, also hör endlich auf, so lieb zu tun!« Er ließ die Zügel los, stapfte davon und warf über die Schulter zurück: »Und es hat niemand auf dich geschossen, verdammt noch mal!«

»Ich tue nicht lieb«, widersprach sie seinem steifen Rücken.

Er ging weiter.

Schließlich nahm sie die Zügel auf und folgte ihm.

Kait schloss sich im Bad ein, nahm zwei Kopfschmerztabletten und stellte sich unter die heiße Dusche. Sie trocknete sich gerade ab und betrachtete ihr bleiches Gesicht im Spiegel, als es an der Tür klopfte. Sie fuhr zusammen.

Das konnte nur einer sein. »Ich habe nichts an!«, rief sie automatisch. Sie hielt das Handtuch vor ihre Brüste, als könnte Trev Coleman sie durch die Badezimmertür hindurch sehen.

Er sagte bitter: »Doc Mitchell kommt gleich.«

Sie schnappte nach Luft und erhaschte einen Blick auf ihr erschrockenes Gesicht in der Spiegelwand hinter den Waschbecken. Eine weitere Person hatte die Bühne betreten, und sie fühlte sich ihrer Rolle als Lana nicht mehr gewachsen. Was sie brauchte, waren Ruhe und Erholung. »Ich brauche keinen Arzt!«

Eine kurze Pause entstand. »Geht es dir gut?«

»Ja, deswegen brauche ich ja niemanden!«

Ein paar Sekunden verstrichen. »Ich denke, es wäre trotzdem besser, er sieht mal kurz nach dir.« Seine Schritte entfernten sich.

Kait starrte resigniert in den Spiegel. Wenn sie Trev Coleman zum Narren halten konnte, dann gewiss auch diesen Mitchell. Außerdem tat ihr Kopf wirklich sehr weh, vielleicht sollte sich das jemand ansehen.

Sie schlüpfte in frische Leggins und einen von Trevs Pullovern, bevor sie die Tür aufschloss und das Bad verließ. Die Schlafzimmertür war offen, und im Eingang stand ein rundlicher Mann mit einem freundlichen Lächeln. Trev war bei ihm, er trug noch immer seine Reitkleidung. »Hallo, Lana«, sagte der beleibte Arzt.

Kait zwang sich zu lächeln. »Hallo, Doc.«

Er schien sich über diese Anrede zu wundern.

»Mitchell«, fügte sie hastig hinzu.

Der Arzt und Trev wechselten einen Blick. »Vielleicht ist sie doch zu hart aufgeschlagen«, sagte der Arzt. »Es ist nicht zu übersehen, dass sie Kopfschmerzen hat.«

Woher wusste er das?, fragte sie sich.

Doktor Mitchell lächelte sie an. »Na, dann wollen wir uns das mal ansehen, ja?« Er ging aufs Bett zu.

Kait rührte sich nicht. »Wärst du so freundlich?«, bat sie Trev.

Er zuckte mit den Schultern und ging hinaus.

Kait schloss die Tür hinter ihm. Als sie sich wieder umdrehte, starrte der Arzt sie überrascht an. Sie setzte ein gezwungenes Lächeln auf und ließ sich aufs Bett sinken.

»Was tun Sie denn da?«, fragte er milde.

Seine Augen blickten so sanft, dass sie ihm die Wahrheit sagte. »Ich habe keine Ahnung.«

Er tätschelte ihren Rücken. »Sie sehen mit dieser Frisur wirklich entzückend aus, Lana. Wie eine College-Studentin.«

Sie sah ihm in die Augen. »Danke.«

»Gefällt es Trev auch?«

Sie seufzte. »Ich glaube nicht. Aber er mag mich schließlich nicht besonders, richtig?« Seltsamerweise wollte sie sich diesem Mann anvertrauen.

Mitchell seufzte ebenfalls. »Entspannen Sie sich, damit ich Sie abtasten kann«, sagte er und legte sanft die Hände an ihren Kopf. »Es ist nie zu spät, sich wieder zu versöhnen, das ist zumindest meine Ansicht.«

Sie zuckte zusammen. »Glauben Sie, das ginge auch bei uns?« Sie erkannte, dass Mitchell wohl nicht nur ein Arzt war, sondern auch ein Freund von Trev.

»Nun, das kommt darauf an. Vor allem auf Sie.« Er lächelte sie an. »Da haben Sie aber eine ganz schöne Beule, wie?«

»Das tut weh«, gestand sie. »Was soll ich denn tun, wenn ich ihn zurückgewinnen will?«

Er hatte ihren Kopf untersucht und setzte sich nun neben sie, vielleicht um besser zu erkennen, ob sie es ernst meinte. »Warum wollen Sie ihn denn wiederhaben … ausgerechnet jetzt?«

Sie schluckte. »Die Ehe ist eine lebenslange Verpflichtung. Und dann ist da noch Marni.«

Er starrte sie schweigend an.

Sie rutschte nervös auf dem Bett herum.

»Seltsame Worte aus Ihrem Munde«, sagte er, aber es klang nicht gemein. Er war eher verwirrt. »Wie fühlen Sie sich sonst?«

»Ich habe furchtbare Kopfschmerzen. Und manchmal, wenn ich aufstehe, wird mir schwindlig. Ein bisschen übel ist mir auch«, erklärte sie.

»Vermutlich haben Sie eine leichte Gehirnerschütterung. Von Liebe haben Sie bisher nichts gesagt.«

»Ich liebe ihn wirklich«, entgegnete Kait. Sie spürte, wie sie errötete, doch sie wollte nicht darüber nachdenken.

Er sah ihr tief in die Augen, schüttelte den Kopf und stand auf. »Ich glaube Ihnen«, sagte er. »Ich sehe nichts als Aufrichtigkeit in Ihren Augen.« Wieder schüttelte er den Kopf. »Ich weiß, wir hatten unsere Differenzen, aber ich habe mich stets bemüht, Sie nicht zu verurteilen. Ich muss gestehen, dass ich von dem Moment an Zweifel hatte, als Sie beide Ihre Verlobung verkündeten.« Er lächelte. »Es freut mich, dass Sie anscheinend über einiges nachgedacht haben. Die Ehe ist wirklich eine bedeutende Verpflichtung.«

Kait war ganz seiner Meinung. Und sie hatte das Gefühl, in ihm endlich einen Verbündeten gefunden zu haben.

»Wollen wir uns wieder um Ihren Kopf kümmern?«, fragte Mitchell lächelnd. Kait nickte. »Mussten Sie sich übergeben?«

»Nein. So schlecht ist mir nicht, nur ein bisschen komisch.«

»Das ist gut. Erzählen Sie mir von dem Sturz«, sagte er und setzte sich wieder neben sie.

Kait erzählte es ihm, erwähnte aber mit keinem Wort den Schuss. Als sie fertig war, tätschelte er ihre Hand. »Ich bin sicher, Sie haben eine leichte Gehirnerschütterung. Trotzdem sollte das geröntgt werden, heute Nachmittag oder gleich morgen früh. Bis dahin absolute Ruhe! Legen Sie sich ins Bett und ruhen Sie sich aus.«

»Wie lange denn?«, fragte sie voll neuer Hoffnung. Vielleicht würden sie sie einladen, auf Fox Hollow zu bleiben, wenn Lana zurückgekehrt war, damit sie sich vollständig von dem Sturz erholen konnte.

»Ich möchte mir erst die Röntgenaufnahmen ansehen, bevor ich das entscheide«, sagte er mit freundlichem Lächeln, stand auf und griff nach seiner Tasche. »Ich gebe Trev ein Rezept für ein Schmerzmittel. Aber ich bin sicher, das brauchen Sie höchstens bis morgen.«

Kait nickte und biss sich zögernd auf die Lippe. »Doktor Mitchell? Habe ich eine Chance? Oder hasst Trev mich wirklich?«

Er starrte sie einen Moment lang an, und sie wusste, dass Lana ihn nie Mitchell nannte. »Ich weiß es nicht genau«, sagte er dann. »Wenn ich nicht eben diese ungewöhnliche Unterhaltung mit Ihnen geführt hätte, würde ich sagen, nein. Aber ich glaube, Sie haben viel über sich nachgedacht. Wenn Trev erst einmal erkannt hat, dass Sie es ehrlich meinen, könnten Sie ihn wieder für sich gewinnen.«

Kait brachte ein Lächeln zustande. Warum freute sie sich nicht mehr darüber, dass er Hoffnung für Trev und Lana hatte?

Es klopfte an der Tür.

Doktor Mitchell drehte sich zu ihr um. »Soll ich ihn lieber nicht reinlassen? Sie sehen aus, als stünde der Henker vor der Tür.«

Kait lächelte schief. »Ich bin zu müde, um jetzt mit ihm zu streiten, dabei macht ihm das doch solchen Spaß. Wie schlimm sehe ich denn aus?«

Er grinste belustigt. »Sie sind eine wunderschöne Frau, mit Gehirnerschütterung oder ohne.« Er blinzelte und rief Trev herein.

Trev betrat den Raum und sah sofort Kait an. »Was sagen Sie, Mitch?«, fragte er kurz angebunden.

»Keinen Streit«, erwiderte Mitchell mit einem Lächeln zu Kait hinüber. »Das ist eine ärztliche Anweisung.«

»Wie bitte?« Trev blickte zwischen Kait und Mitchell hin und her.

Mitchell legte ihm eine Hand auf den Arm. »Sie hat eine Gehirnerschütterung und braucht viel Ruhe. Wir unterhalten uns lieber draußen weiter.«

Trevs Miene wirkte angespannt. »Das wundert mich nicht.«

»Und, sieht sie nicht aus wie eine niedliche Studentin mit dieser Frisur?« Mitchell zwinkerte Kait noch einmal zu.

Sie wusste, was er damit bezweckte. Er wollte Trev dazu bewegen, sich ihr ein wenig zuzuwenden. Stumm dankte sie dem Himmel für sein gutes Herz.

Trev warf einen Blick auf Mitchell. »Ja, nett«, sagte er und weigerte sich, ihr weiter entgegenzukommen. Er drehte sich zu ihr um, und sein Blick erforschte ihr Gesicht, bis er schließlich an ihren Lippen hängen blieb. »Wir sprechen uns später«, sagte er bestimmt und folgte dann Mitchell hinaus.

Kait drückte ein Kissen an die Brust. Mitchell war ein wertvoller Verbündeter, doch würde er auch Lana beistehen, wenn die Wahrheit ans Licht kam? Und machte Trev sich tatsächlich Sorgen um sie? Sie ermahnte sich, dass er sich, wenn überhaupt, um Lana sorgte, seine Frau, und nicht um sie, Kait London.

Wenn ihr Kopf nur nicht so wehtäte.

Kait ließ sich vorsichtig in die Kissen sinken, schloss die Augen, und die Anspannung strömte förmlich aus ihr heraus. Erschöpfung machte sich in ihr breit. Gleich darauf schüttelte sie jemand und rief nach Lana.

»Lana? Lana! Wach auf!«

Warum nannte sie da jemand Lana? So hieß sie doch gar nicht. Kait schlug die Augen auf und blickte in die grünsten, sanftesten Augen, die sie je gesehen hatte. Sofort fiel ihr der Rollentausch mit Lana und der Reitunfall wieder ein, und auch, dass jemand

sie – eigentlich Lana – umbringen wollte. Mit Trev Colemans Hilfe setzte sie sich auf. Die Erleichterung war ihm deutlich anzusehen.
Er ließ sich neben ihr auf dem Bett nieder. »Ich tue das wirklich sehr ungern, aber du darfst jetzt nicht schlafen«, sagte er.
»Was?«
»Mitch will, dass ich dich die nächsten zwölf Stunden nicht aus den Augen lasse. Du sollst alle halbe Stunde geweckt werden«, erklärte er.
Sie starrte ihn an. Sie verstand schon, warum – wenn sie eine schwere Kopfverletzung hatte, könnte sie einschlafen und ins Koma fallen. »Mitch hat doch gesagt, es sei nicht so schlimm«, entgegnete sie, plötzlich verängstigt. Sie war schon ziemlich hart aufgeknallt. Glücklicherweise war sie, soweit sie sich erinnern konnte – und ihre Erinnerung sie nicht täuschte –, erst auf dem Rücken gelandet und dann mit dem Kopf aufgeprallt.
»Er macht uns für morgen einen Termin im Krankenhaus. Ich habe Max gerade mit dem Rezept losgeschickt, damit er dir deine Schmerztabletten holt«, fügte er hinzu und lächelte endlich.
Etwas, das Liebe sehr ähnlich war, flammte in ihrer Brust auf. »Danke«, flüsterte sie und griff, ohne darüber nachzudenken, nach seiner Hand.
Er blickte von ihrem Gesicht zu seiner Hand hinab, als sie ihn berührte. Dann entzog er ihr die Hand und stand auf. »Ich muss jetzt Marni abholen«, erklärte er brüsk.
Marni erwartete, dass Kait sie vom Kindergarten abholte. Kait kämpfte sich mühsam hoch. »O Gott! Sie erwartet, dass ich sie hole! Ich muss los!«, rief sie. Marni begann gerade, ihr zu vertrauen, und sie durfte sie jetzt nicht enttäuschen.

»Du wirst den Teufel tun.« Er starrte sie an, als käme sie vom Mars. »Ich werde ihr erklären, was passiert ist.«
Tränen traten ihr in die Augen. »Aber das reicht nicht! Ich darf sie nicht enttäuschen«, sagte sie, schob die Decken zurück und sprang aus dem Bett.
Sofort wurde ihr schwindlig. Trev fing sie auf, und plötzlich lag sie in seinen kräftigen Armen. »Was, zum Kuckuck, glaubst du, was du da tust?«, fragte er barsch.
Sie wich nicht zurück. Ihre Brüste waren an seine Brust gedrückt. »Ich will wenigstens mitfahren«, sagte sie. »Bitte.«
»Dir ist so schwindlig, dass du nicht einmal stehen kannst! Außerdem hat Mitch uns klare Anweisungen gegeben, und daran halten wir uns.« Irgendwie schob er sie zurück an die Bettkante, und sie sank darauf nieder.
»Ich hole sie jetzt ab, und Elizabeth kümmert sich inzwischen um dich«, sagte er resolut.
Kait nickte, aber sie war fix und fertig. Marni war doch erst vier. Sie würde das nicht verstehen – Kait brauchte keine Kinderpsychologin, um sich dessen sicher zu sein.
Trev ging zur Tür. Kait sagte: »Aber mach ihr bitte keine Angst. Sag ihr nur, dass ich einen kleinen Unfall hatte und dass es halb so schlimm ist.«
Er drehte sich abrupt um und sah sie an. Verwirrung, Zweifel und Argwohn spiegelten sich auf seinem Gesicht. Er sagte: »Ich wüsste nur zu gern, was hier wirklich läuft.«
Kait rührte sich nicht.
Er ebenfalls.
»Was soll das heißen?«, fragte sie ängstlich.
Er starrte sie an, und die vertraute Kälte trat wieder in seinen Blick. »Das heißt, dass ich dich verdammt gut kenne. Und das

bist einfach *nicht du.* Meine Frau würde sich keinen Deut darum scheren, dass sie Marni heute abholen wollte, nicht nach einem solchen Sturz. Das geht wirklich zu weit, Lana. Du musst mit diesem Spielchen aufhören.« Er war zornig.

Ihr blieb fast das Herz stehen, und sie rang nach Luft. Tränen brannten ihr in der Kehle. »Trev, bitte. Das ist kein Spiel. Jetzt nicht mehr. Bitte glaub mir doch!«

»Du hast sogar Mitch auf deine Seite gezogen! Wie, zum Teufel, hast du das geschafft?« Er wurde immer zorniger.

»Ich habe ihm die Wahrheit gesagt«, flüsterte Kait. »Ich habe ihm gesagt, was ich fühle.«

Er starrte sie an.

Kait holte tief Luft. »Trev? Ich muss dich etwas fragen. Es geht darum, wer vorhin auf mich geschossen hat.«

Er zuckte zusammen. »Was?«

»Hast du schon mal den Namen Paul Corelli gehört?«, fragte sie mit brennenden Wangen; ihre Gedanken rasten, und sie konnte kaum fassen, was sie gerade zu sagen und zu tun im Begriff war.

»Nein.« Er sprach abgehackt und höhnisch. »Lass mich raten. Einer von deinen abservierten Liebhabern?«

Kait keuchte entsetzt auf.

Er verschränkte die Arme vor der Brust und wartete.

Sie schluckte und betete, er möge sich in ihrer Schwester getäuscht haben. »Weißt du noch, als wir diese Schwierigkeiten mit den Banken hatten? Als sie Fox Hollow pfänden wollten?«

Seine Augen weiteten sich. Er brauchte einen Moment, bis er erwidern konnte: »Wovon, zum Teufel, sprichst du überhaupt?«

Da beschlich sie ein Verdacht, ein schrecklicher Verdacht. »Ich spreche von damals, als wir fast Fox Hollow verloren hätten.«

Er starrte sie an. »Was soll das jetzt wieder werden? Ich war nie auch nur nahe dran, Fox Hollow zu verlieren. Es gehört mir, ohne Hypotheken und schuldenfrei, und das war auch nie anders«, sagte er.

Sechs

Der Schmerz war wieder aufgeflammt. Mit dröhnendem Kopf starrte Kait Trev nach, der aus dem Zimmer stürmte und fast die Tür hinter sich zuknallte.

Lana hatte gelogen.

Niemand hatte Fox Hollow pfänden wollen. Es war Trevs Eigentum, ohne Hypotheken oder Schulden. Warum sollte Lana Kait ein solches Lügenmärchen erzählen?

Warum sollte sie Kait bitten, mit ihr die Plätze zu tauschen?

Bedeutete das, dass Lana gar keine Schulden bei diesem Paul Corelli hatte? Warum war Kait dann auf Fox Hollow und spielte ihre Schwester? Warum hatte sie dann gestern Abend jemand verfolgt und heute Morgen jemand versucht, sie zu erschießen?

Was, zum Teufel, ging hier vor sich?

Kaits erster Impuls war, Trev nachzulaufen, ihm alles zu erklären und ihn um Hilfe zu bitten.

Stattdessen stützte sie den Kopf in die Hände, blieb auf dem Bett sitzen und versuchte verzweifelt, nachzudenken. Lana war nicht böse; ihre Lügen sollten nur dazu dienen, Schwierigkeiten abzuwenden. Offensichtlich steckte sie in der Klemme. Es gab keine andere Erklärung dafür, dass sie Kait derart belogen und sie gebeten hatte, ihre Stelle einzunehmen.

Kait war entsetzt. Sie fühlte sich wie eine Blinde, die in einem riesigen Irrgarten voller Fallgruben gefangen war. Was sollte sie nur tun?

Sie befahl sich, sich zu beruhigen und tief durchzuatmen. Während sie langsam und tief ein- und ausatmete, wurden ihre Gedanken immer klarer. Lana würde zurückkommen. Kait zog es vor, zu glauben, dass sie wie versprochen zurückkommen würde, nach zwei Tagen – das bedeutete, in ein paar Stunden oder am nächsten Morgen. Konnte sie, Kait, noch so lange ausharren – bis sie wusste, worum es tatsächlich ging?

Kait schluckte; sie befürchtete das Schlimmste. Lana musste wirklich in Gefahr sein. Es musste um nichts Geringeres als ihr Leben gehen. Nur eine schreckliche Gefahr konnte diese gewaltige Lüge, diese Täuschung ihrer Familie rechtfertigen. Wenn Kait sich nun zu erkennen gab, brachte sie damit ihre Schwester unwissentlich in noch größere Gefahr?

Das war schwer zu sagen. Da Kait keine Ahnung hatte, was tatsächlich vor sich ging, konnte sie im Augenblick wohl nur ausharren. Je länger sie darüber nachdachte, desto mehr erschien ihr diese Lösung als das geringste Übel; es war immerhin sehr wahrscheinlich, dass es für Lana um Leben und Tod ging und dass sie Fox Hollow verlassen hatte, um diese Gefahr abzuwenden.

Kait erschauerte. *Bedeutete das, dass sie selbst ebenfalls in Gefahr schwebte?*

Die Antwort kannte Kait bereits. Ihr Reitunfall war der Beweis dafür, dass auch ihr eigenes Leben auf dem Spiel stand.

Aber warum? Wenn dieser Corelli gar nicht existierte, wer war dann hinter Lana her?

Trev Coleman sagte doch, sie habe viele Feinde.

Kait erschauerte wieder und kämpfte gegen die aufsteigende Panik an. Er hatte auch gesagt, niemand hasse sie so sehr, dass er sie umbringen würde. In Verbindung mit Max Zaras Feindseligkeit und Elizabeth' Argwohn drohte dieser Hass sie zu überwältigen. Rasch ging sie ins Bad, um Lanas Handy aus dem Abfalleimer zu holen; sie hoffte, so unwahrscheinlich das auch war, Lana könnte sie zurückgerufen haben. Doch zu ihrem Entsetzen war das Handy verschwunden.

Lana würde sie nie auf dem Hausanschluss anrufen. Kait setzte sich auf den Rand der Badewanne, und Tränen traten ihr in die Augen. Wie sollte Lana sie jetzt erreichen? Wenn sie es nur wagen könnte, zu Trev zu gehen! Am liebsten hätte sie sich an seine Schulter geschmiegt. Doch da Lana das nicht getan hätte, sollte Kait es besser bleiben lassen. Sie hatte schreckliche Angst, dass sie durch ihre Handlungsweise die Situation ihrer Schwester noch verschlimmern könnte.

Aber, verdammt noch mal, Lana hätte ihr die Wahrheit sagen müssen!

Kait nahm sich ein Kosmetiktuch, tupfte die Tränen ab und ging hinüber ins Ankleidezimmer. Irgendwo musste doch ein Hinweis zu finden sein. Sie durchsuchte gründlich jedes Schrankfach und jede Schublade, doch abgesehen von Kleidung und Accessoires fand sie nur ein paar Quittungen. Mit klopfendem Herzen begann sie Trevs Sachen zu durchsuchen. Sie schob Jeans und Hosen beiseite, lugte unter Socken und Unterwäsche. Sie tastete gerade auf Händen und Knien den Boden hinter seinen Schuhen ab, als sie spürte, dass sie nicht mehr allein war.

Sie hatte die Tür offen gelassen; langsam drehte sie sich um. Elizabeth Dorentz stand im Schlafzimmer und beobachtete sie.

Kait hielt ihrem Blick trotzig stand, aber in ihrem Bauch machte sich Entsetzen breit. Diese Frau konnte sie nicht ausstehen. Kait wusste nicht, warum, doch es war unverkennbar. War sie eine von diesen Frauen im County, die Lana hassten? »Spionieren Sie mir nach?«, fragte sie angespannt und stand langsam auf. Zu spät bemerkte sie, dass es im Ankleidezimmer aussah, als hätte es ein Einbrecher durchwühlt.

»Spionieren? Wohl kaum.« Elizabeth hielt ein Tablett in den Händen. Ihr Gesicht war zu einer ausdruckslosen Maske erstarrt. »Ihre Schmerztabletten. Max hat sie geholt.«

Sie starrte die Haushälterin an. *Aber bestimmt will dich niemand umbringen.* Trevs Worte hallten laut und deutlich in ihrem Kopf wieder. Doch, jemand hasste Lana so sehr, dass er sie umbringen wollte, da war Kait ganz sicher.

»Warum starren Sie mich so an?«, fragte Elizabeth gelassen. »Sind mir plötzlich Hörner gewachsen?«

Aber der Gedanke, Elizabeth könnte auf sie geschossen haben, war schlicht absurd. Oder? »Ich weiß nicht. Haben Sie denn welche?« Kait trat mit hochgezogenen Schultern ins Schlafzimmer.

»Was soll das heißen?«, fragte Elizabeth mit scharfer Stimme.

Kait hielt ihrem Blick stand. »Was habe ich Ihnen eigentlich getan«, fragte sie schließlich leise, »dass Sie mich so verabscheuen?«

Elizabeth' Augen weiteten sich. Dann stellte sie das Tablett ab, schüttelte den Kopf und wollte hinausgehen.

»Warten Sie!«, rief Kait. »Das war eine ernst gemeinte Frage. Ich möchte es wissen.«

Elizabeth drehte sich um. »Das bezweifle ich. Trev glaubt vielleicht, dass Sie irgendwie vom Pferd gestürzt und jetzt verletzt sind, aber Sie haben ihn ja vom ersten Moment an zum Narren gehalten, nicht wahr?«

»Ich bin wirklich vom Pferd gefallen«, sagte Kait. »Jemand hat auf mich geschossen, Elizabeth.«

Elizabeth schnaubte ungläubig.

»Sie haben meine Frage noch nicht beantwortet«, beharrte Kait. »Sie können mich doch nicht hassen, weil ich mich in Trev verliebt habe!«

Elizabeth verschränkte die Arme. »Sie lieben Trev nicht. Sie haben ihn auch nie geliebt.«

Kait erstarrte. »Das ist nicht wahr.« Trevs Anschuldigung, Lana habe ihn nur wegen seines Geldes geheiratet, fiel ihr plötzlich wieder ein. Das war einfach zu ungeheuerlich und hässlich, um auch nur darüber nachzudenken, also wies sie diese Worte von sich. Doch sie konnte sich ihnen nicht ganz entziehen; der Kern dieser Aussage hatte sich in ihren Gedanken eingenistet.

Elizabeth' Miene verdüsterte sich. »Sie haben ihn nie geliebt! Ich kenne ihn schon, seit er ein kleiner Junge war. Für mich ist er der Sohn, den ich nie hatte. Ich habe seine aufgeschürften Knie verbunden, ich habe ihm vor jedem Turnier Mut zugesprochen, ich habe vor dem Abschlussball seinen Smoking aus der Reinigung geholt! Ich habe bei ihm gesessen, als seine Frau im Sterben lag, Tag für Tag. Ich diene ihm, wie ich schon seinem Vater gedient habe, liebevoll und selbstlos. Deshalb bin ich auch immer noch hier, auf Fox Hollow, und halte alles zusammen! Und deshalb bin ich nicht bereit, Ihre miesen Spielchen zu tolerieren.«

Kait erschrak über die Wut in Elizabeth' Gesicht und versuchte diese Worte zu verdauen. Warum hatte Lana ihr nichts davon gesagt? »Sie haben auch für seinen Vater gearbeitet?«

»Ach, bitte! Als wüssten Sie das nicht sehr gut. Edwards Frau ist auch früh gestorben, aber bei einem tragischen Reitunfall. Trev war noch ein kleiner Junge; er brauchte mich – genau wie sein Vater.« Sie starrte Kait finster an. »Ich frage mich nur, was Sie mit dieser Verstellung erreichen wollen.«

Kait erschauerte. Hatte Elizabeth Verdacht geschöpft, dass sie Lanas Zwillingsschwester sein könnte, oder hielt sie sie für Lana, die sich zu verstellen versuchte? In jedem Fall, das war Kait klar, bewegte sie sich hier auf dünnem Eis. Und sie war umso fester entschlossen, ihre Schwester weiterhin zu decken, bis Lana zurückkehrte und ihr selbst erklären konnte, was vorging und wer sie umbringen wollte – und warum.

»Jemand hat heute auf mich geschossen«, sagte Kait angespannt. »Deshalb bin ich vom Pferd gestürzt. Jemand wollte mich erschießen. Ich glaube, jemand will mich umbringen.«

Elizabeth starrte sie stumm an. Sie zeigte keine erkennbare Reaktion auf Kaits Worte. Diese Frau hatte einen eisernen Willen und eine beinahe unheimliche Selbstbeherrschung.

»Können Sie sich vorstellen, wer mich so sehr hassen könnte, dass er versuchen würde, mich zu erschießen?«, fragte Kait barsch.

Elizabeth blinzelte. »Nein.«

Kait hatte auch kaum erwartet, dass sie gestehen würde. Doch was dann kam, überraschte Kait.

Elizabeth lächelte, als habe sie gerade Gift geschluckt. »Ich weiß nicht, wer Sie so sehr hasst, dass er sie umbringen würde, Lana. Aber ich weiß, dass Sie sich im ganzen County keinen einzigen Freund gemacht haben. Und ich weiß, dass sie sehr viele Feinde haben.«

Kait starrte sie beunruhigt an. Wollte Elizabeth damit andeuten, dass es sie nicht überraschte, wenn jemand Kait umbringen wollte?

»Dann erklären Sie mir doch, nur so zum Spaß, mit wem ich es zu tun habe«, erwiderte Kait gedankenlos.

Elizabeth stutzte. »Ich habe keine Ahnung«, sagte sie und wandte sich zum Gehen.

Kait lief ihr nach und hielt sie am Arm zurück. »Nehmen wir mal an, die Absicht sei gar nicht gewesen, mich zu ermorden. Nehmen wir an, jemand wollte mich nur verletzen oder mir Angst einjagen.«

Elizabeth riss sich los. »Sie verletzen, so wie Sie alle anderen verletzt haben? Tja, ich weiß nicht. Aber ich würde mal nachzählen, wenn ich Sie wäre.« Ihre blauen Augen sprühten vor Zorn.

»Nachzählen? Was soll ich denn zählen?«, fragte Kait mit einem unguten Gefühl.

»Ihre Liebhaber und deren bitterböse Ehefrauen«, erwiderte Elizabeth.

Als Kait aufwachte, wusste sie nicht, wo sie sich befand. Die Sonne schien hell in ihr Zimmer, als sei es früh am Morgen, doch es musste später Nachmittag sein. Verzerrte Bilder schossen durch ihren benommenen Kopf – Pride stand reiterlos auf dem Feld, Trev galoppierte mit besorgter Miene auf sie zu, sein Gesicht kam ganz nah, er schüttelte sie und rief, sie solle aufwachen. Ein Bild von Dr. Mitchell folgte, und plötzlich war Kait hellwach. Du lieber Himmel. Jemand hatte versucht, sie umzubringen, und Lana hatte sie belogen.

Sie blinzelte, doch das Licht im Schlafzimmer war immer noch irgendwie verkehrt. Kait setzte sich mühsam auf, erst verwirrt, dann entsetzt – wie konnte es schon Morgen sein? Sie hatte sich gleich nach der hässlichen Auseinandersetzung mit Elizabeth Dorentz hingelegt, nachdem sie noch die Schmerztabletten genommen hatte. Sie sah blinzelnd nach dem Wecker auf dem Nachttisch und erkannte, dass es bereits acht Uhr früh am nächsten Morgen war.

Sie hatte die ganze Nacht durchgeschlafen, und Lana war offensichtlich noch nicht zurückgekehrt.
Oder doch?
Was, wenn sie in der Nacht nach Hause gekommen war und Trev Coleman nun über alles Bescheid wusste? Kait warf die Bettdecke zurück, und ein Knoten aus Angst steckte in ihrer Brust, als habe sie Sodbrennen. Und sie hatte Marni nicht gesehen.
Bestürzt stand Kait auf. Inzwischen war Marni wieder im Kindergarten, und so schrecklich sie es fand, ihre Nichte enttäuscht zu haben, fürchtete sie sich im Moment noch mehr vor dem, was sie unten vorfinden mochte. Sie sagte sich, dass sie zumindest ein paar Antworten erhalten würde, falls Lana schon wieder zurück war – sie würde endlich die Wahrheit erfahren.
Hastig putzte sie sich die Zähne, duschte und schlüpfte in eine hellbraune Hose und einen Rollkragenpulli. Nun war es neun Uhr; unten in der Küche saß Sam und schmierte eine beigefarbene Masse auf ein Stück Toast. Das große, blonde Mädchen drehte sich um, sah sie und wandte sich wieder ab. Heute war Sam ganz in Schwarz gekleidet – schwarzer Pulli mit V-Ausschnitt, schwarze Lederweste, schwarze Jeans und ein breiter schwarzer Gürtel mit silberfarbenen Ösen. An den Füßen trug sie schwarze Turnschuhe.
Kait war erleichtert. Sam benahm sich, als habe sie Lana vor sich, und nicht eine bisher unbekannte Schwester ihrer Stiefmutter. Kait räusperte sich. »Sind alle anderen schon weg?«, fragte sie nervös.
Sam antwortete nicht. Sie trug ihren Teller Toast und ein großes Glas grünen Saft, der gesund, aber nicht sehr appetitlich aussah, hinüber zum Frühstückstisch. Sie setzte sich, aß und trank.

»Guten Morgen«, versuchte Kait es noch einmal. Doch sie war inzwischen sicher, dass Lana noch nicht aufgetaucht war. In diesem Fall hätte Sam sich gewiss anders verhalten, und das Standgericht würde auch schon auf sie warten.
Sam blickte nicht einmal auf. Sie zog eine Zeitung zu sich heran und tat so, als lese sie die Titelseite.
Kait zögerte, ging dann zur Kaffeemaschine und schenkte sich einen Kaffee ein. Heute brauchte sie Zucker, und tatsächlich fand sie die Zuckerdose in einem der Schränke. Sie fügte noch Milch hinzu und setzte sich dann Sam gegenüber. Der Teenager blickte auf.
»Du bist zwar sechzehn, aber das ist auch keine Entschuldigung für schlechte Manieren«, bemerkte Kait und ließ den Blick über Sams Outfit schweifen. Ihr fiel auf, dass Sams Pulli sehr teuer aussah – er war aus feinstem Kaschmir, da war Kait ganz sicher. Aber vielleicht bekam Sam ja jede Menge Taschengeld. Doch irgendwie schien Trev nicht einer von diesen Vätern zu sein, die ihren Töchtern einfach die Kreditkarte in die Hand drückten.
Endlich blickte Sam auf. »Du trägst gar kein Make-up.«
Kait lächelte. »Es ist noch ein bisschen früh für Make-up.«
Sam starrte sie an, vor allem ihr Haar und ihr Gesicht. Dann stand sie auf. »Du siehst komisch aus ohne, irgendwie nackt«, sagte sie abrupt. »Du siehst idiotisch aus!« Sie schob ihren schlanken Leib vom Tisch zurück und angelte sich ihren Saft.
Kait sprang ebenfalls auf. Das reichte jetzt, und sie pfiff auf die Konsequenzen. Sie packte Sams dünnen Arm. »Was habe ich dir denn getan?«, fragte sie.
Sam riss sich los. »Machst du Witze?«
»Nein, mache ich nicht. Ich hatte gestern einen Reitunfall, oder hat dir das niemand gesagt?«

Sam verschränkte die Arme vor der Brust. »Hab's gehört«, nuschelte sie.
»Es geht mir nicht gut. Ich habe eine Gehirnerschütterung. Mein Kopf tut furchtbar weh. Aber vor allem benimmst du dich sehr unhöflich.«
Sam lachte höhnisch auf. »Hast du vielleicht auch noch das Gedächtnis verloren? Vielleicht hast du deswegen heute Morgen dein Gesicht vergessen – und warum trinkst du deinen Kaffee mit *Sahne*?«
Kait konnte nur vermuten, dass Lana ihren schwarz trank. »Ich habe nicht darüber nachgedacht. Ich habe Hunger.« Das stimmte sogar.
»Aha.« Sam wandte sich zum Gehen.
»Moment mal.« Kait stellte sich ihr in den Weg. »Warum magst du mich nicht? Ist es wegen deiner Mutter?«
»Meiner Mutter?« Sam wirkte überrascht. »Meine Mutter ist gestorben, als ich neun war. Manchmal kann ich mich nicht mal mehr an sie erinnern.« Abrupt drehte sie sich um, trank ihren Saft aus und stellte das Glas in das große, supermoderne Edelstahlspülbecken. »Aber sie war viel schöner als du!«
Kait starrte auf Sams Rücken. Wenn ihre Mutter vor sieben Jahren gestorben war, dann konnte zwischen ihrem Tod und Trevs Hochzeit mit Lana kaum ein ganzes Jahr vergangen sein. Da wäre es verständlich, wenn Sam Probleme mit dieser neuen Ehe ihres Vaters hatte, und das könnte sogar ihre Feindseligkeit Lana gegenüber erklären. Plötzlich kam Kait der Gedanke, dass vielleicht auch Trev noch außer sich vor Trauer gewesen war, als er ihre Schwester kennen gelernt hatte.
Diese Vorstellung gefiel ihr nicht. Doch sie konnte nicht mehr leugnen, worauf das hindeutete – so kurz nach dem Tod seiner

ersten Frau war er noch nicht bereit gewesen, sich wieder zu verheiraten.

Plötzlich hatte Kait das Gefühl, als würde ein riesiger Vorhang zurückgezogen und enthüllte ihr, wie schwach all die Entschuldigungen waren, die sie für ihre Schwester vorgebracht hatte. Es war, als stünde sie auf einmal mitten auf der Bühne im hellen Rampenlicht. Lana liebte schöne Dinge. Sie liebte teure Kleidung und Schmuck, und offenbar auch kostspielige Pferde und Sportwagen. Trev hatte eben erst seine Frau verloren, als er Lana kennen gelernt hatte. Hatte sie sich tatsächlich wegen seines Vermögens für ihn interessiert?

Fox Hollow war sein Familienbesitz. Das machte ihn zu einem ziemlich reichen Mann.

Kait war so bestürzt, dass sie sich setzen musste.

»Kippst du jetzt um oder was?«, fragte Sam.

»Hoffentlich nicht.« Kait klammerte sich verbissen an der Tischkante fest. »Also, wenn es nicht wegen deiner Mutter ist, woran liegt es dann?«, fragte sie.

Sam drehte sich um und lehnte sich ans Spülbecken. Ihr Grinsen war gehässig. »Woran es liegt? Daran, dass ich dich für das letzte Miststück halte.«

Kait schnappte nach Luft.

Sam zuckte nicht mit der Wimper. Sie fuhr fort: »Wenn du glaubst, nur weil du vom Pferd gefallen bist – falls das überhaupt stimmt –, würde ich vergessen, wie oft du einen Raum betreten und mich komplett übersehen hast, vergiss es! Wenn du glaubst, ich würde vergessen, wie oft du meinen Vater betrogen hast, vergiss es! Ein Reitunfall ändert daran *überhaupt nichts*!« Mit diesen Worten stapfte sie zur Arbeitsplatte in der Mitte der Küche, nahm einen braunen Rucksack herunter und eilte hinaus.

Kait war fassungslos.
Dann hörte sie Schritte und drehte sich um. Da sie keine Tür hatte zuschlagen hören, trieb der Betreffende sich offenbar schon länger in der Nähe herum. Die Schritte klangen schwer, männlich.
Max Zara erschien in der Küchentür. Ihre Blicke trafen sich.
Er war unrasiert, sein kurzes Haar zerzaust; er sah aus, als sei er eben erst aufgestanden. Seine blauen Augen musterten sie mit kaltem Blick. Wie viel hatte er gehört? Offenbar genug, dachte Kait. Hatte er ihre Auseinandersetzung mit Sam genossen?
Er lächelte sie höhnisch an. »Sieht nicht so aus, als wären Sie hier sonderlich beliebt, wie?«
Sie starrte ihn an und wusste plötzlich, dass er es gewesen war, der Lanas Telefon aus ihrem Bad gestohlen hatte. Das war kein Hausmädchen gewesen. Und er hatte auch ihre Gucci-Handtasche entwendet.
Es war nichts weiter als ein Gefühl, aber so stark, dass Kait nicht daran zweifelte.
Hatte er auch auf sie geschossen?
Plötzlich fiel ihr auf, dass er eigentlich gar nicht wie ein Stallbursche wirkte. Sie wusste ja nicht viel über ihn, aber sie hätte wetten mögen, dass er mindestens die Highschool abgeschlossen hatte – nicht nur das, er kam ganz sicher aus Brooklyn oder Queens. Warum arbeitete er so weit weg von New York in Virginia als Hilfsarbeiter auf einem Gestüt, noch dazu für ein geringes Gehalt?
Sie konnte kaum mehr atmen. *Dieser Mann war nicht das, wofür er sich ausgab.*
»Und Sie?«, fragte sie heiser. »Was wollen Sie hier?«
Seine nächsten Worte trafen sie wie ein Schlag. »Was ich will?« Er lachte und schenkte sich eine Tasse Kaffee ein, so selbstver-

ständlich, als gehöre ihm das Haus, nein, das ganze County. Er blickte nicht auf. »Was ich will, Mrs. Coleman, ist, Sie zur Strecke bringen.«

Kaits Kopfschmerzen waren nicht mehr so schlimm, dass sie die speziellen Tabletten von Dr. Mitchell nehmen müsste, also entschied sie sich für eine einfache Aspirin. Als sie Max in einem zerbeulten Toyota-Pick-up davonfahren hörte, zu den ferner gelegenen Stallungen oder vielleicht auch in den Ort, machte sie sich zu Fuß auf den Weg in die Ställe. Grimmige Entschlossenheit trieb sie voran. Zaras Worte sagten ihr, dass sie Recht hatte – dieser Mann war mehr, als er auf den ersten Blick zu erkennen gab, und sie würde, verdammt noch mal, dahinter kommen, ob er hinter ihr und Lana her war.

Sie hatte schon herausgefunden, dass über dem ersten Stall mehrere kleine Wohnungen lagen, und im hinteren Teil des Gebäudes Jims Büro. Max wohnte in einem dieser Apartments. Sie würde es durchsuchen, in der Hoffnung, ihr Handy wiederzufinden und herauszubekommen, wer er wirklich war – und was er damit gemeint hatte, dass er sie zur Strecke bringen wolle.

Sie fühlte sich elend. Seine Drohung hatte sehr persönlich geklungen. Meinte er damit, dass er sie umbringen wollte? Wollte dieser Mann sich an ihr rächen, und wenn ja, wofür?

Ihr kam der Gedanke, dass ihre Schwester vielleicht deshalb verschwunden war, weil sie auf Fox Hollow nicht mehr leben konnte.

Doch Kait verwarf diesen Gedanken sofort, denn das würde ja bedeuten, dass Lana nicht wiederkam.

Niemand war in der Nähe, als sie den Stall betrat, in dem auch Pride und Scandal untergebracht waren. Alle Pferde waren bereits auf die Weide gebracht worden, und Kait sah nur einen Stallburschen, einen jungen Mann mit rotem Haar, der eine Box ausmistete. Er sah aus wie ein Highschoolschüler, und Kait nahm an, dass er wohl im Ort wohnte und hier sein Taschengeld aufbesserte.

Sie wusste, dass sie sich beeilen musste. Sie hatte nicht die Absicht, sich in Zaras Wohnung erwischen zu lassen. Sie erreichte die Apartments über den Ställen im hinteren Teil des Gebäudes. Das erste war offensichtlich unbewohnt, doch im zweiten standen Teller in der Spüle, und das Bett war zerwühlt. Ein blaues Hemd hing über einem der Küchenstühle an dem kleinen Tisch, und sie wusste, dass sie die richtige Wohnung gefunden hatte.

Bingo, dachte sie befriedigt.

Ihr Herz begann zu pochen. Kait blieb auf der Schwelle stehen und blickte sich um, ob sie auch niemand bemerkt hatte. Dann wandte sie sich nach einem raschen Blick auf die Uhr der Wohnung zu. Es war halb zehn. Sie wollte in spätestens fünfzehn Minuten wieder draußen sein.

Sie blickte sich um. Vom Fenster neben der Küchenzeile blickte man auf die Weiden hinaus, in Richtung der Landstraße. Vom anderen Fenster über dem Bett aus überblickte man die Felder, wo sie gestern geritten war. Das Apartment war einfach eingerichtet, außer dem Bett, dem Küchentisch und den zwei Stühlen gab es nur noch einen großen Sessel, einen kleinen Fernseher, ein beigefarbenes Sofa und einen Couchtisch aus Eichenholz.

Sie schloss die Tür hinter sich und ging rasch zur Küchenzeile hinüber. Sie öffnete eine Schublade und fand Bürokram. Mit grimmigem Lächeln holte sie eine Hand voll Quittungen heraus, Büroklammern und Stifte, ein leeres Notizbuch, Tesafilm

und eine Schere. Der Name auf den Quittungen lautete Max Zara. Also war der immerhin schon mal richtig.
Er hatte bei Wal-Mart eingekauft, in einem Eisenwarenladen und einer Drogerie. Und er hatte sich ein paar Videos ausgeliehen.
In der Schublade lag auch ein Päckchen Kondome. Sie wollte nicht einmal daran denken, für wen er die wohl brauchte.
Kait legte hastig alles zurück und durchsuchte den Rest der Küchenzeile. Sie fand Töpfe und Pfannen, Küchenutensilien, Geschirr, Besteck und Gläser – was man eben in einer Küche erwarten konnte. Sie wandte sich dem Wandschrank zu, denn es gab keinen Schreibtisch, den sie hätte durchsuchen können. Es war jetzt zwanzig vor zehn.
Sie musste sich beeilen. Seine Jeans lagen auf einem Schrankbrett, ein halbes Dutzend Flanell- und Baumwollhemden hingen auf Kleiderbügeln. Sie ignorierte einen Haufen schwarzer Slips und ebenfalls schwarzer Socken.
Der Schrank hatte keine Schubladen. Sie zögerte und durchsuchte dann die Taschen seiner Hemden. Sie fand ein Stück Papier, doch es war nur eine weitere Quittung. Sie seufzte, zuckte dann zusammen und starrte darauf hinab.
Sie trug das Datum von vor zwei Tagen.
Eine Taxiquittung.
Kait gehörte zu den wenigen Menschen, die ihre Taxiquittungen aufhoben. Und das Stückchen Papier in ihrer Hand kannte sie ganz genau. Das war eine Quittung von Yellow Cabs, New York.
Genau vor zwei Tagen hatte sie Manhattan verlassen, war mit einem Taxi zum Flughafen LaGuardia gefahren, zum Reagan National geflogen und von dort mit Lanas Wagen nach Fox Hollow gefahren.

Genau vor zwei Tagen hatte Lanas Anruf sie nachts um eins geweckt.
Und genau vor zwei Tagen war Max Zara in Manhattan Taxi gefahren.
Zufall?
Ihr wurde allmählich richtig übel.
Wusste er es?
Wusste er, dass sie nicht Lana war?
Kait musste sich plötzlich setzen. Dieser Mann könnte Lana in New York gefolgt sein, und vielleicht hatte er sie zusammen gesehen. Kait hielt das ganz und gar nicht für unmöglich. Und wenn dem so war, was für ein Spiel spielte er dann mit ihr? Warum hatte er sie nicht damit konfrontiert oder es Trev erzählt? *Was wollte er?*
Und wer, zum Teufel, war er wirklich?
Sie sah wieder auf die Uhr, nun voller Panik. Es war zehn vor zehn. Sie hatte sich geschworen, höchstens fünfzehn Minuten in dieser Wohnung zu verbringen, weil sie schreckliche Angst davor hatte, erwischt zu werden. Diese fünfzehn Minuten waren längst abgelaufen.
Wie viel wusste er?
Er war der Feind, dachte sie zittrig, und sie brauchte nur noch fünf Minuten, unbedingt.
Sie rannte zum Küchenfenster und schaute hinaus. Sie erstarrte, denn sie sah einen Pick-up die Auffahrt heraufkommen, doch sie konnte aus dieser Entfernung nicht erkennen, ob es Trevs brandneuer Dodge oder Zaras alter Toyota war. Beide waren blau, nur dass Trevs Wagen kobalt-metallic und wesentlich schicker war.
Sie eilte hinüber zum Bett und durchsuchte rasch die beiden

Schubladen des Nachttischs, obwohl sie wusste, dass ihre Zeit abgelaufen war. Trotzdem warf sie keuchend das Kissen beiseite, doch darunter lag auch nichts. Verdammt! Sie bückte sich und sah unter dem Bett nach. Da lag ein Koffer.

Kait zögerte und stellte sich vor, wie Max Zara gerade draußen parkte. Sie zog den Koffer hervor und wollte ihn öffnen – doch er war verschlossen.

Eine Autotür wurde zugeschlagen, ziemlich nahe.

Sie erstarrte.

Dann hob sie den Koffer hoch und stöhnte. Er war schwer – da war ganz sicher etwas drin.

Der Koffer war zu groß, um ihn zu schütteln, doch sie hielt ihn schief und merkte, dass der Inhalt verrutschte. Kait schob ihn wieder unters Bett, sprang auf und rannte zur Tür. Sie drückte ein Ohr daran; Schweiß rann ihr über das Schlüsselbein und zwischen die Brüste.

Stille.

Sie öffnete die Tür einen Spaltbreit und lugte hinaus. Der kurze, dunkle Gang war leer. Kait schlüpfte hinaus und zog leise und vorsichtig die Tür hinter sich zu. Auf Zehenspitzen schlich sie zur Treppe.

Eine Stimme drang zu ihr herauf, die sie nicht kannte; die Worte konnte sie nicht verstehen. Die Stimme klang jung – vermutlich der Stallbursche.

Dann antwortete eine nur allzu vertraute, dröhnende Männerstimme. Max Zara sagte etwas davon, hinauszugehen. Kait klammerte sich ans Geländer der schmalen Treppe.

Nun war nichts mehr zu hören.

Sie tastete sich langsam hinunter, eine Stufe nach der anderen, und hielt inne, als eine Stufe laut genug knarzte, um Tote

aufzuwecken. Sie starrte nach unten und erwartete, dass Zara jeden Moment auftauchen und sie fragen würde, was sie auf der Treppe zu seiner Wohnung zu suchen hatte. Doch er kam nicht. Sie setzte alles auf eine Karte und rannte die restlichen Stufen hinunter, um die Ecke und in die Stallgasse zwischen den Boxen. Gott sei Dank war auch dort niemand.
Sie ging langsamer und sagte sich, dass es ihr gutes Recht sei, sich im Stall aufzuhalten. Als sie das andere Ende des Gebäudes erreichte, wo das große Tor offen stand, sah sie, dass Max' zerbeulter Pick-up direkt davor geparkt war.
Sie zögerte, bevor sie hinaus in die Sonne trat. Max und der rothaarige Stallbursche standen neben einem Traktor, an dem ein Wagen voller Heuballen hing. Er entdeckte sie sofort, sein Kopf fuhr zu ihr herum, und er starrte sie an.
Als ihre Blicke sich trafen, fiel ihr plötzlich ein, dass sie die Tür zu seiner Wohnung hinter sich zugezogen hatte – doch sie war offen gewesen, als sie hineingegangen war.

Sieben

Machen Sie immer Hausbesuche?«, fragte Kait.

Mitch lächelte sie an, nachdem er mit seiner Untersuchung fertig war. »Ja, das tue ich. Ich bin ein bisschen altmodisch, was meine Praxis angeht«, erklärte er freundlich. »Die Beule ist nur noch halb so groß. Alles in Ordnung.«

Kait warf einen Blick durchs Schlafzimmer. Nachdem Sam zur Schule gegangen war, waren Trev und Mitch in die Küche gekommen. Es war immer noch recht früh am Morgen, und Kait saß da wie auf Kohlen, weil sie jeden Moment einen Anruf von Lana erwartete, die ihr sagte, dass sie auf dem Heimweg nach Fox Hollow sei. Nun stand Trev in seiner ausgebleichten Jeans, den Lederstiefeln und einem gelben Pulli, der erstaunliche Dinge mit seinen Augen anstellte, an den Türrahmen des Schlafzimmers gelehnt. Seine Miene war unergründlich.

Wenn er sich immer noch Sorgen um sie machte, so zeigte er es jedenfalls nicht.

»Noch Schwindel oder Übelkeit?«, fragte Mitch.

Kait zögerte, den Blick auf Trev gerichtet – dieser erwiderte ihn. Sie schaute weg. »Ich glaube, ich bin schon wieder ganz in Ordnung«, sagte sie mit einem weiteren Seitenblick zu Trev. »Kein Schwindel, keine Übelkeit. Ich habe gestern Nacht geschlafen wie ein Stein.«

Trevs Augen wurden schmal.

»Nun, freut mich, das zu hören.« Mitch stand auf. »Halten Sie sich etwa eine Woche lang von den Pferden fern, und keine Anstrengungen, außer einem kleinen Spaziergang vielleicht. Ansonsten tun Sie das, womit Sie sich wohl fühlen. Wir können auf die Röntgenaufnahme verzichten, denn offenbar geht es Ihnen schon viel besser, meine Liebe.«

Trev trat vor. »Eine bemerkenswert rasche Erholung«, sagte er.

Mitch sah ihn an. »Die Beule an ihrem Hinterkopf ist nur noch halb so groß wie gestern, Trev. Und das ist ein sehr gutes Zeichen.«

Trev musterte sie. Kait merkte, dass er nun, da ihr Reitunfall folgenlos überstanden war, ihr gegenüber wieder feindselig und misstrauisch wurde. Das war einfach nicht fair. Sie war froh, dass Mitch sich auf ihre Seite stellte. Sie hatte außerdem das Gefühl, dass er das nicht zum ersten Mal tat.

»Ich bringe Sie noch hinaus«, sagte Trev zu seinem Freund.

Als sie gingen, folgte Kait ihnen mit einigem Abstand. Sie sah sie hinuntergehen und hörte Mitch sagen: »Sie brauchen sie wirklich nicht so streng zu beurteilen. Die Beule am Hinterkopf hat sie gewiss nicht vorgetäuscht.«

»Das ist so ziemlich das Einzige, was sie im Lauf unserer Ehe nicht vorgetäuscht hat, und das wissen Sie auch«, erwiderte Trev barsch.

Kait schluckte schwer. Sie wollte nichts mehr hören. Aber sie schlich trotzdem bis zum obersten Treppenabsatz vor.

»Sie haben sich gestern ziemlich aufgeregt. Haben Sie die Polizei angerufen?«, fragte Mitch.

»Ich habe mit Rafe gesprochen. Er ist mit mir einer Meinung: Wenn überhaupt ein Schuss gefallen ist, dann war das sicher nur ein Jäger, der sich unerlaubterweise auf Privatbesitz aufgehalten und außerdem die Saisonregeln missachtet hat«, erklärte Trev bestimmt. »Soweit ich weiß, will er nachher noch mit Lana sprechen.«

»Nun, diese Theorie erscheint mir vernünftig. Lana könnte unmöglich jemanden so wütend gemacht haben, dass derjenige auf sie schießt, um Himmels willen«, entgegnete Mitch.

Trev lachte spöttisch. »Sie sind wirklich der gutmütigste Mensch, den ich kenne. Ich sage Ihnen das nur ungern, Mitch, aber da irren Sie sich gewaltig. Mir fallen aus dem Stand ein paar Frauen ein – und Männer auch –, die liebend gern auf ihre Beerdigung gehen würden.«

Mitch blieb stehen. »Also, Trev, ich weiß, dass sie Sie enttäuscht hat. Ich –«

»Mich enttäuscht?«, wiederholte Trev fassungslos. »Sie hat es mit jedem meiner Bekannten getrieben, direkt vor meiner Nase! Sie vernachlässigt Marni, und bei Sam hat sie sich von Anfang an keine Mühe gegeben, ihr so etwas wie eine Mutter zu werden. Sie ist egoistisch und raffgierig, und ich für meinen Teil habe die Nase voll von ihr. Außerdem weiß ich jetzt ganz sicher, dass sie mich ins Visier gefasst hat, lange bevor wir uns überhaupt begegnet sind.«

»Was soll das heißen?«, fragte Mitch.

»Sie hat einen reichen Mann zum Heiraten gesucht, und ich habe genau in ihr Raster gepasst. Vor allem so bald nach Margarets Tod war ich sehr offen und verletzlich. Ich war für sie nur ein Bankkonto, Mitch, und ich habe ziemlich lange gebraucht, um das zu merken.«

Einen Moment lang starrte Mitch ihn stumm an. »Ich hoffe, Sie irren sich«, sagte er schließlich. »Seien Sie trotzdem ein bisschen netter zu ihr, ja? Falls Sie es noch nicht bemerkt haben, sie hat sich anscheinend sehr verändert. Menschen ändern sich wirklich, Trev. Und bei ihr scheint das der Fall zu sein.«

»Ja, sie hat sich ihre prächtige Mähne abschneiden lassen.«

Mitch lachte. »Sie wissen, dass ich das nicht gemeint habe.«

Kait hing förmlich über dem Geländer, als die beiden Männer aus ihrem Blickfeld verschwanden. Sie war fassungslos. So sah Trev ihre Schwester? Ganz bestimmt täuschte er sich in ihr!

Sie richtete sich auf, so entsetzt, dass sie nur noch einen Gedanken fassen konnte – zwischen ihm und seiner Frau würde es niemals eine Versöhnung geben. Sie schloss die Augen und hielt sich am Treppengeländer fest. Denn ihr wurde klar, dass ein Teil von ihr darüber sehr froh war.

Kait wusste, dass sie diese Erleichterung nicht empfinden durfte. Sie versuchte ruhig zu überlegen. Lana konnte unmöglich so eiskalt und berechnend sein, dass sie sich einen reichen Witwer aussuchte, um ihn nur wegen seines Geldes zu heiraten. Und was Trevs Bemerkung anging, sie habe mit seinen sämtlichen Bekannten geschlafen – das musste eine grobe Übertreibung sein.

Doch Elizabeth hatte eine ähnliche Andeutung gemacht, und Sam ebenfalls.

Lana war immer schon sehr beliebt gewesen. Sie hatte immer schon jeden Jungen bekommen, den sie wollte. An langfristigen Beziehungen war ihr nie viel gelegen – sie hatte die Freunde so schnell gewechselt, wie Kait neue Bücher las. Lana hatte so einige Herzen an der Darien-Highschool gebrochen, und nicht nur männliche. Sie hatte allzu vielen hübschen Mädchen die Freunde ausgespannt. Im Abschlussjahr war sie gar nicht mehr so beliebt gewesen, fiel Kait plötzlich ein. Unter der Oberfläche hatte viel Feindseligkeit gegen Lana gebrodelt.

Genau wie jetzt.
Kait hatte damals immer weggesehen. Erstens wollte sie nicht mit ansehen, wie Lana mit ihrer neuesten Eroberung angab, während dessen Freundin tief verletzt war. Zweitens steckte sie die Nase lieber in ihre Bücher, und es war leichter, Entschuldigungen für ihre Schwester zu finden, als sie dafür zu verurteilen, dass sie jeden Jungen herumkriegen konnte, den sie wollte. Kait hatte Angst.
Sie hatte Angst, es könnte an der Zeit sein, dass sie damit aufhörte, sich Entschuldigungen für ihre Schwester zurechtzulegen.
Doch sie hatte Lanas Version dieser Geschichte noch nicht gehört. Und Trev Coleman wollte sich scheiden lassen. Das war eine Situation, in der Ehepartner hasserfüllt waren und nicht selten die Wahrheit verdrehten. Sam, Elizabeth, und selbst Max Zara standen offenbar alle auf Trevs Seite.
Lana war Kaits Zwillingsschwester, und sie steckte in Schwierigkeiten. Kait würde so lange auf ihrer Seite stehen, bis sie gehört hatte, was Lana dazu zu sagen hatte.
Außerdem war Lana kein schlechter Mensch. Sie war ungestüm, rastlos – jeder Art von Abenteuern zugeneigt. Sie verfügte über schier unerschöpfliche Energie und liebte alles Aufregende. Aber sie tat niemals jemandem absichtlich weh. Da war Kait ganz sicher. Sie bewunderte Lana immer noch sehr, und sie wünschte sich sehnlichst, sie könnten endlich Freundinnen werden.
Kait warf einen Blick auf den Wecker am Bett. Es war halb elf. Lana müsste jeden Moment anrufen – allerdings hatte Kait ihr Handy nicht mehr. Würde Lana es auf dem Hausanschluss versuchen?
Oder würde sie einfach zur Tür hereinspazieren?

Kait ging in die Küche, wo Elizabeth verschiedenes Gemüse auf der Arbeitsplatte liegen lassen hatte, und einen Salatkopf in einem Sieb. Es war schon Mittag, doch Kait war die Uhrzeit egal – sie wollte nur endlich von ihrer Schwester hören. Obwohl sie ausgesprochen nervös war, knurrte ihr Magen, weil sie vorgestern nicht viel und gestern überhaupt nichts gegessen hatte. Sie öffnete einen der beiden Edelstahlkühlschränke und stellte fest, dass er Mineralwasser mit und ohne Kohlensäure, Limodosen, Saftkartons, Milch und Sojamilch enthielt. Sie schloss die Tür und öffnete den anderen Kühlschrank.

Wo war Lana jetzt? Saß sie in einem Taxi, unterwegs nach Fox Hollow, nachdem sie am Reagan National gelandet war? Mit klopfendem Herzen holte Kait Vollkorntoast, ein Glas Majo, ein Stück Käse und eine Packung aufgeschnittener Truthahnbrust aus dem Kühlschrank. Als sie sich umdrehen wollte, merkte sie, dass jemand sie anstarrte.

Sie blickte über die Schulter. Elizabeth sagte: »Was glauben Sie, was Sie da tun?«

»Ich bin am Verhungern. Ich mache mir ein Sandwich, und dann fahre ich Marni abholen.« Da fiel ihr etwas ein, und sie lehnte sich an den Küchentresen. »Hat eines der Hausmädchen vielleicht mein Handy gefunden? Ich habe es anscheinend verlegt.«

Elizabeth blinzelte, ging dann zu einer Schublade am Ende der Küchenzeile und zog sie auf. Kait sah, dass der Inhalt ordentlich sortiert war. Zwischen den säuberlich getrennten Stiften, Büroklammern, Quittungen und anderen Utensilien holte Elizabeth ein Handy hervor.

Kait wäre beinahe in Ohnmacht gefallen. Dann hätte sie Elizabeth beinahe angesprungen, um ihr das Telefon zu entreißen. Doch irgendwie schaffte sie es, sich nicht vom Fleck zu rühren.

»Theresa hat das hier im Abfall gefunden.«

»Das ist meines«, presste Kait atemlos hervor. Sie zwang sich zu lächeln und gemächlich hinüberzugehen, obwohl ihr Herz vor Aufregung hämmerte. Es musste einfach eine Nachricht für sie auf dem Handy sein. Sie nahm das Telefon gelassen entgegen, beklatschte im Stillen ihre schauspielerischen Fähigkeiten und warf einen Blick auf das Display. Das Herz sank ihr bis in die Kniekehlen.

Keine neue Nachricht.

»Anscheinend erwarten Sie einen wichtigen Anruf, Lana«, bemerkte Elizabeth.

Kaits Hände begannen zu zittern. Hastig wandte sie sich von Elizabeth ab. Sie war fassungslos. Das war nicht fair! Warum, zum Kuckuck, hatte Lana nicht angerufen? Sie sollte jetzt schon wieder zu Hause auf Fox Hollow sein, oder zumindest jeden Moment kommen! Wo war sie? Was war passiert?

Kait redete sich ein, dass Lana sich verspätete. So etwas konnte vorkommen.

Aber Kait wünschte verzweifelt, sie würde endlich erfahren, was Lana tatsächlich dazu bewogen hatte, seit ihr klar geworden war, dass Lana sie über den Grund dieses Rollentauschs belogen hatte. Sie zwang sich, ruhig zu bleiben. Bestimmt würde sie jeden Moment von ihrer Schwester hören.

Dann merkte sie, dass Elizabeth ihr Löcher in den Rücken starrte.

Kait drehte sich um. »Ich kann Ihre Missbilligung förmlich riechen. Welches Verbrechen begehe ich denn jetzt schon wieder?«, fragte sie in scharfem Tonfall, doch sie konnte sich nicht mehr zurückhalten.

»Ich verstehe das einfach nicht. Sie essen nie Sandwiches, und mittags essen Sie überhaupt nichts; Sie haben sich das Haar abschneiden lassen, Ihren ganzen Stolz, Make-up tragen Sie anscheinend überhaupt nicht mehr, dabei haben Sie früher praktisch geschminkt geschlafen, und jetzt wollen Sie auch noch Marni vom Kindergarten abholen? Das gefällt mir alles überhaupt nicht.«

Kait wusste nicht, was sie darauf sagen sollte. Doch sie würde ihre Rolle als Lana weiter spielen, bis Lana selbst das Zeichen gab, damit aufzuhören. »Ich bin immer noch ein bisschen durcheinander von dem Sturz gestern«, sagte sie langsam. »Und ich habe in den vergangenen Wochen wirklich viel nachgedacht, vor allem in New York, als ich mit dieser Grippe im Bett lag. Mir hat es einfach gereicht mit den langen Haaren, ich fand, ich sah damit älter und langweilig aus. Ist das denn so seltsam? Und ich habe mich im Salon beraten lassen. Sie haben mir dringend empfohlen, mich in meinem Alter nicht mehr so stark zu schminken. Was ist daran so ungewöhnlich? Eine erwachsene Frau wird sich doch mal ein bisschen verändern dürfen? Und ich habe wirklich schrecklichen Hunger, Elizabeth. Ich habe gestern nichts gegessen!«

»Nein.« Elizabeth trat auf sie zu, das kantige Gesicht verkniffen. »Sie glauben, Sie könnten Trev schon wieder hereinlegen, nicht wahr? Die Masche mit der sexy Verführerin ist schief gegangen – er hatte irgendwann genug –, also spielen Sie ihm jetzt die liebevolle Mutter, die treu ergebene Ehefrau, das nette Mädchen von nebenan vor.«

»Ich habe meine Tochter *immer* geliebt«, erwiderte Kait und drehte sich wieder zur Arbeitsfläche um, wo sie sich ein Sandwich zurechtmachte. Sie wollte jetzt nicht die Fassung verlieren – vor allem nicht vor Elizabeth –, aber es fiel ihr schwer, nicht wütend zu werden. Und auf ihre Schwester wurde sie allmählich auch wütend. Warum konnte Elizabeth sich nicht um ihre eigenen Angelegenheiten kümmern? Die Antwort war einfach – weil Trev und Marni ihr wirklich am Herzen lagen.

»Er wird nicht darauf hereinfallen. Dazu ist er inzwischen zu klug«, fuhr Elizabeth fort. »Das mit der neuen Frisur war wirklich sehr clever, der beste Trick, den Sie je abgezogen haben, bis auf die Art, wie Sie ihn sich damals geangelt haben, natürlich.«

Kait erstarrte. Sie wandte sich nun der Angreiferin zu. Natürlich verstand sie, was diese mit der neuen Frisur meinte, denn als sie selbst vor ein paar Jahren die langen Haare hatte abschneiden lassen, hatten ihr alle gesagt, dass die kürzere Frisur ihre Augen viel besser zur Geltung brachte und sie zehn Jahre jünger aussehen ließ. Aber was sollte diese Bemerkung, sie habe sich Trev geangelt? »Ich weiß nicht, was Sie meinen«, sagte sie brüsk.

»Ach, nein? Er trauerte damals um seine Frau, Lana. Sein Herz war gebrochen! Er hatte am Freitag einen geschäftlichen Termin, da sind Sie aufgetaucht, haben einen Blick auf seine Rolex, seinen Maßanzug und seine italienischen Schuhe geworfen und sofort gewusst, was für einen guten Fang Sie da vor sich hatten. Und bevor ich mich versehe, ruft er mich aus New York an und erzählt mir, dass er übers Wochenende bleibt. Und am Montag kommt er wieder – mit Ihnen. Das war wirklich ein schneller Coup.«

Kait musste den Blick senken und hielt sich am Küchentresen fest. So also hatten die beiden sich kennen gelernt – in einem Restaurant oder einer Bar, und dann war es Liebe auf den ersten Blick gewesen.

War es überhaupt möglich, dass Elizabeth mit ihren Anschuldigungen Recht hatte?

Wer traf denn am Freitagnachmittag eine Frau, verbrachte das Wochenende mit ihr und nahm sie dann gleich mit nach Hause?

Jemand, der hereingelegt wurde …

Doch Kait wollte diese Geschichte erst von Lana hören. Sie lächelte Elizabeth grimmig an. »Sind Sie schon mal darauf gekommen, dass wir uns Hals über Kopf ineinander verliebt haben könnten?« Doch sogar während sie Lana verteidigte, tat ihr diese Vorstellung weh.

»Nein, bin ich nicht, denn Trev ist ein sehr rationaler und vernünftiger Mann. Aber damals war er auch sehr verwundbar. Und Sie haben das schamlos ausgenutzt.« Elizabeth wandte sich ab und bearbeitete wütend den Küchentresen mit einem Küchentuch und Desinfektionsmittel.

Kait trat an die Arbeitsfläche in der Mitte der Küche und setzte sich auf einen Barhocker. Sie seufzte. Sie wollte mit niemandem streiten, nicht einmal mit Elizabeth, doch sie hatte das scheußliche Gefühl, dass sie bis über beide Ohren in Schwierigkeiten versank. Zu viele Menschen hielten ihre Schwester für bösartig. Kait wollte ihnen nicht glauben. *Aber wo blieb sie nur?*

Sie kam doch nach Fox Hollow zurück, oder etwa nicht?

Kait wusste, dass Lana kommen würde. Sie verstand gar nicht, wie sie auch nur einen Moment lang daran zweifeln konnte. Sie legte den Kopf in die Hände, sammelte sich und blickte auf. »Was wäre nötig, damit Sie mir eine zweite Chance geben?«, fragte sie aufrichtig.

Elizabeth drehte sich nicht um und desinfizierte das Spülbecken. Sie schnaubte.

»Die Menschen ändern sich.« Bei diesen Worten dachte Kait an Mitch. Er war ein so lieber Kerl. »So etwas kommt vor. Manche

Menschen erkennen ihre Fehler und krempeln ihr ganzes Leben um.«

Elizabeth sagte: »Ich wollte Ihnen einen Salat zum Mittagessen machen. Den hebe ich dann für heute Abend auf.«

Kait stand auf, plötzlich sehr erschöpft, legte ihr Sandwich auf einen Teller und sagte: »Danke.« Sie ging hinaus und fragte sich, wie es ihr gelingen könnte, Elizabeth umzustimmen.

Sie hatte Kopfschmerzen. Sie kehrte kurz in die Küche zurück, um sich ein Aspirin zu holen, und ließ sich dann im Wohnzimmer in den Sessel sinken, den sie an ihrem ersten Tag auf Fox Hollow bewundert hatte. Er war so bequem, wie er aussah. Sie legte die Füße auf eine Fußbank und schaute aus dem großen Fenster. Die Aussicht auf die weiten Felder und fernen Hügel war fantastisch, und auch sehr tröstlich. Gott schien auf Fox Hollow überall gegenwärtig zu sein, so nahe, dass sie ihn beinahe spüren konnte. Hatte Lana das nicht so empfunden?

»Ich habe gehört, du bist vom Pferd gestürzt! Wie geht es dir?«, fragte eine Frau und trat von hinten näher.

Kait nahm die Füße von dem Bänkchen, drehte sich um und sah eine sehr hübsche, ein wenig rundliche rothaarige Frau in einer braunen Hose, einer Nadelstreifenbluse und einer Strickjacke. Ihr Diamantring war riesig. Eine goldene Cartier-Armbanduhr blitzte an ihrem Handgelenk. Im Ausschnitt ihrer Bluse hing ein weiterer Diamant an einer Goldkette. Sie lächelte besorgt, als sie das Wohnzimmer betrat. Das musste Alicia sein – Lanas beste Freundin. Trev war mit ihr und ihrem Mann ausgegangen, an Kaits erstem Abend auf Fox Hollow. »Hallo.« Kait lächelte, unsicher, was sie nun erwartete.

Alicia blieb stehen, starrte auf Kaits Haar, und ihre Augen weite-

ten sich überrascht. Kait lächelte. »Ich habe sie abschneiden lassen.«
Offensichtlich erstaunt, musterte die rothaarige Frau Kaits Lederstiefel, die zwar glänzend poliert waren, aber doch eindeutig nach Stall aussahen. Dann entdeckte sie das Sandwich auf dem Teller. »Geht es dir wirklich gut?«, fragte sie mit schwacher Stimme, und ihre korallenroten Lippen bewegten sich kaum. »Ich habe gehört, du wärst bei einem Sprung *vom Pferd gefallen*, Lana.«
»Mir fehlt nichts.« Kait lächelte. »Ich meine, ich hatte einen kleinen Unfall und habe mir böse den Kopf gestoßen, aber es ist alles in Ordnung.«
Alicia setzte sich neben Kaits Sessel aufs Sofa und nahm ihre Hände. »Ich habe es erst heute Morgen erfahren! Warum hast du mich gestern nicht angerufen? Ich wäre doch sofort herübergekommen«, sagte sie.
Kait blickte in ihre braunen Augen und dachte, dass Lana zumindest in dieser Frau eine Freundin hatte. »Mir geht es gut. Ich habe nur einen bösen Schrecken bekommen …« Sie hielt inne. Alicia war Lanas beste Freundin. Vielleicht wusste sie, was, zum Teufel, hier los war.
Alicia hielt immer noch Kaits Hände. »Du bist eine hervorragende Reiterin. Ich kann mir nicht vorstellen, dass du einfach so vom Pferd gefallen sein sollst! Und was ist nur über dich gekommen, dir das Haar abschneiden zu lassen? Ich meine, die Frisur ist ja ganz niedlich, aber … das bist überhaupt nicht du!« Endlich ließ sie Kaits Hände los und sah sie verwirrt an. Das war tatsächlich nicht Lana. Verführerinnen trugen keine kurzen, frechen Frisuren. Verführerinnen spielten mit langen, sinnlichen Locken.

»Ich habe wohl vorübergehend den Verstand verloren.« Kait zögerte. Konnte sie es wohl wagen, Alicia ein bisschen auszuhorchen?
Alicia stutzte und lächelte dann. »Also, mir gefällt es.« Sie grinste. »Es gefällt mir sogar sehr! Aber du hast mir gar nichts davon gesagt.«
»Das war eine spontane Idee«, murmelte Kait.
Alicia hob die Hand zu ihrer eigenen schweren, schulterlangen Mähne. »Sollte ich meine Haare auch kürzer tragen?«
Kait betrachtete bestürzt das hübsche Gesicht der Frau. Da diese ein wenig übergewichtig war und runde, volle Wangen hatte, wusste Kait, dass ihre Frisur Alicia überhaupt nicht stehen würde. Außerdem war deren langer Bob ausgesprochen konservativ – Alicia war vermutlich erst um die dreißig, wirkte aber doch etwas älter. »Liebes, du hast so schönes Haar. Lass es bloß nicht abschneiden.«
»Ich würde es auch lieber so lassen«, entgegnete Alicia erleichtert. »Aber bei dir sieht das süß aus!« Sie zögerte. »Gefällt es Trev auch?«
Kait zögerte ebenfalls. »Ich habe keine Ahnung.«
Alicia griff wieder nach ihrer Hand. »Ist alles in Ordnung?«
Endlich hatte sie eine Freundin und Vertraute gefunden. »Er will nicht mehr«, sagte Kait.
»Was?«
»Er hat mir die Scheidungsunterlagen gegeben, als ich kaum zwei Schritte ins Haus getan hatte«, erklärte Kait.
Alicia starrte sie bestürzt an. Sie stand auf, ging erregt auf und ab und fragte dann: »Wie kann ich dir helfen?«
»Kann ich ihn zurückgewinnen?«, fragte Kait ihrerseits.
Alicia blieb überrascht stehen. »Ich dachte, du wolltest das auch!

Du hast mir doch gesagt, dass du von deiner Ehe die Nase voll hast. Dass du endlich hier rauswillst.«
So also sah Lana die ganze Sache.
Alicia senkte die Stimme. »Ich hatte sogar irgendwie das Gefühl, du würdest vielleicht gar nicht mehr aus New York zurückkommen.«
Kait sprang auf. »Tatsächlich?«
»Na ja, das war nur so ein Gefühl. Ich meine, du hast nie etwas in der Richtung gesagt. Aber ich weiß, dass ihr beide euch ständig gestritten habt. Ich weiß, wie böse Trev auf dich ist. Und ich weiß, dass du es nicht ausstehen kannst, wenn jemand böse auf dich ist.« Sie zuckte mit den Schultern. »Es war scheußlich für dich, hier in diesem Haus. Ich könnte es verstehen, wenn du ausziehen würdest.«
Kait starrte Lanas Freundin an. Alicia war ein bisschen dumm und kindisch, dachte Kait. Sie sollte nicht so viel auf ihre Meinung geben. Andererseits hieß es doch: Kindermund tut Wahrheit kund …
»Ich weiß nicht, was ich tun soll«, sagte Kait leise. Und warum war sie insgeheim erleichtert, dass Lana diese Ehe auch nicht mehr fortsetzen wollte? Kait wusste, dass sie ihre Gefühle für Trev Coleman unter Kontrolle bekommen musste. Wie konnte sie Lana sonst helfen, sich dieses Leben zu bewahren, das sie keinesfalls aufgeben sollte?
Alicia legte einen Arm um sie. »Du bist so wunderschön. Es wird sich bestimmt alles finden. Und du hast ja immer noch Farrell.«
»Farrell?«, echote Kait beunruhigt, bevor sie sich zurückhalten konnte.
Alicia warf ihr einen wissenden Blick zu. »Er wird dich immer lieben«, sagte sie.

Herr im Himmel, wer war Farrell? Kait schauderte es innerlich, denn sie konnte keine neuen Mitspieler mehr gebrauchen. Vor allem keinen, der vielleicht in ihre Schwester verliebt war. Sie versuchte sich zu entscheiden, wie sie bei Alicia vorgehen sollte.
»Warum hasst Trev mich? Hasst er mich überhaupt?«
Alicia fuhr zusammen – und dann errötete sie. »Warum fragst du mich so etwas?«
»Weil du meine Freundin bist – und wenn irgendjemand mir die Wahrheit sagen wird, obwohl ich sie vielleicht nicht gerne höre, dann bist du das.«
Alicia blinzelte. »Du benimmst dich so merkwürdig. Das macht mir Angst.«
Kait lächelte hastig. »Ich stehe gerade sehr unter Druck.« Das war noch stark untertrieben!
Alicia zögerte.
»Du kannst mir ruhig die Wahrheit sagen.«
»Ich weiß es nicht. Niemand kann ihn so um den Finger wickeln wie du. Oh! Das habe ich nicht so gemeint, wie es sich anhört!«, rief sie.
»Ist schon gut«, erwiderte Kait ernst und besorgt. Wenn Lana zurückkehrte, würde sie Trev dann becircen, ihn um den Finger wickeln und ihn dazu verführen, sich wieder neu in sie zu verlieben?
Das war es doch, was Kait sich wünschte. Aber plötzlich fühlte sich diese Vorstellung abscheulich, unerträglich an.
»Ich meine damit, dass er anders ist als andere Männer, und du bist so wunderschön, dass sie dir alle zu Füßen liegen, ohne dass du viel dazu tun müsstest! Ich meine, du brauchst nur zu lächeln, und schon verliebt sich jeder Mann in dich«, erklärte Alicia ernsthaft.

»Das stimmt nicht«, erwiderte Kait steif. Eine Frage brannte ihr auf der Zunge, aber wie sollte sie sie loswerden – wagte sie es überhaupt? »Weiß er von … meinen Affären?«

»Äh … na ja, du hast ihm praktisch jede einzelne unter die Nase gerieben«, murmelte Alicia. »Warum stellst du mir solche Fragen?«

Kait hatte darauf keine Antwort. Sie stand einfach nur da, zutiefst erschüttert.

Alicia lächelte rasch. »Kommst du auch zu Parkers Gala am Samstag?«

Kait wusste, das ging nicht – am Samstag würde sie wieder Kait London sein, und die ganze Familie Coleman würde Kopf stehen. »Ich frage Trev, ob er hingehen möchte«, sagte sie schließlich.

»Trev fragen? Aber er geht doch immer zu Parkers Gala. Er hat mir schon versichert, dass er kommt. Neulich Abend, als wir zusammen essen waren.« Sie zögerte. »John fand es sehr schade, dass du nicht dabei warst. Ich auch.«

Kait konnte ihr wohl kaum sagen, dass sie nicht eingeladen worden war. »Das erschien mir irgendwie nicht richtig, nachdem er mir gerade die Scheidungspapiere überreicht hatte.«

»Was willst du jetzt tun?«

Kait erstarrte. »Was meinst du?«

Alicia setzte sich und schlug die Beine übereinander. »Na ja, du hattest gesagt, du wolltest die Scheidung. Aber jetzt hört es sich so an, als hättest du es dir anders überlegt.«

Kait wusste darauf nur eine Antwort, die Wahrheit. »Ich habe keine Ahnung, was ich jetzt tun soll oder was als Nächstes passieren wird.«

Alicia starrte sie an. Dann sagte sie: »Bitte spiel nicht mit Trev herum. Ihr beide wart früher so glücklich, aber … seitdem ist viel geschehen. Er ist ein guter Mann. Er verdient es, glücklich zu sein, Lana.«

Kait musterte sie. »Wie lange kennst du ihn schon?«

»Was?!«

Kait wünschte, sie hätte nachgedacht, ehe sie den Mund aufmachte. Sie starrte Alicia entgeistert an und wusste nicht, wie sie sich aus diesem dummen Schnitzer herausreden sollte.

»Wir sind zusammen aufgewachsen«, sagte Alicia. »Aber das weißt du doch. Trev ist für mich wie der Bruder, den ich nie hatte.«

»Ich weiß«, sagte Kait hastig. »Ich meinte, wie lange weißt du davon, dass er sich scheiden lassen will?«

»Ach so.« Alicias verwirrte Miene entspannte sich. »Seit ein paar Monaten ungefähr. Genau so lang wie du.«

Kait ging zum Sofa und setzte sich neben sie. »Da ist etwas, das ich dir noch nicht erzählt habe«, sagte sie.

»Was denn?«

»Ich bin gestern vom Pferd gestürzt, weil jemand auf mich geschossen hat.«

Alicia wurde kreidebleich. »Wie bitte?«

»Jemand hat auf mich geschossen, Alicia. Ich glaube, jemand will mich umbringen«, sagte Kait.

Acht

Alicia drückte schockiert eine Hand an die Brust und setzte sich mit weit aufgerissenen Augen wieder hin. Dann sagte sie: »Vielleicht hättest du in den letzten Jahren doch etwas diskreter sein sollen.«

Endlich kam sie ein Stückchen weiter, dachte Kait. »Diskreter? Wie meinst du das?«

Alicia beobachtete sie aufmerksam. »Du hast nie einen Hehl aus deinen vielen Affären gemacht. Ich weiß nicht, vielleicht hat einer deiner Liebhaber oder eine betrogene Ehefrau beschlossen, sich an dir zu rächen.«

Kait hatte irgendwie gespürt, dass es darauf hinauslaufen würde. Es war nun klar, dass ihre Schwester Trev Coleman furchtbar betrogen und sich nicht einmal die Mühe gemacht hatte, ihre Affären geheim zu halten. Wie hatte Lana sich so abscheulich verhalten und ihn so verletzen können?

»Alles in Ordnung?«, fragte Alicia sanft. »Ich will dich damit nicht verurteilen, Lana. Du weißt, dass ich das nie tun würde. Du weißt, dass ich immer gehofft habe, du und Trev würdet euch wieder versöhnen, bis du mir selbst gesagt hast, dass es aussichtslos sei. Ich möchte nur, dass ihr beide glücklich werdet. Es ist schrecklich, mit anzusehen, wie ihr einander so wehtut.«

Kait drehte sich zu ihr um. »Was glaubst du, wer auf mich geschossen hat?«

Alicia wirkte betroffen. »Ich weiß nicht. Ich habe wirklich keine Ahnung, wer so verrückt sein könnte, auf dich zu schießen.«

»Mrs. Coleman! Was für eine Überraschung!«

Kait lächelte die hübsche, sehr junge Frau mit dem blonden Pferdeschwanz an, doch sie schaute an ihr vorbei auf die Kinder, die sich im Vorraum drängten. Einige Kinder waren noch sehr klein, und der Kindergarten bot offenbar auch Gruppen für Zwei- und Dreijährige an. Dann entdeckte sie Marni, die im selben Moment Kait erblickte.

»Mommy!«, rief sie, und ihr Gesicht strahlte vor freudiger Überraschung.

Kait lächelte die Betreuerin an, deren Name sie gar nicht interessierte, und eilte an ihr vorbei. Sie kniete sich hin und schloss ihre Nichte in die Arme. »Hallo, mein Schatz. Wie war es heute im Kindergarten?«

Marni strahlte sie an. »Es war toll«, sagte sie. »Ich habe ein Halloweenbild für dich gemalt.«

»Das ist ja großartig!«, rief Kait. »Wann darf ich es mir anschauen?«

»Es ist noch nicht fertig.«

Kait stand auf und strich über Marnis Haar, das zu einem dicken, ordentlichen Zopf geflochten war. »Es tut mir Leid, dass ich gestern nicht kommen konnte, Schätzchen. Ich bin vom Pferd gefallen und habe mir den Kopf angestoßen. Doktor Mitchell hat mir Medizin gegeben, und davon bin ich gleich eingeschlafen.«

»Ich weiß.« Marni lächelte zu ihr auf und nahm ihre Hand. »Daddy hat es mir erzählt.«

»Warst du böse, weil ich dich gestern nicht abholen konnte?«

»Ein bisschen. Aber Daddy hat mich eine Weile bei dir schlafen lassen. Da habe ich gesehen, dass du richtig krank bist«, sagte Marni mit ernster Miene.

Als sie den Saal verließen, lächelte Kait die junge Erzieherin an, die daraufhin sagte: »Es freut mich sehr, Sie zu sehen, Mrs. Coleman. Anscheinend haben Sie sich von Ihrem Reitunfall schon erholt?«

Kait blieb erstaunt stehen. War Three Falls ein so kleiner Ort, dass selbst Marnis Kindergärtnerin von ihrem Unfall erfahren hatte? Dann wurde ihr klar, wie sie davon gehört haben musste.

»Ja, mir geht es gut. Ich nehme an, Marni hat Ihnen davon erzählt?«

»Nein, ich habe es heute Morgen im Laden gehört, als ich mir einen Kaffee und einen Bagel zum Frühstück geholt habe.« Die braunen Augen der Frau musterten Kait. Ihr Lächeln erschien plötzlich aufgesetzt, der Blick neugierig.

Plötzlich wurde Kait klar, wie klein Three Falls tatsächlich war. Sie kannte die genaue Einwohnerzahl nicht, aber es konnten nur ein paar Tausend sein. Das bedeutete, jeder wusste über jeden Bescheid. Kait rang sich ein Lächeln ab, winkte und ging mit Marni hinaus. »Du hast eine sehr nette Kindergärtnerin«, sagte sie.

»Ms. Harding ist lieb«, stimmte Marni zu. »Sie fragt immer, wie es Daddy geht. Sie lächelt ihn auch immer an, wenn er herkommt. Ich glaube, sie ist in ihn verknallt.« Marni lächelte sie an.

Plötzlich blieb Kait wie angewurzelt stehen. Trev Coleman war gut aussehend und reich – und er war eine sehr gute Partie. Zweifellos wusste der gesamte Ort – nein, der ganze Bezirk –, dass seine Frau ihn betrog und die Scheidung bevorstand. Wie viele Frauen da draußen konnten es kaum erwarten, dass er sich trennte, und hofften, Trev für sich gewinnen zu können?

Das war eine scheußliche Vorstellung.
»Mommy?«
»Entschuldige«, sagte Kait und merkte, dass sie mitten auf dem Bürgersteig stand, während andere Mütter und Kindermädchen schwatzend mit ihren Kindern vor den Autos standen und gleich in ihre Jeeps und Pick-ups steigen würden. Sie lächelte Marni an, doch die größte Frage ließ ihr keine Ruhe: *Wo, zum Kuckuck, blieb ihre Schwester?*
Sie ermahnte sich, es sei ja erst halb zwei Uhr nachmittags. Ja, Lana hatte in ihrem Brief geschrieben, sie werde in zwei Tagen zurück sein, und das war heute. Kait war vor genau achtundvierzig Stunden auf Fox Hollow angekommen. Lana verspätete sich eben etwas, entschied Kait.
Marni unterbrach ihre Gedanken. »Mommy, wollt du und Daddy euch scheiden lassen?«
Kait blickte in Marnis sorgenvolle Augen und war entsetzt. »Was meinst du damit, Marni?«, fragte Kait ganz ruhig, doch innerlich war sie aufgewühlt und furchtbar wütend.
Marni wirkte niedergeschlagen. »Daddy hat es mir erzählt. Er hat gesagt, du und er wollt von jetzt an nur noch Freunde sein und in verschiedenen Häusern wohnen. Er hat gesagt, dass du mich trotzdem lieb hast. Mommy, ich will keine Scheidung! Ich will nicht, dass du weggehst!«
Kait hob Marni hoch und drückte sie fest an sich. Tränen traten ihr in die Augen. »Das will ich auch nicht«, sagte sie spontan, und dann staunte sie über sich selbst. Kait konnte Marni einfach nicht mehr loslassen. Sie hielt sie im Arm und dachte daran, dass sie ihr neues Leben auf Fox Hollow tatsächlich nicht wieder aufgeben wollte.
Kait war entsetzt über sich selbst.

Drei Stunden später fuhren Kait und Marni auf das Herrenhaus zu. Marni sah den schwarz-weißen Polizeiwagen im selben Moment wie Kait. Marni stieß einen kindlichen Schrei aus, während Kait nach Luft schnappte und sich fragte, warum das Polizeiauto vor ihrer Haustür stand. Und dann wusste sie es. *Lana war zurückgekehrt, und sie beide würden wegen Betrugs verhaftet werden.*

»Mommy! Glaubst du, böse Menschen sind zu uns nach Hause gekommen?«, fragte Marni mit großen Augen.

Kait parkte den Porsche und stellte den Motor ab. Sie versuchte sich zu beruhigen. Das war doch unmöglich. Sie war überhaupt nicht auf den Gedanken gekommen, dass das, was sie hier tat, nicht nur verwerflich, sondern auch noch strafbar sein könnte. *Was, wenn es noch schlimmer war als das? Was, wenn Lana etwas zugestoßen war, wenn derjenige, der hinter ihr her war, ihr etwas angetan hatte?*

Kait bemühte sich, nicht in Panik zu geraten. Es war nicht mehr früher Nachmittag. Es war schon nach fünf. Lana hätte vor Stunden hier sein sollen, und wenn sie sich derart verspäten würde, hätte sie angerufen. Was war passiert?

Und irgendetwas war passiert.

Kait hatte Angst.

Marni öffnete schon die Autotür. »Onkel Rafe! Onkel Rafe!«, rief sie freudig.

Kait sah zu, wie Marni aus dem Auto sprang. Lana hatte erwähnt, dass Trev einen jüngeren Bruder namens Rafe hatte, doch weiter hatte sie ihr nichts erzählt. Warum war er ausgerechnet jetzt hier aufgetaucht? Kait fühlte sich einem weiteren Familienmitglied und weiteren Vorwürfen nicht gewachsen. Denn Trevs Bruder würde selbstverständlich auf Trevs Seite stehen.

Marni rannte schon die Stufen zur Veranda hinauf. Kait stieg aus dem Porsche und verrenkte sich fast den Knöchel auf dem unebenen Boden. Sie hatte Lanas Schuhe nicht mehr getragen, seit sie auf Fox Hollow angekommen war, doch heute hatte sie beschlossen, ihre Rolle sorgfältig zu spielen. Sie trug einen von Lanas eleganten Hosenanzügen und ein Paar hochhackige Stiefeletten. Sie fluchte genervt.

Ihr war heiß, und sie schwitzte.

Sie betete, dass ihrer Schwester nichts zugestoßen war, dass die Polizei nicht hier war, um ihnen schlimme Neuigkeiten zu überbringen.

Sobald sie das Haus betrat, kam Trev aus dem Wohnzimmer gestürmt, seine Tochter fest an der Hand. »Wo, zum Teufel, habt ihr gesteckt?«, schrie er Kait an.

Sie sah, dass er Angst hatte. »Wie bitte?«

Er warf ihr einen zornigen Blick zu – voll mörderischer Wut – und nahm dann Marni auf den Arm. Kait erschrak, doch im selben Moment begriff sie. Das hier hatte gar nichts mit Lana zu tun. »Wo warst du den ganzen Nachmittag mit ihr?«, knurrte er und küsste Marni auf die Wange.

Ein Polizist in schwarzer Uniform, mit einer großen Waffe im Halfter an der Hüfte und einem Cowboyhut auf dem Kopf, erschien hinter Trev, und außerdem Elizabeth und Max. Elizabeth war weiß wie die Wand, Max Zara hingegen blickte, nun ja, nachdenklich drein.

»Wir waren im Kino«, sagte Kait rasch. *Trev war furchtbar wütend. Er war furchtbar wütend auf sie.* »Es tut mir Leid. Ich wollte nicht –«

»Ihr wart im Kino?!«, keuchte Trev ungläubig.

»Daddy, wir haben uns *Die Schöne und das Biest* angeschaut. Das

war so schön! Und Eis haben wir auch gegessen!«, rief Marni. Sie wirkte sehr erschrocken.
Sofort drückte Trev ihr noch einen Kuss auf die Stirn. »Das wusste ich nicht«, brachte er mühsam hervor. »Gott sei Dank geht es dir gut.«
Der Polizist trug an seiner schwarzen Uniformjacke ein Abzeichen mit dem Aufdruck SHERIFF. Er hatte dunkles Haar und sah viel zu gut aus für einen Landpolizisten. Er starrte Kait an. Ihre Blicke trafen sich, und als Kait in seine irisch grünen Augen sah, umrahmt von dichten, schwarzen Wimpern, wusste sie, wen sie vor sich hatte.
Trevs Bruder war der Sheriff.
Rafe Coleman lächelte sie nicht an. Er wandte sich seinem Bruder zu und klopfte Trev auf die Schulter. »Na, sie sind ja gesund und munter wieder da, dann fahre ich mal weiter. Wir haben da eine kleine Auseinandersetzung am anderen Ende des Ortes zu schlichten.«
Trev setzte Marni ab, nahm aber ihre Hand. »Es tut mir Leid, Rafe. Entschuldige den Fehlalarm.«
Rafe war schwer zu durchschauen, sein Gesichtsausdruck hart. Er zuckte mit den Schultern. »Falschen Alarm haben wir andauernd.« Er warf Kait aus schmalen Augen einen Blick zu. »Sie hat Marni ja noch nie nachmittags irgendwohin ausgeführt. Du hast ganz richtig gehandelt, als du mich angerufen hast. Du konntest schließlich nicht ahnen, dass sie mit Marni ins Kino gegangen ist.« Er ließ Kait nicht aus den Augen. Sein Blick glitt langsam und kühl über ihr Gesicht und blieb vor allem an ihrem Haar und ihren Augen hängen. Dann musterte er sie von Kopf bis Fuß.
Das war kein bewundernder Blick.
Kait erkannte einen gefährlichen Gegner, wenn sie ihn sah.

Atemlos trat sie einen Schritt zurück, als könne sie sich ihn damit vom Leib halten.

»Lana, ich würde gern mit dir über diesen Schuss reden, der angeblich auf dich abgegeben wurde. Könntest du bitte demnächst in mein Büro kommen und eine Aussage machen?«

»Ich … natürlich.« Kait blickte von dem dunkelhaarigen Sheriff zu Trev hinüber. »Es tut mir Leid«, sagte sie und vermutete, dass sie selbst kreideweiß geworden war. »Ich wusste ja nicht, dass ich euch damit so einen Schrecken einjagen würde.« Sie starrte Trev an und hätte ihn am liebsten angefleht, nicht so hart zu ihr zu sein.

»Einer meiner Deputys wird deine Aussage aufnehmen, falls ich nicht da sein sollte«, sagte Rafe.

Kait erschrak, denn ihr wurde klar, dass Rafe Coleman – der hiesige Sheriff – es für ziemlich unbedeutend hielt, dass jemand auf sie geschossen hatte, oder zumindest nicht für bedeutend genug, um sich selbst darum zu kümmern. Ihre Blicke trafen sich wieder, und sie wich weiter zurück. Sie fürchtete sich vor diesem Mann.

Dann nickte Rafe, grüßte Elizabeth mit einer Hand am Hut und kitzelte Marni unter dem Kinn. »Bis nachher, meine Süße«, sagte er zu dem kleinen Mädchen. Dann sah er Trev an. »Begleitest du mich nach draußen?«

Trev nickte, und die beiden Brüder verließen das Haus. Kait starrte ihnen bestürzt nach. Bestimmt sprachen die Männer über sie. Was sie wohl sagten?

Ihr Kopf tat wieder weh. Sie drückte die Hände an die Schläfen, denn sie konnte dem verstörendsten aller Gedanken nicht mehr ausweichen.

Hasste Trev Coleman Lana so sehr, dass er sich ihren Tod wünschte?

Kurze Zeit später kam Trev zurück ins Haus. Kait hatte geahnt, dass er sie würde sprechen wollen, deshalb saß sie im Wohnzimmer, die Hände im Schoß gefaltet, und genoss den Moment der Ruhe. Als er eintrat, blickte sie auf. Seine Miene wirkte grimmig.

»Wir müssen uns unterhalten«, sagte er ausdruckslos.

»Ich habe doch schon gesagt, dass es mir Leid tut«, begann sie aufrichtig.

»Seit wann gehst du mit meiner Tochter ins Kino?«, verlangte er zu wissen. »Ganz zu schweigen davon, dass du sie vom Kindergarten abholst? *Seit wann, Lana?*«

Kait starrte ihn an, während ihre Gedanken sich überschlugen. Sie machte sich inzwischen mehr Sorgen um ihre Schwester als um das Gespräch mit Trev. Dann sah sie Marni um die Ecke ins Wohnzimmer lugen, ein Spielzeugpferd in der Hand. »Gehen wir lieber hinüber«, sagte sie ruhig.

Marni kam angerannt. »Daddy?«

Sofort beugte er sich zu ihr hinunter. »Was ist denn, Schatz?«, fragte er sanft.

Wenn sie ihn so beobachtete und sah, wie sehr er seine Tochter liebte, tat das furchtbar weh.

Dieser Mann war zu großer Güte und Mitgefühl fähig, und er konnte tiefe, bedingungslose Liebe empfinden.

»Mommy ist nicht mehr böse«, sagte Marni flehentlich.

Kait erstarrte.

Trev sah seine Tochter staunend an und schloss sie in die Arme. »Natürlich ist Mommy nicht böse«, sagte er freundlich. »Deine Mommy war auch nie böse. Mommys sind nicht böse, Schatz.«

»Nein«, protestierte Marni kopfschüttelnd.

Kait kam endlich wieder zu sich. Sie musste das Kind zum

Schweigen bringen. Doch als sie den Mund öffnete, drang kein Wort heraus. Sie wusste, wie es sich anfühlen musste, den Kopf auf den Henkersblock zu legen.

»Mommy ist jetzt eine neue, nette Mommy«, erklärte Marni bestimmt.

Kait glaubte, sie würde in Ohnmacht fallen.

Trev starrte seine Tochter an.

Kait starrte Trev an, sprachlos und schwitzend.

»Ja, sie ist eine neue, nette Mommy«, sagte Trev. Er richtete sich auf. »Elizabeth?«, rief er. »Würden Sie Marni bitte etwas zu essen machen?« Er lächelte auf seine Tochter hinab. »Ich muss noch etwas mit Mommy besprechen. Geh doch schon vor in die Küche, mein Schatz.«

Marni grinste Kait an, als wolle sie sagen: Siehst du? Jetzt wird alles gut, ich habe ihm gesagt, dass du neu und nett bist.

Kait schaffte es, zurückzulächeln, und dann war sie mit Trev Coleman allein.

»Ich halte das nicht mehr aus«, flüsterte Kait entsetzt. »Wir waren doch nur im Kino. Ich habe dummerweise niemandem Bescheid gesagt, wo wir hingehen, und das wird nie wieder vorkommen. Es tut mir Leid!«

Er trat auf sie zu, und sie zuckte zurück, als er sich vor ihr aufbaute. »*Hände weg von meiner Tochter.*«

Kait schnappte nach Luft.

Er bebte vor Zorn. »Hast du verstanden? Ich weiß, was du vorhast – ich wusste es schon in dem Moment, als du aus New York zurückkamst mit dieser liebevollen Mutter-Masche! Ich werde das nicht länger dulden«, grollte er.

Sie schluckte.

»Ich lasse mich von dir scheiden«, fuhr er barsch fort und sah sie kalt an. »Und ich werde froh sein, wenn ich dich endlich los bin! Marni bleibt bei mir. Alleiniges Sorgerecht für mich. Ich werde dir eine Menge dafür bezahlen, das weißt du! Aber wenn du damit weitermachst, gibt es Krieg, Lana, und ich verspreche dir, dass ich gewinnen werde – koste es, was es wolle.«
Kait starrte entsetzt in seine funkelnden Augen. »Beruhige dich«, sagte sie schließlich. »Deine Wut macht es nicht besser.«
»Ich soll mich beruhigen?« Er war fassungslos. »Meine Wut macht es nicht besser? Kommst du geradewegs vom Mond? Du versuchst in letzter Minute, ihre Liebe zu gewinnen – und es funktioniert! Dann werden wir uns trennen, und ihr wird das Herz brechen – und da erwartest du, dass ich mich beruhige?« Er bebte am ganzen Leib. »Oder rechnest du damit, dass der Richter sie wählen lässt, bei wem sie leben möchte? Hoffst du, dass sie sich für *dich* entscheidet? Hast du denn noch nicht genug angerichtet? Willst du mir auf diese Weise noch einen letzten Tiefschlag versetzen? Und was ist mit Marni? Ihr wirst du auch furchtbar wehtun!«
Kait hielt seinem Blick stand. Sie stimmte allem zu, was er sagte, nur war sie nicht Lana. Sie verspürte den überwältigenden Drang, zu ihm zu gehen, ihn in die Arme zu nehmen, ihn zu trösten und sein verletztes Herz zu heilen. Doch das ging natürlich nicht.
Sie schloss die Augen. Wie lange würde sie diesen Betrug noch durchhalten? Konnte die Polizei Marni vor einem Feind beschützen, dessen Identität allein Lana kannte? Sollte sie Trev alles erzählen, jetzt gleich?
Lana, wo bist du!?
»Nun?« Trev schrie. »Antworte mir, verdammt noch mal!«

Sie sah in seine Augen und brachte kein Wort heraus. Sie liebte Marni von ganzem Herzen, und solange sie nicht wusste, wer sie bedrohte, würde sie keine Enthüllung riskieren, die das kleine Mädchen in Gefahr bringen konnte. Ihr Entschluss stand fest. Wenn Lana nicht zurückkehrte und sich nicht mit ihr in Verbindung setzte, würde Kait Ermittlungen anstellen lassen. Sie würde ihre Schwester ausfindig machen, herausfinden, was los war, und dann alles tun, was notwendig war, um Marni, Lana und sich selbst zu schützen. Aber Marnis Sicherheit kam an erster Stelle.

Kait erschauerte vor Erleichterung. Es fühlte sich richtig gut an, zum ersten Mal seit Tagen eine vernünftige Entscheidung getroffen zu haben.

»Herrgott noch mal! Du gibst wohl nie Ruhe!«, brüllte Trev sie an.

Kait merkte, dass ihr eine Träne über die Wange lief. Sie wischte sie fort und begegnete seinem feindseligen Blick. »Es tut mir Leid. Das habe ich schon einmal gesagt, und es ist mir ernst damit.«

»Das ist alles?«, fragte Trev ungläubig.

»Alles tut mir Leid«, sagte sie mit fester Stimme. Ihre Kraft schien mit einem Mal zurückzukehren. »Ich bereue alles, womit ich jemals dich und Marni verletzt habe. Ich wünsche mir, dass wir zumindest Waffenstillstand schließen.«

Er schnaubte. »Sag deinem Anwalt, er soll meinen anrufen, und zwar bald, Lana. Diese Farce muss aufhören, lieber heute als morgen! Und halt dich von meiner Tochter fern«, fügte er warnend hinzu.

»Ich könnte ebenso gut mit einer Wand reden«, brauste Kait auf. Denn er hatte zweifellos Recht. Sie musste davon ausgehen, dass ihre Schwester nicht verschwunden war, und wenn sie zurückkehrte, würde Marni es wieder mit ihrer richtigen Mutter zu tun haben. Doch auch ihre Tante würde es weiterhin in ihrem Leben geben, egal, was Trev dazu sagen mochte. »Und was ist mit *deinem* selbstsüchtigen Verhalten?«

Er riss die Augen auf. »Meinem selbstsüchtigen Verhalten?«

»Ja! Du hast ihr erzählt, dass wir uns scheiden lassen. Das war wirklich nicht angebracht!« Sie stemmte die Hände in die Hüften.

Er starrte sie an. »Du meine Güte. Kennen wir neuerdings so etwas wie moralische Entrüstung? Ach, ich bitte dich!«

»Du hattest kein Recht dazu«, herrschte Kait ihn wütend an.

»Ich habe es ihr sanft erklärt, in Begriffen, die ein Kind auch verstehen kann.«

»Tatsächlich? Und was genau sind das für Begriffe?«, würgte Kait hervor und versuchte ihren aufflammenden Zorn zu beherrschen.

»Dass wir in verschiedenen Häusern wohnen werden«, sagte Trev heftig. »Dass Erwachsene, genau wie Kinder, immer noch älter werden, und dass sie sich dabei verändern. Und wenn sie sich zu sehr verändern, können sie eben nicht mehr zusammenbleiben. Das habe ich gesagt.«

»Ich bin sicher, das hat sie gut verstanden«, entgegnete Kait sarkastisch.

»Sie ist traurig. Aber sie wird darüber hinwegkommen. Und sie wird viel schneller darüber hinwegkommen, wenn du ausziehst und sie in Ruhe lässt.«

Kait starrte ihn an, und ihr Nacken prickelte vor Entsetzen. Panik stieg in ihr auf. »Du willst, dass ich ausziehe?«

»Das halte ich für das Beste. Du nicht?«

Sie würde nicht ausziehen. Die Vorstellung, Fox Hollow zu verlassen, war mehr als schmerzlich. Sie konnte den bloßen Gedanken daran nicht ertragen! »Wir sollten versuchen, uns zu versöhnen, um Marnis willen«, erwiderte sie langsam. Konnte er sie zwingen, auszuziehen? »Du kannst mich nicht einfach aus dem Haus werfen.«

Seine Augen weiteten sich, und dann lachte er auf. »Das wirst du schon sehen!« Er ging auf die geschlossene Tür zu.

Seine Worte ängstigten sie. Kait nahm nur am Rande wahr, dass Sam draußen stand, mit befriedigter Miene; ebenso vage sah sie, dass Trev stehen blieb und ein paar Worte mit seiner älteren Tochter wechselte. *Lieber Gott.*

Ihre Reaktion auf die bloße Vorstellung, Fox Hollow zu verlassen, sagte ihr etwas, das sie nicht wissen wollte, das sie sich selbst nicht eingestehen wollte.

Irgendwie hatte sich etwas entscheidend verändert.

Kait wollte Fox Hollow nicht mehr verlassen, nie mehr – und sie fürchtete, das könnte nicht nur an Marni liegen.

Kait sah Sam und ihrem Vater nach und weigerte sich, über ihre verräterischen Gefühle nachzudenken. Stattdessen beschäftigte sie sich mit Sam. Hatte sie gelauscht? Kait glaubte es. Und leider war der Ausdruck hämischer Freude auf ihrem Gesicht unmissverständlich gewesen. Sie wusste von der bevorstehenden Scheidung und hatte mit angehört, dass Trev Lana aus dem Haus werfen wollte. Sie schien sich darüber zu freuen, wenn Lana litt.

Da drehte Sam sich um und warf einen Blick zurück auf Kait. Ihr Gesicht wirkte nun ausdruckslos.

Kait sah dennoch genauer hin. Sam trug einen wunderhübschen, korallenroten Kaschmirpulli in breitem Rippstrick, mit

einem hohen Rollkragen und engen Bündchen an den Ärmeln. Hatte Kait nicht gestern Abend beinahe diesen Pulli angezogen? Hatte er da nicht in Lanas Kleiderschrank gelegen?
Kait war sicher, dass Sam einen Pulli ihrer Stiefmutter trug. Und sie hatte gewiss nicht um Erlaubnis gefragt.
Sie sah Sam wieder vor sich, wie sie heute Morgen in der Küche gesessen hatte. Sie hatte einen sehr schönen schwarzen Pulli mit V-Ausschnitt unter einer Lederweste getragen, die viel zu teuer für so ein junges Mädchen gewesen war.
Bestahl Sam etwa die Stiefmutter, die sie so verabscheute?
Kait wünschte, sie wäre nicht einmal auf diesen Gedanken gekommen, doch bedauerlicherweise konnte sie das nicht rückgängig machen. Beinahe widerstrebend – aber entschlossen, jeden Stein im Leben ihrer Schwester umzudrehen – ging sie die Treppe hinauf, als Sam und Trev in der Küche verschwanden. Durch ihre eiserne Entschlossenheit blitzte kurz der Gedanke, sie sollte Sam einfach nach dem Pulli fragen, stattdessen schob sie deren Schlafzimmertür auf.
Sams Zimmer war ein Saustall. Ihr Schreibtisch war mit Büchern und CDs übersät, dazwischen zwei leere Coladosen, eine Chipstüte und natürlich ihr Computer. An der Wand daneben standen Miniaturpferde auf einem Regal, und Kait stutzte. Früher hatte Sam wohl einmal in Trevs Fußstapfen treten wollen. Auf dem untersten Regalbrett standen ein paar gerahmte Fotos, darunter eines von einem gut aussehenden Jungen etwa in Sams Alter, mit schwarzem Haar und einem ansteckenden Grinsen. Eine Gitarre und Notenblätter waren zwischen Schreibtisch und Regal in der Ecke verstreut. Ihr Rucksack lag auf dem Boden neben einer Lederhandtasche mit Fransen. Der Rucksack war offen, und der halbe Inhalt – Make-up und Schulbücher –

war herausgerutscht. Zeitschriften, ein altes, zerfranstes Stofftier und eine weitere leere Chipstüte zierten das ungemachte Bett. Kait ging zu der antiken Pinienholzkommode in einer Ecke des ganz in Blau und Weiß gehaltenen Zimmers und öffnete die oberste Schublade. Beim Anblick der roten und schwarzen Spitzenunterwäsche zuckte sie zusammen. Ein Etikett von Victoria's Secret ragte ihr entgegen.
War das angemessen für eine Sechzehnjährige? Kait kannte sich da nicht aus. Sie wollte die Schublade gerade wieder schließen, als sie die sexy elfenbeinfarbene Wäsche entdeckte. Das war keine billige Imitation aus dem Versandhauskatalog. Sie hob den Tanga hoch. Er war von La Perla, und sie erkannte ihn sofort wieder – er gehörte Lana.
Sam bestahl ihre Stiefmutter. Sie war entsetzt.
Bestimmt war das nicht so schlimm, wie es aussah. Kait hoffte, dass Sam nur ein Ventil für ihre Wut und Verwirrung brauchte. Sie schob die elfenbeinfarbene Spitzenwäsche wieder in die Schublade, als ihre Finger etwas Kaltes, Hartes berührten, ein Stück Metall. Kaits Hand schloss sich um etwas, das sich anfühlte wie Stahl. Was war das?
Sie holte den Gegenstand heraus.
Es war eine Pistole.

Neun

Kait verließ voller Angst Sams Zimmer. Ihr erster Impuls war, nach unten zu laufen und Trev zu sagen, was sie gefunden hatte. Doch er war wütend auf sie. Das war vermutlich kein günstiger Zeitpunkt, um ihm zu sagen, dass seine Tochter sie bestahl und dass sie eine Waffe besaß.

Kait klammerte sich ans Treppengeländer und blickte hinunter ins Foyer und in einen Teil des Wohnzimmers. Ihr Herz raste vor Angst. Einer Frage konnte sie nicht ausweichen: Hasste Sam sie so sehr, dass sie sie umbringen würde?

War es Sam gewesen, die auf sie geschossen hatte?

Sam war groß – Kait schätzte sie auf knapp einen Meter siebzig. Der Schatten, den sie im Wald gesehen hatte, war ein Erwachsener gewesen – oder jemand, der so groß war wie ein Erwachsener. Sie war einfach davon ausgegangen, dass der Schütze ein Mann gewesen war.

Ihr war schlecht.

War es Sam gewesen?

Wie konnte sie diese Befürchtungen jemals Trev gegenüber ansprechen?

Sie hörte seine Schritte unter sich, bevor sie ihn sah, und klammerte sich noch fester ans Geländer. Er trat in ihr Gesichtsfeld, und sie beobachtete ihn gequält. Sie wollte nicht mit ihm streiten – sie war nicht Lana, verdammt noch mal, und sie wollte ihn jetzt nicht noch mehr verletzen. Was sollte sie tun?

Er bog schwungvoll ab und kam die Treppe herauf. Als er sie entdeckte, zögerte er. Ihre Blicke trafen sich.
Sie rührte sich nicht.
Er erreichte den oberen Treppenabsatz, auf dem sie stand. »Was machst du hier?«
Sie fuhr sich mit der Zunge über die Lippen. »Nichts.«
Er zog eine Braue in die Höhe und ging an ihr vorbei. Sie zauderte erst, folgte ihm aber dann. Vielleicht war das doch eine gute Gelegenheit für ein schwieriges Gespräch unter vier Augen – er wirkte viel ruhiger als vorhin, als er sie wegen der Scheidung angebrüllt hatte.
Sie merkte, dass er ins Schlafzimmer ging, das nun mehr oder weniger ihres war, weil er anderswo schlief. Plötzlich hatte sie eine Ahnung, die sie in Angst versetzte. »Und was machst *du* hier?«, fragte sie und folgte ihm hinein.
»Ich ziehe mich um«, erklärte er und verschwand im Ankleidezimmer.
Sie sah auf ihre Armbanduhr – auf Lanas entzückende Chopard-Uhr – und verzog das Gesicht. Es war schon fast sechs. Wollte er heute Abend wieder ausgehen? Und wenn ja, mit wem?
Er hatte ihr den Rücken zugewandt, doch er trug nun nichts mehr außer einer eng anliegenden weißen Unterhose. Er griff nach einer dunklen Hose. »Was ist denn?«, fragte er und drehte sich um.
Sie starrte auf seine prächtige, muskulöse Brust mit einem Schimmer schwarzer Haare darauf, auf seinen flachen, harten Bauch und schließlich auf seine Unterhose, die sich in seinen Schritt schmiegte. *O Gott.* Seine Beine waren lang, straff und muskulös; er hatte Schenkel wie ein Fußballspieler, nicht wie ein Reiter.

Sie schluckte und war wie gebannt.
»Was, zum Teufel, soll das?«, fragte er.
Ihr Blick flog hoch und begegnete seinem. Er schien wütend zu sein, doch ihr Mund war so trocken, dass sie nichts erwidern konnte.
Eine endloser Augenblick verstrich. Das Schweigen lastete schwer im Raum, doch Kait konnte ihren Puls hämmern hören. Dieser Mann war so schön. War Lana denn verrückt geworden?
»Wenn du mich weiter so anstarrst, überlege ich es mir vielleicht anders und hole mir doch noch meinen Abschiedskuss«, sagte er mit rauer Stimme.
Sie stutzte. Er wollte mit ihr schlafen. Das war sogar ziemlich, nun ja, offensichtlich geworden. Sie spürte, wie ihr das Blut in die Wangen stieg.
»Was denn, hast du noch nie einen erregten Mann gesehen?« Sein Lachen klang ein wenig wild. Er ließ die Hose einfach zu Boden fallen. »Zieh dich aus, Lana.«
Sie war so von ihm gefangen, dass ihre erste Reaktion leidenschaftliches, glühendes Begehren war. Und er wusste es, denn er lächelte und kam auf sie zu.
Doch es gab einen Grund, weshalb sie das nicht tun durfte, obwohl sie vor Erregung zitterte, obwohl ihr das Blut heiß und prickelnd durch die Adern schoss. Und dieser Grund war ganz einfach – ihre Schwester.
Er lächelte, anscheinend belustigt. Seine Hände schlossen sich um ihre Schultern. »Weißt du, was?«, flüsterte er heiser. »Mir gefällt diese neue Masche. Mir gefällt diese Unschuldsmiene, die niedliche Strubbelfrisur, die großen, staunenden Augen. Das gefällt mir sogar sehr. Ist eine klasse Rolle.«
Eine klasse Rolle. Allerdings. Sie musste sich beherrschen. Das

war beinahe unmöglich, weil ihr Puls unter seinen Händen noch schneller raste, als er sie an sich zog. Ihr Pulli streifte seine Brust, und ihre Brustwarzen wurden hart. »Du willst doch ausgehen«, brachte sie mühsam hervor.

»Ich bin mit Mitch und Sara verabredet. Aber wir haben noch genug Zeit. Nein, ich sage ihnen ab«, sagte er, den Mund ganz nah an ihrem. »Dann können wir uns alle Zeit der Welt lassen«, fügte er mit einem umwerfend erregenden Flüstern hinzu.

Lanas Handy klingelte.

Es steckte in Kaits hinterer Hosentasche, und sie erschrak so heftig, dass sie zusammenzuckte. Dabei stieß sie gegen seine Erektion.

»Geh nicht ran«, murmelte er, schob die Hände unter ihren Pulli, und sie spürte seine harten, leicht schwieligen Hände auf ihrem nackten Rücken brennen.

Kait sprang zurück und griff nach dem Handy. Sie brauchte nicht auf das Display zu schauen, um zu wissen, dass Lana sie endlich zurückrief. Kait rannte zur Tür und warf einen Blick zurück zu Trev Coleman.

Er starrte sie entsetzt an.

»Es tut mir Leid«, flüsterte sie, und dann rannte sie aus dem Schlafzimmer hinaus in den Flur. Sie drückte auf den grünen Knopf. »Leg nicht auf!«, rief sie.

Als Kait sicher draußen im Freien angelangt war, wo der Himmel gerade abendlich dunkel wurde, sagte sie: »Gott sei Dank, es geht dir gut! Ich habe mir solche Sorgen gemacht!«

»Ist bei *dir* alles in Ordnung?«, fragte Lana. Das klang ein wenig ironisch.

Kait entfernte sich immer weiter vom Haus. Sie spürte förmlich die Blicke in ihrem Rücken, doch das war ihr jetzt egal. »Wo bist du? Wann kommst du endlich? Jemand hat auf mich geschossen, Lana! Und Trev hat mir die Scheidungspapiere überreicht!«

»Immer mit der Ruhe«, erwiderte Lana gelassen. »Ich hielt es nicht für klug, dir zu sagen, dass wir kurz vor der Scheidung stehen. Du hattest auch so schon genug zu verdauen.«

»Du hast es gewusst? Wie, zum Teufel, hast du dir gedacht, dass ich hier klarkommen soll – mit ihm klarkommen soll –, wenn er dich so hasst?«, rief Kait wütend.

»Wie könnte ich denn nicht wissen, dass es mit meiner Ehe vorbei ist?«, fragte Lana trocken.

Kait stellte sich ihre Schwester in diesem Augenblick vor. Sie war gewiss gefasst, ja sogar belustigt, denn so nahm sie nun einmal das Leben. »Ich finde das gar nicht komisch. Du hast einen wunderbaren Ehemann und eine entzückende Tochter, und du bist nicht einmal traurig über die Scheidung!« Sie hätte beinahe hinzugefügt, dass Trev Coleman das alleinige Sorgerecht einklagen wollte und dass er vorhatte, Lana langsam, aber sicher aus dem Leben ihrer Tochter hinauszudrängen. Doch dieses heikle Thema wollte sie jetzt nicht ansprechen.

»Ich glaube, du bist diejenige, die darüber traurig ist. Aber du warst ja schon immer die Romantische von uns beiden.« Sie hörte ein nostalgisches Lächeln in Lanas Stimme. »Weißt du noch, als ich dich mit diesem blödsinnigen Buch erwischt habe? Wie hieß das noch, *Die süße, die ewige Liebe*?« Lana lachte. Und dann fragte sie: »Hast du dich in Trev verliebt, Kait?«

»Was?«, flüsterte sie.

»Ich wusste, er würde dir gefallen«, sagte Lana ernsthaft. »Deshalb wollte ich nie, dass du ihn kennen lernst. Ich wusste, dass er dich auch mögen würde. Eigentlich hat er die falsche Schwester geheiratet, meinst du nicht? Wenn du dich gefragt hast, warum ich dir meinen Ehemann verschwiegen habe, na ja, das war der Grund.«

Kait war so perplex, dass sie nicht mehr klar denken konnte.

»Aber jetzt ist es aus. Es war ein Fehler. Du kannst alles haben, auch den Mann, wenn du willst«, sagte Lana lachend. »Und was Marni angeht, na ja …« Sie verstummte.

Kait war stehen geblieben, kurz vor Trevs glänzendem neuem Dodge. Sie spürte Schweißperlen auf ihrer Stirn. »Was?«

Lana seufzte. »Es ist aus mit mir und Trev, Kait. Es ist schon lange vorbei zwischen uns. Ich habe ihn so satt, ihn und seine Moralpredigten – ich habe die Nase voll davon, ständig verurteilt zu werden. Ich habe schon damit gerechnet, dass er die Scheidung vorbereitet hat, und sobald ich zurückkomme, werde ich die Unterlagen dem besten Anwalt bringen, den ich auftreiben kann«, sagte Lana bitter.

Kait begann zu zittern. »Er hat dich doch geliebt. Ich glaube, er liebt dich auch jetzt noch.«

Lana lachte laut. »Er hasst mich, aber Sex mag er immer noch ganz gern.«

Kait zuckte zusammen. Irgendwie hatte sich ihr dieser Eindruck auch schon aufgedrängt.

»Bist du noch dran?«, fragte Lana nach einer Pause.

Kait hatte das Gefühl, als schwanke der Boden unter ihren Füßen. Sie durfte nicht daran denken, was vor ein paar Minuten beinahe passiert war. »Ja. Und bist du schon auf dem Heimweg? Was ist eigentlich los!? Ich weiß, dass du mich mit der Pfändung angelogen hast, Lana. Fox Hollow ist Trevs Eigentum, ganz ohne Belastungen.«

»Er hat es von seinem Vater geerbt. Eigentlich gehört die Hälfte seinem Bruder, aber Rafe mischt sich nie ein.«

»Du hast mich belogen. Und jemand hat auf mich geschossen – weil er mich für dich gehalten hat. Was ist hier los?«, fragte Kait angespannt.

»Ich hatte Angst, dir die Wahrheit zu sagen. Ich brauche noch ein paar Tage«, entgegnete Lana. »Bitte, Kait, du musst mir jetzt einfach vertrauen.«

»Noch ein paar Tage?«, keuchte Kait. »Nein! Auf keinen Fall! Trev muss die Wahrheit erfahren, und ich fürchte, wir werden die Polizei einschalten müssen.« Ohne vernünftige Erklärung würde sie ihrer Schwester gar nichts mehr glauben.

»Ich habe nicht gelogen, als ich gesagt habe, dass ich in furchtbaren Schwierigkeiten stecke. Jemand hat es auf mich abgesehen! Aber ich weiß wirklich nicht, wer auf Fox Hollow auf dich geschossen haben könnte. Das kann mit meiner derzeitigen Notlage nichts zu tun haben. Ich schulde wirklich jemandem eine Menge Geld, Kait, aber ich kann dir jetzt nicht sagen, warum, und er wird mir bestimmt nichts tun, denn er will ja sein Geld wiederhaben. Niemand hat auf dich geschossen. Ich meine, ich habe zwar viele Feinde in der Gegend, aber ich glaube nicht, dass einer von ihnen den Mut hätte, mich umbringen zu wollen. Nicht mal eine dieser schäumenden Ehefrauen.« Sie klang belustigt.

Kait packte das Handy fester. »Dann ist es also wahr? Du hattest … Affären?«

»Ich habe dir bereits gesagt, dass ich Trev nicht liebe. Natürlich hatte ich Affären. Und da es in Skerrit County nun mal keine annehmbaren Junggesellen in unserem Alter gibt, brauchst du mir das auch nicht vorzuwerfen.«

»Lana – du bringst mich in Gefahr«, sagte Kait gedehnt.
»Das würde ich niemals tun!«, rief Lana. »Niemand hat auf dich geschossen! Und wenn doch, na ja, er hat schließlich nicht getroffen. Halte nur noch übers Wochenende durch, Kait, dann komme ich nach Hause, und wir können Trev alles erklären. Dann brauchen wir auch nicht mehr zur Polizei zu gehen. Da bin ich ganz sicher.«
»Trev hasst dich. Und mich wird er auch hassen, wenn er erfährt, was ich getan habe.«
»Er wird dir verzeihen … irgendwann. Wenn ihm klar wird, was für ein Mensch du bist – wenn er merkt, dass du überhaupt nicht so bist wie ich. Kait, ich bin verzweifelt.« Ihre Stimme klang flehentlich.
»Das ist mir klar. Aber du musst mir schon genauer sagen, warum du so verzweifelt bist! Sonst werde ich Trev alles erzählen – und der Polizei sowieso!«
»Rafe Coleman hasst mich wie die Pest. Wenn du zur Polizei gehst, wird er dich wahrscheinlich rauswerfen. Und du könntest für unseren kleinen Rollentausch in den Knast kommen, Kait. Das möchte ich nun wirklich nicht.«
Kait starrte in die Dunkelheit.
»Bist du noch dran?«
Kait nickte dummerweise.
»Es sind doch nur ein paar Tage«, drängte Lana trotz ihres Schweigens. »Und dir bleibt gar nichts anderes übrig, Kait, denn wenn ich eines weiß, dann, dass du niemals meine Tochter – deine Nichte – in Gefahr bringen würdest.«
Diese Worte waren ein harter Schlag für Kait. »Du hast also nicht gelogen, als du mir von der Drohung gegen Marni erzählt hast?«

»Ich würde Marni doch nie zu so etwas missbrauchen. Was glaubst du denn, warum ich das alles tue? Ich bin vielleicht nicht die beste Mutter der Welt, aber ich würde alles tun, einfach *alles*, um sie zu beschützen. Ich kann nicht zulassen, dass sie für meinen dummen Fehler büßen muss. Sie wissen genau, dass Marni meine Achillesferse ist. O Gott, was, wenn sie sie entführen? Wenn ich sie vielleicht nie wiedersehe?«, klagte Lana.

Kait lehnte sich an die Tür des Pick-ups. »Also gut! Ich spiele weiter mit! Aber ich verstehe das alles nicht!«

»Du brauchst nichts weiter zu verstehen«, sagte Lana leise, »als dass ich eine Idiotin bin und dass ich nun einen schrecklichen Preis für meine Fehler in der Vergangenheit bezahle – und dass meine Tochter vielleicht die Nächste ist.«

»Nein«, sagte Kait. »Ich würde für sie sterben. Wir werden nicht zulassen, dass ihr jemand etwas antut.« Tränen erstickten ihre Stimme.

»Ich weiß. Sie ist das Beste, was mir je im Leben passiert ist«, erwiderte Lana leise, und Kait konnte sie lächeln hören.

Kait riss sich zusammen. »Wie soll ich mit Trev umgehen?«

»Bleib ganz ruhig und freundlich – sei einfach du selbst«, antwortete Lana.

Ein Bild von ihm, nackt bis auf die Unterhose, stand ihr plötzlich vor Augen. »Und wenn er mir Avancen macht?«, fragte sie nervös.

Nach einer Pause fragte Lana: »Kait, hat er dich angemacht?«

»Er glaubt doch, ich sei du!«, rief Kait bestürzt.

Lana fand das offenbar lustig. »Damit kommst du schon klar. Tu einfach, was du für richtig hältst. Aber so machst du das ja immer, nicht wahr?«

»Das ist kein guter Zeitpunkt, um sich so rätselhaft auszudrücken!« Kait schrie nun beinahe. Sie war immer noch fassungslos, und erst allmählich wurde ihr klar, dass sie diese Täuschung noch länger durchziehen musste. Sie wusste immer noch nicht mehr, als dass zwei Leben auf dem Spiel standen, das ihrer Schwester und das ihrer Nichte.
Kaits Augen wurden feucht. Sie musste sich setzen. Doch da war nichts außer dem Boden, also ließ sie sich in den Kies sinken. Wenn sie einen ganzen Monat lang Lana spielen musste – ein ganzes Jahr lang –, um Marni zu beschützen, dann würde sie es tun.
»Kait, ich zähle auf dich.«
Kait nickte, das Handy in der klammen Hand, und dann fiel ihr auf, dass ihre Schwester sie ja nicht sehen konnte. »Du kannst dich auf mich verlassen«, flüsterte sie heiser. »Das weißt du.«
»Ja, das weiß ich. Weil wir Zwillinge sind, und wenn ich mich auf dich nicht verlassen kann, auf wen denn dann? Und du kannst mir vertrauen, Kait.«
Kait wusste, dass ihr Gespräch bald enden würde. Ihr Herz schien seinen angestammten Platz verlassen zu haben – es schlug nun in ihrer Kehle und drohte sie zu ersticken. »Wann höre ich wieder von dir?«
»Ich rufe dich an, wenn ich zurückkomme, Anfang nächster Woche.«
Kait rang nach Luft. »Lana – ich habe Angst. Es ist so schwer hier. Es ist schwer, Trev anzulügen und …«
»Und was?«
»Und Marni so lieb zu haben«, flüsterte Kait schließlich.
»Ich weiß. Und ich kann dir gar nicht genug danken, Kait. Wenn das hier vorbei ist, wird alles so, wie es sein sollte. Das

schwöre ich dir. Wir werden wieder eine Familie sein, auch nach der Scheidung. Versprochen.«

Kait konnte nicht sprechen, also nickte sie wieder.

Lana verstand sie trotzdem; das Gespräch brach ab.

Kait saß ganz still da. *Wir werden wieder eine Familie sein, auch nach der Scheidung.* Sie bekam kaum noch Luft. Sie sehnte sich nach nichts so sehr wie danach, dass dieser abscheuliche Betrug endlich zu Ende wäre, dass alle in Sicherheit wären und sie ein Teil des Lebens auf Fox Hollow werden konnte. Sie durfte jetzt nicht daran denken, dass es um Marnis Leben ging. Wenn sie das tat, würde sie die Nerven verlieren. Kait schloss die Augen und betete für sie alle, sich selbst eingeschlossen.

Sie hätte Lana darüber ausfragen sollen, wer auf sie geschossen haben könnte. Lana hatte das nicht ernst genommen, genau wie Rafe Coleman. Vielleicht hatten die beiden Recht, dachte Kait, und sie irrte sich.

Sie hatte Kopfschmerzen. Es war Zeit, ins Bett zu gehen.

Dann dachte sie daran, wer da oben im Schlafzimmer war, und ihr Herz machte einen Satz. *Ich liebe Trev nicht … schon lange nicht mehr.* Ihre Schwester wollte sich scheiden lassen, und Kait würde sich in diese Beziehung nicht mehr einmischen. Außerdem war ihr inzwischen klar geworden, dass Trev Coleman etwas Besseres verdiente als Lana.

»Was machen Sie da?«, ertönte Max Zaras Stimme.

Kait öffnete die Augen und blickte auf. Sie war auf dem Boden sitzen geblieben, an einen Hinterreifen des Dodge gelehnt. Max stand hinter ihr, einen Arm auf die Heckklappe gestützt, und starrte auf sie hinunter. Er hatte doch wohl hoffentlich ihr Telefonat nicht belauscht – denn sie hatte Lana mit Namen angesprochen, oder?

»Mir ist plötzlich schwindlig geworden«, sagte Kait hastig, während sich ihre Gedanken überschlugen. Sie versuchte sich aufzurappeln und wünschte, sie hätte Lana nach Max fragen können. Er streckte die Arme aus und zog sie hoch; sein Griff war warm und stark. Sie sahen einander in die Augen.

Kait gefiel sein direkter Blick nicht, ebenso wenig wie seine grimmige Miene. Es gefiel ihr nicht, wie er ihr forschend in die Augen sah, als wolle er dort ihre Geheimnisse und Lügen ablesen. Sie schaute weg.

»Vielleicht sollten Sie jetzt lieber wieder reingehen«, sagte er leise.

Sie musste noch einmal in seine leuchtend blauen Augen sehen. Sie wollte ihn unbedingt fragen, was er mit all dem zu tun hatte und warum er sich ihrer Schwester gegenüber so feindselig verhielt – was zwischen den beiden vorgefallen war. Doch Kait konnte es fast erraten. »Seit wann arbeiten Sie jetzt auf Fox Hollow, Max?«, fragte sie gedehnt.

Seine Augen wurden schmal. »Was für eine seltsame Frage.«

Kait wusste, warum er die Frage seltsam fand. Sie war auch seltsam, denn Lana hätte natürlich gewusst, wann er eingestellt worden war. »Ich kann mich gerade nicht erinnern, wann Sie hier angefangen haben«, sagte sie. »Muss an dem Sturz liegen.«

»Ja, das muss wohl an der kleinen Beule liegen – die Sie bei diesem seltsamen kleinen Reitunfall abbekommen haben«, sagte er. Sie starrten einander an.

Kait konnte den Blick nicht abwenden, und sie wusste, dass er wusste, dass sie nicht Lana war.

Er zuckte abrupt mit den Schultern. »Vor fast zwei Monaten. Aber ich verstehe schon, warum Sie nicht mehr genau wissen, wann ich hier angefangen habe. In der ersten Woche haben Sie

mich ja keines Blickes gewürdigt. Ich hätte genauso gut eine Türklinke sein können, so wenig haben Sie mich bemerkt.«
»Ich war mit den Gedanken woanders«, sagte sie mit trockenem Mund, und ihre Schläfen pochten schmerzhaft. »Und es tut mir Leid, wenn ich in den vergangenen Wochen manchmal unhöflich zu Ihnen war«, fügte sie hinzu.
Er erwiderte nichts darauf. Kait lächelte ihn unsicher, aber ein wenig dankbar an. Er kam ihr gar nicht mehr höhnisch oder feindselig vor.
Er lächelte nicht zurück. Stattdessen schaute er an ihr vorbei.
Kait spürte plötzlich, wer hinter ihr stand, und sie wirbelte herum.
Trev stand auf der Veranda, in einer dunkelgrauen Hose und einem eleganten Sportsakko, und er beobachtete sie. Kait spürte, dass sie errötete. Er dachte doch hoffentlich nicht, dass sie etwas mit Max hatte, oder?
Dann ist es also wahr? Du hattest … Affären?
Ich liebe Trev nicht mehr. Natürlich hatte ich Affären.
Du kannst alles haben, auch den Mann …
Dies war kein guter Zeitpunkt, um sich an Lanas Worte zu erinnern. Trev kam die Stufen herab. Kait hatte das Gefühl, in Zeit und Raum erstarrt zu sein. Natürlich würde er das Schlimmste von ihr denken, denn Lana hatte keinerlei Moral, wenn es um ihre Ehe und ihren Mann ging. Als er die Tür des Dodge erreichte, konnte sie endlich sein Gesicht sehen. Es war vollkommen verschlossen. Er sah sie nicht an – es war, als stünde sie nicht nur Zentimeter von ihm entfernt.
Er öffnete die Autotür und stieg ein.
Max drehte sich um und ging um den Wagen herum, offenbar zur Hintertür des Hauses.

Kait rührte sich nicht von der Stelle.

Wie soll ich mit Trev umgehen?

Sei einfach du selbst.

Er hat die falsche Schwester geheiratet.

Trev ließ den Motor an.

Kait trat auf zittrigen Beinen an die Fahrertür. Lana war verrückt! »Es ist nicht so, wie du anscheinend denkst«, sagte sie langsam.

Er blickte kurz auf. »Ich denke überhaupt nichts«, erwiderte er. »Wärst du jetzt so freundlich?«

Seine kalten Worte trafen sie wie ein eisiger Wind. Sie schnappte nach Luft und trat beiseite.

Er setzte zurück, wendete und fuhr davon.

Kait starrte ihm lange nach und wünschte, sie könnte ihm die Wahrheit sagen; ihr dummes Herz war fest davon überzeugt, dass er ihnen helfen könnte. Doch sie hatte es ihrer Schwester versprochen, und zuallererst musste sie an Marni denken.

Kait hatte Marni zur Schule gefahren und Elizabeth' Missbilligung und Trev Colemans eisige Missachtung einfach ertragen. Nun stieg sie vor dem großen Stallgebäude aus dem Porsche. Sofort sah sie Max Zara in der Stallgasse stehen, denn das große Tor war offen und sein Lastwagen stand drinnen, damit er ausladen konnte. Kait blieb stehen. Sein Anblick erinnerte sie an den vergangenen Abend, als sie einen Moment lang sicher gewesen war, dass er etwas gemerkt hatte. Doch wenn er wüsste, dass sie nicht Lana war, dann würde er sie doch damit konfrontieren oder Trev Bescheid sagen.

Gestern Abend war seine Feindseligkeit urplötzlich verschwunden. Warum?

Und warum hatte er einen verschlossenen Koffer in seiner Wohnung?
Nun, da Kait noch ein paar Tage zu überstehen hatte, würde sie keinen Moment lang in ihrer Wachsamkeit nachlassen. Vielleicht hatte Lana Recht. Vielleicht hatte niemand auf sie geschossen, oder vielleicht war es so, wie Trev gesagt hatte, und ein achtloser Jäger hatte sich auf seinem Land herumgetrieben. Kait hoffte, dass es sich so verhielt. Aber Sam besaß eine Waffe, und Lana hatte mehr Feinde, als sie zählen konnte. Kait würde weiterhin auf der Hut sein.
Sie trat vor. »Hallo«, sagte sie und lächelte knapp. »Haben Sie Trev gesehen?«
Max nickte in Richtung der überdachten Reitbahn.
Kait bedankte sich mit einem Nicken und ging an ihm vorbei die lange Stallgasse entlang, wobei sie sich seiner Augen in ihrem Rücken bewusst war. Nur ein Pferd stand in seiner Box; die anderen waren draußen auf der Weide.
Sie betrat die Reitbahn. Trev und Jim standen in der Mitte und ließen einen prächtigen Braunen mit vier weißen Fesseln und einer Blesse an der Longe laufen. Sie hielt sich am Tor fest und sah zu, wie Trev das Pferd gleichmäßig traben ließ. Falls er sie bemerkt hatte, reagierte er jedenfalls nicht darauf. Und es konnte eigentlich nicht sein, dass er sie nicht gesehen hatte.
Ich liebe ihn nicht mehr … Er hat die falsche Schwester geheiratet.
Ihr Herz klopfte schneller. Was war nur in ihre Schwester gefahren? Wie konnte sie so etwas sagen? Es spielte keine Rolle, dass Kait sich körperlich so zu ihm hingezogen fühlte. Natürlich hatte er nicht die falsche Schwester geheiratet.
Aber wenn Kait seine Frau wäre, würde sie ihn niemals betrügen,

sie würde jeden Augenblick auf Fox Hollow dankbar genießen und so viele Kinder großziehen, wie sie nur bekommen konnten.
Diese Gedanken ängstigten sie. Kait schaltete sie ab, indem sie sich ganz auf Trev und das kastanienbraune Pferd konzentrierte.
»Schritt«, befahl Trev mit fester Stimme. »Uuuund Schritt.«
Das Pferd gehorchte, warf aber ungeduldig den Kopf hoch.
»Halt«, sagte Trev in demselben Tonfall. »Haaaalt. So ist es gut. Guter Junge.«
Trev führte den Braunen auf das Tor zu, an dem Kait stand. Er tat weiterhin so, als sei sie gar nicht da. Kait wusste, warum. Er glaubte, dass Lana mit Zara flirtete oder sogar mit ihm schlief.
Jim ging neben ihm. Kait hatte inzwischen erfahren, dass er früher bei den Olympischen Spielen für Kanada geritten war und bis vor kurzem in Toronto gelebt hatte. Er lächelte sie an. »Wie geht's denn heute, Lana?«
»Viel besser.« Sie erwiderte sein Lächeln, doch es verblasste, als sie den Blick auf Trev richtete.
Endlich sah er sie an, eine Hand auf dem Tor. »Entschuldigung«, sagte er.
Sie merkte, dass sie im Weg stand. Sie sprang beiseite, er schob das Tor auf und führte den Braunen hindurch. Verloren folgte sie ihm, Jim und dem Pferd. Sein Verhalten machte ihr sehr zu schaffen. Schließlich übergab Trev das Pferd dem Trainer und ging die Stallgasse entlang zum Ausgang.
Kait eilte ihm nach. »Trev, warte!«
Seine langen, athletischen Beine wurden nur kurz langsamer. »Ich habe zu tun«, sagte er, ohne sich umzudrehen.
Sie rannte ihm nach und holte ihn ein, als sie den Stall verließen. »Ich möchte mit dir sprechen«, sagte sie ein wenig ängstlich. Er bestrafte sie, aber wofür? Weil er glaubte, sie gestern Abend in

Max Zaras Armen ertappt zu haben? Oder weil sie ihn gestern erneut abgewiesen hatte? Jedenfalls war er nicht gerade bester Laune. Sie musste trotzdem mit ihm darüber sprechen, dass Sam eine Pistole in ihrem Zimmer versteckte.

Er ging langsamer, blieb jedoch nicht stehen. »Kann das nicht warten?«

Sie hielt ihn am Arm zurück. »Nein, Trev, das kann nicht warten.«

Er sah sie zum ersten Mal an diesem Tag richtig an. Sein Blick fiel auf ihren Mund, den sie mit nichts als ein wenig Gloss geschminkt hatte. Er schaute weg. »Was ist denn?«

»Ich weiß nicht, wie ich dir das schonend beibringen soll.« Kait holte tief Luft. »Ich habe in Sams Zimmer eine Pistole gefunden.«

Er stutzte. »Wie bitte?«

»Trev, ich habe in ihrem Zimmer eine Pistole gefunden. Weißt du, dass sie eine Waffe besitzt?«

»Nein, davon weiß ich nichts. Das muss ein Irrtum sein«, sagte er grimmig. »Herrgott, das muss eine Spielzeugpistole sein.«

»Das ist kein Spielzeug. Es tut mir Leid.«

»Wo ist das Ding?«

»In ihrer Kommode, unter ihrer Unterwäsche. Ich zeige sie dir, wenn du willst.« Sie sah, dass er nun endlich begriff, was sie gesagt hatte, denn er regte sich sichtlich auf.

Er nickte, und sie gingen den Hügel hinauf zum Haus. »Ich bin sicher, das ist nur ein Spielzeug. Heutzutage sieht so etwas erstaunlich echt aus.«

»Seit ein Polizist einen Jungen erschossen hat, der ihn mit einer Spielzeugpistole bedrohte, werden diese exakten Imitationen nicht mehr hergestellt, und die Geschäfte dürfen sie auch nicht mehr verkaufen«, wandte Kait ein.

»Willst du mich damit vielleicht beruhigen?«, fragte er, und seine Miene wirkte nun sehr angespannt. »Dann lass es lieber!«
Sie berührte seinen Ellbogen, als sie die Stufen zur Veranda hochstiegen. »Es tut mir Leid. Ich habe weiß Gott nicht damit gerechnet, eine Waffe in ihrem Zimmer zu finden.«
Plötzlich blieb er stehen, eine Hand schon an der Haustür. »Was hast du denn dort gesucht?«
Sie zögerte. Aber sie war auf die Frage vorbereitet. »Ich dachte, sie hätte sich vielleicht mein Handy geliehen.«
Der Blick seiner grünen Augen war unangenehm durchdringend. »Wie kommst du darauf?«
»Weil ich es verlegt hatte und nirgends finden konnte.«
Sein Blick sagte ihr, dass er diese Ausrede keinen Moment lang glaubte; brüsk trat er ins Haus, ohne ihr die Tür aufzuhalten. Sie folgte ihm dennoch.
Er klopfte nicht an, denn Sam war zur Schule gegangen, kurz nachdem Kait mit Marni aufgebrochen war. Er blickte sich überrascht um. »Was für ein Schweinestall«, murmelte er.
»Die meisten Teenager sind unordentlich«, sagte Kait ruhig. »Ich weiß nicht, warum, aber das hat sicher etwas mit ihrer Entwicklung zu tun.«
Er warf ihr einen grimmigen Blick zu und nickte in Richtung der Kommode. »Da drin?«
Kait nickte und ging an ihm vorbei. Plötzlich fragte sie sich, was sie tun sollte, wenn die Waffe nicht mehr da war. Sie erschauerte bei diesem Gedanken und zog die Schublade auf. Doch zwischen all den spitzenbesetzten, teuren Tangas und BHs lugte der glänzende Lauf hervor.
Trev stellte sich hinter sie und blickte über ihre Schulter. »Was, zum Teufel …«

Kait wusste, dass er die Wäsche gesehen hatte, die viel zu sexy für seine junge Tochter war. Sie sah ihn erröten. »Ist das ihrem Alter angemessen?« Er verstummte und berührte den elfenbeinfarbenen Spitzen-BH von La Perla. Kait wusste, er hatte ihn erkannt. Er sagte kein Wort mehr.

Der Lauf der Waffe ragte zwischen den Trägern des BHs hervor. Kait trat zurück. Es tat ihr weh, ihm das zeigen zu müssen.

Er holte die Pistole heraus. »Die ist echt.«

Sie legte eine Hand auf seine Schulter. »Ich weiß. Es tut mir so Leid.«

Sein Rücken war steif wie ein Brett. »Die gehört nicht ihr. Bestimmt gehört sie diesem verdammten Jenkins. Der steckt immer in irgendwelchen Schwierigkeiten – nichts als Ärger bringt dieser Kerl. Das ist *ganz sicher* nicht ihre.«

Sie fragte vorsichtig: »Kann Sam denn schießen?«

»Ja. Sie wollte es lernen, als sie ungefähr dreizehn war, und Rafe hat ein bisschen mit ihr geübt. Wir fanden damals beide, dass es in dieser Gegend nicht schaden kann, sich mit Waffen auszukennen und gehörigen Respekt davor zu haben. Außerdem ist das hier fast so üblich. Sie schießt sogar ziemlich gut –« Er brach ab.

Ein Schauer lief ihr über den Rücken. Sam konnte also schießen – ziemlich gut sogar.

Ihre Blicke trafen sich. Seine Augen waren weit aufgerissen und voller Qual.

Sie legte wieder die Hand an seinen Ellbogen, um ihn zu beruhigen. Dachte er dasselbe wie sie? Dass Sam sie hasste und in ihrer jugendlichen Verwirrung vielleicht einen schrecklichen Fehler gemacht hatte?

»Ich werde dieser Sache auf den Grund gehen«, knurrte Trev. Er war nun mehr als erregt, er war zornig.

»Du solltest wirklich in Ruhe mit ihr reden. Wann kommt sie nach Hause?«
»Wer weiß? Ich habe nicht vor, zu warten, bis die Schule aus ist.« Er überprüfte die Waffe und fluchte.
»Ist sie geladen?«, keuchte Kait.
Patronen fielen in seine Handfläche. »Ja.« Seine Augen blitzten vor Zorn. Er steckte die Patronen in die Tasche und schob die Pistole in den Gürtel seiner Jeans.
Kait griff nach seinem Arm, bevor er aus dem Zimmer stürmen konnte. »Warte. Du bist viel zu aufgeregt. Du solltest dich erst mal beruhigen, und ich halte es auch nicht für klug, sie mitten aus dem Unterricht zu holen.«
»Ich schleife sie an den Haaren aus dem verdammten Klassenzimmer!«, sagte Trev und sah sie mit funkelnden grünen Augen an. »Und diesen Jenkins hole ich mir auch gleich! Ich habe ihr doch verboten, ihn je wiederzusehen!«, schrie er.
»Bitte, beruhig dich und denk nach.« Sie ließ ihn nicht los. »Du bist so wütend, dass du gar nicht mehr klar denken kannst. Wenn du so auf sie losgehst, drängst du sie in die Defensive und machst es nur noch schlimmer!«
»Schlimmer? Wie kann es denn noch schlimmer werden?«, fragte er fassungslos. »Wir finden eine geladene Waffe – eine verdammte geladene Pistole – in ihrem Zimmer, ganz zu schweigen davon, dass sie deine Unterwäsche stiehlt!«
Kait ließ seinen Arm los und verzog peinlich berührt das Gesicht.
»Warum hast du versucht, sie zu decken? Du magst sie doch gar nicht – du hast sie nie gemocht. Wie lange geht das schon so? Und das war dein roter Pulli, den sie gestern Abend anhatte, oder nicht? Verdammt! Ich dachte mir doch, dass ich den kenne!«, tobte er, ohne ihre Antwort abzuwarten.

Sie schob eine Hand in seine. »Komm. Setzen wir uns irgendwo hin. Nur einen Moment.«
Er sah ihr in die Augen, senkte den Blick, sah sie dann wieder an. Sie bemerkte seine Verzweiflung. »Wie lange bestiehlt sie dich schon?«, fragte er mit rauer Stimme.
Ihr brach fast das Herz. Sie wollte seine Stirn berühren, nein, streicheln. »Sie hat nichts gestohlen. Sie hat sich die Sachen nur ausgeliehen«, erwiderte sie ebenso heiser.
»Warum versuchst du sie zu schützen? Sie hat dich doch bestimmt nicht um Erlaubnis gefragt.«
Kait zögerte. Vielleicht war es besser, wenn er die ganze Wahrheit über seine Tochter erfuhr. »Nein, hat sie nicht.«
»Ich jedenfalls nenne das Stehlen«, sagte er grimmig. »Und Minderjährige dürfen keine Waffen besitzen, das ist illegal!«
Kait zog ihn hinüber zu Sams Bett. »Bitte setz dich.«
Er sah ihr direkt in die Augen – und vielleicht bis ins Herz, vor Sorge offen und ungeschützt. Als Kait in seine grünen Augen blickte und sah, wie sehr er Sam liebte und wie viel Angst er um sie hatte, flog ihm ihr Herz nur so zu. Sie wollte diesen Mann glücklich sehen. Und sie wusste jetzt, dass er sich deshalb von ihrer Schwester scheiden lassen musste, damit er die Ruhe und den Frieden in sein Leben bringen konnte, die er und seine Kinder verdienten.
Er setzte sich und vergrub das Gesicht in den Händen. Kait legte eine Hand auf seine kräftige Schulter, und er blickte auf. Ihre Blicke trafen sich.
Sie lächelte schwach und setzte sich neben ihn. Doch auch sie war erschüttert. »Wir sollten uns das in Ruhe genauer ansehen. Wir wissen noch nicht, warum Sam sich meine Sachen geliehen hat. Sie ist in einem sehr schwierigen Alter, und sie wäre nicht

der erste Teenager, der so etwas tut. Mein erster Gedanke war nicht, dass sie mich hasst – und das wäre allein meine Schuld, möchte ich hinzufügen –, sondern dass sie damit entweder deine oder meine Aufmerksamkeit erregen wollte, dass sie von uns mehr beachtet werden will.«

Er starrte sie unverwandt an. Sie sah seinen Blick weicher werden. »Seit wann bist du eigentlich so gutherzig?«

»Ich weiß nicht. Aber es geht jetzt nicht um mich, okay? Ich glaube, wir sollten die Sache mit den geliehenen Kleidern erst einmal auf sich beruhen lassen. Es wäre besser, dieses Thema einem Therapeuten zu überlassen, Trev.«

Er starrte sie immer noch an, offenbar höchst erstaunt. »Du hast Recht.« Er blickte zur Decke hoch und schüttelte den Kopf. »Ich hätte nie gedacht, dass ich dir das irgendwann mal zugestehen müsste, aber du hast absolut Recht.« Er lächelte sie an.

Ihr Herz jubelte. *Was würde sie nicht darum geben, ein Leben lang so angelächelt zu werden!* Dann merkte sie, wohin ihre Gedanken wieder einmal gewandert waren, und war entsetzt über sich. Kait schaffte es trotzdem, das Lächeln zu erwidern. »Wir sollten uns erst einmal auf die Pistole konzentrieren«, sagte sie bestimmt.

Seine Miene wurde hart. »Sie *muss* diesem Jenkins gehören.«

»Hoffentlich hast du Recht.«

Er wandte sich ihr ganz zu. »Ich kann nicht bis heute Abend warten, um mit ihr zu sprechen. Das kann ich einfach nicht, Lana.«

Sie verstand ihn gut. »Aber jetzt bist du auch schon ruhiger. Wenn du sie aus der Schule holst, musst du genauso ruhig bleiben. Es wird gar nichts nützen, sie anzuschreien. Ich wette, wenn du sie anbrüllst, sagt sie überhaupt nichts mehr.«

Er starrte sie wieder so ungläubig an wie vorhin. Dann stand er auf und blickte auf sie herab. »Vielleicht liegt es wirklich daran, dass du dir bei dem Sturz den Kopf angeschlagen hast. Aber ich könnte schwören, dass du seitdem ein anderer Mensch geworden bist.«

Ihr Herz klopfte erschrocken, und sie stand ebenfalls auf. »Nein. Tut mir Leid, ich bin immer noch ich selbst. Aber hoffentlich ein bisschen nachdenklicher, ein bisschen besser.« Sie zögerte. »Ich bereue so vieles, Trev.«

»Ich begreife das einfach nicht«, sagte er kopfschüttelnd.

Sie zuckte mit den Schultern.

Er zögerte. »Danke«, sagte er dann. »Vielen Dank.«

Sie schmolz dahin. Es war beängstigend, welche Wirkung ein einzelnes, von Herzen kommendes Wort auf sie hatte. »Gern geschehen«, erwiderte sie.

Sie ging hinunter, nachdem Trev gefahren war, und wünschte, er hätte sie gebeten, mitzukommen; doch sie wusste, dass das keine gute Idee war und sie am Ende doch auf Fox Hollow geblieben wäre. Sie machte sich große Sorgen. Sam war in einem schwierigen Alter, und Trev hatte sich schrecklich aufgeregt. Nun konnte sie nur noch das Beste hoffen, obwohl sie eine Explosion von Gefühlen und Konflikten befürchtete.

Da sie im Moment nichts anderes tun konnte, beschloss sie, zu den Ställen hinüberzugehen und nachzusehen, ob Max da war. In seinem Gepäck herumzuschnüffeln, würde sie von den Sorgen um Trev und dessen Tochter ablenken und vielleicht das Rätsel lösen, wer und was Zara wirklich war. Sie nahm ein kleines Messer aus einer Küchenschublade und schob es in die hintere Tasche ihrer schwarzen Hose. Sie konnte kaum glauben, dass sie tatsächlich im Begriff war, das Privateigentum eines Fremden zu durchsuchen. Kait war nervös.

Es war ein grauer, beinahe winterlicher Tag, als habe der Winter plötzlich beschlossen, mit aller Macht über Skerrit County herzuziehen. Kait trug nur ein weißes Herrenhemd und eine Hose, und sie zitterte. Morgen würde sie sich bequemere Klamotten kaufen – und Trev konnte das dann als weitere Eigenart auffassen.

Max' Toyota war nicht da, und ihre Aufregung wuchs. Als sie in den großen Stall trat, sah sie den rothaarigen Jungen in der Futterkammer, doch sonst war niemand in der Nähe. Die Luft schien rein zu sein.

Jetzt bräuchte Kait etwas von der Unverfrorenheit ihrer Schwester. Sie blieb im offenen Tor stehen. »Hallo. Ist Max da?«

»Der ist drüben im Zuchtstall.«

Das war also die perfekte Gelegenheit. Kait dankte dem Jungen und eilte hinaus. Gleich darauf rannte sie die schmale, dunkle Treppe zu den Wohnungen über dem Stall hinauf.

Diesmal war Max' Tür zu. Sie drehte am Türknauf und stellte fest, dass sie sogar abgeschlossen war. Er hatte doch bisher nicht abgeschlossen. Was hatte das zu bedeuten?

Sie drehte noch ein paar Mal an dem Knauf, aber ohne Erfolg. Sie hielt inne und starrte auf die verschlossene Tür. Letztes Mal hatte sie weit offen gestanden. Hatte er bemerkt, dass jemand bei ihm eingedrungen war? Sie bedauerte sehr, dass sie ganz automatisch die Tür hinter sich zugezogen hatte, nachdem sie das Apartment durchsucht hatte, doch war das so verräterisch gewesen?

Kait holte das kleine Messer aus der Hosentasche, doch die Spitze passte nicht ins Schlüsselloch, das nur ein schmaler Schlitz

mitten im Türknauf war. Sie runzelte die Stirn. Dies war ein sehr einfaches Schloss – man musste nur einen kleinen Hebel am Türknauf auf der Innenseite umlegen, um abzuschließen. Sie zögerte und schob dann das Messer zwischen Tür und Türrahmen.
Sie hatte so etwas noch nicht gemacht, doch sie hatte in Filmen gesehen, wie Türen mit Kreditkarten geöffnet wurden. Sie schob das Messer nach oben und – voilà. Das Schloss sprang auf.
Kait holte tief Luft und wollte die Tür aufstoßen – doch die gab nicht nach. *Er hatte eine Sicherung an der Innenseite angebracht. Er war ihr auf die Schliche gekommen.*
Oder er wusste, dass neulich jemand in seiner Wohnung gewesen war.
Plötzlich wild entschlossen, ging Kait in das benachbarte, leere Apartment, dessen Tür nicht abgeschlossen war. Sie betrat die staubige Wohnung, die der von Max nebenan sehr ähnlich war. Dann sah sie das Fenster. Es befand sich in derselben Wand wie das Fenster in Max' Apartment, und sie schätzte, dass zwischen den beiden Fenstern gut drei Meter liegen mussten.
Sie eilte hinüber, öffnete es so weit wie möglich und blickte hinunter. Sie war im ersten Stock, und wenn sie fiel, würde sie sich mindestens einen Knöchel brechen, wenn nicht gar den Hals. Sie lehnte sich weiter hinaus und stellte fest, dass sie die Entfernung zwischen den Fenstern überschätzt hatte. Es waren nur etwa zwei Meter – und Max' Fenster stand weit offen.
Am Dach des Stallgebäudes lief eine Regenrinne entlang, und etwa einen Meter unterhalb der Fenster zog sich ein schmaler Sims um das Gebäude. Der Vorsprung war nur ein paar Zentimeter breit, aber sie hatte kleine Füße. Und bisher hatte sie noch nie so etwas wie Höhenangst gehabt.

Nun war sie schon so weit gekommen. Sie musste noch drei Tage überleben, bis Lana zurückkehrte. Sie konnte jetzt nicht einfach aufgeben.

Kait schloss die Augen, atmete tief durch, öffnete sie dann wieder und kletterte vorsichtig aus dem Fenster. Sie stellte sich mit beiden Füßen auf den Vorsprung und hielt sich an der Regenrinne über ihrem Kopf fest. Den Bauch flach an die Wand gedrückt, tastete sie sich zu Max' Fenster hinüber. Sie atmete schwer und versuchte, nicht ans Fallen zu denken. Stattdessen sagte sie sich immer wieder, dass die Lösung des Rätsels, wer Max Zara wirklich war, da drüben in dem abgesperrten Koffer zu finden war.

Gleich darauf glitt Kait durch sein Fenster und hatte den sicheren Boden seiner Wohnung erreicht.

Sie landete auf Händen und Knien und begann zu lachen.

Es hörte sich ein wenig hysterisch an, aber, bei Gott, sie hatte es geschafft. Es war albern, aber sie war stolz auf sich.

Kait stand auf, klopfte sich ab, wischte sich den Schweiß aus dem Gesicht und eilte zum Bett. Sie kniete sich davor und zog den verschlossenen Koffer hervor. Wieder versuchte sie, das kleine Vorhängeschloss mit ihrem Küchenmesser zu knacken, doch es ging nicht.

Kait setzte sich auf die Fersen. Wenn jeder gewöhnliche Dieb alle möglichen Gepäckstücke aufbrechen konnte, dann konnte sie das auch. Sie versuchte es noch einmal mit dem Schloss. Es gelang ihr nicht.

Ach, zum Teufel, dachte sie. Sie holte tief Luft, hielt den Koffer fest und stieß das Messer durch das Vinyl. Es war erstaunlich zäh. Kait zog mühsam die Klinge durch das Gewebe, bis der Schlitz groß genug war. Sie steckte eine Hand hinein und berührte zum zweiten Mal innerhalb vierundzwanzig Stunden kalten, tödlichen Stahl.

Er hatte eine Waffe in seinem Koffer!

Einen Moment lang konnte sie sich vor Schreck nicht bewegen, doch dann zog sie die Waffe heraus.

Sie schnappte nach Luft. Sie sah überhaupt nicht aus wie die typische, normale Pistole, die sie in Sams Zimmer gefunden hatte. Diese hier war groß und sah sehr gefährlich aus, wie eine der Pistolen, mit denen Clint Eastwood in unzähligen Filmen hantiert hatte. Sie sah aus wie eine Waffe, die ausschließlich zum Töten gedacht war.

»Verdammt!«, presste sie hervor.

Sie legte die Waffe beiseite, zögerte, und schob dann langsam die Hand wieder in den Koffer, als erwarte sie, gebissen zu werden. Diesmal schlossen sich ihre Finger um Leder.

Der Gegenstand war lang und schmal, und sie brauchte ihn gar nicht herauszuziehen, um zu erkennen, dass es sich um die Lederscheide eines großen Messers handelte.

Sie holte es heraus und stellte fest, dass sie richtig vermutet hatte. Schlimmer noch, dies war nicht einfach ein Messer – es war ein langer, schmaler Dolch von der Sorte, die man stets mit den übelsten Machenschaften in Verbindung brachte.

Wer, zum Teufel, war Max Zara?

Und was hatte er auf Fox Hollow zu suchen?

Kait war sicher, dass es etwas mit Lana zu tun haben musste – oder mit den Schwierigkeiten, in denen sie steckte. Es gab gar keine andere Erklärung. Doch in einer Beziehung hatte sie Recht gehabt – er war gewiss kein einfacher Stallbursche.

Aber auf wessen Seite stand er?

Kait hatte ein ungutes Gefühl. Zuerst hoffte sie, er sei ein Polizist, der verdeckt ermittelte. Aber Polizisten versteckten keine Stilette in ihrem Gepäck. Und er hasste ihre Schwester.

Sie sollte zusehen, dass sie aus seiner Wohnung herauskam, bevor er sie hier erwischte.

Kait schob das Messer zurück in den Koffer und wollte eben dasselbe mit der Pistole machen, als sie ein Schloss aufschnappen hörte.

Dann hörte sie die Tür aufgehen.

Das durfte doch nicht wahr sein …

Panik erfasste sie.

»Was, zum Teufel, tun Sie hier?«, fragte Max Zara gefährlich ruhig.

Langsam, immer noch auf den Fersen hockend, drehte Kait sich um.

Zehn

Sie bekam kaum noch Luft.

Max schloss die Tür hinter sich; er bewegte sich gemächlich und doch irgendwie unglaublich bedrohlich. »Was machen Sie da?«, fragte er wieder, und sein Blick fiel auf die Pistole.

Sie hielt sie immer noch in der Hand. Nun ließ sie die Waffe fallen und sprang auf. Was tat sie denn? Nun, sie spionierte ihm nach und war soeben in seine Wohnung eingebrochen. Wie sollte sie sich da herausreden?

Was, wenn er hinter Lana her war? Wenn er derjenige war, der auf sie geschossen hatte?

Kait sagte sich, dass er, falls er sie umbringen wollte, reichlich Gelegenheit dazu gehabt hatte. Nein, er wollte sie nicht umbringen – zumindest noch nicht.

Irgendwie war sie nicht erleichtert.

Er verschränkte die Arme vor der mächtigen Brust. »Ich denke, ich sollte hier diejenige sein, die Fragen stellt«, sagte sie heiser.

Das schien er komisch zu finden. »Tatsächlich? Ich überlege gerade, ob ich nicht die Polizei rufen sollte.« Doch sein Tonfall war geradezu mild.

Kait schluckte und hoffte, dass er bluffte. »Nur zu. Denn Sie haben hier eine Schusswaffe und einen Dolch, und ich glaube nicht, dass Sie einen Waffenschein für diese Pistole haben. Und sind so lange Klingen nicht verboten?« Wer, zum Teufel, lief denn mit einem Stilett herum?

Jemand sehr, sehr Gefährliches. Jemand mit mörderischen Absichten. Jemand, der sich nicht um die Gesetze scherte.
Er hatte sich immer noch nicht bewegt. Ein schwaches Lächeln lag auf seinem Gesicht. »Nein, diese Klinge ist nicht illegal, und ich habe einen Waffenschein für die Pistole.«
Sie versuchte einen klaren Gedanken zu fassen. »Kann ich den bitte sehen?«
Er schien sich das Lachen zu verkneifen. Dann holte er seine Brieftasche aus der hinteren Hosentasche und klappte sie auf; der Waffenschein sah echt aus. Sogar sein Foto war darauf. »Zufrieden?«
»Nein.«
Sie musste hier raus, so schnell wie möglich.
»Warum? Weil ich Sie in meiner Wohnung ertappt habe, wo Sie gar nicht sein dürften? Was haben sie denn gesucht, Mrs. Coleman?« Seine Augen wurden schmal. »Ich nehme doch an, dass Sie mir keinen freundschaftlichen Besuch abstatten wollten.«
»Es tut mir Leid. Ich hätte hier nicht herumschnüffeln dürfen.« Kait setzte ein falsches Lächeln auf und versuchte an ihm vorbeizugelangen.
Seine Hand schloss sich um ihr Handgelenk. »Warum denn so eilig, Mrs. Coleman?«, flüsterte er und drehte sie zu sich herum. Er lächelte nicht mehr. »Sie schauen so ängstlich.«
»Ich habe keine Angst«, log Kait.
»Ach, nein?« Er ließ sie los. Kait konnte sich trotzdem nicht rühren. »Sie haben meine Frage noch nicht beantwortet, Mrs. Coleman. Was tun Sie hier oben?«
Sie blickte in seine kühlen blauen Augen und sah keine Spur von Hitze darin. Sie sah keine Wut, kein Begehren. Ihre Angst wuchs. Irgendwie hatte sie das Gefühl, dass er mit ihr spielte.

Und sie suchte verzweifelt nach einer Ausrede dafür, dass sie seine Sachen durchwühlt hatte. »Ich glaube, Sie sind nicht der, für den Sie sich ausgeben.«
Er wagte es zu lachen. »Nein? Ich sage Ihnen das wirklich ungern, aber ich bin nur ein ganz gewöhnlicher Typ, dessen Frau ihn rausgeworfen hat, der seinen Job verloren hat und der jetzt hier in den Ställen arbeitet, um die Rechnungen bezahlen zu können und ein Dach über dem Kopf zu haben.«
Kait glaubte ihm kein Wort.
»Und ich bin eben ein Waffennarr, deshalb besitze ich eine Pistole.«
Kait glaubte auch das nicht. Sie hielt ihn nicht für einen ganz gewöhnlichen Typen, keineswegs. Er hatte den schärfsten, durchdringendsten Blick, den sie je gesehen hatte, und sie hatte sich weder seine Abneigung noch seine aggressive Sexualität bei ihrer ersten Begegnung eingebildet.
Aber von beidem war keine Spur mehr geblieben.
Was, wenn er alles wusste? Wenn er gestern Abend ihr Telefongespräch mit Lana von Anfang bis Ende belauscht hatte? Was, wenn er sich deshalb nicht mehr zu ihr hingezogen fühlte und sich ihr gegenüber auch nicht mehr feindselig verhielt, weil er nun wusste, dass sie nicht Lana war?
»Die meisten Leute fragen einfach, wenn sie an jemandem ihre Zweifel haben. Sie haben sich ziemliche Mühe gemacht, um hier hereinzukommen«, sagte er leise und holte sie aus ihren Gedanken zurück.
Sie fuhr sich mit der Zunge über die Lippen. »Jemand hat vorgestern auf mich geschossen, schon vergessen?«
»Ich habe es nicht vergessen. Aber Sie haben in dieser Gegend von Anfang an heftige Gefühle aufgerührt, nicht wahr ... Lana?«

Er hatte sie noch nie mit dem Namen ihrer Schwester angesprochen. Wie er ihn aussprach, das jagte ihr einen ängstlichen Schauer über den Rücken. »Ich habe viel falsch gemacht. Mein Verhalten in letzter Zeit bedauere ich auch.«

»Tatsächlich?« Er zog die Brauen in die Höhe. »Haben Sie sich wirklich so gewandelt?«

»Ja.« Sie reckte aggressiv das Kinn vor. »Ich bereue die Vergangenheit aufrichtig. Es tut mir Leid, falls ich Ihnen je falsche Hoffnungen gemacht haben sollte. Und jetzt muss ich gehen. Trev sucht bestimmt schon nach mir.«

»Trev ist in den Ort gefahren«, erwiderte er gelassen.

Kait drehte sich um, und zu ihrer Erleichterung packte er sie nicht wieder von hinten am Arm. Doch die Erleichterung währte nicht lange.

»Ich gebe Ihnen einen guten Rat«, sagte er.

Sie blieb stehen, wagte aber nicht, sich umzudrehen.

»Verhalten Sie sich eine Weile ganz ruhig«, sagte er. »Sie mögen sich vielleicht grundlegend geändert haben, aber dies ist eine kleine Stadt mit einem guten Gedächtnis. Ich möchte mir gar nicht vorstellen, was einer hübschen Frau wie Ihnen alles zustoßen könnte, wenn Sie nicht aufpassen.«

Sie wirbelte herum. »Was wissen Sie?«, rief sie. »Wissen Sie, wer auf mich geschossen hat, und warum?«

Sein Lächeln wirkte aufgesetzt. »Ich weiß genau so viel wie Sie, und wenn ich Sie wäre, würde ich mich in nächster Zeit ganz still verhalten.«

Kait starrte ihn an. Sein Blick war hart, hart und kalt, aber nicht bösartig. Hatte sie sich in ihm getäuscht? Stand dieser Mann auf ihrer Seite?

»Ach ja, und nächstes Mal, wenn ich Sie dabei erwische, wie Sie in meinen Sachen herumschnüffeln – bin ich vielleicht nicht mehr so milde gestimmt.« Er lächelte grimmig.

Kait hatte gerade das Haus betreten, immer noch geschockt und vollkommen verwirrt von ihrer Begegnung mit Zara, als sie draußen einen Wagen hörte. Sie machte auf der Stelle kehrt und rannte zum Fenster neben der Haustür. Trevs kobaltblauer Dodge stand in der Auffahrt. Sie beobachtete, wie Sam vom Beifahrersitz sprang, die Tür hinter sich zuknallte und zum Haus lief. Kait erhaschte einen Blick auf ihr tränennasses, wütendes Gesicht.

Trev stieg gemächlicher aus.

Kait drehte sich um, als Sam das Haus betrat. Sie war furchtbar zornig, und Tränen rannen ihr über die Wangen. »Sam, warte!«, rief Kait automatisch.

Sam fuhr herum, sah sie und riss ungläubig die Augen auf. »Du! Das ist alles nur deine Schuld! Ich hasse dich!« Sie drehte sich um und rannte die Treppe hinauf.

Kait merkte, dass Trev in der Haustür stand. Sie warf einen Blick auf ihn und wollte ihn nur noch in den Arm nehmen, doch sie rührte sich nicht.

Auf seinem Gesicht spiegelten sich starke Gefühle. Er warf ihr einen grimmigen Blick zu und stapfte dann zu seinem Arbeitszimmer. Kait folgte ihm, ohne zu zögern. »Wie kann ich dir helfen?«

Er ging zu seinem Schreibtisch, setzte sich aber nicht. »Gar nicht.«

»Es tut mir Leid.«

Er starrte auf die Papiere, die über den Schreibtisch verstreut lagen. »Gehört die Waffe ihr?«

»Ich weiß es nicht.« Er blickte auf und sah Kait in die Augen.

Seine Miene wirkte gequält. »Sie hat gesagt, das ginge mich nichts an.«
Sie konnte sich nicht mehr zurückhalten. Sie ging zu ihm und legte ihm eine Hand in den Nacken. Seine Augen weiteten sich.
»Darf ich versuchen, mit ihr zu sprechen?«, fragte sie und bemühte sich, nicht zu bemerken, wie weich die Haut in seinem Nacken war, wie hauchzart die feinen Härchen.
»Genau genommen sagte sie, es ginge mich einen *Scheißdreck* an.«
Kait zuckte zusammen. Sie hatte noch nie einen Mann so aufgelöst gesehen.
»Ich habe sie geschlagen«, sagte er.
Sie erstarrte. »Wie bitte?«
»Ich wollte es nicht!«, rief er. »Aber als sie diesen Ausdruck benutzt hat, habe ich ihr eine runtergehauen.« Er ließ sich auf den Stuhl sinken und verbarg das Gesicht in den Händen. »Ich liebe sie doch, Lana. Ich liebe meine kleine Tochter. Ich habe sie noch nie geschlagen, niemals! Das war ein Reflex! Ein verdammter, falscher Reflex!«
»Ich weiß, wie sehr du sie liebst«, flüsterte Kait. Sie rieb ihm die Schulter. »Das wird schon wieder.«
»Wirklich?« Er blickte gequält zu ihr auf. »Ich habe meine Tochter geschlagen. Ich habe noch nie die Hand gegen sie erhoben. Sie wird mir das nie verzeihen!«
»Doch, das wird sie«, erwiderte Kait mit fester Stimme. »Trev, du musst das anders betrachten. Sam steckt vielleicht in Schwierigkeiten. Du darfst nicht vergessen, dass sie eine Schusswaffe in ihrem Zimmer hatte.«
Er starrte sie an. »Du hast Recht. Also gut. Vielleicht solltest du wirklich versuchen, mit ihr zu reden – da du ja plötzlich so unendlich weise bist.« Er warf ihr einen eigenartigen Blick zu.

»Danke«, entgegnete Kait, senkte den Blick und ging mit keinem Wort auf die unterschwellige Frage ein. »Ich sage dir Bescheid, wie es gelaufen ist.«
»Ja, bitte«, sagte er.
Kait tätschelte seine Schulter und ging hinaus. Sobald sie ihm den Rücken zugewandt hatte, fiel die zuversichtliche Fassade. Er hatte seine Tochter geschlagen. Das würde nicht leicht zu reparieren sein. Und obwohl es dafür eigentlich keine Entschuldigung gab, konnte sie ihn verstehen. Doch sie musste sich auf das Wesentliche konzentrieren. Sam hatte eine Waffe in ihrem Zimmer versteckt, und Kait musste dieser Sache unbedingt auf den Grund gehen.
Langsam stieg sie die Treppe hoch und wünschte verzweifelt, sie wäre tatsächlich so klug und weise. Sie dachte sich, dass das, was Sam jetzt mehr brauchte als eine Stiefmutter, eine Freundin war. Vielleicht würde es ihr irgendwie gelingen, Sam diese Freundin zu sein.
Kait spürte ein nervöses Flattern im Magen, als sie vor Sams geschlossener Tür ankam. Sie klopfte.
»Geh weg!«, rief Sam heiser.
Kait zögerte. »Sam, bitte lass mich rein.«
»Du! Du bist die Letzte, mit der ich ein Wort reden würde! Verschwinde!« Die Stereoanlage brüllte mit voller Lautstärke los.
Kait verzog das Gesicht. Sam hatte die Tür vermutlich abgeschlossen. Sie versuchte es trotzdem, aber leider hatte sie Recht.
»Sam, bitte! Dein Vater hat dich sehr lieb, deshalb regt er sich ja so auf! Er wollte dich nicht schlagen und hat ein furchtbar schlechtes Gewissen deswegen! Ich weiß, wie verletzt du jetzt bist! Warum lässt du mich nicht rein, damit wir darüber reden können? Ich kann nämlich ganz gut zuhören!«

Sams einzige Antwort war eine grässliche Rockband, die aus der Stereoanlage kreischte. Kait wusste nicht, was sie noch tun sollte. »Mein Dad hat mich nie geschlagen«, fing sie schließlich an zu erzählen. Das war nur allzu wahr – Kait war sein kleiner Augenstern gewesen. Bei Lana hatte das allerdings anders ausgesehen. »Und ich war damals ganz schön schwierig«, sagte sie und erzählte nun von ihrer Zwillingsschwester. »Als ich so alt war wie du, bin ich nächtelang weggeblieben, habe mich mit Jungs auf wilden Partys rumgetrieben.« Tatsächlich war Lana völlig unkontrollierbar gewesen, oder etwa nicht? Ihre Mutter war gestorben, und ihr Vater hatte nicht gewusst, wie er mit den Mädchen umgehen sollte. Vor allem hatte er sehr lange und sehr heftig um seine Frau getrauert. »Ich habe jede Regel gebrochen, die mein Dad aufgestellt hat – meine Mutter ist gestorben, als ich dreizehn war –, aber er hat mich nie geschlagen. Nachdem meine Mutter gestorben war, hat er überhaupt nicht mehr viel getan. Ich glaube, sein Herz war gebrochen, und er hat sich nie richtig davon erholt.« Kait hielt inne und dachte traurig an den Mann, den sie geliebt und bewundert hatte. Dann bemerkte sie die Stille auf der anderen Seite der Tür – die Stereoanlage war ausgeschaltet worden. Sam hörte ihr also zu. »Mein Vater ist dann nach Miami gezogen, als er in Rente ging und ich aufs College kam. Er ist vor ein paar Jahren gestorben. Ich wünschte, er hätte sich mehr um mich gekümmert, als ich damals so jung und wild war. Wenn ich ihm mehr bedeutet hätte, hätte er das bestimmt getan.« Kait schwieg kurz. »Dein Vater hat dich geschlagen, weil du ihm so viel bedeutest, Sam.«
Ein langer Augenblick verstrich. Sam öffnete die Tür. Sie hatte geweint – Tränen trockneten auf ihrer weichen Haut, und ihre Nasenspitze war gerötet. »Hast du dir das nur ausgedacht?«

»Nein, habe ich nicht. Ich war wirklich wild als Teenager, und mein Vater war so sehr in seine Trauer versunken, dass er es nicht gemerkt und nicht beachtet hat. Dein Vater liebt dich sehr, Sam«, sagte Kait ernst, »und das weißt du auch.«

Sam fuhr sich mit dem Ärmel über die Augen. Sie trat zurück, ließ aber die Tür offen. Kait folgte ihr ins Zimmer; Sam warf sich bäuchlings aufs Bett und drückte das Gesicht ins Kopfkissen. Kurz vor dem Bett blieb Kait stehen. »Trev macht sich Sorgen um dich«, sagte Kait sanft. »Er macht sich Sorgen wegen dieser Waffe in deiner Schublade.«

Sam richtete sich auf. Das lange, blonde Haar fiel ihre über Gesicht und Schultern. »Er hätte gar nichts davon erfahren, wenn du nicht in meinem Zimmer herumgeschnüffelt hättest!«, rief sie zornig.

Kait sagte vorsichtig: »Ich hätte dich nach meinen Kleidern fragen sollen, da hast du Recht. Das war nicht klug von mir.«

Sam blinzelte sie an. »Das war saudumm!«, fauchte sie dann.

»Musst du solche Ausdrücke gebrauchen?«, fragte Kait ruhig.

Sam war fassungslos. »Warum sollte ich nicht? Ich höre dich doch die ganze Zeit fluchen!«

Kait verzog das Gesicht. »Das ist eine unschöne und wenig damenhafte Angewohnheit«, sagte sie schließlich.

Sam blinzelte sie wieder an, als sei sie ein Marsmännchen. Dann zog sie die Schultern hoch und fragte: »Wirst du mich denn gar nicht schimpfen wegen den Pullis und deiner Jacke?«

Eine Jacke hatte sie sich also auch genommen? »Nein. Ich denke, darüber reden wir ein andermal.« Sie machte eine Pause. »Ich leihe dir gerne alles, was dir in meinem Kleiderschrank gefällt, Sam. Es wäre nur nett, wenn du mich vorher fragen würdest.«

Sam machte große Augen. »Alles?«

»Alles, was für ein Mädchen in deinem Alter angemessen ist.«
Sam runzelte die Stirn. »Kann ich mir für Ginas Party das schwarze Spitzenkleid leihen?«
Kait wusste, welches Kleid sie meinte, denn es war ein echter Hingucker – sehr dünn und alles andere als passend für ein Mädchen in Sams Alter. »Nein. Aber du darfst das schwarze Kleid mit der Gürtelkette haben«, erwiderte sie. Das war elegant, aber immer noch sexy, nur ein wenig subtiler. An Sam, die so groß und langbeinig war, würde es fantastisch aussehen.
Sams Miene hellte sich auf. »Wirklich? Das ist doch von Donna Karan!«
Kait lächelte und wagte es, sich auf die Bettkante zu setzen. »Ich habe doch gesagt, dass du es tragen darfst.«
Sam starrte sie auf einmal misstrauisch an. »Was willst du? Du musst doch was von mir wollen, wenn du so nett zu mir bist.«
Das brach Kait fast das Herz. Sie wollte Sams Wangen streicheln und sie an sich drücken. Natürlich tat sie nichts Dergleichen. »Ich möchte mit dir über die Waffe sprechen. Gehört sie Gabe?«
Sam warf ihr einen ungläubigen Blick zu. »Nein.«
Kait hatte das sichere Gefühl, dass sie die Wahrheit sagte. »Warum hast du eine Pistole in deinem Zimmer versteckt?«
Sam blickte nicht auf. »Ich hatte meine Gründe.«
»Sam«, sagte Kait sanft. »Aus welchem Grund solltest du denn eine Waffe brauchen?«
Sam starrte stumm auf ihre Füße.
»Also, wenn das nicht Gabes Pistole ist und du sie nicht für ihn aufbewahrt hast, dann musst du doch irgendeinen Grund dafür gehabt haben.«
»Hab ich auch!«, brauste Sam auf, und neue Tränen schimmerten an ihren langen Wimpern.

Kait konnte sich nicht vorstellen, welche Ausrede sie wohl dafür haben mochte. »Nämlich?«
Sam holte tief Luft. »An meiner Schule sind ein paar schlimme Typen. Jungs von der anderen Seite der Stadt. Von der Seite, wo die Fabrik steht. Das ist eine richtige Gang. Alle an der Schule haben unter ihnen zu leiden«, sagte sie störrisch, aber bestimmt. »Und ich auch.«
Kait stutzte. Wie viel davon entsprach der Wahrheit – und wie viel hatte Sam sich ausgedacht? »Wozu brauchst du also diese Waffe? Willst du damit auf diese Jungs schießen?«
Sam zuckte mit den Schultern. »Das sind wirklich miese Kerle. Und gefährlich. Ich muss sie mir vom Leib halten«, erklärte sie hitzig.
»Und was hat Gabe mit all dem zu tun? Gehört er auch zu dieser Bande?«
»Nein!«, rief Sam entsetzt. »Er hat sich solche Mühe gegeben, sich da nicht mit reinziehen zu lassen, obwohl er bei denen um die Ecke wohnt! Sie wollen, dass er auch mitmacht, aber er will nicht! Sie haben ihn sogar verprügelt –« Sam verstummte.
Kait verstand allmählich. Vielleicht hatte Trev Recht. Vielleicht gehörte die Waffe Gabe, und der hatte einen guten Grund dafür – etwa um sich selbst zu schützen –, vielleicht aber auch nicht. Klar war nur, dass Sam ihn beschützen wollte.
»Gabe ist kein schlechter Mensch! Sein Vater ist ein Säufer, aber seine Mutter ist sehr nett und arbeitet wirklich hart, drüben in der Fabrik und in einem Café! Gabe ist ein Einserschüler! Wusstest du das? Sie wollten ihn sogar in der Football-Mannschaft haben – er ist echt gut –, aber er kann nicht, weil er nach der Schule arbeitet. Dad *hasst* Gabe! Nur weil er nicht so viel Geld hat wie wir! Und dabei kennt er ihn noch nicht mal!«, rief Sam.

Dieser erregte Wortschwall sagte Kait, dass Sam diesen jungen Mann wirklich sehr mochte, dass sie sich Sorgen um ihn machte und mit niemandem darüber sprechen konnte. Kait zögerte, legte ihr kurz eine Hand auf den Arm und sagte dann: »Das scheint ja ein ganz besonderer junger Mann zu sein.«

»Findest du?«, keuchte Sam.

Kait nickte.

Sam lächelte schief. »Möchtest du Fotos von ihm sehen?«

»Natürlich.«

Sam tauchte unter ihr Bett und brachte eine bunt bemalte Schachtel zum Vorschein. Sie öffnete ihre Schatzkiste und reichte Kait ein Dutzend Fotos – Gabe in ausgebeulter Jeans und Schlabberpulli, Gabe in seiner McDonalds-Uniform, Gabe am Steuer eines rostigen Jeeps, Gabe Arm in Arm mit Sam, offenbar in einem Fotoautomaten aufgenommen. Er hatte dunkles Haar, helle Haut und Grübchen, und er sah gut aus. Auf allen Fotos grinste er. Er sah aus wie ein netter junger Mann.

»Er sieht sehr gut aus«, bemerkte Kait.

Sam grinste. »Ich weiß.« Dann schwand ihr Lächeln. »Wirst du mich denn gar nicht anschreien?«

»Nein, ich glaube kaum, dass man mit Schreien irgendetwas erreicht. Aber diese Situation hört sich gefährlich an, Sam. Nicht nur für dich, sondern für alle anderen auch.«

Sam sah sie einen Moment lang verwundert an. »Es ist echt gefährlich. Diese Typen sind so mies. Alle haben Angst vor ihnen – außer Gabe. Dem können sie keine Angst machen.« Sie klang stolz. »Er hat ihnen gesagt, wo sie sich ihre Gang hinstecken können.«

Das klang zwar tapfer, aber nicht ermutigend. Dennoch musste Kait Sam dafür bewundern, wie loyal sie zu Gabe Jenkins stand. »Sam, du darfst trotzdem keine Waffe besitzen. Das ist falsch.«

Sie zögerte und senkte den Blick.

Kait sah, dass Sam wusste, wie falsch das gewesen war. »Hat denn schon mal jemand mit dem Schulleiter über diese Jungs gesprochen?«

Sam blickte auf. »Nein.«

»Das ist eine Sache für den Schulleiter, und vielleicht sogar für die Polizei.« Rafe Coleman fiel ihr ein. »Hast du deinem Onkel denn noch nie davon erzählt?«

»Nein.« Sam blickte düster drein. »Ich bin doch nicht blöd. Ich wusste, dass ich wegen der Waffe Ärger kriegen würde. Ich habe nur nicht damit gerechnet, dass jemand in meinem Zimmer herumschnüffelt.« Sie warf Kait einen finsteren Blick zu.

Kait zögerte. »Ich wusste, dass du dich an meinem Kleiderschrank bedient hast. Es tut mir Leid, ich hätte dich direkt danach fragen sollen. Aber selbst Erwachsene machen mal einen Fehler.« Nachdenklich fuhr sie fort: »Ich finde, es wird Zeit, dass der Rektor erfährt, wie viel Angst ihr vor dieser Gang habt.«

Sam starrte sie an. »Wenn ich sie verpfeife, bin ich dran.«

Kait erstarrte. »Du hast tatsächlich solche Angst vor ihnen?«

Sam zögerte, und Tränen traten ihr in die Augen. »Wir Mädchen haben am meisten Angst.«

Kait stand auf. »Haben die euch etwa angefasst?«

Sam stand ebenfalls auf und rang die Hände. »Schon, irgendwie.«

»Haben sie euch etwas getan, Sam?« Kait nahm ihre Hände. »Du musst es mir sagen.«

»Nicht so richtig«, flüsterte Sam, »nur ein bisschen. Du weißt schon. Uns angegrapscht und so.«

Kait war entsetzt. »Dein Vater muss davon erfahren. Und der Schulleiter ebenfalls –«

»Nein! Wenn du meinem Vater was davon sagst, rede ich nie wieder ein Wort mit dir!«, schrie Sam verzweifelt.

Kait merkte, dass Sam sich wirklich sehr vor dieser Gang fürchtete – oder fürchtete sie etwas anderes, etwas, das mit Gabe Jenkins zu tun hatte? Doch so sehr sie Sams Vertrauen gewinnen wollte, sie musste Trev davon erzählen. Waffen und Gangs waren viel zu gefährlich, um ihn im Unklaren zu lassen.

Sam las ihr die Entscheidung von den Augen ab. »Du willst doch zu Dad gehen!«

»Sam –«

»Das ist gemein! Ich habe dir vertraut!«, kreischte Sam unter Tränen.

»Ich will nicht, dass dir oder deinen Freundinnen etwas zustößt«, versuchte Kait es noch einmal. »Bitte, Sam, das klingt zu ernst, um es einfach zu ignorieren.«

»Geh weg!«

»Bitte, Sam. Ich mache mir Sorgen um dich.«

»Nein! Marni hat sich geirrt«, schluchzte Sam. »Sie hat sich total geirrt!«

Kait zögerte.

»Du bist nicht anders, überhaupt nicht – du bist immer noch genauso wie sonst, und ich hasse dich auch immer noch genauso!«

Kait hauchte: »Ich hasse dich nicht. Im Gegenteil, du bedeutest mir sehr viel, und deshalb muss ich tun, was ich für richtig halte – und was letztendlich das Beste für dich ist.«

»Raus!« Sam warf eine Zeitschrift nach ihr.

Kait ging.

Rafe Coleman wurde zum Abendessen erwartet.

Kait hatte Trev erzählt, was sie von Sam erfahren hatte, und während sie Marni abholte, hatte er sowohl Sams Schulleiter als auch seinen Bruder angerufen. Es stellte sich heraus, dass Rafe beruflich in Washington war, doch sie hatten kurz telefoniert, und Rafe hatte gesagt, er würde gegen sieben bei ihnen vorbeischauen, sobald er zurückkam. Nun war es beinahe sieben. Marni hatte schon gegessen und gebadet, und Kait las ihr eine Geschichte vor.

»Und Willy dachte gründlich darüber nach und merkte schließlich, dass er auch etwas falsch gemacht hatte«, las Kait. »Also pflückte er einen Blumenstrauß und brachte ihn Loulou, und Loulou freute sich so, ihn zu sehen, dass sie sich gleich umarmten und versöhnten. Und bis heute sind Willy, der Frosch, und Loulou Jones die besten Freunde.«

»Ende!« Marni klatschte strahlend. »Hallo, Daddy.«

Kait, die mit dem Rücken zur Tür saß, drehte sich um; und da stand Trev. Er sah umwerfend aus in seinem türkisfarbenen Rollkragenpulli und der schwarzen Hose. Der schwarze Gürtel war gewiss teuer gewesen, und er trug seine goldene Rolex und glänzende schwarze Schuhe. Er starrte Kait unter seinen dichten Wimpern hervor an, als erkenne er sie nicht wieder.

Kait lächelte ihn herzlich an. Es fiel ihr schwer, sich zu beherrschen, da ihr Herz Purzelbäume schlug. Trev Coleman hatte noch nie so sexy ausgesehen wie heute Abend.

»Willy ist ein toller Frosch«, sagte Marni, sprang aus dem Bett und rannte zu ihm. Er hob sie auf den Arm. »Darf ich einen Frosch haben?«

»Nein.«

»Aber Frösche sind so lustig, Daddy!«

»Du bekommst ein Hündchen, schon vergessen?«, sagte Trev sanft, und sein Blick wanderte wieder zu Kait hinüber.

Marni nickte, als er sie absetzte. Nun sah er Kait direkt an. »Rafe hat angerufen. Er kommt in ein paar Minuten.« Er zögerte. »Wolltest du das anlassen?«, fragte er dann taktvoll.

Kait zögerte nicht. Nachdem sie Marni vom Kindergarten abgeholt hatte, waren die beiden ins Einkaufszentrum gefahren. Kait hatte sich drei Jeans gekauft, schlichte Levis 501, und dazu mehrere Baumwollshirts mit langen und mit kurzen Ärmeln. Dann hatte Marni noch zwei Märchenbücher und einen Schlafanzug mit grinsenden Pandabären darauf bekommen. Kait trug ein langärmeliges, hellrosa Baumwoll-T-Shirt und eine verwaschen gekaufte Levis, dicke Wollsocken und keine Spur Makeup. Natürlich würde sie sich zum Essen umziehen, wie Trev das offenbar schon getan hatte.

»Ich brauche nur fünf Minuten«, sagte sie fröhlich. »Marni, du leistest inzwischen deinem Dad Gesellschaft, ja?«

»Ist gut«, sagte Marni genauso fröhlich wie Kait.

Kait eilte durchs Schlafzimmer ins Ankleidezimmer. Hastig suchte sie eine schwarze Hose und eine schwarz-weiße Bluse aus, denn sie wollte es nicht übertreiben. Gleich darauf ließ sie beides einfach zu Boden fallen. »Ach, was soll's!« Sie nahm das Donna-Karan-Kleid vom Bügel, das sie Sam für die Party versprochen hatte. Das schwarze Kleid aus Jersey war schlicht und elegant, doch der Stoff, der sich eng an ihre Haut schmiegte, war sexy – und heute Abend wollte sie Trev beeindrucken. Sie weigerte sich, diesen Gedanken weiter zu verfolgen, zog sich aus, stieg in das weiche Kleid, fand keine passende Strumpfhose und schlüpfte daher barfuß in hochhackige schwarze Pumps. Im Bad bürstete sie ihr Haar und legte ein wenig Wimperntusche und

Lipgloss auf. Sie betrachtete sich kritisch im Spiegel – sie sah so aufgeregt aus wie ein junges Mädchen bei seiner ersten Verabredung. Aber an dem Kleid war überhaupt nichts Mädchenhaftes, es floss sehr sinnlich über ihre Kurven. Es war damenhaft und verlockend.

Kait ermahnte sich, dass dies keineswegs eine Verabredung war, dass Lana nach diesem Wochenende zurückkam und dass sie hier nur vorübergehend für ihre Schwester einsprang. Das dämpfte aber ihre Erregung nicht. Es war einfach himmlisch, dass sie irgendwie einen Waffenstillstand mit Trev Coleman erreicht hatte. Sie war so glücklich, weil sie dabei helfen konnte, die Wogen zu glätten.

Kait blickte auf eine Malachit-Uhr und sah, dass bereits acht Minuten verstrichen waren, nicht fünf. Sie rannte hinaus und lief den Flur entlang. Als sie Marnis Zimmer erreichte, sah sie, dass Elizabeth sie gerade ins Bett steckte. Kait stolperte hinzu und verfluchte innerlich die Schuhe, die sie ausgesucht hatte. Die Absätze waren zu dünn und zu hoch. »Schlaf schön, mein Schatz«, sagte sie und umarmte das kleine Mädchen.

»Ich hab dich lieb, Mommy«, murmelte Marni schläfrig.

»Ich dich auch«, erwiderte Kait. Sie lächelte Elizabeth an, doch die verzog keine Miene.

Draußen auf der Treppe hielt Kait sich am Geländer fest und ging langsamer. Sie konnte die Männer im Wohnzimmer hören. Rafe Colemans Stimme klang ähnlich voll wie Trevs, doch ein wenig rau wie von zu viel Whiskey, und er sprach mit dem typischen, breiten Dialekt Virginias.

Rafe Coleman sah sie. Er trug seine Uniform – ein dunkelblaues Hemd mit dem Abzeichen daran, eine marineblaue Hose, die Pistole im Halfter, aber heute weder den Cowboyhut noch die schwarze Uniformjacke vom letzten Mal. Seine Haltung wurde ein wenig angespannt, als er sie entdeckte.

Ihre gute Laune verflog, und sie war wieder auf der Hut. »Hallo«, sagte sie und trat vor. »Ich wollte euch nicht warten lassen.«

Trev drehte sich um und ließ den Blick über sie gleiten. Kait schaffte es, ihn anzulächeln. Sie hatte noch nie so verführerisch ausgesehen, und das wusste sie auch, aber in ihrem eigenen Leben konnte sie sich schließlich keine Designer-Kleider leisten.

»Du hast uns nicht warten lassen«, sagte er mit einem angedeuteten Lächeln.

Kait lächelte ihn immer noch an, als sie über den Teppich auf ihn zuging, und einer ihrer Absätze verfing sich darin. Sie schrie auf, als einer ihrer Schuhe plötzlich hängen blieb, sodass sie stolperte und fiel.

Trev sprang hinzu und fing sie auf, bevor sie der Länge nach hinschlug.

Kait klammerte sich an seine Schultern – auch dieser Pulli war aus weichem Kaschmir –, fand das Gleichgewicht wieder und richtete sich auf. Sie spürte ihre Wangen brennen. »Bin mit dem Absatz hängen geblieben. Verflixte Schuhe«, brummte sie.

Er lächelte. »Du liebst doch diese Schuhe. Alles in Ordnung?«

Er hatte sie noch nicht losgelassen. Das bedeutete, dass sie praktisch in seinen Armen lag. Wegen des tiefen Rückenausschnitts trug sie keinen BH, und ihre Brüste drückten sich an seine muskulöse Brust. Sie sah auf und konnte den Blick nicht mehr von seinen geschwungenen Lippen losreißen. Ihr Herz machte einen Satz. Wie es wohl wäre, diesen Mann zu küssen? Von ihm geküsst zu werden? Seine Lippen auf ihren zu …

»Ja«, murmelte sie, als er sie losließ. Errötend wandte sie sich Rafe zu. »Hallo. Wie war die Reise?«

Er verschränkte die Arme vor der Brust und musterte sie. »Sehr schön, danke«, sagte er eigenartig sarkastisch.

Sie verkrampfte sich.

Trev ging zu einem Barwagen mit Messinggriffen, Glasplatte und Messingrädern. Er schenkte einen Bourbon und zwei Gläser Scotch ein. Ihr reichte er Scotch, Rafe den Bourbon, und das zweite Glas Scotch behielt er selbst. Kait mochte solche harten Getränke nicht und blinzelte auf die bronzefarbene Flüssigkeit in ihrem Glas hinab. Wein wäre ihr viel lieber gewesen.

»Ich habe schon angefangen, Rafe alles zu erzählen. Aber ich bin nicht weit gekommen«, sagte Trev.

Kait nickte nervös und wünschte, Lana hätte sich nicht auch Trevs Bruder zum Feind gemacht. Rafes Blick war eiskalt, und er ließ sie keinen Moment aus den Augen. Anscheinend war er fasziniert von ihrer Frisur und dem Mangel an Make-up.

»Warum erzählst du ihm nicht, was du erfahren hast?«, schlug Trev vor.

Kait nickte und stellte ihr Glas ab. Sie berichtete ihm von der Bande, die offenbar Sam und den anderen Kindern in der Schule schreckliche Angst einjagte.

Er sagte: »Du warst gar nicht im Büro, um Anzeige zu erstatten.«

Kait erstarrte. Sie erkannte einen Angriff, wenn sie einen sah. »Ich bin noch nicht dazu gekommen.«

Er nickte, doch seine Miene war skeptisch.

Kait wusste, dass ihr Versäumnis, Anzeige zu erstatten, ein schlechtes Licht auf sie warf – als habe sie sich die Sache mit dem Schuss bei ihrem Ausritt mit Pride nur ausgedacht.

»Hast du auch ein paar Namen?«, fragte Rafe. Ein abrupter Themenwechsel.

Er hatte sie aus dem Konzept gebracht. Das hatte er mit Absicht getan. Sie räusperte sich. »Leider bin ich nicht so weit gekommen. Und Sam hat Angst, mit irgendjemandem darüber zu sprechen, sogar mit dir. Offenbar sind diese Jugendlichen wirklich gefährlich. Ehrlich gesagt, ich mache mir Sorgen um Sam und ihre Freundinnen.«

»Tatsächlich?«, fragte Rafe. »Seit wann denn das?«

Kait straffte die Schultern und bemühte sich, die aufsteigende Wut zu zügeln. »Ja, tatsächlich. Seit ich eine Pistole in ihrem Zimmer gefunden habe.«

»Aber mit dir hat sie geredet«, murmelte Rafe nach einer Pause und einem Schluck Jack Daniels.

»Wie bitte?«, fragte Kait unruhig.

»Ich wusste gar nicht, dass du Sams engste Vertraute bist«, sagte er und sah sie unverwandt an. Er hatte den gleichen Teint wie sein Bruder, leicht bräunlich. Doch sein Haar war rabenschwarz, und deshalb wirkte er irgendwie dunkler und gefährlicher, als Trev jemals erscheinen könnte. Die Tatsache, dass er seine Dienstwaffe nicht abgelegt hatte, erhöhte noch den bedrohlichen Eindruck.

Diesen Mann wollte sie nicht zum Feind haben. Aber er war Polizist. Er sollte eigentlich auf ihrer Seite stehen. Doch das tat er offenbar nicht.

Plötzlich musste sie an Max Zara denken. Sie wollte Trev alles über ihn und sein heimliches Waffenarsenal erzählen, doch sie beschloss, dies lieber nicht in Gegenwart seines Bruders zu tun, dem sie nicht traute.

»Normalerweise vertraut sie mir so etwas nicht an«, sagte Kait mit so fester Stimme wie möglich. »Das wisst ihr beide. Aber eine so ernste Lage verlangt nach ungewöhnlichen Maßnahmen, meint ihr nicht? Und heute hat sie wirklich eine Freundin gebraucht«, fügte sie hinzu.

»Also hast du sie manipuliert, und sie hat dir alles anvertraut«, sagte Rafe.

»Nein, ich habe sie nicht manipuliert«, erwiderte Kait lauter. »Ich mag ein schlechter Mensch sein, aber ich will nicht, dass irgendein Teenager verletzt oder aus Versehen erschossen wird!« Es war nicht zu übersehen, dass ihr Schwager sie nicht ausstehen konnte. Und das fühlte sich an wie eine weitere schwere Last, die ihr zu viel wurde. »Und sie hat nicht plötzlich beschlossen, sich mir anzuvertrauen. Wir haben uns lange unterhalten. Von Frau zu Frau.«

»Von Frau zu Frau«, wiederholte Rafe und warf seinem Bruder einen Blick zu.

»Ich habe sie geschlagen, Rafe«, sagte Trev mit belegter Stimme. »Sie hat zu mir gesagt, die Waffe ginge mich einen Scheißdreck an, und da habe ich sie geohrfeigt.«

Rafe fuhr herum. »Du hast Sam geschlagen?!« Er war völlig entgeistert.

»Das werde ich den Rest meines Lebens bereuen«, sagte Trev düster. »Sam redet immer noch nicht mit mir. Deshalb ist Lana bei ihr so weit gekommen, glaube ich.«

Rafes Blick schnellte zurück zu Kait. Misstrauen zeichnete sich auf seinem Gesicht ab.

Kait wich zurück. »Sie brauchte eine Freundin«, flüsterte sie.

»Und du bist ihre Freundin? Seit wann? Ach ja, seit du und Trev nur Wochen vor der endgültigen Trennung steht!«

Kait war fassungslos darüber, dass er sich so unhöflich benahm, dass er nicht einmal versuchte, seine Abneigung zu verbergen, und dass er einfach sagte, was er gerade dachte.

»Rafe, Lana wollte doch nur helfen«, fiel Trev mit scharfer Stimme ein. »Und sie hat auch sehr geholfen.«
»Ach, wirklich?« Rafe funkelte ihn an. Sein Temperament schien mit ihm durchzugehen – und anscheinend bemühte er sich noch, sich zu beherrschen. »Oh, richtig. Seit du ihr die Scheidungsunterlagen überreicht hast, hat sie eine plötzliche Persönlichkeitswandlung durchgemacht. Sie hat beschlossen, Marni eine gute Mutter zu sein, und Sam, ach, einfach der ganzen Welt, ja? Und du fällst voll auf diese Nummer rein!«, tobte Rafe und sah seinen Bruder wütend an. »Verdammt, fängt das jetzt alles wieder von vorne an?!«
Trev zögerte. »Das ist keine Nummer. Sam hat ein Problem, und Lana hat uns geholfen.«
»Genau so hat sie dich rumgekriegt, als sie dich in New York aufgerissen hat!«, schrie Rafe. »Seitdem führt sie dich an der Nase herum, verdammt noch mal, und trotz allem, was du inzwischen weißt, fällst du immer noch darauf rein!«
Trev packte seinen Bruder an der Schulter, stieß ihn beinahe von ihr fort. Kait war starr vor Entsetzen. »Ich habe dich heute hergebeten, um über Sam zu sprechen – nicht über Lana«, sagte Trev wütend.
»Wie soll ich denn da schweigend zuschauen? Hör dich doch nur mal an!«, rief Rafe aus. »Sie hat dich bei den Eiern, und ich wette, ich weiß auch, wie!« Er warf Kait einen angewiderten Blick zu. Dann stapfte er auf sie zu. Sie wich zurück. »Als Trev verkündet hat, dass er dich zum Altar führen will, obwohl ich ihn davor gewarnt habe – an dem Tag habe ich beschlossen, meine Klappe zu halten und mich zu bemühen, diese scheußliche Situation irgendwie zu ertragen. Aber jetzt wird er die Scheidung einreichen, und ich werde, verdammt noch mal,

dafür sorgen, dass er nicht noch mal auf dich reinfällt. *Ist das klar?*«

»Schluss jetzt.« Trev packte Rafe von hinten und wirbelte ihn herum.

»Wie leichtgläubig kannst du eigentlich noch sein? Nach den letzten sechs Jahren, in denen sie dir eine Lüge nach der anderen aufgetischt hat?«, fragte Rafe.

Trev war wütend, doch der Blick, den er Kait zuwarf, sagte ihr, dass sein Bruder ihn allmählich umstimmte. »Nichts hat sich verändert«, sagte er. »Lana und ich sind uns einig, was die Scheidung angeht. Aber hier geht es um Sam, verdammt noch mal! Es geht um meine Tochter – deine Nichte. Nicht um Lana und mich.«

»Aber trotzdem steckt sie mittendrin«, sagte Rafe, nun schon ruhiger.

Kait schluckte und nahm all ihren Mut zusammen. »Sam braucht im Moment eine Freundin. Sie ist erst sechzehn, und sie steckt in Schwierigkeiten – oder zumindest beinahe! Wenn sie dir etwas bedeuten würde, würdest du mich nach der Waffe und nach dieser Gang fragen – anstatt mit Anschuldigungen um dich zu werfen, obwohl du nicht das Geringste über mich weißt!«, rief Kait empört.

Rafe stemmte die Hände in die Hüften. »Trev hat mir die Waffe gegeben. Ich lasse sie gerade überprüfen.« Seine grünen Augen wirkten kalt. »*Du* hast die Pistole gefunden?«

Sie nickte. Sie hatte ein ungutes Gefühl bei der Art, wie er das »Du« betonte.

»In Sams Zimmer?«

»Ja, in einer Schublade zwischen ihrer Unterwäsche.«

Sein Mund verzog sich, aber nicht zu einem Lächeln. »Warum,

zum Teufel, wühlst du eigentlich in der Kommode meiner Nichte herum? Das hat Trev mir noch gar nicht erklärt – es gibt ja auch keine Erklärung dafür.«
»Wie bitte?« Sie erstarrte.
»Ich will wissen, was du im Schlafzimmer meiner Nichte zu suchen hattest, Lana. Ich meine, das ist mir alles ein bisschen zu viel Zufall.«
»Ich habe einen Pullover gesucht, den Sam sich geborgt hatte«, würgte sie hervor.
Rafes Blick war höhnisch und ungläubig zugleich.
»Rafe, Lana steht hier nicht vor Gericht«, mischte Trev sich mit fester Stimme ein. »Sam hatte eine Waffe, anscheinend, weil sie sich selbst schützen wollte – oder diesen Jenkins –, und zwar vor einer Bande Jugendlicher.«
Rafe starrte Kait an. »Ich finde es nur merkwürdig, dass Lana die Waffe gefunden hat und damit wieder mal im Mittelpunkt steht.«
»Ich habe meinen Pulli gesucht«, wiederholte Kait. »Also, Sam hat sich einige meiner Sachen einfach so geliehen, und ich war sicher, dass ich den Pulli in ihrem Zimmer finden würde.«
Er hob ruckartig eine Hand. »Jetzt behauptest du auch noch, Sam hätte dich bestohlen?«
»Ich sagte geliehen, nicht gestohlen!«, rief Kait. Warum war er so versessen darauf, sie in die Ecke zu drängen?
Es folgte eine lange Pause. Schließlich lächelte er, doch es war ein unschönes Lächeln. »Ich bin ja mal gespannt, was bei der Überprüfung der Waffe herauskommt. Denn irgendwie weiß ich genau, dass es hier nicht um Sam geht, sondern um dich.«

Elf

»Was?«, keuchte Kait.

Trev stellte sein Glas ab. »Was, zum Teufel, willst du damit sagen?«

»Ich will mit Sam sprechen. Ist sie in ihrem Zimmer?«, fragte Rafe.

Trevs Miene war hart. »Ja.«

Rafe eilte aus dem Wohnzimmer, und Trev folgte ihm. Kait ging ihnen nach, doch an der Schwelle blieb sie stehen. Sie sah, wie Trev Rafe am Arm packte. »Was sollte diese letzte Bemerkung bedeuten?«

Rafe drehte sich zu ihm um. Damit war er zugleich Kait zugewandt, die in der Tür stand – doch er sah sie nicht an, würdigte sie keines Blickes, obwohl er sie bemerkt haben musste. »Bin ich ein guter Polizist?«

Trev zögerte nicht. »Ja. Du solltest immer noch bei der Mordkommission in Washington sein, das weißt du doch.«

Rafe zuckte wegwerfend mit den Schultern. »Meine Instinkte schreien mich förmlich an, Trev.«

Kait sah, wie Trevs Schultern sich anspannten. »Und was heißt das?«

»Das heißt: Mach dich nicht wegen einer feuchten Muschi zum Idioten.«

Kait zuckte zusammen und schlang die Arme um sich.

Trev warf einen zögerlichen Blick auf Kait. Dann wandte er sich wieder seinem Bruder zu und sagte: »Das war unnötig. Lana hat in Sams Zimmer eine Waffe gefunden, Rafe. Wie genau macht mich das zum Idioten?«, fragte er.

»Das *behauptet* sie«, erwiderte Rafe. »Hast du den Verstand verloren? Diese Frau hat dir vom ersten Tag an nichts als Lügen erzählt! Ihre Intrigen sind so kompliziert, dass niemand, nicht mal ich, sie durchschauen kann – oder Lana durchschauen kann! Und auf einmal kommt sie aus New York zurück, ohne die Mähne, ohne den knallroten Lippenstift, auf einmal trägt sie deine Hemden und fällt vom Pferd! Und sie *behauptet*, jemand hätte auf sie geschossen. Da draußen war keine Spur davon zu finden, dass eine Waffe abgefeuert wurde, Trev. Wir haben das ganze Areal durchkämmt. Wenn jemand auf sie geschossen hätte, hätten wir eine Patronenhülse, das Projektil, irgendetwas finden müssen!«

Er war der Sache also nachgegangen, die sie gar nicht angezeigt hatte, dachte Kait.

»Nicht unbedingt«, erwiderte Trev barsch, aber unsicher.

Kait konnte sich nicht rühren – am liebsten wäre sie weggelaufen. Ihr wurde immer mulmiger zumute, und das Herz schien ihr in die Kniekehlen zu sacken. Sie würde alles darum geben, wenn sie jetzt einfach packen und abreisen könnte, zurück nach New York.

Trev starrte Rafe an; der erwiderte den Blick. Kait wandte sich ab und sank in ihren Lieblingssessel. Ein schweres, fremdes Gewicht drückte sie nieder – die Last der Depression. Wie viel konnte sie noch ertragen? Als es endlich ein bisschen besser zu laufen schien, musste Rafe Coleman auftauchen, und er begegnete ihr mit noch mehr Misstrauen als alle anderen.

»Ich verstehe schon – sie zieht eine neue Masche ab, richtig?

Diese niedliche Frisur, der natürliche Look, das nette Mädchen von nebenan, das über seine hohen Absätze stolpert. Ich bitte dich! … Aber vor allem dieses Muttergetue. Sie ist nicht der mütterliche Typ. Sie hat sich nicht so verändert. Sie führt etwas im Schilde. Ich kann es förmlich riechen, Trev. Polizisten haben eine gute Nase für so was.«

»Ich hoffe, du irrst dich.«

Rafe schnaubte verächtlich. »Nein, ich *weiß*, dass sie etwas im Schilde führt.«

»Was willst du damit sagen?«, fragte Trev leise, und seine heisere Stimme klang besorgt.

»Ich habe gesicherte Erkenntnisse, dass sie dich täuscht. Aber mehr kann ich nicht sagen«, erklärte Rafe. Schließlich blickte er zu Kait hinüber und sah sie direkt an. »Noch nicht.«

Kait blieb stocksteif sitzen. Ihr war elend, und das Gefühl steckte in jeder Faser ihres Körpers. Sie wollte die beiden anschreien; in diesem Moment wollte sie ihnen die ganze Wahrheit sagen, soweit sie sie kannte. Doch das wäre selbstsüchtig. Sie konnte sich jetzt nicht zu erkennen geben, nicht bevor die ganze Sache vorbei war; nicht bevor Marni und Lana in Sicherheit waren und feststand, dass den beiden keine Gefahr mehr drohte.

»Was, zum Teufel, soll das heißen, du kannst mir nicht mehr sagen?«, empörte sich Trev.

»Trau ihr nicht«, sagte Rafe und legte Trev eine Hand auf die Schulter. Die beiden Männer waren genau gleich groß – knapp über einen Meter achtzig. »Du kannst ihr meinetwegen das Hirn rausvögeln, aber trau ihr keinen halben Meter weit.«

Trev schwankte. »Ich vertraue ihr auch nicht. Aber …«

»Kein Aber«, unterbrach Rafe ihn barsch. Er warf Kait einen warnenden Blick zu und wandte sich ab. »Ich gehe jetzt hoch zu Sam.«

Als er fort war, drehte Trev sich um und sah sie direkt an. Ein langer Augenblick verstrich. Plötzlich wirkte er sehr erschöpft, als er sagte: »Ich muss wirklich dumm sein. Ein dummer Idiot. Rafe hat Recht. Er hat schon vom ersten Tag an Recht gehabt.«

Kait ging auf ihn zu – und stolperte über eine Unebenheit im Parkett. Sie fand das Gleichgewicht wieder und ergriff seine Hände. »Du bist nicht dumm!« Aber sie konnte auch nicht behaupten, dass Rafe völlig Unrecht hatte. »Trev, ich schwöre dir, dass ich weder Sam noch Marni wehtun werde. Ich schwöre es«, sagte sie heiser. Sie wollte hinzufügen, und dir auch nicht! Aber das durfte sie natürlich nicht.

Und während sie ihn stumm anflehte, ihr zu vertrauen, fürchtete sie, dass Lana zurückkommen und genau das tun würde – allen furchtbar wehtun.

Er sah sie an, und sie konnte den Blick nicht abwenden; sie wollte, dass er ihr, Kait, vertraute. Sie sah, wie sein Blick weicher wurde. Dann verdüsterte sich sein Gesicht, und er stieß sie fort. »Wovon spricht Rafe eigentlich, Lana? Was weiß er über dich – oder was glaubt er zu wissen –, was er mir nicht sagen will?«, fragte er sehr ruhig.

Sie spürte, wie verzweifelt er war – er wollte unbedingt eine Erklärung von ihr hören.

Sie holte tief Luft. Ihre Gedanken überschlugen sich. Was, wenn sie ihm einen Teil der Wahrheit erzählte? »Trev, Rafe hat Recht. Da gibt es etwas Wichtiges, das ich dir verschwiegen habe.«

Er fuhr zusammen. »Und was, zum Teufel, ist das?«

Kait richtete sich auf. »Ich bin hoch verschuldet.«

Er sagte kein Wort.

»Ich schulde … jemandem sehr viel Geld. Vielleicht ist dieser Jemand jetzt hinter mir her.«

»Was spielst du jetzt wieder für ein Spielchen?«, fragte er langsam.
Sie erschrak. »Ich spiele überhaupt nicht. Du wolltest die Wahrheit hören. Ich versuche ja, das alles in Ordnung zu bringen, aber ich kann dir nicht mehr sagen.«
»Ich bezahle alle deine Rechnungen. Du bist ziemlich verschwenderisch, und ich habe dich immer ausgeben lassen, so viel du willst. Wir haben keine Schulden.«
Ihre Schultern verkrampften sich. Er wollte ihr nicht glauben, und sie wusste nicht, was sie nun tun sollte, denn sie konnte ihm keine Einzelheiten enthüllen. »Ich sage die Wahrheit«, flüsterte sie. »Ich habe Angst, Trev.«
Er sah sie erschrocken an. Dann rief er: »Warum tust du das? Warum lügst du mich auch jetzt noch an?«
Kait war sprachlos. Ihr Plan, ihm einen Teil der Wahrheit zu erzählen, war nach hinten losgegangen. »Ich … Ich …«, begann sie nervös.
Er sah sie durchdringend an. »Was versuchst du zu vertuschen?«
»Nichts.« Sie fuhr sich wieder mit der Zunge über die trockenen Lippen. Sie wollte darauf beharren, dass sie die Wahrheit sagte, doch sie bekam kein Wort heraus.
»Warum sehe ich Angst – nein, Sorge – in deinen Augen?«, fragte er. »Und erzähl mir ja nicht, du hättest Angst, weil du Geld ausgegeben hast, das du nicht besitzt! Warum, zum Teufel, führst du dich so auf?« Plötzlich wurde er wütend. »Warum hast du dir die Haare abschneiden lassen, verdammt noch mal? Wo, zum Teufel, ist der Lippenstift, den du jeden gottverdammten Tag getragen hast? Was soll diese plötzliche Vorliebe für Jeans? Erklär mir das, Lana!« Er brüllte jetzt.
Sie konnte ihn nur sprachlos anstarren.

Er hob die Hände und wandte sich ab, stocksteif vor Anspannung.
»Ich kann nicht«, hörte sie sich erstickt flüstern.
Er drehte sich mit grimmiger Miene zu ihr um. »Weißt du, was das Schlimmste ist?«
Er machte eine Pause; Kait schüttelte ängstlich den Kopf.
»Ich *weiß*, dass ich dir nicht trauen sollte – ich glaube, dass Rafe Recht hat, davon bin ich schon eine Weile überzeugt –, aber ich *will* dir vertrauen«, sagte er.
Sie hörte sich sagen: »Du kannst mir auch vertrauen.«
Er ging weg.

Niemand traute ihr.
Lana hatte viele Feinde, und einer davon war Trevs Bruder, der hiesige Sheriff.
Damit konnte Kait fertig werden. Ihr blieb nichts anderes übrig. Aber es tat ihr weh, dass Trev, der sich ihr schon ein wenig geöffnet hatte, der ihr vertrauen wollte, sich weigerte, ihr zu trauen, stur entschlossen und mit eisernem Willen.
Wie war es mit den beiden nur so weit gekommen? Wenn sie nur wüsste, womit sie und Lana es hier eigentlich zu tun hatten!
Kait fragte sich, ob er ihr jemals wieder vertrauen und an sie glauben würde, wenn Lana erst wieder da war, wenn er erst wusste, wer Kait wirklich war – wenn er und Lana erst geschieden waren. Sie erkannte, wie sehr sie sich wünschte, dass er an sie glaubte – dass er wusste, wer sie wirklich war, eine Frau, die ihre Familie über alles stellte, die liebevoll und mitfühlend war. Kait seufzte. Sie saß in ihrem Lieblingssessel im Wohnzimmer und nippte an ihrem Scotch. Kait war furchtbar wütend auf ihre Schwester.

Sie schloss verzweifelt die Augen. Das eigentliche Problem war: Egal, was Lana getan hatte – und Kait konnte sich nur vage vorstellen, wie schlimm ihre Lage war –, sie war immer noch Kaits Zwillingsschwester, und Kait liebte sie. Na ja, vielleicht würden alle doch noch ihr Glück finden, nach der Scheidung, die allerdings sehr hässlich zu werden versprach.
Bei diesen trübseligen Gedanken hörte sie Schritte auf der Treppe. Kait öffnete die Augen und sah Rafe hereinkommen. Trev hatte die ganze Zeit am Fenster gestanden und über die Hügel zum Horizont geschaut, der nun tiefviolett und mit Sternen gesprenkelt war. Das leere Whiskeyglas hielt er noch in der Hand. Er drehte sich um.
»Sam ist ziemlich fertig«, sagte Rafe und warf Kait einen finsteren Blick zu – als sei das allein ihre Schuld. »Aber sie hat ein paar Angaben zu dieser Gang machen können. Der Anführer ist Ben Abbott, das hatte ich schon fast vermutet. Er ist schon ein paar Mal auffällig geworden, vor allem wegen Alkohol und kleinen Schlägereien. Es ist nur eine Frage der Zeit, bis er etwas anstellt, wobei wir kein Auge mehr zudrücken können. Ich finde es furchtbar, wenn ein Jugendlicher in dem Alter hinter Gitter kommt.« Rafe seufzte. »Er ist knallhart und gewissenlos. Macht nur Ärger. Ich fahre gleich bei ihm zu Hause vorbei, und dann unterhalte ich mich mal mit Rektor Greene. Ich werde auch dafür sorgen, dass meine Leute ein Auge auf Abbott haben.«
»Und was ist mit Sam?«, fragte Trev.
»Sie behauptet, die Waffe gehöre ihr.« Rafe zögerte. Dann sagte er: »Das gefällt mir nicht, Trev. Ich glaube, sie hat sich schwer in diesen Gabe Jenkins verguckt, aber ich glaube auch, dass sie die Wahrheit sagt und die Waffe ihr gehört. Oder zumindest nicht ihm. Sie will mir nicht sagen, woher sie das Ding hat.«

»Die Waffe kann gar nicht ihr gehören«, sagte Trev. »Knöpf dir doch bitte mal diesen Jenkins vor. Und seinen Vater am besten auch.«

Rafe klopfte ihm auf die Schulter. »Genau mein Gedanke. Hör mal, ich lasse das Abendessen lieber ausfallen und mache mich gleich auf den Weg.« Er wandte den Blick nicht von Trev, als sei Kait gar nicht vorhanden.

Trev zögerte und sah dann Kait an.

Kait stand auf. »Nein, bleib ruhig.« Sie konnte nicht lächeln, um nichts in der Welt. »Ich bin müde. Ich gehe lieber ins Bett.« Plötzlich war ihr nach Weinen zumute. Sie war so dumm gewesen, sich auf einen netten Abend mit Trev und seinem Bruder zu freuen. Wann würde sie endlich begreifen, was sie nicht länger verdrängen konnte? Lana hatte jeden Einzelnen in dieser Familie gegen sich aufgebracht, und Kait würde das nicht überwinden können, egal, wie sehr sie sich bemühte; erst musste Lana wiederkommen, und sie mussten ihren Betrug erklären, und vielleicht würde es ihr nicht einmal dann gelingen. »Angenehmen Abend noch«, würgte sie mit Blick auf Rafe hervor. Dann eilte sie hinaus.

Wieder stolperte sie in Lanas verdammten Schuhen. Als sie sich am Treppengeländer abfing, hörte sie Rafe ruhig sagen: »Irgendwie kann ich sogar verstehen, dass du wieder auf sie reinfällst. Diesen großen blauen Augen kann man eben schwer widerstehen.«

Trev sagte nichts darauf.

Kait blieb stehen, ans Geländer geklammert.

»Ich habe sie noch nie weinen sehen«, bemerkte Rafe.

Trev sagte: »Ich auch nicht.«

Langsam kam Kait die Treppe herunter.
Sie war barfuß, trug aber immer noch das Donna-Karan-Kleid. Sie hatte ihren Scotch ausgetrunken und Rafe wegfahren hören. Um sicherzugehen, war sie zu einem Fenster in einem der Gästeschlafzimmer geeilt, das nach vorn hinausging. Tatsächlich, das schwarz-weiße Polizeiauto war vom Haus weggefahren. Sie war sehr erleichtert, dass er fort war.
Sie hatte lange darauf gewartet, dass Trev in das Gästezimmer heraufkam, in dem er nun schlief. Doch als er nicht erschienen war, hatte sie beschlossen, nicht länger zu warten. Sie war leicht angetrunken, sehr verwirrt, unglaublich traurig und sterbenshungrig.
Kait schlich leise die Treppe hinunter und hoffte, dass Trev in seinem Arbeitszimmer saß und die Tür geschlossen hatte. Sie wollte ihn jetzt nicht sehen – sie fürchtete sich vor weiteren Fragen, einer Konfrontation, dem Ausdruck in seinen Augen – sie hatte jetzt nicht die Kraft für weitere Lügen. Nicht heute Abend.
Obwohl man auch vom Flur aus in die Küche gelangen konnte, führte der kürzeste Weg durch das Wohnzimmer und das Esszimmer. Sobald Kait jedoch das Wohnzimmer betrat, spürte sie, dass sie nicht allein war.
Aber es brannte kein Licht.
Sie blieb stehen und lauschte angestrengt.
Ein Schatten am Fenster in der Ecke bewegte sich. »Was machst du hier?«
Ihre Augen gewöhnten sich an die Dunkelheit. Der Schatten wurde zu einem Mann – zu Trev. Er stand mit einem Glas in der Hand am Fenster. Kait wünschte, ihr Herz würde nicht schon beim bloßen Klang seiner Stimme verrückt spielen. Sie fand eine

Lampe am Couchtisch und schaltete sie ein. »Ich habe Hunger«, sagte sie.

Er ließ den Blick über sie schweifen und blieb bei ihren nackten Zehen mit den zartrosa lackierten Nägeln hängen. »Es tut mir Leid, wie der Abend gelaufen ist.«

Sie staunte. »Danke.« Seltsamerweise schien er das aufrichtig zu bedauern. Wenn nur Rafe heute Abend nicht gekommen wäre.

Trev betrachtete sie immer noch. Kait merkte, dass sein Glas leer war und sie ihr eigenes Herz hämmern hörte.

Sie schluckte nervös.

»Etwas zu trinken?«, fragte er und trat an den Barwagen.

Kait folgte seinem Blick und sah, dass er die Scotch-Karaffe schon ziemlich weit geleert hatte. Noch vor ein paar Stunden war sie voll gewesen – er musste seither mindestens vier Doppelte getrunken haben.

Kait zögerte. Sie musste nein sagen, und nicht nur deshalb, weil sie keinen Scotch mochte, sondern weil es spät war, weil sie allein waren und weil sie Hunger hatte – allerdings nicht mehr nach Essen. Es war ihr Herz, das Hunger verspürte. Sie fühlte sich unwiderstehlich zu diesem Mann hingezogen.

Trev ging hinüber zu dem Wägelchen, füllte ein frisches Glas und dann sein eigenes, und reichte ihr ihren Drink. »Ich muss betrunken sein«, sagte er, doch er klang nicht im Mindesten angetrunken, »denn ich wünsche mir, du und Rafe hättet vor vielen Jahren einen besseren Anfang gemacht.«

»Das wünsche ich mir auch«, flüsterte Kait aufrichtig.

Er sah staunend auf, und ihre Blicke trafen sich.

Kait hielt sich an ihrem Glas fest. Es fiel ihr schwer, klar zu denken, da er kaum einen Meter entfernt von ihr stand und unglaublich sexy aussah in diesem türkisfarbenen Pulli und sein

Blick so unverhohlen bewundernd auf ihr ruhte. Was war denn nur los mit ihr? Warum reichte seine bloße Gegenwart, um ihr Innerstes zum Schmelzen, ihre Lenden zum Glühen zu bringen und ihren Kopf mit verbotenen Fantasien zu füllen?

Schlimmer noch, warum machte sie sich so viel aus ihm?

»Ich gehe lieber wieder hoch«, sagte sie und hörte selbst, wie rau ihre Stimme klang.

Ich liebe ihn nicht. Lanas Worte hallten durch ihren Kopf.

»Warum?«, fragte Trev ebenso heiser.

Sie erstarrte und konnte den Blick nicht von ihm abwenden.

»Vielleicht hat Rafe ja doch Recht«, sagte er und stellte seinen Scotch beiseite, ohne sie eine Sekunde aus den Augen zu lassen.

Sie wusste sofort, was er meinte. »Was?« *Das konnte doch nicht wahr sein …*

Er nahm ihr das Glas aus der Hand. Sie ließ es los. »Wenn ich mit dir schlafe, befreit mich das vielleicht endlich von dir, und ich kann wieder klar denken.«

Das war keine gute Idee. Sie musste es ihm sagen; sie musste hier weg. Kait wandte sich ab, doch ihre Stimme versagte.

Seine großen Handflächen legten sich gefährlich tief auf ihre Hüften.

Sie schnappte nach Luft. »Trev –«

Er drehte sie zu sich herum. »Nicht«, sagte er, schloss die Hände fest um ihren Po und zog sie zu sich heran.

Kait keuchte auf, als sie seinen erregten Penis berührte.

»Mach es nicht kaputt. Sag jetzt nichts.« Er drückte sie fest an sich. »Ich will dich, Lana. Ich will dich so wie damals, als wir uns kennen gelernt haben. Nein« – er lachte ein wenig bitter – »ich will dich tausendmal mehr.« Etwas Zärtliches schlich sich

in seine raue Stimme. »Habe ich dir schon gesagt, wie gut mir deine neue Frisur gefällt?«, flüsterte er.
Sie konnte kaum mehr einen klaren Gedanken fassen. Seine Hände umfassten ihre Pobacken, seine Erektion drückte sich gegen ihre Hüfte. Nein, wollte sie sagen, doch sie stöhnte nur.
»Bleib so stehen«, befahl er, und als er an ihrem Körper hinabglitt, war Kait einen Moment lang völlig verwirrt.
Dann kniete er auf dem Boden und drückte das Gesicht in ihre Scham. Kait erkannte mit einem kleinen Schock, was hier passierte – er schob ihr Kleid hoch, fuhr mit dem Daumen über ihr Höschen –, und sie schrie auf.
Er zog das Höschen beiseite, und seine Finger erkundeten ihren Schoß. »Du bist ja feucht«, sagte er überrascht. »Du bist ja schon bereit für mich!«
Kait wollte etwas sagen. Ein Teil ihres Verstandes wollte ihn dazu bringen, aufzuhören. Doch der ganze Rest von ihr bettelte darum, dass er nie wieder damit aufhören möge.
Er glitt mit der Zunge über ihre Schamlippen und begann dann sehr geschickt und sinnlich ihre Klitoris zu bearbeiten.
Ihre Knie gaben nach.
Sie schrie auf.
Ihre Finger krallten sich in sein Haar.
Als sie fiel, fing er sie auf, doch der zarte, beharrliche Druck seiner Lippen, seiner Zunge ließ nicht nach. Kait bog sich ihm entgegen. Sie spürte vage, dass er ihre Schenkel spreizte, und als er dann eine besonders empfindsame Stelle an ihrem Po streichelte und sie dabei immer noch mit dem Mund verwöhnte, explodierten über ihr tausende Sterne. Sie schrie seinen Namen, bäumte sich rhythmisch auf, schraubte sich in den Himmel, ins All.

Dann landete sie weich wie auf Wolken.
Kait gewann ein gewisses Maß geistiger Nüchternheit zurück. Plötzlich erkannte sie, dass sie auf dem Rücken lag, das Kleid um die Hüfte hochgeschoben, das Höschen war weg – hatte er es heruntergerissen? –, und dass Trev Coleman zwischen ihren Beinen lag. Langsam und benommen schlug sie die Augen auf und blickte zu ihm hinab.
Trev lag nicht nur zwischen ihren Beinen – er hatte den Kopf in die Hände gestützt und starrte sie an. Sein Blick war wild vor Lust, aber zugleich sehr verwirrt.
Kait öffnete den Mund, bekam aber kein Wort heraus. Sie dachte nur: *O Gott!*
»Was, zum Teufel, war denn das?«, fragte er gelassen.
»W-was?«, stammelte sie. Sie wollte von ihm wegrutschen. Er packte sofort ihre nackten Hüften, und ihr wurde klar, dass er sie nirgendwo hinlassen würde. Sie spürte, wie sie rot wurde. »Bitte.«
»Du bist schon nach zehn Sekunden gekommen.«
»Hast du etwa die Zeit gestoppt?«
»Und ich weiß, dass du das nicht vorgetäuscht hast. Du bist klatschnass.« Er wirkte beinahe grimmig.
War das etwa schlecht? Kait verstand nicht, was in ihm vorging, aber sie wusste eines – das hier war nicht gut, egal, wie unglaublich diese kurze Begegnung gewesen war; sie musste sofort gehen. Weil sein Atem ihre Klitoris streifte und sie schon wieder erregte. Weil das Begehren geradezu körperlich im Raum stand, schwer, hitzig und voller Verlangen.
»Du hast meinen *Namen* geschrien.«
Kait schluckte. »Ich möchte jetzt bitte aufstehen«, sagte sie, hin und her gerissen zwischen Tränen und Ekstase.

»Nein. Du hast meinen *Namen* gerufen.« Er schien wütend zu sein.

Sie fuhr sich mit der Zunge über die Lippen. »Bitte lass mich los.«

»Nein, lieber nicht«, sagte er, und plötzlich schmiegte er die Hand in ihre Scham und drückte sie fest. »Du schreist eine Menge Dinge – aber niemals meinen Namen.«

O Gott!, dachte sie verängstigt.

Plötzlich ließ der harte Druck nach, seine Finger begannen sie zu streicheln. Kaits Körper spannte sich unter einer Woge des Verlangens, und sie spürte ihn unter demselben Gefühl erschauern. In diesem Augenblick wusste sie: Jetzt oder nie.

Wenn sie jetzt nicht aufstand, würden sie miteinander schlafen.

»Trev«, flüsterte sie.

Sein Blick glitt hoch, bloßgelegt, offen, hungrig.

Mit schwacher Stimme sagte sie: »Es könnte uns jemand sehen.«

»Sollen sie doch«, erwiderte er, und plötzlich war er über ihr. Er nahm ihre Hand und drückte sie an seine Erektion; Kait schnappte vernehmlich nach Luft. Er warf ihr einen seltsamen Blick zu und öffnete dann den Reißverschluss seiner Hose. Zwischen ihm und ihr war nur noch feiner Baumwollstoff.

Er hob sie hoch und knabberte an ihrem Nacken.

Kait wollte es gar nicht, aber irgendwie schlüpften ihre Finger in seine Unterhose. Sie spürte seine samtige, heiße Härte an ihrer Handfläche und glaubte, sie müsse sterben. *Trev Coleman war prachtvoll, und sie hatte noch nie einen Mann so sehr gewollt wie ihn. Vom ersten Moment an, da sie über die Schwelle von Fox Hollow getreten war, hatte sie ihn wie von Sinnen begehrt. Doch sie hatte sich die ganze Zeit über vorgemacht, dass er sie in keiner Weise erregte oder berührte.*

»Hör jetzt nicht auf, Baby«, flüsterte er.
Kait erstarrte instinktiv, denn sie hasste es, wenn jemand sie »Baby« nannte. Sie wollte ihm das gerade sagen, als er sich plötzlich Hose und Unterhose vom Leib riss. Seine Knie drängten sich zwischen ihre Schenkel; sie blickte auf und wollte protestieren, doch er hatte die Augen zugekniffen, und kleine Schweißperlen glänzten auf seiner Stirn.
Ihr Innerstes zog sich zusammen.
»Lass mich zu dir, Baby«, murmelte er heiser, »ich kann nicht mehr warten. Ich will *rein.*«
Kait spürte seine Eichel, die sich an sie drängte. Sie packte seine Schulter, vielleicht um ihn fortzustoßen, doch sie bebte vor Erregung, und sie war so nass, dass genau das Gegenteil passierte. Sie hielt ihn fest, und ihr Körper bog sich ihm unkontrollierbar entgegen; er drang tief und unwiderruflich in sie ein.
Kait schrie auf. Nicht nur, weil er so groß war, auch nicht deshalb, weil es so lange her war seit ihrem letzten Freund, sondern weil nichts sich je so vollkommen, so tief, so richtig angefühlt hatte.
Trev erstarrte.
Sie spürte seine völlige Überraschung, und ihre Blicke trafen sich mit erschreckender Wucht. Seine Augen waren vor Schock weit aufgerissen.
Er wusste, dass sie nicht Lana war.
Er starrte sie an.
Er wusste es.
Kait versuchte nachzudenken. Das war unmöglich, wenn er heiß und stark in ihr glühte. »Trev«, sagte sie mit heiserer Stimme.
Sein Kiefer spannte sich. Er packte eine Hand voll ihrer kurzen

Haare und hielt sie unten. Und kurz bevor er sie zum ersten Mal küsste, sah sie wieder in seine Augen. Dort war etwas, das sie nicht begreifen und schon gar nicht beschreiben konnte – sie verstand das Staunen, die Erregung, aber nicht das Gefühl dahinter.

Und dann war es einfach nicht mehr wichtig.

Sein Mund eroberte ihren. Kein sanftes, vorsichtiges Erkunden der Lippen, sondern ein gieriger Kuss, bei dem seine Zunge sie erforschte und entschlossen schien, ihre Münder ebenso tief zu verbinden wie ihre Körper. Als sie ihn schmeckte, stieg ein Gefühl in ihr auf, das sie als Liebe kannte. Verwirrt, verängstigt und kurz vor einem weiteren explosiven Höhepunkt, schoss es ihr durch den Kopf, dass dies mehr als richtig war – genau so sollte es sein.

Er bewegte sich in ihr, stöhnte genüsslich. Langsam, vorsichtig … lange, gewaltige Stöße. »Tue … ich dir … weh … Liebling?«

»Nein, nein«, wimmerte Kait. Glück pulsierte in ihren Adern, vermengte sich mit ihrer Liebe, dem Genuss, der beginnenden Ekstase. *Er hatte sie Liebling genannt …*

»Will … nicht … zu schnell …«, keuchte er und bewegte sich so langsam, so unglaublich beherrscht, dass Kait es einfach nicht mehr ertrug. »Will … dir jetzt … nicht wehtun.«

»Komm«, flüsterte sie, und wieder verließ sie der Verstand, und der Himmel winkte verlockend.

Er begann sich schneller zu bewegen, schob sie über den Fußboden, Zentimeter für Zentimeter, und Kait starb, wurde in ein anderes Universum katapultiert, eine andere Wirklichkeit, eine noch größere, strahlendere Galaxie. Sie klammerte sich an seine breiten Schultern, während er sie wieder Liebling nannte, sie bat, noch ein wenig zu warten, nur noch ein bisschen, noch ein bisschen …

Sie hielt ihn im Arm, als sie zur Erde zurücktrieb und er explodierte, heiser in die Nacht hinausschrie. Ihr traten Tränen in die Augen.

Sie hielt ihn fest, wollte nie wieder loslassen, und Angst überfiel sie – Angst und Schuld.

Kait fürchtete, dass sie im Begriff war, sich zu verlieben.

Zwölf

Trev Coleman rückte von ihr ab.

Kait wurde sich plötzlich des harten Parkettbodens unter ihrem Rücken bewusst – und der Bedeutung dessen, was sie eben getan hatte, mit dem Mann, der nun neben ihr auf dem Boden lag.

Sie hätte sich nie träumen lassen, dass Sex so sein konnte.

Atemlos und erschüttert zog sie das Kleid wieder zurecht. Ihre Schwester stand ihr klar vor Augen. Kait begann zu zittern. Angst erfüllte sie, und das lag nun nicht mehr daran, dass Trev die Wahrheit herausfinden könnte. Während sie sich geliebt hatten, war ein Gefühl in ihr hochgestiegen, das sich verdächtig nach Liebe anfühlte. Es war so freudig gewesen, zögernd, gewaltig, ängstlich und machtvoll. Und sie spürte es noch immer in sich glühen.

Kait schloss die Augen und versuchte sich ihre Gefühle auszureden. Ja, sie hatte eine gewisse Zuneigung für Trev Coleman entwickelt, weil er Marnis Vater und ihr eigener Schwager war. Himmel! Er war ihr Schwager!

Was hatte sie getan?

Du hast mit ihm geschlafen, das hast du getan.

Aber das war noch nicht alles, nicht wahr?

Er war ein Mann, von dem Frauen träumten – gut aussehend, wohlhabend, sportlich, intelligent, erfolgreich und charmant. Er war der Mann, von dem sie immer geträumt hatte. Na und? Sie würde sich nicht in ihn verlieben – das durfte sie einfach nicht.«

Plötzlich merkte Kait, dass er sich noch nicht gerührt hatte. Sie warf ihm einen ängstlichen Blick zu. Er lag auf dem Rücken, die Augen geschlossen, sein Atem ging ruhig, und Kait wusste genau, dass seine Gedanken rasten. Sie konnte es spüren.

Hatte Trev in dem Moment, als er in sie eindrang, gemerkt, dass sie nicht ihre Schwester war? Kait glaubte, Erkenntnis und Erschrecken in seinen Augen gesehen zu haben.

Sie war starr vor Angst. Es war alles zu viel. Schlimm genug, dass sie mit ihm geschlafen hatte – sich zu verlieben, das war einfach unmöglich. Jeden Moment konnte er sich zu ihr umdrehen und wissen wollen, wer sie war und was sie in seinem Haus, in seinem Bett, in seinem Leben zu suchen hatte. Sie musste weglaufen, entkommen. Sie hatte genug von diesem Spielchen.

Kait starrte ihn noch immer an, als er langsam den Kopf drehte. Er schlug die Augen auf. Sie vergaß zu atmen, als sich ihre Blicke trafen.

Er starrte sie an.

Sie konnte sich nicht von der Stelle rühren.

Ein Dutzend Ausreden und Erklärungen schossen ihr durch den Kopf, und eine davon war die ganze Wahrheit – ihre verbotenen Gefühle eingeschlossen. Betroffen sah sie zu, wie er sich aufsetzte, noch immer in dem türkisfarbenen Pulli. Er warf ihr einen Blick zu, den sie nicht deuten konnte – hieß das etwas Gutes, etwas Schlechtes? –, und schlüpfte dann in seine Unterhose und Hose. Kait zitterte. »Trev?«

Er beugte sich vor und nahm ihre Hand. »Psst.« Sein Lächeln war knapp, angestrengt. »Gehen wir rauf«, sagte er und zog sie auf die Füße.

Einen Moment lang verstand sie gar nichts. »Was?«

Er zog sie in seine Arme. »Ich glaube, ich werde dich die ganze Nacht lang lieben.«

Kait erwachte und räkelte sich genüsslich – dann erstarrte sie. Die Wirklichkeit lähmte sie.

Sie wusste nicht, wie spät es war, doch die Sonne war bereits aufgegangen, also musste es etwa sieben Uhr sein. Trevs Seite des Betts war leer, aber noch warm. Sie hatten sich zuletzt vor ein paar Stunden geliebt, als der Morgen den Nachthimmel schon taubengrau tönte.

Sie setzte sich auf und drückte die Bettdecke an ihre nackten Brüste. Im hellen Tageslicht erschien ihr die vergangene Nacht völlig wahnsinnig. Es *war* wahnsinnig. *Was sollte sie jetzt tun?*

Sie hatte mit dem Mann ihrer Schwester geschlafen, und es war egal, dass sie sich scheiden lassen wollten; egal, dass Lana selbst angedeutet hatte, sie hätte nichts dagegen, wenn Kait so etwas tat; egal, dass Lana ihrem Mann unzählige Male untreu gewesen war. Was sie getan hatte, war furchtbar falsch, und Kait spürte die Last ihrer Schuld wie ein körperliches Gewicht.

Sie erschauerte.

Bedeutete diese Nacht, dass er sich wieder mit Lana versöhnen wollte?

Kait fürchtete sich. Natürlich wollte sie jetzt nicht mehr, dass die beiden sich versöhnten, denn das würde die Situation für alle Beteiligten nur noch komplizierter machen. Doch selbst wenn Trev es sich vielleicht anders überlegt hatte, Lana hatte sich neulich am Telefon sehr klar geäußert. Kait war sicher, dass sie ihre Meinung nicht ändern würde, egal, was geschah.

War sie dabei, sich zu verlieben? Und wenn ja, wie sollte sie damit umgehen?

Kait versuchte ihre Gefühle näher zu erforschen, doch das war unmöglich – sie war so verkrampft, dass sie kaum Luft bekam. Vielleicht war das auch ganz gut so. Denn vielleicht hatte sie sich über ihre Gefühle in der vergangenen Nacht getäuscht, und mit ein wenig Abstand und Zeit – und wenn Lana nach diesem Wochenende wiederkam – würde sie wieder die alte, moralische und unkomplizierte Kait sein.

Sollte sie ihm die Wahrheit sagen?

Trev hatte offensichtlich keinen Verdacht geschöpft, denn sonst hätte er sie schon unten im Wohnzimmer damit konfrontiert, nachdem sie sich zum ersten Mal geliebt hatten. Er hatte die ganze Nacht lang kein Wort gesagt, was bedeutete, er hielt sie für seine Frau. Kait hatte sich offenbar geirrt, als sie es in seinen Augen zu sehen glaubte. Doch die vergangene Nacht hatte für Kait alles verändert. Vorher hatte sie diese Täuschung aufrecht erhalten müssen, um Lana und Marni zu schützen. Doch weiter zu schweigen bedeutete nun, dass die Wahrheit Trev noch tiefer treffen würde, als ohnehin unvermeidlich war – und das kam für sie ebenso wenig in Frage wie einfach vom Dach zu springen. Er war ein guter Mann. Er verdiente es nicht, einmal mehr betrogen zu werden.

Kait war schrecklich verängstigt. *Wagte sie es, ihm zu sagen, wer sie wirklich war?*

Sie versuchte seine Reaktion abzuschätzen. Sie versuchte sich vorzustellen, wie er erleichtert lächelte, sie an sich zog, sie im Arm hielt und ihr sagte, dass er sie, Kait, von ganzem Herzen liebe. In diesem Szenario ließ er sich rasch von ihrer Schwester scheiden, sie beide konnten heiraten, bekamen ein paar Kinder und waren glücklich bis an ihr Lebensende.

Kait hätte sich übergeben mögen.

Wem wollte sie damit etwas vormachen? Er würde fuchsteufelswild werden, wenn er herausfand, dass sie eine verlogene kleine Schauspielerin und ein Teil von Lanas groß angelegter Täuschung war. Kait scheute vor dem Gedanken zurück. Nein, Trev würde rasend wütend werden.

Kait kannte ihn gut genug, um das zu wissen.

Er würde sie verachten, so wie er Lana verachtete; er würde annehmen, sie sei genauso wie ihre Zwillingsschwester. Und läge er damit so falsch?

Kait begriff, dass sie ihm gar nicht mehr erzählen wollte, was geschehen war. Sie hatte solche Angst, dass er sie wegen ihrer Täuschung auf ewig hassen würde. Lana hatte frech behauptet, er würde ihr schon irgendwann vergeben, doch Kait wusste nun, dass Lana das nur gesagt hatte, damit Kait an ihrem Platz blieb.

Kait fühlte sich gefangen. Sie war in Lanas Leben gefangen, das nun zu ihrem geworden war. Die Lüge hatte ein Eigenleben entwickelt, war größer, tödlicher geworden, eine Falle, aus der es für sie scheinbar kein Entrinnen gab. Und Trev Coleman hatte es nicht verdient, weiter belogen zu werden.

Sie wand sich innerlich. Sie war überzeugt, dass sie es ihm jetzt sagen musste, bevor diese Lüge vollkommen außer Kontrolle geriet. Bevor die Lüge zu einem Geheimnis wurde, das niemals, niemals gelüftet werden durfte …

Was, wenn sie ihn verlor?

Kait war übel. Sie hatte ihn doch schon verloren, oder nicht? Sie hätte Trev gestern Abend sagen müssen, wer sie war, bevor es zwischen ihnen so weit gekommen war. Nun gab es kein Zurück. Nun musste er sie hassen, wenn er die Wahrheit erfuhr – falls er sie je erfuhr. Und wenn er es nie erfuhr, würde der Rest ihres Lebens eine Lüge sein, für die sie sich selbst auf ewig hassen musste.

Ausgerechnet in diesem Moment trat er aus dem Ankleidezimmer, in Jeans, Lederstiefeln und einem schwarzen Rollkragenpulli. Sofort sah er zu ihr. Sein Blick war verschlossen, wachsam und kalt.

Kait erstarrte. Dies sollte ein Morgen zweier Liebender sein, gefeiert mit herzlichem Lächeln, Küssen und Zärtlichkeit, innigen Blicken und Glück. Doch sie konnte nicht lächeln, und er anscheinend auch nicht.

Er nickte knapp und wandte sich zur Tür.

Was war hier los? »Trev!« Kait sprang aus dem Bett. Zu spät merkte sie, dass sie nichts anhatte, schlimmer noch, sie wusste gar nicht, was sie wollte, nur, dass sie jetzt mit ihm sprechen musste – nach der vergangenen Nacht brauchte sie unbedingt irgendeine beruhigende Geste von ihm, was allein schon dumm genug war.

Er drehte sich um, und sein Blick glitt über ihren schlanken, nackten Leib.

Kait riss die Decke vom Bett. Das war gar nicht so einfach, denn diese war übergroß und von sehr schwerer Qualität. Wiederum zu spät merkte sie, dass Lana nie so bescheiden gewesen wäre. Doch ihr seltsames Verhalten schien ihm diesmal nicht aufzufallen. »Guten Morgen«, flüsterte sie nervös. Der Ausdruck in seinen Augen ängstigte sie. Warum war er so kalt? Als habe die vergangene Nacht nichts bedeutet?

»Willst du mir etwas sagen?«, fragte er und sah beiläufig auf die Uhr, als könne er nun, da diese wundervolle und unglaublich sinnliche Nacht vorüber war, keine Zeit mehr für sie erübrigen.

Das tat weh. Es fühlte sich an wie ein Pfeil in ihrem Herzen, und das sollte es nicht – er hielt sie doch für Lana. »Habe ich irgendetwas getan?«, fragte sie vorsichtig. Warum verhielt er sich, als sei letzte Nacht nichts gewesen?

Er schaute auf, und sein Blick war undurchdringlich. »Ich weiß nicht. Sag du es mir.«

Sie packte die Bettdecke so fest, dass ihre Finger schmerzten. War das ein neues Spiel, oder hörte sie vor lauter Angst und Gewissensbissen etwas heraus, das er gar nicht meinte? »Ich dachte, dass wir vielleicht, na ja, seit heute Nacht … dass wir …« Sie brach ab. Dass wir was? Lana hatte nicht die Absicht, sich mit ihm zu versöhnen, und Kait wollte das ja auch nicht mehr. Aber hatte er seine Meinung bezüglich der Scheidung geändert? Gewiss konnten sie doch für den Augenblick Waffenstillstand schließen, vielleicht sogar Freundschaft.

Er riss in gespieltem Erstaunen die Augen auf. »Du dachtest was? Dass wir uns wieder vertragen und glücklich miteinander leben bis ans Ende unserer Tage? Das war nur Sex, Herrgott noch mal. Guter Sex, das gebe ich gern zu, aber lassen wir es doch dabei, ja? Ich will jetzt mit Marni frühstücken.« Er drehte sich um und ging.

Kait war verblüfft. Einerseits war sie erleichtert, dass seine Gefühle für Lana sich nicht geändert hatten, aber sie war auch betroffen. Immerhin hatte sie, Kait, die ganze Nacht mit ihm verbracht, seinen Körper angebetet, sich ihm ganz und gar hingegeben. Sie rannte ihm nach, wobei sie die schwere Decke hinter sich herzerrte und über eine Ecke stolperte. Mit einer Hand packte sie sein Handgelenk, mit der anderen schaffte sie es, sich die Decke vorzuhalten. »Ich kann nicht glauben, dass du dich so benimmst!«, rief sie. Letzte Nacht hatte er sie berührt und in den Armen gehalten, als liebte er sie auch.

Oder war sie so unerfahren, dass sie den Unterschied nicht erkannte, ob jemand nur mit ihr Sex hatte oder sie zärtlich liebte?

»Wie denn? Ach so, du kannst nicht glauben, dass du mich nicht um den kleinen Finger gewickelt hast? Dann sieh genau hin, denn diesmal wird es dir nicht gelingen.« Sein Lächeln war eisig.

Kait verschlug es die Sprache. Es dauerte einen Moment, bis sie einen zusammenhängenden Satz herausbrachte. »Nein. Aber ich dachte, wir könnten vielleicht Freunde sein.«

Er starrte sie düster an. Auch er wartete einen Moment, bis er sprach. »Wir haben miteinander geschlafen. Na und? Das war schließlich nicht das erste Mal, und es wird vermutlich auch nicht das letzte Mal gewesen sein. Ich werde dir nicht über den Weg trauen – und seit wann legst du überhaupt Wert auf meine Freundschaft?«

Kait wich zurück und blinzelte gegen aufsteigende Tränen an. Ja, die Aufgabe, die nun vor ihr lag, war nicht zu bewältigen. Sie würden niemals Freunde sein – oder gar mehr als das. »Ich will nicht mehr mit dir streiten«, flüsterte sie heiser und fand auf einmal eine innere Kraft. »Ich werde nicht mehr mit dir streiten, Trev.«

»Ich will auch keinen Streit mehr. Ich will nur die Scheidung.« Er starrte sie kalt an.

Es tat weh. Obwohl sie nicht Lana war, tat es weh, weil er so mit ihr sprach, mit Kait, mit der Frau, die er die ganze Nacht lang geliebt hatte. Aber das war keine Liebe gewesen. Das hatte er selbst gesagt. Es war nur Sex gewesen. Guter Sex – nicht einmal toll oder fantastisch. »Wir müssen reden«, sagte sie heiser.

»Ach ja? Was könntest du mir denn nach letzter Nacht unbedingt sagen wollen?« Eine dunkle Braue hob sich.

Das war's. Sie musste ihm einfach sagen, dass sie Lanas Zwillingsschwester war und Lanas Verschwinden deckte. Entweder das, oder sich so tief hierin verstricken, dass es niemals einen Ausweg geben würde. Aber was wurde dann aus Marni?

Hatte sie nicht entschieden, diese Sache durchzuziehen, um Marni zu schützen?

Und da wurde es ihr klar. Er würde sie sogar noch mehr hassen als Lana, denn sie hatte ihn noch schlimmer getäuscht.

»Lass mich raten. Du hast dich geändert. Du bist kein berechnendes, egoistisches Miststück mehr. Sechs Jahre Ehebruch und Lügen zählen auf einmal nicht mehr. Du hast das Licht gesehen! Irgendwie bist du eine ganz andere Frau geworden – liebevoll, verletzlich, aufrichtig. Eine Frau, die wir alle furchtbar missverstanden haben und jetzt unverdient schlecht behandeln?« Seine Augen wurden schmal. »Na, wie war ich?«

Wusste er doch Bescheid? War er deshalb so wütend auf sie? Kait starrte ihn an und vergaß zu atmen – er erwiderte ihren Blick, ebenso reglos wie sie.

Schließlich sagte sie mit zittriger Stimme: »Ich hoffe, ich habe mich tatsächlich geändert. Ich glaube es. Es tut mir so Leid –«

»Weißt du, was?«, fiel er ihr scharf ins Wort. »Ich habe die Lügen so satt, die Spielchen. *Deine* Spielchen. Ich habe keine Ahnung, worum es diesmal geht, aber ich habe jedenfalls genug davon.«

Er packte die Türklinke, und ihre Blicke trafen sich – da wusste Kait, dass sie es nie schaffen würde, ihm die Wahrheit zu sagen.

»Die letzte Nacht war gut, aber was mich betrifft, war's auch die Letzte.« Er stapfte hinaus und schlug ihr die Tür vor der Nase zu.

Er weiß es, flüsterte eine beharrliche Stimme in ihrem Kopf. Er kann es gar nicht wissen, denn sonst hätte er etwas gesagt, erwiderte eine andere, lautere Stimme.

Kait war nicht sicher, ob das überhaupt eine Rolle spielte. Sie hatte sich noch nie so elend gefühlt, und irgendwie war es ihr doch gelungen, sich das Herz brechen zu lassen. Von einem Mann, der sie nie geliebt hatte – von einem Mann, der nicht einmal wusste, dass es sie gab.

Trev war nicht mehr in der Küche, als Kait herunterkam, in einer neuen, gebleichten Jeans, einem hellblauen Baumwollpulli und glänzend polierten Lederstiefeln. Sam mixte sich einen ihrer Fitnessdrinks, diesmal pinkfarben. Marni spielte mit ihren Frühstücksflocken herum, und Elizabeth stand mit einer Scheibe Toast in der Hand am Spülbecken. Marni schrie vor Freude auf, als Kait die helle, freundliche Küche betrat. »Mommy, Mommy! Du hast schon wieder verschlafen! Daddy hat gesagt, ich soll dich nicht stören«, rief sie.

Kait errötete und war froh, dass Trev nicht anwesend war. Sie konnte seine Feindseligkeit kaum noch ertragen. »Hallo, mein Schatz«, sagte sie und beeilte sich, Marnis babyzarte Wange zu küssen. Sie spürte Blicke in ihrem Rücken, schaute auf und begegnete Elizabeth' kaltem Blick. Kait erkannte sofort, dass Elizabeth genau wusste, was gestern Nacht geschehen war.

Sie spürte ihre Wangen noch heißer erröten. Hatte Elizabeth sie im Wohnzimmer gehört? Oder, schlimmer noch, aus dem Schlafzimmer? Und warum, zum Teufel, musste sie so beleidigt und missbilligend dreinschauen? Was ging es sie an, wenn Trev mit seiner Frau schlief?

Abgesehen davon natürlich, dass Kait nicht seine Frau war.

Schuldgefühle drückten sie nieder.

Kait zwang sich zu lächeln. »Guten Morgen. Sieht aus, als würde es Schnee geben.«

»Es schneit nie so früh im Jahr. Wir sind hier in Virginia – nicht in Colorado«, erwiderte Elizabeth und wandte sich ab.
Kait ging zur Kaffeemaschine. Sam hatte ihr immer noch den Rücken zugewandt und beschäftigte sich mit dem Mixer. Kait schenkte sich einen Kaffee ein, goss Vollmilch dazu und drehte sich um. »Ich möchte gern Waffenstillstand schließen, Elizabeth«, sagte sie.
Elizabeth drehte den Wasserhahn ab und fuhr herum. »Wie bitte?«
»Ich möchte die Vergangenheit ruhen lassen. Ich entschuldige mich für meine Sünden – für alles, was ich je falsch gemacht habe. Ich möchte von vorn anfangen.«
Elizabeth starrte sie an.
Sam hatte den Mixer abgestellt. In ihrer schwarzen Lederhose, schwarzer Lederweste und einem weißen T-Shirt drehte sie sich endlich um und starrte Kait ebenfalls an. Sie trug an einem Handgelenk ein Stoffband, am anderen ein Perlenarmband, an dem ein Kreuz baumelte. Völliges Schweigen senkte sich über den Raum.
»Was denn für Sünden?«, fragte Marni und rutschte von ihrem Stuhl. »Mommy, hast du etwas Böses gemacht?«
Kait lächelte sie zärtlich an. »Schätzchen, das ist nur so eine Redewendung. Nein, ich habe keine Sünde begangen. Aber ich habe Fehler gemacht, und jetzt entschuldige ich mich dafür – für jeden einzelnen.«
Elizabeth hatte sich nicht gerührt. Nun sagte sie: »Sie trinken Ihren Kaffee mit Milch. Sie tragen Jeans. Und nun dieser … dieser merkwürdige Vorschlag.« Offensichtlich hatte es ihr beinahe, aber nur beinahe die Sprache verschlagen.
»Sind Sie ein gläubiger Mensch, Elizabeth?«

Elizabeth fuhr zusammen. »Sie wissen ganz genau, dass ich jeden Sonntag zur Kirche gehe.«

»Dann wissen Sie auch, dass es nicht sehr christlich ist, eine solche Entschuldigung wie meine zurückzuweisen.«

Elizabeth nickte steif. »Sie haben gewonnen, Lana.«

»Es geht mir nicht ums Gewinnen, sondern um Vergebung.«

Elizabeth wandte sich ab.

Kait nippte an ihrem Kaffee und begegnete Sams hasserfülltem Blick. »Bist du immer noch wütend auf mich?«

Sam nickte, doch sie schien ihren Zorn heute gut zu beherrschen. Genau genommen wirkte sie eher misstrauisch als wütend. »Du hast es Dad erzählt und Onkel Rafe.«

»Ich habe getan, was ich tun musste, Sam. Dein Wohlergehen ist wichtiger, als ein Geheimnis zu bewahren – das auch noch illegal und gefährlich war.«

Sam verschränkte die Arme vor der Brust. »Mein Wohlergehen«, knurrte sie. »Leihst du mir jetzt immer noch dieses Kleid?«

Kait zögerte. Das Kleid hatte peinliche Flecken abbekommen und musste erst in die Reinigung. »Ja. Wann brauchst du es?«

»Samstag«, erwiderte Sam. »Ginas Party ist am Samstag.«

Das war schon morgen. »Ich bringe es zur Reinigung, wenn ich Marni zum Kindergarten fahre.« Sie würde jeden Preis dafür bezahlen, dass es bis morgen fertig wurde.

Sams Miene entspannte sich. »Echt? Du wirst es mir wirklich geben?«

Kait nickte. Sie spürte, wie auch ihre Züge sich entspannten. »Du wirst wunderhübsch darin aussehen. Warte nur, bis Trev dich so sieht.« Bei dem Gedanken wurde ihr wieder ganz elend.

Sam verschloss sich wieder. »Es ist mir egal, wie er es findet.« Sie schnappte sich ihren Saft und ging.

Kait starrte ihr nach. Wie lange würde es wohl dauern, bis Sam Trev verzieh, dass er sie geschlagen hatte?

Plötzlich rannte Marni ihrer Schwester nach. »Sammy! Warte! Du hast vergessen, mir die Zauberkarten zu geben!«

Als sie weg war, ergriff Elizabeth das Wort. »Warum leihen Sie ihr dieses Kleid? Warum haben Sie sich bei mir entschuldigt?«

Kait seufzte. »Sie wird in diesem Kleid fantastisch aussehen.«

»Ich weiß, was Sie im Schilde führen. Trev weiß es auch. Sie glauben, Sie könnten das mit der Scheidung noch einmal abbiegen, oder?«

»Nein, glaube ich nicht.« Kait ging zum Kühlschrank.

Elizabeth folgte ihr. »Tja, das wird auch nicht funktionieren. Diesmal hat er endgültig genug.«

»Schön. Wie nett, dass Sie sich so darüber freuen, wenn der Mann, den Sie lieben wie Ihren eigenen Sohn, sich scheiden lassen will.« Sie holte ein Glas Erdnussbutter und eines mit Marmelade heraus.

»Sie sind das Schlimmste, was ihm je widerfahren ist, und ich werde alles tun – *alles* –, um dafür zu sorgen, dass er Sie endlich loswird.«

Kait erstarrte. Elizabeth' Stimme troff vor Gift. Langsam drehte sie sich zu ihr um.

»Das ist mein Ernst«, sagte Elizabeth.

Und Kait fragte sich, ob Elizabeth sie so sehr hasste, dass sie sie umbringen würde.

Marni war im Kindergarten und das wunderschöne Donna-Karan-Kleid in der Reinigung. Kait war zum Supermarkt gegangen, weil sie unbedingt ihre Lieblingskekse brauchte, und dann in die Drogerie – sie wollte endlich wieder ihre geliebte

Maybelline-Wimperntusche und ihr Pantene-Shampoo benutzen. Nachdem sie ihre Einkäufe erledigt hatte, war sie spontan noch einmal zum Einkaufszentrum zurückgekehrt. Dort hatte sie eine sehr schöne Patchwork-Lederjacke für Sam gekauft, die perfekt zu deren rebellischem Bohème-Stil passen würde. Nun war es schon Mittag – in einer Stunde konnte sie Marni abholen und nach Hause bringen.

Kait blickte sich auf dem überdachten Platz um und überlegte, ob sie bei McDonald's oder Pizza Hut essen sollte, und was sie noch für Marni kaufen könnte, bevor sie fuhr. Da heute Freitag war, herrschte im Einkaufszentrum recht viel Betrieb, mehr als neulich Abend. Pizza Hut gewann, also wandte sie sich dorthin.

Da sah sie Sam.

Kait blieb wie angewurzelt stehen, völlig überrascht, denn sie hatte angenommen, dass Sam den ganzen Tag in der Schule sei. Sie sah genauer hin, doch das große, schlanke Mädchen mit dem feinen, langen blonden Haar in schwarzer Lederhose und Weste war unverkennbar. Das war ganz sicher Sam, und bei ihr war ein Junge.

Kait ging hinter einer Säule in Deckung.

Sie standen mit dem Rücken zu ihr zwischen Pizza Hut und McDonald's und unterhielten sich. Kait vermutete, dass der Junge Gabe Jenkins war – sein Haar war dunkel, wie auf den Fotos von Gabe, die sie gesehen hatte –, aber sicher war sie nicht. Er war sehr groß für einen Sechzehnjährigen – fast eins achtzig, schätzte sie.

Sam drehte sich halb um, und er ebenfalls. Er zog sie an sich, und sie küssten sich. Rasch wurde daraus eine lange, vertraute Umarmung. Kait musste den Blick abwenden. Eine Frau, die so

küsste, konnte keine Jungfrau mehr sein. Nun war sie nicht nur verlegen – sie machte sich Sorgen.
Sie konnte nur hoffen, dass die beiden verhüteten.
»Bis dann!«, ertönte Sams fröhliche Stimme.
Kait lugte um die Säule herum und sah Sam, mit rosigen Wangen, lächelnd und überglücklich. Der Junge – nein, der junge Mann – war ganz sicher Gabe Jenkins. Er lächelte ebenfalls, und für jemanden in seinem Alter strahlte er viel zu viel Sexappeal aus. Doch er hatte auch etwas Verstörendes an sich – etwas, das sie auf den Fotos nicht gesehen hatte.
Zunächst konnte sie gar nicht genau bestimmen, was sie so störte. Doch dann wusste sie es. Er verursachte nichts als Ärger, genau wie Trev behauptet hatte.
Gabes Lächeln erlosch. Er wirkte düster und missmutig, wie er so dastand und Sam nachstarrte. Er wirkte außerdem zu alt für sie – Kait hatte angenommen, die beiden wären im selben Alter, doch dieser Junge musste siebzehn oder achtzehn sein.
Kait verbarg sich wieder hinter der Säule, als Sam an ihr vorbeieilte. War sie auf dem Weg zurück in die Schule? Sollte Kait ihr folgen – und sie fragen, warum sie nicht in der Schule war? Oder sollte sie sie lieber in Ruhe lassen?
Vielleicht hatte Sam heute keinen Unterricht mehr. Freitags hatte sie vielleicht früher Schluss.
Das Letzte, was Kait wollte, war, Sams Vertrauen noch mehr aufs Spiel zu setzen. Sie war rein zufällig über Sam und Gabe gestolpert, doch Sam würde das vielleicht nicht so sehen.
Kait drehte sich um und sah Gabe bei McDonald's hinter dem Tresen durch eine Tür verschwinden. Gleich darauf kam er in einer McDonald's-Uniform wieder heraus.
Ihre Gedanken überschlugen sich. Sie wollte nicht noch mehr

Unfrieden stiften, weder in der Familie noch bei Sam, doch Sam hatte eine Waffe besessen. Das war eine sehr ernste Sache. Und dies schien eine gute Gelegenheit zu sein, sich diesen Gabe näher anzusehen, neutraler, als Trev ihn je sehen konnte. Und sie tat es schließlich nur, weil sie sich Sorgen machte. Sie glaubte immer noch, dass Sam gelogen hatte, um Gabe zu schützen, und dass die Waffe eigentlich ihm gehörte. Wenn Gabe Sam in Schwierigkeiten bringen konnte, dann musste sie das herausfinden, und zwar jetzt gleich.

Sie ging zum Tresen.

Er blickte auf, lächelte aber nicht. Er hatte helle Haut und blaue Augen. Sein Haar war pechschwarz, wellig und viel zu lang für ihren Geschmack. »Was darf –« Er brach ab. »Machen Sie bloß, dass Sie wegkommen!«

Kait zuckte zurück. »Wie bitte?«

Er beugte sich über den Tresen, die Augen weit aufgerissen, die Wangen gerötet. »Gehen Sie weg von mir – bevor Sam uns sieht!«

Kait verstand nicht. »*Uns*?«

Sein Gesicht war verzerrt vor Wut. »Lassen Sie mich in Ruhe, Mrs. Coleman.« Er spie ihren Namen förmlich aus. Sie sah Hass in seinen Augen, und schrecklichen Zorn. Und noch etwas: Angst.

Lana kannte Gabe Jenkins. Was hatte das zu bedeuten? Was konnte das bedeuten? »Ich möchte mit Ihnen sprechen«, sagte Kait so ruhig wie möglich. Gewiss konnte Lana Gabe nicht im biblischen Sinne »kennen«. Er war schließlich noch auf der Highschool. Er mochte kein Junge mehr sein, aber ein Mann war er auch noch nicht.

»Ich rede kein Wort mit Ihnen«, knurrte er.

»Sam ist weg. Ist sie zurück zur Schule gegangen?«
Er fluchte. Dann sah er sich um, zischte einem Kollegen zu: »Spring für mich ein«, und hastete durch die Schwingtür hinaus.
Kait folgte ihm und landete bei der Säule, hinter der sie sich vorhin versteckt hatte. Er wandte sich ihr zur, die Hände zu Fäusten geballt und in die Hüften gestemmt. »Ich hab doch gesagt, Sie sollen nie wieder in meine Nähe kommen!«, rief er.
Es fiel ihr schwer, zu denken und zu atmen. »Das ist das letzte Mal«, versicherte sie ihm.
Er schien ihr nicht zu glauben. »Ich arbeite«, herrschte er sie an. »Ich kann mich jetzt nicht mit Ihnen vergnügen!«
O Gott! Kait sah ihn an und fürchtete sich davor, was er gemeint haben könnte. Es durfte nicht das sein, was sie glaubte.
Aber irgendetwas hatte Lana getan, wofür dieser Junge sie hasste – und sie fürchtete. Kait fuhr sich über die Lippen. »Darum geht es jetzt nicht.«
Seine zornige Miene fiel vor Erleichterung zusammen.
Es war auf einmal sehr schwer, gerade zu stehen, ruhig zu bleiben, gefasst und konzentriert. »Ich habe die Waffe gefunden, Gabe.«
Sein Kopf fuhr hoch, und sein Blick war wild. »Ich weiß. Sam hat es mir erzählt. Sie erzählt mir einfach alles.«
»Liebst du sie?« Die Frage war ihr einfach entschlüpft – das war gar nicht der Grund, weshalb sie ihn angesprochen hatte.
»Das interessiert Sie doch einen Dreck!«, erwiderte er fassungslos.
»Es gefällt mir nicht, dass sie dich beschützt. Ich halte nicht viel von einem Jungen – einem Mann –, der sich hinter dem Rockzipfel einer Frau versteckt.«
»Ich verstecke mich überhaupt nicht, vor niemandem«, sagte er

barsch. »Was wollen Sie? Warum sind Sie gekommen?« Angst flackerte in seinen blauen Augen auf.

»Ich möchte wissen, ob die Waffe dir gehört«, sagte sie.

»Sind Sie irre? Was soll der Blödsinn?«, schrie er. Dann beugte er sich vor und wirkte plötzlich bedrohlich. »Wenn Sie glauben, Sie könnten mich irgendwo hinlocken und ein bisschen Spaß mit mir haben, haben Sie sich geirrt!«

Kait zuckte zusammen. War so etwas tatsächlich schon vorgekommen? Gewiss hatte Lana nicht diesen siebzehn oder achtzehn Jahre alten Jungen verführt?

»Ich habe mich wochenlang hundeelend gefühlt«, fuhr er sie an. »Ich hasse mich selbst noch mehr als Sie! Zuerst wollte ich es auf das viele Bier und den Wein schieben. Aber ich trinke schon, seit ich zwölf war. Ich kann ziemlich viel vertragen! Sie sind heiß für eine alte Frau, echt heiß, aber ich liebe Sam, und jetzt werden Sie mir immer und ewig damit drohen, es ihr zu sagen! Oder etwa nicht?«, fragte er verzweifelt. »*Was wollen Sie wirklich hier?*«

Kait war schockiert. *Ihre Schwester hatte Gabe Jenkins verführt.*

»Es tut mir Leid«, flüsterte sie. »Gehört die Waffe dir?«

»Nein«, antwortete er. »Und das wissen Sie auch. Sie wissen verdammt gut, wem diese Pistole gehört, also verstehe ich nicht, was das hier soll. Das ist wieder eines von Ihren Spielchen, oder? Ich muss jetzt gehen.« Er wandte sich ab.

Kait packte seinen Arm. »Was meinst du damit, ich wüsste, wem die Waffe gehört?«

Er warf ihr einen weiteren ungläubigen Blick zu, riss sich los und rannte davon.

Kait hatte ein ungutes Gefühl, schlimmer noch, ihr war richtig übel. Lana hatte Sams Freund verführt. Warum sollte sie so etwas tun? Wie konnte sie nur? In diesem Moment traf Kait siedend heiß die Erkenntnis: Lana hatte sich nicht geändert.

Das junge Mädchen, das anderen Mädchen die Freunde ausgespannt und darüber gelacht hatte, war zu einer Frau geworden, die schlief, mit wem sie wollte – verheiratete Männer, unverheiratete, sogar Jungen wie Gabe. Das junge Mädchen, das seine Eltern angelogen hatte, damit sie ihrem Vergnügen nachgehen konnte, belog nun ihren Mann und ihre Familie, zu demselben egoistischen Zweck. Kait hatte ihre ganze Jugend hindurch versucht, die Augen vor Lanas Schlechtigkeit zu verschließen, hatte nur an das Gute glauben wollen, das doch auch in ihr stecken musste. Nun, da sie Gabe Jenkins nachstarrte und alles überdachte, was auf Fox Hollow geschehen war, brach ihr Glauben an ihre Schwester zusammen.

Er brach nicht nur zusammen; er löste sich in Luft auf.

Langsam bückte sie sich und hob ihre Einkaufstüte auf, mit ihren Keksen, den Kosmetika und Sams wilder Lederjacke. Es war Zeit, Marni abzuholen.

Es war wie ein Déjà-vu.

»Schau mal, Mommy, die Polizei ist da!«, rief Marni freudig, als sie den Porsche vor dem Haus parkte. »Ist Onkel Rafe auch da?«

Kait fuhr sich mit der Zunge über die Lippen und wollte gerade antworten, als Trev und Rafe aus dem Haus auf die Veranda traten. Beide machten ein grimmiges Gesicht. »Ja, da ist er«, sagte sie so fröhlich wie möglich. Doch sie war zutiefst erschüttert – und bitter enttäuscht. Sie konnte sich einfach nicht mehr einreden, dass Lana für alles eine Entschuldigung hatte. Die Ausreden für Lana waren ihr ausgegangen. Sie wollte nicht einmal mehr deren Version der Geschichte hören.

Langsam stieg Kait aus dem Wagen. Vor lauter Traurigkeit fühlte sie sich alt und schwerfällig. Marni kletterte begeistert von ihrem Sitz, und Kait holte die Einkaufstüte vom Rücksitz. Sie war wie betäubt. Sie drehte sich nicht um, als sie Marni zum Haus laufen und nach Trev und ihrem Onkel rufen hörte; gleich darauf war ihr freudiges Kreischen zu vernehmen. Irgendwie schaffte Kait es noch, die Fahrertür zuzuschlagen, obwohl ihr das ungeheuer anstrengend erschien, und dann drehte sie sich um. Ihr war übel vor Angst.

Trev sagte gerade: »Elizabeth hat Kuchen gebacken, mein Schatz. Geh schon mal in die Küche.«

Marni rannte davon. Die beiden Männer standen allein auf der Veranda. Offenbar warteten sie auf Kait. Ihr blieb fast das Herz stehen. Sie warteten auf sie, gewiss aus gutem Grund. Und dieser Grund konnte kein angenehmer sein. Bestimmt hatten sie keine guten Neuigkeiten für sie.

Kait fühlte sich wie ausgetrocknet und sehnte sich nach einem Glas Wasser. Langsam ging sie über die Auffahrt und die Vordertreppe hinauf, erfüllt von Grauen. Sie war am Ende – sie hatte die Grenze dessen erreicht, was sie ertragen konnte.

Rafe starrte sie an, als sei sie eine verurteilte Axtmörderin. Doch es war Trev, dessen Blick sie stolpern ließ. Seine Augen waren schwarz vor Wut.

»Trev?«, hörte sie sich flüstern. Was glaubte er nun schon wieder, was sie angerichtet hatte?

Er packte sie am Handgelenk und fuhr sie an: »Ich habe es dir heute Morgen schon gesagt: *Ich habe die Nase voll von deinen Spielchen.*«

Er war fuchsteufelswild. Außer sich. Sie blickte von seinen grünen Augen zu Rafes hinüber. Der sah sie kaum anders an.

»W-was denn?« Hatten sie herausbekommen, dass sie in Wirklichkeit Kait London war?

Rafe trat zwischen sie und zwang Trev, sie loszulassen. »Wir haben Sams Waffe überprüft«, erklärte er, geradezu genüsslich.

Und da wusste Kait, welches Beil gleich auf sie herabsausen würde. Sie wusste, dass es eigentlich Lanas Kopf war, der rollen müsste. Doch stattdessen würde es ihrer sein.

»Und rate mal, was sich herausgestellt hat. Eine Mrs. Trevor Coleman hat die Waffe in Halifax gekauft – vor sechs Jahren.«

Kait war schwindlig.

Er baute sich nur Zentimeter vor ihr auf. »Haben wir überhaupt einen Waffenschein ... Mrs. Coleman?«

Dreizehn

Kaits Knie wurden weich. Rafes Worte trafen sie wie ein Schlag, der ihr die Luft aus der Lunge presste. *Die Waffe gehörte Lana.* Obwohl jemand Lana und Marni bedroht hatte, war Kait fassungslos. Plötzlich erinnerte sie sich an Sams Überraschung, als sie sie nach der Waffe gefragt hatte. Und nun verstand sie auch Gabes Bemerkung, sie wisse genau, wem die Waffe gehörte. Ihr wurde klar, dass Sam sich die Waffe von Lana genommen haben musste, genau wie die Pullis und die Jacke.

Aber Lana hatte die Waffe bald nach der Hochzeit gekauft. Warum?

»Wie konntest du nur?«

Kait fuhr zusammen und blickte zu Trev auf.

»Wie konntest du eine Waffe ins Haus bringen, ohne mir etwas davon zu sagen. Und warum?« Er starrte sie an. »Warum, zum Teufel, hast du eine Pistole gekauft, noch dazu kurz nach unserer Hochzeit?«

Kait war sprachlos. Sie hatte schlicht keine Ahnung.

»Ich sehe, dass du versuchst, dir eine Antwort einfallen zu lassen«, herrschte Trev sie an. »*Warum hast du eine Waffe in mein Haus gebracht, verdammt noch mal? Was, zum Teufel, ist hier los?*«

Er war furchtbar wütend auf sie. Kait wand sich. Seine Reaktion erschien ihr unverhältnismäßig heftig für ihr – Lanas – Vergehen, und es war offensichtlich, dass er diese Waffe als Ventil benutzte, um all die Wut rauszulassen, die sich ihr gegenüber angesammelt hatte. Seit ihrer gemeinsamen Nacht schien er sogar noch wütender geworden zu sein als vorher. Sie musste sich etwas ausdenken, und zwar schnell. Doch ihr wollte einfach keine sinnvolle Begründung einfallen. »Trev, es ist nicht so, wie du denkst. Ich habe die Pistole gekauft, um mich zu schützen.« Sie berührte ihn am Arm und war ziemlich sicher, dass er eine so lächerliche Ausrede nie glauben würde.

Er zuckte zurück. Doch sein kalter Blick blieb in ihre Augen gebohrt. »Warum solltest du es für nötig halten, dich zu schützen? Wir leben hier in einem der sichersten Bezirke von ganz Virginia! Skerrit County hat weniger als fünftausend Einwohner und eine der niedrigsten Verbrechensraten im ganzen Land!«

Sie biss sich auf die Lippe und fühlte sich scheußlich, weil sie ihn schon wieder belogen hatte. »Aber du bist so oft verreist, und ich bin mit den Mädchen hier allein.«

»Wenn ich zu Turnieren fahre, kommst du meistens mit, um Pride selbst zu reiten«, erwiderte er mit scharfer Stimme. »Genau genommen verreist du sogar öfter als ich. Hast du denn keine bessere Ausrede?«, fragte er sarkastisch.

Sie schüttelte den Kopf und hatte plötzlich die Lügen und die folgenden Schuldgefühle satt. Doch wenn dieser Mann schon so wütend war, weil seine Frau seit einigen Jahren heimlich eine Waffe besessen hatte, wie würde er dann erst reagieren, wenn er von dem Betrug erfuhr, an dem sie beteiligt war? Und davon, dass sie ihn in dem Glauben gelassen hatte, sie sei Lana, als er jeden Zentimeter ihres Körpers küsste und mit ihr schlief. Kait wünschte, ihre Gedanken würden nicht ständig zur vergangenen Nacht abschweifen. »Können wir es nicht einfach auf sich beruhen lassen?«

Seine Augen wurden schmal. »Sag bloß, dir sind die Lügen ausgegangen?«

Ihre Blicke trafen sich. Sie schnappte nach Luft. In diesem Moment hatte sie das starke Gefühl, er wusste, dass sie nicht Lana war, und dass seine Worte sich auf ihre Maskerade bezogen. Plötzlich fror sie – bis auf die Knochen. Wenn er die Wahrheit schon ahnte, dann würde das seine Wut und seinen Hass erklären.
Kait wich entsetzt zurück. *Bestimmt hätte er gestern Nacht nicht mehrmals mit ihr geschlafen, wenn er gewusst hätte, dass sie nicht seine Frau war.* Sie konnte ihm nicht mehr in die Augen sehen. Heute war erst Freitag – sie musste noch das ganze Wochenende überstehen. Kait wusste nicht, wie sie das schaffen sollte – nicht nach der vergangenen Nacht. Nachdem sie solch große Leidenschaft in seinen Armen erlebt hatte, konnte sie seine Fragen nicht mehr mit Lügen parieren und ihren Teil dieser abscheulichen Täuschung aufrechterhalten. Jedes Mal, wenn sie seinem Blick begegnete, wand sie sich innerlich. »Es tut mir Leid, dass ich dir nichts von der Waffe gesagt habe. Ich hätte dich um Erlaubnis fragen müssen, bevor sich sie gekauft habe.«
Obwohl sie sehr leise sprach, verstand er sie. Der Blick, den er ihr zuwarf, war äußerst skeptisch. »Tatsächlich? Seit wann fragst du mich wegen irgendetwas um Erlaubnis?« Dann baute er sich direkt vor ihr auf. »Sam hätte wegen dir und deiner Pistole in furchtbare Schwierigkeiten geraten können. Wenn ihr irgendetwas zugestoßen wäre, hätte ich dir das nie verziehen.«
Kait hätte Lana – oder sich selbst – das auch nicht vergeben können. Trev wandte sich angewidert ab, ging ins Haus und knallte die Tür hinter sich zu.
Nun war sie allein mit Rafe Coleman. Kait drehte sich langsam zu ihm um und musste wegschauen, als sie seinem forschenden Blick begegnete. »Wirst du mich jetzt verhaften?«
»Der Besitz einer Waffe ohne Waffenschein ist nur ein Ver-

gehen.« Er lächelte eisig. »Aber einer Minderjährigen eine Waffe zu verkaufen oder zu verschaffen, ist etwas völlig anderes, meine Süße.«

»Verkaufen?«, japste Kait.

Er amüsierte sich prächtig. »Das ist ein Kapitalverbrechen.«

»Sam hat diese Waffe ohne mein Wissen an sich genommen, und das weißt du genau!«, rief Kait.

Er stemmte die Hände in die schlanken Hüften. »Weißt du, was ich glaube?«, fragte er. »Ich glaube, du solltest lieber ganz neue Töne anschlagen, und zwar schnell. Aber das wird an der Vergangenheit auch nichts mehr ändern, nicht wahr?«

Kait schlang die Arme um sich. »Was habe ich dir getan, dass du mich so hasst?« Sie wagte nur zu flüstern, denn sie fürchtete, sie kannte die Antwort bereits. Lana hatte versucht, auch ihn zu verführen, aber sie zweifelte nicht daran, dass er sie rundheraus hatte abblitzen lassen.

Doch sie irrte sich.

Er fuhr überrascht zusammen. Dann explodierte er. »Willst du dich über mich lustig machen? Mein Bruder kommt mit dem untreuesten Miststück des Jahrhunderts nach Hause, und da stellst du noch solche Fragen? Du hast sechs Jahre lang hinter seinem Rücken durch die Gegend gevögelt – nein, vor seiner Nase! Schlimmer noch, du hast alles getan, um ihn, Sam und deine eigene Tochter zu verletzen! Hältst du mich für ein dämliches Landei? Ich weiß über dich Bescheid, Süße, ich kenne die ganze Wahrheit.« Er kochte vor Wut.

»Ich muss jetzt gehen«, rief Kait und wirbelte herum – sie wollte nichts mehr hören.

Er packte ihr Handgelenk und riss sie zurück. »Wir wissen beide, dass diese Ehe ein abgekartetes Spiel war.«

»Was?«, keuchte sie.
»Du hast ihn geheiratet, weil du sein Geld wolltest – und Zugang zu seinen gesellschaftlichen Kreisen. Das Ganze war geplant und berechnet, seit dem Tag, als du in seinem Leben aufgetaucht bist. Ich werde das Gefühl nicht los, dass du sogar wusstest, wo er an diesem Tag sein würde – und dass du nur auf ihn gewartet hast.«
»Nein«, flüsterte sie und betete, er möge sich irren.
Rafe packte ihr Kinn und hob es an. Sein schmerzhafter Griff und der Ausdruck in seinen Augen ängstigten sie. »Ich weiß über alles Bescheid, Süße, und ich krieg dich dran. Darauf kannst du dich verlassen.« Er ließ sie los.
Kait wich atemlos zurück und versuchte, nicht allzu heftig zu zittern.
Er grüßte ironisch, indem er mit dem Zeigefinger an seinen Hut tippte, und stapfte davon.
Kait starrte ihm nach. Als ihr Verstand wieder funktionierte, dachte sie an das Mittagessen, zu dem Trev nie erschienen war, vor sechs oder sieben Jahren, als sie Fox Hollow für die Wohltätigkeitsveranstaltung ihres Klienten hatte nutzen wollen. Trev war nie erschienen, und sie hatten sich nie getroffen.
Kait versuchte sich zu erinnern. Ihr war seltsam übel.
Das war schon so lange her.
Wann hatten sie zuletzt Kontakt zu Lana gehabt?
Kait wurde mulmig. Soweit sie sich erinnern konnte, war das ebenfalls sechs oder sieben Jahre her, doch ob das etwa sechs Monate vor Lanas Hochzeit mit Trev Coleman gewesen war, wusste sie einfach nicht. Sie erinnerte sich nur daran, dass Lana in New York aufgetaucht war und dass sie sogar zusammen zum Abendessen gegangen waren. Das war einer ihrer kurzen Überraschungsbesuche gewesen, mit viel Charme und sehr wenig

Inhalt. Damals hatte Lana in Miami gelebt. Kait wusste noch, dass Lana sie aus heiterem Himmel angerufen hatte, und wie sehr sie sich gefreut hatte, ihre Schwester zu sehen.

Dieser Gedanke ließ das Karussell in ihrem Kopf abrupt anhalten.

War das bei ihrer Schwester nicht immer so gewesen? Als Teenager war Lana plötzlich grinsend in ihrer Schlafzimmertür erschienen, als sei das völlig normal, um Kait zu fragen, ob sie auf eine Pizza mit ins Einkaufszentrum fahren wollte. Aber das war überhaupt nicht normal, denn Lana hatte sonst vor lauter Freundinnen, Sport und Jungen nie Zeit für sie.

Und von dem Moment an, als Lana an die Smith und Kait an die Barnard University gegangen war – genau dasselbe. Monatelang kein Wort, und urplötzlich ein unerwarteter Anruf oder ein spontaner Besuch. Und jedes Mal war Kait überglücklich, mit ihrer Schwester zu sprechen, sie wiederzusehen. Sie hing an Lanas Lippen und begeisterte sich für die Kleinigkeiten, die sie aus Lanas Leben erfuhr.

Hatte sie sich so verzweifelt nach der Aufmerksamkeit ihrer Zwillingsschwester gesehnt?

Nach ein paar Tagen in Fox Hollow fühlte Kait sich wie ein anderer Mensch. Sie war nun zwar traurig, aber auch misstrauisch und vorsichtig. Und sie war verstört. Sie hoffte, dass Rafe Coleman sich irrte mit seiner Behauptung, Lana habe sich Trev eiskalt und berechnend geangelt. Kait beschloss, von Trevs Computer aus ihren Online-Kalender zu überprüfen. Sie führte ihre Termine stets ordentlich und würde herausfinden können, wann sie mit ihrer Schwester in New York essen gegangen war. Sie war ebenfalls neugierig auf das Datum dieses Mittagessens, zu dem Trev nicht erschienen war.

Und wenn sie schon mal dabei war, würde sie auch irgendwie das Hochzeitsdatum der beiden herausbekommen.

Kait wurde von allen geschnitten. Sie stand fassungslos im Wohnzimmer, einen Scotch in der Hand – ja, einen Scotch –, der vielleicht helfen würde, damit sie nicht mehr zitterte wie Espenlaub. Trev war im Foyer erschienen. Er trug Anzug und Krawatte, wollte also offensichtlich ausgehen.

Sie schloss die Augen. Es tat weh, dass er sie nach ihrer intimen Nacht nicht einlud, ihn zu begleiten. Doch vor allem kreisten ihre Gedanken um die eine Frage: In was für Schwierigkeiten steckte Lana wirklich?

Rafe Coleman war Polizist. Er hatte es auf ihre Schwester abgesehen. Und er sah nicht aus wie ein Mann, der bei etwas versagte, das er sich so fest vorgenommen hatte. Die Bemerkung, er werde ihre Schwester schon kriegen – was sollte das heißen? Entweder wollte er dafür sorgen, dass Trev sie ganz durchschaute und hochkant aus Fox Hollow rauswarf, oder er wollte dafür sorgen, dass sie ins Gefängnis kam. Kait hatte das scheußliche Gefühl, er hatte Letzteres damit gemeint. Er hatte gesagt, er kenne die ganze Wahrheit. Aus irgendeinem Grund war Kait sicher, dass sich das nicht auf ihren Rollentausch bezog.

Was hatte er also dann damit gemeint? Was wusste er? Wollte er Lana ins Gefängnis bringen?

Rafe hatte auch behauptet, Lanas Hochzeit mit Trev sein ein abgekartetes Spiel gewesen. Was sollte das heißen? Was sollte sie damit bezweckt haben? Ein abgekartetes Spiel, um eine reiche, sorglose Ehefrau zu werden?

Kait wusste nicht, was sie von all dem halten sollte. Doch der

Sheriff hatte es auf ihre Schwester abgesehen, und sie hatte keine Ahnung, wie sie ihn aufhalten könnte.

Einerseits wollte sie Lana vor Rafe Coleman beschützen, andererseits wollte sie Trev und die Mädchen vor möglichen Auswirkungen bewahren, die dieser Betrug oder andere Machenschaften ihrer Schwester haben könnten.

Schließlich zog sie den einzig möglichen Schluss: Lanas Leben war sehr ungewöhnlich gewesen, und worin auch immer sie nun verstrickt war – es musste ebenfalls kompliziert und gefährlich sein. Kait machte sich Sorgen, aber sie war auch wütend auf ihre Schwester, weil diese die Familie in Schwierigkeiten gebracht hatte – und Kait.

Kait merkte, dass Trevs Schritte verklungen waren. Sie öffnete die Augen und sah, dass er sie betrachtete. Der verschlossene, wütende Gesichtsausdruck von vorhin war verschwunden. Ihre Blicke trafen sich, und sie sah Verwirrung und Staunen und etwas sehr, sehr Ernstes in seinen Augen.

Sofort verschloss er sich vor ihr, seine Miene wurde hart.

Sie klammerte sich an den Scotch – den sie nicht ausstehen konnte – und trat vor. »Gehst du zum Essen aus?« Sie versuchte, die Frage leicht klingen zu lassen, doch stattdessen drang ein jämmerliches Krächzen aus ihrer Kehle. Sie war sicher, dass er ihr nur noch aus dem Weg gehen wollte.

Er nickte. »So ist es.«

»Lass mich raten.« Sie wollte nett sein – doch ihre Stimme klang sogar in ihren eigenen Ohren schrecklich bitter. »Alicia und John? Mitch und Sara?«

Er musterte sie. »Interessiert dich das überhaupt?«

Sie drückte den Scotch an die Brust. »Ja«, flüsterte sie.

Sie sah ihn zusammenzucken und merkte, dass sie ihn durcheinander gebracht hatte. Ihr fiel auf, dass sie tatsächlich eine gewisse Macht über ihn hatte – dass sie versuchen könnte, sie zu gebrauchen, ihn zum Bleiben zu überreden, damit sie den Abend mit ihm verbringen konnte.

Gefährliche Bilder schossen ihr durch den Kopf.

Auf jedem davon waren sie leidenschaftlich ineinander verschlungen.

Er schnaubte verächtlich. »Dazu ist es jetzt ein bisschen zu spät, meinst du nicht?«

Sie schluckte und stellte den Scotch beiseite. Dann ging sie langsam und vorsichtig auf ihn zu. »Ich habe so viel zu bereuen«, sagte sie mit zittriger Stimme. »Trev … mir tut alles so Leid.«

Er rührte sich nicht vom Fleck. »Warum machst du dir noch die Mühe?«

»Weil ich glaube, dass es niemals zu spät ist«, sagte sie, und in diesem Moment nahm ein ungeheuerlicher Plan in ihrem Kopf Gestalt an. Er musste nie von diesem Rollentausch erfahren. Lana konnte wiederkommen und sich von ihm scheiden lassen, und wenn die Wogen sich wieder gelegt hatten, würde sie, Kait in sein Leben treten. Kait war entsetzt über ihre Verzweiflung, den eigenen Hals zu retten, wenn es um Trev Coleman ging. Über den Drang, ihre Beziehung zu ihm zu retten.

Sie ermahnte sich, dass es die gar nicht gab. Sie war keine Lügnerin, außer in diesem einen Fall – sie hielt Lügen für falsch. Sie hasste es, und sie fand es schrecklich, ihn anzulügen. Kait musste sich der Tatsache stellen, dass sie jede Chance auf eine Freundschaft mit diesem Mann verlor, wenn die Wahrheit ans Licht kam. Und er würde von ihrer Täuschung erfahren. Sie wünschte, sie hätte nie auch nur daran gedacht, ihn auch in Zukunft zu täuschen.

Trev stand immer noch da wie angewurzelt. »Hier geht es um die vergangene Nacht, oder?«

Sie zögerte. Er mochte sie für Lana halten, und sie mochte für den Moment in einer Lüge gefangen sein, doch sie würde trotzdem sie selbst bleiben. Sie würde nicht einmal versuchen, sich jetzt wie Lana zu geben. »Ja … und nein. Es geht um alles. Aber … letzte Nacht war etwas Besonderes.«

Er warf den Kopf zurück und lachte. »Das kannst du aber wirklich besser!«, rief er. Dann kam er näher. Sie erstarrte, als er sagte: »Die letzte Nacht hat überhaupt nichts zu bedeuten, Lana, gar nichts. Das war nur Sex, schlicht und einfach. Halte mir das nicht ständig vor!«

Sie wich nicht zurück, starr vor Staunen. Protestierte er nicht zu viel? »Für dich war es vielleicht nichts Besonderes, aber für mich schon. So habe ich es noch nie erlebt.«

»Soll das ein schlechter Scherz sein?«, fragte er.

Sie ignorierte seine Frage. »Warum bleibst du heute Abend nicht zu Hause?« Die Worte waren ihr einfach so herausgerutscht. Sie sah ihm in die Augen und konnte den Blick nicht abwenden. »Ich könnte uns ein paar leckere Sandwiches machen, oder wir bestellen uns eine Pizza, machen eine schöne Flasche Wein auf und … unterhalten uns.«

»Unterhalten?« Er klang fassungslos. »Wann haben wir uns je unterhalten, Lana? Unsere gesamte Beziehung bestand immer nur aus Sex – Sex und Geld. Ich bin spät dran. Du brauchst nicht auf mich zu warten – nicht, dass du dir je die Mühe machen würdest.« Er ging.

Kait hatte versagt. Bedrückt stellte sie sich ans Fenster und sah zu, wie er in seinen Dodge einstieg.

»Du liebst ihn wirklich, oder?«, fragte Sam leise und überrascht.

Kait drehte sich um. »Ich … Ja.«
Sam starrte sie an. Dann sagte sie zögerlich: »Danke für die Jacke. Ich … finde sie ganz toll.«
Das munterte Kait ein wenig auf. Sam war nicht da gewesen, als sie nach Hause gekommen war, also hatte sie die Jacke in einer hübschen Schachtel mit einer Karte daran auf Sams Bett gelegt. »Sie steht dir gut.«
»Warum? Warum benimmst du dich auf einmal so?«, fragte Sam. Sie stand auf der Schwelle, eigentlich noch im Foyer, und machte keine Anstalten, das Wohnzimmer zu betreten.
»Die Menschen ändern sich eben«, sagte Kait schulterzuckend. Sie warf einen sehnsüchtigen Blick aus dem Fenster. Der große Dodge war fort.
»Das glaube ich nicht«, erwiderte Sam.
Kait erstarrte und sah sie an. »Wie meinst du das?«
»Marni sagt, du wärst eine neue Mommy. Ich glaube, sie hat Recht.«
Kait lächelte gezwungen, während ihr Herz heftig zu pochen begann. »Ich bin auch eine neue Mommy. Ich habe mich verändert. Du kannst es auf eine frühe Midlife-Crisis schieben, wenn du willst. Ich bin eines Morgens aufgewacht und habe festgestellt, dass ich mich selbst nicht besonders mag.«
Sam schüttelte den Kopf. »Das ist es nicht.«
Kait brach der Angstschweiß aus. »Nicht?«
»Du bist gar nicht sie, oder? Lana hat meinen Vater nie so angeschaut wie du gerade eben. Du bist nicht Lana. Du bist jemand anderes«, sagte Sam mit bleichem Gesicht.
Kait spürte, wie ihre Knie nachgaben. Würde sie in Ohnmacht fallen?
»Wer bist du?«, flüsterte Sam mit großen Augen.

Es war halb elf. Kait wartete nicht auf Trev – dennoch saß sie draußen auf der Veranda, einen Becher Kaffee und eine Keksschachtel neben sich. Beide waren leer. Es war eine herrliche, sternenklare Nacht, doch Kait konnte sie nicht genießen, und ihr war kalt. Sie hatte sich eine von Sams Jacken geliehen, einen blauen Parka, von dem Sam behauptet hatte, dass er ihr sowieso nicht gefiele.

Kait wusste, warum – er war einfach nicht trendig, schick oder cool.

Sie hatte Sam gegenüber darauf beharrt, dass sie Lana war, dass sie plötzlich aufgewacht sei, eine Art Lebenskrise durchgemacht und beschlossen habe, sich von Grund auf zu ändern. Aber Sam hatte nichts darauf gesagt, und Kait wusste, dass sie ihr nicht glaubte.

Die Uhr tickte.

Sie war erst seit vier Tagen auf Fox Hollow, und sowohl Sam als auch Marni wussten bereits, dass sie nicht Lana war. Manchmal glaubte sie, auch Trev wisse es. Dann wieder, vor ein paar Stunden, als er weggegangen war, war sie sicher, dass er nichts ahnte. Außerdem hätte er sie auf der Stelle gefragt, was das Ganze sollte und wer sie wirklich sei, wenn er ihre Täuschung durchschaut hätte.

Kaits neues Handy lag neben der leeren Keksschachtel. Sie warf einen Blick darauf, doch es hatte keinen Ton von sich gegeben, also konnte keine Nachricht für sie gekommen sein. Sie wusste, dass sie erst wieder von Lana hören würde, wenn diese auf dem Heimweg nach Fox Hollow war. *Hatte Lana etwas getan, das gegen das Gesetz verstieß?*

Diese Frage verfolgte Kait. Und die unausweichliche nächste Frage ebenso: War sie selbst jetzt mitschuldig? *War sie eine Kom-*

plizin, hatte sie sich der Beihilfe schuldig gemacht, oder wie auch immer der juristische Begriff lautete?
Wie war sie nur in diesen Schlamassel geraten?
Dies war das einzige Mal in ihrem Leben, da Kait hätte Nein sagen müssen, als Lana sie bat, sie zu decken. Doch es war zu spät für Reue und Selbstmitleid, und bisher hatte wenigstens niemand Marni offen bedroht.
Kait betete, dass Lana Marni nicht dazu benutzte, sie zu manipulieren. Sie fand es schrecklich, so etwas auch nur zu denken, doch sie hatte das ungute Gefühl, dass Lana sehr wohl um ihre Schwäche für Marni wusste – und dass sie diese Schwäche ausnutzen würde, um Kait weiterhin zum Mitspielen zu bewegen.
Kait war wütend, frustriert und traurig. Sie wusste, dass Lana ihr nicht die ganze Wahrheit gesagt hatte – aber nun hegte sie den scheußlichen Verdacht, dass Lana sie ebenso belogen hatte wie alle anderen.
Wenn Rafe vorhatte, Lana ins Gefängnis zu bringen, konnte es dann passieren, dass Kait statt ihrer verurteilt wurde?
Kait zog die Knie an die Brust. Sie versuchte sich einzureden, dass die ganze Sache ja leicht aufzuklären war. Doch das gelang ihr nicht, denn bis sie alle Einzelheiten kannte, bewegte sie sich wie eine Blinde, in deren Haus ein Einbrecher herumschlich.
Kait beschloss, dass sie ebenso gut jetzt gleich nach ihrem Kalender sehen konnte. Sie hatte noch ein paar Stunden Zeit dafür, und es würde nur ein paar Minuten dauern. Sie stand auf und klopfte ihre Jeans ab, als plötzlich ein Motor aufheulte. Kait erschrak und schaute automatisch in die Richtung, aus der das Geräusch gekommen war – zu dem großen Stallgebäude.
Sie musste Max Zaras alten Toyota gehört haben.

Kait sah auf die Uhr. Es war zwanzig vor zehn. Wo wollte Max hin? Und warum fuhr er so spät noch weg?
Das Rätsel um Max Zara wurde immer größer. Kait sah zu, wie der Toyota zurücksetzte und wendete, um dann die Auffahrt entlangzubrausen.
Spontan sprang sie auf und rannte zu Lanas Porsche. Sie glitt hinein, holte den Schlüssel unter dem Sitz hervor und wartete noch einen Moment, bis der Toyota in sicherer Entfernung verschwand. Sie ließ den Motor an, schaltete aber nicht die Scheinwerfer ein. Inzwischen kannte sie den schmalen Weg gut genug, um ihn ohne Licht befahren zu können.
Gleich darauf ließ sie die Auffahrt vor dem Haus hinter sich und sah Max' Scheinwerfer auf der Landstraße um eine Kurve verschwinden, in Richtung Three Falls. Als er nicht mehr zu sehen war, schaltete Kait ihre Scheinwerfer ein und folgte ihm.
Es war höchste Zeit, der Frage auf den Grund zu gehen, wer Max Zara wirklich war.

Kait parkte auf einer schmalen Straße, die die beiden Richtungen des Highways trennte. Auf diesem Zwischenstreifen lag ein Schnellrestaurant in einer kleinen Ladenzeile. Die andere Seite war nicht bebaut. Da es so spät war, hatte nur noch das Restaurant offen, und auf dem Parkplatz davor standen ein Dutzend Autos. Eines davon war Max Zaras Toyota. Auch ein schwarzweißer Polizeiwagen stand auf dem Parkplatz.
Kait hatte den Motor abgestellt und holte tief Luft; sie war sicher, dass der Polizeiwagen Rafe Coleman gehörte. Das war zwar nur eine Vermutung, doch sie würde sie gleich überprüfen.
Sie stieg aus dem Porsche und wollte gerade abschließen, als sie es sich anders überlegte. Max Zara hatte nicht bemerkt, dass sie

ihm gefolgt war; sie hatte so viel Abstand zu ihm eingehalten, dass sie ihn beinahe verloren hätte. Zweimal hatte sie rasch die Scheinwerfer ausgeschaltet, als sie um eine Kurve gekommen war und seine Schlussleuchten in der Ferne gesehen hatte. Glücklicherweise endete die Northwest Woods Road an diesem Highway, und die Ladenzeile lag etwa anderthalb Kilometer weiter auf dem Weg nach Three Falls. Es war nicht schwer gewesen, zu erraten, dass er in diese Richtung abgebogen sein musste. Auf dem Highway war kein Verkehr, geschweige denn auf diesem schmalen Streifen, und Kait rannte quer über die Fahrspur. Auf dem Parkplatz lief sie langsamer und hielt sich hinter einem Pick-up und einem Abschleppwagen. Das Restaurant hatte ein großes Panoramafenster und war hell erleuchtet; Kait konnte sehr gut hineinsehen. Sie brauchte nur einen Moment, um Max Zara an einem Tisch am Fenster zu erkennen – und zu begreifen, dass sie Recht gehabt hatte. Der Polizeiwagen gehörte Rafe Coleman, denn der saß Max gegenüber.

Sie drückte sich an die Wand, und ihr Herz klopfte wie verrückt. Was war hier los? Warum traf Max Zara sich auf einen Kaffee und ein Stück Kuchen mit Rafe Coleman?

Max Zara war kein gewöhnlicher Mann.

Himmel! War Max Zara vielleicht ein verdeckter Ermittler?

Kaits Gedanken überschlugen sich; sie wusste nicht, was sie davon halten sollte. Rafe Coleman würde sich doch kaum mit einem Stallburschen anfreunden, oder? Und sie hatten beide unabhängig voneinander erklärt, dass sie es auf Lana abgesehen hatten. Kait begann zu zittern. Sie lugte um die Ecke der Backsteinmauer auf dem Parkplatz zum Fenster hinüber. Beide Männer hatten eine Tasse Kaffee vor sich stehen. Coleman aß ein Eis. Falls dort drin eine gespannte Atmosphäre herrschen sollte, so war davon nichts zu merken. Die beiden wirkten entspannt und schienen sich wohl zu fühlen. Sie aßen und unterhielten sich. Kait duckte sich wieder.

Was, zum Teufel, ging hier vor sich?

Sie schloss kurz die Augen und begriff, dass das hier ein paar Nummern zu groß für sie war. Dann wagte sie einen weiteren heimlichen Blick in das Restaurant.

Zara beugte sich vor und redete auf Rafe ein. Der hing zusammengesunken in der Sitzbank und hörte ihm zu. Schließlich schüttelte er den Kopf und sagte gut sichtbar: »Nein.«

Sie drückte sich wieder an die Mauer. Das war's. Kait war überzeugt, dass diese Männer zusammenarbeiteten. Und das bedeutete, Max musste Polizeibeamter sein. Arbeitete er verdeckt? Hatte sie zu viele schlechte Fernsehserien gesehen? Aber es kam ihr wirklich so vor. Jedenfalls bedeutete das für Lana nichts Gutes.

Sie drehte sich um und starrte auf Zaras Pick-up. Hatte er ihn abgeschlossen?

Kait ließ sich gar nicht erst auf eine innerliche Debatte ein. Er hatte fast direkt vor dem Panoramafenster geparkt, in der ersten Reihe. Rafe stand am Highway, in der letzten Reihe der Parkplätze. In der dritten Reihe in der Mitte standen einige Autos. Sie konnte nichts erfahren, wenn sie die beiden Männer weiter durchs Fenster beobachtete. Kait rannte an drei Autos vorbei und duckte sich hinter Max Zaras Pick-up neben die Fahrertür. Sie schob sich langsam hoch und schaute zu dem Panoramafenster, doch von hier aus konnte sie den Tisch der beiden nicht sehen. Umso besser, dachte sie entschlossen. Sie zog am Türgriff – es war nicht abgeschlossen.

Kait warf sich über den Fahrersitz und rüttelte am Handschuhfach. Das war abgeschlossen. Sie fluchte laut.

Dann sah sie sich um, doch die Sitze waren leer, bis auf einen halb gegessenen Schokoriegel. Keine Papiere, keine Hinweise, nichts. Sie schob die Hand ins Seitenfach in der Beifahrertür und fand auch dort nichts. Aus dem Fach in der Fahrertür kamen eine Straßenkarte von Virginia und eine kleinere Karte der Umgebung zum Vorschein.

Max kannte sich hier also nicht besonders gut aus. Sie merkte sich diese Kleinigkeit.

Dann griff sie unter seinen Sitz.

Zum dritten Mal in drei Tagen schlossen sich ihre Finger um kalten Stahl.

Er besaß noch eine Waffe, die er unter dem Sitz in seinem Wagen aufbewahrte. Und Kait wusste, dass es nicht die Pistole aus seinem Zimmer sein konnte, denn diese hier war doppelt so groß.

Es war ganz einfach – er war Polizeibeamter, und der Fall, an dem er arbeitete, war gefährlich.

Kait erinnerte sich, dass er ihr geraten hatte, sehr vorsichtig zu sein. Er hatte ihr diesen Rat gegeben, als er sie beim Herumschnüffeln in seinem Zimmer ertappte. Das hatte sie überrascht, denn sie erwartete eine feindselige Reaktion, doch stattdessen hatte er eine Warnung ausgesprochen, die sie schützen sollte.

Wenn Zara wusste, dass sie nicht Lana war, dann wusste Rafe Coleman es auch.

Kait schlüpfte aus dem Wagen und schloss die Tür, als sie eine Männerstimme hörte.

Sie blieb stehen.

»Ja, bis morgen.«

Das war Rafe Coleman. Kait duckte sich, und das Herz hämmerte ihr in der Brust, denn er musste mit Max gesprochen haben. Was bedeutete, dass Max gleich zu seinem Wagen kommen und einsteigen würde. Aber sie hockte neben der Tür, also würde er sie jeden Moment entdecken.

»Gut. Danke, Rafe«, sagte Max gerade, und seine Stimme klang sehr nahe. Kait konnte den Kies unter seinen Schritten knirschen hören.

Sie hatte keine andere Wahl. Sie huschte geduckt um das Heck seines Wagens herum. Ihre Schuhe verursachten dabei das gleiche Knirschen – das musste sie verraten.

Doch keiner der Männer reagierte.

Und das war ein Grund zur Sorge. Bestimmt hatten sie gehört, wie jemand, der sich nicht zeigte, um die Autos auf dem Parkplatz herumschlich. Genauer gesagt, um Max' Auto.

Kait erstarrte. Ihr erster Impuls war, einfach wegzurennen – Max konnte sie von dort, wo er jetzt stand, nicht sehen, und auf dem Weg zu seinem Wagen auch nicht, sondern erst dann, wenn er aus seinem Parkplatz zurücksetzte.

Aber Rafe musste den Parkplatz überqueren. Wenn er sich dabei umdrehte, würde sie hier wie auf dem Präsentierteller sitzen.

Schweiß rann ihr in die Augen.

Aber wenn sie wegrannte, könnten sie sie beide entdecken, während sie momentan in ihrem Versteck sicher war.

Sie hörte Max seine Wagentür öffnen. Warum sprachen die beiden kein Wort mehr?

Genau in diesem Moment sagte Rafe: »War ein langer Tag. Ich bin fertig. Wir hören uns morgen.«

»Sicher«, erwiderte Max. Aber er hatte verdächtig beiläufig gesprochen. Oder war sein Tonfall doch normal gewesen?

Kait bekam kaum noch Luft. Wenn die beiden jetzt auf der anderen Seite des Toyota standen, musste sie die Chance nutzen.

Kait floh.

Sie rannte um den kleinen Ford herum, der neben dem Toyota geparkt war, und Kies knirschte und spritzte unter ihren Lederstiefeln. Sie blieb nicht stehen. Sie wagte es nicht. Sie rannte weiter, die Reihe der Autos entlang bis an den Highway.

Auch dort standen einige Autos. Kait duckte sich hinter eines und wartete keuchend ab. Sie konnte sich nicht mehr von der Stelle rühren, denn wenn sie über die Straße zu ihrem Porsche rannte, würden die beiden sie sehen, falls sie in diese Richtung schauten. Andererseits wäre sie in ihrem Auto in Sicherheit.

Kait rannte.

Rafe Coleman schob die Hände in die Taschen seiner schwarzen Dienstjacke. Heute Abend trug er eine schwarze Baseballmütze mit dem Wort SHERIFF darauf. Er starrte kurz in die Nacht hinaus und wandte sich dann Max Zara zu. »Na, so was«, sagte er leise und lächelte endlich.

»Ich habe dir doch gesagt, dass mir jemand gefolgt ist«, erwiderte Zara mit düsterer Miene. »War sie das?«

»Allerdings.«

Max suchte den Parkplatz nicht ab. Er lehnte sich in seinem Flanellhemd an den alten Toyota. »Sie hat was mitbekommen.« Er sprach nüchtern und sachlich.

Rafe zuckte mit den Schultern. Seine Augen leuchteten. »Ist jetzt auch schon egal, oder?«

Max seufzte. »Schätze, schon.«

Rafe bohrte nachdenklich eine Stiefelspitze in den Kies. Es dauerte noch einen Moment, bis er sagte: »Sie wird sich selbst den Strick um den Hals legen … das tun sie immer.«

Vierzehn

Ein Auto tauchte in ihrem Rückspiegel auf. Kait war gerade auf die Northwest Woods Road eingebogen, und als sie merkte, dass sie nicht allein auf der Landstraße war, umklammerte sie das Lenkrad fester. Sie sagte sich, dass weder Rafe Coleman noch Max Zara sie verfolgten, doch das hohle Angstgefühl in ihrer Brust war Beweis genug dafür, dass sie sich selbst nicht glaubte. Es war zu einfach gewesen, ungesehen zu ihrem Porsche zu entkommen. Da war etwas faul.

Kait trat aufs Gaspedal. Vermutlich saß Max in dem Wagen hinter ihr – er musste ja zurück nach Fox Hollow, genau wie sie. Aber warum kam er – oder sonst jemand – immer näher an sie heran? Wer auch immer das da hinten war, er fuhr viel zu schnell für die gewundene, schmale Landstraße.

Sie schwitzte. Polizist oder Verbrecher, oder eine Art Mittelding? Wer war Zara? Und warum arbeitete er mit Rafe zusammen? Kait wusste, dass sie beide Lana hassten und sie zur Strecke bringen wollten, und sie musste herausfinden, warum.

Kaits Anspannung wuchs, als sie wieder einen Blick in den Rückspiegel warf – das andere Auto war nur noch ein paar Wagenlängen hinter ihr. Vielleicht war das irgendein Teenager oder Betrunkener. Es war wohl besser, rechts ranzufahren und ihn überholen zu lassen.

Kait blinkte, bremste und beschloss, noch vor der nächsten Kurve zu halten.

Das Auto hinter ihr wurde nicht langsamer.
Sie warf einen raschen Blick zurück und dachte entsetzt: *Er wird mich rammen!* In diesem Moment wurde ihr kleiner Sportwagen heftig von hinten gerammt.
Als der Porsche von der Straße schoss, trat Kait das Bremspedal durch. Im selben Augenblick wurde ihr klar, dass das ein Fehler gewesen war – der Sportwagen brach hinten aus und drehte sich. Äste krachten, als das Auto zwischen den Bäumen hindurchschoss, die Windschutzscheibe zerbarst, der ganze Wagen kreischte und holperte, Steine spritzten unter den Reifen auf, bis das Heck abrupt zum Stehen kam, als es gegen den Stamm einer Pinie prallte. Es gab einen gewaltigen Krach. Der Airbag hatte sich aufgeblasen und drückte Kait in den Sitz.
Du lieber Himmel!
Kait blinzelte und begann wieder zu atmen. Das Auto stand still. Sie hielt das Lenkrad umklammert, als hinge ihr Leben davon ab, und vielleicht war es auch so gewesen. Nun blickte sie auf die Straße, den Weg zurück, den sie gekommen war – das kleine Auto hatte sich um hundertachtzig Grad gedreht. *Jemand hatte sie von hinten angefahren.*
Hatte er versucht, sie umzubringen?
Kait schnappte nach Luft. Sie merkte, dass sie unbeherrscht zitterte. Der Fahrer, der sie gerammt hatte, war nicht stehen geblieben, um nachzusehen, ob sie noch lebte oder verletzt war. Und das allein sprach Bände.
»Ganz ruhig«, flüsterte sie sich zu. War sie verletzt? Kait spürte auf einmal einen stechenden Schmerz an der Schläfe. Sie ließ das Lenkrad los, hob die Hand und wusste sofort, dass die klebrige Flüssigkeit an ihrem Kopf Blut war. Sie holte noch einmal tief Luft – und merkte, dass sie sich offenbar keine Rippen

gebrochen hatte. Sie bewegte ihre Füße, die Beine, dann die Finger, die Hände, die Arme. Sie war, Gott sei Dank, so weit unverletzt.
Hatte jemand versucht, sie umzubringen? Oder sie einzuschüchtern? Das ging nun wirklich zu weit!
Kait schluchzte erstickt und drückte gegen den Airbag. Als sie sich endlich davon befreit hatte, stieg sie aus und ließ die Tür offen. *War Max Zara derjenige gewesen, der sie von der Straße gedrängt hatte?*
Kait versuchte ruhig nachzudenken. Hatte das Auto, das sie gerammt hatte und dann einfach weitergefahren war, ausgesehen wie ein Pick-up? Kait hatte sich auf den Porsche konzentriert, als der in den Wald gekracht war, und war deshalb einfach nicht sicher, was für ein Auto in der Nacht an ihr vorbeigerast war.
Außerdem hatte Zara reichlich Gelegenheit gehabt, sie zu verletzen oder zu töten – sie strich ihn von der Liste. Wenn er sie umbringen wollte, hätte er es schon längst getan.
Zudem neigte sie immer mehr dazu, ihn für einen Polizeibeamten zu halten.
Kait holte tief Luft und befahl sich selbst, sich zu beruhigen. Immerhin war ihr nichts passiert. Sie war furchtbar erschrocken und blutete ein bisschen, weiter nichts. Und es bestand immer noch die Möglichkeit, dass das ein Unfall gewesen war, den ein waghalsiger Teenager oder ein Betrunkener verursacht hatte.
Im tiefsten Herzen wusste Kait es besser. Sie wusste, dass Lanas Schwierigkeiten bis zu ihr, Kait, nach Fox Hollow gedrungen waren.
In jedem Fall musste sie hier weg. Sie konnte nicht wie ein verängstigtes Kaninchen im Wald hocken bleiben. Kait sah sich um. Sie stand keine zehn Meter von der Straße entfernt, und die

Nacht war stockdunkel, bis auf wenige Sterne am Himmel. Sie konnte nirgendwo ein Licht sehen. Das war nicht überraschend, denn die wenigen Anwesen hier lagen alle von der Straße zurückversetzt und weit auseinander. Plötzlich wurde Kait klar, dass sie sich in einer gefährlich einsamen Gegend befand.
Sie sagte sich, dass das Schlimmste überstanden war. Wer auch immer sie gerammt hatte, war längst weg, und würde bestimmt nicht zurückkommen.
Aber was, wenn er doch zurückkam – um festzustellen, ob sie noch am Leben war?
Sie musste hier weg.
Kait drehte sich um und wollte gerade in den Porsche steigen, als sie sah, dass beide Vorderreifen platt waren. Fassungslos starrte sie sie an.
Dann tastete sie nach ihrer Handtasche auf dem Beifahrersitz und suchte ihr Handy. Alles nahm sie nacheinander in die Hand – ihre Brieftasche, ihre Sonnenbrille, ihren Lipgloss, Taschentücher. Kait fluchte und kippte die Tasche aus. Die Armaturenbeleuchtung war noch an, und so fand sie das Handy und klammerte sich daran. Der Drang, Trev anzurufen, war überwältigend.
War er zu Hause? Sie wählte die Nummer und betete, er möge da sein. Sie kannte seine Handynummer nicht – wie dumm konnte sie sich noch anstellen? Während das Telefon klingelte und klingelte, warf sie einen Blick auf die Uhr am Armaturenbrett. Es war Mitternacht. Bestimmt war er inzwischen zu Hause.
»Hallo?« Trev klang gereizt und müde, als habe sie ihn geweckt.
»Trev, ich bin es, Kait – ich hatte einen Unfall!«, rief sie.
»Geht es dir gut?«, fragte er sofort, und er klang nicht mehr heiser oder benommen.
»Ich glaube schon. Ich meine, ja. Jemand hat mich von hinten

gerammt und mich von der Straße gedrängt«, fuhr sie fort und merkte, dass sie den Tränen nahe war und fast hysterisch klang.

»Ich habe zwei platte Reifen«, schluchzte sie.

»Wo bist du?«

Sie holte tief Luft. »Etwa drei Kilometer vom Highway entfernt auf der Landstraße nach Fox Hollow.«

»Ich komme sofort«, sagte er.

Kait zögerte nicht. »Danke«, flüsterte sie und war heilfroh. Seine einzige Antwort war ein Klicken, als er auflegte.

Sie lehnte sich an die Motorhaube und schlang die Arme um sich. Wenn sie sich auf einen Menschen verlassen konnte, dann war das Trev, das wusste sie aus tiefstem Herzen.

Kait schaute die Straße entlang, in die Richtung, in die der andere Wagen verschwunden war. »Bitte beeil dich, Trev«, flüsterte sie. Sie rechnete fast damit, dass der andere Fahrer, wer immer es sein mochte, wieder auftauchte. Aber wenn sie Scheinwerfer aus dieser Richtung kommen sah, sagte sie sich, würde das Trev sein.

Sie hörte ein Auto. Es kam nicht von Fox Hollow, sondern aus der anderen Richtung, vom Highway her.

Kait drehte sich um und erstarrte. Der Fahrer hatte sie offenbar gesehen, denn er bremste.

Kait beugte sich rasch in den Porsche und schaltete die Scheinwerfer aus; sie verfluchte sich dafür, dass sie das nicht gleich getan hatte. Sie wollte von niemandem gefunden werden außer von Trev Coleman.

Sie duckte sich neben die offene Fahrertür und beschwor stumm den sich nähernden Fahrer, er möge wieder beschleunigen und verschwinden. Doch sie hörte den Wagen anhalten. Der Motor lief weiter, aber gleich darauf wurde eine Wagentür aufgemacht.

Kait fluchte lautlos. Sie griff hinter den Vordersitz und holte den Wagenheber heraus, den sie neulich aus dem Kofferraum genommen hatte. Langsam richtete sie sich auf und versteckte ihn hinter ihrem Rücken. Sobald sie stand, wurde sie von den Scheinwerfern des anderen Wagens geblendet.

»Alles in Ordnung?«, rief ein Mann.

»Nichts passiert«, brachte Kait mühsam hervor. »Nur ein Blechschaden. Mein Mann ist schon unterwegs.«

Der Mann blieb stehen. Da die Scheinwerfer ihn von hinten anstrahlten, konnte Kait nur einen dunklen Umriss sehen. »Lana? Bist du das?«

Kait fluchte leise. Wer war das? Inzwischen zweifelte sie an seinen freundlichen Absichten. »Ja.«

»Ich bin's, John!«, rief er und eilte auf sie zu. »Was ist passiert? Bist du verletzt? Hast du schon die Polizei gerufen?«

Ihr Verstand wollte nur noch abschalten, doch als er näher kam und sie ihn erkennen konnte, kämpfte sie darum, ihn einzuordnen. *John*. Wer war John? War das Alicias Mann? Misstrauisch stand Kait einem kräftig gebauten Mann mit attraktivem Gesicht und auffallenden Koteletten gegenüber. Er erinnerte sie ein wenig an den jungen Sean Connery.

»Ich habe Trev angerufen. Er kommt jeden Moment«, sagte sie, als John vor ihr stehen blieb.

»Du blutest ja!«, rief er, und seine Augen weiteten sich. »Was ist passiert?« Sofort legte er einen Arm um sie, als könne sie nicht aus eigener Kraft stehen.

Kait gefiel das nicht. Sie schüttelte ihn ab. Im selbem Moment bemerkte sie seine Überraschung. »Das war so dumm von mir. Ich bin am Steuer eingeschlafen – ist das zu fassen?«

Ihre Blicke trafen sich. Er wirkte erstaunt, und Kait wusste nicht, warum. Dann wurde seine Miene weich. »Gott sei Dank ist dir nichts passiert«, sagte er. »Aber du blutest. Und was willst du eigentlich mit diesem Wagenheber? Hier.« Er zog ein altmodisches Stofftaschentuch aus der Brusttasche seines dunkelblauen Jacketts. »Darf ich?« Er lächelte leicht.

Kait rührte sich nicht, als er ihr das Blut von der Schläfe tupfte. Sie sagte sich, dass dies der Mann ihrer besten Freundin sei, also war es wohl ganz normal, dass er sich um sie kümmerte. Als er sie erneut anlächelte, bekam Kait ein ungutes Gefühl. Dafür gab es eigentlich keinen Grund, aber sie wich trotzdem zurück. »Danke«, würgte sie hervor und ließ den Wagenheber fallen.

Er faltete das Taschentuch säuberlich zusammen und steckte es weg. »Du hast doch versprochen, mich anzurufen, sobald du aus New York zurückkommst«, sagte er, und seine dunklen Augen erforschten ihr Gesicht.

Kait erschrak. »Was?« Sie war einfach zu müde.

»Ich verstehe nicht, warum du mich nicht angerufen hast«, sagte er mit beinahe flehendem Unterton. Und dann: »Alicia hat mir erzählt, dass du dir das Haar hast abschneiden lassen. O Gott, Lana, du bist so wunderschön.«

Ein eisiger Schauer lief ihr über den Rücken. Sie hoffte verzweifelt, sie würde nicht als Nächstes herausfinden, dass Lana eine Affäre mit dem Mann ihrer besten Freundin hatte. »Ich hatte so viel zu tun«, flüsterte sie. »Und dann dieser Sturz.«

»Ich weiß. Ich wäre am liebsten sofort zu dir rübergerast, aber ich habe mich nicht getraut. Also habe ich Alicia geschickt. Ich vermisse dich. Ich will bei dir sein, Lana«, fügte er hinzu und beobachtete sie fast furchtsam.

Das beantwortete wohl ihre Frage. Entsetzt starrte Kait ihn an.

Wusste Alicia, dass ihre beste Freundin eine Affäre mit ihrem Ehemann hatte?

Natürlich wusste sie es nicht. Sonst hätte sie sich neulich ganz anders verhalten.

Vorsichtig sagte Kait: »Ich will mich mit Trev wieder versöhnen.«

»Was?!«, rief er aus. »Du kannst ihn doch nicht ausstehen! Das hast du mir ein Dutzend Mal gesagt! Du hast gesagt, dass du die Scheidung kaum erwarten kannst, dass du endlich frei sein willst! Du hast mir erzählt, dass Fox Hollow eine Fessel wäre, die dich erstickt!«

Kait trat zurück. Sie schüttelte den Kopf, schockiert darüber, dass ihre Schwester so etwas gesagt hatte – und vermutlich hatte sie es auch so gemeint. »Nein. Jetzt nicht mehr. Ich habe gründlich über vieles nachgedacht«, sagte sie schwach. »Ich bin müde. Ich kann jetzt nicht mit dir darüber reden.«

»Wann denn dann?«, drängte er. Er wurde wütend. »Ich habe dich schon vom ersten Augenblick an gewollt, und ich habe sechs Jahre gebraucht, um dich endlich zu bekommen. Willst du mich jetzt einfach abservieren? Wie all die anderen? Ist es so?« Seine dunklen Augen blitzten. »Ich *liebe* dich. Du bist alles, woran ich denken kann.«

»Und was ist mit Alicia?«, musste Kait einfach fragen.

»Du weißt doch, dass wir eigentlich nur eine Zweckehe führen. Sie ist eine nette Frau und eine gute Mutter, aber ich würde sie sofort für dich verlassen. Das weißt du alles. Ich habe es dir schon oft erklärt. Du brauchst nur ein Wort zu sagen, Lana, und ich verlasse sie, verkaufe das Gut, und wir gehen fort, wohin du willst, Lana. Du brauchst es nur zu sagen.«

Zumindest hatte ihre Schwester noch nichts Unwiderrufliches

versprochen. »Ich habe zwei platte Reifen«, stammelte sie. »Am besten rufe ich jetzt einen Abschleppwagen.«

»Ich mache das. Du weichst meiner Frage aus. Wie kannst du auch nur daran denken, bei Trev zu bleiben? Er liebt dich nicht. Er verabscheut dich!«

»Wir haben ein Kind«, sagte Kait gedehnt. »John, Trev ist auf dem Weg hierher. Diese Unterhaltung muss warten.«

»Ach ja?« Sein Zorn flammte auf. »Ich habe dich seit über einer Woche nicht gesehen! Spielst du jetzt deine Spielchen mit mir?«

Die Nacht um sie her war gähnend schwarz. Grillen zirpten. Blätter raschelten. Die Straße lag dunkel und verlassen da. Johns Gesicht war immer noch halb im Schatten verborgen, während Kait im hellen Licht seiner Scheinwerfer stand. Wo blieb Trev? Warum war er noch nicht da? Kait hatte genug von John Davison. Sie wollte keine Minute länger mit ihm allein im Wald stehen. »Ich spiele keine Spielchen. Ich bin müde und verletzt. Völlig erschöpft.«

Er starrte sie an, und seine zornige Miene wandelte sich zu leichtem Staunen. »Lana?« Er wirkte verwirrt. »Bist du sicher, dass es dir gut geht? Du verhältst dich so merkwürdig. Vielleicht hast du dir bei dem Unfall doch den Kopf verletzt.«

Kait berührte ihre Schläfe. Sie blutete nicht mehr, doch sie stürzte sich auf diese Ausrede. »Vielleicht hast du Recht. Mein Kopf tut furchtbar weh. Bitte. Wir müssen – und wir werden – ein andermal darüber reden.«

Er starrte sie an und nahm dann ihre Hände. Kait zwang sich, ihn nicht abzuschütteln. »Versprich mir nur, dass dieses Gerede von wegen Versöhnung mit Trev nicht dein Ernst ist. Versprich mir, dass wir eine gemeinsame Zukunft haben.«

Gemeinsame Zukunft? Hatte Lana auch diesen Mann am Haken und ließ ihn zappeln, wie es ihr passte? Sie nickte wie betäubt. Erleichterung breitete sich über sein markantes Gesicht. Er lächelte. »Komm. Wir rufen den Abschleppwagen. Dann braucht Trev das nicht mehr zu machen.«

Kait entzog sich seinem Griff. »Es wäre sehr nett, wenn du das für mich tun könntest«, sagte sie und fragte sich, ob er ihr die Erleichterung ansah.

Sein Gesichtsausdruck änderte sich – er schien hart und misstrauisch dreinzuschauen –, dann hörten sie ein Auto kommen, und beide drehten sich nach dem Geräusch um. Es kam vom Ort her. Erschrocken dachte Kait, wenn das Rafe Coleman war, würde sie auf der Stelle sterben vor Scham. Und tatsächlich, gleich darauf blitzte auf dem näher kommenden Wagen Blaulicht auf.

»Trev muss die Polizei gerufen haben«, sagte John und sah zu, wie der schwarz-weiße Einsatzwagen hinter seinem Auto anhielt. Die Tür ging auf, und eine große, bewegliche Person stieg aus. Kait erschrak. Sie wusste, dass es Rafe war – sie erkannte die beinahe gemächliche, katzenhafte Art, wie er sich bewegte. Kait bückte sich, hob den Wagenheber auf und hielt ihn mit der rechten Hand umklammert.

Rafe kam auf sie zu. »John.« Er nickte zur Begrüßung und wandte sich dann an Kait. Sein Blick flog zu ihrer blutigen Schläfe. Er hob ein Funkgerät zum Mund. »Schick mir einen Krankenwagen und einen Abschleppwagen, Maggie«, sagte er.

»Verstanden, Chef«, kam die quakende Antwort einer Frauenstimme.

Dann schoss plötzlich sein Arm vor. Kait hatte keine Chance, zurückzuweichen – er hatte sie am Arm gepackt, bevor sie wusste, wie ihr geschah. Sie sah ihn erschrocken an, und sein Blick ängstigte sie. Er ließ sie nicht aus den Augen, während er sie zur Kofferraumhaube ihres Autos drängte. Kait merkte, dass er sie dazu bringen wollte, sich darauf zu setzen. »Den Wagenheber kannst du jetzt loslassen«, sagte er ruhig.

Kait blickte in seine ausdruckslosen grünen Augen und wusste nicht, was sie davon halten sollte. Sie zitterte. Einen Moment lang hatte sie geglaubt, er würde sie umbringen, obwohl John direkt daneben stand. »Du hasst mich«, sagte sie schwach. Aber sie ließ dennoch den Wagenheber fallen.

»Ja, allerdings. Aber du bist verletzt.« Er ließ sie los und verschränkte die Arme vor der Brust. »Was ist hier passiert, Lana?«

»Jemand hat mich von hinten gerammt«, erklärte sie. »Nein, jemand ist mir von der Stadt hierher gefolgt und hat mich von der Straße gedrängt.« Zu spät merkte sie, was sie da gesagt hatte. Sie erstarrte, doch falls er wusste, dass sie ihn und Zara im Café bespitzelt hatte, ließ er sich nichts anmerken.

Er sagte: »Hast du das Fahrzeug erkennen können – oder den Fahrer?«

Kait schüttelte den Kopf. »Es ging alles so schnell.«

»Glaubst du, dass er oder sie betrunken war?«

Kait sah ihm direkt in die Augen. »Nein.«

»Nein?«

Sie machte sich nicht die Mühe, ihm zu erklären, dass die Fahrweise nicht im Mindesten unsicher gewirkt hatte. Dass der andere Fahrer gleichmäßig schnell bis zu ihr aufgeholt hatte. »Ich glaube, jemand wollte mich umbringen«, sagte sie.

Trev erschien im selben Moment wie der Rettungswagen. Er kam auf sie zu, gefolgt von zwei Sanitätern. Kait warf einen Blick auf seine Miene – inzwischen war ein weiteres Polizeifahrzeug eingetroffen, und die ganze Szene war von den Autoscheinwerfern gut erleuchtet – und wusste, dass sie ihm doch etwas bedeutete.

Die Sorge stand ihm deutlich ins Gesicht geschrieben. Er blieb stehen und riss die Augen auf, als sein Blick auf ihre Schläfe fiel. Kait hatte sich nicht die Mühe gemacht, in einen Spiegel zu schauen, aber sie musste ziemlich schlimm aussehen. »Mir ist nichts passiert, wirklich«, sagte sie leise.

Er nahm ihren Arm und drehte mit der anderen Hand sacht ihren Kopf zur Seite. »Glassplitter?« Sein Blick fiel auf die geborstene Windschutzscheibe des Porsche.

»Ich weiß es nicht. Aber der Airbag ist aufgegangen, was sollte es sonst sein?«

Er musterte sie und schwieg kurz. »Was soll das heißen, jemand hat dich von der Straße gedrängt?«

»Ein Auto hat sich von hinten genähert und ist nicht langsamer geworden. Kein bisschen. Vielleicht wurde ich sogar verfolgt«, sagte Kait mit leiser Stimme. Die beiden Sanitäter standen hinter Trev, und sie wollte nicht, dass jemand sie belauschte. »Der Fahrer hat mich von hinten gerammt. Und er hat nicht angehalten.«

Er starrte sie an. »Wer sollte dich denn verfolgen, und warum? Wo warst du heute Abend überhaupt?«

Kait erstarrte.

»Entschuldigen Sie, aber wir müssen uns die Dame mal ansehen«, sagte einer der Sanitäter.

Trev rührte sich nicht.

»Sir?«

Kait fuhr sich über die trockenen Lippen. »Ich bin Max von Fox

Hollow aus gefolgt. Das ist eine längere Geschichte, aber ich erzähle dir alles, wenn wir hier fertig sind.«

Sein Unterkiefer spannte sich, und er warf ihr einen rätselhaften Blick zu. »Das ist eine gute Idee.« Er trat beiseite.

Kait wurde rasch von dem ersten Sanitäter untersucht, der ihre Vitalfunktionen überprüfte und erklärte, sie sei mit einem Kratzer am Kopf davongekommen. Er reinigte die Verletzung und erklärte ihr, es sehe schlimmer aus, als es sei, und sie werde vermutlich keine Narbe zurückbehalten. Die Schnittwunde war von einer Glasscherbe verursacht worden, wie Trev vermutet hatte.

Während Kait untersucht wurde, wandte Trev sich an seinen Bruder. Rafe und sein Kollege standen auf der Straße, die vorsorglich gesperrt worden war, und sahen sich dort etwas an, vermutlich die Bremsspuren ihres Wagens, dachte Kait. Trev warf ihr einen kurzen Blick zu und ging zu den beiden hinüber. Kait wünschte, sie könnte verstehen, was dort gesprochen wurde, aber das war unmöglich.

John Davison war immer noch da. Er war neben der Motorhaube seines Wagens stehen geblieben und sah ab und zu in Kaits Richtung. Sie wünschte, er würde endlich in seinen schicken BMW steigen und wegfahren.

»Na also, das war's schon«, sagte der blonde Sanitäter fröhlich.

»Danke schön«, entgegnete Kait. Ein Abschleppwagen hielt eben hinter dem zweiten Streifenwagen.

Trev blieb mit Rafe und dem anderen Polizisten auf der Straße stehen. John kam herüber, und Kait wäre am liebsten zurückgewichen. »Und, alles in Ordnung?«, erkundigte er sich.

Kait begegnete dem unverwandten Blick seiner dunklen Augen. »Ja.« Sie zögerte. »Du bist wirklich genau zur rechten Zeit hier vorbeigekommen.«

»Allerdings«, stimmte er zu. Dann senkte er die Stimme. »Ich habe gehört, was du Trev erzählt hast. Warum sollte jemand versuchen, dich von der Straße zu drängen? Was ist wirklich passiert? Das war doch bestimmt ein Unfall.«

»Ich weiß es nicht«, log Kait. Aber ich schätze, ich habe mir hier in der Gegend ein paar Feinde gemacht.« Sie musterte ihn genau.

Er warf einen Blick über die Schulter. Trev beobachtete sie. John wandte ihm den Rücken zu. »Das ist eine kleine Stadt. Alle Frauen hier sind eifersüchtig auf dich, und du hast schon einige meiner Freunde abserviert, aber so etwas würde doch niemand tun. Das wäre ja wahnsinnig.«

Kait schüttelte den Kopf. »Da muss ich dir Recht geben – das wäre wahnsinnig.«

Sie starrten einander an. Einen Moment lang regte er sich nicht. Dann sagte er: »Wann können wir uns sehen?«

»Nach dem Wochenende«, sagte Kait und freute sich über diese Antwort. Denn dann würde Lana zurück und Kait wieder Kait sein und sich nicht mit dieser Sache befassen müssen.

Er blickte skeptisch drein, nickte jedoch. Als er ging, traf er auf Trev. Sie wechselten ein paar Worte, doch Kait konnte sie nicht verstehen. Die kurze Unterhaltung wirkte herzlich, und Kait war sofort klar, dass Trev von Lanas Affäre mit seinem Freund keine Ahnung hatte.

Sie hatte jetzt wirklich Kopfschmerzen, und sie bezweifelte, dass sie von dem Kratzer an ihrer Schläfe kamen. Trev und Rafe kamen zu ihr. Rafe sagte: »Wir haben eine Bremsspur von dem anderen Wagen. Und jede Menge Lackspuren am Heck des Porsche. Was dich da gerammt hat, muss ein Jeep oder ein Pick-up gewesen sein – die Stoßstange saß jedenfalls ziemlich hoch. Wir müssen alles ins Labor schicken, und dann werden wir ja sehen, was dabei herauskommt.«

Kait nickte nervös. Sollte sie diesem Mann vertrauen oder nicht? Versuchte er jetzt tatsächlich, ihr zu helfen, obwohl er ihr vor ein paar Stunden noch gedroht hatte? Sie wünschte sich so sehr, dass er wirklich auf ihrer Seite stand und herausfinden wollte, wer das getan hatte.

»Wenn dir sonst noch etwas einfällt, sag mir Bescheid«, schloss Rafe. »Jede Kleinigkeit könnte helfen.«

Trev nahm ihren Arm. »Bringen wir dich erst mal nach Hause«, sagte er.

Kait zögerte. Rafe hatte sich nicht vom Fleck gerührt. »Rafe – danke. Vielen Dank«, sagte sie.

Seine Augen wurden schmal. »Das ist mein Job«, sagte er und starrte sie an. »Das ändert nicht das Geringste.« Damit wandte er sich ab und stapfte davon.

Kait ging in die Küche und war sich bewusst, dass Trev ihr bis ins Wohnzimmer folgte und dann stehen blieb. In der Küche brannte noch Licht. Sie setzte sich auf einen der Barhocker am Tresen und zog sich die Stiefel aus. Die Angst überwältigte sie nun doch, und sie zitterte.

Sie zweifelte nicht mehr daran, dass es ein Killer auf sie abgesehen hatte. Jemand, der hinter Lana her war, hielt sie für ihre Schwester und war nun hinter ihr her. Kait hielt es nicht mehr aus. Denn was wäre, wenn der Mörder sich nächstes Mal Marni als Zielscheibe aussuchte? Und war dieser Mörder ein Verbrecher, der irgendwie in Lanas schmutzige Geldgeschäfte verwickelt war, oder war es jemand, der Lana aus persönlicher Rache verfolgte? Würde Rafe Coleman wirklich versuchen, sie zu beschützen, wenn er doch entschlossen war, sie zu »kriegen«? Kait konnte sich nicht sicher sein.

Trev erschien mit zwei Gläsern Scotch. Stumm sah er sie an und reichte ihr ein Glas.

Kait stand auf. »Nein, danke.« Sie marschierte zum Gefrierschrank, holte sich eine große Packung Schokoladeneis und einen Löffel, riss den Deckel auf und setzte sich wieder. Sie wurde sich seines Blickes bewusst und schaute beinahe trotzig auf – sie war den Tränen nahe. Also fiel sie über das Eis her.

Schokoladeneis war ihre liebste Zubereitung von Schokolade. Sonst war das für sie der Himmel auf Erden. Doch nun betrachtete sie unauffällig Trev, der stumm seinen Scotch trank und sie seinerseits über den Rand des Glases hinweg beobachtete. Nein, Trev Coleman war der Himmel auf Erden, in absolut jeder Hinsicht, aber dieses Schokosplitter-Eis kam eindeutig auf den zweiten Platz. Doch heute Abend funktionierte es irgendwie nicht.

»Ach, verdammt.« Kait hatte kaum einen Löffel gegessen, als sie die Packung schon wieder beiseite stellte. Tränen brannten in ihren Augen. Sie schlug die Hände vors Gesicht.

»Was ist denn?«, fragte Trev und setzte sich ihr gegenüber an den hohen Tisch.

»Schokoladeneis beruhigt mich sonst immer. Tröstet mich, weiß du? Die beste Droge, die ich kenne. Aber heute schmeckt es nach gar nichts.« Sie blickte nicht auf.

Er wirkte nachdenklich. »Ich wusste nicht, dass du gern Schokolade oder Eis isst, oder Kekse oder Pizza.«

Langsam hob sie den Kopf und sah ihm in die Augen. Musste sie denn selbst jetzt ihre Rolle durchhalten? Das war einfach zu viel. »Ich habe eben gerade eine Fressphase. So was hat jede Frau manchmal.«

Er stellte sein Glas ab und nahm ihre Hand. Kait blickte überrascht auf ihre aneinander geschmiegten Handflächen, und dann in zwei fesselnde grüne Augen. »Das war nur ein Betrunkener. Da bin ich ziemlich sicher, Lana.«

»Jemand versucht mich umzubringen«, flüsterte sie. »Ich weiß es einfach, Trev.«

Trev zögerte. »Es gibt eine Menge Leute hier in der Gegend, die dich nicht besonders mögen. Aber dich umbringen? Das kann ich mir nicht vorstellen.«

»Weil du nicht wahnsinnig bist«, flüsterte Kait zittrig. Sie sah ihm tief in die Augen. »Ich habe Angst.« Sie dachte an die schreckliche Lüge, in die sie sich verstrickt hatte. »Ich kann nicht mehr.«

Trev stand auf. Und plötzlich war er wütend. »Warum tust du mir das an? Ich sehe dich an und denke, du bist die Frau, die ich für immer im Arm halten sollte. Im nächsten Moment schaue ich dich an und erinnere mich an all die Lügen und die anderen Männer.«

Sie zitterte – sie würde gleich in Tränen ausbrechen. »Aber ich habe Angst. Wenn dich jemand rammen und von der Straße drängen würde, so dass du gegen einen Baum krachst, hättest du auch Angst.« Sie reckte das Kinn vor. »Und es tut mir Leid, dass es Momente gibt, in denen du mich sogar magst!«

Er rührte sich nicht.

Fest entschlossen, nicht zu weinen, griff Kait nach dem Eis und löffelte drauflos. Es schmeckte wie Sand. »Diesen Augenblick sollten wir festhalten«, brummte sie. »Hiermit können wir mein Lieblingseis in Schokopappe umtaufen.«

Trev sagte nichts darauf. Sie spürte eine Träne über ihre Wange rinnen. Sie wischte sie fort und stand auf, ohne ihn anzusehen.

Frustriert schob sie das Eis wieder in den Gefrierschrank. »Tut mir Leid, wenn ich dir auf die Nerven gehe«, sagte sie. Endlich blickte sie zu ihm auf und brachte sogar ein Lächeln zustande. »Das müssen die nächtlichen Gespenster sein. Morgen ist ein neuer Tag. Hurra.«

Er starrte sie finster an.

Kait hatte die Kämpfe, die er mit sich selbst ausfocht, ebenso satt wie alles andere. Sie verließ die Küche.

Oben griff sie zum Telefon und wählte ihre eigene Handynummer. Als die Mailbox ansprang, sagte sie barsch: »Ich weiß nicht mehr weiter. Vorhin hat mich jemand von der Straße abgedrängt, und ich bin ziemlich sicher, dass irgendwer versucht, mich umzubringen. Wir müssen zur Polizei gehen. Wenn du früher als Montag zurückkommen kannst, dann bitte, komm schnell, Lana.« Sie zögerte, aber sie war wütend und hatte alles so satt, dass sie nicht wusste, was sie noch sagen sollte. Sie legte auf.

Aber sie fühlte sich kein bisschen besser. Sie empfand keine Erleichterung. Denn es hatte sich eigentlich gar nichts verändert – sie blieb in ihrer Rolle gefangen, Marni und Lana waren immer noch in Gefahr, und sie selbst ebenfalls.

In jedem Fall war dieses Theater fast vorbei. Morgen war Samstag. Sie musste nur noch zwei Tage überstehen.

Kait wandte sich vom Telefon ab und wollte gerade ins Bett fallen. Da sah sie Trev in der Tür stehen.

Sie erstarrte. Wie viel hatte er gehört? Hatte sie die Tür offen gelassen, während sie mit ihrer Schwester telefoniert hatte, oder hatte Trev sie aufgemacht? Sie hatte nichts gehört. Sie starrte ihn an und versuchte seine Miene zu deuten. Doch die war undurchdringlich, und sie hatte keine Ahnung, was er dachte –

oder ob er überhaupt etwas von ihrem Anruf mitbekommen hatte.
Doch selbst wenn, das hätte sie bestimmt nicht verraten – sie hatte Lana doch nicht mit Namen angesprochen, oder?
»Darf ich reinkommen?«, fragte er ruhig.
Sie merkte, dass er eine Schüssel Schokoladeneis in der Hand hielt. »Natürlich. Das ist auch dein Zimmer.« Sie versuchte zu lächeln und scheiterte kläglich. Ihr Herz schlug schon wieder viel zu schnell.
Er trat ein und reichte ihr die Schüssel. »Probier das mal.«
Sie schaute hinein und sah, dass er das Eis reichlich mit einer dunklen Flüssigkeit übergossen hatte. Sie lächelte schwach. »Kahlúa?« Wie könnte sie Trev Coleman nicht lieben?
Dann erlosch ihr Lächeln. Sie durfte so etwas nie wieder denken!
Er lächelte schwach zurück. »Noch besser. Godiva Schokolikör.«
Ihr Herz machte einen Sprung, und das lag nicht an dem alkoholgetränkten Eis, das er ihr reichte, sondern an der rührenden Geste, an seinem Lächeln, an dem fast zärtlichen Blick in seinen grünen Augen. »Warum?«, fragte sie hilflos, und dieses Gefühl, gegen das sie angekämpft hatte, stieg in ihrer Brust auf, stark und machtvoll, berauschend und erregend; sie spürte, wie sie Hals über Kopf über die Klippe der Schwärmerei hinweg in den Abgrund wahrer Liebe stürzte.
»Weil ich manchmal ein ziemlicher Idiot sein kann«, sagte er. Er tauchte den Löffel ins Eis und hielt ihn ihr vor die Lippen.
Kait sah ihm in die Augen, und ihr blieb die Luft weg.
Sein Blick wandelte sich, die Augen glänzten smaragdgrün.
Sie öffnete den Mund und ließ ihn den Löffel hineinschieben.
Das Eis schmeckte wieder nach etwas – nach unglaublich süßer,

cremiger Schokolade, und wohlig wärmend von dem Likör. Trev zog den Silberlöffel wieder heraus.
Sie sah die Hitze in seinen Augen, bevor er die dichten schwarzen Wimpern wieder senkte und sie ihrem Blick entzog. Kait rührte sich nicht. Sie konnte nicht, denn ihr ganzer Körper glühte, wild, ungezügelt und ursprünglich.
Sie nahm den Silberlöffel aus seinen langen Fingern.
Er blickte auf.
Sie lächelte schwach und nahm ein bisschen Eis auf den Löffel.
»Du bist dran«, hauchte sie.
»Schmeckt das gut?« Seine Stimme war rau.
Sie nickte. »Sehr gut.«
Seine Mundwinkel zuckten. Er hatte einen wunderschönen, ausdrucksstarken Mund, und Kait wollte mit der Zunge darüber fahren. Stattdessen hob sie den Löffel mit dem Eis und stupste damit an seine Lippen.
Langsam öffnete er den Mund. Sie sah seine Zunge aufblitzen, als das Eis darin verschwand. Ihre Blicke trafen sich.
Sie starrten einander an.
Er nahm ihr die Schale aus den Händen. »Ich kann mir vorstellen, wo dieses Eis noch viel besser schmecken würde.«
Sie meinte sterben zu müssen. »Ich auch.«
Seine Lippen kräuselten sich zu einem leichten Lächeln, während sie einander in die Augen sahen.
Dann griff er nach ihren Armen. Kait fand sich auf dem Rücken wieder, unter ihm auf dem Bett. Sein Mund senkte sich auf ihren, und seine nach Schokolade schmeckende Zunge drang in ihren Mund. Kait ließ die Hände unter seinen Kaschmirpulli gleiten, über die Muskeln seines Rückens. Er schob ihr Hemd hoch, streichelte ihre Brüste und küsste sie beinahe verzweifelt.

Kait schaffte es, ihm den Pulli auszuziehen, ohne den Kuss zu unterbrechen. Sie tastete nach seinem Gürtel, seinem Reißverschluss. Sein Mund eroberte eine ihrer Brustwarzen. Als er daran zu saugen begann, befreite sie ihn aus seiner Hose, fuhr mit der Hand über seinen Penis und seufzte.

»Wir müssen uns mehr Zeit lassen«, sagte er und schnappte nach Luft. Er zog ihr das Baumwollhemd aus, öffnete ihren BH und zog ihn ihr über die Arme.

»Die Tür ist offen«, bemerkte Kait.

Trev stöhnte und sprang aus dem Bett, wobei er die halb ausgezogene Hose und Unterhose hinter sich herschleifte. Als er die Tür zuknallte, schlüpfte Kait rasch aus Jeans und Höschen. Er sprang wieder ins Bett, bevor sie ihre Strümpfe ausziehen konnte, drückte Kait flach auf den Rücken und lächelte auf sie hinab. »Diese *Vorstellung*«, murmelte er und strich mit dem Daumen ihr Kinn entlang, »hat mich schon den ganzen Tag gefoltert.«

»Schlimme Wortwahl«, flüsterte Kait und spürte, wie unmöglich weit er ihre Schenkel gespreizt hatte – und dass sich sein Penis gegen ihre Schamlippen presste. »Denn jetzt kannst du dich rächen und mich die ganze Nacht lang foltern.«

»Das«, sagte er und griff über ihren Kopf, »ist doch eine sehr angenehme Vorstellung.« Er glitt mit der Hand zwischen ihre Schenkel.

Kait keuchte auf, denn seine Hand war voll sahniger Eiscreme. Er grinste sie an. »Oh«, war alles, was sie herausbrachte.

Immer noch grinsend, glitt er an ihr hinab.

»O Gott«, stöhnte sie.

Er nahm noch mehr Eis.

Kait machte sich für Parkers Galadinner besonders sorgfältig zurecht. Als sie sich im Spiegel musterte, fand sie, dass sie es genau richtig hinbekommen hatte. Sie hatte sich für ein knielanges Kleid und sexy silberfarbene Sandaletten entschieden, doch da das Kleid von Ungaro war, floss der äußerst feminine, spitzenbesetzte Chiffon atemberaubend sinnlich über ihre Kurven. Die Länge war asymmetrisch und der Saum an einer Seite am Oberschenkel tief geschlitzt, während zarte Spitze über das andere Bein herabfiel. Die beiden Spaghettiträger dienten nur der Dekoration, denn sie hingen neckisch über ihre Schultern herab. Kait hatte eine von Lanas Ketten angelegt, ein Perlenhalsband mit herzförmigem Verschluss aus Platin, der mit Diamanten besetzt war. Sie trug die Schließe vorn.

Ihr Make-up war sehr dezent – ein Hauch lavendelfarbener Lidschatten und rosa Lipgloss. Sie starrte in den Spiegel. Sie hatte noch nie so hübsch ausgesehen – sie strahlte förmlich –, und sie wusste auch, warum.

Sie hatten sich die ganze Nacht lang geliebt. Und Trev mochte heute wieder behaupten, es sei nur Sex gewesen, doch kein Mann konnte eine Frau mit solcher Zärtlichkeit und Hingabe halten und berühren, wenn sie ihm nichts bedeutete. Außerdem hatte er das heute nicht behauptet. Trev hatte fast den ganzen Tag in den Ställen oder in seinem Arbeitszimmer verbracht und mittags einen Termin in Three Falls gehabt. Aber sie waren sich ein paar Mal im Lauf des Tages über den Weg gelaufen, und dabei hatte er sie angelächelt.

Er hasste sie nicht mehr.

Kait wusste es. Sie wusste es so selbstverständlich, wie sie wusste, dass sie ein- und ausatmen musste. Sie starrte sich immer noch im Spiegel an. Zum ersten Mal in ihrem Leben war sie so schön wie ihre Schwester, ebenso anziehend und verführerisch, doch die Sorge in ihren Augen war nicht zu übersehen. Sie befand sich in einer gefährlichen Situation. Trev hatte begonnen, etwas für sie, Kait, zu empfinden, obwohl er sie für Lana hielt.

Und sie hatte sich in ihn verliebt. Sie konnte es nicht länger leugnen.

Kait erschauerte, obwohl es im Badezimmer angenehm warm war. Sie wollte eine Zukunft mit diesem Mann haben. Sie konnte es sich gar nicht vorstellen, nicht mehr Teil seines Leben, ein Teil von Fox Hollow zu sein. Nach den vergangenen fünf Tagen konnte sie sich nicht mehr vorstellen, nicht seine Frau zu sein.

Wie viel Zeit blieb ihr noch?

Es war Samstagabend. Lana wollte am Montag zurück sein. Doch Kait hatte ihr eine Nachricht hinterlassen, sie solle möglichst früher kommen. Nun betete Kait, dass Lana ihre Nachricht nicht bekommen hatte oder sie ignorieren würde. Kait wusste, dass sie bis über beide Ohren in Schwierigkeiten steckte. Sie hatte furchtbare Angst vor der entscheidenden Stunde. Sie hoffte nicht einmal mehr, dass Trev ihre Erklärung verstehen und ihr ihre Lügen verzeihen würde. Er würde sie aus Fox Hollow rauswerfen. Er würde mehr als wütend sein. Er würde sie noch mehr hassen, als er Lana je gehasst hatte – da war Kait ganz sicher.

Die bloße Vorstellung einer Zukunft ohne ihn, Marni und Sam tat schrecklich weh.

Kait hörte das Telefon klingeln.

Sie sprang vor Schreck in die Höhe.

Ihr Herz raste.

Obwohl sie wusste, dass Lana sie nie auf dem Hausanschluss

anrufen würde, war sie entsetzlich nervös. Das Klingeln hörte auf – jemand hatte abgenommen.

Kait hatte sich für eine Abendtasche aus Samt im Patchwork-Look mit langen Lederfransen entschieden, und nun verstaute sie mit zitternden Händen Lipgloss und Parfüm darin. Mit einem scheußlichen Gefühl im Magen griff sie nach ihrem Handy, nahm den Akku ab und steckte die Einzelteile in eine Schublade, als könnte sie damit das Unvermeidliche hinauszögern.

Kait bemühte sich, ruhig zu atmen, als sie die Treppe hinunterging. Irgendwie musste sie all ihre Ängste und Sorgen loslassen, denn diese letzten Stunden und Tage mit Trev und seinen Töchtern waren zu kostbar, um sie damit zu vergeuden.

Marni war bei ihrem Vater im Arbeitszimmer. Sie trug ihren Schlafanzug mit den grinsenden Pandabären und studierte mit ernstem Gesichtchen eine Pferdezeitschrift. Trev telefonierte gerade, schon im Smoking, und als sie ihn im Profil sah, verschlug es ihr den Atem. Sie konnte sich kaum mehr bewegen, nicht mehr denken. Sie konnte nur noch fühlen.

Er hat die falsche Schwester geheiratet.

Lanas Worte hallten durch ihren Kopf. Mein Gott, sie hatte Recht. Trev hatte tatsächlich die falsche Schwester geheiratet. Wie sollte sie den Rest ihres Lebens ohne ihn verbringen?

»Mommy! Du siehst so hübsch aus!«, rief Marni, sprang auf und lief auf sie zu; ihre langen Locken waren noch feucht vom Duschen.

Trev hatte sich halb umgedreht, um sie anzulächeln. Der Ausdruck in seinen grünen Augen ließ ihr Herz einen Schlag aussetzen. Kait fiel plötzlich ein, dass sie noch gar nicht in ihrem Kalender nachgesehen hatte, um herauszufinden, wann sie ihre

Schwester zuletzt in New York getroffen und ob sie damals zufällig gerade an dem Wohltätigkeitsprojekt gearbeitet hatte, das sie auf Fox Hollow veranstalten wollte. Doch nun schien ihr diese Idee weit hergeholt. Das war bestimmt nur Zufall.

Kait konnte sein Lächeln nicht aus vollem Herzen erwidern, also bückte sie sich und umarmte Marni. »Ich bin nicht halb so hübsch wie du«, sagte sie mit heiserer Stimme und wünschte, Marni wäre wirklich ihre Tochter. Als ihr dieser Gedanke durch den Kopf schoss, richtete sie sich abrupt auf. Marni war *nicht* ihre Tochter. Sie konnte auch niemals ihre Tochter sein. Sie war Lanas Tochter, und nach der Scheidung würde Trev allein das Sorgerecht für sie haben. Dagegen hatte Kait nichts mehr einzuwenden; sie fand sogar, er habe Recht damit. So schmerzlich dieser Gedanke auch war, Lana hatte als Mutter versagt, und es war gewiss besser für Marni, wenn sie bei ihrem Vater blieb.

Außerdem, falls tatsächlich die Polizei hinter ihr her war, dann hatte Lana sich in etwas Verbotenes verwickeln lassen.

Das Telefon klickte, als Trev den Hörer auflegte. Kait spürte, wie ihre Wangen warm wurden, und sie drehte sich langsam um.

Trev betrachtete sie mit einem Funkeln in den Augen.

Unter diesem Blick wurde ihr noch wärmer. »Es tut mir Leid, wenn wir meinetwegen ein bisschen zu spät kommen.«

»Wir werden angemessen zu spät kommen«, sagte er lächelnd und zuckte mit den Schultern. Sein Blick glitt von Kopf bis Fuß über ihren Körper. »Was für ein Kleid. Das habe ich noch nie an dir gesehen.«

Kait spürte, dass sie errötete, diesmal allerdings vor Freude. »Ich habe gehofft, dass es dir gefällt«, sagte sie leise. Sie war erst an diesem Nachmittag zu Neiman Marcus gerast, und dort hatte sie es gefunden. Dieses eine Mal wollte sie etwas tragen, das nicht nach Lana aussah. Sie wollte etwas tragen, das ihre eigene Persönlichkeit zum Ausdruck brachte, das ganz ihr gehörte, und nicht ihrer Schwester.

Seine grünen Augen schienen mit ihren zu verschmelzen. In diesem Augenblick wusste sie genau, was in seinem Kopf vorging, und sie fragte sich, warum sie die Party nicht einfach Party sein ließen. »Ich würde es dir am liebsten sofort wieder ausziehen«, murmelte er anzüglich.

Kait wurde es noch heißer, und sie wollte gerade vorschlagen, sie könnten ja wieder nach oben gehen, als sie bemerkte, dass Marni direkt neben ihr stand.

»Aber Daddy, das Kleid ist doch so hübsch! Zieh es ihr nicht aus!«, rief Marni erschrocken. »Mommy sieht heute aus wie eine Prinzessin aus dem Märchen!«

Trev errötete. »Da hast du Recht, mein Schatz. Deine Mommy sieht wirklich aus wie eine Prinzessin. Daddy hat etwas Dummes gesagt. Männer können manchmal ganz schön doof sein.« Er lächelte seine Tochter an – doch dann warf er Kait einen so heißen Blick zu, dass ihre Knie beinahe nachgaben.

Wenn nur Lana nie zurückkäme!

Er hob seine Tochter schwungvoll auf den Arm und küsste sie. »Ich schaue noch bei dir rein, wenn ich nach Hause komme, aber ich werde dich nicht aufwecken. Es wird vielleicht spät.«

Marni runzelte die Stirn und zupfte an einer blonden Strähne, die ihm bis auf die Wange fiel. »Nein, komm nicht so spät, Daddy.«

»Warum nicht?« Er lachte leise. »Du merkst es doch sowieso nicht, Schätzchen, da schläfst du nämlich längst.«

»Weil Mommy sonst morgen wieder verschläft«, schmollte

Marni. »Und sie hat mir doch versprochen, mir morgen zum Frühstück ganz tolle Waffeln zu machen. Wenn du sie darum bittest, macht sie bestimmt auch welche für dich, Daddy.«

Kait legte eine Hand an ihr Herz. Es fühlte sich an, als würde es mittendurch brechen. Und sie durfte so etwas Abscheuliches nie wieder denken! Lana *würde* zurückkommen, und Gott allein wusste, was dann geschehen mochte. Sie, Kait, würde ganz sicher nach Three Falls ziehen, aber das war momentan ihre einzige Gewissheit.

»Schätzchen? Ich werde nicht verschlafen«, sagte sie, und zu ihrem Entsetzen klang ihre Stimme erstickt.

Trev blickte hoch. »Was hast du?« Sein Tonfall klang mild, doch sein Blick war sehr besorgt.

Sie musste sich zusammennehmen. Sie lächelte strahlend. »Nichts. Wir kommen zu spät.«

Er betrachtete sie einen Moment lang und beruhigte sich wieder. Nachdem er Marni noch einmal an sich gedrückt und sie dann in die Küche geschickt hatte, wo Elizabeth gerade aufräumte, kam er auf sie zu. Kait verharrte reglos. Er nahm ihre Hand. »Du hast etwas.« Das war keine Frage.

Sie fuhr sich über die Lippen. »Nein, nichts weiter. Müssen wir denn zu Parkers Gala gehen?«

Seine Augen weiteten sich. »Ich muss auf jeden Fall hin – und wenn es nur für ein, zwei Stunden ist. Du musst natürlich nicht mit, wenn du –«

»Nein, schon gut, natürlich komme ich mit«, sagte Kait, überwältigt von Verzweiflung und Sorge.

Er schlang einen Arm um sie. »Das wird ein endlos langer Abend, nicht wahr?«, murmelte er, und sein Atem streifte ihre Wange.

Sie wurde an seine Seite gedrückt und dachte nur daran, wie der Abend enden würde – in seinen Armen, in seinem Bett. Und in ein paar Tagen würde sie alles aus ihrem Büro und ihrer Wohnung in New York in Kisten packen und wieder allein schlafen.
»Du wirkst so traurig heute Abend. Du hast doch etwas. Bitte sag mir, was?«
Trev drehte sie herum und nahm sie in den Arm. Kait schrak zusammen, denn er war steif und erregt. »Ich … ich bin nicht traurig. Ich bin … ich bin nur müde … von der letzten Nacht.«
Sein Blick war forschend.
Kait konnte ihm nicht in die Augen sehen.
Sein Daumen strich über ihre Wange. »Ich habe es ganz ernst gemeint, als ich sagte, es würde eine lange Nacht werden«, murmelte er.
Sie hielt sich an seinem Revers fest, erregt und tieftraurig zugleich. Er küsste sie.
Kait schmolz dahin, als er zärtlich, sinnlich, ihre Lippen mit seinen streifte, immer wieder. Sie spürte, wie er ihre Lippen teilte und mit der Zunge über die Innenseite glitt. Hitze sammelte sich in ihrem Schoß, gefolgt von Feuchtigkeit und Verlangen. Seine Hand schloss sich um eine Pobacke, und der Chiffon war so zart, dass es sich fast anfühlte, als berühre er ihre nackte Haut.
Ein Hüsteln ertönte von der Tür her.
Trev blickte auf, erstarrte und schob Kait von sich.
War Lana zurückgekehrt?
Entsetzt wirbelte Kait herum.
Doch es war nicht ihre Zwillingsschwester, die da in der Tür stand; es war Sam.
Sie trug das Donna-Karan-Kleid, das Kait ihr geliehen hatte. Sie sah sehr elegant aus, groß und erwachsen, nicht wie ein launischer

Teenager. Und selbst ein paar trendige Armbänder und der dunkelrote Lippenstift konnten ihrer Schönheit und Eleganz nichts anhaben.

»Sam!«, entfuhr es Trev bewundernd.

»Oh, Sam!«, hörte Kait sich ausrufen. »Du siehst in diesem Kleid bezaubernd aus!« Ihr waren Tränen in die Augen getreten. Kait eilte zu Sam und drückte sie an sich. »Ich schenke es dir, mein Schatz«, sagte sie, »denn es steht dir ganz fantastisch, einfach fantastisch!«

Sam warf einen raschen Seitenblick auf ihren Vater und sah dann wieder Kait an. »Findest du wirklich?«

»Ach, Schatz, es ist umwerfend!« Auch Kait warf Trev einen Blick zu und sah die Enttäuschung in seinem Gesicht – Sam weigerte sich noch immer, mit ihrem Vater zu sprechen.

»Ist der Lippenstift zu viel?«

Kait zögerte. »Wie wär's, wenn wir ihn ein bisschen abtupfen und lieber etwas Lipgloss auftragen?«

Sam biss sich auf die Lippe und nickte dann. »Na gut. Darf ich das Kleid wirklich behalten?«

»Aber natürlich«, sagte Kait. Sie holte ein Taschentuch hervor, tupfte den Lippenstift ab und reichte Sam dann ihr Lipgloss. Als Sam es auftrug, wobei sie in einen kleinen Spiegel aus ihrer eigenen Handtasche schaute, sagte Trev: »Sam, du siehst deiner Mutter sehr ähnlich.«

Sam erstarrte. Sie ließ den Taschenspiegel zuschnappen und reichte Kait das Lipgloss. Sie sah ihren Vater nicht an. »Danke.«

Kait warf Trev einen besorgten Blick zu. Er gab sich wirklich Mühe, sich zu beherrschen, doch sie sah sehr wohl, wie verletzt er war. »Sam, Schatz, ist es nicht Zeit, das Kriegsbeil zu begraben?«

Sam wirbelte zu ihrem Vater herum. »Nein! Und ich sehe überhaupt nicht aus wie Mom – sie hatte dunkles Haar –, ich sehe aus wie du!«

»Du siehst aus wie deine Mutter, als sie in deinem Alter war, bis auf deine Haarfarbe«, beharrte Trev mit heiserer Stimme.

»Das ist mir egal«, sagte Sam grob. »Sie ist tot.«

Seine Miene wurde hart. »Ich erwarte, dass du von Ginas Party direkt nach Hause kommst.«

Sam funkelte ihn an. »Vielleicht wollen wir danach noch zum Einkaufszentrum und eine Pizza essen oder so.«

Trevs Blick verdüsterte sich. »Du meinst, du willst dich mit diesem Jenkins treffen?«

»Ich kann doch nichts dafür, wenn er dort arbeitet!«, rief Sam.

»Ich habe dir schon mal gesagt, ich will nicht, dass du dich mit ihm triffst«, warnte Trev seine Tochter.

Kait trat zwischen die beiden, doch nicht bevor Sam noch sagte: »Du kannst mir nicht vorschreiben, wen ich treffen darf und wen nicht. Ich bin sechzehn, nicht sechs.« Sie drehte sich um und marschierte hinaus.

Trev starrte ihr nach; Kait nahm seinen Arm. »Lass sie gehen, Trev.«

Er wandte sich ihr frustriert zu. »Immerhin hat sie mit mir gesprochen.«

»So ist es. Und damit ist diese Tür wieder offen.«

»Bestimmt trifft sie nach der Party Gabe Jenkins – wenn er nicht sogar heute Abend frei hat und mit ihr da hingeht!«

»Weißt du, in gewisser Hinsicht hat Sam Recht. Sie ist alt genug, viele Entscheidungen selbst zu treffen, auch die falschen.«

»Sie hatte eine Waffe!«

Kait verzog das Gesicht. »Von mir, nicht von ihm.«

Das brachte ihn kurz zur Besinnung. »Er ist ein mieser Typ, und er hängt mit miesen Typen herum – nur deshalb ist sie überhaupt darauf gekommen, sie könnte eine Pistole brauchen.«

»Ich glaube nicht, dass er ein mieser Typ ist«, erwiderte Kait sanft. Als sie sein Gesicht sah, fügte sie hinzu: »Ich habe ihn neulich im Einkaufszentrum ganz zufällig getroffen. Ich kann auch nicht behaupten, dass ich mit Sams Wahl ihres Freundes ganz und gar einverstanden wäre. Aber ich glaube, es ist noch zu früh, um das beurteilen zu können. Ich habe da eine Idee.«

Er verschränkte die Arme vor der Brust. »Nämlich?«

»Warum laden wir ihn und seine Mutter nicht für morgen Abend zum Essen ein? Sam würde sich sehr darüber freuen, und dann könnten wir – könntest du – ihn einmal richtig kennen lernen.«

Er starrte sie lange an. Schließlich lächelte er und schüttelte dabei leicht den Kopf. »Warum bin *ich* nicht darauf gekommen?«

Sie lächelte ebenfalls und hakte sich bei ihm unter. »Weil du blind bist vor lauter väterlichen Gefühlen. Weil sie nun mal deine Tochter ist und du sie so sehr liebst.«

Er musterte sie. »Du bist wirklich ein anderer Mensch geworden, Lana«, sagte er schließlich. »Es ist fast, als wärst du tatsächlich jemand anderes.«

Kait hatte darauf keine Antwort.

Fünfzehn

Du bist so still.«

Kait blickte zu Trev hinüber, als ein Angestellter auf den Jaguar zukam, in dem sie saßen. Kait hatte es geschafft, keine Miene zu verziehen, als Trev den Wagen aus der Garage gefahren hatte, als habe sie selbstverständlich gewusst, dass er noch ein anderes Auto als seinen Pick-up fuhr. »Findest du?«

Der Angestellte, der den Wagen für sie parken würde, stand an der Fahrertür. Die große Villa im Kolonialstil, die an der Auffahrt thronte, war hell erleuchtet, ebenso der Garten; Kait konnte ein Orchester hören, und gedämpftes Gelächter und Stimmengewirr. »Mir fehlt wirklich nichts«, log Kait und zwang sich zu lächeln.

Trev nahm das offenbar hin. Sie stiegen aus, und Trev kam um den Wagen herum und nahm ihren Arm. Das Lächeln, das er ihr schenkte, war ein wenig unsicher. »Vorsichtig«, sagte er. »Diese Absätze sind nicht zu unterschätzen.«

Kait warf ihm ein dankbares Lächeln zu, als sie die Auffahrt überquerten und den gepflasterten Weg zu der prächtigen Villa betraten. Azaleen säumten diesen Weg, Rosen die Veranda. Ein Pärchen ging gerade vor ihnen ins Haus, eine ältere Frau in einem langen, roten Abendkleid, der Mann wie Trev im Smoking. Als die Haustür geöffnet wurde, war der fröhliche Lärm deutlich zu hören. Trev fragte leise: »Du bereust die letzte Nacht doch nicht etwa, oder?«

Kait stolperte, doch er fing sie auf. »Nein«, sagte sie bestimmt. »Absolut nicht.«
Seine Miene wurde weicher. »Gut«, erwiderte er.
Als sie das Haus betraten, hatte Kait das Gefühl, ihre Situation sei noch schlimmer geworden. Nun stand sie mit dem Rücken an einer Wand, die mit langen Dornen gespickt war, und hatte vor sich einen unbarmherzigen Schraubstock, der sich immer enger zusammenzog.
Die Eingangshalle war riesig und voller Gäste; Kait stutzte und merkte plötzlich, das sie eine ganz andere Welt betreten hatte – eine Welt voll altem Vermögen, Rassepferden und Südstaaten-Charme. Dieses Anwesen ließ Fox Hollow bescheiden und kuschelig erscheinen. Dieser Raum hätte als Showroom für Ralph Lauren entworfen worden sein können. Gediegene Eleganz sprach aus jedem Detail der Architektur und Einrichtung. Die Damen trugen sämtlich konservative, aber elegante und sehr teure Designerkleider und ebenso konservativen und sehr teuren Schmuck; die Herren wirkten sehr würdevoll in ihren Smokings, einige waren sogar im Frack erschienen. Sanft geschliffene Konsonanten und dezent übergangene Vokale umschmeichelten Kaits Ohren wie warmer Honig. Sie kam sich vor wie in einem Foto auf den Hochglanzseiten von *Town and Country*.
Wie hatte Lana überhaupt je in dieses Leben gepasst?
Ein freundlich wirkender Mann Mitte fünfzig kam strahlend auf sie zu. »Trev! Nicht zu fassen, dass schon wieder ein Jahr vorüber ist, was?« Er schüttelte Trev beide Hände.
Trev schien ihren Gastgeber wirklich zu mögen. »Nein, Parker, aber es ist nun mal so, je älter man wird, desto schneller fliegt die Zeit an einem vorbei«, sagte er. »So viele Gäste heute Abend. Es wollte wohl niemand den größten Herbstball verpassen.«

»Nicht eine einzige Absage haben wir bekommen«, nickte Parker freudig. Dann endlich sah er Kait an, und sein Lächeln verrutschte leicht. »Lana. Du siehst wie immer bezaubernd aus, unvergleichlich. Was für eine reizende Frisur.«

Kait war nicht nach Spielchen zumute – oder danach, ihrer Schwester möglichst ähnlich zu sein. »Danke. Das Haus sieht heute Abend wirklich wunderhübsch aus. Alles ist so liebevoll gemacht.« Sie meinte es ganz ehrlich.

Er stutzte. »Danke«, sagte er dann. »Der einzige Gast, von dem ich nicht sicher weiß, ob er kommen kann, ist Rafe.«

Trevs Miene wurde eigenartig ausdruckslos. »Tatsächlich?«

»Er hat meine Einladung nicht beantwortet.« Parkers Gesichtsausdruck verzerrte sich ein wenig – beinahe zu einer Grimasse.

»Er hat eben oft noch spät zu arbeiten«, erklärte Trev.

Parker hüstelte erstickt, nickte Kait zu und klopfte Trev auf den Rücken. »Er sollte sich ein Beispiel an dir nehmen.« Damit ging er.

Kait nahm von einem Kellner ein Glas Champagner entgegen. Dabei merkte sie, dass ein großer, eleganter Herr mit dunklem Haar sie anstarrte. Er lächelte – sie senkte den Blick und wandte ihm den Rücken zu. »Was sollte das denn eben?«

Trev zögerte. »Parker und seine Frau – seine dritte Frau – hatten sich vorübergehend getrennt. Rafe hatte eine Affäre mit ihr. Jetzt ist Georgina wieder da.«

»Ich verstehe«, sagte Kait und war nicht überrascht. Sie konnte sich vorstellen, dass Rafe, im Gegensatz zu seinem Bruder, nichts anbrennen ließ.

»Mischen wir uns ein wenig unter die Leute«, sagte Trev und nahm ihren Arm. Doch er blickte über ihre Schulter zurück, bevor sie weitergingen.

Kait sah sich ebenfalls um. Der große Herr mit den Augen, die so silbergrau waren wie sein Kummerbund, starrte sie immer noch an. Als er merkte, dass sie sich nach ihm umschauten, hob er die Sektflöte zu einem ironischen Gruß, wandte sich ab und ging. »Wer ist das?«, fragte Kait, ohne nachzudenken.
»Als wüsstest du das nicht ganz genau?«, gab Trev barsch zurück.
Kait zuckte zusammen und sah, dass er rot vor Wut geworden war. Bei ihr klingelten die Alarmglocken.
»Gehen wir«, sagte er bestimmt und führte sie in den nächsten Salon.
Kait wagte noch einen Blick zurück, doch der Mann im schwarzen Smoking mit dem silbernen Kummerbund war verschwunden.

Eine Stunde später suchte Kait die Damentoilette auf, doch die war belegt. Sie hatte genug von Parkers Ball, obwohl Trev sich anscheinend gut amüsierte. Er kannte alle und war sehr beliebt. Vielleicht ein wenig zu beliebt. Kait hatte es sich keineswegs eingebildet, dass ein paar der anwesenden Ehefrauen ihn für ihren Geschmack allzu bewundernd anschauten. Aber vermutlich war er nur der Traum ihrer schlaflosen Nächte. Diese Gegend war zu altmodisch für die Art von Affären, mit denen ihre Schwester so viel Hass auf sich gezogen hatte. Wären die flirtenden Frauen unverheiratet gewesen, wie etwa Marnis Kindergärtnerin, dann hätte Kait darauf gewettet, dass sie nach der Scheidung Schlange stehen würden, um sich ihn zu angeln.
Alle starrten sie beide an, und Kait besonders. Also hatte Kait sich besitzergreifend an Trevs Arm geklammert und hing förmlich an seinen Lippen vor Bewunderung.
Kait blieb vor der Toilette stehen, und ihr Lächeln erlosch. Sie

fand es hier gar nicht angenehm. Niemand mochte Lana, und sie in dieser Umgebung spielen zu müssen, war schwierig und peinlich, von anstrengend ganz zu schweigen. Die Frauen hassten sie, und Kait war sicher, dass die meisten sehr eifersüchtig auf sie waren, obwohl sie nicht dahinter kam, warum. Die meisten Männer betrachteten sie mit allzu begehrlichen und abschätzenden Blicken. Wie hatte ihre Schwester dieses Leben nur ausgehalten?

Kait dachte das nur sehr ungern von ihr, aber sie vermutete, dass Lana die Eifersucht der Frauen und die unverhohlene Bewunderung der Männer genossen hatte.

»Du meine Güte, bist du heute glücklich!«

Kait drehte sich um und stand vor Alicia und einer großen, umwerfend schönen, zierlichen Blondine. Die hübsche rothaarige Alicia trug ein langes, recht langweilig wirkendes Abendkleid, und obwohl es ein Designer-Kleid war, ließ es sie ältlich und bieder aussehen. Sie umarmte Kait. »Ich glaube, ich habe Trev noch nie so glücklich gesehen«, flüsterte Alicia mit großen Augen. »Nicht einmal an seinem Hochzeitstag!«

Kait brachte ein Lächeln zustande. Sie musste daran denken, dass ihre Schwester eine Affäre mit John hatte, und fühlte sich elend. »Ach, ich bin ein bisschen müde. Wie geht es dir?«, fragte sie, um von sich und Trev abzulenken.

»Wunderbar«, erwiderte Alicia strahlend. »Dieses Kleid ist ja fantastisch! Du siehst aus wie eine Zigeunerin! Wo hast du das nur her?«, fragte sie begierig.

»Von Neiman Marcus«, antwortete Kait.

Die junge blonde Frau lächelte sie an. Ihre strahlend blauen Augen wirkten ein wenig leer, und sie trug das umwerfendste Smaragd- und Diamantcollier, das Kait je gesehen hatte. Es musste ein Vermögen wert sein. Sie sagte: »Seid Trev und du denn wieder zusammen? Alicia glaubt das offenbar. Wäre das nicht komisch, wenn ihr zwei euch auch wieder versöhnt – genau wie ich und Parker?«

Kait begriff, dass sie Parkers dritte Ehefrau Georgina vor sich hatte. Kait fragte sich, wie sie wohl zu Lana stand. Sie lächelte sie an. »Es sind schon seltsamere Dinge geschehen«, sagte sie leichthin. Rasch wechselte sie das Thema. »Das ist das schönste Collier, das ich je gesehen habe. Die Farbe passt perfekt zu deinem Kleid.«

Georgina strahlte. »Parker hat es mir geschenkt, einfach so, gleich nachdem ich zu ihm zurückgegangen bin. Ist es nicht der Hammer? Von Bulgari. Und das Kleid habe ich gestern auch bei Neiman Marcus gekauft. Ist das nicht komisch? Wir hätten zusammen shoppen gehen können. Gott sei Dank hatten sie es noch in sechsunddreißig da! Es ist ein Marie St John. Passt es nicht perfekt zu meinem Collier?«

Kait fragte sich, ob Georgina auch nur einen Funken Intelligenz besaß. »Perfekt«, versicherte sie ihr. »Gibt es nicht oben noch eine Toilette? Ich warte schon ewig.«

»Die Treppe rauf und dann die erste Tür links.« Georgina lächelte. »Diese Frisur finde ich total schick, Lana. Als ich noch gemodelt habe, hätte ich mir beinahe auch mal die Haare abschneiden lassen – ist das zu glauben?«

»Ein Glück, dass du es nicht getan hast«, gab Kait zurück, denn diese lange blonde Mähne wurde offensichtlich sehr aufwändig in einem Salon gefärbt und gestylt. Außerdem war Kaits Antwort offenbar genau das, was Georgina hatte hören wollen.

Als Kait sich abwandte, hielt Alicia sie am Handgelenk zurück.

»Ihr beide turtelt ja, als wärt ihr frisch verheiratet. Ich freue mich so für dich – wenn es jetzt das ist, was du wirklich willst.«
Kait erkannte eine Frage, wenn sie sie hörte. Sie drehte sich um. Da Georgina sich ohnehin kaum für das Gespräch interessierte, sagte sie: »Was ich nicht will, ist, dass Trev mich hasst. Wir haben ein gemeinsames Kind, Alicia. Es ist höchste Zeit, dass ich mal etwas Würde und Anstand an den Tag lege, meinst du nicht auch?«
Alicia stutzte. Sie errötete. »Ja, das finde ich auch. Also bleibt ihr beiden jetzt zusammen?«
Kait zögerte. »Ich weiß es nicht.« Dann sagte sie: »Ich muss jetzt wirklich dringend auf die Toilette.« Sie lächelte und drückte Alicias Hand. »Ich bereue meine Vergangenheit, Alicia. Das tue ich wirklich.«
Ihre Blicke trafen sich. Alicia wirkte völlig verdattert. »Okay«, sagte sie schließlich gedehnt. Und in diesem Moment sah Kait, dass John auf sie zukam.
»Hallo, Lana«, begrüßte er sie mit einem höflichen Lächeln und nahm den Arm seiner Frau.
»Wie geht es dir, John?«, brachte Kait mühsam hervor und fragte sich, ob sie knallrot geworden war. Sie ermahnte sich, dass schließlich nicht sie mit diesem Mann geschlafen hatte. Lana war diejenige, die ihn vor der Nase ihrer besten Freundin verführt hatte.
»Was für ein hübsches Kleid«, sagte er.
»Ist es nicht bezaubernd?«, stimmte Alicia lächelnd zu. »Sie hat es von Neiman Marcus.«
»Was für eine reizende Party«, warf Kait ein.
»Wünschen Sie, errettet zu werden, Mrs. Coleman?« Plötzlich schwebte ein gepflegter australischer Akzent über sie hinweg, weich wie ein Flüstern, und ein Mann blieb hinter ihr stehen.

John sagte irgendetwas, den Arm noch immer um Alicia gelegt. Kait drehte sich um und stieß mit dem Mann zusammen, der eben gesprochen hatte, so dicht stand er hinter ihr. Sie erstarrte, als er sie an den Armen auffing, und blickte in zwei umwerfend graue Augen. Der Herr mit dem dunklen Haar und dem silbernen Kummerbund grinste sie an. Seine Augen blitzten belustigt und gefährlich.

»Alles in Ordnung … Mrs. Coleman?«, fragte er ebenso leise.

»Hallo, Farrell«, knurrte John, offensichtlich mühsam beherrscht.

»Colin«, murmelte Alicia.

Kait begann zu schwitzen. Sie drehte sich nicht um, war wie gefangen, obwohl es ihr nicht gefiel, wie er sie weiterhin festhielt und wie er ihr tief in die Augen sah – als kenne er sie sehr gut – zu gut. Hatte Alicia nicht einen Mann namens Farrell erwähnt? Irgendwie angedeutet, dass er Lana liebte? »Mir geht es gut. Sie können mich jetzt wieder loslassen.«

Das schien ihn noch mehr zu belustigen, denn er lachte leise, ließ sie aber los. »Bezauberndes Kleid«, sagte er.

»Ich brauche jetzt ein Glas Champagner«, sagte Alicia. »John?«

John rührte sich nicht vom Fleck. »Lana? Möchtest du auch eines?«

»Nein, danke«, erwiderte Kait nervös.

John war offenbar verärgert. Und Alicia schaute immerzu von ihrem Mann zu Kait, zu Farrell und wieder zurück.

Plötzlich hatte Kait genug. Sie wandte sich Farrell zu. »Ich glaube, ich nehme das Angebot einer Rettung doch an«, sagte sie bestimmt.

Colin Farrell lachte, nahm ihren Arm und führte sie die breite, geschwungene Treppe hinauf. Kait musste einfach zurückblicken und sah, dass Alicia gegangen war, während John noch

in der Eingangshalle stand und ihr nachstarrte. Farrell flüsterte: »Du bist schon seit einer ganzen Woche wieder zu Hause. Worauf hast du eigentlich gewartet?«
Erschrocken begegnete Kait seinem funkelnden Blick und versuchte sich loszureißen. »Was?«, keuchte sie. Doch sie hatte schon geahnt, dass dieser Mann etwas mit ihrer Schwester hatte. Seltsamerweise war er genau Lanas Typ, wie sie ihn in Erinnerung hatte – weltgewandt, selbstsicher, gut aussehend.
»Und du hast dir die Haare abschneiden lassen«, sagte er und schüttelte den Kopf. »Ich weiß, du hast bestimmt einen guten Grund dafür gehabt – es sieht auch recht niedlich aus –, aber das bist nicht du. Überhaupt nicht. Was hat dich da nur geritten?«
Sie starrte ihn stumm an, und er fuhr in dem gleichen intimen Flüsterton fort: »Hast du das Collier gesehen, das Parker Georgina gekauft hat? Ich schätze, er würde durch die Decke gehen, wenn er wüsste, dass sie es immer noch mit unserem Sheriff treibt.«
Kait versuchte sich loszumachen. Mit fester Stimme sagte sie: »Bitte lass mich los.«
Sie waren auf dem oberen Treppenabsatz stehen geblieben. Er musterte sie eindringlich, und das Lachen in seinem Blick erlosch. »Ist wirklich alles in Ordnung, Liebling? Du siehst ganz verändert aus. Und du benimmst dich sehr merkwürdig.«
»Mir geht es gut! Ich will nur endlich auf die Toilette«, erwiderte sie. In diesem Moment öffnete sich gleich neben ihnen eine Tür, und eine ältere Dame trat heraus. Als diese die Treppe hinabstieg, zögerte Kait nicht mehr. Sie riss sich von Farrell los und eilte in das mit Marmor verkleidete Bad. Sie schloss die Tür und atmete erleichtert auf.

Doch sofort ging die Tür wieder auf, und er trat zu ihr herein – und schloss hinter sich ab.

Einen Moment lang war Kait so fassungslos, dass ihr der Mund offen stehen blieb.

Er grinste und zog sie an sich. »Was ist das für ein neues Spielchen? Ich habe dich vermisst.«

Kait versuchte ihn wegzuschieben. »Was soll das? Lass mich los! Herrgott noch mal, bist du wahnsinnig? Mach, dass du rauskommst!«

Er gab es auf, sie küssen zu wollen, und starrte sie verblüfft an. Diesmal war sein Blick durchdringend.

Kait war verzweifelt. Wenn Trev sie in einer solchen Situation erwischte, war es aus. »Raus jetzt!«, befahl sie.

Sein Blick blieb forschend auf sie gerichtet. »Was ist hier los, Lana?« Sein Tonfall klang völlig anders.

Offensichtlich hatte Lana auch mit ihm eine Affäre, aber Kait hatte jetzt wirklich genug. Sie rang um Beherrschung. »Ich möchte jetzt bitte in Ruhe auf die Toilette gehen.«

Er starrte sie nur an, als bedeuteten ihm ihre Worte überhaupt nichts. Dann sagte er gedehnt: »Das ist aber wirklich sehr seltsam. Du solltest längst in meinen Armen liegen, damit ich dich gleich hier an der Wand nehmen kann. Es ist schon eine Woche her.«

Kait sagte nur: »Bitte verschwinde jetzt.«

Doch er rührte sich nicht und sagte, als habe er sie nicht gehört: »Ich meine, in den zehn Jahren, seit wir zusammen sind, hast du dich noch nie so benommen. Und du hast mich nicht angerufen, als du aus New York zurückgekommen bist. Was läuft hier, Lana?«

Sie schwitzte. »Gar nichts!« Lana und dieser Mann waren seit zehn Jahren zusammen? Das war beinahe unvorstellbar. Sie schluckte. »Zehn Jahre sind eine lange Zeit. Menschen ändern sich.«

»Nicht du. Nicht wir. Geht es um Coleman? Ist es wegen der Scheidung – wegen der Abfindung, auf die wir es abgesehen haben?«

Kait starrte ihn entsetzt an.

»Schau mich doch nicht an, als sähest du mich zum ersten Mal«, brauste er auf. »Herrgott noch mal, ich bin weit mehr als dein Freund, mehr als dein Liebhaber. Wir zwei sind ein Team.«

Sie waren ein Team. »Ein Team«, würgte Kait hervor. Ihr war schwindlig. Und sie wollte zu gern fragen, was für eine Art Team das denn sei. Aber irgendwie ahnte sie es. Denn er und Lana hatten es auf Trevs Geld abgesehen – das hatte er eben gesagt.

Urplötzlich nahm er ihre Hand und drückte seine Lippen auf ihren Handrücken. Kait erstarrte. »Ich habe von deinem Sturz gehört. Ich dachte, du hättest das inszeniert – du hast ja immer einen guten Grund für alles, was du tust. Aber das war echt, oder? Hast du dich verletzt? Siehst du mich deswegen an, als sei ich ein irrer Axtmörder?« Er lächelte. »Wir wissen doch beide, dass ich das nicht bin.«

Sie versuchte ihm ihre Hand zu entziehen, doch er hielt sie fest. »Farrell, unterhalten wir uns lieber draußen.« Sie musste nicht mehr auf die Toilette. Ihr Herz schlug so schnell, dass sie fürchtete, sie würde daran ersticken.

Er ließ sie nicht aus den Augen und öffnete die Tür. Zusammen traten sie hinaus. Wie sollte sie weiter vorgehen? Sie musste wissen, wer er war, wann genau er Lana kennen gelernt hatte, seit wann sie ein Paar waren und was für ein Team sie bildeten. Sie

wollte den Flur entlang zur Treppe gehen, als er von hinten ihr Handgelenk packte.
Wieder begegnete sie seinem kühlen, belustigten Blick. »Das ist die falsche Richtung, Liebes.« Sein Blick mochte forschend sein, doch sein lockeres Grinsen war wieder erschienen.
»Entschuldigung.« Dieser Mann würde ihr in Kürze auf die Schliche kommen, wenn sie sich nicht sofort zusammenriss.
»Hast du etwa vergessen, weshalb wir heute hier sind?«, fragte er, und seine Miene war undurchdringlich.
»Weshalb?«, echote sie. »Nein, natürlich nicht!« Sie lächelte ihn an, doch es fiel ihr sehr schwer.
Er nahm ihren Arm, und sie wandten sich in die entgegengesetzte Richtung. Kait konnte nicht einmal erraten, was er und Lana im Schilde führten, doch es sah ganz so aus, als habe Rafe Coleman Recht – Lana hatte sich Trev gezielt seines Geldes wegen ausgesucht, und dieser Mann war irgendwie ihr Partner. Aber es wäre unsinnig, sechs Jahre lang auf eine Scheidung zu warten. Wenn es nur um die Abfindung ging, hätten sechs Monate genügt.
Farrell hatte ihren Arm losgelassen, und Kait folgte ihm argwöhnisch den Flur entlang bis ans Ende. Ihr Herz pochte ängstlich. Sie wusste nicht, was sie auf der anderen Seite der geschlossenen Tür erwartete, vor der sie nun standen, doch sie hatte das Gefühl, sie würde gleich etwas Scheußliches, Grauenhaftes erleben – etwas Unvorstellbares.
Er öffnete die Tür und schob sie hindurch. Als er die Tür wieder schloss, erschrak Kait. »Das ist das Schlafzimmer«, flüsterte sie beunruhigt.
»Ach, wirklich?« Ihre Bemerkung schien ihn zu amüsieren. Kait schlang die Arme um sich, denn sie fror nun, obwohl sie

schweißnass war. Er ging völlig ungerührt zu einem größeren Porträt an der Wand, das eine hübsche blonde Frau im Ballkleid zeigte – Kait erkannte sie als Mrs. Georgina Parker –, und hob das Porträt von der Wand.

»Was tust du denn da?«, rief Kait.

In die Wand war ein Safe eingelassen. Sobald sie ihn sah, wusste sie Bescheid. Die Augen schienen ihr aus dem Kopf fallen zu wollen, als sie mit ansehen musste, wie er sie charmant anlächelte und dann eine kleines, handtellergroßes Gerät an den Safe hielt. Gleich darauf ertönte ein Klicken, und Colin Farrell öffnete den Safe.

»Aufhören!«, rief Kait mit fester Stimme. Sie war völlig schockiert.

Er hatte etwas aus dem Safe genommen und schloss ihn wieder. Dann hielt er die Hand hoch und zeigte ihr einen riesigen gelben Diamantring. »Das, mein Liebes, ist der Grund, weshalb wir heute hier sind.«

Kait hatte es die Sprache verschlagen.

Er hängte das Bild wieder vor den Safe.

Kait erwachte endlich aus ihrer Starre. Sie erkannte, was hier vor sich ging. Colin Farrell hatte soeben einen Ring gestohlen, der ein kleines Vermögen wert war. Colin Farrell war ein Dieb.

Und er war Lanas Partner.

Er kam auf sie zu. Kait wollte ihm sagen, er solle sie in Ruhe lassen. Doch sie bekam kein Wort heraus, und er lächelte sie an und drückte ihr dabei etwas in die Hand. Es war der gestohlene Diamantring.

Er brannte in ihrer Handfläche.

Kait blinzelte darauf hinab, und der gelbliche Diamant verschwamm ihr vor den Augen. »Ich will das nicht!«, rief sie verzweifelt, als sie endlich ihre Stimme wiederfand.

Er legte einen Arm um sie, und bevor Kait protestieren konnte, hatte er sie wieder hinaus auf den Flur gedrängt. »Aber doch, ganz bestimmt. Du willst es immer. Du hast noch nie einen Coup sausen lassen.«

»Einen Coup?«, flüsterte Kait entsetzt.

Er starrte sie mit zusammengezogenen Brauen verwundert an. Stimmen näherten sich. Kait schob ihm den Ring zu. »Nimm das und leg es sofort zurück!«

Farrell grinste ungerührt. Er schloss ihre Hand um den Ring und sagte: »Lächle, Liebes, wir bekommen Gesellschaft.«

Kait blickte an ihm vorbei den Flur entlang und sah, ausgerechnet, Georgina und Rafe Coleman näher kommen. Georgina und Rafe entdeckten sie im selben Moment und blieben wie angewurzelt stehen. Kait war zu keinem klaren Gedanken mehr fähig. Sie konnte die beiden nur stumm anstarren.

Sie hatte eben mitgeholfen, einen Diamantring zu stehlen, und der Sheriff – der sie nicht ausstehen konnte – war unterwegs ins Schlafzimmer auf ein Schäferstündchen mit der Eigentümerin eben jenes Rings.

Konnte das wirklich wahr sein?

Dann sah sie seinen Gesichtsausdruck – er war empört. »Na, so was«, sagte er leise. »Welch ein Zufall, euch hier zu treffen, Lana … Farrell.«

Kait merkte plötzlich, dass Farrell immer noch einen Arm um sie gelegt hatte, als seien sie tatsächlich ein Pärchen – und es musste so aussehen, als hätten sie das Schlafzimmer aus demselben Grund aufgesucht, der auch Rafe und ihre Gastgeberin hierher führte. »Es ist nichts passiert«, flüsterte sie kläglich.

Farrell ließ sie los. »Nette Party, was?«, fragte er locker.

Kait warf ihm einen Blick zu – das machte ihm auch noch Spaß.

Sie verging vor Entsetzen – und er amüsierte sich prächtig! Colin Farrell war kälter als ein Eisblock.
»Rafe, äh, gehen wir doch wieder runter. Diese, äh, Antiquität, die ich dir zeigen wollte, läuft uns nicht weg.« Georgina war knallrot geworden. Bei einer Blondine sah das nicht besonders hübsch aus.
»Nach dir«, sagte Rafe zu Kait.
Kait holte tief Luft, denn sie hielt immer noch den Diamantring in der Hand. Sie spürte seine Hitze und wunderte sich, dass Rafe ihn nicht riechen konnte. Sie ging an ihm vorbei, gefolgt von Colin Farrell, wobei sie darauf achtete, ihn nicht einmal zu streifen. Dann taumelte sie und blieb stehen.
Trev stand am Kopf der Treppe.
Kait richtete sich auf und begegnete seinem Blick.
Seine Augen funkelten düster, er drehte sich abrupt um und ging wieder hinunter.
»Trev!« Kait rannte ihm nach. Trotz ihrer Verwirrung war ihr bewusst, dass sie noch immer den Ring in der Hand hatte. Rafe Coleman ging direkt hinter Farrell, und sie konnte seine Blicke im Rücken spüren. Am liebsten hätte sie den Ring einfach fallen lassen, doch sie hatte zu viel Angst davor, dass Rafe es bemerken könnte. Im Foyer holte sie Trev endlich ein. »Trev, bitte, warte.«
Er fuhr herum. »Du hast mir gesagt, es wäre aus zwischen euch!«
Sie schnappte nach Luft. Also wusste er von Lana und Farrell?
»Es ist vorbei«, rief sie. »Ich bin nach oben gegangen, weil ich auf die Toilette wollte, und der verflixte Farrell ist mir gefolgt!«
Trev starrte sie an, und Kait wusste, dass er überlegte, ob er ihr glauben sollte oder nicht.
Farrell – der verflixte Farrell – blieb neben ihnen stehen. Kait

wand sich, doch diesmal war sein Blick zu ihrem Erstaunen nicht im mindesten belustigt. Er sagte: »Sie sagt die Wahrheit. Ich bin ihr nachgelaufen, Coleman.« Er wandte sich Kait zu und neigte den Kopf so tief, dass es beinahe aussah wie eine Verbeugung. »Ich entschuldige mich hiermit. Mein Benehmen war nicht gerade eines Gentleman würdig.« Er nickte Trev grimmig zu und ging weg.

Kait wurde klar, wie übel Lana und Farrell Trev tatsächlich betrogen.

Nicht nur das, die beiden waren Diebe.

Und so, wie es aussah, sehr professionelle.

Trev nahm plötzlich ihren Arm. »Lüg mich jetzt nicht an«, sagte er hitzig. »Ich meine es ernst, Lana.«

Kait fuhr sich mit der Zunge über die Lippen. »Trev, wie könnte ich nach letzter Nacht jemals einen anderen Mann so ansehen, wie ich dich ansehe?«

Sein Blick wurde weich. Und Kait wusste, dass er ihr glaubte – aber sie hatte ja auch die Wahrheit gesagt, aus tiefstem Herzen.

»Gehen wir«, sagte er, nahm ihren Arm und hielt ihn fest an sich gedrückt.

Kait warf einen Blick zurück. Rafe und Georgina standen ein paar Meter hinter ihnen, und Rafe beobachtete sie wie ein Raubvogel seine Beute. Bildete sie sich das nur ein oder starrte er auf ihre Hand, die immer noch den Ring umklammerte?

Bevor Kait wusste, wie ihr geschah, hatte Trev sie hinaus auf die Veranda und die Stufen hinunter zu dem wartenden Parkwächter geführt. Kait überlegte verzweifelt. Sollte sie den Ring einfach fallen lassen? Sie wollte es gerade tun, als eine Art sechster Sinn dafür sorgte, dass sie sich noch einmal umschaute. Rafe Coleman war ihnen nach draußen gefolgt. Er stand auf der

Veranda, beobachtete sie kühl und wartete nur darauf, dass sie sich verriet.

Kait wandte den Blick starr nach vorn, atemlos vor Angst. Trev griff nach ihrer Hand. »Den braunen Jaguar, bitte«, sagte er. Als der Angestellte davoneilte, sah er Kait an. »Was hältst du da in der Hand?«

Kait lächelte fröhlich – und sehr falsch. »Lippenstift«, sagte sie. Sie entzog ihm die zur Faust geballte Hand und öffnete mit der anderen Hand ihre Abendtasche. Sie hielt sie dicht vor ihren Bauch, damit Rafe Coleman auf keinen Fall sehen konnte, was sie tat. Sie ließ den Ring in ihre Handtasche gleiten und schloss sie hastig.

Gleich darauf saßen sie in Trevs Jaguar und waren auf dem Heimweg nach Fox Hollow.

Sechzehn

Trev lag auf dem Bauch, den Kopf zu ihr gedreht, und atmete sanft. Er schlief tief und fest. Kait sah auf das beleuchtete Ziffernblatt des Weckers auf ihrem Nachttisch – es war drei Uhr früh. Sie schlüpfte leise aus dem Bett, vollkommen nackt.

Auf dem Weg ins Bad blieb sie stehen, um ihre Sandaletten aufzuheben, dann das Ungaro-Kleid, einen Tanga, den sie ebenfalls neu gekauft hatte, und ihre Abendtasche. All diese Kleidungsstücke waren rasch zu Boden gefallen, sobald sie gestern das Schlafzimmer betreten hatten. Im Ankleidezimmer hängte sie das Kleid ordentlich auf und schlüpfte in eines seiner T-Shirts, das ihr bis auf die Schenkel fiel. Die Sandaletten ließ sie neben ihre sorgsam aufgereihten Schuhe plumpsen und schüttelte dann traurig den Kopf.

Nein, das waren nicht ihre Schuhe, und der Mann im Schlafzimmer war nicht ihr Mann – das waren Lanas Schuhe, und Trev war Lanas Ehemann, und ihre Schwester war eine Diebin.

Sie konnte es einfach nicht fassen.

Doch sie hatte ja den Beweis dafür.

Nun hatte sie nur noch die Abendtasche mit den langen, zarten Fransen in der Hand. Sie öffnete sie und sah den großen, gelben Diamantring. Entsetzt ließ sie die Tasche wieder zuschnappen.

Wann würde Georgina Parker merken, dass der Ring verschwun-

den war – und wie lange würde es dauern, bis Rafe Coleman sich daran erinnerte, dass er sie und Farrell unmittelbar vor der Schlafzimmertür der Parkers angetroffen hatte?
Kait war schlecht vor Angst. Wenn das Verschwinden des Rings bemerkt wurde, so vermutete sie, würde Rafe keine zwei Sekunden brauchen, bis ihm einfiel, wo er sie und Farrell am Abend der Gala erwischt hatte.
Sie musste den Ring zurückbringen, bevor ihn jemand vermisste.
Konnte man sie wegen Diebstahls anklagen?
Wie konnte ihr so etwas nur passieren? Und gerade jetzt, als Trev sich neu in sie verliebte. Er hielt sie vielleicht für Lana, doch Kait war zutiefst davon überzeugt, dass er sich ihrer Schwester gegenüber nie so liebevoll verhalten hätte.
Sie hörte seine leisen Schritte, bevor sie seine ebenso leise, schläfrige Stimme vernahm, als Trev an der Schwelle des Badezimmers stehen blieb. »He«, sagte er mit zärtlichem Lächeln. »Was machst du denn da?«
Kait zögerte. »Ich kann nicht schlafen.«
Er rieb sich die Augen; er sah aus wie ein Mann, der eben stundenlang Liebe gemacht und sich seine Ruhe verdient hatte, das hieß, er sah sexy und irgendwie niedlich und unglaublich gut aus. »Du bist also immer noch nicht völlig erschöpft, hm?«, fragte er mit einem sinnlichen Grollen in der Stimme.
Kait blickte in seine grünen Augen und sah dort ein verführerisches Lächeln. »Trev, du hast ja gar nichts an«, sagte sie. Sie hätte sich am liebsten auf der Stelle in seine Arme geworfen und an seiner Schulter ausgeweint.
»Und du bist traurig. Warum?«
Kait schüttelte den Kopf und schlang die Arme um sich. Hatte Farrell die Antworten, die sie brauchte? Du lieber Himmel, er

hatte Lana kennen gelernt, als sie zweiundzwanzig gewesen war, vor zehn Jahren, und bedeutete es tatsächlich das, was Kait vermutete?

Bestimmt hatten Lana und Farrell sich vor sechs Jahren getrennt, Lana hatte Trev kennen gelernt, sich in ihn verliebt und ihn geheiratet, und dann war dieser Farrell irgendwann wieder aufgetaucht.

Hatten Lana und Farrell Trev gemeinsam als Opfer ausgesucht? Aber warum hätte sie dann so viele Jahre auf die Scheidung warten sollen? Hatten sie sich vielleicht eine Zeit lang vor der Polizei verstecken müssen? Oder war es einfach praktisch gewesen, die Frau eines reichen Mannes zu sein – während sie ihre ahnungslosen reichen Nachbarn ausnahmen?

Trev verschwand und kam gleich darauf in seiner weißen Unterhose wieder. »Was ist los, Lana?«, fragte er ruhig und setzte sich auf den Rand der Whirlpool-Badewanne, nicht weit von dem Bänkchen, auf das sie gesunken war.

Sie begegnete seinem Blick und sah so viel Fürsorge darin, dass es ihr das Herz im Leib umdrehte. Dieser Mann würde am Boden zerstört sein, wenn er erfuhr, dass nicht nur sie ihm etwas vorgespielt hatte, sondern in welchem Ausmaß Lana ihn tatsächlich betrogen und ausgenutzt hatte. Kait musste mit Farrell sprechen, so bald wie möglich. Und es war höchste Zeit, dass Lana, verdammt noch mal, endlich zurückkam. Es war Zeit für die Wahrheit.

»Gehen wir wieder ins Bett«, schlug Kait vor und stand auf. Sein Blick folgte ihr und blieb am Saum seines T-Shirts hängen, der ihren Oberschenkel umspielte.

»Willst du mich damit ablenken?«, fragte er und stand ebenfalls auf.

»Nein.« Sie lächelte, denn sie wusste, dass sie ihn tatsächlich abgelenkt hatte.

Er schlang einen Arm um sie, zog sie an sich und küsste sie auf den Mund. »Ich sehe mal nach Sam. Wie spät ist es?«

»Schon nach drei«, sagte Kait. Sam hatte bis Mitternacht ausbleiben dürfen. »Sie ist bestimmt schon seit Stunden wieder da, Trev.«

»Ich auch, aber ich hätte auch schon vor Stunden nach ihr sehen sollen«, erwiderte er.

Kait folgte ihm. Im Ankleidezimmer schlüpfte er rasch in eine Jogginghose und ein T-Shirt. Als er das Schlafzimmer verließ, blieb Kait vor dem Bett stehen. Die Nachttischlampe brannte, und sie klammerte sich ans Fußteil des Bettes, denn sie fühlte sich nicht nur hilflos und verloren, sondern wurde allmählich richtig wütend. Was sollte sie nun tun?

Der Drang, die Behörden einzuschalten, wurde überwältigend. Denn der Tenor des Ganzen lautete: Ihre Schwester war eine Verbrecherin.

Bevor Kait diese Gedanken weiter verfolgen konnte, hörte sie einen Aufschrei von Trev, gefolgt von einem entsetzten Kreischen.

Kait sprang in die nächstbeste Jeans und rannte den Flur entlang zu Sams Zimmer. Die Tür stand weit offen, drinnen war das Licht eingeschaltet. Trev brüllte: »Du verdammter kleiner Drecksack, ich bring dich um!«

Kait rannte hinein, und eine unglaubliche Szene bot sich ihr dar – Sam saß nackt im Bett, hielt sich die Decke vor die Brust, und Trev, schäumend vor Wut, hatte den splitternackten Gabe Jenkins an die Wand geschleudert.

Gabe sah verängstigt und zugleich wütend aus. Trev drückte ihn gegen die Wand. »Es ist nicht so, wie Sie denken!«, rief Gabe.

»Dad, hör auf!«, kreischte Sam.
Kait sprang vor und packte Trev von hinten. »Trev, hör auf! Das ist doch keine Lösung«, rief sie.
Er lockerte den Griff. »Du schläfst mit meiner Tochter«, knurrte er. »Und wenn ich mich nicht irre, bist du achtzehn, und sie ist sechzehn, somit ist das nach den hiesigen Gesetzen Missbrauch, Vergewaltigung.«
»Au!«, stöhnte Gabe. Sein Gesicht war seitlich gegen die Wand gepresst. »Ich liebe sie doch!«
»Lass ihn los!«, rief Sam. »Was macht es denn für einen Unterschied, ob wir miteinander schlafen oder nicht? Ich bin schon seit zwei Jahren keine Jungfrau mehr.«
Trev fuhr herum und ließ Gabe los. Schockiert starrte er seine Tochter an, während Gabe seine blauen Boxershorts aufhob und hineinsprang.
»Es ist wahr«, sagte Sam trotzig, mit tränennassem Gesicht.
»Wie konntest du das tun?«, fragte Trev. »Mit vierzehn, Sam? Ich meine, du warst so ein liebes, gutes Mädchen, und dann …« Er hielt inne.
»Und dann hast du Lana geheiratet und mich total vergessen«, rief Sam.
»Ich habe dich nie vergessen«, erwiderte Trev. Gabe zog sich inzwischen ein überlanges Hemd über den Kopf. Trev sah ihn von der Seite an. »Du rührst dich nicht von der Stelle. Ich rufe die Polizei.«
»Trev, nicht«, flüsterte Kait.
»Ich hasse dich!«, schrie Sam, und erneut flossen die Tränen.
»Das kommt alles wieder in Ordnung«, beruhigte Gabe sie.
»Nichts da«, herrschte Trev ihn an. Er ging zu Sams Telefon. Kait kümmerte sich inzwischen um Sam. Sie wollte ihre Hand

nehmen, doch Sam weigerte sich, die Decke loszulassen oder sie anzusehen – sie starrte mit hasserfülltem Blick auf den Rücken ihres Vaters.

»Ruft er die Polizei an oder Rafe?«, fragte sie verängstigt.

Kait erkannte, dass es da einen Unterschied gab. »Ich weiß es nicht. Schätzchen, er wird sich schon wieder beruhigen. Er ist erschrocken und durcheinander.« Sie zögerte. »Benutzt ihr wenigstens Kondome?«

Sam errötete. Gabe trat hinzu. »Natürlich. Ich wäre nie im Leben so blöd, sie zu schwängern.«

Kait wandte sich ihm zu. Er war argwöhnisch und immer noch verängstigt, aber beherrschter als vorhin, da Trev ihn an die Wand gedrückt hatte. »Kondome können reißen, Gabe«, sagte sie leise. »Es kann so schnell etwas schief gehen. Und ein Mal reicht schon. Ich glaube, wenn man nicht bereit ist, zu heiraten und Kinder zu bekommen, sollte man sich gut überlegen, mit wem man schläft.«

»Ich würde Sam auf der Stelle heiraten«, sagte Gabe. Dann sah er Sam an.

Kait beobachtete, wie die beiden einen tiefen Blick wechselten, und sie erkannte, dass sie sehr verliebt waren, obwohl sie noch so jung und gerade in der schwierigsten Phase des Erwachsenwerdens waren.

Trev knallte den Hörer auf. »Rafe ist unterwegs«, sagte er und zeigte mit dem Finger auf Gabe. »Und dich will ich *nie wieder* in der Nähe meiner Tochter sehen.«

»Dad!«, schrie Sam. Sie sprang mitsamt der Decke aus dem Bett. Ihr Gesicht war kalkweiß.

»Ich meine es ernst«, erklärte Trev. »Wenn ich ihn noch mal bei dir erwische, zeige ich ihn an.«

Gabe wurde kreidebleich.
Kait war entsetzt. Sie wusste, dass Trev es nur gut meinte. Sie wusste, wie sehr er seine Tochter liebte. Und es mochte vielleicht vermessen sein, aber sie hatte das Gefühl, dass er diese Sache völlig falsch anging.
»Du kannst mir nicht vorschreiben, mit wem ich zusammen sein darf und mit wem nicht«, rief Sam. »Ich bin sechzehn, nicht sechs.«
»Und das macht dich zu einer Minderjährigen, die unter meinem Dach lebt. Also kann ich dir vorschreiben, was immer ich will«, erwiderte Trev barsch.
Gabe berührte Sam am Arm. Sie sah ihn an. Kait wusste nicht, was dieser stumme Austausch bedeuten sollte, doch dann sagte Sam: »Dad, wenn du ihn ins Gefängnis bringst, laufe ich weg, und du siehst mich nie wieder.«
Trev wurde bleich.

Die Waffeln schmeckten wie Pappe.
Aber Marni genoss sie offensichtlich. Kait hatte ihr erlaubt, sie nicht nur mit Sirup zu übergießen, sondern auch noch mit Sahne und Maraschinokirschen zu dekorieren. Glücklicherweise war Elizabeth zur Kirche gegangen, so dass Kait ihre Missbilligung erspart blieb.
Trev schob seinen Stuhl zurück. Er hatte seine Waffeln kaum angerührt. »Danke«, sagte er zu Kait. »Ich werde heute Charm trainieren.«
Kait wusste, dass Charm ein junger Hengst war, den er erst kürzlich gekauft hatte. »Ist gut.« Sie schob ein Stück Waffel in dem klebrigen Ahornsirup auf ihrem Teller herum. Sam war nicht heruntergekommen. Kait hatte nach ihr sehen wollen, doch ihre

Tür war abgeschlossen gewesen. Sie nahm an, dass das junge Mädchen tief und fest schlief.

Gestern Nacht hatte Rafe Gabe nach Hause gefahren. Es würde wohl keine Anzeige geben – die Brüder hatten eine lange, hitzige Diskussion darüber geführt, aus der Rafe offenbar als Sieger hervorgegangen war –, doch er hatte Gabe gewarnt, dass er nächstes Mal kein Auge mehr zudrücken würde.

»Daddy, du trainierst doch nie am Sonntag! Und du hast noch gar nicht deine Zeitung gelesen«, jammerte Marni.

Trotz des harten Zugs um seinen Mund sagte Trev zärtlich: »Ich weiß. Aber heute ist alles ein bisschen anders. Ist das schlimm, Schatz? Du kannst doch bei Mommy bleiben.«

Marni zog einen Schmollmund.

Kait verstand ihn – Trev war außer sich, und er musste etwas tun, um sich abzulenken. »Schätzchen, möchtest du mir mit dem Abwasch helfen? Ich spüle, du trocknest ab«, schlug Kait vor.

Noch vor einer Woche hätte Trev sie entgeistert angestarrt, denn sie wussten beide, dass Lana niemals den Abwasch machte. Aber das war vor einer Woche gewesen – jetzt lächelte er sie an, bevor er sich eine Jacke von einem Haken an der Wand nahm und hinausging. Er hatte die neue Lana völlig akzeptiert.

Kait und Marni räumten den Tisch ab. Kait zögerte. »Marni? Könntest du mal nach oben laufen und schauen, ob Sam etwas möchte? Ich könnte ihr Waffeln ans Bett bringen.«

Marni strahlte und rannte davon. Besorgt räumte Kait das restliche Frühstück ab. Ein Teenager-Drama war im Moment das Letzte, was sie brauchen konnten. Trev, Sam und selbst Gabe Jenkins taten ihr schrecklich Leid. Sie war ungeheuer erleichtert, dass Rafe es geschafft hatte, Trev von der Anzeige abzubringen.

Marni kam wieder heruntergerannt. »Sie sagt, sie ist am Verhungern, und wenn du ihr die Waffeln bringst, dann isst sie welche«, verkündete sie.

»Wirklich?« Kait freute sich. Zehn Minuten später trug sie ein Tablett die Treppe hinauf. Sams Tür stand offen. Kait lugte hinein. »Klopf, klopf«, sagte sie.

Sam saß mit zwei Zeitschriften im Bett, den Kopfhörer auf den Ohren, in Jeans und Pulli. Sie nahm den Kopfhörer ab und sah Kait bedrückt an.

Ihre Augen waren rot und geschwollen.

Kait fragte: »Darf ich reinkommen?«

Sam nickte. »Du fragst wenigstens vorher«, sagte sie.

Kait ging hinein und stellte das Tablett zwischen das Durcheinander auf dem Nachttisch. »Hast du die ganze Nacht lang geweint?«

Sam nickte.

»Dein Vater wird keine Anzeige erstatten«, sagte sie sanft.

»Nicht?« Ihre Miene hellte sich auf. Dann verdüsterte sie sich wieder. »Nur weil Onkel Rafe es ihm ausgeredet hat! Mein Vater ist ein Arsch!«

»Also, eigentlich ist er ein wunderbarer Mann«, entgegnete Kait. »Darf ich mich zu dir setzen?«

Sam nickte.

Kait setzte sich ans Fußende des Bettes.

»Das sagst du bloß, weil du ihn liebst. An meiner Stelle würdest du das ganz anders sehen.«

»Ja, wahrscheinlich schon, jedenfalls in deinem Alter. Aber, Sam, erinnerst du dich noch daran, was ich dir erzählt habe? Du hast wirklich Glück, einen Vater zu haben, der dich liebt und dem du so viel bedeutest, dass er durchgedreht ist, als er dich mit deinem Freund im Bett erwischt hat.«

Sam blinzelte. »Ich kann Gabe nicht aufgeben.«
Kait seufzte. »Lass es lieber langsam angehen, bis Trev sich beruhigt hat. Also, wir wollten Gabe und seine Mutter heute zum Abendessen einladen – und dann passiert so etwas.«
Sam blieb der Mund offen stehen. »Wirklich? Das muss deine Idee gewesen sein!«
»War es auch. Ich dachte, es ist höchste Zeit, dass dein Vater Gabe kennen lernt – und sich selbst ein Bild von ihm machen kann.«
Sam lächelte beinahe. Sie sagte: »Du bist echt nett. Ich weiß ja nicht, wer du bist und wo dieses Miststück steckt, aber ich hoffe, sie kommt nie zurück. Bleibst du bei uns?«
Kait starrte sie an.

Kait war wieder in die Küche gegangen und schon fast mit dem Abwasch fertig, als sie die Türklingel hörte.
Marni war immer noch bei ihr und unterhielt sie mit einer langen Geschichte, die sie am Freitag in der Vorschule vorgelesen bekommen hatte. Kait trocknete sich die Hände an der mit Gänseblümchen bedruckten Schürze, die sie trug, und ging zur Haustür. Sie öffnete sie und stand vor einem grinsenden Colin Farrell.
Sie wollte ihm die Tür vor der Nase zuschlagen. Stattdessen starrte sie ihn ungläubig an. »Du!«
Sein Grinsen erlosch. Er musterte sie von oben bis unten – die nackten Füße mit den zartrosa lackierten Zehennägeln, ihre Jeans, die Gänseblümchenschürze, das gelbe T-Shirt und ihr gänzlich ungeschminktes Gesicht.
Kait wurde panisch. »Was willst du hier?« Wenn Trev ihn sah, würde er ihr nie glauben, dass es zwischen Lana und Farrell aus war. Aber machte das noch einen Unterschied?

Ohne eine Spur der Belustigung, die Kait am Abend zuvor an ihm bemerkt hatte, sagte er: »Beruhig dich doch. Coleman ist gerade in die Stadt gefahren. Und du bist nicht sie«, stellte er nüchtern fest. »Du bist nicht Lana, nicht wahr, meine Liebe?«
Kait glaubte den Boden unter ihren Füßen schwanken zu spüren. »Bist du verrückt?«, keuchte sie.
»Lana würde sich niemals, niemals in Jeans und Schürze und mit nacktem Gesicht irgendwo sehen lassen. Unter keinen Umständen«, betonte er, und seine großen grauen Augen blieben auf sie gerichtet.
»Verschwinde einfach«, sagte Kait. Dann überlegte sie es sich anders, packte ihn am Arm und zog ihn ins Haus. »Nein – wir müssen uns unterhalten!« Sie knallte die Tür zu und senkte die Stimme. »Ich will, dass du sofort diesen Ring zurückbringst!«
»Den Teufel werde ich tun«, sagte er. Langsam umrundete er sie und betrachtete sie ganz genau. Dann blieb er plötzlich stehen. »Gütiger Himmel – sie hat es mir vor so langer Zeit erzählt, dass ich es völlig vergessen hatte. Du bist ihre Zwillingsschwester!«
Kait holte tief Luft. Jetzt konnte sie sich nicht mehr herausreden.
Er stemmte die Hände in die Hüften. Heute trug er ein marineblaues Sportsakko, eine braune Hose und ein hellblaues Polohemd. »Sie hat einmal erwähnt, kurz nachdem wir zusammengezogen sind, dass sie eine Zwillingsschwester hat. Eine identische Kopie ihrer selbst.«
Ihre Lippen waren wie aus Holz. »Sie hat es dir erzählt?« Lana hatte diesem Mann von ihr erzählt, aber niemandem sonst. Sie hatte es Colin Farrell gesagt, aber nicht ihrem eigenen Ehemann.
»Ja, sie hat es einmal beiläufig erwähnt. Ich glaube, sie sagte, ihr

beide wärt so verschieden wie Tag und Nacht, und dass ihr euch nur selten seht. Mehr hat sie nicht gesagt.« Er wurde nachdenklich. »Was, zum Teufel, ist hier los? Was hat sie jetzt wieder vor?« Er blickte grimmig und besorgt drein. »Wo ist sie?«

In diesem Moment wusste Kait, dass sie endlich einen Verbündeten bei ihrer Suche nach der Wahrheit hatte, auch wenn er ein Dieb war. »Ich weiß nicht, wo sie ist«, antwortete sie.

Er sah sie lange an. »Du musst mir sagen, was hier los ist«, sagte er beinahe drohend.

Wagte sie es, ihn unter Druck zu setzen? »Bringst du dann den Ring zurück?«

Er nickte.

»Lana hat mich gebeten, für sie einzuspringen, damit sie das Geld auftreiben kann, um ihre Schulden zu bezahlen«, begann sie.

Er packte sie am Arm. »Moment mal. Ihre *Schulden bezahlen*?« Er klang ungläubig.

Kait starrte ihn an. Doch seit sie wusste, dass ihre Schwester eine Diebin und Betrügerin war, hatte sie auch vermutet, dass sie sie belogen hatte.

»Ich werde sie umbringen«, sagte er kopfschüttelnd.

Kait fragte sich, ob er das ernst meinte. Er schien aber nicht wütend zu sein, sondern eher belustigt. »Warum hätte sie mich denn sonst bitten sollen, herzukommen und ihren Platz einzunehmen?«

»Du bist ganz schön dumm«, sagte er mit freudlosem Lachen. Sein Blick war direkt. »Glaubst alles, was sie dir erzählt. Was ich nicht fassen kann, ist, dass sie mir nicht gesagt hat, was sie vorhatte.« Nun wurde er ärgerlich. Doch wütend wirkte er immer noch nicht, und Kait kam nicht dahinter, ob er wirklich so eiskalt und gelassen war oder nur ein guter Schauspieler.

»Was ist hier los?«, fragte Kait düster. »Bitte, Colin, ich werde hier bald verrückt – ganz zu schweigen davon, dass jemand auf mich geschossen hat – auf sie –, und ich von der Straße gedrängt wurde.«

Er musterte sie lange. »Sie hat dich reingelegt. Ziemlich gründlich, wie mir scheint.« Und plötzlich lächelte er.

Kait hätte ihm das Lächeln am liebsten aus dem attraktiven Gesicht geschlagen. »Das ist nicht komisch.«

Er warf ihr einen Blick zu, den sie nicht deuten konnte. »Ich finde das recht amüsant – sogar mich hat sie reingelegt. Und nicht zum ersten Mal, wie ich hinzufügen möchte.«

Kait starrte ihn an. »Warum bist du dann mit ihr zusammen?« Ihre Überlegungen vom Morgen fielen ihr wieder ein. »Habt ihr euch getrennt, als sie Trev geheiratet hat?«

Er betrachtete sie nachdenklich. »Eine kleine Romantikerin, was?«

»Ja«, zischte sie.

»Wir haben uns nie getrennt. Ich bin mit ihr zusammen, weil sie die aufregendste Frau ist, die ich je kennen gelernt habe. Und wir sind Partner. Keiner von uns könnte ohne den anderen überleben.«

Kait ging zum nächstbesten Stuhl und setzte sich. Ihr schlimmster Verdacht hatte sich bestätigt. »Sie hat Trev nie geliebt.« Das war keine Frage.

»Nein. Aber ich glaube, eine Weile fand sie ihn ganz amüsant. Du bist wirklich eine Romantikerin.«

Kait blickte nicht auf. »Aber was ist mit Marni?«, flüsterte sie und sah endlich in Farrells graue Augen.

Zum ersten Mal zögerte er. »Manche Frauen sind eben bessere Mütter als andere«, sagte er.

Das war stark untertrieben. »Ich muss alles wissen, das ganze ...« Sie brach ab.

»Komplott?«, half er ihr auf die Sprünge.

Sie nickte. »Sie hat ihn also nur des Geldes wegen geheiratet?«

»Du meine Güte, du bist aber hartnäckig.« Seine weißen Zähne blitzten auf. »Wir haben nach einem Opfer gesucht. Wir wollten einen netten, reichen Mann mit netten, reichen Freunden – und dann hat Lana irgendwie von Trev Coleman erfahren. Eines Tages kam sie ganz aufgeregt zu mir, denn er stammte aus einer reichen, alten Familie, war verwitwet, hatte eine Tochter und jede Menge noble, reiche Freunde. Wir hatten beide den Eindruck, dass er leicht rumzukriegen sein würde. Wir hatten Recht. Er ist ihr fast von selbst in den Schoß gefallen.«

Kait konnte sich nicht rühren. »Wie hat sie von Trev erfahren?«, fragte sie.

»Ich habe keine Ahnung. Aber sie wusste, dass er in einem ganz bestimmten Restaurant zu einer geschäftlichen Besprechung verabredet war, und da hat sie ihn abgefangen.« Seine Miene wurde fragend. »Was ist?«

Plötzlich erkannte Kait die volle Wahrheit.

»Raus damit«, drängte Farrell.

Kait blickte auf. »Lana war mit mir essen. Ich habe gerade eine Wohltätigkeitsveranstaltung organisiert und habe ihr erzählt, dass ich gern Fox Hollow dafür hätte. Ich hatte schon einen Termin mit Trev gemacht, zum Mittagessen, zwei Wochen später. Aber er ist nicht gekommen. Wann haben sie sich kennen gelernt, Farrell?«

»Im Mai siebenundneunzig. Im September haben sie geheiratet.«

»Da war er mit mir verabredet. Sie hat es so eingefädelt, dass sie ihn stattdessen treffen konnte.«

Farrell zog beide Brauen in die Höhe. »Sie ist sehr gut«, sagte er glatt.
»Sie ist schrecklich«, rief Kait und stand auf.
»Ich glaube, allmählich verstehe ich. Du gehörst zu der ganz moralischen Sorte, was?«
Kait konnte sich vorstellen, wie Lana das bewerkstelligt hatte – sie hatte Trev angerufen, sich als Kait ausgegeben, Zeit und Ort ihres Termins verlegt, und dann hatte sie ihn sich geschnappt. Kait war furchtbar wütend.
»Ach, komm schon, Kait. Es ist doch wirklich halb so wild, dass Lana bei deiner Besprechung mit Trev Coleman dazwischengefunkt hat. Ach so! Jetzt verstehe ich.« Er sah sie mit weit aufgerissenen Augen an.
»Da gibt es nichts zu verstehen«, fuhr Kait ihn an. Sie eilte aus Trev Colemans Arbeitszimmer, Farrell an ihrer Seite.
»Nein? Du hast dich in den Kerl verliebt, und du glaubst, wenn Lana sich nicht eingemischt hätte, wärst du jetzt die rechtmäßige Herrin von Fox Hollow.«
»Das denke ich keineswegs«, log Kait. *Aber genau das hatte sie gedacht.*
Im Wohnzimmer wandte Kait sich ihm zu, die Arme vor der Brust verschränkt. »Ich verstehe immer noch nicht, warum. Warum hat sie mich belogen, damit ich hier für sie einspringe?«
Colin Farrell lächelte. »Ist das nicht offensichtlich? Sie wollte irgendeinen Coup ohne mich durchziehen. Entweder das, oder sie fädelt gerade etwas Neues ein.« Er war nicht wütend, fand das anscheinend aber auch nicht komisch. »Sie hat mich noch nie so ausgetrickst. Wo ist sie?«
»Ich habe keine Ahnung.«
»Wann hast du zuletzt von ihr gehört?«

Kait sagte es ihm. »Sie will am Montag wiederkommen. Also morgen«, fügte sie hinzu,

Seine Augen wurden schmal, als er diese Neuigkeit erfuhr. Plötzlich streckte er die Hand aus. »Na dann, her mit dem Ring«, sagte er.

Kait konnte es kaum erwarten, das Ding loszuwerden. Aber sie hatte immer noch so viele Fragen. »Noch nicht. Was ist mit Rafe Coleman? Er weiß, was Lana wirklich ist, nicht wahr?« Nun ergaben seine Feindseligkeit und seine Drohungen einen Sinn. »Und Zara, ist er ein verdeckter Ermittler?«

Farrell lachte humorlos. »Zara ist ein Privatdetektiv, der für Trev arbeitet.«

»Was?«, japste Kait, völlig überrumpelt.

»So ist es – er sammelt Beweise gegen Lana, damit Trev sich von ihr scheiden lassen kann, ohne dass sie Anspruch auf das Gestüt hat. Als ob sie sich einen Dreck um dieses Haus scheren würde.«

Kait musste sich wieder setzen. *Wie viel wusste Trev bereits? Wie lange würde ein guter Privatdetektiv brauchen, um herauszufinden, dass Lana eine Zwillingsschwester hatte?*

»Was weiß Rafe genau?«, brachte sie mühsam hervor.

»Wir wissen es nicht. Ich glaube, er hasst Lana, aus offensichtlichen Gründen, aber vor ein paar Monaten fing sie an, sich Sorgen zu machen, er könnte ihr auf die Spur gekommen sein – uns.«

»Er weiß, dass sie eine Diebin ist«, sagte sie. »Da bin ich sicher.« Sie bremste sich, bevor sie ihn auch noch davor warnen konnte, dass er Lana aus persönlichen Gründen unbarmherzig verfolgen würde.

Kait erstarrte. Auf welcher Seite stand sie eigentlich?

Sie konnte nicht auf Lanas Seite stehen, aber wenn sie erwischt wurde, stand ihrer Schwester eine Anklage und möglicherweise eine jahrelange Gefängnisstrafe bevor.

»Na, wenn das so ist, dann wird es höchste Zeit, dass Lana sich scheiden lässt – und wir hier verschwinden.« Er war ungeduldig und wollte offenbar rasch wieder gehen. »Es hat mich gefreut, dich kennen zu lernen, Kait.«

Er wandte sich zum Gehen. »Ich hole noch den Ring!«, rief Kait.

Seine Hand legte sich schwer auf ihre Schulter, bevor sie die Treppe erreichte. »Nicht nötig.«

»Was?«, keuchte sie und sah ihn an.

Sein Lächeln war breit, die Augen strahlten. Er beugte sich vor. »Sag's mir. Du hast eben deinen ersten Klunker gestohlen, Kait. Wie fühlt sich das an?«

»Ich habe überhaupt nichts gestohlen!«, empörte sie sich flüsternd. »Und jetzt lass mich los, damit ich das verdammte Ding holen kann!«

Er hielt sie fest. »Kein Kick? Kein Rausch?« Er wirkte belustigt. »Doch, das gibt einen Kick, meine Liebe. Fast besser als Sex.«

»Lass mich los!«

Er gehorchte.

»Du nimmst jetzt diesen Ring mit.«

»Nein, ich glaube nicht«, erwiderte er und wandte sich zum Gehen.

Sie lief ihm nach. »Bist du verrückt? Ich kann ihn doch nicht behalten! Er muss zurückgebracht werden! Sofort – Rafe hat uns dort gesehen, Farrell!«

An der Haustür hielt er inne. »Du behältst ihn. Das nennt man Versicherung, Liebes.«

Kait spürte, wie ihr der Mund offen stehen blieb.

Er lächelte sie noch einmal strahlend an und ging.

Siebzehn

Kait stand in der Tür und starrte Farrell nach, als Marni aus dem Haus gelaufen kam. »Onkel Colin!«, rief sie begeistert.

Kait staunte. Farrell drehte sich lächelnd um, und im nächsten Moment hatte er Marni hochgehoben und wirbelte sie herum. »Wie geht's dem schönsten kleinen Mädchen auf der ganzen Welt?«, fragte Farrell grinsend, als er sie sanft wieder auf den Boden stellte.

Marnis Wangen waren flammend rot. »Mommy hat mir Waffeln zum Frühstück gemacht! Die waren ganz toll!«

»Das glaub ich gern«, sagte er und zupfte an einer Locke. »Ich habe eine Überraschung für dich, meine Süße«, sagte er.

»Ist es ein Geschenk?«, fragte sie begierig.

»Habe ich auch schon erwähnt, dass du das klügste kleine Mädchen auf der ganzen Welt bist?« Er lachte.

Marni kicherte und blickte zu Kait zurück. »Was hat er mir heute mitgebracht, Mommy?«

Kait war fassungslos. Plötzlich schoss ihr ein neuer Gedanke durch den Kopf. Sie konnte nur hoffen, dass Marni nicht Colin Farrells Kind war. Sie war so perplex, dass sie kein Wort herausbrachte.

Hand in Hand gingen Farrell und Marni zu seinem großen, schwarzen Mercedes. Kait schloss die Augen, denn sie wusste, warum er sich diese Luxuskarosse leisten konnte. Sie würde den Ring selbst zurückbringen müssen.

Bei Marnis Kreischen riss sie die Augen auf. »Schau mal, Mommy, eine richtige Kette!«, rief sie.

»Erst ein Küsschen«, sagte Farrell und kniete sich vor sie.

Marni gehorchte, und sie umarmten sich wie gute alte Freunde – wie Onkel und Nichte – oder wie Vater und Tochter. Marni lief zurück auf die Veranda, während Kait dastand wie vom Donner gerührt. Farrell grinste sie an und stieg in den Mercedes. Als er wegfuhr, zeigte Marni ihr eine kleine Kette mit ihrem Namen als Anhänger. »Die ist aber hübsch«, sagte Kait und hörte ein weiteres Auto kommen. Sie erstarrte. Wenn das Trev war, würde er in der Auffahrt Farrell begegnen.

Aber es war weder ein riesiger, nagelneuer, kobaltblauer Dodge noch der schnittige braune Jaguar. Es war Elizabeth' staubiger alter Land Rover.

Kait und Marni gingen ins Haus. »Bringt Farrell – Colin – dir viele Geschenke mit?«

»Er hat immer ein Geschenk für mich, wenn er uns besuchen kommt«, verkündete Marni. »Er hat mich sehr lieb. Das hat er mir gesagt. Er hat mich so lieb wie eine eigene Tochter.«

»Das hat er dir wohl auch gesagt?«, fragte Kait.

Marni grinste und nickte. »Darf ich sie anziehen? Bitte?«

Kait half ihr, die Kette anzulegen, und machte ihr den Verschluss zu. Die Haustür öffnete und schloss sich. Kait wollte sich jetzt nicht mit Elizabeth Dorentz befassen. Sie richtete sich auf und drehte sich um.

Elizabeth sah aus, als habe sie einen Becher Terpentin geschluckt, trotz ihres schönsten Sonntagskleides und dem pfirsichfarbenen Lippenstift. Wenn sie nur ein netteres Gesicht machen würde, dachte Kait, wäre sie eine sehr attraktive und elegante ältere Dame.

»Guten Morgen«, sagte Kait mit aufgesetztem Lächeln.
»Ich hätte nicht gedacht, Colin Farrell jemals wieder in diesem Haus zu sehen«, bekam sie zur Antwort.
Sie hatte also das Kriegsbeil nicht begraben. »Das war nicht meine Idee«, erwiderte Kait grimmig.
»Mommy?«, fragte Marni mit verängstigter Stimme.
Kait beugte sich vor und legte ihr die Hände auf die Schultern. »Geh doch mal nach oben und zeig Sam deine hübsche neue Kette.«
Marni lief grinsend los. Dann blieb sie stehen. »Aber können wir nachher mit meinen Pferdchen spielen?«
»Natürlich, und wir können noch viel mehr machen. Wie wäre es denn, wenn wir uns *Die Schöne und das Biest* noch einmal anschauen?« Kait lächelte.
Marni nickte begeistert und rannte die Treppe hinauf. Kait drehte sich zu Elizabeth um und stemmte die Hände in die Hüften. »Da sie Farrell gern hat, sollten Sie vor Marni nicht in diesem Ton von ihm sprechen.«
Elizabeth wurde bleich. »Wie können Sie es wagen, mir vorzuschreiben, wie ich mich vor diesem Kind zu benehmen habe? Ich bin für sie viel eher eine Mutter, als Sie es jemals sein werden!«
»Sie sind nicht ihre Mutter«, herrschte Kait sie an. Sie war furchtbar wütend – auf Lana, auf Farrell, auf diese Frau und auf alle anderen, die Lana hassten und doch die Finger nicht von dem verunglückten Kuchen lassen konnten, den Lana aus ihrem Leben gemacht hatte. Sie war sogar wütend auf sich selbst.
»Und Sie schon?«
Kait straffte die Schultern. »Was, zum Teufel, soll das heißen?«
Elizabeth wusste, dass sie nicht Lana war. Und diese Frau würde ihr Geheimnis nicht bewahren – sie würde es gegen sie verwen-

den, und Trev würde sie nie wieder eines Blickes würdigen, wenn Elizabeth ihm das erzählte. Kait versagte die Stimme. Sollte sie es erklären? Betteln? Drohen? Schmeicheln?

»Wir wissen doch beide, dass Sie mit den Scheidungspapieren rechnen mussten – und als Sie sie dann bekommen haben, haben Sie beschlossen, Marni zu benutzen, um sich gegen Trevs Absichten zu schützen! Wenn er nicht beschlossen hätte, Sie rauszuwerfen, würden Sie heute ganz sicher nicht mit Marni ins Kino fahren, nicht wahr, Mrs. Coleman?«

»Da irren Sie sich«, entgegnete Kait.

»Und dann holen Sie auch noch Ihren Liebhaber ins Haus! Direkt vor Trevs Augen!«, schrie Elizabeth. »Er glaubt, es sei vorbei mit dem Kerl, aber ich habe Sie durchschaut, Mrs. Coleman!«

Kait blickte auf und sah Hass in Elizabeth' verzerrtem Gesicht und ihren funkelnden Augen.

»Ich werde Ihre schmutzigen Geheimnisse nicht länger bewahren, Mrs. Coleman. Das war etwas anderes, als er sich noch nicht zur Scheidung entschlossen hatte, aber jetzt werde ich tun, was in meiner Macht steht, damit er auch dabei bleibt – das hätte er schon vor Jahren tun sollen!«

Kait antwortete nicht – sie starrte in die funkelnden blauen Augen ihres Gegenübers. Besaß diese Frau eine Waffe? Hätte Elizabeth sie vorgestern Abend von der Straße drängen können? War sie dazu fähig, sie so zu bedrohen – war sie sogar zu einem Mordversuch fähig?

Plötzlich durchfuhr Kait eine bittere, beängstigende Erkenntnis. Ihr Instinkt sagte Ja. Ihr Gefühl schrie es ihr förmlich zu. Langsam stand sie auf. »Sie können Trev sagen, was immer Sie für richtig halten. Farrell ist von sich aus hier vorbeigekommen; ich hatte nichts damit zu tun.«

Elizabeth schnaubte verächtlich und stapfte zornig zur Treppe. Kait bekam weiche Knie, sobald die abscheuliche Haushälterin weg war. Trev würde sich über Farrells Besuch schrecklich aufregen. Sie wusste nicht, ob sie sich diesmal wieder würde herausreden können.

Und was sollte nun aus dem verdammten Ring werden? Sollte sie ihn in der Toilette runterspülen? Ihn in den See werfen? Oder sollte sie versuchen, die Sache wieder in Ordnung zu bringen und den Ring zurückgeben?

Die Antwort war offensichtlich, doch Kait fürchtete sich davor, erwischt zu werden, wenn sie ihn Georgina Parker wieder untergejubelte. Und wenn sie tatsächlich noch einmal ins Haus gelangen konnte, wo sollte sie ihn dann hinlegen? Auf einen Tisch irgendwo unten? Oder wagte sie es, sich ins Schlafzimmer zu stehlen und ihn dort zu deponieren, vielleicht auf einer Ablage im Bad? Es war ausgeschlossen, dass Kait ihn zurück in den Safe legen könnte.

Ihre Schläfen pochten. Sie verfluchte Farrell und ihre Schwester für ihre gewissenlosen Verbrechen. Kait spürte Hass auf ihre Schwester in sich aufsteigen. Sie brauchte frische Luft. Wie konnte sie ihre Schwester hassen, egal, was diese getan hatte? Kait rannte hinaus, ging den Hügel hinab zu den Ställen und rang um Beherrschung. So schwer es ihr fiel, die Frau, die Lana geworden war, mit dem ungestümen Kind und dem zügellosen Teenager in Einklang zu bringen, die Kait von früher kannte – sie wusste, dass ihr nichts anderes übrig blieb. Irgendetwas stimmte nicht mit Lana, denn Lana war eine Lügnerin, eine Diebin, eine Betrügerin.

Kait ermahnte sich wieder einmal, dass sie Lanas Version der ganzen Sache noch nicht gehört hatte. Gewiss hatte Lana ein Dutzend Rechtfertigungen für ihr Verhalten vorzubringen. Plötzlich gab Kait es auf. Sie machte sich doch nur etwas vor. Es gab einfach keine Entschuldigungen, keine Rechtfertigungen mehr. Lana war krank. Sie war egoistisch und irgendwie auf die schiefe Bahn geraten und brauchte professionelle Hilfe.

Kait hatte sich wieder beruhigt. Zum ersten Mal in ihrem Leben stellte sie erstaunt fest, dass sie Lana bemitleidete. Zum ersten Mal in ihrem Leben empfand sie keinen Neid, keine Bewunderung für sie.

Aber das änderte nichts an Kaits Gefühl, in gefährliche Gewässer geraten zu sein. Sie konnte zwar schwimmen, doch keine Anstrengung und kein Geschick der Welt würden ihr helfen können, den Kopf noch lange über Wasser zu halten.

Was sollte sie jetzt tun? Und was würde sie tun, wenn Lana morgen wiederkam?

Plötzlich zögerte Kait. Max Zara stand vor dem Stallgebäude, an die Motorhaube seines alten Pick-up gelehnt. *Er war Privatdetektiv, angeheuert von Trev, um Beweise gegen Lana zu sammeln.* Wie viel wusste er?

Er trank Limo aus einer Dose. Kait wich ihm nicht aus. Sein durchdringender Blick blieb an ihr hängen. Als er ausgetrunken hatte, zerdrückte er die Dose in der Faust und warf sie auf die Ladefläche des Toyota.

Er war eigentlich ein gut aussehender Mann. Er schien sich Mühe zu geben, möglichst schäbig zu wirken – er war unrasiert und trug ein blaues Hemd mit abgerissenen Ärmeln über einem fadenscheinigen weißen T-Shirt, durch das sich seine muskulöse Brust abzeichnete. Kait hätte darauf gewettet, dass er zu viel Bier trank, Burger und Pommes aß, aber mit dem Rauchen aufgehört hatte. Rasiert, in Anzug und Krawatte, hätte

er bestimmt manch bewundernden Blick von Frauen auf sich gezogen.
Zumindest wusste sie jetzt, dass er nicht versucht hatte, sie umzubringen. Wenn er ein richtiger Privatdetektiv war und für Trev arbeitete, dann tat er weiter nichts, als Informationen zu sammeln.
Wusste er, dass sie Kait London war? Wenn ja, dann musste auch Trev die Wahrheit kennen. Sie erschauerte bei der Vorstellung, Trev könnte schon seit einiger Zeit wissen, wer sie wirklich war, und kein Wort gesagt haben. Dieser Gedanke war erschreckend.
»Schön heute«, sagte er.
»Sind wir ein bisschen verkatert?«, fragte sie aufreizend, mit Blick auf seine geröteten Augen.
»Nur ein bisschen. War's nett mit Farrell?«
Sie erstarrte. »Nicht besonders.«
»Nein? Na, das ist ja ganz was Neues.« Er wirkte belustigt.
»Ich habe Sie vor ein paar Tagen schon gefragt, und ich frage sie jetzt noch einmal. Was wollen Sie von mir, Zara?«
Sein Blick glitt langsam, aber keineswegs unverschämt über sie.
»Nicht viel.«
Kait gefiel diese Antwort nicht. »Vor ein paar Tagen sagten Sie, ich solle auf mich aufpassen.«
»Das halte ich immer noch für ratsam«, sagte er.
»Bin ich in Schwierigkeiten? In Gefahr?«
»Na ja, nur wenn Sie es lustig finden, dass man auf Sie schießt und Sie von der Straße drängt.«
Er würde ihr nichts weiter verraten. »Sie haben auch gesagt, Sie wollten mich zur Strecke bringen.« Ihr Herz hämmerte. Bestimmt sah er ihr an, wie verängstigt sie war. »Das hat sich geändert, nicht wahr? Warum?«

Er lümmelte auf der Motorhaube, die Ellbogen hinter sich aufgestützt. Seine Armmuskeln traten hervor. »Hat es das … Mrs. Coleman? Wie kommen Sie denn darauf?«

Sie starrte ihn an. Er hielt ihrem Blick ungerührt stand. Sie konnte in seinen Augen nichts erkennen. »Ich weiß, dass Sie in New York waren, als ich letzte Woche dort war.«

»Bravo.« Er klatschte dreimal in die Hände. »Ich bin aus Brooklyn, schon vergessen? Hab da eine Freundin.«

»Lügner«, sagte sie.

Er stutzte. »Na, so was, haben Sie endlich ihre scharfe Zunge wiedergefunden, Mrs. Coleman? Was sollte ich denn in New York sonst tun, als meine Süße besuchen?«

Sie fuhr sich über die Lippen. »Sie sind mir gefolgt.«

Er schnellte vor. »Haben Sie denn etwas zu verbergen, Mrs. Coleman? Sie schwitzen nämlich gerade Blut und Wasser.«

Sie wollte ihm sagen, dass sie gar nichts zu verbergen hatte, doch das war eine so gewaltige Lüge, dass sie sie nicht über die Lippen brachte.

Er ließ sich wieder gegen die Motorhaube sinken. »Hab ich mir doch gedacht.«

»Wie viel wissen Sie?«, flüsterte sie.

Er lächelte sie an. »Glauben Sie wirklich, dass ich Ihnen das sagen würde … *Lana?*«

Da er es offenbar sehr genoss, in der Herbstsonne an seinem verbeulten Pick-up herumzulümmeln, ging Kait in den Stall. Er war leer, denn alle Pferde waren draußen auf der Weide. Sobald sie drinnen war, brach sie an einer Boxentür zusammen, den Tränen nahe. Er hatte den Namen ihrer Schwester so betont, dass sie ziemlich sicher war: Er wusste Bescheid.

Warum sollte Trev ihr Spielchen mitmachen?

Kait wusste, warum. Die Antwort sprang ihr förmlich ins Gesicht. Um zu sehen, was sie vorhatte.

Und das bedeutete, dass auch er eine Vorstellung lieferte – er tat so, als habe er sich in sie verliebt.

Kait wurde übel. Sie riss die Boxentür auf, fiel auf die Knie und erbrach ihr mageres Frühstück. Als sie nur noch trocken würgte, blieb sie auf Händen und Knien im Stroh hocken. Tränen liefen ihr übers Gesicht.

Sie liebte ihn so sehr, doch ihre ganze Beziehung war auf nichts als Lügen aufgebaut. Vielleicht war es sogar besser, dass er die Wahrheit kannte und sie ebenfalls belogen hatte. Denn dann hatten sie vielleicht noch eine Chance – zwei Lügner anstatt nur einer Schuldigen.

Doch dann wäre er nicht der Mann, in den sie sich verliebt hatte.

Eine Tür fiel zu.

Kait dachte sich nichts dabei und nahm an, das sei nur der Wind gewesen. Sie ließ sich auf die Fersen zurückfallen, wischte sich die Augen trocken und zupfte ein paar Strohhalme von ihrem Gesicht. Vielleicht irrte sie sich ja auch, und Zara wusste noch gar nichts Belastendes über sie.

Plötzlich erstarrte Kait, denn sie glaubte, Rauch zu riechen. Sie schnüffelte, konnte nichts feststellen und wollte beruhigt aufstehen. Doch noch bevor sie sich ganz aufgerichtet hatte, kehrte der beißende Geruch zurück.

Kait rannte aus der Box und sah am anderen Ende des Stalles Rauch aufsteigen, dort, wo sie eben hereingekommen war. Vor ihren Augen ging eine Box in Flammen auf.

Die Tür, durch die sie den Stall betreten hatte, war geschlossen –

und das Tor für die großen Fahrzeuge in der Ecke war vorhin schon geschlossen gewesen. Kait rannte zu der kleinen Seitentür und zerrte daran, um sie zu öffnen – doch die Tür bewegte sich nicht.

Ein gewaltiges Brausen ertönte.

Kait zerrte wieder an der Tür, aber sie klemmte und ließ sich nicht öffnen.

Sie drehte sich um.

In ihrer Ecke des Stalls befanden sich sechs Boxen, drei auf jeder Seite der Stallgasse. Alle drei Boxen auf der anderen Seite der Gasse brannten. Der gesamte Stall würde in Flammen aufgehen.

Kait schrie auf und rannte, fort vom Feuer, die Stallgasse entlang, vorbei an einem weiteren Dutzend Boxen zur Reitbahn. Sie hörte, wie hinter ihr eine Box nach der anderen in Flammen aufging, als sei das Feuer ihr dicht auf den Fersen. Zum ersten Mal, seit sie auf Fox Hollow war, sah sie das Tor im Durchgang zur Reitbahn geschlossen, und bevor sie noch versuchte, es aufzustoßen, wusste, sie, dass es absichtlich geschlossen und abgesperrt worden war.

Der Stall war eine Falle.

Eine Falle, in der sie umkommen sollte.

Kait versuchte es trotzdem bei dem Tor, ohne Erfolg. Rauch hing in der Luft und erschwerte ihr das Atmen. Hinter ihr stand jede einzelne Box lichterloh in Flammen.

Sie blickte hustend nach rechts, wo die Treppe zu Max Zaras Apartment und der leeren Wohnung daneben hinaufführte. Plötzlich hörte sie jemand den Namen ihrer Schwester rufen.

Kait erstarrte. Hatte sie sich das nur eingebildet?

»Lana!«

Das war Trev. »Trev! Hilfe! Trev!«, schrie sie. Doch das kam sie teuer zu stehen, sie krümmte sich unter einem Hustenanfall. Kait riss sich das T-Shirt herunter und drückte es vor Mund und Nase. Funken glühten auf ihrer Jeans.

Kait schlug sie aus und lief die Treppe hinauf. Aus dem Augenwinkel sah sie, wie das Feuer die Tür zur Sattelkammer verschlang. Sie rannte in die leere Wohnung und direkt zum Fenster. Als sie den Raum durchquerte, spürte sie die Hitze des Feuers unter ihr durch die Schuhsohlen.

Wenn sie es nicht sofort hier raus schaffte, würde sie sterben.

Kait erreichte das Fenster und riss daran; zu ihrer Erleichterung flog es sofort auf. Rauch quoll hinter ihr zur Tür herein; Kait wagte es nicht, sich umzusehen. Sie kletterte über den Sims, wobei sie das T-Shirt loslassen musste. Der Boden unter ihr schien weit weg zu sein. »Trev!«, schrie sie. »Trev!«

Sie blickte zurück. Das Feuer hatte den ersten Stock erreicht, und sie sah die Flammen auf dem Boden im Flur vor der offenen Tür züngeln. Es gab nur einen Ausweg.

Kait schaute wieder nach unten. Sie würde den Fall überleben, oder nicht? Sie würde sich vielleicht ein Bein oder auch beide brechen, aber bestimmt nicht das Genick. Sie zögerte.

Zischend ging das Zimmer hinter ihr in Flammen auf.

»Lana!«

Kait drehte den Kopf und sah Trev und Max auf der Wiese unter dem Fenster stehen. »Das Feuer ist schon in der Wohnung!«, schrie sie.

»Lana! Kannst du dich noch festhalten? Die Regenrinne ist etwa anderthalb Meter links von dir!«, rief Trev zu ihr herauf. Sein Tonfall war ruhig – seine Miene entsetzt.

Kait blickte nach links und sah die Regenrinne, die senkrecht

am Gebäude hinabführte. Sie schien einen Kilometer weit entfernt zu sein.
»Lana, du schaffst das! Aber du musst dich beeilen!«, rief Trev bestimmt.
Sie drehte sich um. Das Feuer hatte schon die Tür verschlungen und sich durch den halben Fußboden gefressen. Gott sei Dank bestand der aus Eichendielen, nicht aus synthetischem Teppichboden, und den kleinen Teppich unter dem Tisch hatten die Flammen noch nicht erreicht. »Ich weiß nicht!«, rief sie verzweifelt. Ihr Verstand sagte ihr, sie solle springen, doch ihr Körper war steif vor Angst, und sie fürchtete sich davor, über den schmalen Vorsprung bis zu der Regenrinne zu balancieren – sie hatte schreckliche Angst, herunterzufallen.
»Los jetzt!«, rief Trev mit einem Anflug von Verzweiflung in der Stimme.
Kait schaute hinunter und begegnete seinem Blick. Das war es also. Sie musste entweder die Regenrinne erreichen und sich daran herunterlassen – oder springen. Sie holte tief Luft, drückte die Hände flach an die Wand in ihrem Rücken, presste sich so dicht wie möglich dagegen und begann sich über den schmalen Sims zu der Regenrinne vorzutasten.
»So ist es gut!«, rief Trev.
Ihr Fuß rutschte ab. Kait schrie auf und drückte sich noch enger an die Wand. Vor Panik blieb ihr fast das Herz stehen. Beinahe wäre sie von dem Vorsprung gerutscht.
»Lana – weiter!«, brüllte Trev.
Sie blinzelte durch Schweiß und Tränen. Die hölzerne Verschalung in ihrem Rücken war so heiß geworden, dass es sich anfühlte, als werde sie jeden Augenblick in Flammen aufgehen. Kait sprang.

Verzweifelt griff sie nach der Regenrinne, und dann verbrannte Metall ihre Handflächen und ihren nackten Oberkörper, als sie daran herunterrutschte.
Gleich darauf spürte sie Trevs Hände an ihren Füßen, und als seine Hände ihre Hüfte umfassten, ließ sie das Rohr los. Er fing sie auf und drückte sie fest an sich.
Sie begann furchtbar zu husten und hörte Sirenengeheul näher kommen. Er drehte sie zu sich herum, und sie sank in seine Arme, in seinen Schutz. Sie barg das Gesicht an seiner Brust. »Ist schon gut«, sagte er sanft und strich ihr übers Haar.
Dann ergriff Zara das Wort. »Machen wir, dass wir hier wegkommen«, sagte er. »Und die Pferde aus den Pferchen direkt beim Stall sollten wir lieber woanders hinbringen.«

»Wie schlimm ist es?«, hustete Kait.
»Sie haben nur ein bisschen Rauch eingeatmet. Es ist nicht weiter schlimm«, beruhigte Mitch sie mit freundlichem Lächeln.
»Nein.« Sie war heiser. »Ich meine den Stall.«
»Sie konnten die Reitbahn und die Büros retten«, erklärte Mitch. »Und das Feuer hat sich nicht auf die anderen Stallungen ausgebreitet – nicht ein einziges Pferd ist zu Schaden gekommen.«
Kait nickte, und Tränen rannen ihr über die Wangen.
Mitch nahm ihre Hand. »Meine Liebe, das wird schon wieder. Trev ist doch rundum versichert, er hat genug Ställe, um alle Pferde unterzubringen, und er hat nicht ein einziges Tier verloren – und vor allem hat er Sie nicht verloren.«
Kait weinte noch heftiger.
»Was ist denn?«
»Das können Sie nicht verstehen«, schluchzte sie. »Aber es ist meine Schuld.«

Mitch wirkte bestürzt. »Wie kommen Sie denn nur auf so eine Idee?«
»Das war kein Unfall.« Sie nahm sich ein Taschentuch aus der Schachtel auf ihrem Nachttisch. »Jemand hat mich im Stall eingeschlossen. Jemand will mich umbringen.«
Mitch starrte sie an.
Kait sank in die Kissen. »Ist Rafe Coleman da?«
»Die gesamte örtliche Polizei ist hier, und ein paar seiner Kollegen von der State Police, ganz zu schweigen von der Feuerwehr und so ziemlich allen Ihren Nachbarn.«
Kait nickte.
»Sie werden ein paar Tage lang Halsschmerzen haben. Dagegen helfen ganz gewöhnliche Lutschtabletten. Ansonsten würde ich sagen, Sie haben großes Glück gehabt.«
Kait konnte nicht einmal lächeln.
»Kopf hoch«, sagte Mitch und küsste sie auf die Wange. »Rufen Sie mich an, wenn Sie mich brauchen.«
Kait sah ihm nach. Sobald er weg war, griff sie zum Telefon und wählte ihre Handynummer, wild entschlossen, ihre Schwester endlich zur Rede zu stellen. Wieder landete sie bei ihrer eigenen Mailbox.
Kait legte auf, wütend und frustriert. Sie hatte jetzt weiß Gott genug, und wenn sie nicht so geistesgegenwärtig gewesen wäre, könnte sie schon tot sein. Sie versuchte nachzudenken, was ihr nicht leicht fiel, denn sie hatte nicht nur Halsschmerzen, sondern auch schreckliche Angst, und sie war zornig. Der einzige Mensch, der eine Ahnung haben könnte, wo Lana steckte, war Colin Farrell. Kait hatte seine Telefonnummer nicht, doch ihn würde sie als Nächsten zu erreichen versuchen. Was auch immer er wusste, sie würde es aus ihm herausbekommen, o ja. Und

wenn sie sich eine Pistole kaufen und sie ihm vor die Nase halten musste. So verängstigt war sie inzwischen – und so wütend.

Kait rief die Auskunft an. Farrell war im Verzeichnis eingetragen – sie schrieb sich auch gleich seine Adresse auf –, doch er ging nicht ans Telefon. Sie erwischte nur seinen Anrufbeantworter. Kait hinterließ eine kurze, barsche Nachricht.

»Wir müssen reden, Farrell. Ich muss deine Partnerin sprechen. Ruf mich zu Hause oder auf dem Handy an.« Sie legte zitternd auf, doch nun war sie vor allem wütend.

Wie hatte sie sich nur auf diesen Unsinn einlassen können? Lana hatte sie, Kait, ebenso schändlich belogen wie alle anderen. Sie hatte sie genauso rücksichtslos ausgenutzt. *Hatte Lana gewusst, dass sie ihre Schwester in tödliche Gefahr brachte, wenn diese mit ihr die Plätze tauschte?*

Kait wollte glauben, dass die Antwort Nein lautete. Doch sie fürchtete das Gegenteil.

Da kam ihr eine Idee. Sie hatten die Plätze getauscht. Was, wenn Lana ihre Wohnung in New York bewohnte? Sie musste doch irgendwo unterkommen – sie gab sich als Kait aus, zumindest nahm Kait das an –, also was läge näher, als sich in Kaits Wohnung zu verkriechen? Rasch nahm Kait den Hörer ab und wählte atemlos ihre eigene Nummer.

Sie konnte es nicht fassen – statt Lana oder ihres Anrufbeantworters hörte sie die automatische Nachricht: Kein Anschluss unter dieser Nummer.

Was hatte das zu bedeuten?

Kait sprang vom Bett. Wie konnte ihr Telefon abgestellt sein? Sie bezahlte immer pünktlich ihre Rechnungen. Das hatte ihr weiß Gott gerade noch gefehlt.

Kait rief ihre Telefongesellschaft an. Nach fünfzehn endlosen

Minuten in der Warteschleife kam sie zum Kundenservice durch, und der Mitarbeiter erklärte ihr, dass sie, Kait London, ihren Telefonanschluss selbst gekündigt habe.

»Was?«, keuchte Kait.

»Entschuldigung, aber Sie sind doch Kait London?«

»Ja, das bin ich«, rief Kait aus, und ihr Herz dröhnte wie eine Trommel. Nur eine Person konnte an ihre Sozialversicherungsnummer gekommen sein und das getan haben. Lana.

Aber warum?

Geschockt legte Kait auf.

Sie ließ sich fassungslos auf die Bettkante sinken. Als der Schock ein wenig nachließ, wurde sie sich einer neuen, entsetzlichen Möglichkeit bewusst.

Lana führte etwas im Schilde, aber was?

War sie noch in New York?

Kait beschloss, eine Nachbarin anzurufen. Mrs. Grubbman nahm nach dem ersten Klingeln ab. »Ellen, hallo, hier ist Kait, wie geht es Ihnen?«, fragte Kait mit schriller Stimme.

»Kait? Kait London?«, fragte die ältere Dame, als sei sie nicht acht Jahre lang ihre Nachbarin gewesen.

»Ja, Kait London!« Sie wusste, dass sie hysterisch klang, also atmete sie tief durch, um sich zu beruhigen. »Ich muss meine Schwester dringend sprechen, aber anscheinend stimmt etwas mit meinem Telefon nicht. Könnten Sie bitte kurz rübergehen und nachsehen, ob sie da ist? Und wenn sie nicht da ist, würden Sie ihr bitte einen Zettel hinterlassen, dass sie mich dringend anrufen möchte?« Ellen Grubbman wusste, dass Kait eine Zwillingsschwester hatte. Aber sie hatte Lana nie kennen gelernt.

»Kait, sind das wirklich Sie?«, fragte Ellen Grubbman argwöhnisch.

Kait verkrampfte sich vor Angst. Langsam sagte sie: »Ja, Ellen, ich bin ich, ganz sicher. Warum?«

»Warum? Weil Sie sich doch neulich von mir verabschiedet haben, als Sie ausgezogen sind.«

Kait erstarrte vollkommen. »*Was?!*«

»Sie haben mir erzählt, Sie würden aufs Land ziehen und die Wohnung verkaufen. Der Makler hat sie seitdem bestimmt dutzend Leuten gezeigt. Rufen Sie von dort aus an? Irgendwo in Virginia? Three Rivers?«

Kait war aufgesprungen; unvermittelt sackte sie wieder zusammen. »*Was? Wovon sprechen Sie überhaupt?*«

»Wovon ich spreche? Sie sind ausgezogen, und Ihre Wohnung steht zum Verkauf. Kait, ich erkenne Ihre Stimme, aber … geht es Ihnen nicht gut?«

Vor Kaits Augen drehte sich alles. »Nein«, flüsterte sie schließlich. »Nein, mir geht es nicht gut.«

»Wie bitte?«

»Der Ort heißt Three Falls«, flüsterte Kait zusammenhanglos. »Nicht Three Rivers, sondern Three Falls.«

Mrs. Grubbman sagte noch etwas – Kait verstand kein Wort. Sie legte auf.

Lana hatte ihr Telefon abgemeldet. Lana hatte ihre Wohnung verkauft. Lana hatte ihrer Nachbarin erzählt, sie ziehe aufs Land.

Lana löste gerade ihr Leben auf.

Aber warum?

Und dann wurde es Kait klar. Es war eigentlich erschreckend, grässlich offensichtlich.

Lana würde nicht zurückkommen.

Lana wollte, dass Kait auf Fox Hollow blieb – für immer.

Achtzehn

Kait bemühte sich, einen klaren Gedanken zu fassen. Ein Mann stand ihr vor Augen – Colin Farrell. Sie musste ihn erreichen, denn wenn irgendjemand eine Antwort für sie haben könnte, wenn irgendjemand wissen könnte, was Lana vorhatte und wo sie war, dann war es Farrell. Kait wählte wieder seine Nummer.

»Was machst du da?«

Sie zuckte zusammen und knallte den Hörer wieder auf, als sie Trevs Stimme hörte. Er stand in der Tür, mit Rußflecken im Gesicht und auf dem Polohemd, und er wirkte erschöpft und verärgert. Marni klammerte sich ängstlich an seine Hand. Kait hatte ihn nicht mehr gesehen, seit die Sanitäter sie vor dem brennenden Stall in Empfang genommen hatten; da hatte er sich mit Max an die Arbeit gemacht, um die Pferde vom Feuer wegzubringen. Marni hatte sie seit dem Frühstück nicht mehr gesehen – offenbar hatte Elizabeth sich um sie gekümmert. Kaits Herz zog sich schmerzhaft zusammen – Trev hatte das nicht verdient. Marni und Sam ebenso wenig. Weder den Brand noch Lanas Betrug, ihre eigenen Lügen ... nichts von alledem hatten sie verdient. »Es tut mir Leid«, flüsterte sie zittrig. Sie brauchte seine starken Arme. Mühsam lächelte sie. »Marni, mein Schatz, mir ist nichts passiert. Wirklich. Komm her.«

Marni rannte auf sie zu, sie schien den Tränen nahe. »Mommy, du hast Rauch vom Feuer abbekommen! Daddy hat gesagt, du hast Rauch in die Lunge gekriegt!«

Kait fing sie mit beiden Armen auf, als sie ins Bett sprang. »Das stimmt, aber es geht mir wieder gut.«
Marni lehnte sich zurück, um ihr forschend in die Augen zu sehen, wie Kinder es oft tun, wenn sie nach der Wahrheit suchen. Ihre ängstliche Miene entspannte sich. »Aber deine Stimme klingt ganz komisch.«
Kait strich ihr übers Haar. »Das wird noch ein paar Tage so bleiben. Das passiert, wenn man zu viel Rauch eingeatmet hat.«
Marni umarmte sie fest. »Darf ich heute Nacht hier schlafen? Bitte?«
Kait blickte überrascht zu Trev auf. Er starrte sie beide an. »Ich hätte nichts dagegen«, sagte sie und merkte, dass ihre Stimme fast an einem Schluchzen erstickte. »Aber du musst deinen Vater fragen.«
Trevs Kiefer spannte sich. »Mitch möchte, dass du dich ordentlich ausschläfst, aber ... von mir aus.«
Marni strahlte. »Ich hole gleich meinen Schlafanzug«, verkündete sie, obwohl jetzt erst früher Nachmittag war. Sie sprang vom Bett und rannte hinaus.
Kait merkte, dass sie einem Zusammenbruch nahe war. Irgendwie war Marni ihre Tochter geworden – und anscheinend war es genau das, was Lana wollte. Dann ermahnte sich Kait, dass sie keine Ahnung hatte, was Lana wirklich wollte – oder beabsichtigte. Sie sollte jetzt keine Spekulationen über ihre Schwester anstellen. Vorsichtig blickte sie zu Trev auf. »Danke.«
»Wofür?«
»Dass sie heute Nacht hier schlafen darf.«
Wieder erstarrte sein Gesicht. »Ich schlafe im Gästezimmer. Was tut dir Leid, Lana?«
Sie schüttelte den Kopf, plötzlich unfähig, zu sprechen. Das

Gespräch mit Ellen Grubbman ging ihr nicht aus dem Kopf. Passierte das alles tatsächlich? Wie konnte Lana einfach so ihr Leben auflösen? Die Antwort war schrecklich einfach – weil Lana in Schwierigkeiten war und offenbar ihre Flucht vorbereitete. Plötzlich stand Kait Georgina Parkers Diamantring vor Augen. Sie musste ihn zurückbringen, bevor jemand sie als Diebin verdächtigte, was sie ja in gewisser Weise auch war.

Kait blickte zu Trev auf und konnte nicht verhindern, dass Angst und Erschöpfung in ihrem Blick lagen. Es war, als habe ihre Schwester sie herausgefordert, sie absichtlich in Versuchung geführt, ständig etwas Falsches zu tun. Aber konnte sie den Mann belügen, den sie liebte – für immer?

»Das ist allein meine Schuld«, sagte Kait heiser. »Einfach alles. Der Brand. Alles.«

»Warum sagst du so etwas?«, fragte er ernst und kam näher, setzte sich aber nicht aufs Bett. Und er nahm sie nicht in den Arm oder versuchte sie zu trösten. Es war beinahe so, als wären sie plötzlich wieder Fremde.

Sie holte tief Luft. »Verstehst du es denn nicht?«

»Nein, offen gesagt, ich verstehe gar nichts.« Der Blick seiner grünen Augen wich nicht von ihrem Gesicht. »Aber ich hätte gern eine Erklärung.«

Wollte er damit etwas andeuten? Bat er sie indirekt, die Wahrheit darüber zu sagen, wer sie wirklich war? »Jemand will mich umbringen. Trev, wie kannst du jetzt noch etwas anderes glauben? Jemand hat auf mich geschossen, mich von der Straße gedrängt, und jetzt das.«

Er starrte sie an. Sie wusste nicht genau, was er in diesem Moment dachte oder fühlte. Er wirkte gelassen, undurchdringlich, beherrscht. Doch Kait hatte deutlich sein Gesicht vor Augen, als er vor dem brennenden Stall auf der Wiese gestanden hatte und sie im Begriff gewesen war, vom ersten Stock abzustürzen. Er hatte Angst um sie gehabt. Da war er nicht so gelassen gewesen. *Er war herbeigeeilt, um ihr das Leben zu retten.*

»Ich glaube allmählich, du könntest Recht haben. Vielleicht ist hier wirklich ein irrer Mörder unterwegs«, sagte Trev schließlich.

Kaits Anspannung wuchs. »Wer könnte es sein?«

»Ich weiß es nicht.«

»Alle hassen mich – und aus gutem Grund! Jede Frau, die bei Parkers Gala war, hasst mich, Trev, das habe ich in ihren Augen gesehen. Und dann die Männer.« Es brach nur so aus ihr hervor. »Elizabeth hasst mich. Sogar dein Bruder hasst mich!« Sie klang verbittert.

»Ich glaube nicht, dass einer von denen, die du erwähnt hast, meinen Stall anzünden würde, um dich umzubringen«, erwiderte er mit scharfer Stimme. »Rafe will nur das, was seiner Meinung nach das Beste für mich ist. Das Gleiche gilt für Elizabeth, die ich fast schon zur Familie zähle.«

»Aber irgendjemand hat diesen Stall angezündet. Trev, irgendjemand ist hinter mir her.«

Eine scheußliche Erkenntnis traf Kait wie ein Schlag.

Rafe Coleman war hinter Lana her, die eine echte Kriminelle war. Wenn sie weiterhin an Lanas Stelle blieb, könnte sie am Ende auch an Lanas Stelle für deren Verbrechen zur Rechenschaft gezogen werden.

Kait war starr vor Fassungslosigkeit, zutiefst entsetzt über diese Erkenntnis, was die Zukunft ihr bringen könnte.

Trev legte eine Hand auf ihre. »Rafe und ich haben das schon besprochen. Es wird eine vorläufige Untersuchung geben, und wenn sich herausstellt, dass es Brandstiftung war, wird daraus eine polizeiliche Ermittlung in einer Strafsache. Wer auch immer hinter dir her ist, wir werden ihn erwischen.«

»Bevor er noch mal zuschlägt, oder hinterher?«, hörte Kait sich fragen.

Er zögerte. »Ich werde nicht zulassen, dass dir etwas passiert.«

Sie konnte den Blick nicht abwenden. Und selbst als sie es tat, konnte sie die Tränen nicht mehr zurückhalten. »Trev? Lass uns weggehen, weit weg, nur du und ich, vielleicht auf irgendeine Insel in der Karibik, so bald wie möglich, von mir aus morgen.« Sie klammerte sich an seine Hand. Der hysterische Unterton in ihrer Stimme war nicht zu überhören.

Er stutzte und brauchte einen Moment, bis er fragte: »Ist es das, was du willst? Weglaufen?« Er sah ihr tief in die Augen.

Sie brachte kein Wort heraus, also nickte sie nur.

Plötzlich wirkte er wütend und wandte den Blick ab. »Wenn das hier vorbei ist, werden wir genau das tun. Ich muss jetzt zurück zum Stall. Ruh dich aus.«

Sie starrte ihm ungläubig nach, denn sie erkannte auch ein falsches Versprechen, wenn sie es hörte.

Sie würden nirgendwo hingehen. Trotz allem, was dagegen sprach, hatte Kait das scheußliche, aber sichere Gefühl, dass Trev alles wusste, und dass ihre gemeinsamen Tage gezählt waren.

Sobald sie am folgenden Montag Marni zum Kindergarten gefahren hatte, brütete Kait über der Straßenkarte und suchte die Park Lane, in der Colin Farrell wohnte. Als sie sie gefunden hatte, machte sie sich mit dem Jaguar dorthin auf den Weg; zehn Minuten später bog sie in eine umzäunte, brandneue Wohnsiedlung am Ortsrand ein. Das frisch gravierte Schild an einer der Säulen des offenen Einfahrtstores verkündete: *Greenhill Estates – das Reiterparadies.*

Farrells Adresse lautete 201 Park Lane. Kait fuhr an einem halben Dutzend wunderhübscher, Millionen Dollar teurer Villen vorbei, die in angemessenem Abstand zur Straße hinter schmiedeeisernen Zäunen inmitten gepflegter Rasenflächen lagen, umgeben von frisch gepflanzten Bäumen und makellos angelegten Rabatten. Sie konnte sich kaum vorstellen, dass Farrell an einem solchen Ort wohnte. Er kam ihr eher wie ein Stadtmensch vor, doch offensichtlich ritt er gern – sie war am Schild eines Reitstalls namens Greenhill Stables vorbeigekommen, der zu dieser Wohnsiedlung gehörte. Und natürlich war es unwahrscheinlich, dass er und Lana sich Three Falls als Jagdrevier auserkoren hätten, wenn er sich nicht ebenfalls im Kreis der reitenden Reichen einschleichen konnte. Trotzdem konnte sie ihn sich eher in einem schicken Apartment in der Großstadt vorstellen als hier, in dieser noblen, würdevollen und pferdebegeisterten Anlage. Doch hier war er, und das aus gutem Grund – er wollte Lana und seiner Tochter Marni nahe sein. Falls Marni tatsächlich seine Tochter war. Wie gut er und Lana ihr Geschäft verstehen mussten, wenn er sich dieses elegante, großzügige Haus leisten konnte. Kait war mehr als wütend, sie war verbittert.

Das Tor zu seinem Anwesen stand offen, und Kait fuhr grimmig entschlossen bis zum Haus vor. Sie musste ihn zum Reden bringen und ihm den Ring wiedergeben. Sie machte sich nichts vor – dieser Mann war eine Nummer zu groß für sie. Er war ein Dieb und Profi-Betrüger – sie war nichts als eine Amateurin in beiden Ligen.

Das Garagentor war geschlossen, und Kait sah kein Auto in der Einfahrt. Aber es war erst neun Uhr – bestimmt war er zu Hause. Kait stieg aus dem Jaguar, nervöser, als ihr lieb war; sie stellte sich ihn in seidenem Morgenmantel und monogrammbestickten Pantoffeln vor, wie er gerade das *Wall Street Journal* oder die *New York Times* las und dazu an einem französischen Importkaffee nippte. Sie marschierte den Gartenweg hinauf. Sie würde nicht eher gehen, bis sie erfahren hatte, wo Lana steckte. Mittlerweile musste Farrell es doch herausgefunden haben.

Sie klingelte, doch niemand öffnete die Tür.

Kait versuchte es wieder – und wieder. Viermal klingelte sie, ohne dass sich etwas rührte.

Er war nicht zu Hause – und auch kein Hausmädchen oder eine Haushälterin.

Inzwischen brannte der Diamantring ein Loch in ihre Handtasche.

Sie konnte es auf keinen Fall riskieren, ihn den Parkers zurückzubringen. Kait zögerte nicht länger. Vielleicht war es sogar ganz gut, dass Parker nicht zu Hause war. Sie hatte den Ring in ein Juwelierschächtelchen gesteckt, das sie auf Lanas Schminktisch gefunden hatte. Nun holte sie das Schächtelchen heraus und schob es in einen Blumentopf neben der Haustür. Sofort fiel ihr ein Stein vom Herzen.

Erst beim Losfahren kam sie darauf, dass sie einen Blick in die Garage hätte werfen sollen, um nachzusehen, ob sein Mercedes drinstand. Aber wenn er zu Hause gewesen wäre, hätte er doch die Tür aufgemacht? Sie überlegte, ob sie umkehren sollte, ließ es aber bleiben. Doch als sie von seiner Einfahrt in die Straße abbog, warf sie einen Blick in den Rückspiegel.

Einen Moment lang glaubte sie, vor Farrells Haustür eine Frau

stehen zu sehen, die ihr nachschaute – eine Frau, die genauso aussah wie sie.
Kait schrie erschrocken auf, als der Jaguar knapp eine Ulme verfehlte. Sie riss das Lenkrad herum, steuerte den Wagen zurück auf die Einfahrt und hielt an. Sie drehte sich um und schaute zum Haus zurück.
Dort war niemand zu sehen.

Kait ging in die Küche, wo Elizabeth und Trev sich mit gedämpften Stimmen und sehr ernsten Mienen unterhielten. Trev sprach gerade, als Kait hereinkam. Beide sahen sie an, und Trev brach mitten im Satz ab, so dass Kait peinlich berührt stehen blieb. Was flüsterten die beiden da miteinander? Offensichtlich hatte sie sie unterbrochen. Sprachen sie gerade über sie?
Elizabeth richtete sich auf – sie hatte am Tresen in der Mitte der Küche gelehnt, Trev gegenüber. »Da Sie in letzter Zeit so herzhaften Appetit haben, habe ich Ihnen ein paar Roastbeef-Sandwiches im Kühlschrank bereitgestellt.«
Kait blickte von Elizabeth' steifer, gequälter Miene zu Trevs finsterem Gesicht. »Mir hat es den Appetit verschlagen«, sagte sie angespannt. Plötzlich wurde ihr klar, dass sie mit dieser Abfuhr bei Elizabeth Dorentz an der falschen Adresse war. Diese Frau liebte Trev Coleman. Vielleicht hasste sie Lana so sehr, dass sie sie umbringen würde, aber sie würde niemals seinen Stall niederbrennen und dabei seine geliebten Pferde in Gefahr bringen.
»Störe ich?«, fragte Kait. Sie konnte nicht einmal lächeln.
»Nein«, erwiderte Trev rasch. Er musterte sie. »Du siehst heute schon besser aus. Wie fühlst du dich?«
»Besser.«
Er nickte. »Gut.«

Kait starrte ihn an. Gestern Abend hatte er sich nicht bei ihr blicken lassen. Ja, Marni hatte bei ihr im Bett geschlafen, aber er hatte sich schon auffällig rar gemacht. Dabei hatte sie sich gestern Abend so danach gesehnt, sich in seine Arme zu kuscheln.

»Brent Black hat angerufen«, sagte Trev. »Das ist der Brandermittler. Die Nummer hängt am Kühlschrank – er möchte dich so bald wie möglich sprechen. Bis später dann.« Er ging hinaus.

Kait zitterte. Sie bildete sich das nicht nur ein, Trev verhielt sich seit dem Feuer sehr distanziert. Sie konnte einfach nicht begreifen, warum er sich von ihr fern hielt – wo sie ihn doch jetzt mehr denn je brauchte.

»Alicia hat angerufen«, sagte Elizabeth kühl.

Kait drehte sich zu ihr um.

»Ihre liebe Freundin scheint sich schreckliche Sorgen um Sie zu machen. Sie möchte, dass Sie sie zurückrufen.«

Kait nickte, obwohl sie keineswegs die Absicht hatte. Alicia war zwar ganz nett, aber jedes Mal, wenn Kait an sie dachte, musste sie auch daran denken, dass ihr Mann sie mit Lana betrog. Automatisch nahm Kait den Notizzettel herunter, der mit einem Magneten in Form eines Hufeisens an der Kühlschranktür befestigt war. Dann blieb sie urplötzlich stehen.

Alicia war so nett zu ihr. Alle anderen verabscheuten Lana, ihre beste Freundin jedoch nicht.

Dabei hatte Lana eine Affäre mit Alicias Mann.

Wie konnte Alicia nichts davon wissen?

Kait wusste, dass sie unter normalen Umständen eine lausige Schauspielerin war. Doch in ihrer augenblicklichen Notlage lieferte sie auf einmal eine oskarreife Vorstellung.

Was, wenn Alicia sich ebenso gut verstellen konnte?

Kait wurde klar, dass sie Alicia Davison ganz oben auf die Liste der möglichen Verdächtigen setzen sollte.
Das Telefon klingelte. Kait stand daneben und nahm den Hörer ab. »Hallo?«
»Lana!«, schrie Sam. »Gabe ist angeschossen worden! Komm schnell!«

Das nächste Krankenhaus war das Middleburg Memorial, und dorthin fuhren sie. Kait, Trev und Elizabeth rannten in die Notaufnahme. Kait entdeckte Sam sofort, die vornübergebeugt auf einem blauen Plastikstuhl saß und weinte. Sie eilten zu ihr.
Sam sprang auf und warf sich in Kaits Arme. »Und wenn er stirbt?«, schluchzte sie. »O Gott, was, wenn er stirbt? Ich kann nicht weiterleben, wenn er jetzt stirbt!«
Kait drückte sie an sich und strich ihr über das lange, zerzauste blonde Haar. »Wo ist er, Schätzchen?«
Sam blinzelte durch ihre Tränen. »Er wird gerade operiert.«
»Was ist passiert?«, fragte Trev.
Sam sah ihren Vater an. »Er ist mit diesem Arsch Ben Abbott aneinander geraten! Wir waren im Einkaufszentrum.« Wieder brach sie in Tränen aus. »Ben hat mich dumm angemacht. Gabe wollte ihn dazu bringen, dass er sich bei mir entschuldigt. Und da hat Ben die Pistole gezogen! Der Scheißkerl!«
Kait hielt sie fest an sich gedrückt, doch sie wechselte einen Blick mit Trev, und etwas wie ein stummes Einvernehmen entstand zwischen ihnen. Kait wollte gerade vorschlagen, dass er einen Arzt oder eine Schwester fragen solle, wo Gabe lag und wie schwer er verletzt war. Doch das war nicht nötig.
Trev sagte: »Ich versuche gleich mal festzustellen, wie es um

Gabe steht.« Er drehte sich hastig um und eilte den Gang entlang. Kait sah, wie er einen Arzt am Ärmel seines blauen Kittels festhielt, und dann blickte sie wieder auf das schluchzende Mädchen in ihren Armen hinab. »Sam, es tut mir so Leid«, sagte Kait. »Wann ist das denn passiert?«
»Ich weiß es nicht«, heulte Sam und schnappte nach Luft. Sie zitterte wie Espenlaub. »Wir sind nach der Schule noch eine Pizza essen gegangen. Wie spät ist es jetzt?«
»Ein Uhr«, sagte Elizabeth und legte Sam eine Hand auf die Schulter. »Dies ist ein gutes Krankenhaus, Sam. Ich bin sicher, dass es deinem Freund bald wieder besser geht.«
Sam warf ihr einen dankbaren Blick zu. »Er hat versucht, meine Ehre zu verteidigen«, erklärte sie. »So ist Gabe eben! Dann haben sie sich um die Pistole geprügelt, und sie ist losgegangen!« Wieder liefen die Tränen über ihr Gesicht.
Kait entdeckte einen Polizisten in dunkelblauer Uniform an der Notaufnahme. Trev hatte ihn ebenfalls gesehen. Als er auf den Beamten zueilte, sagte Kait: »Ich bin gleich wieder da, Sam.« Sie drückte ihr die Hand und hastete dann zu Trev und dem Polizisten an den Empfang.
Der Polizist sagte gerade: »Wir haben ihn vorläufig festgenommen. Er behauptet, Jenkins habe mit der Schlägerei angefangen, und das sei Jenkins' Waffe gewesen.«
Kait schnappte nach Luft. »Sam hat mir erzählt, die Pistole gehöre einem Ben Abbott.«
»Ich habe ihre Aussage schon zu Protokoll genommen«, sagte der Polizist. »Leider gibt es keine Zeugen. Der Vorfall ereignete sich auf dem Parkplatz hinter dem Einkaufszentrum, da ist es meistens leer. Wir haben eine Frau, die den Schuss gehört hat, weiter nichts. Sieht so aus, als müssten wir Ermittlungen einleiten. Wir

finden schon heraus, wer die Waffe hatte und wer auf wen geschossen hat.«

Kait herrschte ihn an: »Gabe Jenkins ist angeschossen worden, Officer. Das ist doch wohl offensichtlich.«

Der Beamte warf ihr einen ärgerlichen Blick zu und ging. Kait drehte sich zu Trev um. »Kannst du Rafe holen?«

»Er ist schon unterwegs«, erwiderte er. »Jenkins wurde seitlich in den Bauch getroffen. Er wird schon seit einer Dreiviertelstunde operiert. Ich weiß auch nichts Genaueres – mehr erfahre ich erst, wenn die Operation vorbei ist.« Plötzlich wirkte er gequält. »Herrgott, ich hoffe nur, der Junge überlebt.«

Sie nahm seine Hand. »Wir können nur für ihn beten.«

Er drückte ihre Hand. »Sagt Sam die Wahrheit? Oder hat Gabe damit angefangen?«

»Ich weiß es nicht, Trev, aber deine Tochter braucht dich jetzt – ich glaube, du solltest in jedem Fall zu ihr halten«, antwortete Kait bestimmt.

Das schien Trev einzusehen. Doch er sah so bedrückt aus, dass Kait ihn in den Arm nehmen und trösten wollte wie einen kleinen Jungen.

Stattdessen zog sie ihn an der Hand mit sich. »Komm.« Sie führte ihn zurück in den Warteraum zu Sam und Elizabeth. Sobald sie die beiden erreicht hatten, fauchte Sam ihren Vater an: »Bist du jetzt zufrieden?«

»Nein, Sam, das bin ich ganz und gar nicht«, sagte er düster. Er legte ihr eine Hand auf die Schulter, doch sie schüttelte sie ab.

»Das glaube ich dir nicht!«, rief sie. »Du hasst ihn – bestimmt hoffst du heimlich, dass er stirbt!« Sie begann wieder zu weinen.

Er streckte die Hand nach ihr aus. »Sam!«

Sie sah ihn mit wutverzerrtem Gesicht an. »Ich hasse dich!«
Trev wich zurück.
Kait schluckte einen Aufschrei hinunter. »Sam, Schätzchen, ich weiß, dass du das nicht so gemeint hast«, sagte sie rasch.
»O doch«, zischte Sam böse.
Kait sah den Schmerz in Trevs Augen. Doch er schaffte es, sich zu beherrschen und ruhig und bestimmt zu sprechen. »Ich bin nicht erfreut darüber, dass du mit Jenkins geschlafen hast, aber natürlich will ich nicht, dass ihm etwas zustößt, und wenn du mal einen Moment lang in Ruhe darüber nachdenkst, wird dir das auch klar werden.«
»Er heißt Gabe, verdammt noch mal!«, schrie Sam. Sie wollte weglaufen, doch dann blieb sie wie angewurzelt stehen. »Das ist der Arzt!« Sie deutete zitternd auf die Notaufnahme. Das letzte bisschen Farbe war aus ihrem Gesicht gewichen.
Trev eilte hinüber zu dem Arzt, der eine Hornbrille trug und aussah wie der junge George Clooney. Kait trat zu Sam und legte einen Arm um sie. »Dein Vater macht sich schreckliche Sorgen um Gabe, mein Schatz.«
»Nicht«, flüsterte Sam erstickt. Sie ließ ihren Vater und den Arzt keine Sekunde aus den Augen.
Auch Kait schaute nun hinüber, und gleich darauf kehrte Trev zu ihnen zurück. Kait warf einen Blick auf sein Gesicht und wusste, dass Gabe lebte.
»Er lebt«, verkündete Trev mit ängstlichem Blick auf seine Tochter.
Sam schrie erleichtert auf.
»Er ist stabil und liegt jetzt im Aufwachraum«, fuhr Trev fort. Er warf Kait einen grimmigen Blick zu. »Doktor Travis sagt, er hat gute Chancen, durchzukommen. Die Kugel hat seine Milz

verletzt«, warnte er. »Aber er ist jung und kräftig, und das könnte ihn retten.«
»Wird er sterben?«, flüsterte Sam, immer noch an Kait gelehnt.
Trev zögerte. »Travis sagt, er wird es mit siebzigprozentiger Wahrscheinlichkeit überleben.«
Sam starrte ihren Vater entsetzt an. »Nur siebzig Prozent ...«
»Sam – er ist ein starker junger Mann, er wird es schaffen.«
Sie starrte ihn an, als habe sie die Sprache verloren.
Kait fragte für sie. »Darf sie zu ihm?«
»Noch nicht. Wenn er aus dem Aufwachraum kommt, etwa in einer Stunde, dürfen wir alle kurz zu ihm hoch.«
Sam wimmerte und ließ sich gegen Kait sinken. Kait schloss sie in die Arme.

Sam saß neben Gabe, der zwar bei Bewusstsein war, aber so benebelt von der Narkose und den Schmerzmitteln, dass er nur mühsam die Augen aufschlagen, Sam ansehen und sie dann wieder zufallen lassen konnte. Sie hielt seine Hand. Sams Mutter saß auf einem Stuhl an seinem Bett und lächelte tapfer. Alle paar Sekunden tätschelte sie sein Knie. Sie war eine rundliche, hübsche Frau, die noch ihren Kellnerinnendress trug; Kait hatte sie auf den ersten Blick gemocht. Nun stand Kait neben Trev und hielt seine Hand. Elizabeth war weggefahren, um Marni abzuholen.
Jemand trat hinter sie. Kait und Trev drehten sich um und sahen Rafe Coleman. Er nickte ihnen zu und bat sie hinaus auf den Flur. »Wie geht es Sam?«, fragte er leise.
Trev verzog das Gesicht. »Sie ist fix und fertig.«
Rafe blickte an seinem Bruder vorbei ins Krankenzimmer. Gabe war leichenblass, und da er am Tropf hing und Beatmungs-

schläuche an seiner Nase befestigt waren, sah er sehr krank aus. »Ich habe mit Doktor Travis und Officer DeWitt gesprochen. Er ist jung, Trev. Er wird's schon schaffen.«

Trev zog die Brauen in die Höhe. »Rede nicht in diesem Ton mit mir, verdammt noch mal!«

Rafes Miene verdüsterte sich. »Tut mir Leid. Du hast Recht. Es ist sehr ernst. Aber die Wahrscheinlichkeit, dass er es schafft, ist groß.«

»Tatsächlich? Hast du solche Schussverletzungen schon mal gesehen? Stehen die Chancen wirklich siebzig-dreißig?«, fragte Trev.

»Ich bin kein Arzt, Trev, ich bin Polizist. Also, sobald Sam dazu in der Lage ist, würde ich gern mit ihr sprechen und herausfinden, was da wirklich passiert ist, obwohl ich die Ermittlungen in einem solchen Fall der State Police überlassen muss.«

Es entstand ein kurzes Schweigen. Kait wusste, was alle insgeheim hofften: Dass Sam nicht log, um Gabe zu schützen, dass Ben Abbott tatsächlich die Waffe gehörte und er der Schuldige war. Schließlich sagte Trev: »Lass ihr noch ein bisschen Zeit. Sie ist hysterisch vor Angst.«

Rafe warf wieder einen Blick ins Krankenzimmer. Seine Miene wurde weich. »Arme Sammie«, sagte er.

Und in diesem Moment, trotz Lana und Farrell und der Tatsache, dass sie, Kait, praktisch einen Diamantring gestohlen hatte, mochte sie Rafe Coleman. »Das wird ein langer Nachmittag – und vermutlich auch eine lange Nacht.« Kait glaubte nicht, dass sie Sam dazu bringen würden, das Krankenhaus zu verlassen. »Ich gehe runter in die Cafeteria und hole uns ein paar Sandwiches und etwas zu trinken. Sam muss dringend etwas essen.«

Trev sah sie an, und ein weicher Ausdruck lag in seinen Augen. »Danke.«

Rafe nickte ihr widerwillig zu. »Fühlst du dich heute besser?«

Sie war erstaunt, dass er überhaupt fragte. »Ja, danke.«

Rafe wandte sich wieder an Trev. »Na, dann wollen wir mal. Sam braucht uns jetzt, gehen wir zu ihr.«

Kait ging den leeren Flur der Intensivstation entlang, als die beiden Brüder in Gabes Zimmer verschwanden. Plötzlich war sie hundemüde. Sie hatte das Gefühl, ihr Leben sei eine einzige, endlose Achterbahnfahrt. Sie brauchten alle dringend eine Pause. Hoffentlich würde Gabe Jenkins überleben.

Sie hoffte das nicht nur um Sams willen, sondern auch um seinetwillen. Er war doch noch so jung.

Plötzlich legte sich von hinten eine Hand auf Kaits Schulter. Kait hatte niemanden hinter sich gehört, weil sie so in Gedanken versunken war. Sie erschrak und war einen Moment lang wie gelähmt.

Dieser Moment war genug. Bevor sie sich umdrehen konnte, bevor sie mehr tun konnte, als leise aufzuschreien, wurde sie in ein düsteres Treppenhaus gezerrt und die Tür zum Gang fest hinter ihr zugestoßen. Kait riss sich los und fuhr herum. *Was, zum Teufel, sollte das?*

Sie hatte erwartet, den Mörder vor sich zu sehen, der hinter ihr her war – und vielleicht in den Lauf seiner oder ihrer Waffe zu blicken.

Doch es war Lana, die seelenruhig an der Tür zum Gang lehnte. Es war Lana, auf deren Gesicht sich ein Lächeln ausbreitete. Lana mit ganz kurzem Haar.

»Hallo, Kait«, sagte sie.

Neunzehn

Kait wollte ihren Augen nicht trauen.

Lana sagte: »Du siehst furchtbar aus, Kait. Warst du krank?«

»Krank?«, echote Kait. Sie wollte ihrer Schwester gerade erklären, dass diese ganze Sache sie krank machte. Doch stattdessen atmete sie ein paar Mal tief durch. Sie brauchte jetzt alle ihre Selbstbeherrschung. »Also bist du doch zurückgekommen«, würgte sie hervor.

»Keine Panik«, sagte Lana mit schiefem Lächeln. »Ich habe nicht vor, zu bleiben.«

Kait starrte sie an, während ihre Gedanken sich überschlugen. Lana hatte sich das Haar abgeschnitten, und ihre Frisur war nun beinahe identisch mit Kaits. Niemand, der sie sah, würde sie auseinander halten können, wenn er nicht wusste, dass Lana einen grauen Hosenanzug und Kait eine Jeans trug. »Von Panik kann keine Rede sein«, log Kait.

Sie musste sich setzen. Sie bekam kaum noch Luft, als rückten die Wände des düsteren Treppenhauses immer enger um sie zusammen. Sie ließ sich unsanft auf den kalten Betonstufen nieder. »Hast du meine Nachricht bekommen?«

»Nein. Ich kann deine Mailbox nicht abhören, schon vergessen?«

Kait starrte sie an.

»Was hast du denn, Kait? Du siehst traurig und wütend aus.«

»Was ich habe?«, japste Kait. Sie machte eine hilflose Geste. »Das ist falsch.«

»Aber es ist fast vorbei, und ich bleibe nicht lange. Aber ich glaube, wir wissen beide, dass du bleiben wirst.«

Kait weigerte sich, ihr zu antworten.

Lana setzte sich neben sie. »Du bist ja wirklich böse auf mich. Ich wollte mich nur verabschieden.«

Kait schlang die Arme um sich und rückte von Lana ab. »Ich verstehe dich überhaupt nicht«, sagte sie. »Ich begreife nicht, wie du so viele Menschen ausnutzen und verletzen konntest.«

Lana sprang auf. »Wag es nicht, mich zu verurteilen, Kait! Du hast noch nie in meiner Haut gesteckt, also lass es einfach!«

Kait stand ebenfalls auf. Sie zitterte. Langsam sagte sie: »Hast du geglaubt, wenn du meine ganzen Möbel und meine Wohnung verkaufst, würde ich mich deinen Plänen fügen, hier bleiben, und für den Rest meines Lebens so tun, als sei ich du?«

»Ich habe auch deinen Job gekündigt. Kait, wir wissen doch beide, dass Trev dein Traumprinz ist und dass du bleiben möchtest. Colin hat mir erzählt, wie toll du dich mit Trev verstehst. Was gibt es da zu diskutieren? Ich will diese Ehe nicht mehr. Also schenke ich sie dir.«

»Warum bleibst du nicht hier und lässt dich scheiden?«

»So ist es viel einfacher.«

»Keineswegs.«

»Was?«

»Rafe Coleman würde dich am liebsten am nächsten Baum aufknüpfen, Lana.«

»Er hat überhaupt nichts gegen mich in der Hand, gar nichts. Ich fliege noch heute Abend nach Paris, Kait. Und ich komme nie zurück. Rafe kann dir nichts anhaben. Er möchte vielleicht gerne, aber er kann nicht. Und im Lauf der Zeit wird Gras über die Sache wachsen, nicht? Dieser Tausch ist das einzig Sinnvolle.

Ich bekomme genau das, was ich will, und du bekommst genau das, was du willst.«

Kait bebte vor unterdrücktem Zorn.

Lana stellte sich neben sie und legte einen Arm um sie. Kait zuckte zusammen. »Kait, warum tust du das? Wir wissen doch beide, dass du nicht in dein Leben als Kait London zurückwillst. Wir wissen beide, dass du eigentlich mein Leben haben willst – alles, was ich habe. Das war schon immer so.« Sie lächelte.

Kait sah ihrer Schwester in die Augen. Sie waren von genau demselben Blau wie ihre eigenen, mit denselben dichten, schwarzen Wimpern, und sogar der zarte lavendelfarbene Schatten unter den Augen war genau gleich. Und doch waren sie völlig verschieden. Lanas Augen waren flach, leer, ausdruckslos – das war Kait noch nie aufgefallen. »Sag mir nur eines. Wie kannst du noch in den Spiegel schauen, wenn du Trev, Sam und Marni – dein eigen Fleisch und Blut, deine kleine Tochter! – einfach so verlässt?«

Lana wirkte belustigt. »Ich bin eine lausige Mutter. Aber das weißt du ja inzwischen, nicht? Und ich bin eine grauenvolle Ehefrau. Aber du bist sehr romantisch, Kait, da bist du genau wie Trev. Das wusste ich in dem Moment, als ich ihm begegnet bin. Ich kann mir keine zwei Menschen vorstellen, die einander mehr verdienen als ihr beiden. Betrachte es doch mal so. Ich *kenne* dich. Du bist meine Zwillingsschwester – du hast schon immer gern Kitschromane gelesen und insgeheim darauf gewartet, dass dein Märchenprinz eines Tages zur Tür hereinspaziert. Bitte sehr, jetzt hast du ihn. Er ist vielleicht nicht so makellos wie die Helden aus deinen Romanen, aber ich kenne dich gut genug, um zu wissen, dass du Trev liebst und bewunderst – du hättest nie mit ihm geschlafen, wenn du ihn nicht mit ganzem Herzen und aus voller Seele lieben würdest. Er hätte sowieso dich heiraten sollen, nicht mich. Also sagen wir doch einfach, dieser Fehler ist bereinigt, und jetzt gehört er dir.« Sie lächelte.

Kait stand auf, und Lanas Vorschlag schwebte durch ihren Kopf wie eine teuflische Versuchung. »So einfach ist das nicht. Du verlangst von mir, dass ich eine abscheuliche Lüge leben soll! Am Anfang war es leicht, als ich noch nicht wusste, auf was ich mich eingelassen hatte, aber jetzt weiß ich kaum noch, wie ich die nächste Minute überstehen soll, geschweige denn eine ganze Stunde oder den nächsten Tag.«

Lanas gepflegte Brauen hoben sich. »Herzchen, wenn du ihm die Wahrheit sagst, wird er dir *nie* verzeihen. Dann ist dein Märchenprinz Geschichte.«

Kait schnappte nach Luft. Das wusste sie bereits. »Warum, Lana? *Warum?* Und wie *konntest* du so etwas tun? Du hast mich reingelegt – von Anfang an, nicht wahr? Du hast mir etwas vorgemacht, damit ich mit dir tausche – für immer. Genau, wie du Trev etwas vorgemacht hast. Farrell hat mir gesagt, dass ihr seit zehn Jahren zusammen seid und dass du Trev nur wegen seines Geldes und seiner gesellschaftlichen Stellung geheiratet hast, weil er das perfekte Opfer war. Ist Marni überhaupt Trevs Tochter?«

»Du bist ja ganz außer dir«, sagte Lana ruhig. Sie seufzte. »Marni ist Trevs Tochter. Ich bin nicht dumm, Kait. Ich musste ein Kind von ihm bekommen, falls er Verdacht gegen mich schöpft. Sie war meine Rückversicherung, mein Druckmittel, falls er jemals die Wahrheit über Colin und mich herausfinden sollte. Und es hat funktioniert. Marni hat uns all diese Jahre zusammengehalten.«

Kait hätte sich übergeben mögen. »Sie ist deine Tochter! Du verdienst sie gar nicht!«

Lana zuckte mit den Schultern. »Nein, ich nicht. Aber du.«

Aber du. Lanas Worte hallten durch ihren Kopf. Kait schlang die Arme noch enger um sich und kämpfte dagegen an – gegen die Versuchung. »Hast du denn überhaupt kein Gewissen? Da stehst du, kalt wie ein Eisklotz. Warum, Lana? Warum bist du so … unmoralisch? Wie kannst du deine Freundinnen bestehlen? Wie konntest du Trev heiraten und trotzdem weiterhin mit Farrell schlafen? Wie konntest du Trev betrügen?!« *Wie konntest du ihn nicht lieben?*

Lana lachte. »Welche Frage soll ich denn zuerst beantworten, Kait?«

»Das ist nicht komisch!«, schrie Kait, die völlig vergaß, dass man sie hören könnte, und dass Rafe Coleman sich nur ein paar Türen weiter aufhielt. »Nein, beantworte mir lieber diese: Du hast durch mich von Trev erfahren, nicht? Du hast ihn angerufen und dich für mich ausgegeben, du hast den Termin verschoben, und dann bist du selbst zu der Verabredung gegangen – und hast ihn dir geschnappt!«

»Stimmt«, sagte Lana schulterzuckend. »Kait, du warst echt jämmerlich. Du warst geschäftlich mit diesem Mann verabredet, und ich habe sofort gemerkt, dass du schon vorher beschlossen hattest, ihn sehr interessant zu finden – als wärst du dreizehn und nicht sechsundzwanzig. Ich wollte dir nicht wehtun, aber er war einfach das perfekte Opfer – eine einmalige Gelegenheit, die ich mir nicht entgehen lassen konnte. Und er war so leicht rumzukriegen. Er ist mir praktisch von allein in den Schoß gefallen. Er war sehr einsam.«

Kait spürte blinden Hass in sich aufwallen und schrak vor ihrem eigenen Abscheu zurück. Sie durfte sich nicht ihrem Hass hingeben. Sie brauchte jetzt ihren klaren Verstand, denn eine

Entscheidung stand bevor, und die musste sie ganz rational treffen, ohne sich von Emotionen mitreißen zu lassen.

»Kait? Entspann dich.« Lana kam zu ihr und legte wieder einen Arm um sie.

Kait schwitzte. Sie schaffte es, ruhig stehen zu bleiben, obwohl sie ihre Schwester am liebsten von sich gestoßen hätte.

Früher hätte sie alles für eine solche Umarmung gegeben. Jetzt widerte ihre Zwillingsschwester sie nur noch an.

Lana wirkte überrascht. »Süße, ich schenke dir den Mann deiner Träume. Weine nicht, bitte. So ist es doch für alle am besten«, erklärte sie zufrieden. »Und außerdem hast du gar keine andere Wahl, nicht wahr?«

»Wie soll denn unsere Beziehung jemals glücklich werden, wenn sie auf eine solche Lüge aufgebaut ist?«, herrschte Kait sie an. In diesem Moment wusste sie, dass es für sie und Trev keine Zukunft geben konnte – wegen dieser Lügen. Ob sie es ihm gestand oder nicht, es konnte nicht funktionieren.

»Fällst du mir jetzt in Ohnmacht?«, fragte Lana und packte sie am Arm. »Du bist gerade käseweiß geworden.«

Es rauschte ihr in den Ohren. Kait riss sich los. »Nein, alles in Ordnung.« Sie rang um Fassung.

Lana musterte sie mit schmalen Augen.

Kait schluckte. »Ich will dir helfen. Lana, du brauchst Hilfe.«

Lana lächelte belustigt. »Soll ich dir ein Geheimnis verraten?«

Kait erschauerte. »Noch eines?«

Lana ignorierte ihre Antwort. »Farrell und ich lebten etwa seit einem halben Jahr zusammen, als wir unseren ersten Coup gelandet haben – ich habe als Hausmädchen in der Fifth Avenue gearbeitet«, erzählte Lana und lächelte bei der Erinnerung. »Du meine Güte, war die Frau von meinem Chef vielleicht dämlich!

Sie hat ewig gebraucht, bis sie gemerkt hat, dass jemand sie unter ihrem eigenen Dach bestiehlt – aber bald danach bin ich zu einem Psychiater gegangen. Ja, Kait, zu einem Psychiater. Ich fand es aufregend, die dumme Kuh zu beklauen, die mir auch noch jede Woche Lohn bezahlt hat. Dabei wusste ich natürlich, dass das falsch war. Aber ich hatte überhaupt kein schlechtes Gewissen. Also bin ich zu diesem alten Sack gegangen … genau zwei Mal. Und weißt du, warum ich nur zwei Mal bei ihm war?«

Wie betäubt schüttelte Kait den Kopf. Es fiel ihr schwer, sich auf Lanas Worte zu konzentrieren. *Konnte sie das wirklich weiter durchhalten?*

»Weil er gesagt hat, ich sei eine Soziopathin. Eine *Soziopathin.* Und er wollte mich nicht behandeln – weil man Soziopathen offenbar nicht behandeln *kann.*«

Kait erschauerte. »Was genau ist ein Soziopath?« Bilder kranker Serienmörder schossen ihr durch den Kopf.

Lana lächelte. »Jemand, der die Regeln der Gesellschaft – Moral, Ethik, was auch immer – kennt und begreift und sie ohne jede Reue bricht, ohne Schuldgefühle. Ich kann keine Schuld empfinden, Kait. Ich habe einfach kein Gewissen. Im Gegensatz zu dir«, fügte sie hinzu.

Kait war schwindelig. »Ich will, dass du dir helfen lässt. Das muss aufhören, so kannst du nicht leben. Lana, du hast eine reizende kleine Tochter, und ich liebe dich. Gemeinsam werden wir damit schon fertig.«

Lana seufzte. »Hast du mir denn gar nicht zugehört? Ich empfinde keine Schuld! Und ich liebe das Leben, das ich führe. Hattest du überhaupt schon mal einen Orgasmus, Kait?«

Kait errötete. »Wie bitte?«

»Also, stell dir das hundertmal stärker vor. So fühlt es sich an,

wenn man ein Ding durchgezogen hat.« Sie lächelte. »Es ist himmlisch.«
»Bitte hör mir zu«, flüsterte Kait.
»Nein, du hörst *mir* zu – ich muss gleich weg. Ich möchte dir mein Leben schenken, Kait. Ich biete dir das Leben an, das du verdienst! Du brauchst nicht zu bleiben. Du kannst natürlich machen, was du willst, Kait, aber ich verschwinde noch heute Abend.« Lana sprach völlig ungerührt. »Ich bin gekommen, um mich zu verabschieden, Kait. Um dir auf Wiedersehen zu sagen und Marni noch ein letztes Mal zu sehen.« Sie seufzte. Plötzlich glänzten Lanas Augen, als sei sie den Tränen nahe. »Vergiss uns, Kait. Colin und ich sind in wenigen Minuten verschwunden – und wir beide gehen für immer getrennte Wege. Du wirst mich nie wiedersehen. Also kannst du bleiben – und ich sein und alles haben, wovon du je geträumt hast –, oder du kannst gehen.« Sie zuckte mit den Schultern. »Und wir wissen ja beide, dass Trev dir nie verzeihen wird, wenn er erfährt, dass du Kait London und nicht Lana Coleman bist.«
Ja, das wusste Kait. »Wie kannst du einfach so gehen? Wie kannst du Marni verlassen?«, fragte sie mit erstickter Stimme.
»Das ist nicht so einfach, wie es vielleicht aussieht.« Lana berührte sie. Kait riss sich zusammen, um nicht zurückzuweichen. »Aber ich bin nicht gut für sie, Kait, das weißt du selbst.« Sie lächelte. »Ich habe euch beide heute Morgen beim Kindergarten gesehen, Kait. Sie vergöttert dich. Es ist fast so, als wärst du ihre richtige Mutter.«
Lana spielte nicht fair. »Wo willst du denn von Paris aus hin?« Ihre Lippen fühlte sich steif an, wie aus Pappe.
»Kann ich nicht sagen«, erwiderte Lana lächelnd. »Nicht einmal dir. Aber ich habe ein Geschenk für dich.« Sie öffnete ihre

Handtasche, und ein kleiner schwarzer Gegenstand fiel heraus. Lana stutzte. Kait starrte darauf hinab.

Eine kleine Pistole lag zu ihren Füßen.

»Die ist zu meinem Schutz«, erklärte Lana. Schließlich bückte sie sich, um sie aufzuheben, doch sie fiel ihr wieder herunter. Automatisch griff Kait danach und reichte sie ihr. »Du schuldest gar niemandem Geld, oder?«

»Nein. Das war eine Lüge, um dich hierher zu lotsen.« Lana ließ die Pistole wieder in ihre Handtasche gleiten.

»Jemand ist hinter dir her. Wer ist es?«

»Ich weiß es nicht«, antwortete Lana. »Bist du sicher, dass du dich nicht getäuscht hast? Denn bis du gekommen bist, hat nie jemand versucht, mir etwas anzutun.«

»Man hat auf mich geschossen, mich von der Straße gedrängt, und gestern hat jemand Trevs Stall in Brand gesteckt – und mich darin eingeschlossen.«

Lanas Augen weiteten sich. Dann sagte sie: »Na ja, darum darf sich dann die Polizei kümmern. Wenn ich wüsste, war das war, würde ich es dir sagen, Schwesterherz. Wenn du Trev und Marni behalten willst, wirst du das Risiko wohl eingehen müssen, nicht? Du kannst dir ja Polizeischutz besorgen. Liegt in der Familie.« Sie grinste. »Hier.«

Ein kleiner, harter Gegenstand wurde ihr in die Hand gedrückt. Kait erkannte ihn sofort, ohne hinzusehen. Sie schrie entsetzt auf und blickte auf Georgina Parkers Diamantring. »Ich nehme das nicht an! Ich will ihn nicht!«

»Aber das ist mein Abschiedsgeschenk, Kait. Er ist ungefähr hundertfünfzigtausend wert. Ein hübsches kleines Überraschungsei. Findest du nicht?« Lana grinste belustigt.

Kaits Gedanken überschlugen sich. Lana ließ ihr keine Wahl, in

gar nichts. Langsam blickte sie auf, in diese Augen, die ihre eigenen hätten sein können – und so anders waren.
»Na, so was, du bist also doch nicht ganz das Tugendlämmchen«, höhnte Lana. Sie nahm den Ring aus Kaits Hand und steckte ihn ihr in die Handtasche.
Panisch griff Kait nach ihrer Tasche. *Konnte sie das wirklich durchziehen?* Ihr Herz sagte Nein, aber ihr Verstand sagte Ja.
»Wirst du jetzt in Tränen ausbrechen?«, fragte Lana amüsiert.
Kait schluckte dagegen an. »Werde ich dich je wiedersehen?«, entgegnete sie.
»Ich glaube nicht«, antwortete Lana ruhig. »Kait – machen wir ein Geschäft. Erstens, ich vertraue dir. Ich weiß, dass du nie etwas tun würdest, was mir schadet, um nichts auf der Welt. Ich weiß, dass du Colin und mich nie bei der Polizei verpfeifen würdest, und außerdem – würden die dir überhaupt glauben? Also, geh nach Hause. Geh zurück nach Fox Hollow. Kümmere dich um Trev – und um Marni. Sei ihr die Mutter, die ich nie war. Dein Traum liegt vor dir, du brauchst nur zuzugreifen. Es gehört alles dir. Und ich bekomme meine Freiheit.«
Kait begann zu zittern. Sie konnte kaum sprechen. Ihr war schwindlig, und Angst schnürte ihr die Kehle zu. *Sie wollte Lana sagen, dass es immer eine andere Möglichkeit gab.* Aber sie wusste, dass das nicht stimmte, und dann begannen die Tränen zu fließen, und sie brachte kein Wort heraus.
Lana verstand sie. Sie drückte sie fest an sich. »Du wirst mir fehlen. Aber ich kann nicht ins Gefängnis gehen, und ich kann auch nicht damit aufhören, also …« Sie zuckte mit den Schultern. »Der Boden ist mir hier in letzter Zeit zu heiß geworden. Ich bin ziemlich sicher, dass der gute Privatdetektiv Zara ein paar dumme Sachen herausgefunden hat, die ich früher mal

angestellt habe, und Coleman ist nicht blöd. Ich hatte schon seit Monaten das Gefühl, dass die beiden mir und Colin auf der Spur sind. Also muss ich weg.« Sie küsste Kait auf die Wangen, und ihre Lippen fühlten sich überraschend kühl an. »Verhalte dich einfach ganz ruhig, und die Aufregung wird sich wieder legen. Ich freue mich für dich, Kait«, sagte sie. »Ich weiß, wie sehr du Trev und Marni liebst.«

Kait bekam keine Luft mehr. Im Treppenhaus war es unerträglich heiß geworden. Sie fühlte sich so schwach, als würde sie gleich ersticken. Doch ihr Entschluss stand fest, es gab kein Zurück mehr. Schon gar nicht mit einem gestohlenen Ring in ihrer Handtasche. Sie sah ihrer Schwester fest in die Augen.

Lana lächelte.

Kait konnte es nicht.

»Leb wohl«, sagte Lana.

Kait nickte. »Lana?«

An der Tür blieb Lana noch einmal stehen.

»Ich liebe dich«, sagte Kait mit tauben Lippen.

Kait schaute in das Krankenzimmer, in dem Gabe Jenkins schlief. Die Szene hatte sich in der Zwischenzeit nicht verändert. Sam und Gabes Mutter saßen neben seinem Bett, Trev und Rafe standen am Fußende und unterhielten sich leise. Trev spürte ihre Anwesenheit sofort, denn er drehte sich um, als sie näher kam.

Kait blieb abrupt stehen. Sie sahen einander in die Augen.

Kait fuhr sich mit der Zunge über die Lippen. »Rafe?«

Rafe drehte sich ebenfalls um.

Sie räusperte sich. »Kann ich dich kurz sprechen – unter vier Augen?« Sie hatte vor fünf Minuten eine Entscheidung getroffen, als Lana ihr auf dieser kalten, grauen Treppe ihre Ehe angeboten hatte, ihren Mann, ihr Leben.

Rafe und Trev wechselten einen Blick, und Rafe verließ den Raum. »Gehen wir irgendwo hin, wo wir ungestört sind«, sagte Kait. Ihr Herz hämmerte beängstigend schnell. Sie wollte nicht, dass Trev das Gespräch mitbekam, das sie nun führen musste.

Rafe folgte ihr in einen kleinen, leeren Warteraum. »Was soll denn das?«

Kait sah ihm fest in die Augen. »Mein Name ist Kait London. Ich bin Lana Colemans Zwillingsschwester.«

Er verzog keine Miene und sagte nach einem Moment: »Tatsächlich.«

»Ja, tatsächlich«, wiederholte Kait, die nun doch von Gefühlen überwältigt wurde. Sie schlang die Arme um sich und spürte, wie ihr die Tränen in die Augen stiegen. »Meine Schwester ist kriminell, aber ich glaube, das weißt du bereits. Vor zehn Minuten hat sich mich hier ins Treppenhaus gezerrt und mir gesagt, ich könnte ihr Leben behalten, und sie wolle sich absetzen. Sie behauptet, sie würde heute Abend nach Paris fliegen, aber ich weiß, dass das eine Lüge ist. Sie ist zu klug, um mir die Wahrheit zu erzählen.«

Rafe sagte: »Rühr dich ja nicht von der Stelle.« Er rannte davon.

Kait sank auf einen Stuhl, schlug die Hände vors Gesicht und weinte. Sie weinte, weil die Schwester, die sie ihr ganzes Leben lang geliebt und bewundert hatte, nur eine Illusion gewesen war, und je mehr sie sich an die Vergangenheit erinnerte, desto sicherer wurde sie, dass Lana immer schon alle belogen und betrogen hatte.

Kait hatte das Gefühl, ihr Leben lang eine Lüge geliebt zu haben, und vielleicht war es auch so. Aber nun war es vorbei. Lana war weit mehr als eine Ehebrecherin, eine Kriminelle, eine Betrügerin und Diebin; sie hatte selbst eingestanden, dass sie eine Soziopathin war.

Hatte sie Kait wirklich für einen solchen Schwächling gehalten, dass sie glaubte, Kait werde Lanas Leben einfach übernehmen und für den Rest ihres Lebens weiter lügen? Hatte Lana Kait wirklich für so schwach gehalten, dass sie glaubte, Kait würde sie mit all ihren Verbrechen ungestraft davonkommen lassen? Um ihre eigene Schwester zu verraten, hatte Kait jedes bisschen Kraft und Anstand aufbieten müssen, das sie noch besaß.

Seltsamerweise fand Kait immer noch, dass Lanas schlimmstes Verbrechen darin bestand, ihre Familie betrogen zu haben – Kait, Trev, Marni und Sam. Aber das war ein Verbrechen, für das sie niemand zur Rechenschaft ziehen würde – ihre Familie würde den Preis dafür zahlen müssen.

Kait war froh, dass ihre Eltern nicht mehr miterleben mussten, was aus Lana geworden war.

Doch nun würde die Gerechtigkeit zumindest teilweise siegen – denn Kait hatte ihre eigene Schwester ausgeliefert.

Plötzlich trat Rafe wieder zu ihr; er sprach in ein Funkgerät. »Sie kann nicht weit gekommen sein. Riegelt das Krankenhaus ab, sperrt die Ausfahrt. Ich will, dass ihr jedes verdammte Auto genau überprüft!« Er schaltete das Gerät aus, nachdem seine Anweisungen bestätigt worden waren, und starrte Kait an.

Kait gefiel der Blick nicht, mit dem er sie musterte. Langsam stand sie auf. »Vielleicht solltest du lieber noch ein paar Straßensperren errichten lassen, falls sie das Krankenhausgelände schon verlassen hat. Und ich würde auch jemand zu Farrells Haus schicken – und ihn beschatten lassen.«

»Unmöglich. Viel zu viele Nebenstraßen.« Doch er hob das Funkgerät an die Lippen. »Schick jemand zu Farrell rüber. Zweihunderteins Park Lane. Überwachung. Wenn er das Haus verlässt, hängt euch dran, und was auch immer passiert, verliert ihn ja nicht aus den Augen!«, befahl er barsch. Dann wandte er seinen forschenden Blick wieder ihr zu.

Sie stand verlegen vor ihm. »Ich habe dieses Theater keinen Augenblick genossen, das musst du mir glauben.«

»Na klar.« Er blickte grimmig drein.

»Sie hat mir erzählt, sie sei in Gefahr; sie hat mich glauben lassen, dass auch Marnis Leben bedroht sei«, erklärte Kait heiser. »Sie hat mir nicht mal eine Chance gegeben, ihr zu widersprechen. Ich hatte sie seit Jahren nicht mehr gesehen – ich wusste nicht einmal, dass sie geheiratet hat. Sie ist plötzlich aufgetaucht, hat mir erzählt, sie stecke in Schwierigkeiten, hat mir einen Brief in die Hand gedrückt, und weg war sie. Ich meine, sie hat mich einfach überfahren.«

»Habt ihr beide oft die Plätze getauscht?«

»Nein. Seit wir acht oder neun waren, haben wir das nicht mehr gemacht«, antwortete Kait. »Du glaubst mir nicht.«

»Ich weiß nicht, was ich glauben soll, aber Max hat vor ein paar Tagen erst festgestellt, dass Lana eine Zwillingsschwester hat. Die Frage ist nur, welche von beiden bist du?«

Kait erschauerte. »Ich bin Kait. Kait London. Ich habe bisher für eine PR-Agentur in der Madison Avenue gearbeitet. Überprüf das ruhig. Überprüf mich. Ich sage die Wahrheit.«

Er starrte sie lange an. »Was willst du … Kait? Und warum lieferst du deine Schwester ausgerechnet jetzt aus?«

Kait öffnete ihre Handtasche und holte den Diamantring heraus. »Den hat Farrell am Abend von Parkers Gala gestohlen.«

Er starrte mit undurchdringlicher Miene auf den Ring. »Er gehört Georgina«, fügte sie hinzu.
»Ich weiß.«
Kaits Gesicht war düster. »Ich wusste nichts von Farrell, und dass er und meine Schwester Partner waren – und ein heimliches Liebespaar –, zehn Jahre lang. Sie haben Trev übrigens tatsächlich hereingelegt. Sie hat ihn nur wegen seines Vermögens und seiner reichen Freunde geheiratet.«
Rafe sah sie an. »Du und Farrell habt also diesen Ring gestohlen – oder waren es Farrell und deine Zwillingsschwester?«
Sie schluckte nervös, denn sie merkte, worauf er hinauswollte – das Durcheinander, wer welche Schwester war und wer eigentlich was getan hatte, war nicht nur verwirrend – es war ein Netz aus Lügen, das vielleicht nie ganz entwirrt werden konnte. »Ich war mit Farrell dort. Aber ich habe in meinem ganzen Leben noch nie etwas gestohlen, und ich war dabei, als er ihn genommen hat – dann hat er versucht, ihn mir aufzudrängen. Ich habe ihm den Ring am Tag darauf zurückgebracht.«
»Zu ihm. Nicht zu mir, oder zur Polizei.« Er beobachtete sie scharf.
»Ich war noch nicht bereit, meine eigene Schwester zu verraten! Sie auszuliefern – sie ins Gefängnis zu schicken!«, rief Kait, die nun endgültig die Fassung verlor.
»Aber jetzt bist du zu all dem bereit.«
»Ja«, stöhnte sie. »Ja, das bin ich. Sie hat mir den Ring gerade eben wiedergegeben, als Abschiedsgeschenk. Und sie wollte mich überreden, für immer in ihrer Lüge weiterzuleben.« Sie wandte sich ab und kniff die Augen zu. »Bitte sag Trev noch nichts. Bitte. Ich erkläre es ihm heute Abend in Ruhe, wenn wir zu Hause sind.«

Schweigen.
Sie spürte seine Blicke in ihrem Rücken.
Langsam drehte sie sich um.
»Ich könnte dich auf der Stelle verhaften.«
»Gut«, flüsterte Kait. »Genau das will ich.«
Nun endlich zeigte er Überraschung. »Was!?«
»Verhafte mich, Rafe. Sperr mich ein und bring es in die Schlagzeilen. Das ist genau das, was sie will. Verstehst du, Lanas Plan war, mir ihr Leben zu übergeben, sie will, dass ich an ihrer Stelle alles ausbade.«
Sie sahen einander lange an.
»Du glaubst, deine eigene Schwester will, dass du an ihrer Stelle ins Gefängnis kommst?«
Kait nickte, obwohl es ihr fast das Herz zerriss.
»Wenn du wirklich diejenige bist, die du zu sein behauptest, dann würde ich ja die Falsche festnehmen – zumindest, was die Anklage wegen Diebstahls angeht.«
Kait schüttelte den Kopf. Seine Andeutung, er könnte sie ein andermal etwa wegen Betrugs festnageln, gefiel ihr nicht. »Verstehst du denn nicht? Wenn du mich verhaftet hast – als Lana –, wird sie sich in Sicherheit glauben. Und dann kannst du sie schnappen und vor Gericht bringen«, sagte Kait.

Die Zeit war nur so verflogen, und schon war es sieben Uhr abends. Kait wusste kaum, wohin der Tag verschwunden war; da sie ihn im Krankenhaus verbracht hatte, war er verschwommen an ihr vorbeigerauscht. War es erst sechs, sieben oder acht Stunden her, seit sie ihrer Schwester im Treppenhaus gegenübergestanden hatte? Waren nur wenige Stunden vergangen, seit sie ihre eigene Schwester den Behörden gemeldet hatte? Es fühlte sich an, als sei das eine Ewigkeit her. Kait hatte irgendwie den Nachmittag durchgehalten, Sandwiches, Kekse, Limonade und Wasser in Gabes Krankenzimmer gebracht, erst Sams Hand gehalten, dann Trevs. Mitch war vorbeigekommen, um selbst nach Gabe zu sehen und um Sam ein Beruhigungsmittel zu geben und sie nach Hause zu schaffen. Sam blieb stur; erst Kait gelang es schließlich, sie zu überreden, sich nach Hause bringen zu lassen und das Valium zu nehmen; Kait konnte sich nicht erinnern, wie sie das alles geschafft und was sie zu ihr gesagt hatte.

Nun stand Trev reglos auf der Schwelle zu Sams Zimmer, die Arme vor der Brust verschränkt. Er sah müde aus. Sam lag im Bett, noch in Jeans und T-Shirt, und schlief tief und fest. Sie hatte endlich das Valium geschluckt, das Mitch ihr verschrieben hatte, und sobald ihr Kopf das Kissen berührte, war sie eingeschlafen. Gabe lag noch auf der Intensivstation, doch sein Zustand war stabil, und Ben Abbott war auf Kaution freigelassen worden.

Kait war immer noch wie betäubt, und sie nahm an, dass sie tatsächlich unter Schock stand. Vorsichtig zog sie Sam Stiefel und Strümpfe aus; sie konzentrierte sich voll und ganz auf diese einfachen Handlungen – als würde das die Erinnerung an ihre Begegnung mit Lana oder das Gespräch mit Rafe Coleman vertreiben. Er hoffte, ihre Schwester und Farrell am Flughafen abfangen zu können; Kait wusste, dass er sie nicht so leicht erwischen würde. Wenn Lana behauptet hatte, sie wolle noch heute nach Paris fliegen, würde sie vermutlich stattdessen morgen nach Singapur reisen.

Kait war völlig erschöpft und verzweifelt. Sie hatte den ganzen Tag lang gegen diese schrecklichen Erinnerungen gekämpft und versucht, sich möglichst normal zu benehmen – was auch immer das heißen mochte. Sie war sich bewusst, dass Trev sie von der Tür her beobachtete. Schon den ganzen Tag lang war sie sich schmerzlich seiner Gegenwart bewusst gewesen. Der Augenblick der Wahrheit war gekommen, und sie konnte ihm nicht mehr ausweichen. Wenn sie es ihm nicht sagte, würde er es von Rafe Coleman erfahren. Er hatte gesagt, er würde ihr bis Mitternacht Zeit geben.

Es war schon verdammt spät geworden.

Kait deckte Sam sorgfältig zu. Dann zupfte sie an der Bettdecke herum, denn ihr graute vor dem, was sie gleich sagen und tun musste. Sie vergewisserte sich, dass das Wasserglas auf dem Nachttisch voll war, und dann richtete sie sich auf und drehte sich qualvoll langsam um.

Zum ersten Mal, seit sie Lana gesehen und an Rafe verraten hatte, fühlte sie etwas. Sie sah Trev an.

»Danke«, sagte er und betrachtete sie mit einem seltsamen Blick.

Sie konnte nicht sprechen. In ein paar Minuten würde er ihr nicht mehr dankbar oder sonst irgendetwas sein, nur noch fuchsteufelswild. In wenigen Augenblicken würde er sie nie wieder liebevoll oder zärtlich ansehen.

»Möchtest du etwas trinken?«, fragte er, rührte sich aber nicht von der Stelle.

Langsam wich die Betäubung von ihr. Dafür wurde ihr übel vor Angst. »Nein.« Wenn sie jetzt irgendetwas zu sich nahm, würde sie sich übergeben.

»Ist alles in Ordnung?«, fragte er argwöhnisch.

»Nein.«

Sein Gesicht erstarrte. »Du benimmst dich schon den ganzen Tag so merkwürdig.«

Er würde sie nie wieder im Arm halten. Sie würden nie wieder miteinander schlafen. Ihre Blicke würden sich nie wieder im stummen Austausch begegnen, gefolgt von einem heimlichen kleinen Lächeln.

»Wir müssen uns unterhalten.«

Er starrte sie an.

»Bitte.« Sie zögerte und rührte sich immer noch nicht von Sams Bett fort. »Unter vier Augen.«

»Das gefällt mir nicht«, sagte er.

»Damit hast du Recht. Ich muss dir etwas sagen ... das dir gar nicht gefallen wird.«

Er blieb stehen und sah sie misstrauisch an.

Kait versuchte tief durchzuatmen, doch das war unmöglich, ihr Atem ging viel zu flach und hastig. Mit einiger Anstrengung schaffte sie es, sich endlich in Bewegung zu setzen; sie ging an ihm vorbei und wusste, wie es sich anfühlte, zur eigenen Hinrichtung geführt zu werden. Sie hörte und spürte, wie Trev ihr folgte. Sie entschied sich gegen die paar Schritte bis zum Schlafzimmer, sondern ging lieber hinunter ins Wohnzimmer, auf neutrales Gebiet.

Als sie das Wohnzimmer erreicht hatten, ging er schnurstracks an ihr vorbei und schenkte sich einen großen Scotch ein.

»Ich bin nicht Lana«, sagte sie. In dem Moment, als sie das sagte, viel abrupter, als sie gewollt hatte, explodierte ihr Herz fast vor Angst.

Trev hatte sich eben zu ihr umgedreht, den Scotch in der Hand. Er hob das Glas nicht zum Mund und zeigte keinerlei Überraschung.

Das verblüffte Kait. Trotz ihrer Befürchtungen hatte sie es nicht glauben wollen, doch nun dachte sie wieder: Er weiß es. »Ich bin ihre Zwillingsschwester. Ich heiße Kait. Kait London.«

Er stellte den Scotch beiseite. Sie sah, dass seine Hand leicht zitterte. »Ich weiß.«

Sie starrte ihn an, von seinen Worten tief getroffen. »Seit wann?« Sie zweifelte keinen Moment daran, dass Rafe Wort gehalten hatte.

Seine Miene verschloss sich noch mehr. »Seit wir miteinander geschlafen haben.«

Ein weiterer Tiefschlag. Sie konnte kaum mehr atmen, gerade stehen, denken. »*Warum?*«

Er verzog den Mund zu einer bitteren Grimasse. »Warum? Sollte nicht ich derjenige sein, der dich das fragt?«

»Wenn du es gewusst hast, warum hast du dann nichts gesagt?«

»Warum sollte ich? Ich war bereit, das Spiel nach deinen Regeln mitzuspielen … Kait«, sagte er kühl.

Sie konnte, wollte das nicht verstehen. Aber sie begriff es trotzdem. Jeder Augenblick, den sie geteilt hatten, war eine Lüge, nicht nur von ihr, sondern auch von ihm aus. Nur erschienen ihr seine Lügen verwerflicher, denn das waren Lügen des Herzens. »Dann ist also unsere ganze Versöhnung …«

»Du bist hier nicht die einzige Schauspielerin, Kait.« Seine Nasenflügel bebten. Sie sah dunkle Wut in seinen Augen aufkeimen. »Ich kann mich genauso gut verstellen wie du, wenn es nötig ist.«

Sie wollte gar nichts mehr fühlen, doch zu all dem Chaos in ihrem Inneren gesellte sich nun furchtbarer Schmerz. »Empfindest du überhaupt irgendetwas für mich?«

Nun war er es, der stutzte. »Nein.«

Irgendwie schaffte sie es, sich auf den Beinen zu halten. »Das war alles nur vorgespielt. Jeder Augenblick – jede Berührung – jeder Kuss.«

»Ja.« Seine Augen blitzten auf. »Jetzt bin ich dran. Warum? Warum dieses Spielchen … Kait?«

Sie fürchtete, jeden Moment in Ohnmacht zu fallen. Er liebte sie nicht, er hatte sie auch nie geliebt. Sie wollte ihm sagen, was sie fühlte. Sie hatte schreckliche Angst, sich zum Narren zu machen. »Ich hatte keine andere Wahl.«

»Keine andere Wahl?« Plötzlich schoss er auf sie zu. Kait wand sich vor Angst. »Du bist ein freier Mensch, es war deine Entscheidung.«

»Ich kann es dir erklären, bitte lass mir einen Moment Zeit … ich bekomme keine Luft mehr«, keuchte sie, und das war die Wahrheit. Der Raum wurde vor ihren Augen immer dunkler, und sie glaubte, jeden Moment umzukippen.

»Nein, ich kann mir das selbst erklären.« Sein Gesichtsausdruck war hart und bitter vor Ekel und Abneigung. »Der Apfel fällt nicht weit vom Stamm – niemals –, nicht wahr, Kait? Du und Lana, ihr seid vom selben Schlag!«

»Nein! Wir sind zwei grundverschiedene Menschen!«, rief Kait. Angst und Panik brachen über ihr zusammen wie eine Flutwelle. Doch genau mit dieser Reaktion hatte sie gerechnet. Dennoch hatte sie im tiefsten Herzen auf Verständnis, Vergebung und eine Zukunft ihrer Liebe gehofft.

»Ich habe noch eine Frage an dich«, sagte er, und Abscheu prägte seine Miene. »Wie oft habt ihr beiden schon die Plätze getauscht? Wie oft habt ihr die Leute so hereingelegt?«

»Nie!«, protestierte sie. »Ich meine, das haben wir manchmal getan, als wir noch klein waren … Dies war das einzige Mal – ich wusste ja nicht einmal, dass Lana verheiratet war, bis sie mich letzte Woche in New York besucht hat!«

»Ach, tatsächlich?« Er bebte, und seine Stimme klang höhnisch.

»Ich glaube dir kein Wort. Denn ich erinnere mich an deinen Namen. *Kait London.* Das sagt mir etwas. Es klingt nett. Kait London. Wir waren vor Jahren zu einer Besprechung verabredet, und du bist nicht aufgetaucht – stattdessen hast du Lana hingeschickt!«

»Nein! Lana hat mich reingelegt, Trev, genau so, wie sie dich reingelegt hat!«, rief Kait, den Tränen nahe.

»Ich glaube eher, dass ihr zwei zusammenarbeitet«, entgegnete Trev wütend.

Kait schüttelte verzweifelt den Kopf. »Bitte hör mich an! Lana und ich haben uns nie sehr nahe gestanden, nicht einmal als Kinder. Sie war immer der Wildfang, sie war die beliebtere von uns beiden. Sie war extrovertiert und lebenshungrig, sie konnte jeden Jungen haben, den sie wollte, während ich immer zu Hause über den Büchern saß oder mich im Stall hinter den Pferden versteckte. Wir waren als Kinder nicht einmal Freundinnen, und ich hatte sie sechs oder sieben Jahre lang nicht mehr gesehen, bis sie letzte Woche plötzlich aufgetaucht ist! Ich hatte keine Ahnung, dass sie dich geheiratet hatte, dass sie ein Kind bekommen hatte – keine Ahnung! Ihr Anruf kam aus heiterem Himmel«, erklärte Kait.

»Wenn du wirklich eine so anständige Person wärst, dann hättest du dich nie bereit erklärt, einfach in ihr Leben einzuspringen, dich für sie auszugeben und nicht nur mich, sondern auch meine Kinder zum Narren zu halten!«

Kait wich zurück. »Sie hat gesagt, sie sei in Schwierigkeiten und brauche meine Hilfe! Ich habe mich so gefreut, sie wiederzusehen, ich war so glücklich, meine Zwillingsschwester wiederzuhaben, dass ich vom Empire State Building gesprungen wäre, wenn sie mich darum gebeten hätte.«

Er war still geworden. Einen Moment lang glaubte Kait, es sei ihr wundersamerweise gelungen, zu ihm durchzudringen. Doch als er dann sprach, wusste sie, dass ihr Schicksal besiegelt war. »Mit mir kannst du deine schmutzigen Spielchen treiben«, sagte er leise, »aber niemals mit meinen Kindern.« Und bevor sie auch nur blinzeln konnte, schleuderte er wutentbrannt das Whiskeyglas quer durch den Raum.

Kait fuhr erschrocken hoch, als das Glas hinter ihr zerbarst und Scotch auf ihren Rücken und ihre Schultern spritzte.

Und dann ragte er drohend vor ihr auf. Seine Hände schlossen sich um ihre Kehle. Kait japste nach Luft und begegnete einem so rasend zornigen Blick, wie sie ihn noch nie erlebt hatte. Und ihr wurde klar, dass sie eine einzige Möglichkeit überhaupt nicht bedacht hatte – dass er sie vielleicht selbst ermorden wollte oder so wütend auf sie wurde, dass er sich tatsächlich dazu hinreißen ließ. Sie starrten einander in die Augen.

Doch seine Hände an ihrer Kehle drückten nicht zu. Er ließ sie los, rückte aber nicht von ihr ab, sondern drängte sie an die Wand.

»Du bist in mein Leben spaziert – Sams Leben – Marnis Leben!«, knurrte er. »Du hast so getan, als wärst du meine Frau! Also wag es ja nicht, zu behaupten, du seiest anders als sie!« Er schüttelte sie. »Sie ist eine Hure, Kait, und genau das bist du auch … eine miese, verlogene Hure.«

Wie weh seine Worte ihr taten. Kait hörte sich wimmern, doch der Schmerz kam aus ihrem Herzen, nicht davon, dass er ihre Schultern gepackt hatte.

Er erbleichte, bis nur zwei helle rosa Flecken gespenstisch auf seinen Wangen glühten, und dann stieß er sie von sich. Er schlug die Hände vors Gesicht, wandte sich ab, und sie glaubte ihn stöhnen zu hören.

Sie prallte gegen die Wand und sank zu Boden. »Ich wollte doch nur meiner Schwester helfen«, flehte sie ihn an. »Sie hat mir erzählt, sie würde einem Kredithai unheimlich viel Geld schulden, und ich war so dumm, ihr zu glauben. Sie hat gesagt, er würde sie umbringen, oder Marni, wenn sie nicht zahlte, und ich habe ihr geglaubt. Sie hat gesagt, ich müsste nur ein paar Tage für sie einspringen, und ich habe ihr geglaubt. Ich hatte doch keine Ahnung, dass sie das alles eingefädelt hat, damit ich hier für immer ihre Stelle einnehme.«

Er fuhr herum. »Es könnte ebenso gut sein, dass du sehr wohl Bescheid wusstest und beschlossen hast, dir auch ein bisschen von dem schönen Leben zu nehmen, das ich dir bieten konnte!«

»Nein! Ich bin hergekommen, um Lana zu helfen, und dann habe ich Marni lieb gewonnen, und Sam …« Und dich, wollte sie hinzufügen, doch das traute sie sich nicht. Sie spürte Tränen über ihre Wangen rinnen.

»Du liebst nur dich selbst!«, schrie er sie an. »Wag es nie wieder, mir gegenüber zu behaupten, du würdest Marni oder Sam lieben!«

»Aber ich liebe Marni doch!«, schrie sie zurück.

Er packte sie und zerrte sie auf die Füße, bevor sie noch etwas sagen konnte. »Hör sofort auf damit!«, brüllte er und schüttelte sie heftig. »Halt die Klappe, bevor ich noch den letzten Rest Beherrschung verliere! Du liebst uns nicht! Du hast uns benutzt, genau wie dein Miststück von einer Schwester! Nichts anderes seid ihr, alle beide, zwei hübsche, intrigante Miststücke.«

Kait klammerte sich an ihn. Ihre Blicke begegneten sich einmal mehr. »Ich habe dich nur in einer Sache angelogen«, flüsterte sie heiser, »und das war mein Name. Alles andere war echt.«

»Ich will nichts mehr davon hören!«, rief er und stieß sie fort. Er ging zur Tür.

Sie prallte gegen die Wand. »Trev, bitte warte!«

Er blieb nicht stehen.

Kait sah ihm nach, und dann glitt sie an der Wand hinab, schlang die Arme um sich und weinte jämmerlich. So schnell also hatte sie ihn verloren.

Aber sie hatte ihn ja nie gehabt. Er hatte die ganze Zeit über Bescheid gewusst, seit sie sich zum ersten Mal geliebt hatten.

Sie weinte noch heftiger.

»Hier.«

Beim Klang von Max Zaras Stimme erstarrte Kait. Sie blickte auf und sah, dass er ihr ein Taschentuch hinhielt. Seine blauen Augen sahen sie freundlich und mitfühlend an. »Ich liebe ihn wirklich«, sagte sie.

»Das weiß ich.«

Zwanzig

Kait hatte nicht schlafen können. Fast die ganze Nacht lang hatte sie sich ruhelos herumgewälzt, mit gebrochenem Herzen, und sich an ihr Kissen geklammert. Trevs Seite des Betts war leer geblieben.

Nun weckten sie die leisen Stimmen der Blauhäher, und sie merkte, dass sie doch für ein Stündchen eingenickt war. Ein Blick aus dem Fenster zeigte ihr, dass der Morgen den Himmel schon grau färbte, doch die Sonne war noch nicht aufgegangen. Sie blieb reglos liegen, erfüllt von Bildern von Trev, Marni und Sam. Wie schmerzlich jede einzelne dieser Erinnerungen war. Sie dachte auch an ihre Schwester, und vor Entsetzen drehte es ihr den Magen um. Wo war sie jetzt? Es hatte keinen nächtlichen Anruf von der Polizei gegeben, also hatten sie sich noch nicht erwischt. Kait dachte an alles, was sie getan hatte, und kniff die Augen zusammen, um Tränen und Schmerz zurückzudrängen. Sie drückte das Kopfkissen an sich und spürte plötzlich etwas Weiches, Warmes an ihrem Handrücken.

Kait schob das große Kissen beiseite und entdeckte Marni, die friedlich neben ihr schlief, einen Teddybär in den Armen. Die Tränen flossen. Sie warf das Kissen auf den Boden und zog Lanas Tochter an sich.

Sie hatte die Kraft, Fox Hollow zu verlassen, Trev zu verlassen. Aber wie sollte sie es jemals über sich bringen, Marni zu verlassen?

Marni schlug die Augen auf. Sie lächelte engelsgleich und gähn-

te. Kait strich ihr übers Haar. »Wie ich sehe, habe ich mitten in der Nacht Besuch bekommen«, flüsterte sie heiser.
»Ich habe schlecht geträumt«, sagte Marni und kuschelte sich an sie. »Ich habe geträumt, dass du weggehst!«
Kait brachte kein Wort mehr heraus. Sie sah ihrer Nichte wie gebannt in die Augen und dachte an Lanas Wunsch, sie solle hierbleiben und sich um ihre Tochter kümmern. Natürlich hatte Lana nicht damit gerechnet, dass Kait ihre Schwester verraten würde oder dass Trev ihnen beiden einen Schritt voraus gewesen war.
»Ich bin ja hier«, krächzte sie. »Schlaf ruhig weiter. Es ist erst sechs Uhr. Ich wecke dich um sieben, mein Schatz.«
Marni nickte, drückte ihren Teddy an sich und schloss die Augen. Kait streichelte ihren Kopf, bis sie wieder eingeschlafen war. Dann stand sie auf.
Sie dachte daran, Rafe Coleman anzurufen, verwarf diese Idee aber rasch.
Kait wusch sich und schlüpfte in Jeans und T-Shirt. Der Herbst war nun endgültig hereingebrochen; es war ein kalter Morgen. Sie nahm sich Trevs altes graues Sweatshirt und zog es über, dann verließ sie in Hausschuhen das Schlafzimmer.
Vor Sams Tür blieb sie stehen. Die Sorge, die sie erfasste, war ihr beinahe willkommen, denn sie lenkte sie von ihren eigenen Problemen ab. Vorsichtig öffnete Kait die Tür, denn sie wollte Sam nicht wecken, falls diese noch schlief. Sam lag noch ganz genauso da wie gestern Nacht, im Tiefschlaf, auf dem Rücken, die Bettdecke bis unters Kinn gezogen und um ihren Körper gewickelt wie eine Zwangsjacke.
Kait zog den Kopf wieder zurück. Sam war erschöpft, und das aus gutem Grund. Sie ging weiter, die Treppe hinunter. Auf der

Schwelle zur Küche zögerte sie. Sie hatte erwartet, das Haus so früh am Morgen für sich zu haben, doch da hatte sie sich geirrt. Trev und Elizabeth saßen am Küchentisch und tranken Kaffee. Trev sah aus, als habe er ebenfalls kein Auge zugetan. Er war unrasiert und hatte tiefe Ringe unter den Augen, das Haar war zerzaust. Elizabeth' angespanntes, besorgtes Gesicht und die Art, wie sie sich über den Tisch zu ihm lehnte, ließen Kait vermuten, dass Elizabeth schon seit Stunden wach war und inzwischen das volle Ausmaß von Kaits Betrug erfahren hatte.

Sie blickte zuerst auf. Wut, Entsetzen und Empörung spiegelten sich auf ihrem Gesicht.

»Guten Morgen«, sagte Kait und ignorierte sie. Stattdessen sah sie Trev an.

Er hob den Kopf, und ihre Blicke trafen sich. Er sagte kein Wort.

Elizabeth stand auf. »Sie haben hier weiß Gott genug angerichtet. Sie sind hier nicht länger willkommen. Wann können Sie fahren?«

Kait straffte die Schultern. »Ich packe nach dem Frühstück meine Sachen«, sagte sie und bemühte sich, ihre Gefühle zu verbergen. Doch ihre Stimme klang selbst in ihren Ohren erstickt und kläglich. Wieder blickte sie zu Trev hinüber, und sie sahen einander vorsichtig an.

Es war Kait, die rasch, mit klopfendem Herzen, den Blick senkte. Sie fragte sich, ob er mehr wusste, als er letzte Nacht zu erkennen gegeben hatte.

»Ich sehe mal nach, ob die Zeitungen schon da sind.« Elizabeth stand abrupt auf.

Kait goss sich eine Tasse Kaffee ein und sah, dass ihre Hände zitterten und sie nichts dagegen tun konnte. Sie konnte Trevs

Hass nicht ertragen. Aber damit hatte sie gerechnet. Sie hatte gewusst, dass er sie rundheraus verabscheuen würde, wenn er je die Wahrheit herausfand.

Doch offensichtlich hatte ihr Herz sich albernen Hoffnungen und Träumen hingegeben, und die wollte sie noch immer nicht begraben.

Kait blickte wieder Trev an. Er starrte in seinen Kaffee, als stünde ein Becher Gift vor ihm und als sei sie gar nicht da. Sie wagte es nicht, sich zu ihm an den Tisch zu setzen, also blieb sie mit dem Becher in der Hand stehen und lehnte sich an den Küchentresen. Es war nicht zu übersehen, dass sie hier nur noch als Eindringling galt.

Plötzlich stand er auf. »Wo ist sie?«

Kait erstarrte. Sie musste gar nicht erst fragen, wen er damit meinte. »Ich weiß es nicht. Aber sie hat gesagt, sie würde nicht zurückkommen.«

Er starrte sie an. »Das«, sagte er schließlich, »nenne ich ein Glück.« Mit funkelnden Augen griff er nach seiner gefütterten Windjacke.

Eine Sirene heulte einmal auf, und noch einmal, ein Warnzeichen.

Kait wurde bei diesem Geräusch steif vor Angst. Alles, was sie seit gestern getan hatte, überrollte sie wie eine gewaltige Lokomotive. Die Sirene ertönte wieder – diesmal nur ein kurzes Hupen.

Kait erstarrte. Bedeutete die Sirene das, was sie glaubte? Sie hatte es ernst gemeint, als sie Rafe gesagt hatte, er solle sie verhaften. Wenn Kait erst einmal im Gefängnis saß und alle meinten, Lana sei dingfest gemacht worden, würde Lana glauben, ihr Plan sei aufgegangen. Sie würde leichtsinnig werden, zu viel wagen, und irgendwann würden sie sie erwischen. Hoffte Kait. Das war, so dachte sie, die einzige Chance, Lana zu schnappen, bevor sie spurlos verschwand, um sich dem nächsten wohlhabenden Opfer zuzuwenden.

Trev schaute aus dem Fenster. »Es ist Rafe«, sagte er angespannt, »mit zwei Wagen Verstärkung.« Er warf Kait einen verwunderten Blick zu und eilte hinaus.

Kait blieb in der Küche, sie rührte sich nicht vom Fleck. Sie begriff, was Fluchtinstinkt wirklich bedeutete. Ihr ganzer Körper vibrierte vor Anspannung, denn sie ahnte irgendwie, dass nichts so laufen würde, wie sie es sich gedacht hatte – sie wollte nur noch wegrennen.

Doch das waren lediglich ihre Nerven. Sie würde nicht davonlaufen. Sie hatte bisher alle Lügen ihrer Schwester überlebt, und nun war Lana mit Weglaufen an der Reihe.

Sie hörte Schritte. Kait bewegte sich vorsichtig, ermahnte sich, tapfer zu sein, hielt sich vor Augen, dass sie nichts als die Wahrheit gesagt hatte, dass sie unschuldig war, dass Farrell den Ring gestohlen hatte, und als sie ins Foyer trat, flog die Haustür auf. Rafe kam herein. Er trug Uniform, seinen Cowboyhut und eine dunkle, verspiegelte Sonnenbrille. Er hatte noch nie angsteinflößender ausgesehen. »Morgen, Trev, Elizabeth«, sagte er. Zwei Polizisten bauten sich hinter ihm auf, in ebenso bedrohlicher Aufmachung und Pose.

»Was ist los, Rafe?«, fragte Trev düster.

»Wir suchen eine Diebin.« Trev nahm die Sonnenbrille ab und starrte Kait an. »Parker wurde neulich bestohlen. Vielleicht sogar am Abend des Herbstballs. Ein Harry-Winston-Diamantring ist verschwunden. Ich würde sagen, das war jemand, der sich im Haus gut auskannte. Was meinst du?«

Sie begann zu zittern. Sie war unschuldig, doch sie wünschte, Rafe wäre nicht ganz so Furcht erregend. »Ihr habt sie nicht gefunden?«

»Du meinst, ob ich deine Zwillingsschwester gefunden habe? Nein. Wir haben die Polizei in Washington eingeschaltet, wir haben jeden Flug nach Paris überprüft und dann sämtliche Maschinen, die von D.C. abflogen. Ich fürchte, dein kleiner Tipp hat nicht funktioniert, *Schwester.*« Er griff in die Innentasche seiner Uniformjacke und holte ein zusammengefaltetes Dokument hervor, während Kait mit wachsendem Entsetzen zusah. Rafe spielte hier doch nur den eiskalten Bullen – oder?

»Hier habe ich einen Durchsuchungsbefehl«, sagte er und sah Kait unverwandt an.

Kait rührte sich nicht. Sie hatte nur noch einen Gedanken. *Rafe wollte sie doch nicht wirklich verhaften – oder? Das gehörte bestimmt alles zu ihrem Plan!*

»Einen Durchsuchungsbefehl?«, echote Trev, als habe er kein Wort verstanden.

Rafe ließ Kait nicht aus den Augen, doch er gab seinen Männern mit einem Nicken ein Zeichen. Die beiden gingen zur Treppe. »Sucht als Erstes im Schlafzimmer«, sagte er. »Hab einen Tipp gekriegt«, fügte er hinzu und sah Kait wieder direkt an.

»Ich habe dir gesagt, dass sie nicht diese Maschine nehmen würde«, würgte Kait hervor.

»Ja, kann sein. Und hier habe ich eine weitere richterliche Anordnung, unterschrieben vor etwa einer halben Stunde.« Rafe grinste beinahe. »Einen Haftbefehl für dich.«

Kaits Knie gaben nach. Das war es also. *Aber das gehörte ja alles noch zu ihrem Plan, nicht wahr?*

Nur dass Rafe Coleman sich wirklich hämisch zu freuen schien.

»Du hast das Recht, die Aussage zu verweigern«, sagte Rafe und trat auf sie zu. Er drehte ihr die Arme auf den Rücken. »Alles, was du sagst, kann und wird vor Gericht gegen dich verwendet werden.«

Einen Moment schloss Kait die Augen und versuchte, sich zu beruhigen. Alles würde wieder gut, sagte sie sich. Die Zeitungen würden von Lanas Verhaftung berichten, und ihre Schwester würde glauben, sie könnte nun unbehelligt in der Welt herumgondeln. Sie würde leichtsinnig werden. Sie würde einen Fehler machen.

Kait riss die Augen auf, als Rafe eine Handschelle einrasten ließ. Sie spürte das Metall kalt an ihrem Handgelenk. Panik erfasste sie.

Sie kämpfte dagegen an und verlor. Verzweifelt wandte sie sich an Trev.

Er starrte sie mit weit aufgerissenen, entsetzten Augen an.

Die andere Handschelle schnappte zu. »Du hast das Recht auf einen Anwalt. Wenn du dir keinen Anwalt leisten kannst, wird dir vom Gericht ein Pflichtverteidiger gestellt.«

Andere Polizisten drängten herein. Kait wollte herausschreien, dass sie nicht Lana war. Dass Lana und Farrell den Ring gestohlen hatten, dass sie seit Jahren zusammen Leute bestohlen. Sie sagte: »Das ist ein Irrtum. Ich bin unschuldig. Ich habe nichts gestohlen.« Sie schwitzte – sie ermahnte sich, ruhig zu bleiben, wie schwer es ihr auch fallen mochte.

Rafe Coleman grinste sie hämisch an.

»He, Chef, sehen Sie sich das mal an!«

Kait verrenkte sich fast den Hals, um einen der Polizisten zu sehen, der mit einer kleinen Plastiktüte in der Hand die Treppe heruntergerannt kam. Dabei scheuerten die Handschellen schmerzhaft an ihren Handgelenken, doch sie ignorierte es einfach. Dann sah sie, was das Tütchen enthielt.

Kait schrie auf.

Das war unmöglich.

Es war Georgina Parkers gelber Diamantring.

»Du bist verhaftet«, sagte Rafe Coleman.

Kait sah Rafe erst wieder, als sie das Bezirksgefängnis erreichten. Es lag hinter dem roten Backsteingebäude, in dem die Büros des Sheriffs und des Bezirksrichters untergebracht waren; von dort aus führte ein langer, gepflasterter Weg zu dem einstöckigen, länglichen Gefängnisbau. Der gesamte Komplex war neu und sehr ordentlich, mit gepflegten Rasenflächen rund um die Gebäude und hohen, prächtigen Bäumen, die den Parkplatz beschatteten.

Ein Polizist schloss die hintere Wagentür seines Jeeps auf und holte Kait heraus. Sie ließ sich von ihm aus dem Wagen ziehen, denn sie konnte ihre Hände nicht gebrauchen; ihr Blick war auf Rafe gerichtet, der aus seinem eigenen Dienstwagen stieg. Er trug wieder seine Sonnenbrille. Die Gläser waren so verspiegelt, dass Kait nicht hindurchsehen konnte. Er hatte Georgina Parkers gestohlenen Diamantring vermutlich selbst in ihrem Schlafzimmer versteckt, ein uralter Trick. Aber das hatte er doch gewiss nur getan, damit diese vorgetäuschte Verhaftung möglichst echt aussah. Oder?

»Rafe. Ich muss mit dir sprechen.«

»Für dich immer noch Sheriff Coleman, und sofern du nicht die Absicht hast, ein volles Geständnis abzulegen, schlage ich vor, du sprichst erst mal mit deinem Anwalt«, sagte er. Er nickte, und der Polizist zog Kait zum Gefängnis.

Sie stolperte am Bordstein, und der Polizist fing sie auf. Sie versuchte, Rafe am Arm zu packen, doch er wich ihren gefesselten Händen mit Leichtigkeit aus. Wenn er wirklich nur eine Vorstellung lieferte, dann hatte er einen Oscar verdient. »Ich bin Kait London, das weißt du doch! Du hast mir selbst gesagt, du wüsstest, dass Lana eine Zwillingsschwester hat. Was soll das? Was ist hier los?«

»Du hast das Recht auf ein Telefongespräch, und ich an deiner Stelle würde meinen Anwalt anrufen«, bemerkte Rafe, ohne sich zu ihr umzudrehen, während er ihnen voran zum Eingang des Hintergebäudes lief. In den Balken über der Tür war das schreckliche Wort »Bezirksgefängnis« eingemeißelt. »Und ich würde jetzt wirklich die Klappe halten. Alles, was du sagst, kann und wird gegen dich verwendet werden. Heb dir das lieber für deinen Anwalt auf, Lana.«

Panik erfasste sie. *Das durfte doch nicht wahr sein* … Sie fuhr sich mit der Zunge über die Lippen. »Kait. Mein Name ist Kait. Wir müssen reden! Unter vier Augen? Bitte!«, flehte sie verzweifelt.

Diesmal machte er sich nicht mal mehr die Mühe, ihr zu antworten.

Kait war fassungslos. Hatte sie den größten Fehler ihres Lebens begangen, indem sie ihm vertraut hatte? Bestimmt hatte er nicht vor, ihr Lanas Diebstahl anzuhängen? Immerhin hatte er die ganze vergangene Nacht hindurch nach ihrer Schwester gefahndet – Kait hatte ein Gespräch seiner Deputys belauscht.

Doch er hatte Lana nicht gefunden. Zurück blieb nur Kait.

Kaits Angst wuchs. »Rafe, bleib stehen! Nur einen Moment. Ich bin nicht Lana. Ich bin nicht Trevs Frau! Wir haben die Plätze getauscht – sie ist die Diebin«, bettelte Kait seinen breiten Rücken an.

»Na klar. Und du bist ihre Zwillingsschwester. Wie praktisch.« Endlich sah er sie an, als er die Tür aufschob. »Hallo, Jungs. Sieht so aus, als hätten wir unsere diebische Elster endlich erwischt. Jimbo, ruf den Staatsanwalt an.«

Kait schluckte schwer und ermahnte sich, ruhig zu bleiben. Sie sagte sich, dass sie nicht für die Verbrechen ihrer Schwester im Gefängnis landen würde, weil sie nicht Lana war und Rafe und Trev nur die Wahrheit gesagt hatte. Doch sie bekam es wirklich mit der Angst zu tun. Die Polizei hatte Lana nicht gefunden. Warum sollten sie ihre verrückte Geschichte glauben?

Warum sollten Rafe oder Trev ihr noch ein Wort glauben – nach allem, was sie angerichtet hatte?

Würde Lanas Plan, Kait an ihrer Stelle büßen zu lassen, doch noch aufgehen?

Kait war schwindlig. Nun dachte sie daran, dass Rafe ihr den gestohlenen Ring untergeschoben hatte. Du lieber Himmel, sie könnte für Jahre ins Gefängnis kommen …

»Ich habe diesen Ring nicht gestohlen«, flüsterte Kait. »Farrell hat ihn gestohlen, Lana hat ihn mir gestern wiedergegeben, und ich habe ihn dir sofort ausgehändigt.« Sie packte Rafe am Arm, so dass er sich umdrehen und sie ansehen musste. »Verdammt noch mal! Tu mir das nicht an!«

Er sah sie mit kühlem, ja selbstgefälligem Lächeln an. »Ich habe keine Ahnung, und es ist mir auch scheißegal, ob du Kait oder Lana oder Anna Banana heißt.« Seine Augen blitzten. »Aber weißt du, was, Schwester? Ich weiß sehr genau, dass du hier bist und bei meinem Bruder lebst, als seine Frau. Ich weiß, dass etwa ein Jahr, nachdem du in Trevs Leben aufgetaucht bist, eine Serie von Diebstählen angefangen hat. Genau genommen waren es zwei Diebstähle im ersten Jahr, im Jahr darauf drei, dann vier …

Ja, so unauffällig, dass zunächst niemand dahinter gekommen ist – und eines Tages dachte ich mir, he, in diesem County hat es ein Dutzend Diebstähle gegeben, alle nach derselben Masche – kein Einbruch, ein offenbar vertrauter Besucher knackt den Safe, und kostbarer Schmuck verschwindet. Wie ging deine Geschichte gleich wieder? Ach ja, richtig. Du bist nicht die Frau, die mein Bruder vor sechs Jahren geheiratet hat. Du bist ihre Zwillingsschwester. Du bist gerade erst hier aufgetaucht – und hast praktischerweise mit deiner Schwester die Plätze getauscht, die natürlich die wahre Diebin ist. Und diese andere Frau soll wo sein? Auf dem Weg nach Paris? Ich weiß nur eines, und kannst du dir denken, was das ist?« Er wartete ihre Antwort nicht ab. »Wenn du eine eineiige Zwillingsschwester hast, wer sagt mir dann, dass nicht du die Diebin bist und sie die ehrliche, fleißige, gesetzestreue Schwester ist?«

Kait wich zurück. Plötzlich wurde ihr klar, wie sehr Rafe Coleman Lana tatsächlich hasste. Sie war wie versteinert. Er hasste sie abgrundtief. So sehr, dass er ihr gefälschte Beweise unterschieben würde, so sehr, dass er auf sie schießen und sie von der Straße abdrängen würde, um sie umzubringen, so sehr, dass er sogar den Stall seines Bruder anzünden würde.

Sie war nicht Lana, aber das wusste er offenbar nicht.

»Der Tag, an dem du meinen Bruder reingelegt und ihm vorgemacht hast, dass du ihn liebst, das war der Tag, an dem du deinen ersten großen Fehler gemacht hast, Süße, und der zweite große Fehler war, ihn zu heiraten«, sagte Rafe Coleman mit funkelnden Augen.

O Gott, sie hatte sich ganz furchtbar verschätzt. Rafe Coleman war der Feind. Warum hatte sie auch nur eine Sekunde lang geglaubt, sie könnte ihm vertrauen?

»Wir haben ein halbes Dutzend Fingerabdrücke aus Parkers Schlafzimmer«, sagte Rafe mit tonloser Stimme. »Da sind die beiden Hausmädchen, und Parker und Georgie. Was wetten wir, dass deine Fingerabdrücke über den ganzen Raum verteilt sind, Lana … Ms. London – oder wie auch immer du wirklich heißen magst?«

Kait blieb stocksteif stehen. Farrell hatte Handschuhe getragen, als er den Safe geknackt hatte. Sie natürlich nicht, sie wäre nie im Leben auf diese Idee gekommen. Und sie hatte mindestens einmal die Tür oder die Klinke berührt. Ihre Fingerabdrücke würden tatsächlich in dem Raum nachzuweisen sein. Und Rafe Coleman hatte ihr den Ring untergeschoben.

Sie war verloren.

»Buchtet sie ein«, sagte er angewidert.

Kait saß reglos auf der Pritsche, die Hände im Schoß gefaltet. Das Gefängnis hatte nur einen weiteren Insassen, einen jungen Mann, der übel zugerichtet war und offenbar einen gewaltigen Rausch ausschlief. Seine Zelle lag am Ende der Reihe auf der anderen Seite des Korridors, und für diese Distanz war Kait dankbar. Wie lange würde sie hier festsitzen? Und wo waren Lana und Farrell in diesem Moment? Sie war verzweifelt. Die Polizei sollte alles daransetzen, Lana zu finden. Doch Kait wusste jetzt, dass Rafe Coleman ihr kein einziges Wort geglaubt hatte.

Sie hörte die Tür am Eingang zum Zellentrakt aufgehen. Kait erstarrte, als sich Schritte näherten. Sie stand nicht auf.

Ein Polizist trat an ihre Zelle. »Sie haben Besuch«, sagte er.

Hinter ihm sah Kait Sam – und Trev in der Tür stehen. Sie sprang auf. »Trev.« Ihre Stimme war ein kaum hörbares Flüstern.

Seine Miene wurde hart, er blieb stehen und starrte sie an.
»Trev!«, rief sie lauter und packte die Gitterstäbe ihrer Zelle. »Bitte, ich bin nicht Lana! Ich bin ihre Zwillingsschwester! Ich bin Kait! Ich habe es dir doch gestern Nacht erklärt – du musst Rafe davon überzeugen! Sonst entkommt sie doch noch …« Sie verstummte. »Bitte hilf mir«, flehte sie.
Er machte auf dem Absatz kehrt und ging hinaus.
Hätte Kait sich nicht an die Gitterstäbe geklammert, wäre sie zusammengebrochen. Er war ihre letzte Hoffnung gewesen.
»Sie haben nicht viel Zeit. Der Chef sagt, fünf Minuten.«
Kait blickte auf und merkte, dass der Aufseher ihre Zelle aufschloss, um Sam zu ihr hereinzulassen. Sam war aschfahl.
»Sagen Sie Ihrem Chef, er soll in den See springen und ertrinken«, flüsterte Kait.
Der Polizist schüttelte den Kopf, ließ Sam eintreten und schloss die Zellentür hinter ihr ab.
»Immerhin scheint er mich nicht für eine Mörderin zu halten«, sagte Kait, als der Mann ging. »Sonst würde er wohl nicht erlauben, dass Sie Sam zu mir reinlassen!«
Sie erhielt keine Antwort außer dem Zuschlagen der Tür am Ende des Korridors.
»Verdammt!«, rief Kait. Da legte Sam ihr eine Hand auf den Arm. Kait fuhr zusammen und drehte sich zu ihr um.
Sam sah sie verängstigt an. Dann lagen sie einander in den Armen.
»Mach dir keine Sorgen«, flüsterte Kait erstickt. »Es wird alles wieder gut.«
Sam richtete sich auf. »Die Sirenen haben mich geweckt. Ich dachte, Ben Abbott hätte ihnen etwas vorgelogen, und sie wollten mich verhaften! Ich bin ans Fenster gegangen, und da habe

ich gesehen, wie sie dich abgeführt haben. Ich musste dich unbedingt besuchen.«

»Danke«, flüsterte Kait gerührt. Sie dachte an Trev, der kein Wort mehr mit ihr sprach und nur ein paar Türen weiter auf seine Tochter wartete. »Wie geht es Gabe heute?«

Diese Frage schien Sam zu überraschen. »Wenn er sich weiter so gut erholt, kann er heute Nachmittag von der Intensivstation verlegt werden«, sagte sie.

»Wie schön!« Kait war erleichtert. »Das freut mich sehr, Sam.«

Sam drückte sie an sich und ließ sie nicht mehr los. Erst nach einer Weile rückte sie wieder ab. »Wie kann dich irgendjemand mit ihr verwechseln?«

Kait zögerte. »Ich bin ihre Zwillingsschwester. Ich habe mit ihr getauscht, Sam, und das war falsch von mir.«

Sam musterte sie. »Dad hat gesagt, sie hat dich genauso belogen, wie sie uns alle belogen hat. Er hat gesagt, du glaubtest, sie wäre in Gefahr, und dass du nur deshalb die Plätze mit ihr getauscht hast, weil du ihr helfen wolltest – nicht, um uns wehzutun.«

Kait wäre vor Erleichterung beinahe in Ohnmacht gefallen. »Das hat er gesagt?«

Sam nickte und lächelte schwach. »Ja, hat er. Du heißt Kait?«

Kait nickte und zitterte vor Freude. Trev hatte ihr Verhalten seiner eigenen Tochter gegenüber gerechtfertigt. Bedeutete das doch eine Chance für sie?

Aber warum zweifelte er dann jetzt an ihrer Identität?

»Das ist ein schöner Name. Er passt gut zu dir … Kait.«

Kait lächelte sie an und setzte sich auf die Pritsche. Sam ließ sich neben ihr nieder. »Warum bist du nicht wütend darüber, dass ich dich belogen habe, Sam? Was ich getan habe, war falsch, und das weißt du auch. Der Zweck heiligt nicht die Mittel.«

Sam schüttelte stur den Kopf. »Ich bin froh, dass du gelogen hast! Ich bin froh, dass du in unserem Leben aufgetaucht bist! Und Marni auch.«

Kait erstarrte. »Weiß sie es?«

»Nein. Sie ist im Kindergarten. Ich schätze, Dad wird ihr erklären, was er mir auch gesagt hat.«

»Sprichst du jetzt wieder mit ihm?«

Sam zögerte. »Schon. Irgendwie.«

»Du darfst ihm nicht vorwerfen, dass er dich so sehr liebt«, sagte Kait sanft.

Sam traten Tränen in die Augen. »Siehst du? Deswegen bin ich froh, dass du gelogen und so getan hast, als wärst du sie! Kannst du nicht bei uns bleiben, Kait? Ich meine, wenn du aus dem Gefängnis kommst? Ich weiß, es klingt komisch, aber wir möchten so gern, dass du bleibst.« Trotz ihrer Tränen sprach sie sehr bestimmt.

Kait fuhr sich mit der Zunge über die Lippen. »Ich wünsche mir nichts mehr als das« flüsterte sie zittrig. »Aber ich kann nicht. Ich habe deinen Vater verletzt – er verdient so viel mehr, Sam.«

»Er liebt dich.«

Kait schrak zusammen. »Wie kannst du so etwas sagen?«

Sam zuckte mit den Schultern und lächelte in sich hinein. »Das ist ziemlich offensichtlich.«

Kait widersprach ihr nicht und versuchte auch nicht, es ihr auszureden. »Er will nicht mit mir sprechen.«

»Er ist völlig aus dem Häuschen. Wenn Dad sich aufregt, kann er ziemlich eisig werden. Und er hat sich wirklich *sehr* aufgeregt.« Sams braune Augen blickten sie offen an. »Aber er wird sich wieder beruhigen. Das ist immer so.« Sie zögerte. »Er hat sie nie so geliebt wie dich.«

Kait sprang auf. Sie wagte es nicht, das auch nur zu hoffen. Sam war erst sechzehn, und sie glaubte das, was sie glauben wollte. In ihrem Alter konnte sie sich noch nicht vorstellen, dass man jemanden liebte, aber sich so schlimm betrogen fühlte, dass einem nichts anderes übrig blieb, als die Sache für immer abzuhaken.

»Sei nicht traurig«, flüsterte Sam, stand auf und nahm ihre Hand. »Ich weiß, dass du unschuldig bist. Und die anderen werden auch bald darauf kommen. Dad eingeschlossen. Er wird dich wiederhaben wollen, Kait, ganz bestimmt.«

Kait musste sie noch einmal an sich drücken. Wie ihr dieser verwirrte Teenager nur so schnell ans Herz gewachsen war? »Sam? Ich brauche deine Hilfe.«

»Klar«, sagte Sam zuversichtlich.

»Ich brauche einen Anwalt. Einen richtig guten Strafverteidiger.«

Sam nickte grimmig. »Nur keine Angst. Ich besorge dir einen. Ich hänge mich gleich ans Telefon, sobald ich wieder zu Hause bin.«

Die Tür am Ende des Korridors ging auf. Kait drehte sich ängstlich um. Sam sagte noch: »Ich versuch's in Washington D.C., ja? Da müsste es doch jede Menge gute Anwälte geben.«

Der Polizist kam mit einer Frau herein. »Die Besucher stehen geradezu Schlange, um Sie zu sehen, Mrs. Coleman«, sagte er.

In diesem Moment waren sie nahe genug herangekommen, so dass Kait erkennen konnte, dass die Frau Alicia war. Sie packte die Gitterstäbe. Plötzlich schoss ihr der Gedanke durch den Kopf, dass derjenige, der auf sie geschossen, sie von der Straße gedrängt und dann den Stall angezündet hatte, immer noch frei herumlief, und dass sich gerade die Nachricht von Lanas

Verhaftung herumsprach. Alicia lächelte. Kaits Fingerknöchel an den Eisenstangen wurden weiß.

Sie sagte sich, dass sie hier im Gefängnis und somit in Sicherheit sei.

Das beruhigte sie keineswegs.

»Du musst jetzt wieder gehen, Sam«, sagte der Mann und schloss Kaits Zellentür auf.

Kait begegnete Alicias Blick. Sam trat hinaus. »Keine Sorge«, sagte sie zu Kait.

Kait konnte nicht einmal mehr nicken. Alicia trat in ihre Zelle, die Tür schloss sich hinter ihr. Kait wandte sich ihr misstrauisch zu, während Sam und der Polizist den Zellentrakt verließen. Die Tür am Ende des Korridors schlug krachend ins Schloss. Alicia sagte: »Endlich. Endlich bekommst du, was du verdienst hast.«

Sie hob die Hand. Kait wich zurück, denn einen entsetzlichen Augenblick glaubte sie, Alicia habe eine Waffe.

Stattdessen schlug die rothaarige Frau Kait schallend ins Gesicht.

Einundzwanzig

Zwei Tage später

Es war erst Mittag. Sarah Selman seufzte genervt, nachdem sie hinter dem Schalter der Delta Airlines am Reagan International Airport soeben zum hundertsten Mal auf die Uhr gesehen hatte. Sie war frisch verheiratet; um genau zu sein, seit drei Tagen. Sie konnte es nicht erwarten, zu ihrem Ehemann nach Hause zu kommen, und bei dem bloßen Gedanken an das Wort »Ehemann« breitete sich ein Grinsen über ihr Gesicht. Zu Hause, das war Three Falls, Virginia. Dort war sie aufgewachsen, und Jason hatte es in dem entzückenden Städtchen auf Anhieb gefallen, also hatten sie beschlossen, dorthin zu ziehen. Jason betrieb seine kleine Firma übers Internet, also konnte er praktisch überall wohnen.

Sie würden im Juni auf Hochzeitsreise gehen. Und sie hatten sich für Paris entschieden, die romantischste Stadt der Welt.

»Entschuldigung, ich würde gern einchecken. Sonst verpasse ich noch meinen Flug«, sagte eine Frauenstimme.

Sarah merkte, dass sie in einem Tagtraum versunken war. Sie lächelte ihre Kundin an, nahm Ticket und Pass entgegen, und dann musste sie zweimal hinsehen.

Die schöne, dunkelhaarige Frau, die bei Sarah einchecken wollte, kam ihr sofort bekannt vor – ihr Foto war auf der Titelseite der kleinen Lokalzeitung abgedruckt gewesen, zwei Tage hintereinander sogar. Jason las das *Wall Street Journal*, die *Washington Post* und die *New York Times* – Sarah hingegen verschlang den *Three Falls Sentinel* jeden Tag von der ersten bis zur letzten Seite.

»Was starren Sie mich denn so an?«, fragte die Frau, die immer noch lächelte, nun allerdings etwas seltsam.

»Oh.« Sarah zuckte zusammen und spürte, dass sie rot wurde. »Ihre Frisur ist fantastisch. Wo haben Sie das machen lassen?«, fragte sie hastig, doch selbst während sie sprach und sich das Ticket der Frau noch einmal ansah – das Flugziel war Mexico City –, konnte sie an nichts anderes denken als daran, dass diese Frau genauso aussah wie Lana Coleman, eine Einbrecherin, die der Polizei endlich ins Netz gegangen war, nachdem sie sechs Jahre lang in Skerrit County ihr Unwesen getrieben hatte. Doch der Name auf dem Ticket lautete Kait London. Offenbar war Lana Coleman entflohen und versuchte unter falschem Namen das Land zu verlassen!

»Ich war in New York beim Friseur«, erklärte die Frau geduldig.

Sarah schwitzte. »Hätten Sie gern einen Fensterplatz?« O Gott, sie stand einer leibhaftigen Verbrecherin gegenüber – und einer entflohenen Gefangenen!

»Nein, am Gang wäre mir lieber, danke.«

Sarah wies ihr einen Sitzplatz zu und befahl sich, ruhig zu atmen; sie betete darum, dass ihre Hände nicht zitterten. »Zwei Stück Gepäck?«, fragte sie mit Blick auf die Koffer ihrer Kundin.

»Ja, und ein Stück Handgepäck«, sagte die Frau mit freundlichem Lächeln.

Sie wirkte wie eine ganz nette Frau – gar nicht wie eine gewissenlose Diebin. Sarah befestigte die Gepäckstreifen an den Koffergriffen und stellte das Gepäck auf das Transportband. Mit einem weiteren Lächeln reichte sie der Frau ihr Ticket. »Angenehmen Flug. Ihr Gate finden Sie auf der rechten Seite«, sagte sie freundlich.

»Danke.« Die Frau lächelte, nahm ihr Handgepäck an sich und ging.

Endlich bekam Sarah wieder Luft. Keuchend ignorierte sie ihren nächsten Kunden, knallte das GESCHLOSSEN-Schild auf ihren Schalter und rannte ins Büro, um die Polizei zu rufen.

Lana blätterte in einer Modezeitschrift und bewunderte ein Kleid von Dolce und Gabbana, das einfach perfekt wäre für Puerto de Raya, ihr endgültiges Reiseziel. Sie lächelte, als sie sich und Colin dort am Strand vor sich sah, wie sie mit eisgekühlten Drinks anstießen. Herrgott, kein Mann sah besser aus als Farrell in seiner knappen Badehose. Andere Bilder stiegen vor ihr auf, sie und Colin im Bett in ihrem Bungalow am Strand, wie sie sich die Badesachen vom Leib rissen.

Es war so leicht gewesen.

Nicht, dass sie ihrer Schwester gewünscht hatte, dass sie ins Gefängnis kam. Nein, bestimmt nicht. Aber Lana würde niemals ins Gefängnis gehen, und ebenso wenig konnte sie das Leben aufgeben, das sie jetzt führte. Das winzige Dorf an der Küste, in dem sie sich treffen würden, war nur die erste Station ihrer Reise durch viele kleine, ärmliche Dörfer in der Karibik. Zu Sylvester würden sie Rio de Janeiro erreichen, und wenn alles gut ging, würde das für die nächsten Jahre ihr neues Zuhause werden.

Kait war ja so naiv. Und so verzweifelt. Lana mochte sie, aber sie fand sie auch erbärmlich. Jede Frau, die sich so schnell in einen Mann verlieben konnte, war ein hoffnungsloser Fall. Und was ihre Strafe anging, nun, sie würde gute fünf Jahre bekommen, aber die konnten ja teilweise auf Bewährung ausgesetzt werden. So schlimm war das gar nicht, und da Kait es im Leben immer so leicht gehabt hatte, fand Lana, dass einige Zeit hinter Gittern ihr nur gut tun konnte. Das würde ihr ein wenig Charakter verleihen.

Lana hatte außerdem das seltsame Gefühl, dass Trev Coleman auf ihre Schwester warten würde.

Verärgert schlug sie die Zeitschrift zu. Sie sagte sich, dass sie sich gar nicht zu ärgern brauchte, denn die beiden waren wie füreinander geschaffen, aber sie konnte nicht anders – irgendwie war das nicht fair. Sie liebte Trev nicht und hatte ihn auch nie geliebt, aber immer mochten alle Kait am liebsten. Ihre Mutter hatte Kaits Hände genommen und ihr gesagt, wie stolz sie auf sie sei, als sie im Sterben gelegen hatte, doch ihre Worte an die dreizehn Jahre alte Lana hatten völlig anders geklungen. Sie hatte ihr nicht gesagt, was für eine tolle Schülerin sie sei, wie freundlich und charmant oder so was. Sie hatte nicht einmal gesagt, sie sei hübsch. Stattdessen hatte sie sie wegen ihrem neuesten Lieblingssport, Motorcross fahren, getadelt und sie angefleht, mehr zu Hause zu bleiben, mehr mitzuhelfen, mehr Zeit mit Kait zu verbringen. Sie hatte Lana nicht einmal gesagt, dass sie sie liebte, aber Kait schon.

Kait war auch der Liebling ihres Vaters gewesen. Nach dem Tod ihrer Mutter war sich Lana zu Hause immer wie eine Fremde vorgekommen, die die beiden nur besuchte. Immer waren Kait und ihr Dad in der Küche und machten das Abendessen oder werkelten zusammen im Garten. Und während der gesamten Highschool hatten alle Lehrer von Kait geschwärmt, der Musterschülerin und Klassenbesten.

Lana hatte jeden Jungen gehabt, den sie wollte, aber insgeheim waren sie alle in Kait verliebt gewesen, und was sie mit Lana gemacht hatten, hatte mit Liebe überhaupt nichts zu tun gehabt.

Na und? Lana stand auf und räkelte sich genüsslich. Sofort wurde sie sich des halben Dutzends männlicher Augenpaare bewusst, die sich dabei auf sie richteten, vor allem, da ihr dünnes Kleid über ihre Oberschenkel hochrutschte. Sie lächelte. Sie war ja verrückt, wenn sie auch nur im Geringsten auf ihre langweilige, brave Schwester eifersüchtig war. Sie trug ein hellblaues, ärmelloses Kleid, das sehr eng anlag und einige Zentimeter über ihren Knien endete, und sie wusste, dass jeder Mann in dieser Abfluglounge sie wollte.

Sorgfältig musterte sie die wartenden Männer.

Ein muskulöser, blonder Typ, der noch nicht mal fünfundzwanzig war, fing ihren Blick auf und erwiderte ihn viel sagend.

Lana lächelte ihn an, denn ihr stand ein langer Flug bevor, ihr war langweilig, und Sex im Flugzeug genoss sie immer besonders.

Außerdem würde noch ein ganzer Tag vergehen, bevor sie Colin in Puerto de Raya traf.

Plötzlich ließ ihr Instinkt Lana aufhorchen.

Rasch drehte sie sich um.

Zwei Männer kamen auf die Abfluglounge zu. Sie trugen gewöhnliche Anzüge, aber Lana wusste sofort, dass das Bullen waren.

Sie befahl sich, ruhig zu bleiben. Sie konnten gar nicht hinter ihr her sein. Niemand wusste, wo sie war, ausgenommen Colin, und selbst wenn sie ihn erwischt hätten, würde er sie niemals verraten, um nichts in der Welt – genau wie sie ihn niemals verraten würde. Sie nahm ihre Handtasche und die kleine Reise-

tasche und sah vorsichtig noch einmal hoch. Sie betraten ihre Lounge.
Sie suchte hastig die gesamte Abflughalle ab und sah zwei uniformierte Polizisten ein paar Schritte hinter den Zivilbullen. *Es hatte keinen Sinn wegzulaufen.*
Kait.
Lana stutzte und dachte daran, wie bereitwillig Kait zugestimmt hatte, als Lana auf Fox Hollow zu bleiben, wie leicht es gewesen war, ihr den Ring wieder aufzudrängen. Sie dachte an die Schlagzeilen in der Lokalzeitung, die groß Lanas Verhaftung verkündet hatten. Plötzlich begriff sie, und sie war fassungslos.
Ihre Schwester hatte das getan? Die schwache, naive, hoffnungslos verletzliche Kait? Sie, Lana, war von Kait ausgetrickst worden?
Sie brach in Lachen aus. Das war doch ein Witz!
Die beiden Zivilbullen blieben vor ihr stehen. »Lana Coleman?«
Sie lächelte sie verführerisch an. »Ich fürchte, Sie verwechseln mich«, sagte sie. »Mein Name ist Kait London.«
»Kommen Sie bitte mit«, sagte der jüngere von beiden. Seine Miene war eisig, und er packte sie entschlossen am Arm. Sofort war Lana klar, dass sie hier mit weiblichen Reizen nichts ausrichten konnte.
»Möchten Sie vielleicht meinen Ausweis sehen?«, fragte sie zuckersüß.
»Wir wissen bereits, dass Sie Kait Londons Pass bei sich tragen«, sagte der ältere Detective. Er trug einen Ehering. »Ich fürchte, Sie werden uns jetzt begleiten müssen.« Er lächelte sie milde an. Lanas Herz machte einen kleinen Satz, als sein Blick ihre nackten Beine streifte.
»Was habe ich denn getan?«, fragte sie, als sei sie völlig überrascht, als man sie aus der Abflughalle führte. »Hier muss ein Irrtum vor-

liegen! Ich bin nicht Lana – sie ist meine Zwillingsschwester! Ich bin Kait London, und ich kann es Ihnen beweisen.«
Der ältere Polizist begegnete ihrem Blick. »Wir wissen auch nicht genau, worum es geht, aber Lana Coleman wird von der Polizei gesucht. Nur ruhig. Das klärt sich sicher alles auf, wenn wir erst auf dem Revier sind.«
Lana lächelte ihn dankbar an.
Sie würde nicht zulassen, dass Kait gewann.

Kait hörte die Tür zum Zellentrakt aufgehen. Sie sprang auf und klammerte sich an die Gitterstäbe. Das Herz schlug ihr bis zum Hals. Hoffnung flammte in ihr auf, doch die Angst, nie wieder freizukommen, war hartnäckig. Die vergangenen zwei Tage waren die längsten ihres Lebens gewesen. Und es war nicht eben angenehm gewesen, von Alicia beschuldigt zu werden, sie habe ihr den Mann weggenommen.
Doch sie hatte Kait weiter nichts getan, als ihr eine schallende Ohrfeige zu geben. Und Alicia selbst war darüber ebenso entsetzt gewesen wie Kait. Sie hatte noch erstickt hervorgepresst, wie sehr sie sie hasse, und war dann schluchzend wieder abgezogen.
Die einzigen Lichtblicke an diesen zwei Tagen waren, dass Alicia nicht noch einmal aufgetaucht war und dass Sam ihr einen hervorragenden Anwalt besorgt hatte. Sie hatte bereits zweimal mit ihm telefoniert, und gleich morgen früh würde er sie im Gefängnis aufsuchen. Kait konnte es kaum fassen, dass sie einen Anwalt brauchte, weil wegen Lanas Verbrechen nun gegen sie ermittelt wurde. Es war unglaublich, dass es nun doch so gekommen war …
Kait drückte das Gesicht an die Gitterstäbe. Wenn nur Lana

endlich verhaftet werden würde, dachte sie verzweifelt. Und dann erkannte sie Rafe Coleman, der lässig den Korridor entlangspaziert kam. Kaits ganzer Körper spannte sich an vor plötzlich erwachter Hoffnung. Und noch bevor er vor ihrer Zelle stehen blieb, begegneten sich ihre Blicke.

Kait befeuchtete sich die Lippen. »Was ist passiert?«

Seine Miene war freundlich. Und dann lächelte er. »Deine Schwester wurde eben am Reagan International Airport festgenommen, wo sie in ein Flugzeug nach Mexiko steigen wollte. Ich kenne noch nicht alle Einzelheiten. Dein Plan hat funktioniert.«

Kait wäre beinahe zusammengebrochen. Stattdessen taumelte sie rückwärts und ließ sich auf die Pritsche sinken. Sie keuchte. *Sie hatte es geschafft.* Lana hatte sie reingelegt und sie für ihre Verbrechen bezahlen lassen wollen, doch sie, Kait, war ihr auf die Schliche gekommen und hatte es tatsächlich geschafft, ihre Schwester zu überlisten. Aber sie empfand keine Schadenfreude. Nur Erleichterung und Reue. »Und Farrell?«, fragte Kait heiser.

»Sie war allein unterwegs. Wenn sie nicht redet, haben wir keine Chance, er hat das Land wohl schon verlassen. Ich glaube nicht, dass wir ihn erwischen werden.«

Kait sah ihn nur an; sie war unfähig, sich zu bewegen, zu sprechen, oder auch nur klar zu denken. Sie war restlos erschöpft.

Er schloss ihre Zelle auf. »Alles in Ordnung … Kait?«

Sie sah seinen seltsam neutralen Blick auf sich gerichtet. »Nein. Nein, ganz und gar nicht.«

Er zögerte in der Tür zu ihrer Zelle. »Du hast das Richtige getan.«

Kait sprach, doch ihre Lippen bewegten sich kaum. »Ich weiß. Aber das ändert nichts daran, dass sie meine Zwillingsschwester ist. Sie ist krank und verdreht, aber sie ist meine Schwester. Daran wird sich nie etwas ändern.«

»Sie hat dich hierher gelockt, damit du an ihrer Stelle eingelocht wirst«, bemerkte er nüchtern. »Du musstest dich entscheiden: Du oder sie. Mach dir deswegen keine Vorwürfe.«

Endlich schaffte sie es, zu ihm aufzublicken. »Heißt das, dass du mich jetzt nicht mehr hasst?«

Er stutzte. »Ich weiß nicht, was ich von dir halten soll. Du hast meinen Bruder belogen, Sam und Marni, aber ohne deine Hilfe hätten wir Lana nie zur Strecke gebracht. Ich habe ein paar Nachforschungen angestellt. Offenbar bist du in New York so beliebt, wie deine Schwester hier unten unbeliebt ist.«

Kait stand mühsam auf. »Was ich getan habe, war falsch. Und je mehr mir Marni, Sam und Trev ans Herz gewachsen sind, desto schwerer wurde es, mich vor mir selbst zu rechtfertigen und die Lüge aufrechtzuerhalten. Sie hat mir gesagt, Marnis Leben sei in Gefahr. Das war auch nur ein Trick, nicht?«

»Sie hat dich manipuliert«, sagte er sanft. »Aber darin ist sie sehr gut, nicht? Davon lebt sie schließlich. Sie weiß genau, wie sie die schwache Stelle eines Menschen finden kann, und genau da setzt sie an, mit einem lieblichen Lächeln auf dem Gesicht.«

Kait trat aus der Zelle. »Warum hasst du sie so sehr? Hat sie versucht, dich zu verführen?«

Er lachte freudlos auf. »Sie war zu clever, um das auch nur zu versuchen. Ich habe sie von dem Tag an gehasst, als Trev sie mit nach Hause gebracht hat, weil ich sie sofort durchschaut hatte. Ich erkenne einen Betrüger, wenn ich vor ihm stehe, Kait. Aber sie hatte Trev gründlich am Haken, und er hat sich geweigert, mit mir auch nur über sie zu sprechen.« Seine Miene war düster. »Nach der Hochzeit haben wir sechs Monate lang kein Wort miteinander geredet. Das war wirklich schlimm.«

»Es tut mir Leid«, sagte Kait aufrichtig. »Ich weiß, wie viel dir dein Bruder und deine Nichten bedeuten.«
Er antwortete nicht. Er starrte sie nur mit einem seltsamen Blick an.
Kait wusste, was er dachte. »Ich bin anders. Ich bin nicht wie sie. Wir gleichen uns nur äußerlich.«
»Nein, ihr gleicht euch überhaupt nicht. Deine Augen sind ganz anders als ihre. Sanft. Sogar jetzt schimmert ein Lächeln durch. In Lanas Augen habe ich nie ein Lächeln gesehen, in sechs langen Jahren nicht.«
Sie gingen langsam den Korridor entlang. Jeder Schritt erschien Kait furchtbar anstrengend. »Du warst so überzeugend, dass ich schon Angst hatte, *du* hättest *mich* reingelegt, Rafe«, sagte sie und betrachtete ihn forschend.
Er hielt ihrem Blick stand. »Ich habe dir geglaubt – aber nicht vollständig. Ich hatte meine Zweifel. Ich meine, warum sollte ihr dir vertrauen? Du hättest diejenige sein können, die uns so viele Jahre lang bestohlen hat. Sie hätte die ehrliche Schwester sein können. Ich dachte mir, wir schaffen sie erst mal her, und dann werden wir schon sehen. Aber Sam behauptet, du seiest wirklich Kait – und vor allem scheint Trev euch beide mit geschlossenen Augen unterscheiden zu können.«
Kait errötete. Sie hoffte, Rafe hatte diese Bemerkung nicht wörtlich gemeint, aber natürlich traf das genau den Punkt. »Ich hatte solche Angst«, gestand Kait. »Ich hatte Angst, ihr würdet sie nie finden, und dass ich dann an ihrer Stelle ins Gefängnis müsste.«
»Trev hätte das nicht zugelassen«, sagte Rafe. »Und ich war auch ziemlich sicher, dass du Kait bist – ich musste bei meiner Vorstellung ein bisschen übertreiben, damit niemand auf die Idee

kommen konnte, wir hätten uns so einen verrückten Plan ausgedacht, um Lana zu schnappen.«

Kait blieb stehen und legte die Hand auf seinen Arm. »Wirklich? Trev würde nicht zulassen, dass ich ins Gefängnis komme? Warum sagst du das? Hat er das etwa gesagt?«

Er lächelte auf diese zurückhaltende Art, die ihr allmählich schon vertraut war. »Warum fährst du nicht nach Hause und fragst ihn selbst?«

»Nach Hause?« Sie hatte kein Zuhause mehr. Weder in New York noch in Skerrit County.

»Und du brauchst wirklich keine Schuldgefühle zu haben. Deine einzige Schuld war, dass du dich von deiner Schwester hast einwickeln lassen und dass du ein bisschen unüberlegt gehandelt hast – ansonsten hast du dir nichts vorzuwerfen.«

Sie machte sich tatsächlich Vorwürfe. »Ist das so offensichtlich?«, flüsterte sie.

Endlich lächelte er herzlich. »Man kann in deinen Augen lesen wie in einem offenen Buch, Kait, und das ist der größte Unterschied zwischen dir und ihr.«

»Frieden?«, fragte sie leise.

»Frieden?«, stutzte er, und sie hatte Rafe Coleman noch nie verdattert gesehen. Er zögerte, dann streckte er die Hand aus. »Ja, einverstanden.«

Kait gab ihm die Hand. Sein Händedruck war hart und kräftig und erinnerte sie sehr an seinen Bruder. Sie dachte daran, dass sie Trev und die Mädchen verloren hatte, und Tränen verschleierten ihr die Sicht.

Aber zumindest hatte sie das Richtige getan. Und Lana würde ins Gefängnis gehen.

»Also, du bist müde und völlig am Ende mit den Nerven. Geh

nach Hause und ruh dich ein bisschen aus. In ein paar Tagen geht es dir bestimmt wieder gut.«

Sie starrte ihn an. »Ich habe kein Zuhause.«

Er erwiderte ihren Blick. »Ich denke doch, aber als ich mich das letzte Mal in die Angelegenheiten meines Bruders eingemischt habe, hat er meinen Rat ja auch komplett ignoriert. Jedenfalls warten da zwei entzückende junge Damen auf dich.« Er schob die Tür des Zellentraktes auf.

Kait konnte sich nicht vorstellen, wie sie Trev unter die Augen treten sollte. Ihr graute davor.

»Du hast Recht«, sagte sie schließlich, denn sie konnte es nicht länger aufschieben. Sie musste packen und sich verabschieden.

Ein Polizist fuhr sie hinaus nach Fox Hollow. Kait dankte ihm, und als er wegfuhr, blickte sie zur Einganstür des großen Hauses auf, und das Herz wurde ihr schwer. *Sie wollte hier nicht weg.* Aber sie war nicht länger willkommen, und sie hatte keine andere Wahl.

Langsam stieg sie die Stufen hoch. Die Haustür flog auf, Marni schoss heraus und schrie: »Mommy, Mommy!«

Kait bückte sich und fing Marni auf, die ihr direkt in die Arme sprang. Sie richtete sich auf, das Kind auf dem Arm, und klammerte sich an sie, als wolle sie ihr Leben, ihren Verstand, ihre Zukunft dadurch retten.

»Mommy, du hast mir gefehlt! Du bist einfach weggegangen!«, rief Marni erbost.

»Es tut mir schrecklich Leid«, erwiderte Kait und stellte sie auf den Boden. »Ich musste leider weg, aber nur für ein paar Tage.« Ihr war elend zumute. Sie musste sich sehr genau überlegen, was sie jetzt sagte, und wie sie es sagte.

»Aber du hast gar nicht auf Wiedersehen gesagt, und du hast mir auch nicht gesagt, wo du hingehst«, jammerte Marni und klammerte sich an ihre Hand. Ihr kleines Gesicht nahm wild entschlossene Züge an. »Aber jetzt gehst du nie wieder weg.«

Kait rang sich ein Lächeln ab, aber es war hölzern. »Setz dich mal einen Moment zu mir, Schätzchen«, sagte sie, und sie ließen sich Hand in Hand auf der Vordertreppe nieder. Ihr Herz war ohnehin schon gebrochen – wie konnte es da noch einmal brechen?

»Du gehst nicht wieder weg«, beharrte Marni.

»Was hat Daddy dir denn gesagt?«, fragte Kait vorsichtig.

»Er hat gesagt, das war ein Notfall und du musstest weg, und wenn du wiederkommst, würde er alles erklären«, sagte Marni. Sie starrte Kait an. Kait hörte ein Geräusch hinter sich und erstarrte, denn sie spürte, das war Trev. »Mommy, ich weiß, dass er jetzt auch weiß, dass du eine neue Mommy bist.«

Kait fühlte Trevs Blicke in ihrem Rücken. »Ja, das weiß er.« Langsam wandte sie sich um und sah ihn an. Sie wusste nicht, was sie erwartete, doch zu ihrem Erstaunen sah er traurig aus. Sie erschrak, denn ihr wurde klar, dass auch sein Herz gebrochen war.

»Hallo, Kait«, sagte er leise.

Sie hatte schon zuvor Schmerz und Qual in seinen Augen gesehen, aber nie so wie jetzt. Sie stand auf. »Ich … ich wollte Marni eben alles erklären.«

Er nickte, trat zu seiner Tochter und legte ihr die Hand auf den Kopf. Offenbar brachte er kein Wort heraus.

Kait wünschte verzweifelt, er würde ihr verzeihen, damit sie die Liebe wieder erwecken konnten, die sie für kurze Zeit gefunden hatten. Doch sie wusste, dass dieser Wunsch auf ewig ein Traum bleiben musste. »Schätzchen? Ich will dir eine Geschichte erzählen. Sie handelt von zwei Schwestern«, sagte sie zu Marni.

»Eine Geschichte?« Marni entspannte sich sichtlich, obwohl sie ein weiteres Mal misstrauisch zwischen Kait und Trev hin und her schaute.

»Setz dich«, sagte sie, und sie ließen sich wieder zusammen auf der Verandatreppe nieder. Trev lehnte sich an eine Säule. Kait sah zu ihm auf, und ihre Blicke trafen sich kurz. Rasch schauten beide wieder weg.

»Es waren einmal zwei Schwestern, Marni, Zwillinge, zwei kleine Mädchen, die genau gleich aussahen«, begann Kait nervös. »Aber die beiden Mädchen waren ganz verschieden. Die eine war schüchtern, immer ein bisschen ängstlich, sogar zu ängstlich, um mit anderen Kindern zu spielen, deswegen hatte sie keine Freundinnen. Sie war immer zu Hause und las, oder sie arbeitete im Stall, damit sie dort auf einem Pony reiten durfte. Die andere Schwester war überhaupt nicht schüchtern. Sie hatte sehr viele Freunde, vor allem Jungen, und man sah sie immer lachen, rennen, springen. Aber sie lernte nie und fiel jedes Jahr fast durch, während der schüchterne Zwilling immer die besten Noten bekam.« Kait sah Lana nun deutlich vor sich, und das tat schrecklich weh. Sie spürte eine Träne über ihre Wange rinnen.

»Wie hießen sie denn?«, fragte Marni begierig.

»Lana und Kait.«

Nun lächelte Marni nicht mehr. »Meine andere Mommy hieß Lana. Meine Mommy, die weggegangen ist.«

Kait strich ihr übers Haar. »Ich weiß. Die Zwillinge haben ihre Mommy auch verloren, genau wie du. Sie ist an Krebs gestorben, als die beiden dreizehn waren. Ihr Daddy war so traurig, sein Herz war gebrochen, und deswegen konnte er danach kein so guter Daddy mehr sein, nicht wie Trev. Die Zwillinge waren nie wie richtige Schwestern gewesen, und jetzt gingen sie immer mehr ihre eigenen Wege. Lana ging mit vielen Jungen aus, schwänzte die Schule, kaufte sich ein Motorrad und ging auf wilde Partys. Kait lernte fleißig. Sie träumte davon, auch mit einem Jungen auszugehen, nur mit einem. Und dann, eines Tages, gingen die beiden auf verschiedene Universitäten, und Lana kam nie wieder nach Hause.«

Marni machte große Augen. »Nie wieder?«

»Nie wieder«, sagte Kait und spürte eine weitere Träne. Sie wagte es nicht, zu Trev aufzublicken, denn dann würde sie endgültig die Fassung verlieren. »Also waren die Zwillinge, die sowieso nie richtige Schwestern gewesen waren, viele Jahre lang getrennt. Kait fand das traurig, und sie vermisste ihre Schwester sehr. Sie sah sie nur noch ganz selten – Lana kam manchmal in die Stadt zu Besuch, wo Kait wohnte, und dann gingen sie zusammen essen. Aber dann war Lana gleich wieder verschwunden. Kait verstand nicht, was sie falsch gemacht hatte, dass ihre eigene Schwester sie so wenig lieb hatte.« Sie musste innehalten.

Marni tätschelte ihr Knie. Kait konnte kaum mehr etwas sehen.

»Nicht weinen, Mommy«, flüsterte Marni.

Kait nickte und versuchte, ein Schluchzen herunterzuschlucken. Ein Taschentuch baumelte plötzlich vor ihrem Gesicht. Sie blickte auf und sah Trevs von Schmerz gezeichnete Miene; sie nahm das Taschentuch und trocknete ihre Tränen. »Aber eines Tages«, fuhr sie erstickt fort, »kam Lana doch nach Hause. Und sie erzählte Kait, dass sie ihre Hilfe bräuchte, und dann bat sie Kait, etwas Schreckliches zu tun.«

»Die Plätze zu tauschen?«, fragte Marni.

»Ja.« Kait nickte. »Lana bat Kait, zu ihr nach Hause zu fahren und für ein paar Tage Lana zu spielen. Ich habe mich so schrecklich gefreut, sie wiederzusehen, dass ich einfach nicht Nein sagen konnte. Weißt du, Schätzchen, ich bin Kait. Ich bin die Zwillingsschwester deiner Mutter.«

»Aber du bist doch jetzt meine Mommy!«, rief Marni und sprang auf.

Kait erhob sich zittrig. »Ich bin deine Tante, aber ich habe dich genauso lieb, als wärst du wirklich meine Tochter«, flüsterte sie.

»Nein!« Marni stampfte mit dem Fuß auf. »Du bist jetzt meine neue Mommy, und du darfst nicht wieder weggehen!«

Trev nahm seine Tochter bei der Hand. »Kait muss aber gehen, mein Schatz. Sie hat doch noch ein anderes Leben, in New York.«

»Ich lasse sie aber nicht weg!«, schrie Marni und riss sich los. »Daddy, sie darf nicht weggehen!«

Kait starrte Vater und Tochter an. Marni war wütend und ängstlich und begann zu weinen, und auch Trev hatte Tränen in den Augen. Stumm flehte sie ihn an, sie zum Bleiben einzuladen.

Er tat es nicht. »Kait muss zurück nach New York.« Seine Stimme war heiser, aber bestimmt.

Marni fuhr herum. »Geh nicht weg!«

Kait fühlte diesen Schrei wie eine eiserne Faust, die sie zerschmetterte. Ihre Seele zerbrach in tausend Stücke. »Ich habe etwas Schlimmes getan, ich habe dich und Sam und euren Vater angelogen«, sagte sie.

»Aber Mommy hat doch gesagt, dass du das tun sollst! Du kannst nichts dafür!«, kreischte Marni.

Kait hörte die Haustür aufgehen und wieder zufallen; sie schaute über die Schulter zurück und erblickte eine kreidebleiche Sam.

»Ich kann aber etwas dafür, dass ich gelogen habe, Schatz. Das war falsch. Verstehst du das?«

Marni nickte, war aber immer noch wild entschlossen. »Aber jetzt lügst du doch nicht mehr! Also kannst du auch dableiben!«

Kait war völlig am Boden zerstört. Sie blickte zu Trev auf.

»Elizabeth hat bereits deine Sachen gepackt«, sagte er. »Wenn sie etwas vergessen hat, schicken wir es dir nach.«

Er würde es wirklich tun. Er würde alles vergessen, was sie miteinander geteilt hatten, und sie fortschicken.

»Ich rufe mir ein Taxi«, sagte sie heiser.

Trev nickte und bot ihr nicht an, sie den weiten Weg zum Reagan National Airport zu fahren.

»Dad!«, rief Sam. »Du darfst sie nicht wegschicken!«

Trev antwortete nicht.

Kait ging an Sam vorbei, für die sie nicht einmal ein schwaches Lächeln zustande brachte, und griff nach der Türklinke.

»Wie kannst du das tun?«, schrie Sam ihren Vater an.

Kait blickte zurück.

»Mommy!«, kreischte Marni in heller Panik. »*Mommy!*«

Kait konnte sich nicht mehr rühren.

»Psst, Schätzchen«, tröstete Trev Marni und nahm sie auf den Arm.

Marni trat und schlug wie verrückt nach ihm, völlig verzweifelt; Kait schloss die Augen und schaffte es irgendwie ins Haus.

Sie hörte noch, wie Sam Trev anschrie: »Du bist so blöd!«

»Señor? Ich gehe jetzt. Wünschen Sie noch etwas?«

Colin Farrell trat aus dem Schlafzimmer des Bungalows, das kurzärmelige Hemd war offen, und er hatte sich seit Tagen nicht mehr rasiert. Das Zimmermädchen, das der Vermieter im Dorf angeheuert hatte, stand im zweiten Zimmer des Bungalows, das Wohnzimmer, Küche und Esszimmer zugleich war. Alles war sauber und ordentlich. Der Kühlschrank war gut bestückt. An der Decke drehte sich langsam ein Ventilator. Sämtliche Fenster des Hauses standen weit offen, und all das dank der schlanken Mexikanerin, die vor dem Rattansofa stand. Hinter Rosita konnte Colin den breiten, strahlend weißen Strand und das tiefblau glitzernde karibische Meer sehen. »No, gracias«, sagte er.

Sie lächelte ihn an, und der Blick ihrer großen braunen Augen huschte über seine nackte Brust. »Ich bleibe gerne noch, señor«, gurrte sie und sah ihm in die Augen.

Er hatte keine Zeit für so etwas. Er wusste, was sie wollte, und er war nicht im Mindesten interessiert. »Bis morgen dann, Rosita. Mañana. Hasta luego, gracias«, sagte er bestimmt.

Sie zog einen Schmollmund, lächelte aber schon wieder, als sie ging und die Haustür weit offen ließ, damit die frische Brise hereinwehen konnte.

Colin ging zum Kühlschrank und holte sich ein eiskaltes Bier. Er trank durstig, dann stellte er sich in die offene Haustür und starrte hinaus, zuerst nach Norden, dann nach Süden, dann wieder nach Norden. Kein einziges Fahrzeug in Sicht. Nur eine Person zu Fuß, Rosita, ging langsam auf das drei Kilometer entfernte Dorf zu, und ihr dünner Rock flatterte um ihre wiegenden Hüften.

Sein Herz machte einen kleinen Satz. *Wo war Lana?* Sie hätte schon vor Stunden hier sein sollen, und bald würde die Sonne untergehen.

Er trank noch einen Schluck, ging durch den viel zu sauberen und leeren Bungalow und blieb auf der hinteren Veranda stehen. Ein schmaler Pfad führte direkt zum nahen Strand. Er lehnte sich an einen Pfosten und starrte aufs Meer hinaus.

Sie war nicht gefasst worden. Lana war die klügste, einfallsreichste Frau, die er kannte. Nein, sie war *nicht* gefasst worden, aber offenbar hatte sie sich irgendwie verspätet oder vielleicht das Flugzeug verpasst. Er wartete schon den ganzen Tag auf sie.

Aber er würde sich keine Sorgen machen. Doch nicht um Lana. Sie konnte auf sich selbst aufpassen.

Doch er machte sich trotzdem Sorgen. Denn sie hatte ihn auch nicht auf dem Handy angerufen. Ihm wurde schlecht vor Angst.

Plötzlich hörte er ein höchst willkommenes, wunderbares Geräusch – einen nahenden Motor. Colin rannte zur Haustür. Vor das Haus. Ein großes Fahrzeug – ein Bus, ein Wohnmobil oder Lieferwagen – kroch im Schneckentempo die Straße entlang, und es kam aus nördlicher Richtung.

Sein Herz setzte einen Schlag aus und begann dann wild zu klopfen. Er warf die Bierdose ins Gebüsch und eilte zum Briefkasten an der Straße, beschattete die Augen mit der Hand und starrte in die untergehende Sonne.

Lana saß in diesem Bus. Ganz bestimmt.

Eine Ewigkeit verging, während der Bus langsam näher kam. Aus nächster Nähe sah er, dass der Wagen voller Passagiere war, aber außer zwei Jungen, die auf den Trittbrettern mitfuhren, konnte er niemanden in dem uralten Kleinbus erkennen. Er wartete darauf, dass der Chevy abbremste, damit Lana aussteigen konnte.

Doch der Wagen wurde nicht langsamer.

Ungläubig sah er ihn an sich vorbeifahren.

»He!«, rief er. Er rannte dem Wagen nach. »He! Sie! Señor! Anhalten! Detenga el carro! Quiero hablar contigo!«

Der Kleinbus hielt an, und Colin rannte, bis er endlich das Fenster des Fahrers erreicht hatte. »Un Americana«, keuchte er. »Donde l'americana?«
Der Fahrer sah ihn an, als sei er verrückt. Ich fließendem Englisch erwiderte er: »In diesem Bus sind keine Amerikaner. Wollen Sie mitfahren, señor?«
Colin starrte den verschwitzten Mexikaner fassungslos an. Schließlich schüttelte er den Kopf. Der Bus rollte an, und Colin sprang zurück, damit der Hinterreifen nicht seinen Fuß zerquetschte. Die beiden Jungs, die sich an die Seiten klammerten, lachten ihn aus und zeigten mit dem Finger auf ihn.
Er sank in sich zusammen. Warum saß Lana nicht in diesem Bus? Zum hundertsten Mal an diesem Tag griff er in die hintere Hosentasche. Sein Handy meldete keine neuen Nachrichten. Colin kehrte zum Bungalow zurück, holte sich noch ein Bier, und diesmal spazierte er damit über den grasbewachsenen, von Palmen beschatteten Weg zum Strand hinunter. Er würde sich keine Sorgen machen. Lana würde jeden Moment auftauchen wie die Fata Morgana einer Oase mitten in der Wüste, nur dass sie natürlich tatsächlich vor ihm stehen würde.
Und dann starrte er angestrengt den Strand entlang, in die untergehende Sonne.
Eine Gestalt lief über den Sand.
Er sah genauer hin und betete, sie möge echt sein, und nicht nur eingebildet.
Die Gestalt *war* echt. Sein Herz begann laut zu klopfen, es hüpfte vor Freude.
Er fuhr sich mit der Zunge über die Lippen und lief los. Herr im Himmel – die Person, die sich da näherte, war eine Frau! Sie war noch zu weit entfernt, als dass er ihr Gesicht erkennen könnte,

doch sie hatte dunkelbraunes Haar, das in der Sonne rötlich glänzte, und sie war so groß wie Lana. Er begann zu laufen. Lächelte.

Die Frau wurde immer deutlicher. Lange, schlanke Beine, ein strahlend weißer Bikini ohne Oberteil. Leuchtend helle Brüste. Schulterlanges Haar …

Colin blieb stehen.

Lana hatte sich vor einer Woche die Haare abschneiden lassen, und der Körper dieser Frau war braun gebrannt.

Er starrte sie bestürzt an.

Sie lächelte ihm zu – es war eines der Mädchen aus dem Dorf, mit den typischen hohen Wangenknochen der Menschen dieser Gegend.

Colin ließ seine Bierdose fallen, als sie an ihm vorbeiging.

Sie warf ihm ein weiteres Lächeln zu, diesmal über die Schulter, und er sah, dass sie wirklich nichts als einen Tanga trug. Er wandte sich ab.

Sie würde kommen. Er wusste es. Sie war nicht gefasst worden. Das war unvorstellbar.

Langsam trottete er zurück zum Bungalow und nach vorn zur Straße. Am Ende der Einfahrt neben dem verrottenden Briefkasten lag ein großer weißer Felsbrocken. Die zweispurige Landstraße war leer, so weit das Auge reichte. Colin setzte sich auf den Felsen, trank sein Bier und starrte nach Norden. Er würde hier warten, bis sie kam.

Und wenn sie heute nicht kam, dann kam sie eben morgen oder übermorgen oder am Tag darauf.

Er würde Puerto de Raya nicht ohne Lana verlassen.

Er würde warten – Tage, Monate, Jahre.

Zweiundzwanzig

Er schaute in den Rückspiegel, während der Zivilwagen über die Autobahn nach Norden fuhr. Der Verkehr war sehr dicht, denn es war fast fünf Uhr nachmittags, und die Berufspendler aus Washington D.C. wollten nach Hause. Ihre Gefangene wirkte bedrückt und traurig.

Aber das ging ihn nichts an. Es ging ihn nichts an, dass sie behauptete, Kait London zu sein, und dass sie haargenau so aussah wie auf dem Foto in ihrem Führerschein und dass sie ihnen genug Informationen über ihre Identität und ihr Leben aufgezählt hatte, um zwei Bücher damit zu füllen. Sie brachten sie nur zurück nach Skerrit County, wo sie hergekommen war.

Sie fing seinen Blick im Rückspiegel auf und lächelte schwach. Automatisch erwiderte er das Lächeln.

Bill, der erst seit kurzem sein Partner war und den Wagen fuhr, bemerkte es sofort. »Schluss damit«, sagte er mit Blick in den Rückspiegel zu Lana Coleman/Kait London.

Sie sagte leise: »Ich muss auf die Toilette.«

Bill ignorierte sie.

Dan drehte sich zu ihr um. »Wir sind in einer Stunde in Three Falls. So lange können Sie doch noch warten?«

Sie schlug die langen Beine übereinander, wobei ihr blaues Kleid ein wenig hochrutschte. Es war unmöglich, nicht hinzusehen, denn sie war die schönste Frau, die er im wirklichen Leben je gesehen hatte. Nicht, dass das wichtig war. Er war seit achtundzwanzig Jahren glücklich verheiratet, er hatte zwei Kinder und zwei Enkelkinder, und vor allem eine Ehefrau, die ihn trotz seines Jobs nicht verlassen hatte. Er *liebte* Mary. Sie war ziemlich rundlich geworden, und reizbar, aber sie war immer noch eine sehr schöne Frau und die beste Ehefrau, die ein Mann sich wünschen konnte, fand Dan. Dennoch, die Frau auf dem Rücksitz war eine von der Sorte, die Männerfantasien anregte, und er hatte sich selbst in den letzten sechs Stunden, seit sie sie am Flughafen aufgegriffen hatten, mehrmals beim Fantasieren ertappt.

Nicht, dass er je seine Frau betrügen würde. Hatte er nie getan, würde er auch nie tun. Aber eine schöne, heiße, nicht ganz jugendfreie Fantasievorstellung war ja wohl nichts Schlimmes, oder?

Heute Abend würde er mit seiner Frau mächtig viel Spaß haben. Schon beim Gedanken daran wurde er steif.

»Bei dem Tempo brauchen wir eher zwei oder drei Stunden«, wandte sie sanft ein. »Ich trage Handschellen. Sie können sie dranlassen. Von mir aus können Sie auch mit in die Kabine kommen.« Sie lächelte schief. »Ich vertraue darauf, dass Sie nicht hinschauen.«

Ihre Blicke trafen sich. Sie wusste es, dachte er. Sie wusste, dass er scharf auf sie war, und wenn er wollte, konnte er sie haben. Himmel! Einen Moment lang war die Versuchung so übermächtig, dass er tatsächlich ernsthaft darüber nachdachte. Dann wandte er sich an seinen neuen Partner. »Halt an der Tankstelle da vorn, Bill.«

Bill schnaubte. »Wenn die pinkeln muss, bin ich die Märchenfee.«

»Komm schon, halt an. Sie wird uns nicht weglaufen.«

Bill scherte hart rechts aus und schnitt dabei den Wagen hinter ihnen, wofür sie Gehupe und Beschimpfungen durch ein offenes Autofenster ernteten. Bill befestigte das Blaulicht auf dem Autodach und schaltete es ein. Dann warf er dem Fahrer hinter ihnen einen finster drohenden Blick zu, gefolgt von einer obszönen Geste, drängelte sich auch noch über die nächste Fahrspur und dann auf den Standstreifen. Auf diesem legte er die anderthalb Kilometer bis zur nächsten Raststätte zurück.
An der Tankstelle standen fünf Autos an drei Zapfsäulen. Bill parkte vor dem Geschäft. »Ich seh mir das mal an«, sagte Dan und stieg aus. Er lächelte die Frau auf dem Rücksitz an. »Moment noch. Alles klar?«
Sie nickte. »Danke.«
Er ging in den Tankstellen-Shop und erfuhr von einem jungen Verkäufer mit Ziegenbärtchen und Akne, dass die Toiletten hinten raus lagen. Bill ging zwischen Chipstüten und Süßigkeiten einen Gang entlang und nahm unterwegs eine Packung Fritos mit. Dann öffnete er die Tür zur Damentoilette. Sie bestand aus einem Raum mit einer Toilette, einem Waschbecken mit Spiegel darüber, einem Abfalleimer, dem Handtuchspender und einem Heißlufttrockner. Herrgott, Bill war so was von verbohrt. Kopfschüttelnd ging er wieder hinaus und legte die Fritos auf die Ladentheke, um sie nachher zu bezahlen.
»Kein Problem«, verkündete er seinem Partner. »Kein Fenster, gar nichts.«
Bill brummte, lehnte sich in seinen Sitz zurück und schloss die Augen, um sich ein wenig auszuruhen.
Dan öffnete die hintere Tür und half Lana heraus. Ihre Blicke trafen sich. Sie sagte kein Wort, doch wie sie ihn so ansah, kam er sich vor, als sei er wieder fünfundzwanzig und bestehe nur aus

Muskeln. Er sollte ihr die Handschellen nicht abnehmen, aber wo sollte sie schon hinlaufen? Und vor allem, wie? Sie konnte von hier unmöglich entwischen.

Er schloss die Handschellen auf, warf sie auf den Rücksitz, knallte die Tür zu und nahm ihren weichen, schlanken Arm. »Hier entlang.«

»Ihr Partner könnte von Ihnen noch eine Menge darüber lernen, was einen Gentleman ausmacht«, sagte sie, als sie den Laden betraten.

Er errötete vor Freude und führte sie nach hinten. »Ja?«

»Ja.« Ihr Blick war direkt. »Ich weiß Freundlichkeit sehr zu schätzen.«

»Ich bin verheiratet«, entfuhr es ihm, und er merkte, dass er knallrot wurde.

Sie lachte leise. »Ich weiß.« Sie blickte auf seinen schlichten Ehering hinab. »Ich muss erst noch Tampons kaufen.«

Er wurde noch röter. »Okay.«

Sie sah ihn dankbar an. Er beobachtete, wie sie eine Schachtel aussuchte, und reichte ihr einen Fünf-Dollar-Schein, damit sie die Tampons bezahlen konnte. Dann geleitete er sie zur Toilette, und sie versprach, sich zu beeilen. »Lassen Sie sich ruhig Zeit«, sagte er, immer noch rot im Gesicht. »Der Verkehr ist beschissen.«

Sie lachte und verschwand in der Toilette, und er hörte, wie sie die Tür abschloss.

Es war ihm egal. Sie konnte nicht weglaufen; er lehnte sich an die Tür und stellte sich vor, wie sie sich das Höschen auszog. Bestimmt ganz zarte Spitze. Nein, sie trug einen hauchdünnen Tanga. Seine Umgebung verschwamm. Sie zog sich das Kleid aus. Sie waren in einem Hotelzimmer. Ihre Brüste waren rund

und weiß. Er wusste bereits, dass sie keinen BH trug. Nun hatte sie überhaupt nichts mehr an, nicht einmal einen Tanga. Lächelnd kniete sie sich vor ihn und zog seinen Reißverschluss auf. Sie nahm ihn bis in die Kehle in sich auf.

Er fuhr zusammen und wünschte, er hätte seine Jacke angelassen. Er ging auf und ab, um die extrem lebhaften, wahnsinnig aufregenden Fantasien abzuschütteln, denen er eben nachgegeben hatte. Herrgott, er hatte beinahe ihre Lippen an seinem …

Er sah auf die Uhr. Wie lange war sie schon da drin? Zwei Minuten? Drei? Fünf? Er hatte nicht darauf geachtet. Aber es konnten nicht mehr als fünf Minuten sein. Er würde ihr weitere fünf Minuten Zeit lassen und dann höflich anklopfen.

Und plötzlich sah er sie splitternackt vor sich auf einem Bett ausgestreckt. Er schob das Bild beiseite und dachte daran, dass es noch gute vier oder fünf Stunden dauern würde, bis er endlich zu seiner Frau nach Hause kam.

Als fünf Minuten vergangen waren, sagte Dan verlegen: »Kait? Ich meine, Ms. London? Äh … Mrs. Coleman?«

Er bekam keine Antwort.

Er klopfte an die Tür und beschloss, bei dem Namen zu bleiben, von dem sie behauptete, es sei der richtige. »Ms. London? Alles in Ordnung?«

Keine Antwort.

Das Blut rauschte ihm in den Ohren. Er sagte sich, dass es hier kein Fenster gab, überhaupt keine Möglichkeit für sie, da rauszukommen. Er klopfte wieder, diesmal kräftiger. »Ms. London? Wir müssen weiter. Alles in Ordnung da drin?«

Er bekam immer noch keine Antwort, und die Stille da drin war beängstigend.

Dan rannte zu dem pickeligen Kassierer, zeigte ihm seine Dienstmarke und verlangte den Schlüssel zur Toilette. Ihm war schlecht, richtig schlecht, doch er hielt sich ständig vor Augen, dass die Frau nicht entkommen sein konnte. War sie vielleicht umgekippt? Den neugierigen Kassierer auf den Fersen, rannte er wieder nach hinten zur Toilette und schloss die Tür auf.

Der Raum war leer.

Der Abfalleimer stand umgedreht auf dem geschlossenen Toilettendeckel. Die Seifenflasche war aus dem Spender gerissen worden und lag nun auf dem Boden. Entsetzt blickte Dan zur Decke auf.

Über der Toilette war ein Lüftungsgitter. Es war aufgedrückt worden, und nun gähnte ein quadratisches, schwarzes Loch auf ihn herab.

Er starrte fassungslos hinauf. *Sie war entkommen.*

Er fuhr herum und zog seine Waffe. »Wo, zum Teufel, führt dieser Lüftungsschacht hin?«

»He, woher soll ich denn das wissen?«, erwiderte der junge Mann belustigt.

»Haben Sie gesehen, ob sie den Laden verlassen hat?«

»Nein«, antwortete er in einem Ton, als sei Dan ein Vollidiot.

Dan rannte in den Laden, doch hier waren die Lüftungsgitter in der Decke alle an ihrem Platz. War sie immer noch in den Luftschächten über ihm?

»He, hinten raus ist noch ein Lagerraum. Vielleicht ist sie da drin?«, schlug der Kassierer mit wachsender Begeisterung vor.

Sie rannten zu einer Tür, die nicht abgeschlossen war; ein Schild verkündete, dass Kunden hier keinen Zutritt hatten. Der Kassierer schob sie auf, und Dan trat ein, während der junge Mann nach dem Lichtschalter tastete. Sofort war der kleine Lagerraum

hell erleuchtet, und das Erste, was Dan sah, war die sperrangelweit offene Tür, die zum Parkplatz hinter dem Laden hinausführte.
»Ah, da muss sie runtergekommen sein.« Der Kassierer schaute auf die Decke über ihnen.
Dan ebenfalls. Ein quadratisches Loch grinste ihn höhnisch an.
Dan rannte hinaus. Keine hundert Meter weiter verlief die Autobahn, wo die Autokolonnen sich nun mit gemächlichen sechzig, siebzig Stundenkilometern dahinwälzten.
»Die hat bestimmt jemand mitgenommen.« Der Kassierer grinste. »Hat sie wen umgebracht oder so?«
Dan wusste, dass seine Karriere gelaufen war. »Oder so«, knurrte er.

Sam war außer sich. Sie stand im Foyer, wo Unheil verkündend zwei Koffer und ein Kleidersack lagen. Ihr Vater hatte sich ins Arbeitszimmer zurückgezogen, und Kait war oben. Sam vermutete, dass sie duschte und sich für die Rückreise nach New York umzog.
Sie wischte sich die Tränen von den Wangen und rannte, zwei Stufen auf einmal nehmend, die Treppe hinauf. Ihre dicken, hohen Absätze blieben hängen, und sie fiel hin. Sie rappelte sich wieder auf, rannte den Flur entlang und platzte ins Schlafzimmer, ohne anzuklopfen. Dort hielt sie keuchend inne.
Kait stand mitten im Zimmer, in einem hellen Hosenanzug, und starrte entweder auf das Bett oder auf das Fenster dahinter. Sie drehte sich um.
»Ich kann dich nicht gehen lassen. Wir lieben dich, Kait! Sogar Dad liebt dich.«
Kait lächelte traurig. »Dein Vater mag mich lieben oder nicht,

Sam, aber ich habe etwas getan, das er nie vergessen wird, und vor allem wird er es mir nie verzeihen.«

Sam bekam keine Luft mehr. Erst hatte ihr Vater sie geschlagen, dann war Gabe angeschossen worden, und jetzt das hier. »Ich kapier's nicht. Du und Dad – ihr seid solche Heuchler!«

Kait kam zu ihr und legte ihr eine Hand auf die Schulter. »Das Leben ist hart, und nicht immer fair«, sagte sie leise. In ihren blauen Augen standen Tränen.

»Aber ihr liebt euch doch!«, protestierte Sam mit einem scheußlichen Gefühl im Bauch.

»Ich liebe ihn … und das wird sich nie ändern.« Kait seufzte und schluchzte erstickt. »Ich sollte jetzt lieber gehen. Solange ich mich noch auf den Beinen halten kann.«

Sam hielt sie von hinten am Ellbogen fest. »Nein! Dad hat ständig von Vergebung geredet, dass ich mich bei Leuten entschuldigen soll, und wie wichtig es ist, zu verzeihen und zu vergessen! Ich habe mir diesen Vortrag bestimmt hundert Mal anhören müssen! Aber wenn es um ihn geht, darf er einfach stur sein und gar nichts verzeihen? Ich meine, ich soll ihm verzeihen, dass er mich geschlagen hat und gemein zu Gabe war, aber er kann dir nicht verzeihen, dass du hergekommen bist, um deiner Schwester zu helfen?«

Kait schüttelte stumm den Kopf. Dann zog sie Sam an sich. »Ich habe dich sehr gern, und du kannst mich jederzeit anrufen«, sagte sie. Dann richtete sie sich mühsam auf. »Wenn dein Vater es erlaubt.«

»So eine Scheiße!«, schrie Sam.

Kait warf ihr einen tränenverschleierten Blick zu, straffte die Schultern und eilte hinaus.

Panik erfasste Sam. Kait war jetzt ihre Mutter! Sie konnte sie doch nicht einfach so verlassen, so plötzlich – genau wie ihre Mom sie eines Tages verlassen hatte, als sie gestorben war. Das war nicht fair! Das durfte nicht schon wieder passieren. Sam rannte ihr nach. »Kait! Bitte geh nicht! Wir lieben dich! Wir werden ganz lieb sein – ich entschuldige mich bei Dad! Ich treffe auch Gabe nicht mehr – ich tue alles, was du willst –, bitte!«

Kait wirbelte herum und nahm sie in die Arme. »Ach, Sam! Ich würde ja bleiben, wenn ich könnte – wenn er mich ließe!« Sie hob Sams Kinn an. »Schätzchen, du brauchst meinetwegen gar nichts anders zu machen. Ich liebe dich, genau so, wie du bist.«

Sam weinte.

Kait ging weiter die Treppe hinunter; Sam konnte sich nicht rühren. Sie sank auf eine Stufe und dachte, dass sie weglaufen und bei Kait in New York bleiben könnte. Aber was war mit Marni? Sie konnte ihre kleine Schwester nicht zurücklassen. Und sie war nicht so selbstsüchtig, ihrem Vater auch noch Marni wegzunehmen. Außerdem verstieße das vermutlich gegen das Gesetz – wahrscheinlich war das Kindesentführung oder so, und sie und Gabe hatten schon genug Ärger.

Sie hörte, wie die Haustür aufging und wieder zufiel; sie hörte Elizabeth etwas sagen und Kait antworten. Sam sprang auf und rannte die restlichen Stufen hinunter; als sie die Haustür erreichte, sah sie Elizabeth' Land Rover wegfahren, mit Kait auf dem Beifahrersitz neben der Haushälterin. Einen Moment lang stand sie da wie erstarrt, dann wischte sie sich mit dem Ärmel über das nasse Gesicht und rannte verzweifelt zum Arbeitszimmer ihres Vaters.

Er saß am Schreibtisch, doch er hatte den Kopf auf die Arme gelegt und die Augen geschlossen, als schliefe er. »Dad?«

Langsam richtete er sich auf. »Was ist denn?«

»Du liebst sie doch! Du musst ihr verzeihen, du musst sie zurückholen!«, schrie Sam.

Trev starrte sie an. »Du verstehst das nicht.«

»Ich verstehe es sehr wohl!« Sam trat näher. »Du liebst sie, ich liebe sie, und Marni liebt sie! Und wir brauchen sie, Dad! Warum brauchst du dich eigentlich nicht an den ganzen Vergeben-und-Vergessen-Kram zu halten, den du mir immer predigst?«

Trev starrte sie an; er sah seltsam und elend aus. »Ich habe Angst.«

Sam stutzte. »Aber sie ist nicht wie dieses Miststück. Sie ist nett und lieb. Und sie liebt uns! Sie liebt dich! Du brichst ihr das Herz, Dad!«

»Sam, du bist zu jung, um das zu verstehen.« Er erhob sich.

»Doch, ich verstehe sehr gut! Ich verstehe, dass du ein jämmerlicher Feigling bist, Dad!« Sam rannte hinaus.

»Ho!«, rief Rafe in der Tür und hielt Sam an den Schultern zurück.

Sam funkelte ihn an. »Er ist so ein Idiot, und ich gehe nach New York und wohne bei Kait!« Sie warf ihrem Vater einen wütenden, verheulten Blick zu, riss sich von ihrem Onkel los und rannte davon.

Trev starrte seinen Bruder an. Rafe erwiderte den Blick. Dann klopfte er an die offene Tür. »Hast du einen Moment Zeit?«

»Nicht, wenn du gekommen bist, um mir Vorträge zu halten.«

Rafe lächelte wider Willen. »Ist schon eine ganze Weile her, dass ich dich habe weinen sehen. Ich glaube, das letzte Mal war an dem Tag, als Mariah gestorben ist.«

Trev spürte den Schmerz im tiefsten Herzen. Doch das war keine Trauer um die Frau, die er geliebt hatte und die vor sieben Jahren gestorben war; es war der Schmerz, die Frau zu verlieren, die er erst vor kurzem lieben gelernt hatte – der Schmerz, Kait zu verlieren. Er hatte den ganzen Tag lang verzweifelt versucht, ihn zu verdrängen. »Das war unter der Gürtellinie. Und überflüssig.«

»Liebst du sie?«

Trev warf ihm einen finsteren Blick zu, stellte sich ans Fenster und verweigerte eine Antwort.

»Dumme Frage, schließlich kenne ich ja die Antwort. Du weißt, dass ich über sehr gute Menschenkenntnis verfüge. Und so wenig ich Kait auch mögen will, ich mag sie trotzdem. Ich glaube, sie ist so anders als Lana, wie eine Schwester überhaupt nur sein kann, und ich weiß, dass sie sich schwer in dich verliebt hat.«

Trev drehte sich bebend zu ihm um. Liebte sie ihn? Er wollte das so gern glauben. Und irgendwo glaubte er es auch. Aber wenn sie ihn liebte, wie konnte sie ihn dann so belügen? Was, wenn sie eben doch wie ihre Schwester war?

Aber sie war überhaupt nicht wie Lana! Das wusste er im tiefsten Herzen, obwohl er sich davor fürchtete, eine neue Beziehung einzugehen, obwohl er seinem eigenen Herzen nicht trauen wollte.

»Man bekommt eben nicht immer im Leben eine zweite Chance«, brummte er und merkte selbst, dass er sich anhörte wie ein Idiot. Aber benahm er sich nicht auch idiotisch?

Immerhin hatte er ihr Spielchen mitgespielt. In dem Augenblick, als er in sie eingedrungen war, hatte er gewusst, dass sie nicht Lana war. In diesem Augenblick war ihm eingefallen, was Zara vor kurzem in Erfahrung gebracht hatte, nämlich, dass Lana eine Zwillingsschwester hatte. In diesem Augenblick hatte er gewusst, dass die Frau in seinem Bett, die sich so himmlisch anfühlte, die Zwillingsschwester seiner Frau war.

Er war erleichtert gewesen, erregt, und er hatte sich dafür entschieden, jeden einzelnen gestohlenen Augenblick zu genießen, bis das Spiel irgendwann aufhören musste.
Weil er unbedingt mit ihr zusammen sein wollte, weil er sich hilflos, rettungslos in sie verliebt hatte, und weil er egoistisch genug gewesen war, zu wünschen, das Spiel möge niemals aufhören.
Denn sonst würden sie sich einer Wirklichkeit stellen müssen, die keiner von beiden sich ausgesucht hatte und keiner von beiden so haben wollte.
»Tatsächlich?« Rafe lachte ihn aus. »Man hofft, so lange man lebt, möchte ich dagegen halten – und das heißt, du hast ein paar Milliarden Chancen, Bruder.«
»Verdammt noch mal, Rafe! Seit wann stehst du eigentlich auf ihrer Seite?«, fragte Trev wütend, und er war ebenso wütend wie verzweifelt; die ganze Zeit über, während er so getan hatte, als wüsste er nicht, wer sie war, hatte er sich immer vor Augen gehalten, dass sie sich eines Tages gegenseitig mit der Wahrheit konfrontieren mussten und dass es mit ihrer Liebe dann vorbei sein würde. In gewisser Weise war er auf sich selbst ebenso wütend wie auf sie, nein, sogar noch wütender. Er war zornig, frustriert und in seinen eigenen moralischen Maßstäben gefangen, seiner Selbstgerechtigkeit. Seltsamerweise war die einzige Person, die in seinen Gedanken gar keine Rolle mehr spielte, Lana.
Irgendwie hatte das Zusammensein mit Kait seinen Hass auf Lana völlig vertrieben.
»Ich stehe immer auf deiner Seite, vergiss das nie«, sagte Rafe. »Also hör dir an, was ich zu sagen habe. Sie ist eine einmalig tapfere, mutige Frau. Es muss ihr sehr schwer gefallen sein, ihre

eigene Zwillingsschwester zu verraten. Und dabei ist es nicht wichtig, dass Lana eine Diebin, ein Miststück und eine Nutte ist. Ich wette, Kait wird sich deswegen noch sehr lange schuldig fühlen, vielleicht für den Rest ihres Lebens. Aber sie hat trotzdem das Richtige getan. Ich würde sagen, sie war ein Opfer von Lanas Machenschaften, genau wie du, die Mädchen, die Parkers und halb Skerrit County.«

»Verdammt«, knurrte Trev. »Du erzählst mir da nichts Neues!«

»Warum schickst du sie dann weg?«

Trev sah ihn an. Das war eine verdammt gute Frage, und plötzlich hatte er keine verdammt gute Antwort mehr darauf. Er war verliebt, er hatte Angst, und er war wütend, vor allem auf sich selbst. Jetzt war ihm klar, dass er sie sofort mit der Wahrheit hätte konfrontieren müssen, als sie sich zum ersten Mal geliebt hatten. Wie leicht das im Nachhinein einzusehen war. Und während sein Verstand darauf beharrte, dass kein Paar ein gemeinsames Leben so anfangen und dabei glücklich werden konnte, sagte sein Herz ihm, dass er ein Feigling und ein Dummkopf war.

»Liebst du sie?«, fragte Rafe scharf.

»Ja.«

Rafe lächelte zufrieden.

Kait starrte aus dem Fenster, während Elizabeth schweigend in Richtung Landstraße fuhr. Ihr Herz war in so kleine Stücke gebrochen, dass sie gar nichts mehr fühlen konnte. Sie konnte auch nicht nachdenken, und das war wohl ganz gut so, denn wenn sie jetzt etwas empfinden könnte, würde sie vermutlich endgültig zusammenbrechen. Der Wald zog verschwommen an ihr vorüber.

Plötzlich bremste Elizabeth ab.
Kait wunderte sich, was das sollte, doch sie war zu traurig, um sich dafür zu interessieren. Sie ermahnte sich, nicht zu vergessen, dass sie sich nachher bei Elizabeth bedanken musste, weil diese sie den weiten Weg zum Flughafen fuhr; trotzdem wäre ihr ein Taxi lieber gewesen. Doch Elizabeth hatte ihr Taxi einfach wieder abbestellt, ohne sie vorher zu fragen. Kait seufzte und hörte stattdessen ein ersticktes Schluchzen.
Elizabeth bremste und hielt am Straßenrand.
Kait schloss die Augen und dachte: Was jetzt? Sie konnte keinen weiteren Streit ertragen, keine neue Konfrontation, keine Vorwürfe mehr. Sie wusste nicht mehr, ob sie sich auch bei der Haushälterin schon für das Täuschungsmanöver entschuldigt hatte, doch sie hatte einfach keine Kraft mehr dazu.
»Steigen Sie aus«, sagte Elizabeth grimmig.
Kait drehte den Kopf und erstarrte. Der schwarze Lauf einer Pistole war direkt auf ihre Nase gerichtet.
»Steig aus dem Auto, du kleine Nutte«, zischte Elizabeth.
»W…w…« Kait brachte kein Wort heraus. Ihr Verstand schaltete sich wieder ein. Elizabeth? Elizabeth war diejenige, die ihre Schwester umbringen wollte? Und sie hatte Trevs Stall in Brand gesteckt! »Ich bin nicht Lana«, würgte sie mühsam hervor.
»Raus!«, schrie Elizabeth.
Kait schob die Tür auf und sprang aus dem Land Rover. Sie stolperte und schlug hin, und als sie feuchte Erde unter den Händen spürte, hörte sie Elizabeth auf der anderen Seite aussteigen. Elizabeth wollte ihre Schwester umbringen. Es war Elizabeth. Kait sprang auf und rannte los.
Ein Schuss krachte.

Kait hechtete hinter eine mächtige Eiche und kauerte sich am Boden zusammen.
»Das hätte ich schon vor langer Zeit tun sollen«, sagte Elizabeth grimmig.
Kait drückte sich dicht an den Baumstamm. »Ich bin nicht Lana! Bitte! Elizabeth – tun Sie das nicht!«
»Ich weiß, wer du bist!«, rief Elizabeth. »Es gibt zwei von dir, du lieber Himmel, es gibt dich zweimal, und diesmal ist es sogar noch schlimmer als vorher! Du hast ihn um den kleinen Finger gewickelt – aber das konnte sie ja auch. Aber damals war es nur der Sex, und jetzt hat Trev sich in dich verliebt. Ich werde nicht zulassen, dass er das alles noch einmal durchmachen muss! Und jetzt steh auf!«
Kait rührte sich nicht vom Fleck. »Bitte, Elizabeth, überlegen Sie doch mal, was Sie da tun! Ich bin nicht Lana. Ich liebe Trev! Ich würde ihm nie wehtun –«
Elizabeth schnitt ihr das Wort ab. »Sie hat ihn nur ausgenutzt, von dem Tag an, als sie sich kennen gelernt haben. Als sie aus New York zurückkam und anfing, Marni auch noch zu benutzen, da wusste ich, was ich zu tun hatte! Aber ich habe versagt! Nun sitzt sie Gott sei Dank im Gefängnis – wo sie auch hingehört! Aber ich werde nicht mit ansehen, wie Trev sich und seine Kinder zerstört, indem er sich mit dir einlässt! *Hast du mich gehört!*«
Die Rinde zerschrammte ihre Wange. Kait blickte sich panisch um, sah aber nichts außer Bäumen und noch mehr Bäumen. Sie konnte nicht weglaufen, und sie konnte sich hier nirgends verstecken. Dann hörte sie Elizabeth' Schritte näher kommen. »Sie haben seinen Stall niedergebrannt! Sie lieben ihn doch auch! Wie konnten Sie da so etwas tun? Und seine Pferde – er hätte ein

halbes Dutzend seiner Pferde verlieren können«, rief sie keuchend.

»Ich dachte, das Feuer wäre eine todsichere Sache. Ich dachte, ich hätte es geschafft. Ich habe nur getan, was ich tun musste. Glaubst du denn, ich wollte seine Pferde töten? Steh auf, Kait.«

Kait richtete sich ein wenig auf und lugte vorsichtig um den Baumstamm herum. Elizabeth sah sie sofort und schoss.

Kait riss den Kopf zurück, und die Kugel schlug einen Zentimeter daneben in den Baumstamm. Sie bekam keine Luft mehr. *Elizabeth war eine sehr gute Schützin.*

»Trev liebt mich nicht«, keuchte sie. »Er hat mich weggeschickt. Warum tun Sie das? Lana sitzt im Gefängnis, und Trev und ich werden nie mehr zusammen sein! Bitte, Elizabeth, denken Sie in Ruhe darüber nach!«

Ein weiterer Schuss krachte. Kait spürte, wie die Kugel den Baumstamm direkt hinter ihrem Kopf erzittern ließ. Bebend schnappte sie nach Luft. Irgendwie musste sie es schaffen, sich in Sicherheit zu bringen, aber wie? Und wohin sollte sie rennen?

Verzweifelt schaute sie sich um, doch es hatte sich natürlich nichts verändert, der Wald war recht dicht, aber nirgends sah sie ein geeignetes Versteck.

Dann entdeckte sie den umgestürzten Baum, der etwa fünfzehn Meter entfernt auf dem Boden verrottete. Der bot ihr viel bessere Deckung als die aufrecht stehende Eiche, hinter der sie jetzt kauerte.

Eine Autotür wurde zugeschlagen. »Elizabeth? Kait? Alles in Ordnung?«, rief Trev.

Einen Moment lang wollte Kait ihren Ohren nicht trauen. Sie reckte den Hals und sah Trev am Straßenrand vor dem Land Rover stehen, von der untergehenden Sonne beleuchtet; sein blauer Pick-up stand direkt vor dem Jeep. Elizabeth hatte sich beim Klang seiner Stimme ebenfalls umgedreht. Kait erkannte genau den Moment, in dem Trev die Pistole sah. Er wurde bleich.

»Trev! Sie will mich umbringen!«, rief Kait.

Seine Augen waren weit aufgerissen vor Entsetzen.

»Trev, das ist nur zu Ihrem Besten. Gehen Sie nach Hause. Niemand wird es je erfahren«, sagte Elizabeth bestimmt.

Trev rührte sich nicht von der Stelle. Sein Blick fiel an Elizabeth vorbei auf Kait. »Kait? Bist du verletzt?«

»Nein«, rief Kait.

Trev sah ihr noch einen Moment lang in die Augen, dann wandte er sich Elizabeth zu. »Geben Sie mir die Waffe.«

Elizabeth zögerte. »Trev, ich muss doch Sie und die Mädchen beschützen. Ich kann nicht mehr in den Spiegel schauen, wenn ich nicht verhindere, dass sie wieder auf sie reinfallen.«

»Das ist meine Entscheidung. Geben Sie mir die Waffe«, erwiderte er mit fester Stimme.

Kait sank auf Hände und Knie. Elizabeth hatte ihr den Rücken zugewandt, und sie stand gut drei Meter entfernt.

»Merken Sie es denn nicht? Sie will Sie schon wieder reinlegen!«

»Sie haben meinen Stall niedergebrannt«, sagte Trev gequält. »Das ist keine Lösung.«

Kait sprang auf und stürzte sich von hinten auf Elizabeth.

Elizabeth wirbelte herum und schoss auf sie.

»Kait, nicht!«, brüllte Trev.

Kait spürte eine Kugel dicht an ihrem Kopf vorbeizischen, zum zweiten Mal in ihrem Leben, einen Augenblick, bevor sie gegen Elizabeth prallte. Entsetzlicher Schmerz flammte an ihrer

Schulter auf. Dann gingen sie und die ältere Frau zu Boden, Elizabeth landete auf dem Rücken, und Kait auf Elizabeth.

Trev fiel neben ihr auf die Knie und zog sie an sich. »Alles in Ordnung?«

Kait blickte in seine weit aufgerissenen grünen Augen, ließ sich an seine Brust sinken und zitterte wie Espenlaub. »Ja.«

Er drückte sie fest an sich. »Ich wollte dir sagen, dass ich dich liebe, und dich bitten, bei mir zu bleiben«, flüsterte er heiser.

Sie war starr vor Staunen – dann blickte sie langsam zu ihm auf. »Wirklich?«

Er nickte, und dann drehten sich beide nach Elizabeth um, die sich mühsam aufrappelte.

Er fuhr sich mit der Zunge über die Lippen. »Sind Sie verletzt, Elizabeth?«

Sie brach in Tränen aus. »Ich wollte Sie nur beschützen, Trev. Das wissen Sie doch.«

Trev stand auf und half Kait auf die Füße. Er ließ sie los, nachdem er ihr noch einen beruhigenden Blick zugeworfen hatte. Dann hielt er Elizabeth die Hand hin. Sie ergriff sie und ließ sich von ihm aufhelfen. »Ich weiß«, sagte er und versuchte zu lächeln, was ihm jedoch kläglich misslang. »Ich weiß, wie sehr Sie mich und die Kinder lieben.«

»Wirklich?«, rief sie. »Ich würde mein Leben für jeden von Ihnen hingeben, das wissen Sie doch, nicht?«

Kait zog ihre Jacke aus und hob damit die Waffe auf, damit ihre Fingerabdrücke nicht auch noch darauf zu finden waren. Eine Träne kullerte ihr über die Wange. Sie konnte sich vorstellen, was jetzt in Trev vorging. Elizabeth gehörte praktisch zur Familie. Für Trev war sie so etwas wie eine geliebte Tante.

Trev war ihr nachgeeilt. Trev hatte sie nicht gehen lassen.

Sie musste unter Tränen lächeln. Manchmal konnte auch aus Schutt und Asche neues Glück entstehen – eine schöne, strahlende Zukunft.

»Das weiß ich, Elizabeth«, sagte Trev leise und traurig.

Kait drehte sich um, als sich ein weiteres Fahrzeug näherte. Rafe war vorhin bei Trev gewesen. Nun sah sie seinen schwarz-weißen Einsatzwagen heranrollen. Sie und Trev wechselten einen Blick.

Das Polizeiauto blieb stehen, Rafe ließ den Motor laufen und stieg aus. »Was ist denn hier los?«, fragte er und sah sich um.

Trev schwieg. Kait ging die paar Schritte hoch zur Straße und reichte ihm ihre Jacke mit der Pistole darin. Er schaute in die Jacke und blickte dann langsam auf.

»Ich hatte keine andere Wahl!«, jammerte Elizabeth. »Rafe, Sie werden mich doch nicht verhaften! Ich weiß, dass Sie sie ebenfalls hassen! Irgendjemand musste doch etwas unternehmen!«

Rafe machte ein sehr merkwürdiges Gesicht. Kait konnte seine Verwirrung deutlich spüren – es war das Gefühl eines kleinen Jungen.

Sie ging zu Trev. Er legte einen Arm um sie und hielt sie fest, und sie wusste, dass alles wieder gut werden würde.

»Lana ist entkommen«, sagte Rafe.

In dem Moment, als sie alle durch die Haustür von Fox Hollow traten, kam Sam die Treppe heruntergepoltert. Trev und Kait gingen Arm in Arm, und Kait spürte, dass er genauso empfand wie sie – dass er sie nach allem, was geschehen war, einfach nicht mehr loslassen wollte. Rafe hatte sich von seinem fassungslosen Staunen erholt und Elizabeth ins Gefängnis gebracht. Kait wusste, dass Trev völlig entsetzt über diese jüngste Wendung war – ebenso wie Kait. Nicht nur, weil Elizabeth Dorentz versucht hatte, sie umzubringen, sondern weil Lana die Flucht gelungen war.

Und wenn sie einmal entkommen war, das wusste Kait, würde sie sich kein zweites Mal erwischen lassen.

»Du bist wieder da!«, rief Sam glücklich.

»Ja, ich bin wieder da«, sagte Kait lächelnd.

Sam sah Trev an. »Dad, du hast es geschafft. Du bist ihr nachgefahren. Du hast es tatsächlich getan!«

»Ja, ich hab's getan«, sagte Trev, einen Arm immer noch um Kait gelegt. »Du hattest Recht, mein Schatz, und als sie mit Elizabeth weggefahren ist, konnte ich sie einfach nicht gehen lassen.«

Kait berührte seine Hand, und sie tauschten einen innigen Blick. Kait fragte sich, was als Nächstes passieren würde. Lana würde es bestimmt schaffen, unbemerkt das Land zu verlassen, aber würde man Elizabeth vor Gericht stellen? Auf jeden Fall würde man ein psychiatrisches Gutachten erstellen.

»Alles in Ordnung?«, fragte Kait Trev leise.

Er zögerte. »Ich brauche ein bisschen Zeit, um mit all dem fertig zu werden«, erwiderte er ebenso leise. Er drehte sie herum und sah ihr ins Gesicht. »Heute ist so viel passiert, dass ich dir vielleicht noch gar nicht gesagt habe, warum ich dich nicht gehen lassen konnte. Habe ich schon erwähnt, dass ich dich liebe?« Er lächelte, doch seine grünen Augen sahen sie fragend an.

Kait erwiderte das Lächeln und vergaß ganz, dass Sam neben ihnen stand. »Nein. Habe ich schon erwähnt, dass ich mich in dem Moment in dich verliebt habe, als du in verwaschenen Jeans und diesem Kaschmirpulli zur Haustür hereinkamst?«

Er zog sie in seine Arme. »Schön, zu wissen, Kait.«

Sam hüstelte, doch niemand beachtete sie.
»Weißt du, was mich wahnsinnig macht? Wenn Lana nicht vor sechs Jahren bei unserem Termin dazwischengefunkt hätte, dann hätten wir beide uns damals kennen gelernt, Kait, und ich hätte dich geheiratet.«
Kait war überglücklich. »Der Gedanke ist mir auch schon gekommen«, gestand sie leise. Und da erst fiel ihr auf, wie leicht es war, mit diesem Mann die Abgründe ihrer Täuschung zu überwinden und ein Fundament für ein gemeinsames Leben zu schaffen, geprägt von Achtung und Freundschaft, Ehrlichkeit, Liebe und Leidenschaft.
Trev lächelte sie an und drückte sie an sich. Kait erwiderte das Lächeln mit jubelndem Herzen und bog den Kopf ein wenig zurück, damit er sie küssen konnte. Endlich wurde ihr klar, dass das Unmögliche tatsächlich Wirklichkeit wurde – Trev hatte ihr verziehen, und sie durfte auf Fox Hollow bleiben.
Sam hüstelte lauter. »Hallo! Ich bin auch noch da«, sagte sie verschmitzt.
Kait schnappte nach Luft und trat einen Schritt zurück. »Wie geht es Gabe, Sam?«
Sams Miene hellte sich auf. »Sie haben ihn von der Intensivstation verlegt. Sie sagen, er sei außer Lebensgefahr und könnte schon in ein paar Tagen nach Hause. Aber eine Zeit lang darf er nicht zur Schule gehen.«
Kait entwand sich Trev, ging zu Sam hinüber und nahm sie in die Arme. »Ich bin ja so froh, mein Schatz«, flüsterte sie.
Sam löste sich, um ihr ins Gesicht zu sehen. »Ich werde mit Gabe Schluss machen. Schließlich habe ich versprochen, ihn nicht mehr zu treffen, wenn du nur hierbleibst.«
Bevor Kait etwas sagen konnte, trat Trev vor. »Sam, Gabe

braucht dich jetzt. Wer soll ihm denn helfen, in der Schule mitzukommen, wenn nicht du?«
Sam riss die Augen auf. »Echt?«
»Echt.« Er räusperte sich. »Es fällt mir schwer, dich mit einem jungen Mann zu sehen, weil du für mich immer noch mein kleines Mädchen bist, und ich glaube nicht, dass sich das je ändern wird. Aber ich werde versuchen, rücksichtsvoller und weniger selbstsüchtig zu sein, was dich und Gabe angeht.«
»Dad«, stammelte Sam, der es offenbar die Sprache verschlagen hatte.
»Ich will nur, dass du glücklich bist, Sam. Das ist alles, was ich je wollte«, sagte Trev sanft.
Sam starrte ihn an. Kait stupste sie an der Schulter. Sam errötete, ging zu ihrem Vater und sank in seine Arme. »Dad … danke«, sagte sie heiser.
»Sam, ich habe dich sehr lieb.«
»Ich dich auch«, sagte sie erstickt und ließ ihn los, wischte sich die Tränen ab und lächelte dann Kait an.
Kait erwiderte das Lächeln. »Ist Marni in ihrem Zimmer?«
»Sie ist mit Max im Stall.« Sam hüpfte die Treppe hinauf zu ihrem Zimmer. »Bis nachher!«, rief sie glücklich.
Kait lag sofort wieder in Trevs Armen. »Wie wirst du mit dem zurechtkommen, was Elizabeth getan hat?«
Er strich ihr über den Kopf. »Ich weiß nicht. Ich weiß es wirklich nicht. Ich bin sehr traurig, Kait. Wie geht es dir damit, dass Lana der Polizei entwischt ist?«
Kait zögerte. »Ich weiß es auch nicht. Ich bin schon ein bisschen traurig, aber ich bin nicht mehr wütend auf sie. Ich will jetzt nur noch nach vorn schauen – mit dir und den Mädchen.«
»Da schließe ich mich voll und ganz an«, erklärte Trev.

Elizabeth wurde nicht vor Gericht gestellt, sondern blieb im New Haven Hospital in der Psychiatrie. Lana war nicht gefunden worden. Kait fragte sich, wohin sie verschwunden sein mochte, und vermutete sie irgendwo in Südamerika. Das war nur ein Gefühl, aber es war sehr stark.

Kait weigerte sich, auf der Vergangenheit herumzukauen. Sie stürzte sich in all ihre neuen Pflichten und Aufgaben. Elizabeth hatte bisher den gesamten Haushalt auf Fox Hollow geleitet, und nun fiel diese Arbeit Kait zu. Sie hatte den Besitz und die Gärten zu pflegen, einen großen Haushalt zu führen, die Buchhaltung zu machen. Sie fuhr Marni jeden Tag zum Kindergarten und holte sie auch wieder ab, sie trainierte regelmäßig mit Jim und bekam bald von einem grinsenden Trev ein wundervolles graues Jagdpferd geschenkt. Sie kleidete Sam und Marni für die Schule neu ein, kaufte Trev eine Winterjacke, und sie packte Lanas sämtliche Sachen ein – und verstaute sie auf dem Dachboden. Sie machte jeden Morgen Frühstück und kochte jeden Abend selbst – mit Sam als williger Helferin. Mehrmals in der Woche kam nun Rafe zum Abendessen zu ihnen.

Sie ging mit Sam jeden Tag ins Krankenhaus, um Gabe zu besuchen, und später besuchte sie ihn und seine Mutter ein paar Mal zu Hause. Sie wurden an einem Sonntag zum Abendessen eingeladen, und es wurde ein sehr netter Abend.

Sie und Trev konnten kaum die Finger voneinander lassen. Neulich hatte Jim sie im Heuschober erwischt. Sie waren beide knallrot geworden, wie ertappte Teenager. Außerdem hatten sie schon seinen Dodge, die Küche, sein Arbeitszimmer und das Bad eingeweiht. Nun lag Kait in seinen Armen in ihrem riesigen Bett im Schlafzimmer.

Trev strich ihr über den Kopf und küsste sie auf die Schläfe. »Ich glaube, ich war noch nie in meinem Leben so glücklich, Kait.«
Kait lächelte ihn an. »Ich auch nicht, Trev. Es wird mit jedem Tag leichter, die Vergangenheit einfach hinter sich zu lassen.« Sie dachte nicht nur an ihre Zeit als Lana, sondern auch daran, dass Lana einmal Trevs Frau gewesen und nun spurlos verschwunden war.
»Ich weiß«, sagte er lächelnd. »Manchmal kann ich mir kaum vorstellen, dass ich jemals mit einer anderen Frau zusammen war als mit dir.« Sein Lächeln erlosch.
Kait ahnte, dass er an seine erste Frau dachte, Mariah, die er sehr geliebt hatte. »Du verdienst es, in der Gegenwart glücklich zu sein, Trev.«
Sie verschlangen die Hände miteinander. »Du auch.«
»Ich habe sie ja nicht gekannt, aber ich habe Fotos von ihr gesehen, und ich weiß, dass Mariah sich auch für dich freuen würde.«
»Ja, das würde sie.« Er lächelte und küsste sie auf die Schläfe.
»Ich glaube, ich hatte Angst«, sagte Kait zögernd, denn sie sprach nun endlich Gefühle aus, die sie sich selbst nicht hatte eingestehen wollen. »Ich hatte Angst, dass es doch nicht funktioniert.«
»Dass das mit uns nicht funktioniert?«, echote Trev und stützte sich auf einen Ellbogen.
Sie legte die Hand an seine Wange. »Ich sagte, ich *hatte* Angst.« Sie suchte nach den richtigen Worten. »Ich glaube, ich habe befürchtet, die Vergangenheit würde uns nicht loslassen. Aber die letzten Wochen haben sich nahtlos zu einem neuen Leben gefügt. Es war einfach, in dieses Leben mit dir zu gleiten. Manchmal vergesse ich ganz, dass es einmal eine Zeit gab, als ich

nicht hier gelebt habe und nicht mit dir zusammen war«, erklärte Kait ernst. »Und dann, vielleicht gestern oder vorgestern, bin ich aufgewacht und hatte überhaupt keine Angst mehr; ich war nur noch glücklich.«
Er küsste sie auf die Nasenspitze. »Ich habe mir auch Sorgen wegen der Vergangenheit gemacht – bis zu dem Tag, als ich dir nachgefahren bin und dich zurückgeholt habe. An diesem Tag, Kait, habe ich all meine Ängste einfach ausgesperrt. Aber ich bin froh, dass du sie jetzt auch loslassen konntest.«
Sie sahen einander in die Augen. Kait musste an Lana denken. »Schließen wir einen Pakt. Dies ist das letzte Mal, dass wir über die Vergangenheit von uns beiden sprechen – und über Lana.«
»Das ist eine gute Idee.« Er setzte sich auf. Kait ebenfalls. »Wir werden sie nie wiedersehen. Da bin ich ganz sicher.«
»Ja. Ich kann es sogar fühlen.«
Er nahm ihre Hand. »Vielleicht werden wir lange warten müssen, bis wir rechtmäßig heiraten können.«
Kait blinzelte atemlos. »Ist das ein Heiratsantrag?«
»Ich denke doch, das kann ich besser!« Er neckte sie. Dann wurde er ernst. »Ich betrachte dich bereits als meine Frau, Kait. So sehr liebe ich dich.«
Kait wischte sich eine Träne von der Wange. »Und ich betrachte dich als meinen Mann, Trev.«
Er starrte sie an. Dann fragte er. »Würdest du mit mir ein Kind bekommen?«
Kait keuchte auf. »Nichts wäre mir lieber!«
Seine Züge entspannten sich; er sah fast lächerlich zufrieden aus, zog sie an sich und murmelte: »Bald?«
Sie musste lächeln. »Es gibt nichts, was ich lieber täte, abgesehen

davon, den Rest meines Lebens hier mit dir und den Mädchen zu verbringen – und Kinder von dir zu bekommen.«

»Kinder? Du meinst, mehr als eins?« Er hob ihr Kinn an, damit er ihr in die Augen sehen konnte.

»Ich bin erst zweiunddreißig. Ich meine, wir könnten ein paar Kinder bekommen – wenn du möchtest.«

Er zerdrückte sie fast in seinen Armen. »Gott, Kait, ja, ich möchte! Du hast mich in den letzten Wochen so glücklich gemacht.«

Sie entwand sich ihm. »Dann darfst du mich aber nicht erdrücken! Und du bist nur deshalb so glücklich, weil wir unersättlich wie die Teenager sind«, neckte sie ihn.

Er küsste sie auf die Wange. »Na ja, schon.«

Kait lächelte und kuschelte sich an ihn. »Dann lass uns mal an diesem Baby arbeiten, Liebling«, sagte sie.

»Ich glaube, das lässt sich machen … mein Engel.«

Epilog

Sieben Jahre später

Ihre Hochzeitsgäste tanzten zu einem fetzigen Stück aus den Siebzigern auf der steinernen Terrasse, die sie vor einigen Jahren hinter dem Haus angelegt hatten. Die Live-Band war gut, und der Tanz fand unter dem fast vollen, strahlenden Mond in einer heißen Julinacht statt. Kellner in weißen Jacketts reichten Champagner und Hochzeitskuchen. Kait trug ihr Brautkleid, ein schlichtes, umwerfend schönes, schulterfreies Spitzenkleid. Trev war immer noch der attraktivste Mann der Welt, vor allem jetzt, da er in seinem Smoking mit Sam tanzte. Mit ihren dreiundzwanzig war Sam eine große, schlanke und wunderhübsche junge Frau. Sie promovierte gerade in Princeton in Psychologie und war am Freitag mit einem neuen Freund, den Kait noch nicht kannte, zur Hochzeit angereist. Sam und Gabe hatten sich schon vor Jahren getrennt, als sie aufs College gegangen war.

Trev tanzte genau genommen nicht allein mit Sam. Mit ihrem Vater und ihrer großen Schwester tanzten auch der dunkelhaarige Josh und die blonde Lacy. Josh war fünf, Lacy zwei Jahre alt. Beide hatten Trevs grüne Augen und den dunklen Teint. Josh gab sich große Mühe, seinen Vater nachzuahmen, und Lacy versuchte, wie Sam die Hüften zu schwingen, wobei sie auf den Hintern plumpste.

Kait verbiss sich das Lachen, und ihr Blick glitt an ihrer Familie vorbei auf Rafe, der ganz versunken mit seiner Frau tanzte, inmitten der ausgelassen herumhopsenden Gäste. Sechs Jahre, und sie benahmen sich immer noch wie frisch verheiratet. Anna Leighs rote Mähne reichte ihr fast bis zur Taille, und offenbar wäre sie am liebsten mit ihrem Mann zusammengewachsen, trotz des gewaltigen Bauchs, den sie vor sich herschob. Das Baby würde nun jeden Tag kommen, doch die beiden waren kurz davor, sich mitten auf der Tanzfläche zu lieben.

Kait lächelte über den irgendwie immer noch zu dünn wirkenden Rotschopf, und dann sah sie Max Zara mit Canada Jones, laut dem *People Magazine* die schönste Frau Amerikas, in den Garten davonschleichen. Kein Zweifel, Liebe lag heute in der Luft. Komisch, denn anfangs hatte es so ausgesehen, als könnten die beiden einander nicht ausstehen. Die Klatschpresse hatte auch ihren Spaß an dieser Hochzeit gehabt – ein heruntergekommener Privatdetektiv und eine berühmte Hollywood-Schauspielerin.

Kaits Lächeln erlosch. Da sie gerade an Familie dachte, wo war Marni?

Sie sah sich rasch unter den zwei Dutzend tanzenden Gästen um – sie hatten beschlossen, die Hochzeit im engsten Kreis zu feiern. Doch ihre zwölfjährige Tochter war nirgends zu entdecken.

Kait konnte sich schon vorstellen, wo sie steckte, und eilte besorgt ins Haus. Erstaunt blieb sie im Wohnzimmer stehen, wo ihre Hochzeitsgeschenke sich auf dem Sofa türmten. Marni war mit dem dreizehnjährigen Blake zusammen, genau wie Kait befürchtet hatte, doch sie lagen keineswegs auf dem zweiten Sofa und probierten ihre neu erwachten Hormone aus. Ihre wunderschöne Tochter, die Kait so ähnlich sah, bis auf ihre grünen Augen und den dunkleren Teint, und Blake waren mit Armdrücken beschäftigt, und so, wie es aussah, würde der arme Junge verlieren. Aber Marni war ja auch schon über einen Meter fünfzig groß und fünfzig Kilo schwer, während Blake gerade erst anfing, zu wachsen.

Marni sagte: »Nimm das, du Baby«, und knallte seinen mageren Arm mit einem triumphierenden Aufschrei auf die Tischplatte.

Blake errötete. »Du könntest genauso gut ein Junge sein«, sagte er und sprang auf. »Wenn du mal groß bist, stehst du bestimmt auf Mädchen! Ich wette, du kriegst *nie* einen Freund, du Doofe!«

»Du bist ja nur neidisch, weil ich stärker und schneller bin als du«, erwiderte Marni und schnitt ihm eine Grimasse. In ihrem saphirblauen Kleid und mit einem Hauch Lipgloss sah sie sehr hübsch und mädchenhaft aus – bis auf die kindische Fratze, die sie eben geschnitten hatte, und die wenig damenhaften Worte.

»Wenigstens bin ich ein richtiger Junge – und tu nicht nur so!« Wütend rannte Blake hinaus.

Marni rief ihm nach: »So ein schlechter Verlierer!«

Kait verkniff sich ein Lächeln. Marni hatte Lanas Mut, ihre draufgängerische Art und ihren Bewegungsdrang geerbt. Aber im Gegensatz zu ihrer richtigen Mutter brachte sie keine Lüge über die Lippen – niemand könnte ehrlicher und aufrichtiger sein. Und abgesehen von Blake, in den Marni verknallt war, wie Kait wusste – im Alter von zehn Jahren hatte sie erklärt, sie werde ihn heiraten, wenn sie mal groß sei –, war sie zu allen Menschen sehr lieb und großzügig. Doch wann immer Blake in der Nähe war, wurde sie zickig und gemein.

»Oh, hallo, Mommy«, sagte Marni und stand auf. Sie sah unglaublich hübsch aus in ihrem schlichten, ärmellosen Kleid. Ihre

Füße waren nackt. Ein Paar achtlos beiseite geworfene, schwarze Wildlederschuhe mit kleinen Absätzen lagen unter dem Tisch, an dem sie mit Blake gerungen hatte. Marni machte ein finsteres Gesicht.

»Vielleicht versuchst du es lieber mal mit Verlieren – wenn du möchtest, dass Blake weiterhin dein Freund bleibt.«

Marni sagte: »Er findet, ich bin wie ein Junge.«

»Das glaube ich nicht. Ich bin ziemlich sicher, dass er dich als das wunderhübsche Mädchen sieht, das du bist.«

Tränen schimmerten in Marnis Augen. »Aber er hat mich noch gar nicht geküsst!«

»Marni!« Kait war schockiert. »Du bist erst zwölf!«

»Aber Kendra ist schon fünf Mal geküsst worden«, wandte Marni grimmig ein. »Ich werde bestimmt nie geküsst. Ich werde sterben, ohne dass mich ein Junge geküsst hat.«

Kait verbarg ihr Lächeln. »Das glaube ich nicht.«

Marni marschierte barfuß in Richtung Terrasse. »Ich werde diesen doofen Paul Silva zum Tanzen auffordern.« Sie reckte das Kinn vor.

Kait wollte ja nicht die Kupplerin spielen, aber sie wusste, wen Marni wirklich gern hatte, also sagte sie: »Du könntest doch auch Blake auffordern.«

»Nie!«, rief Marni errötend und rannte zur Terrassentür. Dann machte sie kehrt, rannte zu Kait und schlang die Arme um sie. »Ich habe ganz vergessen, dir zu gratulieren, Mommy. Du siehst wunderhübsch aus heute Abend.«

Kait lächelte auf ihre Tochter hinab. »Nicht halb so hübsch wie du.«

Marni schien die Schmeichelei gar nicht zu bemerken. »Meinst du, ich bin jetzt alt genug für eine Motocross-Maschine?«

Kait seufzte. Selbst Marni, die nicht im Mindesten egoistisch war, wusste sehr wohl, wie man Menschen um den Finger wickelte. »Nein.«

»Aber warum denn nicht?«, heulte sie auf. »Ich breche mir bestimmt nicht den Hals! Ich passe auch gut auf, ehrlich! Bitte!«

»Ich werde es mir überlegen.«

Marni grinste und drückte sie noch einmal. »Du bist die Beste.« Sie rannte hinaus. »Hallo, Dad! Mom ist da drin.«

Als Kait Trev über die Terrasse auf sie zukommen sah und seinen Blick auffing, zog es ihr das Herz zusammen. *O Gott, nun waren sie Mann und Frau.* Sie hatten sieben Jahre lang darauf gewartet, dass Lana endlich offiziell für verschollen und vermutlich tot erklärt wurde. Sieben lange, lange Jahre, und nun war es endlich offiziell.

Sie hatte den Mann ihrer Träume geheiratet, ihren Märchenprinzen.

Er kam ruhig auf sie zu. »Was machst du hier?« Er legte einen Arm um sie. »Weinst du?«

»Ich dachte, ich würde Marni hier drin erwischen, wie sie mit Blake herumknutscht«, schniefte sie. »Ich bin so glücklich.«

»Ich weiß. Und die beiden?«, fragte er belustigt.

»Sie hat ihn beim Armdrücken vom Tisch gefegt.«

Trev lachte. »Der arme Blake. Oder sollte ich sagen, arme Marni? Sie ist so in ihn verschossen! Wenn sie nicht so ein Wildfang wäre, würde ich mir ernsthaft Sorgen machen.«

»Sie glaubt, sie wird sterben, ohne je von einem Jungen geküsst worden zu sein.«

Trev lachte wieder und zog Kait an sich. »Ich setze auf sechzehn.« Sie küssten und liebkosten sich lange. Schließlich flüsterte Trev: »Lass uns nach oben gehen.«

»Aber wir haben Gäste.«
»Denen ist das egal«, murmelte Trev. »Aber mir nicht.«
Kait wusste, dass das stimmte, also streichelte sie ihn. »Unersättlich.«
»Nur nach dir.«
Sie gingen auf die Treppe zu, als Trev sie aufhielt. Kait stutzte. »Was ist denn?«
Er lächelte sie an, und dann hob er sie ohne Vorwarnung auf die Arme. Kait schrie auf, doch sie genoss es. »Du alberner Kerl«, schalte sie.
»Ich habe sieben Jahre darauf gewartet, dass ich das tun darf«, erklärte er und trug sie die Treppe hinauf.
Kait sah in sein Gesicht. »Du meine Güte! Du gerätst ja nicht mal außer Atem!«
»Ich habe eine Ehefrau, die mich gut in Form hält«, erwiderte er glatt.
Sie kitzelte ihn im Nacken.
Er begann zu lachen. »Hör auf, Weib! Sonst lasse ich dich noch fallen.«
Kait ließ den Unsinn, und Trev blieb auf der Schwelle ihres Schlafzimmers stehen. Vor Jahren schon hatte Kait es neu eingerichtet – die Wände waren jetzt in warmem Gelb gestrichen, das Bett aus edlem, hellem Pinienholz, und die Tagesdecken, Kissen und Vorhänge waren alle in Orange- und Goldtönen gehalten. Kait klammerte sich an seinen Nacken, und Trev trat ein. »Ich liebe dich, Kait Coleman«, sagte er.
»Ich liebe dich auch«, sagte Kait, und dann sah sie eine Schachtel, in braunes Packpapier gewickelt, auf dem Bett liegen. »Trev, was ist denn das?«
Sie hatte ein heimlichtuerisches Grinsen erwartet, doch er schien

ebenso erstaunt wie sie. »Ich habe keine Ahnung«, sagte er und stellte sie ab.

»Du hast das nicht da hingelegt?«

»José hat mir gesagt, heute Nachmittag wäre ein Päckchen angekommen, aber in dem ganzen Trubel habe ich es wieder vergessen. Wahrscheinlich hat er es deshalb hierher gelegt«, sagte Trev.

Kait ging zum Bett. Das Päckchen war an sie adressiert – Mrs. Kait Coleman. »Es ist für mich. Das ist gar kein Hochzeitsgeschenk.« Sie schaute auf den Absender. Da stand kein Name – nur eine Adresse. »Es ist aus Rio de Janeiro«, sagte sie verwirrt. »Ich kenne doch gar niemanden in Rio.« Und dann erstarrte sie. Sie hatte kein einziges Wort, keinerlei Nachricht von ihrer Schwester erhalten in all diesen Jahren. Kait hatte nicht glauben wollen, dass sie tot war, doch sie hatte allmählich an ihrem Gefühl gezweifelt. Nun starrte Kait das Päckchen an, und sie wusste es.

Trev sah sie mit großen Augen an, und sie blickte zu ihm auf. »Vielleicht kennst du doch jemanden in Rio«, sagte er. »Vielleicht sogar wir beide.« Offenbar lagen sie mal wieder auf einer Wellenlänge.

Kait atmete tief durch. Dann riss sie das braune Packpapier ab und öffnete den mittelgroßen Karton. Darin bauschte sich weißes Seidenpapier, und einen Moment lang sah sie weiter nichts. Doch dann entdeckte sie eine kleine, flache Schmuckschachtel. »O Gott«, sagte sie und wagte nicht, sie anzurühren. Ihr war beinahe das Herz stehen geblieben. »Es ist von Lana.«

Trev schwieg kurz. Dann sagte er: »Mach es auf.«

Kait fuhr sich mit der Zunge über die Lippen und öffnete die kleine, flache Schachtel. Sie schnappte nicht einmal nach Luft.

Darin lag ein prächtiges Diamantcollier. Kaskaden tropfenförmiger Diamanten hingen an einem Halsband wie ein unglaublich prächtiger Kragen. Es war offensichtlich ein Vermögen wert.

Sie blickte zu ihrem Mann auf.

»Sie lebt also noch«, flüsterte Trev und hielt ihrem Blick stand. »Und sie ist immer noch dieselbe, wie's aussieht. Da liegt eine Karte.«

Kait war erleichtert. Nach so vielen Jahren der Ungewissheit wusste sie nun endlich, dass Lana lebte und wo sie war. Plötzlich konnte Kait sie vor sich sehen, am Strand eines Luxushotels in Rio, wo sie mit Colin Farrell Piña Coladas trank. Sie holte tief Luft und legte das Collier zurück. Ihr Name stand auf dem weißen Umschlag, und Kait erkannte die Handschrift sofort. In dem Umschlag steckte eine ebenso schlichte weiße Karte.

»Und?«, fragte Trev gespannt. »Was steht drin?«

Kait nahm seine Hand. »›Gratuliere‹«, sagte sie. »Das ist alles. Da steht nur ›Gratuliere‹.«